LESLEY LOKKO | Wen die Götter küssen

Lesley Lokko im Gespräch

Wie sieht Ihr Alltag als Autorin aus?

Ich weiß, dass es Autoren gibt, die unglaublich diszipliniert arbeiten, jeden Morgen früh aufstehen und ihre 2000 Wörter pro Tag schreiben. Bei mir funktioniert es so nicht. Ich muss mich völlig zurückziehen und schreibe dann über acht oder zehn Wochen hinweg wie besessen. Es ist ein sehr, sehr intensiver Prozess.

Woher stammen die Ideen für Ihre Bücher?

Am Anfang kreisen meine Ideen meistens um eine Person. Als ich mit der Arbeit an »Wen die Götter küssen« begann, war gerade die Hochzeit der Milliardärstochter Jemima Goldsmith überall in der englischen Presse. Ich fing an, mich mit ihr und der Biografie ihres Vaters zu beschäftigen – und so entsprang aus einigen Medienberichten der Keim zu einem Roman über eine wohlhabende Familie zwischen den Kulturen.

Hat Ihr Roman »Wen die Götter küssen« autobiografische Bezüge?

Je erfahrener ich als Autorin werde, desto besser gelingt es mir, fiktiv zu bleiben und weniger auf meine eigenen Erlebnisse zurückzugreifen. Aber trotzdem verarbeite ich in einigen meiner Charaktere einzelne Züge von Personen aus meinem persönlichen Umfeld. Die Figur von Max, Ambers Vater, gleicht beispielsweise meinem eigenen Vater in dem Bestreben, Dinge zu verändern – ansonsten haben sie jedoch nichts gemeinsam.

Über die Autorin

Lesley Lokko, 1964 in Schottland geboren, stammt aus einem ghanaisch-schottischen Elternhaus. Sie wuchs in Ghana, Westafrika, auf und studierte Architektur in ihrer Heimat sowie in Großbritannien und den USA. 2004 erschien ihr Romandebüt »Die Welt zu Füßen«, das sofort zum Bestseller wurde. Lesley Lokko lebt heute abwechselnd in Ghana, England und Schottland. Mehr über die Autorin unter www.lesleylokko.com

LESLEY LOKKO

Wen die Götter küssen

Roman

Aus dem Englischen von Angelika Felenda

Diana Verlag

Die Originalausgabe erschien 2005 unter dem Titel *Saffron Skies*
bei Orion Books, London

FSC
Mix
Produktgruppe aus vorbildlich bewirtschafteten Wäldern und anderen kontrollierten Herkünften
Zert.-Nr. SGS-COC-1940
www.fsc.org
© 1996 Forest Stewardship Council

Verlagsgruppe Random House FSC-DEU-0100
Das für dieses Buch verwendete
FSC-zertifizierte Papier *Holmen Book Cream*
liefert Holmen Paper, Hallstavik, Schweden.

Vollständige Taschenbuchneuausgabe 08/2008

Redaktion | Vanessa Lamatsch
Umschlagmotiv | © LOOK-foto und Shutterstock Images
Umschlaggestaltung | Hauptmann & Kompanie Werbeagentur,
München – Zürich, Teresa Mutzenbach
Herstellung | Helga Schörnig
Satz | Buch-Werkstatt GmbH, Bad Aibling
Druck und Bindung | GGP Media GmbH, Pößneck
Printed in Germany 2008
978-3-453-35314-5
http://www.diana-verlag.de

Für Vic

Anmerkung der Autorin

Wen die Götter küssen ist ein Roman, und obwohl sich an vielen der Schauplätze ähnliche Ereignisse zugetragen haben, wie sie in meinem Buch vorkommen, habe ich mir dennoch große Freiheit erlaubt, was Daten, Personen und Fakten angeht. Gleichzeitig möchte ich betonen, dass es in Mali 2002 keinen Staatsstreich gab.

Teil 1

Prolog *London 1974*

Amber Sall kauerte sich so gut es ging zusammen, um in den hinteren Teil des Schuhschranks zu passen. Dort, wo normalerweise der Staubsauger stand, war es dunkel, und die dichte Reihe der Mäntel und Schals, die an der Wand entlang hingen, schotteten sie von der Außenwelt ab. Es war der einzige Ort im Haus, wo sie die ewigen Streitereien nicht hören musste. Das Schreien hielt sie gerade noch aus – Max' Stimme, die immer lauter wurde –, aber das Weinen ertrug sie nicht. Wenn ihre Mutter – leise zuerst, dann heftiger – in ihr keuchendes Schluchzen ausbrach, war das für Amber das Zeichen, in den Schrank zu flüchten. Dort, und nur dort, wo die Laute kaum hörbar waren, beruhigte sich ihr Herzschlag wieder und ihre panische Angst ließ nach. Hier drinnen herrschte wohlige, tröstliche Stille. Sie wickelte sich das Ende eines Schals ums Gesicht, begann die Minuten zu zählen und hoffte, der Streit würde nicht zu lange dauern. Eins, zwei, drei, zählte sie. Bei neun angelangt, hörte sie eine Tür zuschlagen, gefolgt von lauten Schritten auf der Treppe. Daraufhin knallte die Haustür so heftig zu, dass die Scheiben klirrten. Sie hielt den Atem an, aber es folgte nichts mehr. Ein paar Minuten blieb sie still sitzen und wartete, ob noch etwas passierte. Nichts rührte sich. Dann hörte sie Max' Auto anspringen. Der Motor heulte ein paar Mal auf, und dann war er fort. Erleichtert atmete sie auf, kroch aus dem Schrank und lief nach oben.

Ihre Mutter lag in dramatischer Pose auf dem Seidendiwan des Salons im ersten Stock. Tränenüberströmt sah sie zu Amber auf, als ihre Tochter ins Zimmer stürmte.

»Liebling«, sagte sie mit erstickter Stimme, »Max ist fort.«

»Ja, ich weiß. Aber es ist erst Montag«, antwortete Amber ungerührt. »Er kommt schon wieder. Möchtest du irgendwas?«

»Nur eine Umarmung. Nimm mich einfach in den Arm.« Ihre Mutter wischte sich die Tränen ab. »Komm her, Liebling.«

»Nein«, erwiderte Amber mit Blick auf die verlaufende Wimperntusche ihrer Mutter entschieden. »Du machst mein Gesicht schmutzig. Ich schick Krystyna rauf.« Sie wandte sich zum Gehen.

»Bitte sie doch, mir Tee zu bringen«, rief ihre Mutter ihr nach.

Amber verdrehte die Augen. Tee? Vermutlich eher Kognak. Sie lief die Treppe hinunter.

In der Küche fand sie Krystyna, das freundliche polnische Dienstmädchen, die für diesen gewohnten Ablauf bereits ein Tablett vorbereitete. Krystyna lächelte sie an und umarmte sie, bevor sie mit dem Tablett und dem silbernen Flachmann darauf nach oben verschwand. Amber nahm sich ihren Mantel von der Garderobe, packte ihre Hausaufgaben und rannte aus dem Haus, wobei sie die Tür heftig hinter sich zuschlug. Auf der gegenüberliegenden Straßenseite lief sie die Treppe zu Beckys Haustür hinauf und klingelte ungeduldig. Sie wollte so weit wie möglich von dem heimischen Unfrieden entfernt sein.

Beckys Mutter öffnete die Tür und musterte das hübsche zehnjährige Mädchen, dessen Gesichtsausdruck alles sagte. Sie seufzte. Es mochte aufregend sein, den Millionär Max Sall zum Nachbarn zu haben, aber seine Kinder taten ihr Leid, vor allem Amber. Max zum Vater zu haben war schon schwierig genug, wenn man an sein bizarres Privatleben dachte – eine Frau und eine Familie in London, *und* eine Geliebte mit Tochter in Rom –, aber obendrein noch mit einer alkoholsüchtigen, hohlköpfigen Mutter wie Angela geschlagen zu sein. Kein Wunder, dass das Kind so elend aussah.

»Becky ist oben«, sagte sie und widerstand dem Drang, Amber zu umarmen, als sie an ihr vorbeihuschte. Sie sah dem Mädchen nach, wie es die Treppe hinauflief. Es hatte kein Wort gesagt. Wie auch immer, dachte sie, als die Tür von Beckys Zimmer zuschlug, Amber gehörte nicht zu den Mädchen, die man umarmt, weil sie schon mit ihren zehn Jahren zu selbstständig dafür wirkte. Sie schien keine Zuwendung zu brauchen, sie kam allein zurecht. Ganz anders als Becky, ihre eigene Tochter, dachte Susan Aldridge oft. Seit dem Kindergarten waren die beiden die besten Freundinnen, eigentlich wie Schwestern, trotz ihrer verschiedenen Charaktere. Amber gab eindeutig den Ton an, sie war ein willensstarkes, oft herrisches kleines Mädchen, übertrieben nüchtern und ernsthaft. Becky war eine Träumerin, schwebte immer in den Wolken, eine Mitläuferin, immer darauf bedacht zu gefallen, und selbst leicht zufrieden zu stellen. Wahrscheinlich klappte es deshalb zwischen den beiden, weil Gegensätze sich eben anzogen. Beckys Mutter schloss die Vordertür, ging in die Küche und fragte sich, was sie zum Abendessen machen sollte. Becky würde alles essen, was man ihr vorsetzte, aber Amber war mäkelig, und es gab eine lange Liste von Dingen, die sie nicht aß.

Oben in der Sicherheit von Beckys Zimmer begann Amber, sich zu beruhigen. Sie hatte beim Eintreten nichts gesagt, aber beim Anblick von Beckys Spielzeug, den Büchern, Zeichenblöcken, Kassetten, Papierrollen und Hunderten von Malstiften, entspannte sie sich allmählich. Auch Becky sagte nichts, sondern zog nur ihren Schuhkarton mit Stiften und Zeichenpapier heraus und schob Amber einen Stapel hin. Ruhig begann sie mit den Vorbereitungen für ihr Lieblingsspiel: Papierpuppen. Amber nahm sich ein paar Stifte und machte halbherzig mit. Eigentlich war es Beckys Lieblingsspiel – sie konnte hervorragend zeichnen und Kleider mit passendem Zubehör entwerfen. Die Hälfte der Zeit saß Amber schweigend daneben und sah nur zu, voller Bewunderung für Beckys Talent, sich Farben und Muster auszudenken und leere Blätter in unterschiedliche Outfits für ihre Puppen zu verwandeln.

Sie beobachtete, wie Becky eine Schere aus der Schuhschachtel nahm und ein Paar dunkelgraue Hosen ausschnitt, die sie gerade gezeichnet hatte. Ihr gefiel, wie Beckys langes, rotbraunes Haar bei der Arbeit leicht mitschwang, während das Mädchen sich darauf konzentrierte, mit der Schere genau den vorgezeichneten Linien zu folgen. Alles, was Becky machte, war genau und präzise. Amber war neidisch. Ihre eigenen Papierpuppen sahen aus, als wären sie aus dem Zeichenblock herausgerissen statt herausgeschnitten worden. Sie sah sich in

Beckys Zimmer um, das sie sehr mochte. Es war angefüllt mit Dingen, die Becky gern hatte – Zeichnungen, kleinen Keramikbechern mit Stiften und Pinseln, ihren Lieblingsbildern an den Wänden, Kleidern in Weidenkörben, einem Garderobenständer voller Winterhüte und noch mehr. Es war nicht unordentlich, sondern einfach nur voll. Voller Leben. Ganz anders als Ambers Zimmer, wo zwei Mal am Tag ein Dienstmädchen kam. Einmal, kurz nachdem sie zur Schule gegangen war, um das Bett zu machen, und einmal kurz nach dem Essen, um aufzuräumen. Ganz so, als lebte sie im Hotel, beklagte sie sich bei Krystyna. Aber Max' Instruktionen ans Personal waren klar: Haltet das Haus sauber und ordentlich. Amber wusste, dass dies damit zusammenhing, dass er einmal von einer einmonatigen Geschäftsreise heimgekommen war und herausgefunden hatte, dass sie und Kieran sich nicht wenigstens einmal pro Woche gebadet hatten. Sie hätten gewettet, wie lange sie es ohne zu baden aushalten würden, versuchte der damals achtjährige Kieran zu erklären, aber Max war wütend. Danach stürzte sich jeden Tag ein Schwarm von Dienstpersonal aufs Haus, um zu putzen, abzustauben und alles so zu ordnen, wie Max es wollte. Max, Max, Max. Alles drehte sich um ihn. Weder sie noch Kieran nannten ihn »Daddy«, obwohl sie nicht genau wusste, warum. Es hätte sich einfach albern angehört. Er war Max. Genauso wie Angela eben Angela genannt wurde und nicht »Mummy«. Angela verhielt sich auch nicht wie eine Mutter. Echte Mütter waren sanfte, tröstende Wesen wie Beckys Mum, keine reizbaren und labilen Alkoholikerinnen wie Angela.

Sie beobachtete, wie Beckys Hand den Kleidern, die sie anmalte, Leben einhauchte. Ein bunt gemusterter Rock, ein leuchtendes Halstuch, ein winziges Paar hochhackiger Schuhe. Sie seufzte. Wie gern wäre sie auch gut in etwas gewesen. Es imponierte ihr, wie alle über Becky redeten – *sie ist so gut in Kunst!* –, aber nie sagte jemand etwas über sie. Außer wie vernünftig sie sei – und wie gut sie zurechtkomme. Aber sie hatte es satt, *zurechtzukommen.* Sie wusste nicht einmal, was das genau hieß.

1 *London 1978*

Amber wachte früh auf, von einem heftigen Krampf im Unterleib und dem Geräusch von Stimmen im Erdgeschoss aus dem Schlaf gerissen. Sie lag ganz still, immer wieder überwältigt von dem quälenden, zuckenden Schmerz. Es war ihre erste Periode. Sie wusste, was sie erwartete – Beckys Mutter hatte es ihnen erklärt –, doch dass es so wehtun würde, war ihr nicht klar gewesen. Aber der Schmerz in ihrem Bauch war nichts im Vergleich zu der Angst, die sie befiel, als sie Max' Stimme hörte. *Jetzt reichte es aber.* Sie stand auf und eilte in ihr Badezimmer. Sie wusch sich schnell, fand die Packung Binden, die Mrs Aldridge ihr gegeben hatte, und zog einen frischen Schlafanzug an. Gerade, als sie wieder ins Bett steigen wollte, hörte sie von unten einen Schrei und wie ein Glas in Brüche ging. Angela musste etwas nach Max geworfen haben. Oder umgekehrt. Dann noch ein Schrei, gefolgt von einem Geräusch, als würde etwas über den Boden geschleift. Auf der anderen Seite des Gangs ging die Tür ihres Bruders auf. Erneut stand sie auf und öffnete mit klopfendem Herzen ihre eigene Tür.

»Was ist da los?«, fragte Kieran und sah sie besorgt an.

»Ich weiß nicht.« Amber spähte über die Balustrade. »Ich bin gerade aufgewacht.«

»Ich dachte, er sei in Rom. Bei der verdammten Francesca.«

»Er ist letzte Nacht zurückgekommen«, antwortete Amber. »Mummy hat ihn nicht erwartet. Sie ist schon seit gestern am Trinken.« Sie sah Kieran an. Seine Miene war angespannt. Er hasste es, die beiden streiten zu hören. Sie seufzte und blickte weg. Obwohl Kieran zwei Jahre älter war als sie, kam es ihr oft vor, als wäre es umgekehrt. Sie war diejenige, die ihn beruhigen musste, wenn die Streitigkeiten außer Kontrolle gerieten. Seine Miene erstarrte, wenn er Angela sah, die verkatert und mit blauen Flecken übersät so tat, als wäre nichts geschehen, als wäre alles vollkommen normal – und dann dauerte es immer Tage, bis es Amber gelang, ihn wieder aus seiner Wut und Depression herauszulocken.

Ein letztes Mal schlug eine Tür zu, ein Schlüssel wurde umgedreht, dann war Gott sei Dank alles still. Kieran wandte sich ab und ging schnell in sein Zimmer zurück. Amber sah, wie er in der Tasche seines Morgenmantels nach der Packung Zigaretten suchte, die er immer bei sich hatte. Sie stand oben an der Treppe und spürte, wie ihr die Angst kalt über den Rücken lief. Etwas würde geschehen, das konnte sie fühlen wie den stechenden Schmerz in ihrem Bauch, der eine andere Art von Veränderung ankündigte.

Am nächsten Morgen war das Haus ungewöhnlich still. Krystyna kam nicht herauf, um sie zu wecken. Amber taumelte aus dem Bett, zu spät für die Schule. Sie zog ihre Schuluniform an und lief nach unten. Von Angela war nichts zu sehen. Kieran war bereits zur Schule gegangen. Beunruhigt ging sie ins Frühstückszimmer, wo Max im Morgenmantel am Tisch saß und ruhig seine Zeitung las, als wäre nichts geschehen. Sie setzte sich neben ihn, sorgfältig darauf bedacht, ihn nicht zu stören. »Wo ist Mummy?«, fragte sie so beiläufig wie möglich, während sie sich Milch über ihre Cornflakes goss.

»Deine Mutter braucht ein wenig Ruhe«, antwortete Max, legte die Zeitung weg und sah sie an. Amber schluckte nervös.

»Ist sie im Bett?«

»Ja, im Moment schon. Aber später wird sie eine Weile fortgehen.«

»Fort? Wohin?«

»Irgendwohin, wo sie Ruhe hat.« Max sah sie eindringlich an. Amber wurde rot. »Darüber möchte ich mit dir sprechen.«

»Wirst du jetzt hier wohnen? Für immer?« Die Worte brachen aus ihr heraus.

»Nein, nicht ganz«, antwortete er mit einem Lächeln. Und dann platzte die Bombe. »Ich werde dich ein paar Wochen nach Rom schicken. Ich hab zu viel zu tun, um regelmäßig hier zu sein. Kieran kann alleine wohnen, aber du bist dafür noch zu jung. Ich werde dir Privatunterricht geben lassen. Das Schuljahr ist ohnehin schon fast zu Ende. Francesca und Paola werden sich um dich kümmern.« Er wandte sich wieder seiner Zeitung zu.

Amber saß da wie versteinert. Entsetzt sah sie ihn an. Sie wollte etwas sagen, bekam aber nichts heraus. *Nein!*, wollte sie schreien. *Ich werde nicht gehen, du kannst mich nicht zwingen!* Ein paar Wochen? Mit Francesca? Und Paola? Ihrer Halbschwester, die sie mehr hasste als sonst etwas auf der Welt? Sie konnte sich nicht vorstellen, auch nur eine halbe Stunde mit Paola zu verbringen, ganz zu schweigen von ein paar Wochen. Sie rang nach Worten. *Nein, ich werde nicht gehen!* Aber man sagte nicht »nein« zu Max. Das ging nicht. Amber kannte die Regeln. Sie senkte den Kopf, blinzelte die Tränen weg und schob sich einen Löffel Cornflakes in den Mund. Sie hatte gewusst, dass etwas Schreckliches passieren würde. Nicht nur wurde Angela weggebracht, sondern Max schickte sie selbst nach Rom. Zu Francesca. Und Paola. Krank vor unterdrückter Wut schob sie ihren Stuhl zurück, verabschiedete sich murmelnd von Max und lief in ihr Zimmer, bevor er noch etwas sagen konnte.

Max sah kaum auf, als Amber das Zimmer verließ. Trotz seiner demonstrativen Gelassenheit schäumte er innerlich. Er war wütend auf Angela. Sie hatte es schon wieder getan – gerade als er nach Osteuropa abreisen wollte, um eines seiner größten Geschäfte abzuwickeln. Er brauchte einen klaren Kopf, frei von dem Chaos, das seine Frau in sein Leben gebracht hatte. Er brauchte Ruhe und Frieden, und nicht diese ewigen, ermüdend vorhersehbaren Dramen, bei denen sie die Hauptrolle spielte. Er konnte sie einfach nicht verstehen – er hatte ihr doch alles gegeben, es fehlte ihr an nichts. Ein schönes Heim, eine Menge Geld, zwei gesunde Kinder. Alles, was sich eine Frau nur wünschen konnte. Was zum Teufel wollte sie denn noch? Zu wütend, um zu essen, schob er seinen Teller weg. Er sah auf die eleganten Möbel im Raum, die wertvollen Gemälde an den Wänden und den teuren Porzellanteller, auf dem die kalt gewordenen Spiegeleier lagen. Ja, sie hatte alles. Es war eine ziemliche Schinderei gewesen, um so weit zu kommen, und jetzt wollte sie alles wegwerfen? Nur wegen einer Flasche Whisky? Max schüttelte den Kopf. Das ging über sein Vorstellungsvermögen. Langsam löste sich sein Blick von der blanken Oberfläche des Esstischs. So plötzlich wie sein Zorn gekommen war, verschwand er wieder und hinterließ ein ungewohntes Gefühl von Trauer. Er schob den Stuhl zurück, verließ das Speisezimmer und ging mit schwererem Schritt als üblich die Treppe hinauf in sein Arbeitszimmer. Einen Moment lang blieb er auf der Schwelle stehen und sah auf seine Besitztümer im Raum. Seine Bücher, seine Lieblingsbilder und Skulpturen, den wundervollen Schreibtisch, den ihm Angela vor Jahren gekauft hatte. Er ging hinüber und setzte sich. Dann zog er die Schublade zu seiner Linken auf. Darin lag auf weißem Seidenpapier gebettet sein wertvollster Besitz: ein Teddybär, so ramponiert, dass er nicht mehr repariert werden konnte. Er starrte ihn an und versank in Erinnerungen an längst vergangene Zeiten. Innerhalb von Sekunden, schien es, war er wieder dort, wo alles begonnen hatte.

Es war kalt an diesem Septembermorgen 1939. Die Art von feuchter Kälte, die in die Kleider kriecht und das Ende des Sommers anzeigt. Doch der neunjährige Markus Salzmann dachte nicht über Kälte nach, denn es gab andere, schlimmere Probleme, um die er sich sorgte. Seine Mutter hatte seit Tagen geweint, ohne dass ihm jemand erklärte, warum. Sein Vater war für eine Woche verschwunden und dann plötzlich am vorigen Abend, um Jahre gealtert, wieder aufgetaucht. Markus war ein Einzelkind, und es gab niemanden, mit dem er seine Ängste hätte teilen können. Lotte, die Haushälterin, an die er sich gewöhnlich wandte, wenn Mutti nervös oder nicht zugegen war, sagte nichts. Sie schob nur auf schreckliche Art die Lippen vor, flüsterte in den Gängen mit dem Küchenpersonal oder mit Joachim, dem Diener seines Vaters, und ließ nichts verlauten. Rein gar nichts. Es blieb ihm allein überlassen, herauszufinden, was vor sich ging. Abgesehen vom Krieg natürlich, von dem jeder sagte, dass er kommen würde – spätestens in einigen Tagen. Das hatte er gehört, als er in der vorigen Nacht, als sein Vater unerwartet zurückkam, hinter der geschlossenen Wohnzimmertür kauerte. Seine Onkel waren in dem Raum und ihr Nachbar, der nette Herr Finkelstein. Er hatte nur Fetzen des Gesprächs mitbekommen – *Kindertransport, England, Kultusgemeinde.* Doch bevor er sich auf die einzelnen Bruchstücke einen Reim machen konnte, um dann nach oben zu laufen und seine Mutter zu fragen, worum es eigentlich gegangen war, hatte Lotte ihn gesehen und ins Bett geschickt.

So stand er nun an dem kalten Septembermorgen da, quälte sich in die kratzende Wollunterwäsche und fragte sich, warum ihm befohlen worden war, sich warm anzuziehen und anschließend in den Salon zu kommen. Er fand es bald heraus.

Mutti konnte, oder wollte, ihn nicht ansehen. Sein Vater stand steif vor den schönen Salonfenstern und starrte auf die Straße hinaus. Seine Lieblingstante Berthilde weinte in einer Zimmerecke leise vor sich hin. Zu verblüfft, um sprechen zu können, sah Markus sie an. Weggehen? Nach England? Ganz allein? Schließlich platzte er heraus: *Kommt ihr nicht mit? Was ist mit dir? Und Mutti?* Darauf wandte sich sein Vater vom Fenster ab und antwortete mit gezwungen zuversichtlicher Stimme: *Wir kommen nach. Bald schon.* Was natürlich gelogen war.

Alles war in letzter Minute arrangiert worden. Dank eines Klienten war es Harald Salzmann gelungen, für seinen einzigen Sohn einen Platz in einem der letzten Kindertransporte, über Holland nach Harwich, zu sichern. Markus Salzmann, neun Jahre alt, traf am 6. September in Harwich ein, drei Tage nach Ausbruch des Krieges. Er erinnerte sich kaum an den Abschied auf dem Bahnhof – zusammengedrängt mit zweihundert anderen weinenden Kindern saß er in einem Wagon mit heruntergezogenen Fenstern, die den schluchzenden Eltern einen letzten Blick auf ihre Kleinen gestatteten, bevor der Zug langsam aus dem Bahnhof rollte. Deutschland, wo sich in der herbstlichen Landschaft Truppen formierten, Holland, der Hafen, die Überfahrt, all dies zog an seinen Blicken vorbei, ohne bleibenden Eindruck zu hinterlassen. In Harwich ging er an einem ungewöhnlich sonnigen Tag von Bord und stellte sofort fest, dass er hier mit seinen bisherigen Lebenserfahrungen nur wenig anfangen konnte. Er verstand kein einziges Wort von dem, was um ihn herum geredet wurde. Der einzige Junge, mit dem er sich während der Überfahrt über den Kanal angefreundet hatte, war verschwunden, sobald sie angekommen waren. Markus beobachtete, wie er von einem älteren Ehepaar abgeholt wurde, das sich offensichtlich freute, ihn zu sehen. Er selbst war vollkommen allein. In der einen Hand hielt er den kleinen Lederkoffer, den seine Mutter eilig für ihn gepackt hatte, in der anderen Solly, seinen kleinen eselsohrigen Teddybär, den ihm Tante Berthilde noch schnell durchs Fenster zugesteckt hatte, als der Zug abfuhr. Er hatte kein Geld und keine Adresse, an die er sich hätte wenden können, nur ein kleines zusammengefaltetes Stück Papier, von dem Mutti ihm gesagt hatte, er dürfe es auf keinen Fall verlieren. Und Solly. *Es war einfach nicht genug Zeit,* rief sein Vater ihm verzweifelt zu, aber seine Stimme ging im Wind und im Pfiff des Abfahrtsignals unter. *Wir konnten nichts arrangieren – nicht genug Zeit.* Es war das letzte Mal, dass er seine Eltern sah oder von ihnen hörte.

Er beschloss, zu vergessen. Sechs Jahre verbrachte er im Waisenhaus an der Neasden Lane in Nordlondon, wo er in Verhältnissen lebte, über die er zu Hause in Dresden nur gelesen hatte. Aus einem reichen, kultivierten Elternhaus, wo es alles gab, was man sich wünschen konnte, fiel er ins Bodenlose. Er lernte Hunger kennen, den dumpfen, nagenden Schmerz in der Magengrube, der nie nachließ, egal, wie viel Essen er und ein paar andere Waisenkinder des Nachts aus der Küche stehlen konnten. Er lernte mit Kälte zu leben, sogar im Sommer, und er lernte zu vergessen, wer er früher gewesen war. Schnell lernte er Englisch, um möglichst alle Spuren seines früheren Lebens und seiner Fremdheit zu tilgen. Er war groß, sah gut aus und konnte charmant sein, wenn er wollte, aber, wenn er nicht wollte, auch arrogant und schwierig. Er war intelligent und besaß trotz Schulunterbrechung auch in der neuen Umgebung eine schnelle Auffassungsgabe. Er wurde Max Sall und begrub Markus Salzmann. Um seinen sechzehnten Geburtstag herum war der Krieg über ein Jahr vorbei und Max wusste, dass es an der Zeit war, weiterzuziehen. An einem regnerischen Montagmorgen verließ er das Waisenhaus mit seinem kleinen alten Lederkoffer, der ein Empfehlungsschreiben an Sainsbury's von einem der Vorsteher, das zusammengefaltete Stück Papier mit den drei ungeschliffenen Diamanten, die ihm seine Mutter gegeben hatte, und Solly enthielt, der irgendwo zwischen seinem einzigen Paar anständiger Hosen und zwei Paar Socken steckte.

Sein erster Job bestand darin, den Boden der Fleischabteilung bei Sainsbury's in Kentish Town zu wischen. Eine schmutzige und anstrengende Arbeit, doch Max machte es nichts aus. Alles war besser als Neasden Lane Nr. 24. Er fand eine Unterkunft in der Baird Street in Camden Town. Eine enge Dachkammer mit einem Badezimmer auf dem Treppenabsatz, das er sich mit anderen teilen musste. Mrs Mortimer, die dicke Vermieterin, hatte ein Auge auf ihn geworfen und versorgte ihn mit den Resten der Familienmahlzeiten, wenn er spätabends nach Hause kam. Sie wusch und bügelte sein einziges gutes Hemd und machte ihm an einem Sonntag sogar Frühstück, als der Rest ihrer Sippe in der Kirche war. Max war kein Dummkopf. Eines Winterabends verlor er seine Unschuld an sie, als Arthur, ihr trotteliger Ehemann, Radio hörte und die Kinder schliefen. Sie war eine hingebungsvolle, wenn auch ziemlich konventionelle Geliebte. Danach, als sie ihr Haar zurückstrich und die Bluse in den Rock steckte, drehte sie sich um und warf ihm eine Kusshand zu. Max wandte sich ab. Er ertrug diese kleine Geste der Zuneigung nicht. Sie hatte doch gekriegt, was sie wollte? Und er auch, in gewisser Hinsicht. Er war jetzt ein Mann.

Er lag auf dem Bett, nachdem sie die Treppe hinuntergegangen war, rauchte und überlegte sich den nächsten Schritt. Geld. Das brauchte er, darum drehte sich alles. Geld, um hier herauszukommen, hinaus in die Welt, um es zu *schaffen.* Er wollte bei Tisch den Wohlklang von gutem Porzellan hören, von anderen sorgfältig zubereitetes Essen zu sich nehmen, den Deckel einer Suppenschüssel heben und riechen, wie sich der Duft von Fleisch, Gemüse und Gewürzen in der Luft verbreitete. Er wollte auf einer festen Matratze mit sauberen, frisch gebügelten Laken schlafen und seine Tage anders verbringen, als Blut und Gedärme zu beseitigen und Mr Henderson, den Metzger, zu beobachten, wie er Dosenfleisch und verschrumpelte Würste an geduldig wartende Hausfrauen verteilte. Er drückte seine Zigarette aus, drehte sich auf den Rücken und starrte an die Decke.

2

Becky sah in Ambers angespanntes, unglückliches Gesicht und wünschte sich inständig, sie könnte etwas Aufheiterndes sagen. Sie strengte sich an, aber ihr fiel nichts ein. Sie war genauso geschockt wie Amber. Weggehen? Sechs ganze Wochen lang? Sie konnte es nicht glauben. Amber würde die Party zu Beckys vierzehntem Geburtstag verpassen und all die Unternehmungen, die sie schon seit Ewigkeiten fürs Ende des Schuljahrs geplant hatten. Missmutig zupfte sie an ihrem Daunenbett und fragte sich, wie *sie* damit zurechtkommen würde. Sie waren unzertrennlich seit dem Tag, als Amber vor fast zehn Jahren im Kindergarten für sie eingetreten war. Damals hatte einer der Jungen in ihrer Gruppe Becky an den Zöpfen gezogen und sie schrecklich beschimpft. Amber sprang auf, hüpfte über die Plastiktische und drosch so heftig auf ihn ein, dass ihm die Tränen kamen. Sie wurde daraufhin wegen ihres aggressiven Verhaltens von der Kindergärtnerin heimgeschickt, aber die Tat trug ihr Beckys anhaltende Bewunderung und Zuneigung ein. Als Gegenleistung bekam Amber von Becky eine enge, schwesterliche Freundschaft geboten; eine menschliche Wärme, die sie in dem kalten, einsamen Haus am Holland Park nie gekannt hatte.

In der Abgeschiedenheit von Beckys Dachzimmer, wo sie stundenlang zusammen spielten, oder später, beim Flanieren durch Bayswater, beim Eislaufen, bei Schaufensterbummeln oder Gesprächen über die Jungs in ihrer Klasse, fühlte sich Amber als Teil einer normalen Familie, wie alle anderen auch. Für Amber war Beckys beste Eigenschaft ihre Beständigkeit. Sie war nicht launisch wie Max, nicht mürrisch wie Kieran, nicht halsstarrig wie Angela. Becky blieb immer die Gleiche. Fröhlich, freigebig mit ihrer Zuneigung und Zeit, immer bereit zu tun, was Amber wollte. Sie ergänzten einander perfekt. Ständig war die eine bei der anderen zu Hause. Als Angelas Trinkerei schlimmer wurde, sorgte Amber jedoch dafür, dass sie nach der Schule immer zu Becky gingen. Vor allem seit jenem Tag, als sie in Angelas begehbaren Schrank geschlichen waren, um Verkleiden zu spielen, und dort Angela vorgefunden hatten, die leblos wie eine Stoffpuppe an der Wand lehnte, ein leeres Whiskyglas in der Hand und mit Seidenpapier und neuen Kleidern an die Brust gedrückt. Dies tue ihr gut, lallte sie. *All die neuen Kleider. So sauber und frisch.* Amber riss Becky zurück, lief nach unten und ohne anzuhalten zu Beckys Haustür, wo sie Sturm klingelte, bis die Mutter ihrer Freundin öffnete.

»Möchtest du in ein paar Läden gehen?«, fragte Becky zögernd.

»Wozu?«

»Nun, du könntest dir ein paar Klamotten für Rom kaufen.« Becky wollte wenigstens einmal einen praktischen Vorschlag machen.

»Ich *brauche* nichts«, antwortete Amber verdrossen.

»Ich weiß, aber wir können doch nicht den ganzen Nachmittag hier sitzen bleiben.«

»Ich schon.« Amber blieb eisern. Becky seufzte. Sie wusste, dass es keinen Zweck hatte, mit Amber zu diskutieren, wenn sie schlechter Laune war. Manchmal fand Becky, dass Amber schon ein wenig von ihrem Vater an sich hatte. Das würde sie ihr natürlich nie sagen, schon aus Furcht, sich eine Ohrfeige einzufangen. Ambers Vater hatte etwas an sich, das Becky Angst machte. Er sah zwar gut aus, war groß und gut gekleidet, zudem wohlhabend und einflussreich, wirkte dabei aber kühl und unnahbar. Man wusste nie, wie man sich ihm gegenüber verhalten sollte. Ihr eigener Vater verblasste neben Max zur Bedeutungslosigkeit, doch sie war eigentlich ganz erleichtert, einen zerstreuten, vergleichsweise langweiligen Vater zu haben. Zumindest musste sie nicht darüber nachdenken, wie sie ihn ansprach. Etwas befangen blickte sie auf Amber, bis ihre Mutter von unten rief, sie habe Tee und Brownies gemacht und ob sie etwas wollten.

Gegenüber, in ihrem weitläufigen eleganten Stadthaus, nahm Angela Sall den silbernen Flachmann und goss die letzten Tropfen Brandy in die leere Teetasse. Sie sah sich um. Der Salon war makellos und still. Krystyna hatte im Blumenladen an der Ecke einen Strauß scharlachroter Rosen gekauft. Sie standen ihr gegenüber in einer Glasvase auf dem Mahagoni-Beistelltisch, und ihre Blütenblätter waren der einzige Farbtupfer in dem ruhigen weißen Raum. Das leuchtende, blutig wirkende Rot sprach sie viel mehr an als die blasse Eintönigkeit der übrigen Einrichtung. Das Dekor hier im ersten Stock, wo sie überwiegend lebte, hatte Max ausgesucht. Sie erwog, nach der kleinen silbernen Glocke zu greifen, mit der sie das Personal von unten rief. Sie brauchte Nachschub, eine kleine Aufmunterung, die ihr half, den endlosen Nachmittag zu überstehen. Sie hatte keine Ahnung, wann ihr Mann zurückkommen würde. In letzter Zeit, dachte sie bedrückt, wusste sie über so gut wie gar nichts mehr Bescheid. Aber so war es nicht immer gewesen. Im Gegensatz zu Max, der sicherlich keinen Gedanken daran verschwendete, wie es einmal gewesen war, konnte sie sich an alles erinnern. An jedes winzige, kostbare Detail. Sie erinnerte sich genau, wann sie Max zum ersten Mal gesehen hatte. Es war im Landhaus ihrer Eltern in Wiltshire, genau an dem Tag, als die erste Hit-Single der Beatles, »Love me Do«, herausgekommen war. Am 5. Okober 1962. Daran erinnerte sie sich, weil sie und ihre Schwester Mary Ann in der Küche gerade zu der Musik aus dem Radio tanzten, als die Hintertür aufging und ein großer, blendend aussehender junger Mann mit einer litzenbesetzten Mütze in der Hand eintrat. Er sei Lord Sainsburys Chauffeur, erklärte Mrs Bambridge, die Köchin. Angela und ihre Schwester hörten mit dem Tanzen auf und kicherten verlegen, als Mrs Bambridge den jungen Mann in den Aufenthaltsraum im hinteren Teil der Küche führte. Sie erinnerte sich an seine dunklen Augen und dass ihre Schwester sie angestupst und ermahnt hatte, ihn nicht so anzustarren. Beim Dinner am selben Abend mit Lord Sainsbury und seiner Frau wanderte ihr Blick immer wieder Richtung Küche, wo der junge Mann – Max war sein Name, wie sie erfahren hatte – mit Mrs Bambridge und dem Butler ihres Vaters zu

Abend aß. Sie blieben über Nacht. Sie hörte, wie ihre Mutter der Haushälterin Anweisungen gab, das Blaue Zimmer für die Gäste und den kleinen Raum über der Küche für den Fahrer herzurichten. Ohne die besorgten Blicke ihrer Schwester zu beachten, ging sie nach dem Essen ins Freie, angeblich um einen Spaziergang durch den Garten zu machen. In Wirklichkeit wollte sie nur sehen, ob er in der Nähe des Küchentrakts auftauchte.

Sie war sechzehn, hübsch, reich und streng behütet. Ihr hatte noch nie jemand den Hof gemacht und geküsst hatte sie auch noch niemand. Zumindest nicht richtig. Nicht auf eine Art, die ihr gefallen hätte. Verzweifelt wollte sie aus der unerträglich muffigen Umgebung ihrer Eltern, Lord und Lady Weymouth, ausbrechen und in das eintauchen, was sie die *wirkliche* Welt nannte: London, die riesige Stadt, wo sie mit berühmten Leuten durch bekannte Lokale ziehen wollte, die sie bis jetzt nur aus Radio und Fernsehen kannte. Sie selbst fand, sie ähnele ein wenig Jean Shrimpton, dem Model auf dem Titelblatt der *Vogue,* das sie einmal beim ansässigen Zeitungshändler gesehen hatte. Und obwohl ihre Mutter ihr nicht erlaubte, die Zeitschrift zu kaufen, verbrachte sie Stunden damit, sich das Haar ebenso zu toupieren und trug zum Dinner heimlich den gleichen blassen Lippenstift.

»Angela?«, rief ihre Mutter in den Garten hinaus. Schuldbewusst drehte sie sich um. »Es ist schon spät. Komm rein, bevor es dunkel wird.«

»Ich komme«, antwortete Angela. »Ich hab bloß die Enten gefüttert«, fügte sie hinzu und unterdrückte ein Kichern. Die Enten? Noch nie hatte sie sich für deren Wohlergehen interessiert. Die Enten waren schlicht ein Teil der Landschaft, ein Beiwerk des Landlebens, von dem ihr Vater glaubte, es auf Grund seiner Position führen zu müssen. Sie seufzte. Das war ihr Hauptproblem: ihre Eltern. Die Dinge, von denen sie glaubten, man müsse sie tun, weniger als das, was sie selbst tun wollten. Sie war sich sicher, dass ihre Mutter das Leben auf dem Land und das große, zugige Haus hasste. Sie hasste es, in Gummistiefeln durch die Landschaft zu waten und ihr sorgfältig frisiertes Haar unter einem Kopftuch zu verbergen. Nichts hätte ihr besser gefallen, als die Wochenenden mit ihren Bridge spielenden Freunden in London in ihrer Villa in Kensington zu verbringen, zu klatschen und Tee mit Gin zu trinken. Angela kannte diese langen Nachmittage nur zu gut und hasste sie fast genauso wie die langen, gemeinsam verbrachten Stunden vor dem Kamin im Salon von Haddon Hall.

»Guten Abend.« Eine männliche Stimme unterbrach ihre Gedanken. Vor Schreck hätte sie fast der Schlag getroffen. Er war es! Max, der Chauffeur von Lord Sainsbury, stand auf der anderen Seite der Hecke.

»O Gott, haben Sie mich erschreckt«, stieß sie hervor. Sie versuchte, in der einbrechenden Dämmerung sein Gesicht zu erkennen.

»Tut mir Leid. Ich hab Sie sagen hören, dass Sie die Enten füttern.« Er trat hinter der Hecke vor.

»Ja, ja. Sie sind da unten am Teich. Ich war gerade auf dem Weg dorthin.«

»Aber womit wollen Sie sie denn füttern?« Er lächelte leicht und blickte auf ihre leeren Hände. Sie errötete.

»Oh, ich hatte ein paar Brotrinden. Ich muss sie liegen gelassen haben. In der Küche«, stammelte sie.

»Natürlich.«

Er schien sich über sie lustig zu machen. Unsicher, was sie antworten sollte, blickte sie zu Boden. Sie konnte die Art, wie er sie ansah, nur schwer ertragen. Niemand hatte sie je so angesehen. Eindringlich und interessiert. Sie war an die Zurückhaltung ihres Vaters gewöhnt, der mit seiner Frau und seinen beiden Töchtern sprach, als wären sie ein einziges Wesen. »Kommen Sie. Ich begleite Sie. Vielleicht finden wir auf dem Weg etwas, was wir ihnen füttern können.« Sie blickte auf und nickte. Ihr gefiel, wie er sprach – überzeugt und weltgewandt, ganz anders als das Personal in Haddon Hall. Tatsächlich war kaum zu glauben, dass er zu den Leuten gehörte, die ihre Mutter als »Hilfen« bezeichnete. Jemanden wie ihn hatte sie noch nie kennen gelernt. Er hatte etwas wundervoll Intensives und Lebendiges an sich. Er handelte und wirkte, als wären ihm die Meinungen anderer völlig egal. Das gefiel ihr. Genau so sollten ihrer Meinung nach die Menschen sein. Sie nahm seinen angebotenen Arm, und schon bei der ersten Berührung war sie wie elektrisiert. Lächelnd sah sie zu ihm auf. Max. Mehr als alles andere auf der Welt wollte sie ihm nahe sein.

3

Madeleine Szabo beobachtete die beiden jungen Mädchen, die langsam die Straße entlanggingen und ab und zu stehen blieben, um in die Auslagen der teuren Geschäfte zu blicken. Die Gurte ihres Schulranzens schleiften auf dem Boden hinter ihr her, als sie ihnen in einigem Abstand folgte und sich wünschte, sie hätte auch eine beste Freundin, mit der sie von der Schule heimgehen und in den Schaufenstern Kleider und Schuhe bewundern könnte. Sie sah auf ihre eigenen Schuhe hinab – schreckliche, hässliche Treter, die ihre Mutter von jemandem bekommen und gleich an Madeleine weitergereicht hatte – und verzog das Gesicht. Sie waren ihr zu groß, und ständig rutschte sie aus ihnen heraus. Als sie wieder aufsah, waren die beiden in einem der Läden verschwunden. Madeleine blieb stehen und sah auf ihre Uhr. Es war fast fünf. Ihre Mutter würde schon auf sie warten, damit sie beim Abendessen half. Sie sollte in die entgegengesetzte Richtung gehen, und vor allem sollte sie nicht zwei Mädchen aus der Radcliffe, der Privatschule an der Ecke, nachschleichen – *Cliffy-Tussen,* wie ihnen die Jungen aus ihrer Schule vom Oberdeck des Fünfzehner-Busses nachriefen. Doch die Mädchen warfen nur hochmütig ihr langes, glänzendes Haar zurück und schenkten den schmutzigen Jungs keine Beachtung, die wie Madeleine auf die King George gingen, die große, abschreckende staatliche Schule am Ende der Straße.

Sie schlich ihnen nicht nach, redete sie sich ein, als sie umkehrte und in die entgegengesetzte Richtung zurückschlenderte, sie hatte nur zufällig denselben Weg. Ihr Aussehen gefiel Madeleine – das große, attraktive Mädchen mit den dichten braunen Locken und blauen Augen, und das kleinere mit dem roten glatten Haar und den Sommersprossen –, und sie fragte sich, wie sie wohl hießen. Sie mochte ihre Uniformen – die burgunderroten Röcke, weißen Blusen und dunkelgrünen Jacken im Winter, und die hellgrünen kurzärmligen Blusen im Sommer. Wie gern hätte Madeleine eine richtige Uniform gehabt, nicht bloß die Auflage, eine schlichte Bluse und einen dunklen Rock zu tragen, an die sich niemand wirklich hielt. Das hätte ihr die Peinlichkeit erspart, jeden Morgen aus ihrem schrumpfenden Kleidervorrat etwas aussuchen zu müssen. Und warum schrumpfte er ständig, fragte sie sich jeden Morgen wütend. Weil sie fett wurde. Weil sie zu viel aß. Weil sie die Schule und die Leute darin hasste. Sie hasste es, die Außenseiterin zu sein, die Ausländerin; das Mädchen mit dem Akzent, so sehr sie sich auch anstrengte, ihn zu verbergen, genauso wie ihre komischen Kleider und ihre Eltern, die nicht Englisch sprachen. Ein letztes Mal drehte sie sich um und sah, dass die Mädchen aus dem Laden kamen, jedes mit einer Tüte in der Hand. Sie hatten auch noch Geld, sich hübsche Sachen zu kaufen, dachte Madeleine düster. Wieder etwas, was sie an ihrem Leben hasste. Ihre Eltern hatten kein Geld. Keinen Penny. Es reichte gerade fürs Nötigste – *napi adag* auf Ungarisch, ihrer Muttersprache. Gerade genug, um für sie drei – Imre, ihren Vater, Maja, ihre Mutter, und sie selbst – Miete, Essen und Kleidung zu bezahlen. Madeleine zeigte ihnen nicht, wie sehr sie es hasste, die abgelegten Kleider von Leuten zu tragen, deren Häuser ihre Mutter putzte. Sie mochte vor allem die Frauen nicht, die ihre Überraschung über die hübsche Tochter der Putzfrau mit den langen dunkelblonden Haaren, den braunen Augen, den dichten, dunklen Wimpern und den herrlichen slawischen Wangenknochen nicht verbergen konnten. Sie hatte aufgehört, ihre Mutter zu den Putzstellen zu begleiten, seit eine der Frauen angemerkt hatte, dass das Kind wohl ein wenig dick werde. Wie alt es denn inzwischen sei? Dreizehn? Sie sehe aber eher wie achtzehn aus mit ihrem vollen Busen und den schweren Lidern. Rot vor Wut und Verlegenheit hatte Madeleine den Blick abgewandt. Es war doch nicht ihre Schuld, dass ihr Busen plötzlich so üppig geworden war. Die meiste Zeit hielt sie die Arme vor der Brust verschränkt und wünschte, die Männer an der Bushaltestelle oder hinter der Theke im Lebensmittelladen würden aufhören, sie so anzustarren. Sie hasste sie. Tatsächlich gab es nicht viele Dinge in ihrem Leben und ihrer Umgebung, die sie mochte. Bücher vielleicht. Die waren ihre Rettung. Sie las alles, was sie in die Finger bekam, ob auf Ungarisch oder Englisch. Sie hatte alles gelesen, was ihre Eltern mitbringen konnten, als sie in den Westen flohen, und alles, was sie in den Häusern ihrer ungarischen Freunde in London gefunden hatte – jeweils nicht sehr viel. Auch alle Bücher der Schulbibliothek und der öffentlichen Bibliothek am Ende der Straße hatte sie verschlungen. Ihre Mutter begann sich schon verzweifelt zu fragen, wie sie genug Lesestoff für ihre Tochter auftreiben konnte, als eine ältere Frau mit einem ganzen Haus voller Bücher Madeleine aufgefordert hatte, sich »auszuleihen, was immer sie wolle«. In Mrs Johnsons Haus gebe es genügend Bände, um Madeleine drei Jahre beschäftigt zu halten, sagte Maja an diesem Abend aufgeregt zu ihrem Mann. Beide waren erleichtert. Ständig schämten sie sich dafür, dass sie es nicht geschafft hatten, die angeblich im Westen gegebenen Chancen zu ergreifen und ihrem einzigen Kind die Möglichkeiten zu bieten, von denen sie gelernt hatten, dass sie ihnen versagt worden waren. Doch Maja, früher Kinderbuchautorin, heute Putzfrau, war sich dessen nicht mehr so sicher. Manchmal, wenn sie genügend Kraft aufbrachte, um darüber nachzudenken, fand sie, dass ihr Leben in Budapest viel besser gewesen war als ihre jetzige Existenz. Aber sie erlaubte sich nur selten, darüber nachzudenken, weil sie sonst wahnsinnig geworden wäre.

4

Die zehnjährige Paola Rossi schlug die Tür so heftig hinter sich zu, dass die bleiverglasten Scheiben der Wohnzimmerfenster klirrten. Sie lief über den marmorgefliesten Gang in ihr Zimmer, riss die Tür auf, warf sich auf ihr Bett und schlug mit den Fäusten auf die seidene Tagesdecke ein. Sie war außer sich vor Wut. Ihre Halbschwester sollte für sechs Wochen kommen – eine *Ewigkeit* –, und sie selbst durfte nicht mit ihrer besten Freundin Daniela und deren Familie nach Sardinien fahren.

Das konnte einfach nicht wahr sein! Sie drückte das Gesicht in die weißen Kissen und stieß einen Wutschrei aus, als es klopfte und ihre Mutter hereinkam.

»Paola, Liebling«, begann Francesca.

»Geh weg!«, schrie Paola, ihre Stimme gedämpft durch das Kissen, das sie ans Gesicht hielt. Einen Moment herrschte Schweigen. Sie drehte sich auf den Bauch, wobei sie immer noch das Kissen an die Brust presste. Sie fand das Leben höchst ungerecht. Sie *hasste* Amber – sie hasste sie einfach. Es ging ja nicht nur darum, dass Amber vier Jahre älter war und Max ständig behauptete, sie sei klüger als sie, sondern dass Amber die »richtige« Tochter war, diejenige, deren Mutter mit Max verheiratet war. Francesca war ja nur seine Geliebte, und das war für Paola ein wichtiger, ständig an ihr nagender Unterschied. Letztendlich aber ertrug sie es nicht, Max mit *irgendjemand* zu teilen. Sie liebte ihren Vater abgöttisch und ohne jeglichen Vorbehalt. Für sie war niemand auf der Welt so gut aussehend, stark, reich, geistreich und wundervoll wie Max. In ihren Augen war er der Größte. Zuweilen wies ihre Mutter sie vorsichtig darauf hin, dass auch Max seine Fehler habe, doch Paolas Bewunderung blieb unerschütterlich. Das Einzige, was bei Max nicht in Ordnung sei, erklärte sie ihrer leicht besorgten Mutter, sei die Existenz der anderen Familie in seinem Leben. Angela, Amber und Kieran. Ohne sie wäre Max perfekt. Ohne sie, erklärte Paola oft, wäre *ihr* Leben perfekt. Sie stünde im Zentrum seiner Aufmerksamkeit, statt bloß ein Anhängsel am Wochenende zu sein. Francesca erwiderte darauf nichts, war aber insgeheim alarmiert.

Paola schluckte ihre Tränen hinunter. Amber kam. Und blieb. Sie stieß einen markerschütternden Schrei aus.

Francesca ging ins Wohnzimmer ihres Nobel-Apartments auf der Via Giacomo im Herzen Roms, das Max für sie – und natürlich Paola – gekauft hatte. Sie war nicht sicher, was sie tun sollte. Max hatte am Morgen angerufen und gebeten, oder eher befohlen, Amber bei sich aufzunehmen. Dagegen war nichts zu machen. Amber würde für sechs lange Wochen kommen, und von ihr und Paola wurde erwartet, sie freundlich aufzunehmen. Sie setzte sich auf eines der seidenbezogenen Sofas und nagte aufgebracht an ihrer Unterlippe. Sie hatte sich darauf gefreut, Paola mit ihrer Schulfreundin nach Sardinien zu schicken und Max eine Weile für sich allein zu haben. Jetzt musste sie sich stattdessen mit seiner Tochter abfinden. Schlimm genug, sich mit seiner Frau abzufinden. Sie griff nach ihren Zigaretten.

»Madame?« Bella, ihr hübsches Dienstmädchen, steckte den Kopf durch den Türspalt. »Soll ich den Fisch herausnehmen? Fürs Abendessen?« Francesca runzelte die Stirn. Verdammt! Fast hätte sie die Dinner-Party am Abend vergessen. Sie sah auf ihre Uhr. Schon fast fünf. Gerade noch Zeit genug, schnell zu Marco, ihrem Friseur, zu laufen und sich das Haar machen zu lassen. Zögernd legte sie Zigarette und Feuerzeug weg.

»Ja, den Seeteufel. Mach ihn so wie letztes Wochenende. Du weißt schon, gedünstet, mit Linguine und Salat. Irgendwas Einfaches, ja?« Bella nickte und schloss die Tür. Francesca stand auf und blickte sich prüfend im Spiegel an. Sie sah schön aus. Wie immer. Von ihrer Wut auf Max war in ihrem makellosen Äußeren nichts zu erkennen. Schulterlanges, glänzendes braunes Haar, dunkle, feurige Augen, ein herzförmiges, volles Gesicht, sinnliche Lippen. Sie betrachtete sich eingehend. Francesca Rossis Gesicht und Körper waren ihr Kapital – ihnen hatte sie ihre gegenwärtige Stellung im Leben und ihr schönes Apartment in Rom zu verdanken –, und sie würde dafür sorgen, dass alles so blieb, wie es war. Max hatte keine Ahnung. Er hatte nicht den blassesten Schimmer, dass sie ihn sich schon lange ausgeguckt hatte, bevor er sie überhaupt bemerkt hatte. Er wusste nicht, dass die schnelle, heftige Begegnung im leeren Waschraum der Hotelhalle von dem Moment an geplant war, als sie ihn auf dem Alitalia-Flug nach London die Gangway zur ersten Klasse hinaufsteigen sah.

Francesca war zu der Zeit neunzehn und kam aus einem kleinen Ort in der Nähe von Pescara an der Adria. Sie war schön, ehrgeizig und träumte wie alle hübschen Mädchen aus der Provinz von einem besseren Leben. Sie frischte ihr Französisch auf, lernte Englisch und begann 1964 als Stewardess zu arbeiten. Als sie den Reißverschluss ihrer schicken grünen Tunika hochzog, zu der ein langer Rock und eine flotte Mütze gehörten, wusste sie, dass sie durch ihren Beruf ihre Träume verwirklichen konnte. Jeder, der etwas war, flog damals mit Alitalia. Sie bediente die berühmte Sophia Loren, Jean-Paul Belmondo, Alberto Sordi, Marcello Mastroianni und sogar die göttliche Brigitte Bardot. 1967, als sie Max Sall in der Abflughalle des neuen Leonardo-da-Vinci-Flughafens sah, wusste sie, wer er war, da sein Gesicht ein paar Monate zuvor das Titelblatt des *Time Magazines* geschmückt hatte. Er war der junge, dynamische Geschäftsmann, der aus dem Nichts an die Spitze der Londoner Gesellschaft aufgestiegen war und die hübsche Tochter eines englischen Lords geheiratet hatte. Die Zeitungen waren voll davon. Die Eltern des Mädchens waren strikt gegen die Heirat gewesen, und Francesca erinnerte sich an Bilder der fast weinenden Mutter in der Hochzeitskapelle. Francesca hatte Max ein paar Mal am Flughafen gesehen, wo er immer mit einem Chauffeur vorfuhr und dann so schnell zu seinem jeweiligen Zielort eilte, dass die Schar seiner Begleiter kaum Schritt halten konnte. Er sah gut aus und war reich, was eindeutig für ihn sprach. Als sie ihn die Gangway heraufkommen sah, traf sie eine schnelle Entscheidung. Sie wollte nicht wie viele ihrer Freundinnen als Geliebte eines alternden, früher einmal attraktiven Piloten enden, der kaum genug Geld verdiente, um eine, geschweige denn zwei Familien zu ernähren. Nein, sie wollte mehr, viel mehr. Sie musste nur am Ende des zweistündigen Flugs nach London sicherstellen, dass er wusste, wer *sie* war. Und dass er sie nicht mehr vergaß.

Sie hatte nicht vorhergesehen, was nach – oder besser gesagt, während – ihrer stürmischen Begegnung im Waschraum geschah, ganz egal, was ihre Mutter auch meinte. Paola war kein geplantes Kind. Francesca wollte Max nicht auf diese Weise in die Falle locken. Nein, Paola war ein Unfall gewesen. Wenn auch ein glücklicher, dachte Francesca, als sie sich in der schönen Wohnung umsah, denn jetzt würde Max sie keinesfalls mehr verlassen. Er besaß Anstand und – vor allem, was seine Kinder betraf – ein fast altmodisches Pflichtgefühl. Er wollte sie unbedingt um sich haben, egal, was andere Leute, einschließlich seiner eigenen Frau, sagten. Francesca wusste, dass die Nachricht von seinem »Kind der Liebe«, wie die Zeitungen Paola nannten, vermutlich der Grund für Angela Weymouths nur allzu offensichtliche Probleme war. Manchmal hatte sie sogar Mitleid mit ihr. Verstand sie denn gar nichts? Wie konnte sie glauben, sie könnte es schaffen, einen Mann wie Max festzuhalten? *La Rosa Inglesa* wurde sie von der italienischen Presse genannt. *Die englische Rose.* Mit ihrem weißblonden Haar und dem zerbrechlichen Körper. War ihr nicht klar, dass Max nach etwas anderem suchen würde? Max brauchte und wollte keine englische Rose. Er brauchte jemanden wie Francesca: sinnlich, heißblütig, leidenschaftlich, wie er selbst. Francesca war sich dessen sicher. Nun, fast sicher. Manchmal nervten sie die Fragen der Zehnjährigen. *Warum heiratet er dich nicht, Mama? Perchè no?*

Sie schüttelte den Kopf, als wollte sie die Gedanken an die Vergangenheit vertreiben, lächelte kurz ihr Spiegelbild an und nahm ihre schwarze Designer-Tasche. Nach einem kurzen Blick auf Paolas geschlossene Tür ging sie den Gang hinunter. Ihre Tochter würde sich schon wieder einkriegen. Wie immer. Wenn sie sich ausgeweint und eine Stunde geschmollt hatte, würde sie Bella bitten, ihr zum Abendessen ihre Lieblingsnachspeise zu machen, flambierte Bananen mit Vanilleeis. Dann konnte sie in den Salon kommen und Francescas Gäste begrüßen. Es gefiel Paola doch immer, wenn die Gäste ihr Komplimente wegen ihrer Schönheit und ihrer Ähnlichkeit mit ihrer Mutter machten. Das würde sie wieder aufmuntern. Francesca öffnete die Tür und ging hinaus.

5

Auf Ambers Flug nach Fiumicino waren glücklicherweise wenig Passagiere. Starr saß sie auf ihrem Sitz in der Business-Class und versuchte, nicht an die kommenden sechs Wochen zu denken. Ihr Zuhause zu verlassen war schrecklich gewesen. Kieran hatte sich nicht einmal die Mühe gemacht, ihr Lebewohl zu sagen. Er war wütend, allein zurückbleiben zu müssen, und verhielt sich tagelang kalt und abweisend. Sie flehte ihn an, es sei doch nicht ihre Schuld, sondern vielmehr Max' Idee. *Bitte, Kieran, sei nicht böse auf mich,* sagte sie, aber er ignorierte sie einfach und verschwand zu seinen Freunden. Amber konnte ihm nur verzweifelt nachsehen.

Kurz vor der Landung blickte sie aus dem Fenster. Unter ihr breitete sich bedrohlich Rom aus. Gebäude ragten gefährlich hoch auf, und durch die konvexe Scheibe traten leicht verzerrt Straßen und Autos in ihren Blick. Kurz darauf setzten sie mit leichtem Rütteln auf.

»Willkommen in Rom, meine Damen und Herren«, ertönte die Stimme des Kapitäns, als das Flugzeug zum Stillstand kam. Die Türen wurden von strahlenden Stewardessen aufgerissen, aber Amber funkelte sie böse an. War nicht das Miststück Francesca auch eine von ihnen gewesen? Sie stand oben an der Treppe und kniff im hellen mediterranen Licht die Augen zusammen. Draußen war es warm und trocken.

In der Ankunftshalle erwartete sie ein Fahrer, der ein handgeschriebenes Schild mit ihrem Namen hochhielt. Erleichtert, dass es nicht Francesca war, hob sie zögernd die Hand. Sie stieg auf den Rücksitz des Wagens und zog schnell ein Buch aus ihrer Tasche. Sie wollte mit niemandem reden, schon gar nicht mit Francescas Fahrer. Sie fuhren aus dem Parkplatz hinaus in Richtung Innenstadt. Es war kurz nach sechs. Die Dämmerung senkte sich langsam über die Hügel der Stadt. Eine halbe Stunde später hielten sie irgendwo im Zentrum vor einem Haus mit imposanter Fassade. Sie blickte auf den reich verzierten, mit Säulen bewehrten Eingang, und ihr Magen krampfte sich zusammen. Noch nie war sie in Francescas Wohnung gewesen. Abgesehen von zwei schrecklichen Sommern, einmal mit sieben und einmal mit zwölf, hatte sie nie mehr als einen Nachmittag in Francescas oder Paolas Gesellschaft verbracht. Das war ihr auch recht so. Es war schlimm genug, dass jeder von ihrer Existenz wusste. Sie brauchte sie weder zu mögen noch anzuerkennen.

Sie öffnete die Wagentür und stieg aus. Während ihr Gepäck aus dem Kofferraum genommen wurde, ging surrend das schmiedeeiserne Tor auf. Dann stand sie in einer kalten, marmornen Eingangshalle und wartete nervös, dass der Feind auftauchte.

»Amber, *buona sera«*, erklang Francescas raue Stimme mit dem starken Akzent. Amber drehte sich um. Sie hatte sich kein bisschen verändert – dieselbe zierliche Gestalt, braun gebrannt, in makelloses Weiß gekleidet. Goldschmuck blitzte bei jeder Bewegung auf. Schulterlanges glänzendes Haar, perfekt geschminktes Gesicht. »Hattest du einen guten Flug?«, fragte sie und versuchte, mit der Hand den Rauch wegzuwischen, den sie Amber gerade ins Gesicht geblasen hatte. Amber nickte kurz und folgte ihr ins Haus. Francesca bemühte sich, höflich zu sein – beim letzten Treffen hatte sie Kieran und sie angeschrien, geflucht und Max erklärt, sie wolle die beiden nie wieder sehen. Amber folgte ihr, als sie auf ihren unglaublich hohen Absätzen den breiten kühlen Korridor hinuntergging, während der Fahrer mit dem Gepäck hinterhereilte. Sie hustete demonstrativ, als Francesca eine weitere Rauchwolke in ihre Richtung blies und sie nach oben bat. Von Paola war nichts zu sehen.

Vor einer der Türen im Gang blieb Francesca stehen. »Ich dachte, dieses Zimmer würde dir gefallen«, sagte sie, als sie die Tür öffnete. »Du kannst dich ein wenig ausruhen, bevor du dich zum Dinner umziehst. Wir sind zu sechst heute Abend.« Obwohl sie es nicht zugeben wollte, war Amber angenehm überrascht. Der Raum war wunderschön: warme Terrakottafliesen auf dem Boden, blassgelbe Wände mit weißen, sich bauschenden Vorhängen an den Fenstern. Auf dem Frisiertisch stand eine Schale frischer Pfirsiche, deren Duft den Raum erfüllte. Sie drehte sich um, um sich zu bedanken, aber Francesca war schon fort. Was hatte sie gesagt? Sie sollte sich zum Essen umziehen? Warum um alles in der Welt sollte sie das tun?

Paola brauchte einen Moment, um sich klar zu machen, dass ihre Halbschwester noch größer und, seit ihrer letzten Begegnung, auch hübscher geworden war. Eigentlich erinnerte sie sich gar nicht mehr richtig an sie, nur dass sie groß, dürr, nicht annähernd so hübsch wie sie selbst und dazu noch vorlaut und angeberisch war. Aber der große schlanke, keineswegs dürre Teenager vor ihr sagte nichts, nicht einmal hallo. Die beiden Schwestern starrten sich an. Keine war bereit, den ersten Schritt zu tun. Sie hätten verschiedener nicht sein können: Amber in einem schulmädchenhaften Faltenrock und schlichter Baumwollbluse, das widerspenstige Haar zum Pferdeschwanz gebunden, mit Socken und Sandalen an den Füßen. Paola starrte sie an. Socken? Im Sommer? Paola trug ein weißes Baumwollkleid mit hübschen Knöpfen und passenden Schleifen in ihrem langen, dunklen Haar. Sie sah viel modischer und erwachsener aus als diese dumme Kuh vor ihr. Nun ja, sie war eben *Engländerin.* Francesca hatte sie gewarnt.

Am anderen Ende des Raums beobachtete Francesca die beiden nervös, während sie mit ihren Freundinnen, Maria Luisa Tonone und Manuela di Gervase, plauderte, beide die Geliebten bekannter Lokalpolitiker. Die drei Frauen stammten aus ähnlichen Verhältnissen und teilten ein ähnliches Schicksal. Francesca dachte oft, wie es gewesen wäre, wenn sie die beiden nicht gehabt hätte. In Momenten wie diesen, dachte sie, während sie Ambers angespanntes Gesicht musterte, brauchte man alle Unterstützung, die man kriegen konnte. Verdammter Max! Warum musste immer alles nach seinem Kopf gehen?

»Amber, möchtest du etwas Wein?«, fragte Luisa und ging zu der Couch, auf der die beiden Mädchen saßen und sich angestrengt ignorierten.

»Nein, ich trinke nicht«, antwortete Amber abweisend. Mit leicht hochgezogenen Augenbrauen wandte sich Maria Luisa wieder Francesca zu. Die zuckte mit den Achseln und läutete nach Bella. Dann konnte man auch gleich zu Tisch gehen. Je früher dieser schlecht gelaunte Teenager im Bett war, desto besser.

Von ihrem Platz neben der unglaublich eleganten Manuela beobachtete Amber Paolas verdrossene Miene und ihre eifersüchtigen Versuche, ihre Mutter abzuschotten. Voller Genugtuung stellte sie fest, dass Paola genauso außer sich war wie sie selbst. Paolas Anblick in einem Kleid, das dem ihrer Mutter fast aufs Haar glich, hatte sie irritiert. Amber wäre lieber gestorben, als etwas Ähnliches wie Angela anzuziehen. Sie sah sich um, bis der erste Gang serviert wurde. Es war ganz anders als zu Hause. Die Wohnung wirkte teuer und überladen. Alles darin schien zu kostbar, um angefasst zu werden. Zu Hause waren die Dinge auch teuer, aber behaglich, nicht dieser strenge, übertriebene Pomp, der sie hier umgab. Die Sofas zu Hause waren zum Ausruhen und Fernsehen gedacht, es gab Plattenspieler und Radios in allen Räumen und auch Bücher – hier gab es nur kostbar wirkende Bilder und steife Stühle mit blass glänzenden Überzügen, die wirkten, als würde nie jemand darauf sitzen. Der Esstisch war aus kaltem Marmor, ganz anders als zu Hause der riesige Eichentisch in der Küche. Und das Dienstmädchen Bella war in keinerlei Hinsicht mit Mrs Dewhurst oder Krystyna zu vergleichen. Sie sah eher aus wie ein Model. Die Unterhaltung um sie herum wurde auf Italienisch geführt – glücklicherweise sprach Manuela kaum Englisch und Luisas Sprachkenntnisse reichten über die üblichen Floskeln – *Ein Glas Wein? Wie geht's dir? Wie gefällt dir Rom?* – nicht hinaus.

Amber beachtete niemanden und versuchte, sich aufs Essen zu konzentrieren. Es schien kein Ende zu nehmen. Aber sie aß alles auf und kümmerte sich nicht darum, dass niemand ihrem Beispiel folgte. Alle anderen, einschließlich Paola, nahmen nur ein paar Bissen von jedem Gang und schoben dann ihre halb vollen Teller beiseite. Stimmte etwas mit dem Essen nicht? Aber niemand schien sie zu beachten. Die drei Frauen redeten praktisch pausenlos, während Paola und sie damit beschäftigt waren, jeden Blickkontakt zu vermeiden, und sich böse anfunkelten, wenn ihre Blicke sich doch einmal trafen. Sie versuchte, sich die genaue Anzahl der Tage, Stunden und Minuten auszurechnen, die sie in Rom verbringen musste, aber es gelang ihr nicht. Es war niederschmetternd. So schnell sie konnte, beendete sie ihr Mahl und verließ ohne zu fragen den Tisch. Es beachtete sie ohnehin keiner. Mit möglichst hocherhobenem Kopf ging sie in ihr Zimmer. Sechs Wochen? Sie würde *sterben.*

6

Es war ein trüber, nasser Samstagmorgen. Der erste Samstag ohne Amber. Becky lag im Bett, beobachtete, wie der Regen gegen die Scheiben schlug, und fragte sich verzweifelt, was sie tun sollte. Solange sie sich erinnern konnte, frühstückten Amber und sie am Wochenende gemeinsam. Manchmal warmen Buttertoast mit Marmelade bei Becky, manchmal von Krystyna zubereitete Waffeln mit Ahornsirup bei Amber. Nach dem Frühstück gingen sie zur Eislaufbahn in Bayswater, ins Kino oder, bei schönem Wetter, in den Holland Park zum Fahrradfahren. Danach gab es Mittagessen, dann wurden Hausaufgaben gemacht, gewöhnlich gefolgt von der stundenlangen Beschäftigung mit den Papierpuppen, bis Amber langweilig wurde. Dann gab es Tee, sie sahen sich ein Video an oder einfach nur fern, dann aßen sie zu Abend und gingen danach ins Bett. Oft schlief Amber bei Becky. Den Sonntagmorgen hatte Becky am liebsten, weil der eine Wiederholung des Samstags war *und* weil keine Hausaufgaben zu machen waren. Doch jetzt lagen fast zwei ganze Monate ohne Samstag- und Sonntagmorgen mit Amber vor ihr. Was sollte sie tun? Sie starrte so lange und intensiv auf das graue Licht vor ihrem Fenster, dass ihre Augen zu schmerzen begannen. Schließlich schwang sie die Beine aus dem Bett und stand auf. Vielleicht hatte ihre Mutter eine Idee, was sie tun könnte.

»Möchtest du mit mir einkaufen gehen?«, fragte ihre Mutter und musterte ihre unglückliche Miene.

»Nein, eigentlich nicht.«

»Auch nicht, wenn wir neue Jeans kaufen?« Becky schüttelte den Kopf.

»Nein. Vielleicht wenn Amber zurück ist.«

»Liebling«, begann Susan vorsichtig. »Amber wird nicht immer bei dir sein, weißt du. Manchmal musst du auch ohne sie etwas unternehmen.«

»Nein.« Beckys Stimme klang ernst. »Natürlich wird sie immer da sein. Ich hab’s dir *gesagt.*«

»Schon gut, schon gut«, beruhigte Susan sie schnell. Sie sah auf ihre Uhr. Fast halb zehn. In einer Stunde wären die Geschäfte voll. »Also, was sollen wir dir kaufen? Du möchtest keine Jeans. Wie wär's mit ein paar neuen Stiften?«

»Ja, bitte. Und einen neuen Zeichenblock.« Beckys Augen leuchteten auf. Susan war erleichtert. Mit der Aussicht auf einen neuen Zeichenblock, eine Schachtel Farben oder einen Satz neuer Stifte ließ sich Becky immer aufheitern. Susan wusste nicht, woher das Talent ihrer Tochter stammte, nur dass sie eine erstaunliche Phantasie hatte und atemberaubend gut zeichnete.

Später am Tag, nachdem ihre Mutter mit einem schönen Zeichenblock und einem Satz herrlicher Malfarben zurückgekommen war, packte Becky ihre Sachen in eine Tasche und ging zur Bibliothek. Sie hatte eine Reihe amerikanischer Kunstbücher entdeckt, die Anleitungen zum Zeichnen enthielten. Aus ihnen kopierte sie Pferde und andere Tiere, lernte, wie man ein Auge im Profil zeichnete und welche die besten Techniken waren, um die Struktur von Fell wiederzugeben. Als sie die Stufen der großen viktorianischen Bibliothek hinaufstieg, bemerkte sie ein Mädchen, das unschlüssig im Foyer stand – ein großes, fülliges Mädchen mit blondem Haar, das in zwei ungleiche Pferdeschwänze geteilt war. Es kam ihr bekannt vor. Sie hatte dieses Mädchen schon einmal gesehen, konnte sich aber nicht erinnern, wo. Schnell ging sie zur Kunstabteilung, fand ihre Bücher und setzte sich an einen der Tische, erfreut über die Aussicht, einen ganzen Nachmittag lang zu zeichnen. Das zumindest konnte sie tun, während Amber fort war – zeichnen üben. Amber konnte nicht zeichnen, es langweilte sie. Sie öffnete ihren Block und freute sich über den Anblick des frischen weißen Papiers, das sie mit ihren Bildern füllen würde.

Als plötzlich eine Stimme neben ihr flüsterte, dass ihre Zeichnung gut, wirklich gut sei, hätte sie fast der Schlag getroffen. Verärgert sah sie auf. Es war das Mädchen, das sie im Foyer gesehen hatte. Wie unhöflich von ihr, einfach herzukommen und sie zu unterbrechen, während sie arbeitete. Aber das Mädchen schien gar nicht zu merken, dass es störte. »Willst du Künstlerin werden?« Damit stellte sie die einzige Frage, die Becky gern hörte. Ihr Zorn schmolz dahin.

»Ja, würde ich gern«, antwortete sie geschmeichelt und fühlte sich zu dem fremden Mädchen gleich hingezogen.

»Ich bin übrigens Madeleine«, sagte das Mädchen und hängte sich ihre Tasche über die Schulter, als wollte sie gehen.

»Ich heiße Becky.«

»Ich weiß.«

Becky sah sie verblüfft an. Was meinte sie damit?

»Ich hab gehört, wie deine Freundin dich neulich gerufen hat«, fuhr Madeleine fort. »Du weißt schon, das große Mädchen mit den braunen Haaren.«

»Amber?«

»Ich weiß nicht, wie sie heißt. Ich hab nur gehört, wie sie dich gerufen hat. Ihr seid in den Laden am Ende des Westbourne Grove gegangen und dann in den Buchladen um die Ecke. Ich hab euch gesehen.«

»Was? Und was hast *du* getan? Bist du uns nachgegangen?« Becky sah sie verwundert an.

»Oh nein«, antwortete das Mädchen und schüttelte den Kopf. »Ich hab den gleichen Schulweg, daher sehe ich euch oft.«

»In welche Schule gehst du denn?«, fragte Becky. Sie war sicherlich nicht auf der Radcliffe.

»King George.«

Becky riss die Augen auf. Sie hatte noch nie jemanden getroffen, der tatsächlich in die riesige, scheußliche Schule am Ende der Straße ging. »Die *Gesamtschule?*« Sofort bedauerte sie ihre Worte wieder.

»Ja, leider«, antwortete das Mädchen, offensichtlich verlegen. »Du gehst auf die Radcliffe, nicht wahr?« Becky nickte. Es folgte ein kurzes Schweigen. »Also dann«, Madeleine wandte sich zum Gehen. »Ich sollte mich wohl besser auf den Heimweg machen.«

»Hättest du Lust, zu mir zu kommen?«, fragte Becky, bevor sie Zeit zum Nachdenken hatte. Madeleine hatte etwas an sich, das ihr gefiel, und sie wollte ihre anfängliche Unhöflichkeit wieder gutmachen.

»Was? Zu dir nach Hause?«

»Ja, zum Tee.«

»Oh, na ja, da muss ich meine Mum fragen«, antwortete Madeleine, von der überraschenden Einladung etwas überrumpelt. »Kannst du ein paar Minuten warten? Ich wohne gleich oben an der Straße.« Becky nickte erfreut. Plötzlich entpuppte sich der erste Samstag ohne Amber doch nicht als so langweilig, wie sie befürchtet hatte.

Susan Aldridge öffnete die Tür und fand sich einer lächelnden Becky und einer neuen Freundin gegenüber, einem pummeligen, ziemlich reif wirkenden und sehr hübschen Mädchen, das eine höchst seltsame Kombination von Kleidern trug – einen grauen Wollrock, ein gelb-schwarz gestreiftes T-Shirt, blaue Socken, die als Wulst um ihre Fesseln lagen, und zu großen Tennisschuhen.

»Mum, das ist Madeleine. Sie geht auf die King George«, lautete Beckys Vorstellung, als sie hereinkamen.

»Oh. Hallo, Madeleine«, sagte Susan und fragte sich, wo ihre Tochter das Mädchen gefunden hatte. In den gesamten zwölf Jahren, die sie in Notting Hill lebten, hatte Becky nach Susans Wissen nie mit jemandem von der King George gesprochen. Sie lächelte das Mädchen an und hoffte, dass man ihr ihre Überraschung nicht ansah. Scheu erwiderte Madeleine ihr Lächeln.

»Wir gehen nach oben. Können wir Brownies zum Tee kriegen? Die gleichen, die du letzte Woche gemacht hast?«, fragte Becky und führte Madeleine die Treppe hinauf.

»Ja, natürlich. Ich bringe sie rauf, wenn sie fertig sind«, antwortete Susan, erfreut, dass Becky eine neue Freundin gefunden hatte. Sie sprach es nicht aus, aber insgeheim dachte sie manchmal, dass Becky zu viel Zeit mit Amber verbrachte. Andere in ihre kleine Welt mit aufzunehmen, war keine so schlechte Idee. Außerdem war sie froh, dass Becky jemanden gefunden hatte, der nicht die Radcliffe besuchte, auch wenn Madeleine älter wirkte als ihre Tochter. Einige der Eltern in der exklusiven Schule gingen Susan schrecklich auf die Nerven, von deren Töchtern ganz zu schweigen. Es war eine schwere

Entscheidung gewesen, Becky auf die Radcliffe zu schicken. Weder sie noch ihr Mann bestanden auf einer Privatschule für ihre Tochter, aber da die King George keine Alternative darstellte, gaben sie sich geschlagen und bezahlten die hohen Gebühren. Dass Amber, die trotz des Reichtums ihres Vaters so erfrischend natürlich war, die gleiche Schule besuchte, war ein zusätzlicher Vorteil. Susan wollte Becky nicht auf ein Internat schicken, wie sie als Kind fortgeschickt worden war, also war die Radcliffe die einfachste und praktischste Lösung. Oben an der Treppe schlug Beckys Tür zu. Susan lächelte in sich hinein – vielleicht würden sich die sechs Wochen erzwungene Trennung doch nicht als so schlimm erweisen, wie sie befürchtet hatte.

Madeleine sah sich staunend in Beckys Zimmer um. Es war herrlich. Sie befühlte die Bänder an Beckys Ballettschuhen, berührte die gespitzten Farbstifte auf dem Schreibtisch und setzte sich vorsichtig auf die farbenfrohe Steppdecke. Hier war alles anders als bei ihr zu Hause. In dem Moment, als Beckys Mutter die Tür öffnete, war ihr klar geworden, dass sie Becky niemals mit zu sich nach Hause nehmen könnte. Schweigend sah sie zu, wie Becky Dinge herausholte, mit denen sie sich beschäftigen konnten. Beschäftigen? In Madeleines Haus gab es so etwas nicht: Sie saß in ihrem Zimmer und las, manchmal ging sie ins Wohnzimmer zum Fernsehen, oder sie unterhielt sich mit ihrem Vater, wenn er einmal zu Hause war, bevor sie ins Bett ging. Die Vorstellung, *Dinge* zu haben – Skizzenblöcke, Stifte, Teenager-Zeitschriften –, war für sie so fremd, wie umgekehrt für Becky Madeleines Zuhause mit den verstaubten ungarischen Büchern, dem ewigen Essensgeruch und den verblichenen Bildern von Budapest an der Wand fremd wäre. Alles in Beckys Zuhause war schön. Als ihre Mutter eine Stunde später mit einem Tablett köstlichster Schokoladekuchen nach oben kam, war ihre Seelenpein perfekt. Beckys Mutter war so nett. Sie war freundlich und fröhlich, nicht reizbar und unbeholfen wie ihre eigene Mutter. Den ganzen Rest des Nachmittags verbrachte Madeleine damit, Vergleiche anzustellen, und nach jedem fühlte sie sich noch schlechter als zuvor.

Um halb sechs, als sie fast platzte von den Brownies und der Milch, erhob sie sich zögernd von dem weichen Schaffellteppich auf dem Boden und sagte, sie müsse heimgehen. Beckys Einladung, nach der Schule wiederzukommen, wann immer sie wollte, wirkte aufrichtig. Selbst ihre Mutter sagte, sie hoffe, man würde sie wiedersehen. Als Madeleine die Haustür leise hinter sich schloss und die Straße hinunterging, fühlte sie sich innerlich warm. Zum ersten Mal, seit sie vor fast sechs Jahren nach England gekommen war, hatte Madeleine ein Mädchen getroffen, das eine Freundin werden könnte. Becky ähnelte ihren Freundinnen in Budapest. Sie dachte an Maria Nàdas, die drei Straßen weiter wohnte, und an Kisztiàna Gyllenborg, die in der Grundschule ihre beste Freundin gewesen war. Normalerweise versuchte sie, nicht an sie zu denken. Es schmerzte, vor allem wenn sie sich die Jungen und Mädchen ansah, mit denen sie jetzt gezwungenermaßen verkehrte. Ihr Spitzname in der Schule war Schäbige Schabo. Nicht einmal ihren Namen konnten sie richtig buchstabieren. Dennoch, Schäbige Schabo war immer noch besser als Fette Fremde, wie Josh Barnes, der schrecklichste Junge in der Schule, sie anfangs genannt hatte. Madeleine ging über den Ladbroke Grove nach Hause und versuchte, nicht an das große, schöne Haus zu denken, das sie gerade verlassen hatte.

7

Als Max eintraf, war das Apartment leer. Er sah auf seine Uhr, während der Fahrer sein Gepäck in die Eingangshalle trug. Es war fast drei – wo zum Teufel waren sie? Einkaufen wahrscheinlich. Francesca konnte für ganz Italien einkaufen. Er fragte sich, wie in aller Welt sie Amber zum Mitkommen überredet hatte. Er ging in die Küche und löste seine Krawatte. Eigentlich hatte er vorgehabt, schon eine Woche früher nach Rom zu kommen, um zu sehen, wie sich Amber eingelebt hatte, aber eine Menge Dinge hatten ihn davon abgehalten, nicht zuletzt seine verdammte Ehefrau. Beim Gedanken an sie zog er eine Grimasse. Er hatte Angela nach Klaasens geschickt, eine erstklassige, äußerst diskrete Klinik außerhalb von Brüssel, damit man sich um sie »kümmerte«, wie sie es höflich ausdrückten. In der ersten Woche schien alles gut zu gehen. Aber dann war es ihr gelungen, jemanden – den Sohn einer anderen Patientin – zu überreden, Brandy für sie einzuschmuggeln. Ein paar Tage lang gelang es ihr, das Personal zum Narren zu halten, dann flog sie auf. Max schüttelte ärgerlich den Kopf. Was zum Teufel sollte er bloß mit ihr machen? Erneut sah er auf seine Uhr. Wie auch immer die Lösung lautete, sie musste warten. Er hatte ein paar Telefonate zu machen. Er öffnete den Kühlschrank, nahm einen Teller Oliven und ein Bier heraus und ging in sein Arbeitszimmer.

An seinem großen Glasschreibtisch zog er das Telefon zu sich heran, öffnete seinen Terminkalender und fuhr mit dem Zeigefinger eine Reihe von Namen entlang, die er an den Rand geschrieben hatte. Kaplan, Kimchiko, Kramer. Das war's. Jeff Kramer. Er wählte die Nummer. Beim zweiten Klingelton nahm der Mann in New York ab. Max redete ein paar Minuten und legte dann auf. Die Fingerspitzen aneinander gelegt, lehnte er sich in seinem Lederstuhl zurück. Sein Verstand arbeitete schnell. Es war das erste Mal, dass er mit Ostdeutschen zu tun hatte – der Kontakt war von ihrer Seite aus über einen gemeinsamen Bekannten hergestellt worden. Sie wollten Dollars im Austausch gegen ostdeutsche Währung, eine große Lieferung in Ostdeutschland hergestellte Trabants verkaufen und eine Garantie für einen lukrativen Bauauftrag in Usbekistan erhalten. Max nickte langsam. Die ostdeutsche Währung konnte an polnische oder tschechische Vertragspartner verkauft werden – da gäbe es keine Probleme. Beide Male würde er Provisionen kassieren. Nach einem Abnehmer für die Autos müsste er sich umsehen – am besten jemand aus dem Mittleren Osten oder aus Afrika. Einen Deal mit Europa oder Amerika einzufädeln wäre praktisch unmöglich. Südamerika war vermutlich zu weit entfernt, und der asiatische Markt war mit japanischen und koreanischen Importen bereits überschwemmt. Ja, Iran, Irak, der Sudan, das wären mögliche Märkte. Er müsste sich wieder ans Telefon hängen. Der letzte Teil der Abmachung – der Bau eines Wasserkraftwerks im Norden von Usbekistan – dafür musste er sich ebenfalls erst umhören. Er würde Partner finden, ein Konsortium bilden und von beiden Parteien eine saftige Provision kassieren. Erneut nahm er seinen Terminkalender und begann seine Listen durchzusehen. Fünf Minuten später hatte er die drei Namen, die er suchte. Wieder nahm er den Hörer und begann zu wählen.

8

Angela fühlte sich schrecklich. Ihre Kehle war ausgetrocknet, ihre Augen schmerzten von dem Licht, und sie hatte das Gefühl, als würde sie abheben, ohne sich festhalten zu können. Selbst die Bettkanten boten keinen Halt. Sie drehte den Kopf zum Fenster. Auch durch die dichten Vorhänge drang noch zu viel Licht herein. Sie drehte sich auf die andere Seite. Ihr Blick fiel auf das Foto von Max und den Kindern, das die Schwester, dieses Miststück, auf den Fernseher gestellt hatte. *Etwas, das Sie an zu Hause erinnert!,* hatte sie fröhlich verkündet, bevor sie das Bett ein letztes Mal aufschüttelte und verschwand. Angela wollte ihr nachrufen, ich möchte nicht an zu Hause erinnert werden, du dumme Kuh, aber dafür war sie zu erschöpft. Abgesehen davon, dass die Frau sie wahrscheinlich nicht verstanden hätte. Sie war Französin oder Belgierin oder etwas anderes in der Art. Angela zögerte einen Moment. Aber sie hatte doch vor ein paar Minuten englisch mit ihr gesprochen. War sie in England? Nein, in Belgien. Das hatte Mrs Dewhurst ihr auf Max' Anweisung hin gesagt. Der Schuft. Er machte sich nicht einmal die Mühe, ihr das selbst zu sagen. Bei diesem Gedanken traten ihr Tränen in ihre Augen. Sie rutschte im Bett weiter nach unten. Die Laken waren steif und kalt. Sie begann zu zittern. Seit fast – sie versuchte zu rechnen – drei Tagen hatte sie nichts mehr getrunken. Von früheren Versuchen wusste sie, dass die erste Woche die schlimmste war, aber es war schwer, in Wochen zu rechnen, wenn man nicht einmal die nächsten fünf Minuten überstand. Sie schwitzte vor Anstrengung, *nicht* an ein schönes kaltes Glas Bier, scharfen Gin mit Limone oder die wohltuende Wärme eines Brandys zu denken. Leise begann sie zu weinen. Was zum Teufel machte sie hier? Was hatte Max ihr angetan? Was hatte sie sich selbst angetan?

Als sei es gestern gewesen, fielen ihr die Worte ihrer Mutter ein. Sie hatte vor dem hohen Spiegel auf dem Treppenabsatz in Haddon Hall gestanden, während ihre Mutter, Mrs Bambridge und ihre Schwester Mary Ann an ihr herumfummelten und Blumen in ihr Haar steckten. Damals war sie einundzwanzig und so verliebt, dass ihr keiner das Glück ausreden konnte, in dem sie schwelgte. Max. Ihm verdankte sie alles. Es war ihr egal, was ihre Eltern sagten oder dachten, dass er ihren Freunden unheimlich und auch ihre Schwester in ihn verknallt war. Es kümmerte sie nicht, was die anderen dachten. Das hatte Max sie gelehrt. Tu es für dich, sagte er oft. Nicht für die anderen.

»Angela!«, rief ihre Mutter tadelnd. »Wirst du wohl still stehen! Ich kann diese Nadel nicht feststecken.«

»Tut mir Leid«, murmelte Angela und sah sich im Spiegel an.

»Mary Ann, holst du mit Mrs Bambridge bitte die weißen Rosen, die der Florist gebracht hat? Ich glaube, sie sind im Wintergarten auf der Holzbank. Ich will ihr einen Kranz davon ins Haar stecken.« Angela beobachtete, wie ihre Schwester und die Haushälterin die Treppe hinunter verschwanden und ihre Mutter langsam aufstand. »Liebling.« Ihre Mutter war ernst, gleichzeitig aber nervös und zögerlich. Angela blickte auf und war überrascht, Tränen in ihren Augen zu sehen.

»Was ist?« Sie fragte sich, ob einfach alle Mütter bei der Hochzeit ihrer Tochter weinten.

»Liebling, ich möchte dir nur eines sagen. Daddy ließ es mich versprechen. Liebling, wenn irgendwas ist, wenn es nicht klappt – *ganz egal aus welchem Grund* –, sollst du wissen, dass du uns immer willkommen bist. Das weißt du doch, oder?«

»Mummy, mach dich nicht lächerlich. Ich heirate. Ich fliege doch nicht zum Mond. Wir werden nur die Straße runter wohnen. In London. Du solltest dich für mich freuen!«

»Ich weiß, es ist nur, es ist einfach nur, dass Max … Nun ja, er ist anders als wir. Wir wissen praktisch nichts über ihn, weißt du. Daddy macht sich große Sorgen.«

»Das sollte er nicht.« Angelas Stimme wurde härter. »Er liebt mich. Ich liebe ihn. Das ist alles, worauf es ankommt.«

»Ach, Liebling.« Lady Weymouth betupfte die Augen mit ihrem Taschentuch. »Das sagt man immer am Anfang. Dasselbe habe ich auch einmal gedacht. *Stell dir vor!* Aber er hat etwas an sich. Ich trau ihm einfach nicht. Ich bin sicher, dass er dich liebt, ehrlich, aber ...« Sie brach plötzlich ab. Mary Ann und Mrs Bambridge kamen wieder die Treppe herauf.

»Da sind keine weißen Rosen«, sagte Mary Ann ärgerlich, als sie ins Zimmer stürmte.

»Oh? Ich dachte, sie wären da. Na schön, dann müssen wir eben die hier nehmen«, sagte Lady Weymouth, wandte sich ab und deutete auf die rosafarbenen Rosen. Angela schluckte. Was sollte sie sagen?

Sie schob die Decke zurück und versuchte, die Erinnerung zu verscheuchen. Fünfzehn Jahre waren seit diesem Tag vergangen, und es tat noch genauso weh wie zu der Zeit, als sie feststellen musste, dass ihre Mutter Recht hatte. Sie stand auf. Von draußen waren Stimmen zu hören, offensichtlich war Besuchszeit. Eine männliche Stimme, die Französisch sprach. Sie wusste, dass neben ihr das Zimmer eines Filmstars war. An den Namen der Frau konnte sie sich nicht erinnern. Und die Frau eines wichtigen Mannes am Ende des Korridors. Sie hatte gehört, wie die Schwestern darüber sprachen, als sie ankam. Lauter Frauen. Ein ganzes Sanatorium voller Frauen. Alkoholismus, Drogen, Depression – war das die einzige Wahl für Frauen wie sie?

Sie tastete mit den Füßen unterm Bett nach ihren Slippern und nahm ihren Morgenrock vom Haken an der Tür. Ihr war nach einem Spaziergang. Sie musste aus diesem Zimmer raus.

»Je m'appelle Angela«, sagte sie in ihrem Schulfranzösisch und lächelte den jungen Mann an, der offensichtlich den Blick nicht von ihr abwenden konnte. Irgendwie hatte es sich ergeben, dass sie beide allein in dem vornehmen Besucherzimmer am Ende des Korridors waren.

»Bruno«, sagte der junge Mann errötend und streckte zögernd die Hand aus. Angela ergriff sie, freute sich über die feuchte Handfläche und fragte sich sofort, ob sie ihn dazu bringen konnte, ihr eine Flasche Whisky, Brandy oder sonst irgendwas zu besorgen. *»Vous etes malades?«*, erkundigte er sich vorsichtig. Angela lächelte.

»Non. Oui. Trinkerin.« Sie lachte. Zögernd stimmte er in ihr Lachen ein.

»C'est quoi: une Trinkerin?« Er war jung. Höchstens achtzehn. Vermutlich besuchte er seine Mutter.

»Rien. C'est rien. Avez-vous quelque chose à boire?«, fragte sie plötzlich ganz bedenkenlos. Er zog eine Augenbraue hoch. Ah, doch nicht ganz so jung. Er hob einen Finger. Angela kicherte.

»*Deux minutes.* Zwei Minuten? Okay?« Er sprang auf. Angelas Herz machte einen Freudensprung. Etwas zu trinken! Er war groß und schlaksig wie ein Junge, der gerade erst die Pubertät hinter sich hatte. Angela kicherte erneut, als er die Tür öffnete und auf den Gang hinausspähte. Innerhalb von fünf Minuten waren sie Komplizen geworden. Sie löste den Gürtel ihres Morgenrocks und schüttelte ihr Haar. Sie wusste nicht genau, was er als Gegenleistung haben wollte, aber sie war gern bereit, ihm alles zu geben. Was immer er wollte.

»Voilà!« Die Tür ging auf, und er kam nicht mit einer, sondern zwei köstlichen Flaschen Courvoisier zurück. Angela hätte weinen können. Sie sprang von der Couch auf. Warnend hielt er eine Hand hoch. *»Pour ma mère«*, flüsterte er. »Aber ich gebe sie Ihnen.«

»Sie sind ein Engel.« Auch Angela sprach leise.

»Mais pas ici. Nicht hier.« Also wollte er doch etwas. Angela schluckte. Allein beim Anblick der Flaschen wurde ihr schwindelig. Die Gier nach einem Schluck Alkohol war stärker als jedes Verlangen, das sie bisher empfunden hatte.

»Gut. Folgen Sie mir.« Sie öffnete die Tür, warf schnell einen prüfenden Blick in den Korridor und zog ihn mit sich zu ihrem Zimmer.

Sie war selig. Sie setzte die Flasche an, nahm erst einen Schluck und trank dann immer gieriger. Voller Ungeduld sah er ihr zu, wie sie ihr Verlangen befriedigte, damit er das seine befriedigen konnte, bevor eine Schwester nach ihnen suchte.

Sie stellte die Flasche ab, legte sich aufs Bett und beobachtete, wie er schnell seine Jeans abstreifte und zu ihr in das kalte Bett kroch. Sekunden später lag er auf ihr, zerrte an ihrem Nachthemd, schob es weg und strich mit der Hand über ihre Brüste, ihren Hals, ihren Bauch, während sie den Blick starr auf die beiden Flaschen neben dem Bild von Max auf dem Fernseher gerichtet hielt. Und als er ein, zwei, drei Mal in sie stieß und schließlich gegen sie fiel, grinste sie. Es hatte nur ein paar Sekunden gedauert. Sie schloss die Augen, als er hastig seine Boxershorts anzog, sich durchs Haar strich und sein Hemd glättete.

»Ça va?«, fragte sie abwesend und griff wieder nach der Flasche. Ihr Morgenmantel ging auf und entblößte einen kleinen, geröteten Busen. Er blickte weg. Sie zuckte die Achseln. *»Merci«,* sagte sie und machte mit dem Kopf ein Zeichen in Richtung seines »Geschenks«. Obwohl es kaum ein Geschenk war, dachte sie bitter und rutschte so vorsichtig sie konnte von dem feuchten Fleck weg, den er zurückgelassen hatte.

»Okay. *Bon, il faut ... Je me casse.«* Er schien es eilig zu haben, zu verschwinden. »Ich komme wieder. *Mercredi*. Bist du da?«

»Oh ja. Ich denke schon. Bring mir noch eine mit«, murmelte Angela, die Flasche schon wieder an den Lippen. Plötzlich lächelte er.

»Okay. *À bientot.«*

»Sayonara, Seemann.« Angela lehnte sich zurück, als er aus dem Zimmer in den Gang huschte. Es war herrlich. Der reinste Himmel. Der Alkohol brannte auf vertraute Weise in ihrer Kehle, vertrieb den Kopfschmerz, beruhigte ihren erschöpften Geist, ihre wunden Augen, ihr wundes Herz. Sie fühlte sich sofort besser.

9

Ein Monat war vergangen – ein ganzer Monat ohne Amber –, und zu ihrer Überraschung stellte Becky fest, dass sie nicht mehr die Tage zählte, bis Amber wieder zurückkam. Nach der ersten Woche hatte sie auch aufgehört, alles in ihr Tagebuch zu schreiben, nur für den Fall, sie könnte etwas Wichtiges vergessen, was sie Amber nach ihrer Rückkehr erzählen wollte. Sie hatte die Schule, die sie beschäftigte, und natürlich hatte sie jetzt Madeleine. Im Lauf der letzten zwei Wochen war Madeleine fast jeden Tag bei ihr gewesen, hatte Becky aber nie zu sich eingeladen. Becky merkte, wie sie zunehmend neugieriger auf Madeleines Zuhause wurde. Sie wusste, dass Madeleines Mutter früher Schriftstellerin gewesen war und ihre Bücher verboten worden waren – sie musste ihre Eltern fragen, was das bedeutete – und dass ihr Vater Optometriker war – auch das musste sie ihre Eltern fragen – und dass sie jetzt ein anderes Leben führten als früher. Becky konnte sich nicht vorstellen, was passiert war, dass sie jetzt so niedrige Arbeiten verrichten mussten. Ihre Mutter war Putzfrau und ihr Vater Hilfsarbeiter in einer Fabrik, aber Madeleine redete nicht gern darüber. Doch Becky war neugierig und ließ nicht locker, bis sie eines Freitagnachmittags schließlich Erfolg hatte. Nachdem sie drei oder vier Mal darum gebeten hatte, auch mal zu ihr nach Hause zu gehen, gab Madeleine schließlich nach.

»Aber es ist überhaupt nicht wie bei dir«, warnte Madeleine und dachte an die schmuddelige, feuchte Diele in ihrem Haus.

»Das macht nichts«, antwortete Becky ernst. Sie konnte Madeleines Zögern nicht verstehen. Wie anders konnte es denn schon sein? Sie zog ihre weißen Lieblingsturnschuhe an und sprang vom Bett. »Fertig?«, fragte sie, plötzlich ungeduldig.

Madeleine nickte bedrückt und blickte Becky zweifelnd an. Sie sah so unglaublich frisch und sauber aus; wie jemand, der nie einen Fuß in den hässlichen Riverfleet-Block setzen würde, in dem Madeleine wohnte.

Gemeinsam gingen sie den Ladbroke Grove hinauf, und je näher sie dem Ende der Straße kamen, desto stiller wurde Madeleine. An der Barlby Road bogen sie nach links. Becky sah sich um. In weniger als zehn Minuten hatten sie die Welt der eleganten, mit weißem Stuck verzierten Häuser von Holland Park hinter sich gelassen. Hier gab es nur noch abstoßend eintönige Wohnblocks. Dann ging es nach rechts in eine kleine Straße, die zu den Bahngleisen führte. *Riverfleet.* Madeleine zog einen Schlüsselbund aus ihrer Schultasche, sperrte die Haustür auf und bat sie herein. Sie wurden empfangen vom beißend säuerlichen Geruch von Urin. Becky verzog vor Entsetzen das Gesicht.

»Hier *wohnst* du?«, fragte sie mit aufgerissenen Augen, als sie die abblätternde Farbe und das schief hängende »Außer Betrieb«-Schild an der Aufzugstür sah.

»Fürchte schon«, antwortete Madeleine niedergeschlagen.

»Mein Gott«, sagte Becky, der nichts anderes einfiel. Schweigend gingen sie die Treppe in den vierten Stock hinauf, während Becky, aus Angst sie könnte etwas *Gefährliches* einatmen, die Luft anhielt. Vor einer weißen Tür blieben sie stehen, und Madeleine holte erneut den Schlüsselbund heraus, um aufzusperren.

»Mama?«, rief sie, als sie eintraten. Becky sah sich fast verängstigt um.

»Da«, hörte sie eine Frau mit scharfer Stimme antworten. In der Wohnung der Szabos war es dunkel, das Licht des klaren Frühsommertags drang nicht bis hier herein. Es roch muffig nach feuchter Wäsche, ausländischem Essen und noch etwas anderem, das Becky nicht bezeichnen konnte. Langsam gewöhnten sich ihre Augen an das dämmrige Licht. Es war eng, so furchtbar eng! Links ein Schlafzimmer, vor ihnen eine geschlossene Tür, ein schmaler Gang, rechts ein Badezimmer, links das Wohnzimmer und hinter einem bunten Perlenvorhang die Küche. Sie folgte Madeleine ins Wohnzimmer. Die Mutter lag auf einem blassrosanen Samtsofa. In der Hand hielt sie ein dickes, grünes Buch mit einem Titel in fremder Sprache. Beckys Blicke glitten durch den Raum und registrierten die Details – der Umschlag des Buchs, die Farbe des Sofas, das Muster der verblichenen Stores und die Art und Anzahl der Pflanzen, die auf dem winzigen Balkon ums Überleben kämpften. Sie wollte alles in sich aufnehmen, um es später in einer Zeichnung festzuhalten. Es war so ganz anders als alles, was sie bisher gesehen hatte.

Mrs Szabo blickte auf, überrascht, jemanden verlegen hinter ihrer Tochter stehen zu sehen. Sie legte das Buch weg, richtete sich mühsam auf und strich das helle Haar zurück.

»Oh. *Mi baj van,* Madeleine?«, fragte sie und erhob sich von der Couch. Sie war schlanker als ihre Tochter, wirkte im Vergleich ausgezehrt und ernst. Sie trug ein Baumwollkleid mit einer Strickjacke darüber und dicke schwarze Strumpfhosen – ein seltsamer Anblick im Spätfrühling. Ihre Hände waren rau und geschwollen, ihre Nägel abgebrochen. Es waren Hände, die viel im Wasser arbeiteten. Becky lächelte sie scheu an, was Mrs Szabo nicht zu bemerken schien.

»Mama?«, sagte Madeleine nervös und dann etwas auf Ungarisch. Becky lauschte fasziniert den fremden Lauten und der ungewohnten Sprachmelodie. Sie schienen ein paar Minuten zu streiten, dann nickte Mrs Szabo kurz in Beckys Richtung und verließ das Zimmer. Becky fragte sich, worum der Streit gegangen war – hatte sie etwas falsch gemacht? Sie hatte kaum ein Wort gesagt, seit sie eingetreten waren. »Ähm, setz dich«, sagte Madeleine verlegen und ließ sich in die Sofakuhle fallen, die ihre Mutter hinterlassen hatte. Becky setzte sich vorsichtig gegenüber auf einen Stuhl und sah sich um. Der Raum war mit Möbeln und Büchern voll gestopft – überall Bücher in der Sprache, die sie nicht lesen konnte. Die Kombination aus Konsonanten und Akzenten war schwierig: *Péter Esterházy, Imre Kertész, György Konrád.* Tonlos murmelte sie die Worte vor sich hin. In der Ecke stand ein großes, dunkles Sideboard mit weit herunterhängenden, vergilbten Häkeldeckchen darauf. Becky sah sich die Fotos in den ovalen Rahmen an, die Großelternpaare und Verwandte zeigten, in deren starren Gesichtern sie nach einer Ähnlichkeit mit Madeleine suchte. Die war auch deutlich in den hohen Wangenknochen und den stechenden dunklen Augen zu erkennen. Sie drehte sich zu Madeleine um.

»Wer ist das?« Sie deutete auf das Bild, das den Ehrenplatz in der Sammlung einnahm. Eine große, goldgerahmte Schwarz-Weiß-Fotografie, die einen schönen jungen Mann zeigte, der unter einem Barett hervorsah. Er trug eine Soldatenuniform und das graue Barett saß lässig schräg auf seinem Kopf. Gegenüber an der Wand gab es noch ein größeres Foto von ihm.

»Mein Bruder«, antwortete Madeleine mit plötzlich verschlossener Miene. Becky sah sie beeindruckt an. Ein erwachsener Bruder, noch dazu in Uniform?

»Er sieht unglaublich gut aus. Ist er beim Militär?«

»Er ist tot.« Madeleines Stimme klang schroff und verbot jede weitere Frage. Becky hielt erschrocken inne. »Möchtest du etwas zu trinken?«, fragte Madeleine kurz darauf. Becky schüttelte nur stumm den Kopf. Tot? Wie ist er denn gestorben, wollte sie fragen, aber ein defensiver Zug um Madeleines Lippen hielt sie davon ab. Jetzt wusste sie, was sie hier in der Wohnung fühlte, und konnte es jetzt benennen. Die Luft in der Wohnung war mit dem Geruch von Trauer getränkt.

Von der Couch aus beobachtete Madeleine ihre Freundin und litt stumm. Natürlich war der Besuch kein Erfolg – wie könnte es auch anders sein. Es lag nicht nur an der hässlichen Wohnung oder an ihrer Mutter, die verschwunden war, sobald Madeleine das Zimmer betreten hatte. Es lag an allem. Den Fotos von Péter, dem in der Luft stehenden Kohlgeruch, dem Plastiküberzug auf dem Sofa, der immer noch nicht abgenommen worden war – alles musste einem Mädchen, dessen Mutter jeden Nachmittag Milch und Plätzchen auf einem mit Blumen geschmückten Tisch servierte, seltsam und fremd erscheinen. Sicher wollte Becky so schnell wie möglich wieder gehen. Warum sollte jemand hier bleiben wollen, wenn er ein sonniges Zimmer hatte, das bis oben hin mit allem angefüllt war, was man sich nur wünschen konnte? Plötzlich stand sie auf und wollte Becky nur noch loswerden. Sie war doch in ihrer eigenen, abgeriegelten Welt vollkommen glücklich gewesen. Tatsächlich, dachte sie verbittert, als sie Becky förmlich aus der Tür stieß, war sie dumm gewesen, anzunehmen, Becky könnte sich mit jemandem wie ihr anfreunden. Mädchen wie Becky gehörten zu Mädchen wie Amber – deshalb waren sie beste Freundinnen. Wie hatte sie das vergessen können! Sie schloss die Wohnungstür hinter ihr, wobei sie Beckys fragenden Blick ignorierte, und lehnte sich, rot vor Scham und Enttäuschung, von innen dagegen. Einen Moment lang lauschte sie, dann hörte sie Beckys Schritte, die sich langsam entfernten.

»Warum gehst du morgen Nachmittag nicht einfach vorbei«, sagte Beckys Mutter beim Abendessen, als sie ihr unglückliches Gesicht sah. »Bring ihrer Mutter einen Strauß Blumen. Das wäre doch nett.«

»Ich glaube nicht, dass Madeleine mich mag.« Becky war niedergeschlagen und schob lustlos ihr Essen auf dem Teller herum.

»Ich bin mir sicher, dass sie dich mag«, sagte Susan beruhigend. Auf der Suche nach Unterstützung sah sie ihren Mann an, aber der war zu sehr damit beschäftigt, einen Artikel zu lesen und gleichzeitig zu essen. »Dir ist das vielleicht nicht klar, aber du kannst dich glücklich schätzen. Dein Vater und ich verwöhnen dich. Das sollten wir nicht, aber wenn du jemanden wie Madeleine triffst, fällt dir auf, welches Glück du hast. Jetzt iss deine Kartoffeln auf. Morgen nach der Schule helfe ich dir, einen Blumenstrauß auszusuchen. Den kannst du um die Teezeit vorbeibringen.« Becky sah ihre Mutter dankbar an. Sie wusste immer, was zu tun war.

Madeleine sah auf. Es hatte an der Wohnungstür geklopft. Frustriert legte sie ihr Buch weg und stieg aus dem Bett. Wahrscheinlich waren es die Nachbarn – ihre Katze kletterte immer auf den Balkon der Szabos und kam dann nicht mehr herunter. Sie ging den kurzen Gang zur Tür und riss sie auf.

»Oh.« Vor Überraschung blieb ihr der Mund offen stehen. Becky stand da, in einer Hand einen riesigen Strauß leuchtender Sonnenblumen, in der anderen einen Zeichenblock und Stifte.

»Hallo«, sagte sie unsicher. Madeleine starrte sie an. Was um Himmels willen sollte das bedeuten? »Die hab ich für deine Mum mitgebracht.« Becky klang unsicher. »Ich dachte, sie könnten ihr gefallen, sie sind wirklich schön, und meine Mum hat gesagt …«

»Sie hat nicht Geburtstag oder irgendwas.« Madeleine sah Becky mit gerunzelter Stirn an. »Wofür sollen die denn sein?«

»Ich dachte, sie würden ihr gefallen.« Es folgte ein kurzes Schweigen. Becky räusperte sich. »Madeleine, ich hab mich gefragt … Ähm, eigentlich wollte ich dich gestern schon fragen, aber … Na ja, glaubst du, dass ich dich zeichnen dürfte?« Die Frage sprudelte einfach aus ihr heraus.

Madeleine sah sie ungläubig an. »Mich zeichnen? Wozu denn?«

»Ich weiß nicht. Es würde mir Spaß machen. Bis jetzt hab ich nur meine Eltern gezeichnet, Amber kann nicht lang genug still sitzen. Bitte sag ja. *Bitte.*«

Madeleine schwieg einen Moment, unschlüssig, ob sie dem erwartungsvollen, fast flehentlichen Lächeln auf Beckys Gesicht wirklich trauen sollte. Schließlich machte sie die Tür auf und ließ Becky herein. Sie nahm ihr die Blumen ab und stellte sie in die Badewanne – ihre Mutter war noch bei der Arbeit. Dann ging sie ins Wohnzimmer voraus und versuchte zu verbergen, wie überrascht und auch geschmeichelt sie war. Die ganze vergangene Nacht hatte sie sich alle Gründe aufgezählt, weshalb sie ohne Becky besser dran wäre, und am Morgen hatte sie sich fast selbst überzeugt. Jetzt war Becky plötzlich auf ihrer Türschwelle aufgetaucht, und die Freude und Sehnsucht nach einer Freundin, die Madeleine verspürt hatte, seit sie Becky damals in der Bibliothek angesprochen hatte, kamen mit aller Macht zurück. Sie lächelte in sich hinein und ging ins Wohnzimmer, wo Becky bereits ihre Sachen ausgebreitet hatte. Das war eine weitere Eigenschaft, die sie an Becky mochte – sie vergeudete keine Zeit.

Maja sah auf das Bild, das Madeleine auf die Küchentheke gestellt hatte, bevor sie in die Schule gegangen war. Sie musste sich am Herd festhalten, um von der Welle der Trauer, die sie überkam, nicht überwältigt zu werden. Es war unheimlich. Das kleine Mädchen, Madeleines neue Freundin, hatte ihre Tochter auf dem Sofa im Wohnzimmer gezeichnet, mit leicht gedrehtem Kopf, so dass ein dichter Vorhang dunkelblonder Haare über ein Auge fiel. Aussehen und Struktur des Haars hatte sie perfekt getroffen. Maja streckte die Hand aus und berührte die Zeichnung. Sie war überrascht, wie glatt und fest das Papier sich anfühlte, und wie lebensecht, fast fotografisch genau das Bild gelungen war. Aber es war der Hintergrund, der ihren Blick anzog. Direkt über Madeleine, exakt in der

Mitte der Zeichnung, war das Foto von Péter zu sehen. Maja biss sich auf die Knöchel einer Hand und wandte sich ab, unfähig, den Anblick zu ertragen. Blind taumelte sie ins Badezimmer, fegte verzweifelt alle Shampoo-Flaschen und Zahnpasta-Tuben zu Boden und fiel dann auf die Knie.

10

Mit faszinierter Abscheu beobachtete Amber, wie Paola und Francesca sich jeden Morgen zurechtmachten, bevor sie die Wohnung verließen. Durch die Vorhänge des Salons sah sie zu, wie sie sich vor dem großen Spiegel im Gang herausputzten, bevor sie in den elegant altmodischen Aufzug stiegen. Paola war erst *zehn,* verhielt sich aber, als wäre sie mindestens sechs Jahre älter, jedenfalls älter als Amber. Sich für die Schule fertig zu machen war ein Ritual, das bis zu zwei Stunden dauern konnte. Sie besuchte ein privates *Lycée,* das etwa drei Straßen entfernt lag – wozu sie die Dienste des Fahrers benötigte – und auf dem gleichzeitig auf Italienisch, Französisch, Englisch und Spanisch unterrichtet wurde. Diese mehrsprachige Erziehung nötigte Amber widerstrebende Achtung ab. Die Schule endete um zwei, aber es gab nachmittägliche Aktivitäten, einschließlich des wöchentlichen Besuchs beim Friseur – Amber konnte es kaum glauben – und bei der Maniküre mit ihrer Mutter. Während sie die beiden beobachtete, dämmerte ihr langsam, dass Francesca ihre Tochter nur deshalb so herrichtete, damit diese auf das andere Geschlecht einmal die gleiche Anziehung ausübte wie sie selbst. Amber waren die Einkaufstouren und Tischgespräche über Mode und Make-up genauso fremd wie die Vorstellung, tatsächlich eine Mutter zu haben. Sie konnte sich an keine Zeit erinnern, in der Angela nicht auf sie angewiesen gewesen wäre statt umgekehrt. Allein die Vorstellung, Angela um Rat zu fragen? Sie schüttelte den Kopf.

Doch es gab etwas an der engen Beziehung zwischen Francesca und ihrer Tochter, das Amber fast beneidete, obwohl sie lieber gestorben wäre, als es zuzugeben. Wenn die beiden im Salon kichernd wie zwei Schwestern Päckchen öffneten oder Francesca am Abend Paolas langes Haar bürstete, wurde ihr bewusst, dass ihr etwas fehlte. Die meiste Zeit nahm Angela sie gar nicht wahr. Und obwohl es Beckys Mum gab, die sie gelegentlich umsorgte, war es nicht das Gleiche. Bei dem Gedanken an Becky verzog sie das Gesicht. Sie vermisste sie schrecklich. Fast jeden Tag hatten sie sich geschrieben. Doch in letzter Zeit war in Beckys Briefen viel von einem Mädchen namens Madeleine die Rede, und Amber spürte das altbekannte Gefühl der Angst in sich aufsteigen. Würde sie Becky auch verlieren?

11

Becky war plötzlich wie vom Schlag getroffen. Über ihr und ziemlich verwundert, weil sie kein Wort herausbekam, stand Kieran, Ambers älterer Bruder.

»Sie kommt am Freitag zurück«, wiederholte er ärgerlich und fragte sich, was mit ihr los war. Er kannte Becky Aldridge seit … Nun, eigentlich schon immer. Er sah sie an und runzelte die Stirn. Sie war plötzlich erwachsen geworden – langes rotbraunes Haar, grüne Augen, ein hübsches Gesicht und eine zierliche Figur – zum Teufel, sie musste vierzehn sein? Oder fünfzehn? Lange war sie für ihn bloß ein ärgerlicher kleiner Balg gewesen. Er sah auf seine Uhr.

»Ich komme am Freitag wieder.« Becky stammelte fast. Ihr Gesicht war puterrot geworden. Kieran zuckte die Achseln.

»Okay. Sie sollte am Nachmittag da sein. Ich muss mich beeilen. Bis dann.« Er nahm seinen Motorradhelm vom Tisch in der Diele. Becky drehte sich um und ging die Treppe hinunter. »Hey«, sagte Kieran plötzlich. »Du kannst mitfahren, wenn du willst.« Geschmeichelt registrierte er, wie ihr Gesicht aufleuchtete, als sie sich zu ihm umdrehte. »Wenn du sonst nichts vorhast.«

»Ich? Oh nein, nichts. Was? Mit dir *mitfahren?*« Becky starrte ihn an.

»Ja. Nur um die Ecke. Ich hol mir ein paar Platten von einem Freund. Du kannst dich hintendrauf setzen.«

»Auf dein Motorrad?« Becky wurde fast ohnmächtig vor Freude. Sie sah an sich hinab. Sie trug immer noch ihre Uniform.

»Ja, schlag deinen Rock hoch«, sagte Kieran beiläufig und ging auf sie zu. »Es ist nur eine Minute die Straße runter.« Becky nickte, zu entzückt, um etwas zu sagen. Sie folgte ihm zu dem Motorrad vors Haus.

Zwanzig Minuten später saß Becky auf Tims Bett und sah Kieran an. Sie konnte nicht verstehen, wie aus dem distanzierten, dumpf vor sich hin brütenden Jungen dieser witzige, schlagfertige junge Mann geworden war, an dessen kräftigen Körper sie sich gepresst hatte, während ihr Haar im Fahrtwind flatterte. Sie musterte ihn verstohlen. Er stand in einer Ecke des Raums und nahm Platten aus einer Reihe Plastikboxen. Nie zuvor war ihr aufgefallen, dass sein dichtes, lockiges Haar vom Ansatz genauso nach hinten fiel wie bei Amber, oder wie dicht die dunklen Wimpern um seine blauen Augen waren. Warum hatte sie das nicht bemerkt?

»Hier, möchtest du eine?« Tim bot ihr eine Zigarette an. Nervös nahm sie an und hoffte, ihre Finger würden nicht zittern. Aufmerksam beobachtete sie Tim und machte es genauso wie er, doch ohne den Rauch zu inhalieren. Fast wäre sie erstickt. Aber Kieran und Tim beachteten sie kaum. Sie unterhielten sich in einer Art Privatsprache voller Anspielungen und Scherze, die Becky zwar nicht verstand, aber trotzdem aufregend fand. Hauptsache, sie war mit den beiden zusammen, obwohl sie sich ziemlich lächerlich vorkam in ihrer mausgrauen Schulkleidung. Sie schob die Socken zu den Fesseln hinunter und löste die Bänder ihrer Schürze. Alles, um weniger kindlich zu wirken.

Die Auswahl der Platten nahm weitere zehn Minuten in Anspruch, bis Kieran sie mit einem Stapel Scheiben unterm Arm schließlich fragte: »Fertig?« Sie nickte, stand vom Bett auf und folgte den beiden nach unten.

»Spring auf«, sagte Kieran und befestigte den Helm unterm Kinn. Sie bemerkte, wie Tim einen schnellen Blick auf ihre Beine warf, als sie den Rock hochschob. Sie wurde rot. Einen

Moment hielt sie inne, bevor sie die Wange an Kierans Rücken legte, sich an ihm festhielt und seine harte Bauchdecke spürte. Die Vibrationen des Motorrads gingen durch sie hindurch und ließen sie erschauern. Sie wünschte, der Nachmittag ginge nie zu Ende.

»Hier.« Kieran reichte ihr den Joint, blies den Rauch durch die Nase aus und sah sie auf seine typisch spöttische Weise an. Sie nahm ihn mit zitternder Hand entgegen und zog vorsichtig daran. Fast sofort wurde ihr ein wenig übel. Nachdem sie den Joint zurückgegeben hatte, ließ sie die Hand fallen und wartete. Sie wollte, dass Kieran sie wieder berührte – überall –, wollte seine Hände auf sich spüren, den leichten, doch entschiedenen Druck, der eine ganz unbekannte Sehnsucht nach Berührung auslöste. Absolut reglos lag sie da und wartete. Ihr ganzes Wesen fühlte sich an, als wäre es in den Fingern ihrer rechten Hand konzentriert, die auf der Steppdecke neben der seinen lag. Lässig, fast gleichgültig rauchte er zu Ende, rollte sich zu ihr hinüber, stützte sich auf den Ellbogen auf und sah auf sie hinab. Becky vergaß ihre Nervosität, ihre Übelkeit und auch sonst alles, als sich sein Gesicht dem ihren näherte – und dann die wundervolle, erregende Überraschung, als er sie küsste. Ihre Lippen brannten wie Feuer, als seine Zunge kleine Kreise um und schließlich in ihrem Mund vollführte. Als er sich von ihr löste, reckte sie sich ihm entgegen und schlang die Hände um seinen Hals, um seine wundervollen Lippen und die Erregung, die er in ihr auslöste, wieder zu spüren. Sie hatte Angst und fühlte sich gleichzeitig benommen vor Glück. Sie spürte, wie seine Hand ihre Schenkel hinaufwanderte, ihren feuchten Schoß teilte, die weiche Haut streichelte. Zitternd vor Angst und Erregung setzte sie sich auf.

»Hey«, protestierte Kieran leise, als sie sich von ihm löste. Er hielt sie an der Taille fest und zog sie wieder nach unten. Sie wehrte sich und riss sich schwer atmend los. Sie geriet in Panik.

»Ich sollte lieber nach Hause gehen.« Ihre Stimme klang atemlos. Sie blickte auf Kieran hinab, der seine Hand über die Augen gelegt hatte und heftig atmete. Becky war plötzlich wie elektrisiert – das hatte *sie* verursacht? *Sie* hatte dieses stoßweise Atmen und den Ausdruck gequälter Erschöpfung auf seinem Gesicht ausgelöst? Zum ersten Mal spürte sie ihre Macht, und so sehr sie sich davor auch fürchtete, wollte sie dieses Gefühl noch einmal empfinden. Sie wollte diese Macht austesten, ihn über das hinaustreiben, was sie heute Nachmittag gefühlt hatten, sicherstellen, dass es wieder passierte, und dass sie, die kleine Becky Aldridge, einen so coolen Typen wie Kieran Sall dazu bringen konnte, vor Begierde schwach zu werden. Sie zog ihr T-Shirt herunter und strich das Haar zurück. Kieran rührte sich nicht und schwieg. »Ich komm dann morgen vorbei?« Es klang eher fragend als feststellend. Kieran antwortete nicht. »Wenn Amber zurück ist …« Ihre Stimme brach ab. Kieran rollte auf den Bauch und vergrub den Kopf unter den Armen. Die Hand bereits auf der Klinke, zögerte sie einen Moment.

»Ja. Bis dann«, sagte Kieran mit gedämpfter Stimme. Becky öffnete die Tür und ging langsam die Treppe hinunter. Was für ein Tag! Im Lauf von wenigen Stunden hatte sich ihr ganzes Leben geändert. *Amber. Kieran. Madeleine.* Die zwei Monate, vor denen sie sich so gefürchtet hatte, waren fast vorbei und hatten ihr ganz neue Freunde – und Komplikationen – beschert.

12

Ambers erste Reaktion auf Madeleine war Überraschung. Was immer sie sich auf Grund von Beckys Beschreibungen vorgestellt hatte, traf nicht auf das hübsche, füllige Mädchen zu, das auf dem Bett ihren angestammten Platz einnahm. Vor allem trug sie eine sehr seltsame Kombination von Kleidern – enge Kordsamt-Hosen, ein Männerhemd über einem ärmellosen Top mit Polo-Kragen, gestreifte Socken und Clogs. *Clogs?* Niemand, den Amber kannte, trug Clogs. Der Effekt war fast bizarr. Sie schob einen Stapel frischer Wäsche von dem Sessel in der Ecke des Raums und setzte sich. Madeleine sah sie scheu an. Becky hielt sich nervös im Hintergrund. Sie wollte unbedingt, dass Amber ihre neue Freundin mochte. Bei Madeleine machte sie sich deswegen keine Sorgen. Jeder mochte Amber.

»Wie ist es denn auf der King George?«, fragte Amber neugierig. Genau wie Becky hatte sie nie mit jemandem aus dieser Schule gesprochen.

»Grauenvoll«, antwortete Madeleine und verzog das Gesicht.

»Warum gehst du dann hin?«

»Weil wir arm sind.« Worauf Becky errötete. Madeleine nicht. Amber gefiel, wie selbstbewusst, fast herausfordernd, Madeleine geantwortet hatte. Ihre Blicke trafen sich.

»Nun, dann musst du öfter hierher kommen«, erwiderte Amber grinsend. Becky seufzte erleichtert auf. Amber mochte sie.

»Das werde ich.«

Später am Nachmittag stand Madeleine zögernd von ihrem Platz auf dem Bett auf.

»Also, ich sollte wohl besser gehen«, sagte sie. Ambers Geschichten von ihrer »anderen« Familie, den Kleidern, die sie tragen musste, den Einkaufstouren, den Friseurbesuchen und dem Privatschulunterricht waren eine fremde Welt für sie.

»Gehst du morgen mit ins Kino?«, fragte Amber.

»Oh. Nein, ich kann nicht. Ich muss meiner Mutter helfen.« Madeleines Antwort kam automatisch. Sie konnte ihre Mutter nicht um das Geld fürs Kino bitten, so gern sie auch mitgegangen wäre. »Trotzdem danke«, fügte sie hinzu und ging zur Tür hinaus.

»Bis dann«, rief ihr Becky nach.

»Ja, tschüss!« Ambers Stimme tönte durchs Treppenhaus. Plötzlich kam Madeleine eine Idee. Sie könnte einen Job annehmen. Sie war sechzehn. Viele Mädchen in ihrer Klasse machten Jobs am Samstag und gaben das Geld für Kleider, Make-up und Kinokarten aus. Wenn sie mit ihren neuen Freundinnen Zeit verbringen wollte, brauchte sie ein bisschen Geld. Und wenn ihre Eltern ihr kein Taschengeld geben konnten, musste sie sich eben selbst welches verdienen! Sie rannte praktisch nach Hause. Es war eine großartige Idee. Warum war sie nicht schon früher darauf gekommen?

»Ein Job?« Maja sah ihre Tochter erschrocken an. »Wann?«

»Samstags. Nur einmal die Woche.«

»Aber was ist mit deinen Hausaufgaben?«, fragte Imre und sah von seinem Teller auf.

»Papa, es ist nur einmal die Woche. Da hab ich noch genug Zeit für meine Hausaufgaben«, beruhigte Madeleine ihn. Imre nickte unsicher.

»Nun, es gäbe Mr Dorman.« Maja zögerte und sah ihren Mann an. »Du könntest am Samstag bei ihm abstauben und polieren. Ich mach am Mittwoch die grobe Arbeit.« Sie überlegte einen Moment. »Also gut, ich frage ihn diese Woche. Es bringt aber nicht viel Geld ein«, fügte sie hinzu und legte Madeleine Kartoffeln auf den Teller.

»Ich weiß. Ich will nur ein bisschen Taschengeld verdienen. Alle Mädchen in der Schule machen das.« Becky erwähnte sie nicht. Nach Beckys letztem Besuch hatte Maja als einzige Reaktion angemerkt, dass die Blumen ein Vermögen gekostet haben mussten und die Reichen eben ihr Geld verschwenden konnten. Von Amber hatte sie ihrer Mutter erst gar nicht erzählt. Von Becky hatte sie erfahren, dass Ambers Familie nicht nur wohlhabend, sondern richtig reich war.

»In Ordnung, ich spreche am Mittwoch mit Mr Dorman.« Maja setzte sich wieder. Schweigend beendeten sie ihr Mahl, jeder auf seine Art mit den Sorgen des vergangenen Tages beschäftigt.

13

Neugierig sah Madeleine zur Fassade von Mr Dormans Haus hinauf. Sie war purpurrot, nicht cremefarben oder hellrosa wie die anderen Häuser in der Straße, mit einer goldenen Tür und – sie kniff die Augen zusammen – verspiegelten Fenstern darin? So etwas hatte sie noch nie gesehen. Staunend stand sie neben ihrer Mutter und folgte ihr nach dem Aufsperren in die Diele. Als Erstes fiel ihr ein riesiger Elefantenfuß mit groben schwarzen Nägeln und struppigen Borsten daran ins Auge. Madeleine sah ihn erschrocken an und wollte sich an ihre Mutter wenden, aber die war, offensichtlich unbeeindruckt von Mr Dormans ausgefallenem Geschmack, schon in die Küche verschwunden.

»Also.« Maja reichte ihr eine Schürze und Gummihandschuhe. »Zuerst die Küche, dann die übrigen Zimmer unten. Danach das Badezimmer auf dem ersten Absatz und die beiden Gästezimmer, dann oben Mr Dormans Schlafzimmer und sein Badezimmer. In der Reihenfolge. *Igen?«* Madeleine nickte. Sie erschauderte, als sie an dem Fuß und einem Zebrakopf an der Wand vorbeiging. Maja zeigte ihr, wo alles war: Tücher, Staublappen, Staubsauger, Mopp; alles, was sie für ihren neuen Job brauchte. Sie zeigte ihr, wie man die Spiegel putzte, wo das Geschirr hingehörte, wie sein Bett gemacht wurde. Sie bekäme die fürstliche Summe von 2 Pfund 50 die Stunde bezahlt, und Maja schätzte, dass sie vier Stunden brauchen würde. 10 Pfund kam Madeleine wie ein Vermögen vor. »Ich hol dich um ein Uhr ab«, sagte Maja und nahm ihren Mantel. »Vertrödle keine Zeit«, fügte sie hinzu.

»Das werde ich nicht. Ich schaff das schon.« Maja ging. Sie musste zu einem anderen Job.

Die Arbeit war schwerer als gedacht. Es dauerte fast eine Stunde, die Küche zu putzen. Sie fragte sich, wie es sein musste, einen Teller zu benutzen und ihn irgendwo stehen zu lassen, in der Gewissheit, dass jemand kommen und ihn abwaschen würde. Mr Dorman musste sich offensichtlich um andere Dinge kümmern – selbst seine Kaffeelöffel waren in Pfützen verschütteter Milch liegen geblieben. Madeleine räumte die Spülmaschine ein und säuberte die Töpfe. Er schien kein guter Koch zu sein, denn alles war angebrannt. Sie war neugierig. Es wirkte, als lebe er allein. Keine Frau hätte dieses Chaos lange ausgehalten. Sie ordnete den Inhalt des Kühlschranks – drei Flaschen Champagner, eine Tüte Pilze –, leerte den Abfall aus, wischte, staubte ab und polierte, bis alles glänzte. Als sie die Gummihandschuhe abstreifte und sich mit dem Handrücken den Schweiß von der Stirn wischte, fragte sie sich, woher ihre Mutter die Kraft nahm, diese Arbeit Tag für Tag zu tun. Büros zu putzen war eine Sache, aber das Chaos zu beseitigen, das ein verwöhnter, älterer Mann hinterließ, der nicht einmal ein Ei kochen konnte, etwas ganz anderes. Sie ging nach oben ins erste Badezimmer.

Zwei Stunden später stand sie im Schlafzimmer des Hausherrn. Neugierig sah sie sich um. Es war groß und luftig, eingerichtet lediglich mit einem riesigen Doppelbett und einer großen Kommode. Was immer Mr Dorman auch machte, er schien eine Leidenschaft für Tiere zu haben. Über dem Bett lag ein großes Fell, von dem Madeleine nicht genau wusste, ob es von einem Leoparden oder einem Tiger stammte, und auch auf dem Boden diente eine weitere Tierhaut als Teppich. Die Wände waren in einfachem, schmucklosem Weiß gehalten. Sie überzog das Bett und legte die schmutzige Wäsche in den Wäschekorb. Maja würde am Mittwoch waschen. Sie staubte die Nachttische ab, saugte den Boden und wischte die Kommode ab. Dann sah sie auf ihre Uhr. Noch fünfzehn Minuten. Schnell ging sie ins Badezimmer. Es ähnelte dem Schlafzimmer: groß, weiß und fast leer. Madeleine putzte das Waschbecken und die Schranktüren und wollte gerade nach unten gehen, als ihr Blick auf ein kleines gerahmtes Bild auf der Ablage über der Toilette fiel. Sie nahm es vorsichtig in die Hand. Ein junger, gut aussehender Mann lächelte in die Kamera. Sie fragte sich, wer er war? Mr Dormans Sohn vielleicht? Er war braun gebrannt, mit welligem, dunklem Haar und dunklen Augen. Sie mochte sein Lächeln.

»Madeleine?« Majas Stimme drang die Treppe herauf. Madeleine fuhr zusammen, stellte schnell das Bild zurück und lief nach unten. Maja stand im Mantel am Fuß der Treppe und strich mit dem Finger über den Tisch, den Madeleine abgestaubt hatte. Sie nickte. Es war sauber. »Fertig?«, fragte sie und ordnete die Blumen in der Vase auf dem Esstisch.

»Ja. Alles fertig.« Madeleine folgte ihrer Mutter, die rasch jeden Raum inspizierte. Sie schien zufrieden zu sein.

»Also, glaubst du, dass du es schaffst? Jeden Samstag?«, fragte Maja, als sie zur Bushaltestelle gingen.

Madeleine nickte. »Sicher. Es ist nicht schwer. Ich meine, es ist nicht so viel Arbeit«, fügte sie hastig hinzu, weil sie nicht herablassend klingen wollte.

»*Kivàllò.* In Ordnung. Also gehst du nächste Woche wieder hin. Du hast deine Arbeit heute gut gemacht.« Sie griff in ihre Tasche, nahm ihren Geldbeutel heraus und reichte Madeleine eine Zehn-Pfund-Note. Ihr erster Lohn. Madeleine steckte ihn ein und lächelte breit. Ihre Mutter war schwer zufrieden zu stellen; umso mehr zählte ihr Lob. Während sie neben ihrer Mutter herging, befühlte sie den köstlichen knisternden Geldschein und stellte sich vor, was sie damit kaufen könnte und wie lange er reichen würde.

14

Es klingelte. Amber sah auf ihre Uhr. Fast halb sechs. Wahrscheinlich war es Becky, oder Madeleine oder einer von Kierans Freunden. Sie hörte Krystynas Stimme, als sie die Tür öffnete – ja, es war Becky. Amber schob ihre Bücher beiseite und wartete, dass sie eintrat. Plötzlich drang ein Schwall lauter Musik aus Kierans Zimmer – seine Tür ging auf und wurde genauso schnell wieder geschlossen. Sie runzelte die Stirn. Vielleicht war gleichzeitig einer seiner Freunde gekommen? Sie wartete. Es vergingen fünf, dann zehn Minuten. Sie öffnete ihre Tür. Aus Kierans Zimmer drang das dumpfe Wummern seiner Musik und der verräterische Geruch seiner »Zigaretten«, doch von Becky war nichts zu sehen. Sie warf einen Blick übers Geländer und fragte sich, ob Becky von Angela, die oben im Salon auf dem Sofa lag, aufgehalten worden war. Aber es war nichts zu hören. Angela schlief vermutlich. Gerade, als sie die Treppe hinuntergehen wollte, hörte sie Beckys helles Lachen aus Kierans Zimmer. Verwundert blieb sie stehen. Was um alles in der Welt machte sie da drin? Sie drückte das Ohr an seine Tür. Da war es wieder – Kierans Stimme und Beckys Lachen. Sie klopfte an. Keine Reaktion. Erneut klopfte sie an die Tür, diesmal lauter. Beckys Stimme war ganz deutlich zu hören. Sie klang seltsam; tiefer, schleppender. Noch einmal klopfte sie an die Tür.

»Was willst du?«, hörte sie Kieran rufen.

»Becky? Bist du da drinnen?« Amber war noch immer verwundert. Seit wann interessierte sich Kieran für eine ihrer Freundinnen? Es folgte ein kurzes Schweigen, dann hörte sie Becky kichern. Das reichte ihr. Sie machte die Tür auf. Es dauerte einen Moment, bis sie begriff, was sie sah. Becky lag auf Kierans Bett, das lange rötliche Haar ihres Pferdeschwanzes fiel ihr übers Gesicht – ihr Rock war über die Schenkel hinaufgeschoben, und Kierans Hand lag auf ihrem nackten Knie. *Auf ihrem Knie?* Auch sie rauchte eine seiner komischen Zigaretten. Dichte Rauchschwaden und noch etwas anderes hingen in der Luft. Spannung und Schweiß.

»Was um alles ...«, setzte Amber mit verwirrt aufgerissenen Augen an. Becky wurde puterrot. Kieran sah seine Schwester kühl an.

»Würdest du wohl anklopfen, bevor du hier reinplatzt?« Seine Hand glitt von Beckys Knie nach unten und streichelte die Rückseite ihres Beins. Becky rückte verlegen von ihm weg. Ambers Augen verengten sich zu schmalen Schlitzen. Plötzlich dämmerte es ihr. Natürlich – sie verstand ganz gut. »Ich habe geklopft«, erwiderte sie knapp, drehte sich um und knallte die Tür so fest zu, dass die Statue auf dem Treppenabsatz schwankte. Mit brennend rotem Gesicht lief sie die Treppe hinunter, riss die Tür des Schuhschranks auf und zog ein Paar Turnschuhe heraus. Sie wollte raus aus dem Haus, weg von dem Anblick, der sich ihr gerade geboten hatte. Becky? Und *Kieran?*

Becky lag gegen Kierans Kissen gelehnt und versuchte, sich ihre Bestürzung nicht anmerken zu lassen. Kieran konzentrierte sich darauf, den letzten Zug seines Joints auszukosten. Sie fühlte sich schrecklich. Der Ausdruck auf Ambers Gesicht hatte Bände gesprochen – *Wie kannst du nur?* Sie hatte sich nicht nur plötzlich von ihr abgewandt, sondern auch noch Kieran vorgezogen. Beckys Gesicht brannte vor Scham. Sie hätte etwas sagen, Amber irgendwie vorwarnen sollen. Aber wie? Es war ja nichts passiert – noch nicht. Nervös drehte sie an einer Haarlocke. Kieran schien nichts zu merken. Tatsächlich wirkte er vollkommen desinteressiert. Er hatte kaum aufgesehen, als Amber durch die Tür kam, und sein einziger

Kommentar hatte darin bestanden, sie ziemlich frostig darauf hinzuweisen, dass sie gefälligst anklopfen solle. Becky seufzte. Es gab so vieles in dieser Familie, was sie nicht verstand. Dennoch war sie schon immer fasziniert von ihnen gewesen, von ihrer Nonchalance und den getrennten Leben, die sie in dem riesigen Haus führten. Beckys Zuhause war so *normal,* so langweilig bürgerlich und vorhersehbar. Der Weg über die Straße zu Amber war wie der Eintritt in eine andere Welt, ein anderes Land. Die Intensität ihres Lebens, die Art, wie sie ihre Gefühle ausstellten, fesselte sie. Vielleicht war dies die Künstlerin in ihr? Zuweilen wollte sie der sicheren Berechenbarkeit ihres eigenen Heims entfliehen, und keine zwei Minuten entfernt existierte eine Gegenwelt – gefährlich, unberechenbar, instabil. Sie fühlte sich von dieser anderen Welt angezogen. Die Tochter eines millionenschweren Bankers zu sein, der noch eine zweite, illegitime Familie hatte, oder im Alter von zehn Jahren aus Ungarn zu fliehen, wie Madeleine, einen toten Bruder zurücklassend – *das* war die Art von emotionalem Hintergrund, den Becky suchte. Was war schon Besonderes daran, das einzige, wenn auch behütete Kind eines Professors und dessen mittelständiger Frau zu sein?

Kieran rauchte seinen Joint zu Ende, blies eine Rauchwolke aus einem Mundwinkel und begann erneut, ihr Knie zu streicheln. Sie gab sich seiner Berührung ohne Widerstreben hin. Sie würde später darüber nachdenken, was sie zu Amber sagen würde – viel später. Im Moment war es aufregender, sich vorzustellen, ganz selbstverständlich zum Leben der Salls zu gehören. Kieran Salls Freundin. Das klang herrlich und elektrisierend.

15

Die Wochen vergingen für Madeleine wie im Flug. Ihr neuer Job, den sie kurz nach neun begann und kurz nach ein Uhr mittags beendete, gefiel ihr recht gut. Mr Dorman war nie zu Hause. Manchmal legte sie im Wohnzimmer eine Platte auf, während sie die Spülmaschine einräumte und die Waschmaschine laufen ließ, und tanzte dann mit dem Staubsauger ungeschickt die Treppe hinauf. Am vierten Samstag öffnete sie die Tür und war überrascht, die Reste einer wüsten Party vorzufinden, die vermutlich die Nacht vorher stattgefunden hatte. Es herrschte totales Chaos. Im Bad lagen leere Champagnerflaschen, unter den Sofas und im überquellenden Abfall leere Bierflaschen. Canapés und Snacks waren über den Esstisch verstreut und im Teppich festgetreten. Sie ging durch die Räume, verblüfft über das Durcheinander überall. Selbst die Toiletten waren voller Flaschen, Weingläser und feuchter Brotkanten, auf denen noch die rötliche Schmiere von Lachspastete oder schwarzer, klumpiger Kaviar klebte. Sie ging ins Schlafzimmer des Hausherrn. Die Party musste hier geendet haben – zumindest zwei der Teilnehmer waren hier gelandet, dachte sie, als sie sich niederbeugte, um einen Spitzen-BH vom Fußende des Betts aufzuheben. Sie hielt ihn hoch, befühlte das hübsche Nichts aus roter Seide in ihrer Hand und fragte sich voller Neid, wer *so* kleine Brüste haben konnte.

Sie beschloss, diesmal oben anzufangen und sich nach unten vorzuarbeiten. Sie hatte schon eine Weile gearbeitet, als sie plötzlich unten eine Tür zuschlagen hörte. Sie lauschte einen Moment. Vielleicht war es ihre Mutter? Sie hörte eine Schranktür aufgehen, das Klirren eines Glases und dann das Radio, das angedreht wurde. Mr Dorman vielleicht? Einen Moment blieb sie unschlüssig stehen. Sollte sie hinuntergehen und ihn begrüßen oder einfach weiterarbeiten, ohne ihn zu beachten? Was wäre das Richtige? Sie entschied sich, nach unten zu gehen.

Sie sah ein Paar Beine über die Sofalehne herausstehen und ein Jackett auf dem Boden liegen. Eine geöffnete Aktentasche lag auf der untersten Treppenstufe, ihr Inhalt über den Dielenboden verstreut. Der ruhige, schwere Atem des Mannes auf dem Sofa ließ darauf schließen, dass er schlief. Um nicht zu stören, ging sie auf Zehenspitzen durch die Diele zur Küche, öffnete leise die Tür und stolperte prompt über einen Kübel und einen Mopp, den sie dort stehen gelassen hatte. Es krachte, und Wasser floss über den Boden. Fluchend bückte sie sich, um eilig den Kübel aufzuheben.

»Verdammt, Maja«, brummte der Mann auf dem Sofa.

»Seien Sie doch still. Ich versuche, ein bisschen zu schlafen.« Madeleine drehte sich um. Er hatte seine Lage nicht verändert, noch immer sah sie nur seine Beine. Er hatte die Schuhe abgestreift und wirkte merkwürdig verletzlich, wie er in Socken dort lag, während unter der Bügelfalte seiner Hose ein Streifen gebräunter Haut zu sehen war. Madeleine errötete. Sie räusperte sich.

»Ähm, entschuldigen Sie, Sir. Ich bin nicht Maja, sondern Madeleine, ihre Tochter. Ich helfe samstags aus.« Sie machte einen Schritt vorwärts und blieb, noch immer mit dem Staubtuch in der Hand, in der Diele stehen. Die Beine bewegten sich, Oberkörper und Kopf tauchten auf. Madeleine sah ihn verwirrt an. Es war der junge Mann, den sie auf dem Foto gesehen hatte.

»Oh.« Er setzte sich auf und strich sich durchs Haar. »Ah ja – sie hat's mir gesagt. Ich hatte es vergessen. Wie war dein Name?«

»Madeleine, Sir.«

»Ich bin Mark Dorman. Und du musst nicht Sir zu mir sagen.«

»Ja, Sir. Ich meine, ja, Mr Dorman.«

»Mark.«

»Mark.« Er war Amerikaner und hatte die gedehnte Sprechweise, die Madeleine mit Filmstars und Hollywood-Größen in Verbindung brachte. Sie sah auf ihre Hände, unsicher, was sie sagen sollte. Er schwang die Beine vom Sofa und stand auf. Madeleine blickte auf. Er war groß und hatte breite Schultern. Die Krawatte hatte er abgenommen, und sein Hals und seine Brust hoben sich dunkel unter seinem Hemd ab. Sein Haar war wesentlich kürzer als auf dem Foto. Sie sah in seine dunklen, mandelförmigen Augen und wurde plötzlich schrecklich rot.

»Nun, lass dich von mir nicht stören«, sagte er leichthin und bückte sich, um seine Krawatte und sein Jackett aufzuheben. Madeleine blieb stehen. Er ließ seine Aktentasche und den darum verstreuten Inhalt liegen, nahm eine Banane vom Tisch, lächelte sie kurz an und lief dann, zwei Stufen auf einmal nehmend, die Treppe hinauf. Madeleine stand immer noch wie erstarrt, während die Röte in ihrem Gesicht langsam nachließ. Leicht benommen erledigte sie den Rest ihrer Arbeit. Von oben war nichts zu hören. Mr Dorman – Mark – musste eingeschlafen sein.

»Was macht er eigentlich?«, fragte sie ihre Mutter am gleichen Abend, als sich die drei zum Essen setzten.

»Wer?«

»Mark. Ich meine, Mr. Dorman?« Maja blickte mit gerunzelter Stirn auf.

»Warum interessiert es dich, was er macht? Es geht dich nichts an. Du putzt sein Haus, das ist alles.«

»Ich weiß, aber …«

»Kein Aber. Gib deinem Vater das Gemüse.« Maja unterbrach sie scharf. Imre blickte auf und fragte sich, was das Theater sollte. Madeleine seufzte und tat, was ihre Mutter gesagt hatte. Während des Rests der Mahlzeit blieb sie still, lauschte der Unterhaltung ihrer Eltern und schob ihr Essen auf dem Teller herum. Plötzlich hatte sie keinen Hunger mehr. Sie entschuldigte sich, als Maja aufstand, um Tee zu holen – sie wollte allein sein. Maja sagte nichts, als sie ihren Teller wegstellte und in ihr Zimmer verschwand.

Dort angekommen, schloss sie gegen ihre bisherige Gewohnheit ab. Mit dem Rücken an die Tür gelehnt, blieb sie einen Moment stehen und holte tief Luft. Dann legte sie sich aufs Bett und starrte in den spätsommerlichen Regen hinaus, ohne das trommelnde Geräusch der Tropfen oder die murmelnden Stimmen ihrer Eltern, die durch die Trennwand drangen, wahrzunehmen. Sie schloss die Augen und wartete, bis Mark Dormans Gesicht vor ihr auftauchte. Das Herz schlug ihr bis zum Hals und eine leichte Wärme breitete sich in ihr aus. Sie lächelte in sich hinein und ließ die kurze Unterhaltung mit ihm immer wieder vor ihrem inneren Auge ablaufen. *Und dein Name?* Sie spürte seinen Blick auf sich, sah sein Lächeln, als er den Raum verließ. Wie schade, dass sie die Hälfte der Zeit zu Boden gestarrt hatte. Madeleine drehte sich um und drückte die Wange ins Kissen. Sie konnte den nächsten Samstag kaum erwarten.

Aber am folgenden Samstag tauchte Mark Dorman nicht auf, und auch am Samstag darauf war er nicht da. Drei Wochen vergingen ohne ein Anzeichen von ihm. Jedes Mal, wenn sie die Tür öffnete, glaubte sie, ihr Herz würde vor freudiger Erwartung zerspringen, ihn vielleicht auf dem Sofa liegen oder die Treppe herunterkommen zu sehen. Die Enttäuschung traf sie jedes Mal wie ein Schlag. Maja machte sich Sorgen. Nie hatte sie Madeleine so zerstreut erlebt. Schweigend saß sie bei Tisch, stocherte in ihrem Essen herum, redete nur, wenn sie angesprochen wurde, und brach dann mitten im Satz ab, um an ihren Eltern vorbei ins Leere zu starren. *Iss doch,* drängte Maja sie ständig, aber zum ersten Mal in ihrem Leben hatte Madeleine keinen Hunger. Sie hatte keine Lust zu essen, keine Lust zu reden und schlief schlecht. Nachts, allein in ihrem Zimmer, wenn nur das Geräusch eines gelegentlich vorbeifahrenden Autos zu hören war, stellte sie sich sein Gesicht vor und rief sich immer wieder seine Worte ins Gedächtnis, bis die erlebte Wirklichkeit durch eine aufregendere Fantasie abgelöst wurde, in der Mark Dorman im Wohnzimmer blieb und sich mit ihr unterhielt. *Sich mit ihr unterhielt!* Sie hatte keine Ahnung, worüber sie sich unterhalten könnten, aber es reichte ihr, sich vorzustellen, wie sein Blick über sie glitt, oder auch seine Hände. Das Glücksgefühl, das dieser Gedanke auslöste, konnte sie kaum ertragen. Sie ging ihren Pflichten im Haus nach, flüsterte leise seinen Namen vor sich hin und sehnte den Samstag herbei, atemlos vor Freude bei dem Gedanken, ihn zu sehen.

Sie hatte schon alle Hoffnung aufgegeben, als sie am folgenden Samstag bei nassem, scheußlichem Wetter die Stufen zum Eingang hinaufstieg und die Tür nur angelehnt fand. Ihr Herz machte einen Sprung – war er da? Zögernd trat sie ein. Ja! Seine Aktentasche lag in der Diele, gemeinsam mit einem kleinen Koffer. Er musste von einer Reise zurückgekommen sein. An der Wand lehnte sein Schirm, unter dem sich eine kleine Pfütze gebildet hatte. Sie trat in die schmale Diele, schüttelte ihren eigenen Schirm aus und versuchte, ruhig zu atmen. Das Haus war still. Sie sah auf ihre Uhr. Es war kurz nach neun. Sie zog ihren Mantel aus, hängte ihn an die Küchentür und glättete ihren Rock. Wo war er? Sie spähte ins Wohnzimmer, aber dort war niemand. Der Raum schien seit letztem Samstag nicht benutzt worden zu sein. Sie öffnete die Flügeltüren, die zum Esszimmer führten – wieder niemand. Er musste oben sein, dachte sie und nagte an der Innenseite ihrer Lippe. Sie ging die Treppe hinauf. Er war weder im Arbeitszimmer auf dem ersten Absatz noch im Gästezimmer. Sie stieg weiter hinauf. Die Tür zu seinem Schlafzimmer stand offen, und vorsichtig steckte sie den Kopf in den Raum. Sie erstarrte. Mark war tatsächlich zu Hause – offensichtlich im Tiefschlaf lag er ausgestreckt auf seinem riesigen Bett, halb zugedeckt mit dem Leopardenfell. Madeleine blinzelte. Er war vollständig bekleidet – nicht einmal seine Krawatte hatte er abgenommen. Ein Schuh lag am Fußende des Betts, den anderen trug er noch am Fuß. Offenbar war er ganz plötzlich eingeschlafen. Lange Zeit starrte sie ihn an. Er sah so gutaussehend, so friedlich aus. Sie suchte nach dem richtigen Ausdruck, weil sie die Dinge gern exakt beschrieb – vermutlich ein Erbe ihrer Mutter. Doch zuweilen kam ihr die englische Sprache zu simpel vor. Gutaussehend? Ja, Mark Dorman war sicherlich gutaussehend. Aber nicht auf diese filmstarartige Weise, wie sie anfangs gedacht hatte, als sie seine Stimme hörte. Er war zugleich jungenhaft: Er sah aus wie jemand, der jeden Tag Tennis spielte und nur zum Spaß schwamm. Er war groß und gleichzeitig anmutig. Sie mochte, wie er überallhin rannte, als wäre sein schickes Stadthaus mit den glänzenden Böden und den Samtvorhängen zu eng für einen Mann mit seiner übersprudelnden Vitalität. Irgendwie hatte sie Maja entlocken können, dass er zweiunddreißig war und aus Kalifornien kam, was Madeleine so fern schien wie ein anderer Stern. Kalifornien! Goldene Sonne, goldbraune Menschen, ein goldenes Leben. Es passte zu ihm. Sie fragte sich, wie es ihn in das düstere, trübe London verschlagen hatte.

Der schlafende Mann gab einen leisen Laut von sich. Gerade als sie sich umdrehen und wieder hinuntergehen wollte, schlug er die Augen auf.

»Hey«, sagte er verschlafen und versuchte, sich zu sammeln.

»Oh, ich wollte Sie nicht aufwecken. Tut mir Leid.«

»Kein Problem. Ich muss eingenickt sein. Wie spät ist es?«

»Halb zehn«, antwortete Madeleine nach einem Blick auf ihre Uhr. Sie hatte fast eine Viertelstunde in der Tür gestanden und ihn beobachtet.

»Mist. Ich sollte in die Gänge kommen.« Er setzte sich auf und schwang die Beine aus dem Bett. Einen Moment blieb er sitzen, den Kopf in die Hände gestützt.

»Ähm, geht's Ihnen gut?«, fragte Madeleine vorsichtig. Er sah müde und gar nicht gut aus. Er blickte auf. Seine Augen waren leicht blutunterlaufen. Langsam schüttelte er den Kopf.

»Ja, ich bin heute Morgen aus New York zurückgekommen. Ich hab einen furchtbaren Kater, das ist alles.«

»Oh.«

»Ich brauche Wasser.« Unsicher richtete er sich auf.

»Nein. Nein, bleiben Sie. Ich hol Ihnen welches«, sagte Madeleine hastig und eilte die Treppe hinunter. Er sagte noch etwas Unverständliches, dann hörte sie, wie er aufs Bett zurückfiel. Sie rannte in die Küche, nahm eine Flasche Wasser aus dem Kühlschrank, griff sich ein Glas und suchte in einer der Schubladen nach Aspirin, dann lief sie zurück nach oben. Mark hatte sich wieder ausgestreckt und schützte mit dem Arm seine Augen vor dem Licht.

»Hier«, sagte Madeleine und trat ans Bett. Er öffnete ein Auge und sah sie träge an. »Ich hab Ihnen auch Aspirin gebracht.«

»Maja, Sie sind ein absoluter Engel«, stöhnte er und stützte sich auf.

»Nein, ich bin Madeleine«, verbesserte sie ihn rasch, gekränkt, dass er ihren Namen vergessen hatte.

»Richtig. Tut mir Leid. Zu viel Alkohol letzte Nacht«, erwiderte er vage lächelnd und nahm ihr das Aspirin und die Wasserflasche ab. Seine Finger berührten die ihren.

»Waren Sie auf einer Party?«, fragte sie, als er den Kopf zurücklegte und die Tabletten schluckte.

»Nicht direkt. Erste Klasse – Champagner den ganzen Weg vom JFK bis Heathrow.«

»Oh.« Madeleine hatte keine Ahnung, wie die erste Klasse in einem Flugzeug aussah. Sie war in ihrem ganzen Leben noch nie geflogen.

»Sie sprechen viel besser Englisch als Ihre Mom.«

»Nun, wir wohnen schon eine ganze Weile hier«, antwortete Madeleine, leicht errötend. Sie mochte, wenn er sie ansah, auch wenn es sie nervös machte.

»Wie lange schon?«

»Ähm, sechs Jahre.«

»Dennoch, so lange ist das auch wieder nicht. Wie alt bist du?« Mark sah sie merkwürdig an.

»Sechzehn.« Ihre Stimme brach.

»Süße sechzehn, was?« Er gähnte und streckte sich. Madeleine konnte die Augen nicht von ihm wenden. »Okay, wir sollten uns wohl besser an die Arbeit machen. Danke für das Wasser und die Tabletten«, fügte er hinzu und zupfte an seiner Krawatte. Madeleine nickte, verspürte aber keinen Wunsch zu gehen. Sie beobachtete, wie er sein Jackett auszog und achtlos auf den Boden warf und dann sein Hemd aufzuknöpfen begann. »Vielleicht könntest du unten anfangen?«

»Ja, natürlich. Ich mach die Küche. Ich meine, das Esszimmer.«

»Sicher. Wie du willst.« Und damit verschwand Mark Dorman.

16

Wie bereits unzählige Male in den vergangenen fünf Jahren verfluchte Max Angela, während er durchs Haus ging, seine Krawatte löste und sein Jackett übers Treppengeländer warf. Es war halb neun Uhr morgens, er war gerade mit der ersten Maschine aus Paris zurückgekommen, wollte das wichtigste Arbeitsfrühstück seiner ganzen verdammten Laufbahn ausrichten und musste es allein tun. Zum Teufel mit ihr. Sie war wieder zu Hause, nachdem sie vor ein paar Monaten gebeten worden war, die Klinik in Klaasens zu verlassen. Es hatte irgendwelche Probleme mit einer Patientin oder dem Sohn einer Patientin gegeben; der Leiterin war es offensichtlich peinlich, das Problem näher zu erklären. Max hatte einfach aufgelegt. Die schmutzigen Details interessierten ihn nicht.

»Krystyna!«, brüllte er und lief nach oben.

»Sir.« Sie erschien am Fuß der Treppe.

»Alles fertig?«

»Ja, Sir. Alles ist bereit. Die Leute vom Catering sind da. Ich habe die Gästezimmer im zweiten Stock hergerichtet, für den Fall, Lord Henning möchte sich ausruhen nach der Besprechung. Es gibt frische ...«

»Großartig«, unterbrach Max sie abrupt. »Ich gehe schnell unter die Dusche. Legen Sie bitte was Passendes für mich heraus.« Er verschwand in seine Räume. Krystyna nickte ein wenig unsicher. Etwas Passendes? Was sollte das heißen? Sie zögerte einen Moment und ging dann nach oben.

»Ja, das geht. In Ordnung«, sagte Max, als er nur mit einem Handtuch um die Taille aus dem Badezimmer kam. Sie stand auf und wusste nicht recht, wo sie hinsehen sollte. Es war nicht das erste Mal, dass er sie in Verlegenheit brachte, wenn auch das erste Mal, dass sie ihn halb nackt sah. Max Sall strahlte so viel Macht aus. Sie arbeitete jetzt fast ein Jahr für ihn – hauptsächlich kümmerte sie sich allerdings um seine arme Frau –, und immer noch war er in der Lage, sie wie einen Teenager erröten zu lassen, wenn er seine stahlgrauen Augen auf sie richtete. Sie war ja auch noch ein Teenager, sagte sie sich, als sie kurz darauf in die Küche hinunterging. Kaum zwanzig. Die Arbeit bei den Salls war ihr erster richtiger Job, nachdem sie den Bauernhof in Polen verlassen hatte. Leuten wie diesen war sie vorher noch nicht begegnet – reich, berühmt und unglücklich. Abgesehen von Max schien es nur Amber zu gelingen, ihr Leben zu kontrollieren. Im Gegensatz zu ihrem Bruder und ihrer Mutter schien sie mit allem zurechtzukommen. Ihr Bruder. Krystyna verdrehte die Augen. Kieran war ein Chaot. Seltsam, dass Max das nicht bemerkte. Kieran war wie seine Mutter: Sie war die ganze Zeit betrunken und er ständig high. Man brauchte ihn bloß anzusehen, um das zu wissen. Dennoch tat er ihr Leid. Außer natürlich, er machte sich an sie heran.

Noch während er sich die Krawatte zuband, lief Max schnell die Treppe zu den Gästezimmern hinauf, um nachzusehen, ob wirklich alles in Ordnung war. Er öffnete die Tür zu einem der Schlafräume und runzelte die Stirn. Die Vorhänge waren geschlossen, und der Raum lag im Halbdunkel. Er ging zum Fenster und zog sie auf. Plötzlich hörte er ein Geräusch hinter sich. Er fuhr herum und hätte fast eine Vase mit frischen Blumen umgestoßen, die Krystyna auf den Frisiertisch gestellt hatte. Er kniff die Augen zusammen. Da war doch etwas in dem Bett. Es dauerte einen Moment, bis er begriff, was er sah. »Was zum Teufel geht hier vor?«, brüllte er. Unter der Decke ertönte plötzlich ein Qietschen und etwas bewegte sich. Er riss die Decke zurück und brauchte ein paar Sekunden, um das halb nackte Mädchen zu erkennen, das sich an seinen Sohn drängte. Becky? Becky Aldridge? Ambers beste Freundin? Sollte sie nicht in der Schule sein? Geschockt starrte er die beiden an. »Zieht euch an und verschwindet«, sagte er schließlich mit zusammengebissenen Zähnen. »Ich komme in fünf Minuten zurück. Dann möchte ich euch hier nicht mehr sehen. Und *du*«, er deutete mit dem Finger auf seinen Sohn, »kommst in mein Arbeitszimmer. *Sofort!*« Dann drehte er sich auf dem Absatz um und ging hinaus.

»O mein Gott«, sagte Becky und begann zu weinen. »Du hast mir doch gesagt, er sei weg.« Sie zog das Laken an die Brust und suchte nach ihren Kleidern. Kieran antwortete nicht. Er lag mit geschlossenen Augen auf dem Rücken und machte keinerlei Anstalten, aufzustehen. »Kieran«, sagte Becky und stieß ihn an. »Steh auf. Dein Dad will dich sprechen. Mein Gott, was willst du bloß sagen?« Kieran schwieg. Er streckte eine Hand aus und angelte nach seinem Joint. »Wie kannst du bloß liegen bleiben?«, schrie Becky und zog sich eilig an. Sie hatte gewusst, dass es eine schlechte Idee war, auf dem Weg zur Schule hier vorbeizukommen. Selbst wenn sie nicht wirklich etwas getan hatten. Kieran war seltsamerweise zufrieden, neben ihrem halb nackten Körper zu liegen, einen Joint zu rauchen und sie gelegentlich zu berühren. Becky gefiel es so – sie hatte Angst davor, aufs Ganze zu gehen, andererseits fürchtete sie, sie würde ihn verlieren, falls sie sich weigerte. Momentan bekamen sie beide, was sie wollten. Doch wenn sie den anderen Mädchen in ihrer Klasse zuhörte, war die Tatsache, dass er nicht – noch nicht – mit ihr schlafen wollte, ein bisschen merkwürdig. Aber jetzt? Sie begann ernsthaft zu weinen. Sie hatte Angst davor, was ihre Eltern sagen würden. Und der Gedanke, Max auf dem Weg nach unten zu begegnen, ließ sie erstarren. Wie er sie angesehen hatte, mit dieser schrecklichen Mischung aus Überraschung, Wut und Enttäuschung. Sie wandte sich an Kieran, der schon fast wieder eingeschlafen war. »Was willst du ihm sagen? Du musst ihm sagen, dass wir eigentlich nichts getan haben.« Ihre Stimme klang flehend. Kieran schwieg. »Bitte, Kieran. Du musst ihm sagen …«

»Halt endlich die Klappe, verdammt«, unterbrach er sie, blies eine Rauchwolke aus und drehte sich auf die Seite. Becky erstarrte. Was hatte er gerade gesagt?

»Aber gehst du nicht runter?«

»Nein. Sei still. Ich versuch zu schlafen.«

»Aber Kieran.« Sie versuchte es erneut.

»Halt die Klappe, verdammt. Ich will schlafen. Deshalb bin ich hergekommen. Mach die Tür zu, wenn du rausgehst, ja?« Er drückte seinen Joint aus, zog sich die Decke über den Kopf und drehte das Gesicht zur Wand. Becky zog sich schweigend fertig an. Sie zitterte noch immer, als sie die Tür öffnete und nach unten schlich. Es war schon nach neun. Die Schule hatte bereits angefangen. Was sollte sie Amber sagen? Seit Amber sie und Kieran vor einigen Wochen überrascht hatte, herrschte eine gewisse Spannung zwischen ihnen. Amber tat so, als würde es sie nicht stören, aber Becky wusste es besser. Sie war sicher, dass Amber innerlich vor Wut kochte. Amber meldete in letzter Zeit Besitzansprüche an, wie Becky sie bislang nicht an ihr bemerkt hatte. Sie wusste nicht, ob Amber Angst hatte, sie zu verlieren oder Kieran. Wenn sie früher ihren Bruder eher vor allem geschützt hatte, konnte er ihr in der letzten Zeit nichts mehr recht machen. So leise sie konnte, machte sie die Haustür auf. Alles änderte sich so schnell, bloß diesmal konnte sie nicht mit Amber darüber sprechen. Eigentlich mit niemandem.

17

Madeleine sah sich ein paar Mal um, dann griff sie in die Schublade und zog einen Stapel Fotos heraus. Sie hielt einen Moment inne. Eigentlich durfte sie das nicht. Sie sollte sein Arbeitszimmer putzen, nicht in seinen Sachen herumschnüffeln. Schnell blätterte sie die Fotos durch. Wonach suchte sie eigentlich? Sie wusste es nicht. Erneut lauschte sie – von unten war nichts zu hören. Mark Dorman war zur Arbeit gegangen, kurz bevor sie kam.

Die Fotos zeigten Orte, die sie nicht kannte: eine große Stadt mit hohen Gebäuden und gelben Autos im Schnee, einen Strand irgendwo und Leute, wie sie sie sonst nur aus Zeitschriften kannte – schöne, lächelnde Menschen. Auf mehreren Bildern war das gleiche Mädchen zu sehen. Madeleine betrachtete sie eingehend. Langes, glänzendes Haar, breites Lächeln; auf einem Foto hatte Mark den Arm um sie gelegt. Eine Freundin offensichtlich. Madeleine verzog das Gesicht. Natürlich. Sie schob die Fotos weg und stand auf. Sie machte sich lächerlich. Sie hatte sich in einen Mann verguckt, der fast ihr Vater sein könnte. Und Tatsache war, dass sich Mark Dorman kaum ihren Namen merken konnte. Ihre Mutter, die bereits etwas vermutete, hatte damit gedroht, sie einen ihrer Bürojobs übernehmen zu lassen, wenn sie weiterhin mit einem Gesicht so lang wie ein *drzitnaye* durchs Haus schlurfte. Wie ein altes, traurig aussehendes Pferd. Schnell schob sie die Schublade zu und stand auf. Es war Zeit, sich wieder an die Arbeit zu machen und in die wirkliche Welt zurückzukehren. Sie nahm den Staublappen, wischte kurz über die Möbel und ging widerstrebend aus dem Zimmer.

Doch in der Woche darauf überraschte Mark Dorman sie. Madeleine starrte ihn an, als hätte sie nicht richtig gehört. Eine Party? Er lud sie zu einer Party ein?

»Wen? Mich?«, fragte sie mit gerunzelter Stirn. Sie stand mit einem Staublappen in der Hand auf dem Treppenabsatz und blickte auf ihn herunter.

»Ja, wenn du gegen fünf kommen könntest – die Caterer sind dann schon weg –, dann könntest du aufräumen und alles herrichten. Um acht fängt es an. Was ist los?« Er sah zu ihr hinauf. Sie war puterrot geworden.

»Oh. Nein. Ich dachte nur …«, stammelte sie und hätte vor Scham im Boden versinken können. Einen kurzen Moment lang hatte sie tatsächlich gedacht, er habe sie zu einer Party eingeladen, nicht sie gebeten, eine vorzubereiten. Sie fing sich wieder. »Ja, natürlich. Ich werde gegen fünf hier sein«, antwortete sie und ging wieder nach oben, aus Angst, er könnte ihre brennend roten Wangen sehen.

»Nein, warte. Was ist denn?« Mark stellte seine Aktentasche ab.

»Nichts«, erwiderte Madeleine und rannte praktisch die Treppe hinauf. Sie machte die Badezimmertür auf und lehnte sich dagegen. Was für eine Idiotin sie doch war! Was für eine vollkommene Idiotin! Warum um alles in der Welt sollte er sie auf eine Party einladen? Was dachte sie sich bloß?

»Alles in Ordnung, Madeleine?«, hörte sie Mark durch die Tür fragen. Sie fuhr zusammen.

»Ja. Alles in Ordnung. Ich komme gleich«, antwortete sie nervös.

»Gut. Ich bin unten. Dann können wir alles besprechen, was getan werden muss.«

»Ja, ich bin gleich unten.« Sie wartete ein paar Minuten, trocknete sich mit einem Handtuch das Gesicht ab, öffnete die Tür und ging vorsichtig hinunter.

Mark lag auf einem der dunkelroten Samtsofas und las. Als sie an ihm vorbeiging, legte er die Zeitschrift weg und winkte sie zu sich. Sie setzte sich mit zusammengepressten Knien, die Hände in den Schoß gelegt, ihm gegenüber.

»Also gut. Lass uns überlegen, was zu machen ist. Es werden zirka zwanzig, vielleicht dreißig Leute kommen – nicht zu viele. Wir ziehen den Esstisch aus, und die Gäste sollen sich selbst bedienen – hier, ich will's dir zeigen.« Mark stand auf und suchte unter der Tischplatte nach dem Mechanismus, mit dem man den Tisch ausziehen konnte. »Es ist ganz einfach. Komm her. Fühlst du das?« Er ergriff Madeleines Hand und

…hrte sie zu dem kleinen Metallriegel. Madeleine erstarrte und …hielt den Atem an. »Probier's mal.« Sie fand den Riegel, legte ihn um, und die Platte ließ sich leicht zurückschieben. »Siehst du?« Madeleine nickte. Ihre Finger kribbelten von seiner Berührung, und sie trat einen Schritt zurück. Seine körperliche Nähe war mehr, als sie ertragen konnte.

»Ähm, welche Teller und welches Besteck soll ich nehmen?«, fragte sie und trat auf die andere Seite des Tischs. Mark schien nichts zu bemerken.

»Oh, das bringt alles die Catering-Firma mit. Es gibt ein Büfett, weißt du. Häppchen, Cocktails, so etwas.«

»Aha.« Madeleine war noch nie auf einer Cocktailparty gewesen. Sie hatte keine Ahnung, wie so etwas ablief. Sie war noch nicht einmal sicher, warum er wollte, dass sie kam, nachdem die Caterer doch das meiste zu übernehmen schienen. »Soll ich Blumen besorgen?«

»Ja, das ist eine gute Idee. Besorg ein paar Blumen bei den Typen unten an der Straße. Irgendwas, was dir gefällt. Machen wir's schön hier. *Fantastisch.*« Er lächelte sie an.

Wieder wurde sie rot. Es gefiel ihr, wie sehr er sich über alles begeistern konnte. Mark Dorman war der positivste Mensch, den sie je kennen gelernt hatte. Was für ein Unterschied zu dem strengen, freudlosen Pragmatismus, der bei ihr zu Hause herrschte. Sie murmelte etwas über den Abwasch und eilte in die Küche, aus Angst, er würde heute schon zum zweiten Mal sehen, wie ihr das Blut ins Gesicht schoss.

Am Freitagabend stand sie an der Wohnzimmertür und bewunderte ihr Werk. An die Namen der Blumen, die sie ausgesucht hatte – große, stachelige Gewächse mit einer einzelnen orangefarbenen Blüte auf dunklem Stängel –, konnte sie sich nicht mehr erinnern, aber vor den dunklen Möbeln und den tiefroten Bezügen sahen sie fantastisch aus. Sie liebte Mark Dormans Zuhause, das so ganz anders war als ihr eigenes. Es war weiträumig, ruhig und vermittelte Freude; sinnlichen Genuss. Ein Gefühl, das ihr fremd war. Wie gebannt blieb sie eine Weile an der Tür stehen.

Gegen neun war die Party in vollem Gang, und Madeleine

schickte sich widerstrebend an, heimzugehen. Ihrer Mutter hatte sie gesagt, sie wäre um acht zu Hause, und jetzt hatte sie sich bereits eine Stunde verspätet. Sie zog ihre Schürze aus und ging nach oben in das Gästezimmer im ersten Stock, wo sie ihre Tasche abgestellt hatte. Es war ein warmer Abend, und die meisten Partygäste standen oder saßen draußen auf der Terrasse. Sie trat ans Fenster und blickte nach unten. Von Mark war nichts zu sehen. Ihn hatte sie nicht mehr zu Gesicht bekommen, seit die ersten Gäste eingetroffen waren. Sie hatte in der Küche gestanden und beobachtet, wie eine schöne Frau nach der anderen zur Tür hereinkam und sich in dem großen Spiegel musterte, den sie einmal pro Woche polierte. Keine von ihnen sah in ihre Richtung. Jetzt blickte sie auf sie herunter – beobachtete, wie eine Frau ihr langes blondes Haar über die Schulter warf und über etwas lachte, was der Mann neben ihr sagte; Finger mit rot lackierten Nägeln hielten ein Champagnerglas, und ihre Schultern hoben sich zu einem charmanten kleinen Achselzucken. Nie würde sie so etwas hinbekommen, dachte Madeleine, diese Art von spielerisch kokettem Charm. Wenn sie auf einen Mann traf, lief sie rot an und rannte davon. Sie wandte sich ab und nahm ihre Tasche. Es war Zeit, heimzugehen.

»Oh, da bist du ja.« Marks Stimme unterbrach ihre Gedanken. Madeleine erschrak. Sie hatte ihn nicht heraufkommen hören.

»Oh, ich wollte gerade gehen. Ich hab meiner Mutter versprochen, um acht daheim zu sein«, sagte sie und wünschte, sie würde sich nicht so schulmädchenhaft anhören. »Ich bin schon spät dran«, fügte sie hinzu und sah auf ihre Uhr – Hauptsache, sie musste nicht ihn ansehen. Wie er in dem schwarzen Jackett und dem hellgrünen Hemd vor ihr stand, raubte er ihr fast den Atem.

»Du hast ja noch gar nichts getrunken«, sagte er lächelnd. »Und ich habe dir noch nicht gedankt«, fügte er hinzu und hob eine Flasche und zwei Gläser hoch.

»Wofür?«, fragte Madeleine ehrlich erstaunt.

»Für deinen Beitrag zum großen Erfolg der Party. Läuft ganz gut«, antwortete Mark leichthin. »So sagen die Engländer doch, oder?«

»Ich weiß nicht. Ich bin keine Engländerin.«

»Das vergesse ich immer wieder.« Er lachte, goss Champagner in die zwei Gläser und reichte ihr eines. Es war fast dunkel im Raum, aber er machte keine Anstalten, Licht anzumachen. Stattdessen ging er zum Fenster und sah hinab, genau wie sie zuvor. »Ja, ich glaube, sie amüsieren sich.«

»Sind das alles Freunde von Ihnen?«, fragte sie und drehte das Glas nervös zwischen den Fingern. Mark nahm einen Schluck.

»Einige. Hauptsächlich Bekannte.«

Madeleine nickte. »Wer ist das Mädchen – die Frau – mit dem dunklen Haar?«, fragte sie so beiläufig wie möglich. Sie hatte die Frau von dem Foto sofort wiedererkannt.

»Nikki?« Er sah aus dem Fenster. »Das ist eine alte Freundin.«

»Sie ist wirklich schön«, sagte Madeleine wehmütig.

»Nicht schöner als du«, antwortete Mark ruhig.

Madeleine wurde rot und wusste nicht, wie sie reagieren sollte. Sie nippte an ihrem Champagner, aber die Kohlensäure stieg ihr in die Nase und sie verschluckte sich.

»Nein«, sagte Mark, trat einen Schritt näher und neigte das Glas von ihr weg. »Nicht die Nase reinstecken, nur die Lippen. Das ist kein 7-Up!«

»Ich weiß«, sagte Madeleine verlegen. »Er sprudelt so.«

»Es ist Champagner«, erwiderte er trocken, machte aber keine Anstalten, sich wieder von ihr zu entfernen. Madeleine blieb stehen und rührte sich nicht. Dann ging alles ganz schnell. Sie spürte seinen Arm an ihrem, als er ihr das Glas abnahm und langsam ihr Gesicht zu sich drehte. Sein Kopf verdeckte das wenige Licht, das von draußen einfiel, und sie fühlte den festen, beständigen Druck seiner Lippen auf ihrem Mund. Aber das war kein sanfter, fast keuscher Schulmädchenkuss, wie sie ihn sich erträumt hatte. Marks Lippen waren heiß und drängend. Er schien etwas von ihr zu fordern, von dem sie nicht wusste, wie sie es ihm geben sollte. Dann folgte eine Pause – eine Frage? – und dann Madeleines Antwort. Er stieß mit dem Fuß die Türe zu und ging zu dem schmalen Bett hinüber. Sie schloss die Augen und nahm nur noch den Tumult in ihrem Kopf und die Berührung seiner Hände wahr, als er die erste Schicht ihrer Kleider auszog, dann die nächste – und dann die letzte.

18

Max musterte offen den Mann, der ihm gegenüber in dem Restaurant in Knightsbridge saß. Er trank einen Schluck Kaffee, genoss den starken bitteren Geschmack und hörte ihm zu. Schnell versuchte er, sich Fakten, Daten und Orte zu vergegenwärtigen und ihn in das Netzwerk seiner Kontakte und Bekannten einzuordnen. Dieser Kontakt war das Ergebnis des erfolgreichen Geschäftsfrühstücks, aber bei dem Gedanken, welches Chaos er zuvor beseitigen musste, zuckte er innerlich zusammen. Kieran. Er hatte keine Ahnung, was mit dem Jungen los war, oder was er dagegen tun könnte. Er geriet nach seiner Mutter, daran bestand kein Zweifel. Welche Enttäuschung. Labil, eitel und unfähig. Kieran war nicht der Sohn, den er sich gewünscht hatte. Seltsam, dachte er und überließ sich einen Moment seinen Gedanken, Amber war viel mehr wie er selbst – zäh, entschlossen und unabhängig. Genau das, was er sich von Kieran erhofft hatte. Wie schade. Solche Eigenschaften waren an ein Mädchen gewöhnlich verschwendet. Er zwang sich, sich wieder auf sein Gegenüber zu konzentrieren. Talal Baroudi, der Mann, den Lord Henning ihm geschickt hatte, sah ihn fragend an.

»Entschuldigen Sie. Was sagten Sie?«

»Wir fragten uns, ob Sie irgendwelche Verbindungen haben? Jemand von innen?« Max nickte langsam. Er musste eine schnelle, rein gefühlsmäßige Entscheidung treffen. Konnte er Mr Baroudi vertrauen? Erneut nickte er. Der Mann war Libanese. Aus einer mittelständischen, christlichen Bankiersfamilie. Sein Anzug war teuer und gut geschnitten, an seinem kleinen Finger blitzte diskret ein Diamantring. Seine Schuhe waren italienisch und auf Hochglanz poliert. Details. Doch der Teufel saß ja gerade in den Details, wie Max wusste.

»Gut. Lassen Sie mich schnell einen Anruf machen. Da gibt

. Einen Mann, den ich von früher kenne. Er ist im
ı Teheran. Wenn jemand Sie mit den Russen in Ver-
ɔringen kann, dann er. Ich bin gleich wieder zurück.«
ɲd auf und ging schnell zur Empfangstheke.

Baroudi sah ihm beeindruckt nach. Max Sall schaffte es, ehn Minuten ein Treffen zu arrangieren, für das er ein Jahr oraucht hätte. Das Netz seiner Kontakte war weit gespannt ınd offenbar einzigartig. Das hatte man Talal bereits in Beirut erzählt. Es gab eine Menge Mittelsmänner im Mittleren Osten – eine Art regionaler Scherz. Talal selbst besaß ein Telefonbuch, um das ihn viele beneideten. Aber niemand außer Max Sall verfügte über Kontakte zu einem Dutzend Präsidenten und Staatsoberhäuptern und zu *den* wichtigsten und einflussreichsten Wirtschaftsführern der ganzen Welt. Deswegen war er so gut und so verdammt teuer. Aber wenn dieses Treffen zu etwas führte, dann war er jeden Penny seiner Provision wert. Zudem ein ungewöhnlicher Mann, befand Talal, während er an seinem Kaffee nippte und an dem köstlichen Gebäck des Hotels knabberte. Er wusste ein bisschen von Max Salls unorthodoxem Privatleben – der alkoholsüchtigen Frau in London, der schönen Geliebten in Rom, den Häusern auf der ganzen Welt. Der Mistkerl hatte Glück gehabt, dachte er grinsend. Sein Aufstieg vom Chauffeur zum Finanz-Mogul war allseits bekannt und wurde endlos diskutiert. Doch über Max Salls tatsächliche Abstammung wusste man praktisch nichts. Es gab Gerüchte. Einige behaupteten, er sei Jude, in Deutschland geboren und den Vernichtungslagern entkommen. Andere behaupteten, er sei Russe oder gar Armenier und als bettelarmer Teenager nach England gekommen. Es stimmte, es lag etwas in der Stimme des Mannes; kein ausgesprochener Akzent, nur manchmal eine seltsame grammatikalische Konstruktion. Max selbst schwieg zu dem Thema. Er gab nie persönliche Interviews und hatte Dutzende Anfragen von Biografen abgelehnt. Talal zuckte die Achseln. Wen kümmerte schon, wo Max Sall herkam. Wichtig war nur, wen er kannte. Und wen er überzeugen konnte, dass es sich lohnte, mit Talal Baroudi Geschäfte zu machen.

»Er trifft Sie in einer Woche in Kopenhagen«, sagte Max, als er an den Tisch zurückkam. Talal nickte lächelnd. »Ich habe ihn wissen lassen, dass Sie alle Unkosten übernehmen.« Er setzte sich, schrieb eine Nummer auf eine Karte und reichte sie ihm. »Rufen Sie hier an, wenn Sie in der Stadt sind.« Talal nickte erneut. Damit war ihr Treffen abgeschlossen. »Wie geht's Laila?«, fragte Max, als er seinen Mantel nahm. Talal blickte überrascht auf.

»Gut. Ich wusste nicht, dass Sie meine Frau kennen?«

»Wir haben uns vor vielen Jahren einmal getroffen. Sie arbeitete für die Alitalia, glaube ich?« Talal nickte, zum zweiten Mal an diesem Morgen verblüfft. Nicht viele Leute wären darauf gekommen, dass die matronenhafte Laila Baroudi einst Lucia Marciano hieß und Talal Baroudi sie auf einem Zwischenstopp in Beirut kennen gelernt und gegen allgemeinen Rat geheiratet hatte. Aber das war typisch für Max Sall. Er vergaß nie jemanden. Nie. »Richten Sie ihr bitte meine Grüße aus. Sie sollte sich an mich erinnern.« Max nahm seinen Schirm und Regenmantel, nickte Talal zu und verließ rasch das Hotel.

Talal blieb noch einen Moment leicht verwirrt sitzen. Hatte die Art seines »sie sollte sich an mich erinnern« etwas Bestimmtes zu bedeuten? Er stand auf, beunruhigt, weil sein Herz plötzlich so schnell klopfte.

19

Madeleine zog ihren Slip aus, schloss die Augen und zählte bis zehn. Wenn sie sie wieder öffnete, wäre der vertraute monatliche Fleck da, die ganze Sache wäre vergessen und ihr Leben wieder wie vorher. Sie öffnete die Augen. Nichts. Alles weiß und sauber, kein Tropfen Blut. Sie schluckte, ließ sich auf der Toilette nieder und verbarg das Gesicht in den Händen. Seit dem schrecklichen, schönen Abend bei Mark Dorman waren zwei Monate vergangen. Fast zwei Monate seit dem Morgen danach, als er kurz darauf bei Maja anrief und sagte, dass er keine Putzfrau mehr brauche, weil er nach New York umziehe.

Madeleine sah Maja nicht an, als sie den Kopf durch die Tür steckte, um ihr das mitzuteilen.

Jetzt saß sie auf der Toilette, hob den Kopf, und Tränen liefen ihr über die Wangen. Sie war weder dumm noch naiv – sie wusste, was passiert war und was sie als Nächstes zu tun hatte. Die Frage war nur, wie? Sie sah auf ihre Hände. Selbst wenn sie ihre Mutter überreden konnte, ihr eine andere Putzstelle zu überlassen, würde sie – sie begann zu rechnen – dreißig Wochen brauchen, um 300 Pfund zu verdienen. Als sie festgestellt hatte, dass ihre Periode ausblieb, hatte sie eine der Notfallberatungsnummern angerufen, die sie auf dem Fünfzehner-Bus gesehen hatte. *Schwanger? Angst? Rufen Sie 01-679-999 an. Hier werden Sie vertraulich beraten und bekommen Unterstützung,* lautete die Anzeige. Madeleine rief am nächsten Morgen an. 299 Pfund, inklusive Mehrwertsteuer. Sie bedankte sich und legte auf – damals noch überzeugt, dass ihre Periode schon noch eintreten würde. Bei den momentanen Einnahmen, die sie machte, indem sie Maja in einem Bürohaus half, würde sie sechseinhalb Monate brauchen, um das nötige Geld aufzubringen. Zu dem Zeitpunkt wäre das Kind schon fast auf der Welt. Sie wischte sich das Gesicht ab. Sie war ein praktisches Mädchen, erinnerte sie sich, ruhig und tüchtig. Sie hatte nur wenige Alternativen in ihrer momentanen Lage. Sie musste Geld für einen Schwangerschaftsabbruch auftreiben, und sie musste mit jemandem darüber sprechen. Aber nicht mit ihren Eltern. Es gab nur zwei Menschen auf der Welt, die in der Lage waren, ihr Geld zu leihen – Becky und Amber. Und sie waren zugleich die beiden einzigen Menschen, denen sie es sagen konnte.

Sie zog die Toilettenspülung, schnäuzte sich und öffnete die Tür. Es war Donnerstag, und niemand war zu Hause. Es war das erste Mal in ihrem Leben, dass sie die Schule versäumte. Maja hatte sie erklärt, sie fühle sich nicht wohl, was auch stimmte. Sie fühlte sich krank; eine seltsame, unspezifische Form von Unwohlsein, die zugleich Übelkeit und Heißhunger in ihr auslöste. Sie kroch wieder ins Bett, drückte die Wärmflasche an den Bauch und versuchte, nicht daran zu denken, was in ihr vorging und was sie tun würde – tun musste.

Amber blickte Madeleine einen Moment lang an und sagte sofort: »Ich leihe dir das Geld. Mach dir deswegen keine Sorgen.« Becky sah sie dankbar an. So gern sie Madeleine auch geholfen hätte, für sie gab es keine Möglichkeit an 300 Pfund zu kommen, ohne dass ihre Mutter davon erfahren hätte, was eine Menge unangenehmer Fragen nach sich zöge. Eingedenk ihrer eigenen Geheimnisse war es ohnehin besser, derlei Dinge nicht anzusprechen.

»Bist du sicher, dass es dir nichts ausmacht?«, fragte Madeleine, den Tränen nahe.

»Ausmachen? Madeleine, sei nicht albern. Ich geb's dir gleich, wenn du willst.« Amber schickte sich an, vom Bett aufzustehen.

»Nein, nein. Nicht jetzt. Ich muss zuerst diese Beratungsstelle anrufen«, antwortete Madeleine und wischte sich mit dem Handrücken über die Augen. Solch unkomplizierte Hilfsbereitschaft hatte sie nicht erwartet. Schließlich kannte sie Amber doch erst seit drei Monaten. Mit einem Mal wurde ihr wieder schlecht, und sie lief ins Badezimmer.

»Die arme Madeleine«, sagte Amber und sah Becky an. Ein verlegenes Schweigen breitete sich zwischen ihnen aus, wie es in den zehn Jahren ihrer Freundschaft noch nie vorgekommen war. Becky starrte auf den Boden, was Amber tief erschreckte. Über Nacht schien sich alles verändert zu haben. Sie konnte sich einfach nicht überwinden, Becky zu fragen, ob sie … Aber irgendwie hatte sie es gewusst, als Madeleine mit ihrer Nachricht rausgerückt war und Becky für einen Moment der Atem stockte. Ja, Becky hatte es getan, aber sie selbst brachte es nicht über sich, auch nur darüber *nachzudenken.* Es gab andere Dinge, über die nachgedacht werden musste. Becky hatte Madeleine in ihr Leben gebracht, und aus der engen, vertrauten Beziehung zwischen ihnen beiden war ein Dreierbund geworden. Glücklicherweise hatten sie und Madeleine sich gleich gemocht, und es gelang ganz mühelos, sie in die alte Zweier-Freundschaft zwischen Amber und Becky zu integrieren. Doch jetzt hatten sich Becky und Madeleine weiterentwickelt, sich aus ihrem kindlichen Leben verabschiedet, ohne Amber. Sie war sich bewusst, dass sie irgendwo auf der Strecke geblieben war, verspürte aber keine Eile, aufzuholen. Was Becky und Madeleine getan hatten, machte ihr keine Angst – auch wenn die Konsequenzen für Madeleine ziemlich erschreckend waren. Nein, sie fürchtete sich nicht, und sie war nicht in Eile. Sie hatte nur einfach noch niemanden kennen gelernt, mit dem sie es auch nur erwogen hätte. Irgendwie verblassten alle Männer, wenn sie an dem Maßstab gemessen wurden, den Max vorgab. Sie stand auf und ging hinaus.

Angela wandte den Kopf zur Tür, als Amber klopfte und den Salon betrat. Vorsichtig stellte sie ihr Glas ab und setzte ein Lächeln auf. Sie hörte ihrer Tochter eine Weile zu, dann erhob sie sich von ihrem Stuhl am Fenster und ging zu dem eleganten Sideboard hinüber. Sie nahm ihre Handtasche und zog ein dickes Bündel Geldscheine aus ihrer Börse.

»Hier, Liebling. Ich denke, das sollte reichen. An welche Farbe hast du denn gedacht?«

»Gelb«, sagte Amber, ohne mit der Wimper zu zucken. »Ich finde, was Gelbes wäre hübsch.«

»Ja, was Buntes und Fröhliches«, stimmte Angela zu und ging zu ihrem Stuhl zurück. »Und richte ihr bitte meine Glückwünsche aus. Ich hab sie doch kennen gelernt, oder?«, fügte sie hinzu, plötzlich unsicher.

»Ja, Mutter. Sophie kommt ständig her.« Mit den Scheinen in der Hand ging Amber zur Tür. »Danke«, sagte sie im Hinausgehen. »Es wird eine wirklich schöne Hochzeit. Ich mach Fotos und zeig sie dir dann.« Angela nickte abwesend, als Amber leise die Tür zumachte. Am nächsten Morgen hätte sie vergessen, dass Amber sie um 300 Pfund für ein Kleid zur Hochzeit ihrer Schulfreundin gebeten hatte.

20

Zwei Wochen später, um neun Uhr morgens, trafen sich die drei am Eingang des Bahnhofs von Ladbroke Grove. Das Wetter schien ihre ernste Stimmung unterstützen zu wollen: Ein leichter Nieselregen hüllte alles in trauriges, bedrückendes

Grau. Sie kauften ihre Tickets nach Richmond und gingen die Treppe hinauf, um auf den Zug zu warten. Alle schwiegen. Amber wollte etwas sagen, etwas *tun,* damit Madeleine sich besser fühlte, aber sie hatte eine starre, abweisende Miene aufgesetzt, die jede Annäherung verbot. Becky ging ein paar Schritte hinter ihnen und fühlte sich verloren. Auch sie wollte Madeleine berühren oder umarmen, wusste aber nicht, wie sie das anstellen sollte. Ratternd fuhr der Zug ein. Die Türen gingen auf, und die drei stiegen schnell ein.

Madeleine setzte sich abseits, wandte den Kopf ab und sah auf die Gärten und Gemüsebeete hinaus, die vor dem Fenster vorbeiglitten. Sie wusste nicht, was schlimmer war – der Gedanke daran, was passieren würde, oder an das, was bereits geschehen war. Beides war schmerzlich, obwohl sie bei Letzterem auf reine Vermutungen angewiesen war. Es fiel ihr schwer, ohne Panik daran zu denken, dass sie vielleicht nach dieser kurzen, flüchtigen Begegnung nie mehr jemanden finden könnte, der die gleichen Gefühle in ihr auslöste. Sie dachte an den Moment, als Mark Dorman auf ihr zusammensank und keuchend den Kopf an ihrem Hals vergrub. Aus Schmerz? Sie berührte ihn, halb ängstlich, aber seine Hand, die langsam über ihre Brüste strich und die Haut auf ihrem Bauch streichelte, schickte einen köstlich warmen Schauer durch ihren Körper. Nein, nicht vor Schmerz – sie konnte spüren, wie er lächelte –, sondern weil die Gefühle ihn übermannten. Es war gut – nein, besser als das. *Sie* war wunderbar. Das sagte er ihr. Seine Worte lösten erneut eine Erregung in ihr aus, die sich von zwischen ihren Schenkeln über ihren ganzen Körper ausdehnte. Sie drückte den Kopf ins Kissen und spürte, wie ihr die Tränen in die Augen stiegen. Doch bevor sie die angenehmen Gefühle auskosten oder den Kopf an ihn schmiegen konnte, rief jemand von unten. Mark Dorman löste sich so hastig von ihr, dass ihr schwindelte. Innerhalb von Sekunden war er wieder angezogen, strich sich durchs Haar und war verschwunden. Sie wartete ihrem Empfinden nach eine Ewigkeit, aber er kam nicht zurück. Und dann, nachdem sie sich selbst angezogen und die Hitze in ihrem Körper nachgelassen hatte, ging sie hinunter und sah ihn in enger Umarmung mit einer schlanken jungen Frau, deren Kleid den ganzen Rücken entblößte. Geräuschlos öffnete sie die Tür und ging in die kühle Nacht hinaus.

Sie wandte sich vom Fenster ab und blickte auf ihre Hände. In diesem Moment streckte Amber die Hand aus, griff über die Lücke zwischen den Sitzreihen herüber und berührte sie vorsichtig am Knie. Sie sah auf. Becky lächelte sie zaghaft an. Was immer auch geschieht, schienen die beiden zu sagen, du bist nicht allein. Sie war dankbar. Der Zug fuhr in den Bahnhof von Richmond ein, und die drei stiegen aus. Es war Zeit, die Sache hinter sich zu bringen.

Teil II

21 *Menorca, Spanien, 1983*

Paola warf das Haar zurück, rückte die schmalen Träger ihres Sommerkleids zurecht und verließ den Waschraum. Aus dem Augenwinkel konnte sie sehen, wie Didier, der Barbesitzer – Didi für seine Freunde –, sie ansah, während er langsam Gläser polierte, jedes einzelne gegen das Licht hielt und ihr Spiegelbild darin betrachtete. Es war ein Spiel zwischen ihnen: Sie tat so, als bemerkte sie nichts, er tat so, als wäre es ihm egal. Tatsächlich aber klopfte ihr Herz. Didier Juneau war der Besitzer von *Didi's*, der schicken, trendigen Bar in der Altstadt von Tamarinda, die Paola und ihre Freunde jeden Nachmittag aufsuchten. Es war die letzte Woche ihrer Sommerferien. Am Sonntag würden sie und Francesca nach Rom zurückfliegen.

»Suchst du jemanden?«, rief Didier unvermittelt.

»Ich? Nein, nein. Ich wollte bloß gerade telefonieren«, antwortete Paola verwirrt. Sie hörte sich albern an, und wenn Paola eines hasste – abgesehen von ihrer Schwester natürlich –, dann, sich albern anzuhören.

»Die Telefone sind da drüben«, sagte Didier und deutete auf das Brett an der Wand hinter ihr. Paola war gezwungen, sich umzudrehen. Er wischte über die Theke und beobachtete, wie sich ihr Hintern unter dem dünnen Baumwollkleid bewegte, als sie zu den Apparaten ging. Sie drehte sich halb um, erwischte ihn dabei, und beide lächelten. Sie spielten ihr Spiel.

»Was hast du da drin gemacht?«, zischte Bernadette, als Paola sich neben sie setzte. Sie saßen mit Enrico und Pablo zusammen, den Söhnen befreundeter Familien, die von ihren Müttern die Order hatten, während ihres letzten Besuchs in der Stadt auf die beiden Mädchen aufzupassen.

»Das sag ich dir später«, flüsterte Paola. Sie nahm einen Schluck von ihrem Campari-Orange, dessen Eis in den fünfzehn Minuten ihrer Abwesenheit vollkommen geschmolzen war. Aber es hatte sich gelohnt. Sie war verabredet. Sie müsste sich heute Abend um zehn aus der Villa schleichen, aber Max war fort, und ihre Mutter würde nichts bemerken – und selbst wenn, würde sie nichts verraten. Sie sah Enrico an – ein Junge. Ein ganz netter, gut aussehender Kumpel, mit dem man den Tag verbringen konnte, aber dennoch bloß ein Junge, verglichen mit dem Mann, mit dem sie sich gerade verabredet hatte. Didier war in den Dreißigern, kein Teenager mehr. Paola langweilte sich mit Enrico und seinen Freunden. Sie wollte Spaß haben, richtigen Spaß, wie *Erwachsene* ihn hatten. Sie zündete sich eine Zigarette an.

Félipe, der Chefbarmann bei *Didi's,* beobachtete Paola beim Hinausgehen und wandte sich grinsend an Didier.

»*Mierda*«, sagte er. »Du hast den Jackpot geknackt.«

»Ich weiß«, antwortete Didier, sein Grinsen erwidernd. »Sie hat Klasse, nicht?«

»*Hombre.* Weißt du, wer sie ist?« Didier schüttelte den Kopf. »Max Salls Tochter. Mit der *Italianna.*«

Didier sah ihn mit aufgerissenen Augen an. Natürlich! Er hatte sie nicht erkannt. Er nahm ein weiteres Glas, und sein Grinsen wurde noch breiter. »Wie alt ist sie denn?«

»Alt genug. Das sind sie alle.« Félipe zuckte die Achseln. Die jungen Mädchen, die nachts in der Bar abhingen, waren nicht so jung, wie sie aussahen. Sie wurden schnell erwachsen auf Menorca. Das war einer der Gründe, warum er aus Madrid hierher gekommen war. Didier grinste erneut. Paola Rossi. Eines der reichsten »kleinen« Mädchen auf der Insel. Sie war einverstanden, ihn später im *Tabac* am Hafen zu treffen. Er hatte den Ausdruck in ihren Augen gesehen: halb ängstlich, halb kokett. So hatten ihn schon viele sechzehnjährige Erbinnen angesehen, die sich mit sinnlichem Hunger im Blick an die Theke seines Lokals lehnten. Er wusste genau, was das bedeutete. Es gab eine Menge schöner Männer – Männer um die zwanzig oder dreißig –, die über die Insel zogen, manche ehrlich, manche nicht. Viele der jungen Mädchen stellten fest, dass ihre High-School-Freunde mit ihren Bürstenfrisuren und den schülerhaften, bewusst nachlässigen Klamotten sie langweilten. Für diese Mädchen repräsentierten die schönen Männer Gefahr, Freiheit und etwas Geheimnisvolles, das sie langsam, aber stetig anzog. Didier war einer von ihnen. Paola hatte ihn entdeckt, oder er sie. Wie auch immer, Didier wusste genau, was passieren würde. Er hatte es hundert Mal vorher gesehen – und getan.

Um Viertel nach neun stieg Paola leise und vollständig angekleidet aus dem Bett und ging auf Zehenspitzen ins Bad, um einen letzten prüfenden Blick in den Spiegel zu werfen. Sie schloss die Tür hinter sich und drehte das Licht an. Sie trug einen langen, pinkfarbenen Seidenrock, eng um die Schenkel und unten weit ausgestellt. Dazu ein winziges, gerüschtes Trägertop und flache weiße Sandalen mit hübschem, korallenrotem Muschelschmuck. Zum letzten Mal bürstete sie ihr glattes dunkles Haar, zog die Lippen nach und löschte das Licht, zufrieden, dass sie mindestens drei Jahre älter wirkte, als sie wirklich war, nämlich fünfzehn. Sie schob ihr Schlafzimmerfenster hoch, raffte ihren Rock, kletterte vorsichtig hinaus und stieg auf ihre kleine Vespa. Im Leerlauf rollte sie den Hügel hinunter, bis sie außer Hörweite war, dann kickte sie den Motor an und brauste durch die Nacht. Ihr Puls raste. Sie hatte alles so geplant, dass sie genau fünfzehn Minuten zu spät kommen würde. Spät genug, um Zweifel an ihrem Kommen zu wecken, aber nicht so spät, dass seine bereits entfachte Glut abkühlte. Ein weiterer von Francescas äußerst nützlichen Tipps.

»Hallo«, sagte sie und schlängelte sich so verführerisch sie konnte durch die dicht besetzten Tische. Sie stellte befriedigt fest, dass die meisten Männer im Raum die Augen nicht von ihr lassen konnten. Didiers Augen leuchteten anerkennend auf, als sie sich anmutig neben ihm niederließ. Sie entschuldigte sich nicht für ihr Zuspätkommen. Umso mehr wird er deine Unverfrorenheit bewundern, hatte Francesca ihr oft erklärt.

»Ich dachte schon, du hättest es vergessen«, sagte Didier und lächelte sie träge an.

Paola zuckte die Achseln und lächelte ebenfalls. »Oh, ich komme immer zu spät«, erwiderte sie leichthin. Sie suchte in ihrer Tasche nach Zigaretten, um ihre Hände zu beschäftigen.

Er sah so verdammt gut und männlich aus, mit seiner abgetragenen Lederjacke, dem langen braunen Haar, das sich um seinen Nacken kräuselte, und dem Anflug von Bartstoppeln auf seinem Kinn. Ihr Herz begann zu klopfen.

»Was trinkst du?«, fragte er.

»Einen Campari. Nein, einen Whisky«, verbesserte sie sich schnell. Didier nickte zustimmend und winkte den Kellner heran. Kurz darauf kam ihr Drink. Sie nahm einen tiefen Schluck. Didier beobachtete sie, immer noch lächelnd. Er beugte sich vor.

»Wie alt bist du, Paola?«, fragte er, den Blick auf den Ausschnitt ihres Tops gerichtet, der ihren Busenansatz zeigte.

»Achtzehn«, log Paola kühn und nahm noch einen Schluck.

Er lehnte sich zurück und zündete sich eine Zigarette an. »Hättest du Lust auf eine Party zu gehen?«

Paola nickte begeistert. »Wessen Party?«, fragte sie mit leuchtenden Augen.

»Ach, von irgendwelchen Bekannten. Auf der anderen Seite der Stadt. In einer der Villen in den Hügeln.«

»Oh toll. Das klingt ja richtig aufregend.« Didier zog eine Augenbraue hoch. Sie wurde rot – war sie vielleicht doch zu kindlich?

»Ja.« Er stand auf und drückte seine Zigarette aus. »Okay. Dann gehen wir. Mein Wagen steht drüben am Randstein.« Er zog einen zerknitterten Schein aus der Tasche und legte ihn auf den Tisch. Paola stürzte hastig ihren Whisky hinunter und folgte ihm.

»Findest du mein Outfit okay?«, fragte sie, als sie zu seinem Wagen eilten. Didier sah an ihr hinab und legte beiläufig den Arm um ihre Schultern.

»Ich würde mir keine Sorgen machen, *chérie* – ich hab vor, dich *ohne* das alles zu sehen.« Er zupfte leicht am Träger ihres Tops. Ein erregtes Kribbeln durchfuhr sie. Sie hatte noch zwei Tage auf der Insel, und schon vor ihrer Ankunft hier hatte sie sich geschworen, bei ihrer Rückkehr nicht mehr die einzige Jungfrau in ihrer Schule zu sein. Daniela, Roberta, Pascale, jede ihrer besten Freundinnen hatte »es« getan, und Paola war entschlossen, dem Beispiel der anderen zu folgen. Aber sie wollte ihre Jungfräulichkeit nicht an einen zögerlichen Teenager mit schwitzigen Händen aus ihrer Klasse verlieren. An jemanden wie den biederen Enrico oder den Langweiler Pablo. Sie würde »es« mit einem Älteren tun, einem *viel* Älteren, einem, der Erfahrung hatte, der ihr noch ein paar Dinge beibringen konnte, nicht umgekehrt, wie Daniela und Pascale berichtet hatten. Sie waren bei seinem Auto angelangt. Er öffnete ihr die Tür – flüchtig stellte sie fest, dass es sich um eine ziemliche Rostlaube handelte, nicht um die Automarken, die sie gewöhnt war –, aber dann glitt er auf den Fahrersitz, legte die Hände um ihr Gesicht, und sie nahm nichts mehr wahr als die Berührung seiner Hände, während er die obersten Knöpfe ihres Tops öffnete und vorsichtig ihren Körper zu erkunden begann.

»Didier«, murmelte sie nach einer Weile. Inzwischen lag sie halb auf ihm, eingeklemmt zwischen seinem harten Penis und dem ebenso harten Lenkrad. »Sollten wir nicht … Was ist mit der Party? Kommen wir nicht zu spät?«

»Scheiß auf die Party. Ich hab was Besseres vor.« Er ließ seine Hand ihren Schenkel hinabgleiten. »Komm. Wir gehen lieber, sonst verhaftet man mich noch wegen Erregung öffentlichen Ärgernisses.« Paola kicherte und zuckte zusammen, als er seine Hand zurückzog und den Motor anließ. Sie setzte sich auf ihren Sitz zurück und bemerkte, dass alle Scheiben beschlagen waren.

Die Fahrt zurück zu *Didi's,* wo er über der Bar wohnte, dauerte zehn Minuten. Er parkte, ergriff ihre Hand und führte sie eilig durch den Seiteneingang die Treppe hinauf, bevor jemand ihn sah. Félipe war eingeweiht und deckte ihn diesen Abend – denn schon vorher war klar, auch wenn Paola keine Ahnung davon hatte, dass sie innerhalb einer Stunde zurück in seiner Wohnung wären.

Mit einer lässigen Bewegung schüttelte er seine Jacke ab, nahm zwei Gläser von dem Sideboard und griff nach einer Flasche Whisky, bevor er Paola neben sich auf die Bettcouch zog. Fünf Minuten später hatte er ihr das Top und die Sandalen ausgezogen, und seine Hände arbeiteten sich langsam ihre schönen Beine hinauf. Paola Rossi war reich. Und scharf war sie auch. Er war ihr erster Mann – das sagten ihm das Zittern ihrer Beine und ihr abruptes Einatmen, sobald er gewisse Stellen berührte. Eine scharfe, reiche Jungfrau. Wer wäre besser geeignet als er, sie in die Liebe einzuführen? Er war gut darin. Das sollte er auch sein. Schließlich hatte er genug Übung. Vielleicht würde sie lange genug hier bleiben, um Gewinn für ihn abzuwerfen. *Richtigen* Gewinn. Seine Hände begannen ihre Arbeit.

22 *London, England*

»Verflucht nochmal, Sall. Lass das.« Jake Higham-Burton lehnte sich übers Bett und schnappte sich das Scheckbuch aus Kierans Hand. Er blätterte ans Ende des Buchs und riss ein Blatt heraus. »Da. Wie viel willst du?«

»Mist, ich weiß nicht. Wie viel brauchen wir, meinst du?«

»Kommt drauf an. Wie high willst du werden?«

»Ich weiß nicht. Ziemlich high. Sehr high.« Kieran kicherte plötzlich.

»Na schön. Sagen wir fünfhundert Pfund.«

»Fünfhundert Pfund? Bist du verrückt?« Kieran sah ihn mit aufgerissenen Augen an. Er versuchte, das Scheckbuch zurückzubekommen, aber Jake hielt es lachend über seinen Kopf.

»Ach, komm schon. Er wird's noch nicht mal merken.«

»Woher willst du das wissen? Gib's mir. Er ist schließlich *mein* Vater.«

»Umso besser. Sei doch kein solcher Angsthase. Er kriegt doch nicht mal mit, dass das Geld weg ist. Verstehst du, deshalb nimmst du einen Scheck von hinten, nicht von vorn.« Jake warf das Scheckbuch auf den Boden. Er suchte nach einem Stift und legte das frische Formular auf die Knie. »So«, sagte er und schrieb schwungvoll Kierans Name darauf. »Jetzt unterschreibst du. Ich weiß nicht, wie seine Unterschrift aussieht.« Kieran sah ihn zweifelnd an. »Na, komm schon, Sall. Willst du seine Kohle oder nicht?« Kieran holte tief Luft und unterschrieb auf der entsprechenden Zeile mit seiner Nachahmung von Max' Unterschrift. »Fantastisch. Ein Kinderspiel.

Jetzt komm. Gehen wir zur Bank, bevor sie schließt«, sagte Jake und sprang vom Bett auf. »Und *dann* können wir bei Prince vorbeigehen.«

»Mist, Jake. Was ist, wenn ...«, begann Kieran, immer noch zweifelnd.

»Es gibt kein ›wenn‹«, antwortete Jake ärgerlich. »Jetzt mach schon. Wo ist deine Jacke?«

»Na schön, ich komm ja. Ich hab bloß ...«

»Kein verdammtes Dope«, beendete Jake den Satz für ihn. »Und kein Koks. Und auch sonst nichts, was Spaß macht. Fertig?« Er hielt die Tür von Kierans Zimmer auf. Kieran zog seine Jacke an und spähte vorsichtig hinaus. »Er ist nicht da, du Schisser. Er ist in Japan, verdammt. Bis er zurück ist, hast du die Kohle, wir haben den Stoff, und du, mein Junge, bist absolut high.« Jake begann wieder zu lachen. Kieran runzelte die Stirn und schob ihn vor sich die Stufen hinunter. Er wollte so schnell wie möglich aus dem Haus. Es war eine Sache, aus Angelas Börse Geld zu klauen, aber einen Scheck aus Max' Arbeitszimmer zu stehlen, war etwas ganz anderes. Nervös kichernd liefen sie die Treppe hinunter.

Es war leicht. Eine Stunde später saßen er und Jake in einem Taxi, fuhren mit 500 Pfund in frischen Zwanziger-Noten in der Tasche zu der Adresse in Bethnal Green und lachten so laut, dass der Fahrer sich ständig umdrehte, um nachzusehen, ob alles in Ordnung war.

»Danke, Kumpel«, sagte Kieran, als sie vor einem Wohnblock abgesetzt wurden. Er schob einen Zwanzig-Pfund-Schein durchs Fenster. »Behalten Sie den Rest.«

»Komm, Seine Hoheit ist zu Hause«, sagte Jake aufgeregt.

»Woher weißt du das?«

»Da drüben steht sein Wagen«, antwortete Jake und deutete auf einen silbergrauen BMW mit abgedunkelten Scheiben. Zwischen den verbeulten Morris Minors und Minis wirkte das Auto ziemlich fehl am Platz, fand Kieran, als sie ins Haus traten und auf den Lift warteten.

»Prince, mein Alter.« Jake ging voran und klang plötzlich ganz anders als der leicht ausgeflippte Privatschulzögling, den

Kieran kannte. Prince war ein ernüchternd großer, durchtrainierter Mann undefinierbaren Alters, dessen Bizeps dicker war als Kierans Oberschenkel. Er schluckte nervös, als Prince beiseite trat, um ihn vorbeizulassen. Das Wohnzimmer, wenn man es so nennen konnte, war bis auf einen Schaukelstuhl in einer Ecke und einem riesigen Fernsehapparat in der anderen fast leer. Ehrfürchtig hörte Kieran zu, wie Jake ihre Wünsche beschrieb, ihr Bargeld sehen ließ und dann einen Joint rollte, den sich die beiden teilten, während Prince säuberlich ihre Ware abwog und verpackte. In weniger als zehn Minuten war alles vorbei. Prince hatte Kieran kaum angesehen. Er bedankte sich stammelnd, folgte Jake in den Gang hinaus und konnte sein Glück kaum fassen. Johlend wie Schulkinder rannten sie die zwölf Stockwerke hinunter. In diesem Viertel ein Taxi zurück ins West End zu bekommen, gestaltete sich etwas schwierig, und Jake meinte brummig, sie hätten den Fahrer warten lassen sollen. Doch eine halbe Stunde Fußmarsch die Roman Road hinunter war ein geringer Preis für die erstklassige Ware in ihren Taschen. Kieran konnte es gar nicht erwarten, heimzukommen – und high zu werden.

23

Amber stellte ihre Taschen ab und blieb seltsam berührt in der Mitte des winzigen Zimmers stehen. Das war es also. Es war geschafft. Sie war an der Universität. Endlich. Sie schloss die Tür und brach in Tränen aus. Nach all den Streitigkeiten, all dem Geschrei und Schmollen – und der in letzter Minute eingetretenen Hilfe von gänzlich unerwarteter Seite – war sie endlich und unwiderruflich an der Universität. Sie schnäuzte sich, setzte sich auf die Kante des unbezogenen Betts und sah sich um. Ein schmaler, kahler Raum, der nur das Nötigste enthielt: Bett, Einbauschrank und Waschbecken, das Ganze nicht größer als ihr Kleiderschrank zu Hause. Sie schluckte. Doch wie immer sie sich jetzt auch fühlte, Madeleine und Becky ging es nicht besser, sagte sie sich streng und zog ihren Koffer heran. Madeleine studierte im ersten Jahr Medizin in

Edinburgh, und Becky hatte in letzter Minute einen Platz an der Kunstakademie in Kingston bekommen. Sie hatte es nicht geschafft, den erforderlichen Notendurchschnitt zu erreichen, und nur ein Anruf ihres Vaters bei einem Kollegen an der Fakultät für Kunstgeschichte hatte ihr ein Schicksal erspart, das ihr schlimmer als der Tod erschienen war – Lucy Clayton's Sekretärinnenschule, der kluge Vorschlag ihrer Mutter. Amber lächelte ein wenig, als sie sich daran erinnerte. Für Madeleine war es leicht gewesen mit ihren herausragenden Noten in allen wichtigen Fächern. Sie hatte schon früh gewusst, dass sie Ärztin werden wollte. Nur Ambers Wahl war eine wirkliche Überraschung gewesen – genau wie die Reaktion von Max.

»Was?« Max blickte von der Morgenzeitung auf und sah Amber an, als wäre sie verrückt geworden.

»Englisch. Ich will Englisch studieren«, wiederholte sie. Sie war verwirrt. Warum sah er sie so seltsam an?

»Wozu?«, fragte er kopfschüttelnd, bevor er sich wieder seiner Lektüre zuwandte.

»Was meinst du?« Sie saßen allein beim Frühstück. Kieran war noch nicht heruntergekommen.

»Das ist reinste Zeitverschwendung«, antwortete Max ärgerlich. »Mach was Nützliches. Lern Tippen.«

Amber hätte fast ihre Tasse fallen lassen. »Tippen? Warum um alles in der Welt sollte ich tippen lernen wollen?«, fragte sie entrüstet.

Max ließ seine Zeitung wieder sinken und funkelte sie an. »Warum nicht. Das ist eine nützliche Fähigkeit für eine Frau. Ich kann dir irgendwo einen Job besorgen.«

»Ich *will* aber nicht tippen lernen!« Amber wurde wütend. »Ich will studieren! Ich kann nicht glauben, dass du das sagst!« Sie schob ihren Teller zurück. Max' Gesicht hatte sich verdüstert, aber diesmal war es Amber egal. Tränen der Wut standen in ihren Augen.

»Wirst du wohl aufhören, hier rumzukreischen?«, sagte Max und schüttelte zornig seine Zeitung aus. »Ich versteh einfach nicht, wozu das Ganze. Du vergeudest drei Jahre deines Lebens mit Gott weiß was, stopfst dir einen Haufen unnötiges

Wissen in den Kopf, und bevor du dich versiehst, bist du verheiratet. Also wozu die Zeitverschwendung?«

»Wer sagt das?«, gab Amber aufgebracht zurück. »Ist das alles, was Frauen deiner Meinung nach wollen? Das erstbeste Arschloch heiraten, das ihnen über den Weg läuft?«

»Amber, pass auf, was du sagst! Ich versuch bloß, praktisch zu sein.« Jetzt schrie auch Max. Plötzlich drang ein Geräusch aus der Küche. Mrs Dewhurst steckte den Kopf durch die Tür.

»Alles in Ordnung, Sir?«, fragte sie und sah Amber besorgt an.

»Alles bestens. Würden Sie uns bitte allein lassen?«, erwiderte er grob. Mrs Dewhurst verschwand. Amber stand auf und warf ihre Serviette auf den Tisch. Es war ihr egal, wenn sie sich dafür einen Monat lang böse Blicke und kaltes Schweigen einhandelte. Wie konnte er es *wagen,* ihre Ambitionen so verächtlich abzutun.

»Es ist mir egal, was du denkst. Ich gehe auf die Uni, und damit hat sich's. Ich brauche deine Hilfe nicht. Ich mach Abitur, nicht du. Und wenn meine Noten gut genug sind, gehe ich.« Damit drehte sie sich um und verließ so ruhig sie konnte den Raum.

Max brauchte fast drei Wochen, um sich zu beruhigen, und einen weiteren Monat, um zu akzeptieren, dass Kierans Versagen an der Universität nichts mit Amber zu tun hatte. Am Ende war es zu Ambers Erstaunen Francesca gewesen, die ihn überzeugte. Stundenlang hatte sie mit Becky und Madeleine überlegt, was Francescas Motiv gewesen sein könnte. Keine von ihnen fand eine Erklärung.

Sie seufzte und stand auf. Nun, das war alles letztes Jahr passiert, und jetzt war sie hier, am Vorabend ihres ersten Studientages – und hatte bereits Heimweh. Wollte sie das wirklich? Sie sehnte sich nach ihrem großen bequemen Bett, ihrem eigenen Badezimmer und den vertrauten Geräuschen, wenn Mrs Dewhurst und Krystyna Essen machten. Selbst die gedämpfte Musik aus Kierans Zimmer, der vielsagende Geruch, wenn er die Tür aufmachte, und Angelas geisterhafte Anwesenheit im dritten Stock fehlten ihr.

Am folgenden Morgen wachte sie früh auf, geweckt vom Lärm der Busse, Taxis und Straßenhändler auf der Oxford Street. Sie sollte um zehn an der Englisch-Fakultät in der Gower Street an einem Einführungskurs teilnehmen, der bis mittags dauerte. Sie stand auf, nahm ihren Morgenrock und öffnete die Tür. Alle anderen auf ihrer Etage schliefen noch. Sie sah auf ihre Uhr. Fast halb neun. Sie zuckte die Achseln. Vielleicht waren sie schon fort? Sie ging zu den Waschräumen.

Eine halbe Stunde später ging sie in entgegengesetzter Richtung wieder zurück. Noch immer rührte sich nichts. Sie zog sich an, prüfte nach, ob sie alles hatte, was sie am ersten Tag brauchte, nahm ihren Mantel und ging auf die Oxford Street hinaus.

Drei Stunden später – ihr rauchte der Kopf von all den Dingen, die sie glaubte, sich merken zu müssen – klappte sie ihr Heft zu. Die Einführung war vorbei. Etwa sechzig oder siebzig Studenten saßen aneinander gedrängt in dem kleinen Vorlesungsraum. Sie sah sich um. Alle schienen sich zu kennen. Sie kam sich schrecklich verloren vor. War sie der einzige Mensch an der ganzen Universität, der niemanden hatte, mit dem er sich unterhalten konnte? Plötzlich verstand sie, wie sich die arme Madeleine als Außenseiterin gefühlt haben musste.

»Hallo.« Sie sah erschrocken auf. Ein ellenlanger junger Mann stand direkt vor ihr und versperrte ihr den Weg. Kannte sie ihn? »Hallo«, sagte er noch einmal und streckte die Hand aus. Amber zögerte. »Na los, ich beiß nicht.« Seine Stimme war tief, und ein Lachen schwang darin mit. Sie lächelte zaghaft.

»Tut mir Leid. Kennen wir uns?«

»Nein. Aber ich weiß, wer du bist.«

»Ah ja?«

»Ja. Du bist Amber Sall, stimmt's?«

Amber fand sich in der ungewohnten Lage, den Kopf in den Nacken legen zu müssen, um ihm ins Gesicht zu sehen. Er grinste unbefangen auf sie hinab. Er hatte braune Augen, rötliche Backen, kurzes, hellbraunes Haar; sie mochte die Lachfältchen um seine Augen und dass er sie *wirklich* anzusehen schien – dann runzelte sie die Stirn.

»Woher weißt du das?«

»Ich hab dein Bild draußen gesehen. Wir wurden doch heute Morgen fotografiert.« Amber nickte erleichtert. Einen Moment lang dachte sie schon …

»Max Sall ist dein Dad, nicht?«, fuhr er fort und sagte genau das, was sie nicht hören wollte. Enttäuscht hielt sie inne.

»Hör mal, was interessiert es dich, wer ich bin?«

»Es interessiert mich nicht. Na schön, es interessiert mich schon, aber nicht deswegen. Nein, es ist bloß, im Wohnheim hat ein Mädchen heute Morgen eine Illustrierte gelesen und da war ein Foto von deiner Schwester drin.«

»Meiner *Halb*schwester.« Amber korrigierte ihn mit zusammengebissenen Zähnen. Verdammter Mist! Alle Hoffnungen, dass der Mini-Skandal, den Paola früher in diesem Sommer provoziert hatte, zu Semesterbeginn vergessen wäre, hatten sich gerade in Luft aufgelöst. Sie sah zu dem jungen Mann auf. »Entschuldige. Das hat nichts mit mir zu tun, verstanden? Ich weiß nicht, wer du bist, ich kenne noch nicht mal deinen Namen …«

»Ich heiße Henry. Henry Fletcher«, unterbrach er sie und hielt ihr die Tür des Vorlesungsraums auf. Amber sah ihn wütend an und marschierte hinaus. »Hey, tut mir Leid. Ich wollte mich nicht einmischen. Ich hab bloß drei Stunden hinter dir gesessen und wusste nicht, wie ich dich ansprechen sollte. Ehrlich, ich wollte dich nicht ärgern.« Seine Stimme klang, als täte es ihm aufrichtig Leid.

Amber blieb stehen und drehte sich um. »Schon gut. Ich bin nicht sauer. Und jetzt lass mich bitte in Ruhe.«

»Nur, wenn du versprichst, was mit mir trinken zu gehen. Heute Abend. Nach dem Seminar.« Erneut lachte er sie an. Sie warf ihm einen genervten Blick zu, dann gab sie lächelnd nach. Schließlich war er der einzige Mensch an diesem Tag, der mit ihr gesprochen hatte. Und er hatte eine freundliche und warme Ausstrahlung. Sie nickte.

»Na schön. Aber wohin willst du gehen? Ich kenne hier nichts.«

»Ich auch nicht«, antwortete er fröhlich. »Aber schließlich ist das hier eine Uni. Da muss es doch was geben. Ich warte nach dem Seminar auf dich.« Er grinste sie noch einmal an und ging zu den Aufzügen. Amber beobachtete, wie seine große Gestalt im Aufzug verschwand, und sah dann auf ihre Uhr. Es war Essenszeit. Kein Wunder, dass sie am Verhungern war. Sie gestattete sich ein kleines Lächeln und machte sich auf die Suche nach etwas zu essen. Jemand hatte mit ihr gesprochen; vielleicht ließ sich das Ganze doch nicht so schlecht an.

In York stand endlich die Frau gegenüber von Madeleine auf und ließ die Illustrierte zurück, die sie seit Leeds gelesen hatte. Schnell griff Madeleine danach und schlug Seite vierzehn auf. Es war eine Doppelseite. *Die Sall-Schwestern: Exklusive Fotos!* Sie blickte auf die Bilder von Amber und ihrer Halbschwester Paola, wegen der im Sommer ein vierunddreißigjähriger Mann wegen Verdachts auf Verführung Minderjähriger verhaftet worden war, und schüttelte ungläubig den Kopf. Die beiden Schwestern hätten nicht verschiedener sein können, wie der Artikel durchblicken ließ. Es war kein besonders schmeichelhaftes Bild von Amber, die gerade mit gesenktem Kopf aus Marks and Spencer's kam und mit einer Hand den Fotografen abwehrte, Paola jedoch schien die Aufmerksamkeit zu genießen und bemühte sich auf jedem Bild, eine in ihrer Vorstellung vorteilhafte Pose einzunehmen. Madeleine erinnerte sich an das Theater, das es damals gegeben hatte. Paola war am letzten Tag des Familienurlaubs vermisst worden. Voller Sorge hatte ihre Mutter die Polizei benachrichtigt. Amber hatte ihnen nur die nackten Fakten erzählt, aber die Zeitungen waren voller Bilder – wie die Polizei die Wohnung über der Bar durchsuchte; wie der Mann in Handschellen abgeführt wurde, der seine Unschuld beteuerte: er habe nicht gewusst, dass sie erst fünfzehn war, sie habe ihn angelogen und behauptet, sie sei achtzehn; dazu eine erstaunlich gut gelaunte Paola, die mit ihrer Mutter die Polizeistation verließ, wobei die beiden eher wie Zwillinge aussahen. Wochenlang war es so weitergegangen. Max schäumte tagelang vor Wut. Es war eine schreckliche Zeit.

Sie legte die Illustrierte weg und beobachtete die Landschaft, die draußen vorbeiflog. Gelb-grüne Hügel und fruchtbare Täler verschwammen vor ihrem Blick, während der Zug nach Norden raste. Nach Edinburgh. Sie war auf dem Weg, ein neues Kapitel ihres Lebens zu beginnen, das wichtigste. Darauf hatte sie hingearbeitet seit dem Morgen, als sie das Büro der Berufsberatung in der King-George-Schule betreten, ihre Bewerbungsunterlagen vorgelegt und alle Hoffnungen und Erwartungen ihrer Umgebung erfüllt hatte. *Dr. Madeleine Szabo.* Es war schön, wie leicht ihr der Name über die Zunge ging. Seit ihrem sechzehnten Lebensjahr hatte sie ihn geübt. Sie hatte beobachtet, wie Amber und Becky sich monatelang den Kopf zerbrachen, welchen Beruf sie ergreifen sollten. Bei ihr war es ganz anders. Wenn man aus ärmeren Verhältnissen kam, konnte man seinen Beruf kaum frei wählen. Kinder reicher Leute hatten es da einfacher, so viel wusste sie bereits. *Ich werde dieses. Ich werde jenes.* Als probiere man ein Kleid an und lege es wieder weg, als reiche man einem Verkäufer ein Paar Schuhe zurück – *nein, ich nehme die anderen.* Oder – einen Moment lang schweiften ihre Gedanken auf ein gefährliches Terrain ab – man behielt etwas, ein Kind zum Beispiel. Sie schluckte. Sie hatte sich geschworen, nie mehr daran zu denken. Das war Vergangenheit. Jetzt hatte sie eine Zukunft, auf die sie sich freuen konnte. Sie würde mit ihrem Leben etwas anfangen, etwas aus sich machen. Sie stellte sich vor, wie ihr Vater mit den Nachbarn und mit seinen ungarischen Freunden im Gemeindezentrum sprach: *Du erinnerst dich doch an Madeleine? Sie ist jetzt Ärztin, ja, wir sind sehr stolz auf sie.* Oder wie ihre Mutter beiläufig eine Bemerkung fallen ließ, während sie Dr. Evans' Haus putzte. Dank ihres Erfolgs wären alle Probleme gelöst, alle Wunden geheilt.

24

Was erwartete er?, fragte sich Francesca und zog wütend an ihrer Zigarette. Sie hatte es kommen sehen – und genau das war der Vorwurf, den Max ihr machte: dass sie es vorausgesehen und nichts dagegen unternommen hatte. Aber was hätte sie unternehmen sollen? Ihre Tochter wurde zusehends unbezähmbarer, und es gab anscheinend nichts, was sie dagegen tun konnte. Das Mädchen brauchte seinen Vater. Maria und Luisa hatten sie in ihren Sorgen bestätigt: *Sie lebt sich aus,* was immer das auch heißen sollte. Francesca hatte es schon lange aufgegeben, ihr kleines Mädchen zu disziplinieren. Gar nicht mehr so klein, erinnerte sie sich selbst und verzog das Gesicht. Sie stand auf, ging zu den Fenstern hinüber, zog die schweren Damastvorhänge beiseite und sah über die Dächer zu den Gärten der Villa Borghese am Ende des Boulevards hinüber. Es war nass und windig. Der Herbst war dieses Jahr früh gekommen. Sie hatte sich entschieden, Paola aus dem *Lycée* zu nehmen und für ein Jahr in ein kleines, exklusives Mädchenpensionat nach Lausanne zu schicken. Dort konnte Paola fern von ihren Freunden und allen Ablenkungen Roms Abitur machen, und dann würde man weitersehen. Sie drückte ihre Zigarette aus und wandte sich vom Fenster ab. Natürlich war Max wütend auf sie gewesen, aber was sollte sie tun? Er war kaum hier in letzter Zeit, sondern flog ständig in den Fernen Osten oder in die USA, viel zu beschäftigt mit neuen Geschäften und Abschlüssen, um Paola viel Beachtung zu schenken. Sogar Francesca selbst begann, sich ein wenig vernachlässigt zu fühlen. Als Max das letzte Mal in Rom war, hatte sie zu ihrer Überraschung festgestellt, dass sie zu klammern anfing. Sie, die niemals die Fragen einer Ehefrau stellte – *Wann kommst du zurück? Um welche Zeit bist du zu Hause? Wann haben wir mehr Zeit miteinander?* –, war darüber ebenso entsetzt wie verwundert. Max ging es nicht anders. Er kniff am Frühstückstisch die Augen zusammen und ignorierte sie.

Sie hörte plötzlich Paolas Tür aufgehen, drehte sich um und bemühte sich, ein freundliches Gesicht aufzusetzen.

»*Cara*«, sagte sie und streckte die Arme aus. »Warum gehen wir nicht ein wenig shoppen, nur wir beide? Ich hab eine Liste mit all den Dingen, die du für deine neue Schule brauchst – schau her, tolle Sachen. Pelze, ein neuer Mantel, Abendkleider, ein Hosenanzug. Komm. Wir essen im Veneto's und verbringen den Nachmittag in der Stadt.« Paola nickte, wenn auch leicht ungnädig. Sie freute sich nicht im Geringsten auf ihre neue Schule. Tatsächlich hatte sie Panik davor. Nicht einmal die Aussicht auf eine neue Wintergarderobe entlockte ihr ein Lächeln. Unter Francescas besorgtem Blick ging sie deprimiert in ihr Zimmer zurück.

Am ersten Morgen in der Kunstakademie sah sich Becky ihre Kommilitonen an und verfluchte Madeleine. Am Abend zuvor hatte sie die Freundin in ihrem Studentenheim in Edinburgh angerufen. In der Hoffnung, sich aufzuheitern, hatten sie sich erzählt, wie ihre jeweilige Ankunft verlaufen war. Madeleines letzte Worte waren gewesen: »Mach dir keine Sorgen. Die anderen sind vermutlich genauso nervös wie du.« Das stimmte aber nicht. Niemand wirkte auch nur im Entferntesten nervös. An die zwanzig Studenten saßen locker im Kreis, rauchten, hörten mit halbem Ohr dem Dozenten zu und flüsterten miteinander. Wenn sie einmal schwiegen, setzten sie sofort eine bewusst gelangweilte Miene auf. Woher kannten sie sich alle? Warum hatte sie niemanden kennen gelernt? Sie blickte auf ihren karierten Faltenrock, ihren zitronengelben Pullover und die flachen Schuhe hinab und schämte sich. Ordentlich, hübsch und geschmackvoll, aber leider ziemlich bieder. Gegenüber von ihr saß ein großes schlankes Mädchen mit blondem Haar, das in viele kleine Zöpfchen geflochten war. Sie trug einen schick mit Farbklecksen bespritzten Overall und einen gestreiften Pullover, der an den Ellbogen ausfranste: eine echte Kunststudentin. Neben ihr saßen zwei dunkelhaarige junge Männer, die angespannt eine Zigarette nach der anderen rauchten und matt nickten, während der Dozent sprach. Becky war die Einzige, die einen Notizblock hatte, alle anderen schienen sich den Stoff mühelos merken zu können. Sie schluckte und wandte ihre Aufmerksamkeit wieder dem Dozenten zu, einem kleinen, drahtigen Mann, der selbst eher wie ein Student wirkte als wie ein Kunstprofessor. Wovon redete er bloß? Irgendwas über Schmerz, Verlust und Tod? Sie war doch hier, um zeichnen zu lernen, nicht um über den Tod ihrer Katze oder ihrer Mutter zu reden, die außerdem gar nicht gestorben waren. Aber alle redeten und redeten. Erneut sah sie auf ihren Rock hinab. War sie vielleicht im falschen Kurs gelandet? Sie beugte sich vor, hörte aufmerksam zu und fing den Blick der Göttin mit den Zöpfchen auf. *Falsch, falsch, falsch,* schien deren Miene auszudrücken. Falsche Kleider, falsche Einstellung, falscher Ort. Verglichen mit ihrer betonten Lässigkeit kam sich Becky unbeholfen, naiv und schrecklich langweilig vor. Welchen Blödsinn hatte Madeleine ihr da erzählt? Hier war niemand nervös. Eher im Gegenteil. Alle – außer ihr natürlich – sahen aus, als wären sie schon ihr Leben lang auf der Kunstakademie.

Sechshundert Meilen weiter nördlich erging es Madeleine trotz ihrer Zuversicht kaum besser. »Sehen Sie die Person neben Ihnen an«, sagte der Professor, der die Einführung hielt, »nehmen Sie Ihren Nachbarn genau in Augenschein.« Alle begannen nervös mit den Füßen zu scharren. »Denn«, fuhr er dramatisch fort, »in sechs Monaten wird einer von Ihnen fort sein. Nur ein Drittel von Ihnen wird es schaffen. Willkommen im Königlichen Krankenhaus. Nichts für Schwache.« Damit drehte er sich auf dem Absatz um und ging hinaus. Etwa sechzig junge Leute standen schweigend da und vermieden es, sich anzusehen. Nach einer Weile kicherte jemand, und die Studenten begannen, sich zu rühren. Madeleine sah sich um. Es gab nur wenige Frauen in der Gruppe. Eine schnelle Zählung ergab dreizehn. Der Rest bestand aus ziemlich unattraktiven jungen Männern. Eines der Mädchen war recht hübsch, mit einer entspannten, sicheren Ausstrahlung. Innerhalb von Minuten bildete sich ein Kreis um sie. Plötzlich begannen alle auf einmal zu reden, man wandte sich der Person rechts und links neben einem zu und bald wurde eine Art Scherz daraus. *Hallo, ich schätze, du bist nächstes Semester weg.* Madeleine stand allein im hinteren Teil des Raums und merkte, wie alle Männer an ihrer Seite nach vorn gingen, weg von ihr. Also war es an der Universität nicht anders, dachte sie, als sie ihre Tasche nahm und zum Ausgang ging. So war es immer gewesen. Mit fast eins achtzig und immer noch ein paar Kilo zu viel wirkte sie selbst in einer überwiegend männlichen Gruppe wie eine Riesin. Die Frauen sahen sie mitleidig an, die Männer wandten sich ab. Niemand brauchte ihr zu sagen, wie die Leute auf sie reagierten. Sie war ja nicht blind. *Du hast ein hübsches Gesicht, Madeleine, aber wegen deines Gewichts solltest du was tun.* Das sagten alle – Lehrer, Freunde, Eltern – *Eltern* von Freunden. Etwa einen Monat vor Beginn ihres Studiums nahm ihre Mutter sie beiseite und versuchte, ein mütterliches Gespräch mit ihr zu führen. Sie bot sogar an, sie zu den Weight Watchers zu begleiten. Madeleine schüttelte den Kopf und wusste nicht, wie sie ihr erklären sollte, dass sie sich das nicht leisten konnte. Und alle Überredungskünste von Becky und Amber konnten nichts daran ändern, was sie mit eigenen Augen sah. Becky hatte die dämliche Vorstellung, dass sich die Leute von ihrer Größe und imponierenden Gestalt eingeschüchtert fühlten. Ihr erschien das sogar als Vorteil, weil man sie augenblicklich respektierte. Niemand traue sich, leichtfertig mit ihr umzugehen. Selbst mit neunzehn sei sie schon eine ernst zu nehmende Frau. Madeleine sah das anders. Sie war nicht imponierend, sie war *fett.* Und damit hatte es sich. Sie öffnete die Schwingtüren und warf noch einmal einen Blick zurück in den Raum mit ihren Kommilitonen. Die Gruppe um das hübsche Mädchen hatte sich vergrößert. Sie war der Mittelpunkt gut gelaunter, bewundernder Aufmerksamkeit. Bevor die Türen zuschwangen, sah Madeleine gerade noch, dass sie Jeans anhatte, ihren pinkfarbenen Pulli mit V-Ausschnitt verkehrt herum trug und um den schlanken Hals eine glänzende Perlenkette.

25

Jake hatte Recht. Es wurde tatsächlich einfacher. Als Kieran das zweite Mal »Max R. Sall« auf die gepunktete Linie schrieb, waren die heftigen Gewissensbisse nur noch als feine Stiche spürbar. Als er den vierten Scheck einreichte und 1000 Pfund abhob, blieb er völlig ungerührt, als der Kassierer ihm die Scheine vorzählte. Er steckte den Umschlag mit den frischen Fünfzig-Pfund-Noten in seine Jacke und trat auf die Straße hinaus. Außerdem, dachte er, als er ein Taxi anhielt, ließ ihm Max kaum eine andere Wahl. Er bekam so elend wenig Taschengeld, dass es kaum für Zigaretten, geschweige denn Drogen reichte. Zum Glück war der ganze Wirbel um die Universität vorbei. Er hatte ohnehin nicht hingehen wollen. Wie gewöhnlich war das Max' Idee gewesen. Kieran wollte zu Hause bei Angela bleiben. Es war gut, dass er rausgeflogen war. Weiß der Teufel, was passiert wäre, wenn er an der Uni geblieben wäre. Nein, zu Hause gefiel es ihm viel besser. Vor allem seit Amber fort war. Beim Gedanken an sie runzelte er die Stirn. Sie hatte Himmel und Hölle in Bewegung gesetzt, um studieren zu dürfen, und ihn damit zum reinen Idioten abgestempelt.

»Wo soll's hingehen?« Ein schwarzes Taxi hatte vor ihm angehalten.

»Bethnal Green.« Kieran stieg ein. »Und warten Sie auf mich, wenn wir dort sind. Es dauert nicht lang.«

»Klar.« Das Taxi fuhr in Richtung Osten los.

»Hier«, sagte Prince beiläufig, »das solltest du probieren. Es ist Klasse, Mann.« Kieran schluckte nervös. Prince reichte ihm eine Spritze mit einer gelblichen Flüssigkeit und ein Gummiband und bedeutete ihm, den Ärmel hochzurollen. Kieran schluckte erneut. Er wusste, was das war. Heroin. Am anderen Ende des Zimmers lag ein Mädchen mit einem selig abwesenden Ausdruck auf dem Gesicht bewusstlos in einem Sessel, ihr Arm hing schlaff herunter. Überall auf dem Arm waren Einstichspuren und blaue Flecken. »Lass mich dir helfen.« Prince rollte seinen Ärmel hoch und legte die Aderpresse an. Kieran hatte nicht die Kraft, sich zu wehren. Sein gesamter Körper gierte nach der Droge. Erschreckt und fasziniert zugleich beobachtete er, wie Prince das Gummiband über seinem Ellbogen anbrachte und professionell auf die blaue Vene in der Mitte seines Unterarms klopfte. Sofort begann sie anzuschwellen. Prince hielt die dünne Nadel ins Licht, schnippte ein paarmal dagegen und stach sie dann schnell in Kierans Arm, bevor er protestieren konnte. Die Wirkung trat fast augenblicklich ein. Er sank nach vorn. Eine Flut der schönsten, intensivsten Gefühle brach über ihn herein und drohte, ihn zu überwältigen. »Sachte, Mann«, sagte Prince, während Kieran sich vor und zurück wiegte. Seine Stimme schien von weit entfernt zu kommen.

»Wa… Wahnsinn«, lallte er, als Woge um Woge der Lust über ihn hinwegspülte. Es war unglaublich. Plötzlich klappten seine Lider auf. Alles war so hell, so rein, und unendlich *schön.*

»Nimm's locker, Mann, leg dich auf den Teppich. Mach die Augen zu. Ja, so ist's gut.« Prince' Stimme leitete ihn sanft. Er rollte sich auf dem schmutzigen braunen Teppich zusammen, schloss die Augen und ließ sich treiben. Bilder strömten auf ihn ein – Beckys schneeweißer Bauch, die rosafarbenen, fast scheuen Brustwarzen, ihr rotes Haar, das ihr ins Gesicht fiel, der Blick aus seinem Zimmerfenster zu Hause, Angela, ihr Lächeln, das Geräusch seines Motorrads, das Gefühl der Maschine zwischen seinen Schenkeln. Er begann, leise zu wimmern, dann dämmerte er weg. Sein letzter klarer Gedanke galt Max und seinem – so oft, zu oft – wütenden Gesicht. Und dann Stille. Selige Stille.

»Hey, Mann. Hey, wach auf. Wach auf!« Jemand stieß ihn, rüttelte ihn wach. Benommen rappelte er sich hoch.

»Nur die Ruhe, Mann. Du warst 'ne Weile auf Trip. Jetzt kommst du wieder runter. Mach langsam. Ja, so ist's gut.« Kieran versuchte, sich zu sammeln. Prince kauerte vor ihm. Vorsichtig richtete er sich auf und hielt sich an Prince' kräftigem Unterarm fest.

»Wie spät ist es?«

»Drei. Du warst 'ne halbe Stunde weg. Alles okay?«

»Ja. Ich sollte wohl besser gehen«, sagte Kieran mühsam und warf einen Blick auf das schlafende Mädchen in der Ecke.

»Alles bestens. Deshalb bist du ja hergekommen.« Prince reichte ihm einige Päckchen mit Haschisch, Koks und Pillen. »Wärst du auch daran interessiert?« Er hielt eine winzige Tüte mit gräulich weißen Klumpen hoch. Kieran zögerte einen Moment und nickte dann langsam. Prince grinste. »Vierhundertfünfzig Pfund die Tüte, Sir. Das Beste, was es gibt.« Kieran griff in seine Tasche und zog das Geldbündel heraus. »Hier, das leg ich noch drauf«, sagte Prince und nahm das Geld, ohne es zu zählen. »Das wirst du brauchen.« Kieran nahm den Teelöffel, die Spritze und die Packung Nadeln und steckte sie ein.

Jake würde wissen, was man damit machte. Er eilte die Treppe hinab. Entgegen seiner Erwartung wartete das Taxi noch.

26

Henry lächelte auf Amber hinab, als er ihr das Bier reichte. Es war ihre dritte Verabredung in zwei Wochen, kaum rekordverdächtig, aber er war verliebt. Hoffnungslos verliebt. »Prost!«, rief er, die Musik und den Gesprächslärm übertönend. Im dämmrigen Licht konnte er ihre Augen nicht sehen, dafür ihr strahlendes Lächeln. Von allen Dingen, die er an Amber mochte, war ihm ihr Lächeln das liebste. Wenn sie lächelte, leuchtete ihr ganzes Gesicht auf wie die Morgensonne über dem Wasser in Kariba. Der Gedanke verblüffte ihn.

»Du hörst mir nicht zu«, sagte Amber und stieß ihn an.

»Ich kann dich nicht hören. Was?«

»Kann ich deine Aufzeichnungen von heute Morgen haben? Ich war während der Vorlesung im Halbschlaf.«

»Na klar. Jederzeit.« Er sah auf sie hinab. Sollte er etwas sagen? Irgendwas Bedeutsameres als das übliche Geschwätz über Studium und Skripte? Inzwischen sollte sie Bescheid wissen. Er hatte sie drei Mal hintereinander eingeladen, aber das war die Krux mit Amber. Sie war freundlich, lustig und offen, aber gleichzeitig hatte er bemerkt, wie schnell sie sich zurückzog, wenn er Themen berührte, über die sie nicht sprechen wollte: vor allem ihre Familie und ihren Vater. Er wollte kein Risiko eingehen. Ihre Kälte hätte er wahrscheinlich nicht ertragen. Erst letzte Woche hatte sie jemandem mitten im Satz das Wort abgeschnitten, der irgendwas über ihre Schwester daherschwafelte. Nein, er wollte nicht diese Herzlichkeit aufs Spiel setzen, die ihn vom ersten Moment an angezogen hatte.

Wie auf ein Stichwort drehten sich beide zu der Band um – irgendeine amateurhafte Studentenformation. Henry hielt das Geheul kaum aus, aber die Poster hatten überall in der Fakultät herumgelegen, und er hatte das Konzert als Vorwand genommen, um erneut mit ihr auszugehen. Und da standen sie nun und litten gemeinsam.

»Sollen wir woanders hingehen?«, schrie Amber nach dem vierten oder fünften Set. Ihr Trommelfell schmerzte. Henry nickte begeistert. Er nahm ihr Glas und bahnte ihnen einen Weg durch die Menge.

»Gott, war das schrecklich«, sagte er, als sie durch die Schwingtüren auf den Gower Place traten.

»Es war deine Idee.« Amber lachte und schlang ihren Schal um den Hals.

»Ich wollte eben unbedingt …«, begann er lächelnd.

Sie sah ihn verwundert an. »*Die* hören?«

»Nein, einen Grund finden, um mit dir auszugehen.«

»Oh.« Sie zögerte einen Moment. Henry versuchte, ihren Gesichtsausdruck zu deuten. Sein Herz klopfte ihm plötzlich bis zum Hals. »Dafür brauchst du doch keinen Grund.« Er atmete erleichtert aus und unterbrach sie schnell.

»Amber. Ich hab dich wirklich gern. Ich meine, *wirklich* gern.« Er hätte sich ohrfeigen können. Er hörte sich an wie ein Vollidiot. Sie standen an einer Straßenecke im gelben Schein einer Laterne. Ihre Augen blickten ihn schelmisch über den Rand ihres gestreiften Schals hinweg an. Unter diesen Umständen schien es ihm die natürlichste Sache zu sein – er beugte sich hinunter und küsste sie.

Es lag eindeutig an dem Strahlen in ihrem Gesicht. Später am Abend, in seinem zu kurzen Bett, ging Henry den Abend noch einmal durch, Minute für Minute. Immer nur Strahlen und Herzlichkeit. Andere Studenten im Kurs beklagten sich, dass Amber Sall verschlossen, arrogant und unverbindlich sei; er sah sie nicht so. Für ihn war sie genau das Gegenteil. Sie hatte etwas seltsam Fremdes an sich, das schwer zu greifen war. Sie war keines der aufgekratzten, rotgesichtigen englischen Mädchen, die er bisher gekannt hatte, und dennoch war sie durch und durch englisch. Sie hatten den gleichen Humor, mochten die gleichen Bands und die gleichen Bücher. Sie hatte ihr ganzes Leben in London verbracht, und dennoch schien sie keine besondere Verbindung zu der Stadt zu haben. Wenn sie darüber sprachen, was sie machen wollten, wo sie nach dem Abschluss hingehen wollten, ging Amber selbstverständlich davon aus, dass ihr die ganze Welt offen stand. Und nicht nur, weil sie reich war. Damit hatte sie, ohne es zu wissen, einen Nerv getroffen, der immer noch genauso schmerzte wie an dem Tag, als er vor fünf Jahren nach England gekommen war. Fünf lange kalte nasse Jahre ohne Sonne. Er konnte nicht leben ohne Sonne. Manchmal hatte er das Gefühl, in England zu ertrinken, in der Düsternis und dem wässrigen grauen Licht. Denn er war nicht der rotbäckige, Rugby spielende englische Privatschulzögling, der er zu sein schien – er war überhaupt kein Engländer. Er kam aus Rhodesien, oder, wie es jetzt hieß, Simbabwe. Sein Vater war dort Siedler in zweiter Generation gewesen, doch seine Verwurzelung im afrikanischen Boden ließ sich, wie sich herausstellte, überraschend leicht lösen. Henry war in dem Gefühl aufgewachsen, Afrikaner zu sein, und abgesehen von einem Besuch als Kind bei einem entfernten Verwandten seines Vaters in Yorkshire war er nie in England gewesen, dem Land, das seine Eltern erstaunlicherweise immer noch als ihre »Heimat« bezeichneten. Mit fünfzehn, als er schon fast eins achtzig und einer der beliebtesten Schüler in Hillhurst, der exklusiven Jungenschule vor den Toren von Salisbury, war, begannen seine Eltern davon zu sprechen, »nach Hause« zurückzukehren. 1979, ein paar Monate nach dem Sturz des Regimes von Ian Smith, packten sie ihre Sachen und flohen. *Das Land geht vor die Hunde,* erklärte George Fletcher. Das war sein Lieblingsspruch. Die beiden älteren Brüder von Henry, Joshua und Martin, machten ihren Universitätsabschluss in England und entflohen, sobald sie konnten, dem Regen und der Kälte. Joshua nach Sidney und Martin nach Johannesburg. Jetzt gab es nur noch Henry, der an den Wochenenden in das hübsche Cottage in Cambridgeshire zurückkam, in das seine Eltern geflüchtet waren, obwohl er nicht so genau wusste, wovor eigentlich. Sie sprachen selten über ihr früheres Leben. Henrys Vater hatte eine neue Arbeit als Zweigstellenleiter einer Bank in dem kleinen Dorf Trincham gefunden, und seine Mutter fügte sich erstaunlich schnell in die endlose Reihe von Festen und Märkten ein, für die sie die ganze Woche buk.

Henry wurde nach Clark Hall geschickt, eine der vielen weniger exklusiven Privatschulen nicht weit von ihrem Wohnort. Innerhalb eines Monats erwarb er einen englischen Akzent und unterschied sich nicht mehr von den anderen rotbackigen Jungen, mit denen er den Schlafsaal teilte. Dank seiner angeborenen Neugier und dem Drang, sich zu profilieren, blieb der Erfolg nicht aus. In der sechsten Klasse schließlich war aus dem gut aussehenden, netten Vertrauensschüler ein perfekter Engländer geworden. Er konnte nicht sagen, warum es ihm so lieber war.

Ihre Familie hatte Glück gehabt, wie George meinte. Später, als die Wirtschaft abwärts ging, kehrten viele der weißen Siedler, die geblieben waren, zurück – allerdings ärmer, verzweifelter und verbitterter als die Fletchers. *Im letzten Moment,* wie George immer gern sagte. Henry sah es nicht so. Für ihn war es, als wäre ein Teil seines Körpers schwer verletzt worden und die Blutung könne nur gestoppt werden, indem man nicht mehr daran dachte. Das hatte er getan, bis Amber Sall auftauchte.

27

Madeleine schloss die Augen, als sie das Skalpell nahm und vorsichtig den Körper auf dem Tisch betastete. Mit zusammengebissenen Zähnen machte sie einen Schnitt, wie der Professor es ihnen gezeigt hatte: in großem Bogen über den Bauch, kurz unter dem Nabel endend. Nichts geschah. Sie drückte stärker auf. Immer noch nichts. Sie öffnete die Augen. Die glatte alabasterweiße Haut unter dem grellen Neonlicht kam ihr gummiartig vor und widersetzte sich ihren Bemühungen. Sie versuchte es ein drittes Mal. Das Skalpell drang glatt ein, ein wenig Luft entwich, was sich wie ein Seufzen anhörte, und der Körper bewegte sich plötzlich, als der Bauch die Gase freigab. Madeleine schrie entsetzt auf. Neben ihr fiel eine Studentin in Ohnmacht.

Zwanzig Minuten später, als der Kurs den Seziersaal verließ, war der Vorfall allgemeines Gesprächsthema, und Madeleine spürte, dass jemand neben sie trat. Sie wandte sich um. Es war Tim, die Hilfskraft aus dem sechsten Semester, der manchmal bei Vorlesungen aushalf.

»Passiert jedes Jahr.« Er lächelte sie an. »Glaub nicht, dass man dich zur Strafe ausgesucht hat.« Madeleine errötete.

»Ich hätte nicht so aufschreien sollen«, antwortete sie. Er war ein gutes Stück kleiner als sie, schlank und ständig angespannt – bei den Vorlesungen spielte er immer nervös mit seiner Brille, seinen Stiften oder Papieren herum. »Dr. Morland hält mich vermutlich für eine Idiotin.«

»Ach, darum würde ich mir keine Sorgen machen«, beruhigte er sie. »Es ist bloß Gas. In der Leiche bilden sich Magengase, die ziemlich heftig sein können. Ich habe Leichen gesehen, die sich praktisch vom Seziertisch gehoben haben und dann wieder zurückgesackt sind. Da fallen regelmäßig ein paar Studenten in Ohnmacht.« Er lachte sie an. Madeleine lächelte schwach. »Also, ich muss los«, sagte er und sah auf seine Uhr. »Hab selbst eine Vorlesung in fünf Minuten. Bis dann. Wir treffen uns heute Abend im Three Crosses auf der Union Street auf einen Drink. Bring jemanden mit, wenn du willst.« Damit verschwand er, und Madeleine starrte ihm nach, wie er mit wehendem weißem Kittel den Korridor hinuntereilte. *Wir treffen uns heute Abend auf einen Drink.* Wer waren »wir«? Und warum hatte er sie eingeladen? Sie sah auf die Uhr an der Wand und zog ihren eselsohrigen Stundenplan heraus. 11 Uhr. Pathologie. Raum 321. Sie eilte zum Lift.

Das Pub war überfüllt und verraucht, als sie eintrat. Sie erkannte eine Reihe Kommilitonen in einer Ecke und wollte gerade zaghaft auf sie zugehen, als jemand laut ihren Namen rief. »Madeleine, hier drüben!« Sie drehte sich um. Es war Tim und zwei andere Studenten, die sie noch nie gesehen hatte. Wahrscheinlich aus dem sechsten Semester, dachte sie. »Toll, dass du kommen konntest.« Tim zog einen Stuhl für sie heraus. Ein wenig geschmeichelt über seinen begeisterten Empfang ließ Madeleine sich nieder. »Was möchtest du?«, fragte er und stand auf.

»Ähm, ein kleines Bier«, antwortete sie und legte nervös die Hand an den Hals, während sie die anderen anlächelte, unsicher, was sie sagen sollte.

»Paul und Mitchell«, stellte Tim die beiden vor, als er mit

den Getränken zurückkam. »Jungs, das ist Madeleine. Ein echtes Erstsemester. Heute Morgen in der Pathologie ist sie fast umgekippt«, fügte er lachend hinzu. Madeleine lächelte leicht verlegen. Sie verstand nicht ganz, warum sie eingeladen worden war, aber Paul und Mitchell schienen recht nett und aufrichtig interessiert daran zu sein, was sie zu sagen hatte. Innerhalb kurzer Zeit verhielt sie sich wie immer, wenn jemand unerwartet Interesse an ihr zeigte – sie revanchierte sich. Sie war amüsant, aufmerksam und lustig und spürte, wie sie allmählich in die Rolle schlüpfte, die Amber *Miss Angepasst* nannte. *Danke, dass du Interesse an mir zeigst, danke, dass du dir die Zeit nimmst.* Es machte Amber wahnsinnig. Aber Madeleine konnte nicht anders, dieses Verhaltensmuster war schon zu gefestigt.

Becky starrte auf das Gemälde an der Wand. Polly, ein großes, langbeiniges Mädchen, stand vor ihrer Arbeit und verteidigte sie. Bewundernd sah Becky auf die leuchtenden Farbspiralen in Pink, Kirschrot, Lila und fast glühendem Purpur, die dick aufgetragene Farbe und die selbstsichere Kühnheit, mit der Polly ihre Arbeit ausgeführt hatte. Die eingeladenen Kritiker beugten sich vor, um das Werk zu diskutieren. Becky war mit ihren Nerven am Ende. Es war die erste öffentliche Vorstellung ihrer Bilder, und sie hatte keine Ahnung, was sie erwartete. Jeder Student hatte zwanzig Minuten, um Konzept und Hintergrund seiner Arbeit darzustellen, und die Aufgabe der Kritiker schien darin zu bestehen, ihn fertig zu machen. Alle um sie herum waren aufgeregt und warteten widerstrebend, bis sie an der Reihe waren. Pollys Wangen waren flammend rot, aber sie verteidigte ihr Projekt tapfer.

»Der Nächste!«, rief Beverly, ihre Dozentin. »Samantha. Bist du bereit, weiterzumachen? Becky? Häng deine Arbeit neben die von Samantha. Du bist nach ihr dran.« Becky stand auf und nahm ihr Bild. Wie im Traum bekam sie mit, wie Samantha auseinander genommen wurde. Als sie selbst an die Reihe kam und der erste Kritiker, ein schrecklich aussehender Mann mit grünem Hemd und gelber Fliege, sie voller Sarkasmus fragte, ob es *irgendwas* gebe, was ihre Arbeit von dem übrigen Haufen

Mist unterscheide, hielten alle im Raum die Luft an. Becky brauchte einen Moment, um zu verstehen, was er gesagt hatte, dann brach sie in Tränen aus und ergriff die Flucht.

Als Amber sich die Horrorgeschichten ihrer Freundinnen am Telefon anhörte, war es ihr zu peinlich zu erzählen, wie gut alles bei ihr lief. Von Henry wollte sie eigentlich gar nichts sagen, aber Becky hatte es ihr aus der Nase gezogen. Bei ihr schien alles zum Besten zu stehen. Der Kurs gefiel ihr, das Studentenwohnheim auch, sie hatte ein paar neue Freunde gefunden. Verglichen mit den Torturen, die die beiden anderen ausstanden, hatte sie nichts zu beklagen. Gar nichts. Außer einer Sache. Natürlich ließ sie Becky gegenüber nichts verlauten, aber Madeleine hätte vielleicht eine Idee. Es ging um Kieran. Sie war am Wochenende nach Hause gegangen, eigentlich in der Hoffnung Max zu treffen, um ihm zu berichten, wie gut alles lief, aber er war natürlich nicht da. Sie lud einen Wäscheberg bei Krystyna ab und ging dann nach oben, um nach Kieran zu sehen. Seit Beginn ihres Studiums hatten sie kaum mehr ein Wort gewechselt. Er war sauer, weil sie weggegangen war, vor allem nachdem sein Gastspiel an der Uni so katastrophal geendet hatte. Aber Amber wollte sich wieder gut mit ihm stellen. Er sei zu Hause, hatte Krystyna gesagt, schon den ganzen Tag, und Amber wunderte sich ein wenig über den seltsamen Blick, mit dem sie sie angesehen hatte.

Sie war schockiert. Und besorgt. Kieran sah absolut grauenvoll aus. Sein Haar hing schlaff und fettig herunter, seine Haut wirkte wächsern und fahl. Er sah aus, als hätte er seit Wochen nichts Anständiges mehr gegessen. Sie setzte sich auf seine Bettkante und fragte sich, was um alles in der Welt mit ihm los war. Kieran wischte mit einer matten Geste ihre Sorgen beiseite.

»Mir geht's super.«

»Du siehst schrecklich aus.« Amber sah sich in seinem Zimmer um. Ein Saustall. »Hat Max dich gesehen?«, fragte sie zögernd.

»Ach, zum Teufel mit Max.« Kieran gähnte, wandte sich ab und schloss die Augen. Amber trat zum Fenster und zog trotz Kierans Protest die Vorhänge auf. In dem einfallenden Licht sah er noch schlechter aus. Sie sollte mit jemandem über ihn sprechen. Mit Max zu reden wäre sinnlos, Kieran würde glauben, sie wolle ihn verpetzen. Mit Angela? Ebenfalls sinnlos. Sie betete Kieran an und wäre ohnehin nicht in der Lage zu helfen. Sie sah auf ihren dösenden Bruder hinab. Immer hatte sie für ihn gesorgt, ihn vor den schlimmsten Ausbrüchen seines Vaters beschützt, obwohl sie die Jüngere war. Eigentlich hätte er sich um sie kümmern sollen, aber Kieran war nicht so zäh wie sie.

»Er nimmt ganz offensichtlich Drogen«, sagte Madeleine zu ihr. Amber schwieg. »Hast du irgendwas gesehen? Nadeln, Packungen, derlei Dinge?«

»Oh, ich glaube nicht, dass es *so* ernst ist«, antwortete Amber schnell. »Es ist bloß Haschisch. Er muss Unmengen davon geraucht haben. Wie auch immer, ich hab Krystyna bei ihm sauber machen lassen. Als ich ging, war er ganz gut drauf.«

»Nun, wenn du meinst. In meiner Schule waren ein paar Junkies, weißt du. Ich finde, es hört sich ganz danach an.«

»Nein, nicht Kieran. Und woher sollte er das Geld nehmen? Er beklagt sich ständig, dass Max ihm kaum etwas gibt. Heroin ist doch schrecklich teuer, oder?« Madeleine antwortete nicht. Wenn Schüler der King George Möglichkeiten fanden, ihre Sucht zu befriedigen, dann würde Kieran es auch schaffen. Ambers Erzählungen über ihren Kurs und über Henry lauschte sie mit gequältem Lächeln. Das Semester war schon fast zu Ende, und Madeleine hatte noch mit kaum jemandem gesprochen. Abgesehen von Tim natürlich. Aber er war Assistent und musste wohl mit den unteren Semestern reden, also zählte das nicht. Bevor sie auflegten, verabredeten sie, sich in der Minute anzurufen, in der sie zu Weihnachten zu Hause ankamen.

28

Er wurde in einen kleinen privaten Salon geführt, man fragte ihn, ob er etwas trinken wolle, und brachte ihm die Morgenzeitungen zum Lesen. Es würde nicht länger als zehn oder fünfzehn Minuten dauern. Mr Beaton bedaure die Verzögerung ganz außerordentlich. Max nickte, gab seinen Mantel ab und setzte sich in einen weichen Ledersessel. Als der Assistent den Raum verließ, sah er sich um. Nicht schlecht, fand er. Im zwanzigsten Stock des Euston Towers, dunkle Eichenpaneele, antike Möbel, ein paar geschmackvolle Bilder an der Wand. Er öffnete die Zeitung. *Lord Sainsbury, 87, gestorben.* Er starrte auf die Schlagzeile. *Andrew B. Sainsbury aus Drury Lane stirbt im Alter von 87 Jahren an den Folgen eines Schlaganfalls.* Einen Moment lang wie betäubt, legte er die Zeitung weg. Vor dreißig Jahren hatten sie sich zum ersten Mal getroffen, und vor etwa drei oder vier Jahren hatten sich ihre Wege zum letzten Mal gekreuzt. Und indirekt war er dafür verantwortlich, dass er jetzt auf Geoff Beaton wartete, den leitenden Direktor von British Railways. Nein, er war direkt dafür verantwortlich.

Max war siebzehn, als er begann, als Fahrer für Sainsbury's zu arbeiten. Was sein Alter und den Besitz eines Führerscheins anbelangte, hatte er gelogen. Von der Fleischertheke hatte er zu der Zeit genug gehabt. Der Manager der Zweigstelle in Kentish Town hatte ihn mit Interesse beobachtet – der flotte Bursche war ein guter Arbeiter, der bei den Hausfrauen gut ankam. Sainsbury's vergrößerte sich in den Jahren nach dem Krieg. 1954 eröffnete es in der Lewisham Street den größten Supermarkt Europas. Er legte ein gutes Wort für Max ein. Die Firma probierte gerade etwas Neues aus, eine Idee, die direkt aus Amerika übernommen worden war: Das Geschäft in der Lewisham Steet wurde auf Selbstbedienung umgestellt. Max putzte nun nicht mehr die Fleischertheke, wo die Hausfrauen anstanden, sondern arbeitete hinten im Laden, wo das Fleisch für die neuen Kühltheken abgepackt wurde. Er hasste diese stupide Arbeit, die ihm nicht einmal mehr Gelegenheit zum Flirten ließ. Zwei schreckliche Wochen lang lernte er nach den Regeln des Metzgerhandwerks Fleisch zu zerteilen, bevor er den Manager anflehte, ihm eine andere Arbeit zu geben.

»Kannst du Auto fahren, Junge?«, fragte ihn der Manager.

Max nickte. »Klar kann ich das.«

»Und hast du einen Führerschein?«

»Ja.«

»Also gut. Mr Andrews sucht eine Aushilfe. Sein Fahrer hat die Grippe. Aber bloß für ein paar Wochen, klar?« Max hörte schon nicht mehr zu. Er zog seine blau-weiß gestreifte Metzgerschürze aus, warf sie in den Abfall hinter dem Laden und schrubbte sich die Hände, bis sie wund waren. Dann übte er eine Woche lang mit dem alten 1933er MG des Nachbarn fahren, bis er zumindest glaubte, den Dreh raus zu haben. Doch als er sich am Montagmorgen hinter dem Geschäft einfand und einen Blick auf den glänzenden Bentley R-Typ mit der verlängerten Kühlerhaube und den weichen Ledersitzen warf, hätte er fast gekniffen. Glücklicherweise deutete der Manager seinen Gesichtsausdruck als Kummer, weil er keine richtige Chauffeur-Kleidung besaß, und nicht als Ausdruck nackter Angst, den teuren Schlitten steuern zu müssen.

Es war ein mühsamer Anfang. Lord Sainsbury war anspruchsvoll und ungeduldig und schrie oft Anweisungen durch die gläserne Trennscheibe. Häufig war Max kurz davor, Lord Sainsbury den Mund zu verbieten, was er natürlich nie tat. Und dann änderte sich eines Tages alles.

Eines Morgens wartete er vor dessen Haus in Kensington auf Lord Sainsbury. Er sollte ihn ins Hauptbüro nach Blackfriars bringen, dann zur Hauptbuchhaltung in Streatham und schließlich nach Essex hinaus, wo einige Standorte für neue Läden besichtigt werden sollten. Es war ein stürmischer Frühlingstag. Sobald er den Lord aus dem Haus kommen sah, ließ er den Motor an und sprang heraus, um ihm die Tür aufzuhalten. Sofort fiel ihm auf, dass sein Arbeitgeber in schlechter Stimmung war. Sie würden nicht nach Stamford House fahren, stellte sich heraus, sondern nach Dover, um Professor Solomon Blumenthal abzuholen, einen Ingenieur der Kühltechnik. Terence, Lord Sainsburys ältester Sohn, hatte ihn eingeladen, in ihrer neuen Forschungs- und Entwicklungsabteilung mitzuarbeiten, obwohl Blumenthal, wie sich herausstellte, *kein einziges Wort Englisch sprach.* Am Schluss hatte der Lord vor Ärger fast geschrien.

»Was soll ich mit einem verdammten Flüchtling anfangen, der kein Wort Englisch kann? Wo soll ich jetzt«, er sah auf seine Taschenuhr, »um acht Uhr früh, einen Dolmetscher herkriegen? Das sagen Sie mir mal!«

»Ich kann Deutsch, Sir«, antwortete Max schnell.

»Hä?«

»Deutsch, Sir. Ich spreche es fließend.« Es war das erste Mal seit seiner Ankunft in England, dass er dies zugab. Im Rückspiegel sah er den ungläubigen Blick seines Chefs.

»Und wie kommt das?«, fragte Lord Sainsbury trotz seines Ärgers interessiert.

»Ich bin Jude, Sir. Deutscher Jude.«

»Hol mich der Teufel.«

Die nächsten drei Jahre arbeitete er gleichzeitig als persönlicher Assistent und Chauffeur von Lord Sainsbury. Der Lord wollte niemand anderen außer ihm. In diesen drei Jahren schuf er sich sein wertvollstes Kapital: Eine lange Liste von Kontakten. Als er 1963 Angela Weymouth heiratete, wusste kaum jemand, dass der gut aussehende Bräutigam, dessen Familie von Lord Sainsbury und seinen vier Söhnen vertreten wurde, zwanzig Jahre zuvor mit nichts als einem eselsohrigen Teddybär und einem kleinen Päckchen mit drei Diamanten nach England gekommen war.

Und jetzt war Lord Sainsbury tot. Max' Augen glänzten unnatürlich, als Mr Beatons Assistent den Kopf hereinstreckte, um den Besucher hereinzubitten.

29

Paola war zu aufgeregt, um etwas anderes tun zu können, als die prachtvolle Umgebung anzustarren. *La Boum* war der heißeste Nachtclub in Genf, und die bewundernden Blicke, die sie sowohl von Männern wie Frauen einheimste, machten deutlich, dass sie zu den heißesten Gästen zählte. In kürzester Zeit hatte sie es geschafft, sich von den drei Mädchen abzusetzen, mit denen sie gekommen war – den ganzen Weg aus Lausanne, auf dem Rücksitz eines Taxis, nachdem sie aus der Schule ausgerissen waren. Zu ihrer Linken stand eine Reihe von großen, bedrohlich dreinblickenden Türstehern und zu ihrer Rechten eine Schlange junger, schöner Menschen, die leider nicht auf der Gästeliste standen. Der Job der Männer auf der Linken bestand darin, die Leute auf der Rechten draußen zu halten. Paolas Name stand auf der Liste, dank Sophie de Cordonnier, der leider ziemlich reizlosen Tochter einer französischen Filmschauspielerin, die alle wichtigen Leute kannte.

Sie legte ihr Pelz-Cape ab, strich ihr hautenges Kleid glatt und folgte der Menge in den Club. An der Bar bestellte sie sich einen White Russian, an dem sie, lässig an die Theke gelehnt, nippte, während eine Gruppe junger Männer neben ihr sich darüber stritt, wer sie ansprechen sollte. Sie hörte mit halbem Ohr dem nasal klingenden Gewäsch eines Amerikaners zu, während sie gleichzeitig einen älteren, weitaus besser aussehenden Mann beobachtete, der offensichtlich zu der Gruppe gehörte, sich aber leicht abseits hielt.

»Woher kommst du?«, fragte der Amerikaner, ohne den Blick von ihr wenden zu können. Er war der Sohn eines texanischen Ölmagnaten, wie er ihr schon nach fünf Minuten erklärt hatte.

»Rom. Paris. Menorca. Such dir was aus.« Er langweilte sie. Sie sah über seine Schulter, aber der Mann neben ihm war verschwunden. »Wer war das?«, fragte sie und hoffte insgeheim, er würde endlich den Mund halten und verschwinden.

»Das ist Prinz Georg«, antwortete der Amerikaner stolz. »Ein guter Freund von mir.«

»Wirklich?«, sagte Paola mit einem anzüglichen Unterton in der Stimme. Der junge Mann wurde rot.

»Ja, wir wohnen im Leconte in der Stadt. Wir sind eine Clique. Du solltest uns besuchen kommen. Was machst du morgen?«

»Wer weiß?«, antwortete sie und schenkte ihm ein flüchtiges Lächeln. Ihre Gedanken rasten. Ein Prinz? Ihre Mutter wäre beeindruckt. Es gab nur einen Haken – sie mussten vor Morgengrauen in der Schule zurück sein. Sie musste sich etwas einfallen lassen, um das zu umgehen. Prinz Georg. Wie herrlich.

Den Rest des Abends verbrachte sie auf der Tanzfläche. Dave, den reichen, aber langweiligen Amerikaner, hatte sie abgeschüttelt, ihren Prinzen aber leider nicht gefunden. Der Club war mit Mengen von schönen Menschen gefüllt. Sophie, Martine und Véronique hatten Paola inzwischen gefunden und verfolgten mit atemlosem Staunen, wie sie auf einen der Glastische stieg, die Schuhe abwarf und zum Gejohle der Menge die Hüften kreisen ließ. Es dämmerte schon, als die vier stark benebelt auf dem Rücksitz des Taxis Platz nahmen, das seit Mitternacht gewartet hatte, und am Genfer See entlang zu ihrer Schule fuhren, wo ihre Abwesenheit Gott sei Dank nicht bemerkt worden war.

Am nächsten Morgen beim Frühstück verbreitete sich die Nachricht ihrer Heldentaten wie ein Lauffeuer, und um die Mittagszeit war sie das Tagesgespräch der etwa zweihundert Mädchen an der Schule. Von dem Moment an war es leicht, jemanden zu finden, der für sie log, und am folgenden Sonntag konnte sie Brillantmont ganz rechtmäßig in Gesellschaft einer älteren Mitschülerin verlassen. Jenna de Rosnay hatte sie eingeladen, das Wochenende bei ihrer Tante, der Komtesse d'Harcourt, auf dem Familienschloss außerhalb von Genf zu verbringen. Und wie der Zufall es wollte, war Jenna entfernt mit Prinz Georg verwandt. Ihre Tante behauptete, sie hätten als Kinder einige Sommer gemeinsam in Frankreich verbracht, obwohl Jenna sich kaum mehr an ihn erinnern konnte. Der Wochenendaufenthalt in Genf beinhaltete auch einen Besuch in der Penthouse-Suite des elegant altmodischen Hotels Leconte, wo tatsächlich Dave, der Amerikaner, seine ebenso langweilige Schwester Catriona, Prinz Georg von Hollheim und Thüringen, ein schweigsamer Franzose namens Philippe, zwei dänische Models und zwei ziemlich griesgrämige Deutsche namens Günther und Fabian wohnten. Paola verbrachte einen sehr angenehmen Nachmittag mit der Gruppe. Man trank Champagner mit Pfirsichsaft und nahm sich Canapés von den Platten, die ständig hereingebracht wurden. Paola war im siebten Himmel.

»Ein Prinz?« Wie vorauszusehen war Francesca beeindruckt. »Was für ein Prinz?« Italien war bekannt für seine Unmenge an Adelshäusern, deren Erben außer Titeln wenig vorzuweisen hatten.

»Ich weiß nicht. Er ist Deutscher. An den Namen seines Schlosses kann ich mich nicht mehr erinnern. Er ist furchtbar altmodisch, aber einfach hinreißend, Mama. Er wohnt in einem Hotel in Genf, wo wir waren – das hab ich dir ja schon erzählt –, und er hat uns, mich und Jenna, eingeladen, ihn an Weihnachten in Österreich zu besuchen. Jennas Tante hat es bereits erlaubt. Bitte sag, dass ich auch darf. *Bitte.*«

»Nun, das muss ich mir überlegen, *carissima.* Ich werde mit Max reden.«

»*Versprich* mir, ihn zu überreden, Mama. Ich sterbe, wenn ich nicht fahren darf!«

»Ja, ja, sicher, ich rede mit ihm. Sei nicht so dramatisch. Ich ruf dich am Montag zurück, in Ordnung?« Francesca legte auf und seufzte. Paola stand im Moment bei Max nicht hoch im Kurs. Zwei Wochen in Gesellschaft eines unbedeutenden deutschen Prinzen waren wohl kaum der richtige Weg, die Gunst ihres Vaters wiederzugewinnen. Und sie war immer noch erst sechzehn.

Paola plante ihre Garderobe geradezu generalstabsmäßig. Als die Weihnachtsferien begannen, war sie fertig. Sie hatte ein kleines Vermögen ausgegeben, um auch wirklich zu jedem Anlass das richtige Outfit zu haben. Am Morgen bevor sie nach Wien abflog, um dort von Prinz Georgs Privatflugzeug abgeholt zu werden, stand sie in der Diele, rückte ihren pelzverbrämten Lederhut zurecht und prüfte, ob ihre Reisegarderobe in Ordnung war. Sie legte Lippenstift auf, puderte sich schnell das Gesicht und drehte sich zu Francesca um, um sich begutachten zu lassen.

»*Belissima!*«, rief Francesca aus, voller Stolz auf ihr schönes kleines Mädchen, das so schick und elegant aussah. Sie umarmte sie ein letztes Mal, bevor sie vom Fahrer drei Koffer, zwei Hutschachteln und zwei Beauty-Cases – alles Vuitton – einladen ließ.

Ein glänzender schwarzer Range Rover holte sie und Jenna von dem kleinen Flughafen in Innsbruck ab. Kurz darauf fuhren sie durch die malerische Alpenlandschaft in Richtung Arlberg, wo Prinz Georgs Haus lag. Sie sahen Straßenschilder nach Untergurgl, Obergurgl und Hochgurgl und lachten über die Zungenbrecher der österreichischen Sprache. Nach etwa einer Stunde hielten sie vor einem Gebäude, das ihnen mit seinen Türmchen, Fahnen und riesigen, eisenbeschlagenen Eichentüren wie ein Märchenschloss erschien. Paola verschlug es förmlich die Sprache. Drei Diener kamen heraus und nahmen ihnen das Gepäck ab. Eine rundliche, matronenhafte Frau begrüßte sie herzlich im Namen »Seiner Königlichen Hoheit« und führte sie einen Gang durch die Schlossmauern entlang in einen Innenhof. Mit den schneebedeckten Fichten im Hintergrund und der Adelsfahne, die an einem der vier Haupttürme flatterte, hatte der stattliche Komplex tatsächlich etwas Märchenhaftes.

»Oh mein Gott, es ist einfach *herrlich!*«, rief Paola zu Jenna hinüber, nachdem die Dienstmädchen den Raum verlassen hatten. Sie ließ sich auf die Kissen fallen und warf ihren Kaschmirschal durchs Zimmer. Jenna war in ihrem eigenen Zimmer direkt nebenan. Paola sah sich um. Trotz seiner immensen Größe wirkte das Schloss dennoch warm und gemütlich. Ihr Zimmer war geräumig, aber nicht überwältigend groß, und der reiche Stuck an der Decke, kombiniert mit den tiefroten Wänden, verlieh ihm eine behagliche Atmosphäre. Die Möbel waren ausgesucht vornehm – dunkle Mahagoni-Kommoden mit glänzenden Messinggriffen, ein breites Himmelbett mit irischer Leinenwäsche und burgunderfarbenen Vorhängen, die das tiefe Rot der Wände aufnahmen. Dunkel gerahmte Porträts von – ihrer Vermutung nach – königlichen Verwandten schmückten die Wände. In einer der Fensternischen waren Kissen drapiert, in denen man äußerst bequem sitzen konnte. Sie stand auf, ging zu dem Erkerfenster hinüber und sah hinaus. Alles war weiß. Vor ihren Augen lag eine zarte Winterlandschaft aus Fichten, verschneiten Rasenflächen und gefrorenen Bächen. Am anderen Ende des Tals türmten sich majestätisch die schroffen Berge auf. Sie erschauderte vor Freude. Es war sechs Uhr. Sie ging durch ihr Zimmer und öffnete Jennas Tür.

Noch zwei Stunden bis zum Abendessen. So lange würden sie wahrscheinlich auch brauchen, um zu entscheiden, was sie anziehen sollten. Zeit, sich an die Arbeit zu machen.

Paola war absolut hingerissen. Nicht nur von Prinz Georg, sondern von all den wundervoll dekadenten, leichtsinnigen Leuten. Sie mochte sie alle – die Models Kina und Holly, Jenna, Philippe, Günther und Fabian. Sogar Dave und seine Schwester Catriona waren nicht so übel. Doch am meisten mochte sie Prinz Georg. Er war ein relativ steifer junger Mann von, wie sie herausgefunden hatte, sechsundzwanzig Jahren und damit zehn Jahre älter als sie. Diesmal machte es keinen Sinn, wegen ihres Alters zu lügen, denn seit ihren Heldentaten am Anfang des Sommers wusste jeder, dass sie gerade erst sechzehn geworden war. Doch noch vor hundert Jahren, erklärte sie, wäre sie mit vierzehn verheiratet worden und hätte jetzt schon zwei Kinder. »Also hört bitte auf, mich deswegen aufzuziehen!« Alle grinsten. Streng genommen war sie die Jüngste der Gruppe, aber, so befanden zumindest die Männer, sie sehe durchaus so aus, als könne sie *ihnen* noch ein paar Dinge beibringen.

Ihre Tage verbrachte sie mit Skifahren und damit, sich den kalten Wind um die Nase wehen zu lassen. Ihr Herz klopfte vor Aufregung und Angst, wann immer sie die schlanke, schwarz gekleidete Gestalt von Prinz Georg vor sich den Berg hinunterschwingen sah. Minuten nach ihm stoppte sie mit wehendem Haar in seiner Nähe und merkte, dass ihm ihr Aussehen und ihre sportlichen Fähigkeiten gefielen. Jenna und Catriona konnten mit ihr nicht mithalten. Die beiden Models Holly und Kina hatten viel zu große Angst vor einem Sturz, um sich auf Skier zu stellen. Doch umso mehr gingen sie beim Après-Ski zur Sache. Paola, die in Rom und auf Menorca schon viel von Drogen mitbekommen hatte, war verblüfft. Joints, Koks, Pillen, Poppers, Uppers, Downers. Sie waren mit einer ganzen Apotheke in ihren Koffern angereist. Jeden Abend nach einem nicht unbeträchtlichen Weinkonsum begann erst die richtige Party. Holly, ein blonder dänischer Twiggy-Verschnitt, legte die Drogen-Palette für den Abend vor. Es gab eine kurze Diskussion, was sie heute alles einwerfen sollten, dann folgte eine Viertelstunde Stille, in der mit der vorgelegten Auswahl kurzer Prozess gemacht wurde. Am ersten Abend war Paola sprachlos. Natürlich hatte sie schon Haschisch probiert, auch heftig getrunken, und einmal sogar etwas geschluckt, was ein Mädchen aus ihrer Schule zu einer Party eingeschmuggelt hatte – aber nie war viel passiert: Sie fühlte sich eine Weile benebelt und wachte am nächsten Morgen mit einem schrecklichen Kater auf. Aber überwiegend hatte sie sich an Zigaretten und gelegentlich einen Joint gehalten. Wenn sie die Leute ansah, die in einem der zahlreichen Salons im Erdgeschoss auf den Orientteppichen ausgestreckt lagen, war klar, dass sie sich jetzt in ganz anderer Gesellschaft befand. High zu werden – richtig high – war ein Muss. Sie hielt die Hand auf, um die kleine weiße Tablette entgegenzunehmen, die ihr jemand anbot, und spülte sie mit einem Schluck Champagner hinunter.

Eine halbe Stunde später lachte sie lauter, als sie jemals gelacht hatte. Bei jedem Wort, das jemand sagte, musste sie losprusten. Verschwommen nahm sie Jennas missbilligenden Blick wahr, aber selbst das war so komisch, dass sie wieder zu kichern begann.

Die Tage vergingen wie im Flug. Am schönsten waren die Abende, wenn sie und Jenna Stunden vor dem Spiegel verbrachten, um sich fürs Essen zurechtzumachen. Sie probierten verschiedene Kleider an, drehten sich Lockenwickler ins Haar und steckten es dann auf oder ließen es offen herunterfallen – sie waren zwar ganz anders als die beiden blonden Schönheiten Holly und Kina, aber mit ihnen konnte man mehr Spaß haben. Wie zur Bestätigung wandte sich Dave an Prinz Georg und Philippe. Sie nickten beifällig.

Am vorletzten Abend trug Paola ihr langes schwarzes Seidenkleid mit den weit aufspringenden Ärmeln und freiem Rücken. Ihr Haar war locker aufgesteckt und mit einer schwarzen Samtrose zusammengehalten. Von Jenna hatte sie sich schwarze, hochhackige Wildlederstiefel und hauchdünne Strümpfe geliehen.

»Bravo!«, rief Dave und klatschte mit seiner Zigarette zwischen den Lippen Beifall, als Paola und Jenna eintraten. Als Prinz Georg ihr ein Glas Champagner reichte, berührten seine Finger für einen elektrisierenden Moment die ihren.

»Wo sind Holly und Kina?«, fragte Jenna. Weder sie noch Catriona waren heruntergekommen.

»Ach, sie wollen heute kein Abendessen«, antwortete Prinz Georg schnell. »Sie sind müde.« Es herrschte eine seltsame Atmosphäre bei Tisch – Dave war bereits ziemlich betrunken, und Günther und Fabian wirkten nervös und angespannt. Nur Prinz Georg und Philippe waren wie immer: reserviert und leicht stoned. Prinz Georg klatschte ein Mal in die Hände, worauf sich die Tür öffnete und die Dienstmädchen das Essen servierten – hauchdünne Kalbfleischscheiben, winzige Butterkartoffeln und frisch gepflückte Zuckerschoten. Das Essen war wie immer ausgezeichnet. Weder Paola noch Jenna aßen viel, sondern nahmen nur geziert einen Bissen von diesem oder jenem. Breit lächelnd schenkte Prinz Georg ihnen immer wieder nach.

Etwa eine Stunde später stellte Paola fest, dass sie viel betrunkener war, als sie angenommen hatte. Es fiel ihr schwer, sich darauf zu konzentrieren, was Dave zu ihrer Rechten sagte. Philippe, der neben Jenna saß, beugte sich über sie und raunte ihr etwas zu. Plötzlich wurden die Lichter im Raum schwächer, dann wieder hell. Erstaunt sah sie auf, aber niemand schien es zu bemerken. Sie spürte Daves Hand auf ihrem Schenkel, die langsam nach oben glitt, aber sie konnte sich nicht richtig konzentrieren. Sie wollte ihm befehlen, aufzuhören, seine Hand wegzunehmen, aber sie konnte weder die Augen offen halten noch die eigene Hand bewegen. Irgendwo in der Ferne hörte sie jemand rufen. Ein Stuhl wurde zurückgeschoben, dann schlug eine Tür zu. Jemand begann zu lachen. Sie spürte eine Hand, die über ihre Schultern strich, und hörte Prinz Georgs Stimme, die ihr leise etwas ins Ohr flüsterte. Sie entspannte sich. Es musste *seine* Hand sein, dachte sie, als die Lichter wieder schwächer wurden – er musste es sein, der ihr den Arm entlang und über den Hals streichelte, an ihrem Kleid zerrte. Sie spürte einen Luftzug auf ihrer nackten Haut. Wo waren die anderen, dachte sie, als sie begann, in einen tiefen, ohnmachtsähnlichen Schlaf zu sinken. Waren sie noch im Speisezimmer? Was war mit den anderen geschehen? Mit Jenna und Philippe und Dave und Günther? Überall waren Hände auf ihr, zu viele Hände. Als Letztes nahm sie wahr, dass jemand ihr den Mund zuhielt, während ihr das Kleid vom Leib gerissen wurde. Dann wusste sie nichts mehr.

Langsam wachte sie auf, öffnete die Augen, versuchte sich zu konzentrieren und sackte wieder weg. Sie war im Bett, unter der Daunendecke begraben, ihr Kopf lag schlaff auf dem Kissen. Sie versuchte, sich aufzusetzen. Ihr Kopf fühlte sich schwer an, alles drehte sich um sie, ihr wurde schlecht. Sie blieb eine Weile liegen, öffnete und schloss die Augen, und fiel immer wieder in Schlaf. Nach einigen Minuten begann der Schwindel allmählich nachzulassen. Sie konnte die Augen aufmachen und sich umsehen. Die Vorhänge waren zurückgezogen, jemand hatte frische Blumen ins Zimmer gestellt, ihre Kleider lagen ordentlich gefaltet auf dem Stuhl am Fenster. Sie sah an sich hinab. Das seidene Nachthemd, das sie anhatte, war nicht ihr eigenes. Sie runzelte die Stirn. War sie beim Essen ohnmächtig geworden, vom vielen Wein? Aber so viel hatte sie doch gar nicht getrunken? Sie stand auf, wankte zum Frisiertisch und ließ sich unbeholfen nieder. Sie starrte ihr Gesicht im Spiegel an. Äußerlich war ihr nichts anzusehen. Zwar war ihr Make-up verschmiert, und unter ihren Augen waren dunkle Ringe, aber sie konnte nichts Ungewöhnliches an sich feststellen. Warum plagte sie dann dieses nagende, ungute Gefühl? Plötzlich erschauerte sie. Etwas stimmte nicht. Sie konnte nicht sagen, was. Sie runzelte nachdenklich die Stirn. War etwas mit ihr passiert? Wessen Nachthemd trug sie, und warum konnte sie sich nicht erinnern, ins Bett gegangen zu sein? Sie zog das Nachthemd aus. Und dann sah sie es. Direkt über ihrer linken Brustwarze, ganz deutlich sichtbar auf ihrer blassen Haut, bemerkte sie eine Bissspur. Jemand hatte sie gebissen, und zwar ziemlich fest. Sie sah an sich hinunter und wagte nicht, sich zu berühren. Sie schluckte. Sie hatte keine Ahnung, wer es gewesen oder wann es passiert sein konnte. Beim Essen konnte es niemand getan haben; das war lächerlich. Aber wie war es dann geschehen? Sie saß in dem ruhigen grauen Licht, während ihre Gedanken rasten und verzweifelt versuchten, sich an etwas zu erinnern, *irgendeinen* Anhaltspunkt zu finden. Aber es gelang ihr nicht. Alles war wie ausgelöscht.

Teil III

30 *New York 1986*

Die drei Männer schüttelten sich die Hand. Draußen trommelte der Regen gegen die Fenster. Von hier oben im achtzigsten Stockwerk verschwanden die Straßen vollkommen in Wolken und Nebel. Max nahm seinen Mantel und seine Aktentasche und lächelte den beiden Männern kurz zu, bevor er zum Aufzug ging. Er musste noch ein paar Anrufe machen. Die Verhandlungen für seine letzte Transaktion standen kurz vor dem Abschluss, und wie üblich hatte Max die beiden Parteien zusammengebracht. Eine ungewöhnliche Allianz: Walter Sprague, der Brooklyner Immobilienmakler, und Morgan Covic, der städtische Planungsbeauftragte. Sprague hatte sich über zwei Jahre lang um den Erwerb eines halb verfallenen Gebäudes auf der 55. Straße, Ecke Fifth Avenue in Manhattan bemüht. Es war ein komplizierter Verkauf mit einer Fülle von Hindernissen – die Baugenehmigung zu erhalten würde schwierig, das darunterliegende Grundstück stand nicht zum Verkauf, die Pacht für das Grundstück lief erst in dreißig Jahren aus –, die Liste war endlos. Sprague war jedoch kein Mann, der schnell aufgab. Zäh hatte er sich bis zur letzten Verhandlungsrunde mit dem Eigentümer des Gebäudes und dem des Grundstücks durchgebissen, als alles ins Stocken geriet. Es bestand die Gefahr, dass das Geschäft platzte. Sprague hatte fast alles investiert, was er besaß, um die Finanzierung für das Projekt aufzubringen: Wenn es gelang, würde er all seine früheren Unternehmungen in den Schatten stellen und den schönsten Wolkenkratzer der Welt bauen. Alles war bereit, und der Druck, die Sache durchzuziehen, nahm ständig zu. Sprague war verzweifelt, als er mit Max Sall Kontakt aufnahm. Alles hing vom Verkauf des Grundstücks ab – nur der Besitzer, ein älterer New Yorker Milliardär namens Frank Carradine, wollte partout nicht mitspielen.

Max hatte den Anruf in seinem Arbeitszimmer in Menorca entgegengenommen, während er über die Lavendelfelder auf das in der Ferne schimmernde Meer blickte. Er erklärte

Sprague, er werde sehen, was er tun könne, und versprach in einigen Tagen zurückzurufen. Stirnrunzelnd legte er auf. Frank Carradine. Der Name kam ihm bekannt vor, er brachte damit sogar ein Gesicht in Verbindung, aber da war noch etwas. Tief in Gedanken wandte er sich wieder dem Meer zu. Fünfzehn Minuten später hatte er es. Erneut griff er zum Hörer.

Der Portier vor Max' Apartment in Manhattan lächelte breit, als Max aus dem Wagen stieg.

»Guten Tag, Mr Sall«, begrüßte er ihn und hielt ihm den Schirm über den Kopf. Max nickte ihm zu. »Oh, das ist gerade für Sie gekommen, Sir«, fuhr er fort und reichte ihm einen weißen Umschlag, den Max auf dem Weg zum Aufzug öffnete. Zwei Erste-Reihe-Karten für das Spiel der New York Knicks am selben Abend im Madison Square Garden lagen darin. Auf einem beigelegten Zettel stand nur *»Danke, Walter«*. Max lächelte. Die Karten waren eine nette Geste. Sprague konnte natürlich nicht wissen, dass er Basketball hasste. Dann fiel ihm ein, dass Amber und ihr Freund Henry ein paar Tage bei ihm wohnten. Vielleicht hatten sie Lust hinzugehen?

Das weitläufige Apartment war leer. Amber und ihr ellenlanger Henry waren ein paar Tage zuvor angekommen, nachdem beide ihr Examen mit Auszeichnung bestanden hatten. Trotz seines anfänglichen Widerstands war Max stolz auf Amber, weil sie das einzige seiner drei Kinder mit einem akademischen Titel war. Max neigte zwar nicht zu Selbstzweifeln, fragte sich aber manchmal, ob seine ambivalente Haltung gegenüber akademischer Ausbildung daher rührte, dass sie ihm selbst verwehrt geblieben war. Er ging ins Wohnzimmer, löste seine Krawatte, goss sich einen Drink ein, setzte sich in einen Ledersessel und drehte den Plattenspieler an. Ein Nachmittag wie dieser war ungewöhnlich für ihn – eigentlich wollte er den Hörer in die Hand nehmen und sich über den neuesten Stand seiner Geschäfte informieren, doch aus irgendeinem Grund hatte ihn der Deal, den er gerade abgeschlossen hatte, nachdenklich gemacht. Er lehnte sich zurück und ließ sich von den Klängen von Schuberts Klavierkonzert berieseln. Das Treffen am Morgen hatte ihm gefallen. Amber hatte ihn vor einiger

Zeit gefragt, was das Geheimnis seines Erfolgs sei; er hatte vage gelächelt und die Achseln gezuckt. Kontakte, Freunde, Bekannte, hatte er gemurmelt. Er nahm einen Schluck Whisky. Es stimmte. Man brauchte sich nur das Geschäft anzusehen, das er gerade mit zum Abschluss gebracht hatte. Auf den ersten Blick eine Sackgasse. Walter Sprague, ein Selfmademan aus Ohio, wollte ausgerechnet Frank Carradine, dem zurückgezogen lebenden New Yorker Milliardär, ein Haus abkaufen. Carradine brauchte das Geld nicht, er hatte es nicht nötig, zu verkaufen, und ganz sicher konnte er auf diesen heißblütigen Emporkömmling aus Toledo, Ohio, verzichten, der ihm mit Prozessen drohte. Aber Max hatte sich an etwas erinnert. Frank Carradine hatte nicht immer so geheißen – Max kannte ihn als Fausi Carrady, ein irakischer Jude aus Bagdad, der in den Fünfzigerjahren fast mittellos nach London gekommen war und letztendlich nach New York wollte. Damals war Carrady Händler, ein Mann, der sich auf Tauschhandel spezialisiert hatte, die älteste Handelsform. In den Jahren nach dem Krieg gab es viele Länder, die entweder keine harte Währung hatten oder unter politischen Handelsembargos litten. In diesen Fällen war Tauschhandel die einzige Möglichkeit, lebenswichtige ausländische Güter zu erwerben. Holz wurde gegen eine Schiffsladung Sardinen getauscht, die vielleicht gegen Metall oder Bücher eingetauscht wurden. Carrady war der geborene Händler, aber ihm fehlten die Kontakte, um sicherzustellen, dass er nicht auf seinen Waren sitzen blieb. 1956 begann über einen gemeinsamen Freund eine flüchtige Bekanntschaft mit Max Sall. Max half mit, die Verbindungen herzustellen, die Carrady zu seinem ersten wirklich lukrativen Geschäft verhalfen, und mit diesem Geld ließ er sich in Brooklyn nieder. Eine Schiffsladung Pistazien aus dem Irak wurde erfolgreich gegen eine Schiffsladung Eigelb aus Shanghai und mehreren hundert Ballen Rohseide getauscht. Max half, das Eigelb an einen Kuchenhersteller in den Midlands und die Seide an Debenhams zu verscherbeln. Carrady war ein wenig sauer über Max' Konditionen, aber er schlug ein und war dankbar. Und, wie Max fast dreißig Jahre später feststellte, er hatte es nie vergessen. *So,* wollte er seiner Tochter sagen, machte man das.

31

Während sie mit einem mürrischen Henry die Fifth Avenue hinunterging, fragte sich Amber, ob sie das Richtige getan hatte. Sie waren jetzt vier Tage in New York – lange genug für Amber, um zu wissen, dass sie bleiben wollte, und zwar ohne ihn. Beim Frühstück im Imbiss an der Ecke versuchte sie, das Thema anzusprechen. Aber es war klar, dass Henry nichts davon hielt.

»Was?«, stieß er hervor und starrte sie ungläubig an. »Hier? In New York?«

»Ja, warum nicht?«, antwortete Amber leicht entmutigt.

»Aber, du hast nie … Warum hast du nichts gesagt? Ich meine, was soll ich hier machen? Warum kannst du dir keinen Job in London suchen? Du hast nie gesagt, dass du bleiben willst.« Enttäuscht brach er ab. Mehrere Gäste um sie blickten auf.

»Ich hab jetzt erst darüber nachgedacht.« Es klang wenig überzeugend. Henry wandte sich ab. »Und überhaupt wär's ja nur für eine Weile. Den Sommer über vielleicht.«

»Ah ja? Und wer arrangiert das? *Daddy?*«

»So ist es nicht«, gab Amber aufgebracht zurück. Sie spürte, wie sie vor Zorn rot wurde. Henry wusste, wie er sie auf die Palme bringen konnte. Bevor sie mit achtzehn von zu Hause wegging, hatte sie weder realisiert, wie lang Max' Schatten, noch wie sehr sie darin gefangen war. Die ersten paar Monate an der Uni hatte sie noch versucht, die anderen zu überzeugen, dass sie nicht die hochnäsige Erbin war, für die man sie hielt. Das war ihr nicht gelungen. Egal, wie sehr sie sich auch bemühte, das Gespenst von Max' Millionen, wie Henry es nannte, verfolgte sie. Niemand wollte glauben, dass sie genau wie alle anderen Studenten war, sich um Geld sorgte, eine Wohnung finden musste oder wegen dieses oder jenem litt. Die Tatsache, dass ihre Schwester ständig in Illustrierten am Arm reicher junger Männer zu sehen war, dass ihr Vater ihr im zweiten Studienjahr eine schicke Wohnung in Clerkenwell gekauft hatte und dass sie sich Henry Fletcher geangelt hatte, für den die meisten Mädchen in ihrem Kurs schwärmten, alles schien zu einem Image beizutragen, das meilenweit von der Wahrheit entfernt lag.

Nach jenen ersten ziemlich qualvollen Monaten lernte sie, das ewige Lästern zu ignorieren, wenn Max oder Paola in den Medien erschienen, und schaffte es, eine unbeteiligte Miene aufzusetzen, wenn ihre Studienfreunde am Ende des Jahres vor der Union Bar saßen und Ferienpläne schmiedeten, zu denen sie nicht eingeladen wurde. Am Anfang tat es weh – wie gern wäre sie mit dem Rucksack durch Thailand oder Südamerika gezogen –, aber sie hatte ja Henry. Wäre es anders gewesen, hätte sie Henry nicht gehabt, fragte sie sich oft während der Jahre an der Universität von London, hätte sie sich mehr angestrengt? Madeleine behauptete, sie habe eine Ewigkeit gebraucht, bis sie sich traute, Amber anzusprechen, und selbst dann habe sie sich zuerst an Becky gewandt. »Lass die Leute an dich ran, Sall«, war ihr Lieblingsausdruck. Aber Amber wusste einfach nicht, wie.

»Also sag, was macht *Daddy* diesmal für dich?«, fragte Henry erneut und holte sie in die Gegenwart zurück.

»Max hat nichts damit zu tun!« Amber war plötzlich den Tränen nahe. »Ich bin sehr wohl in der Lage, mir selbst einen Job zu suchen. Ich bewerbe mich um ein Praktikum. Nur den Sommer über, dann komme ich wieder nach London zurück, und wir können weitersehen.«

»Na klar. Wir sehen weiter. Und was soll ich in der Zwischenzeit machen?«, fragte er mit bitterem Tonfall. Sie sah den trotzigen Zug um seinen Mund und seufzte. Es war schwer, es jedem recht zu machen. Sie wollte Max unbedingt zeigen, dass die drei schrecklichen Jahre an der Uni nicht umsonst gewesen waren. Sicher, sie hatte ein erstklassiges Examen gemacht. Aber das sei auch nicht anders zu erwarten gewesen, fand Max. Er sagte es zwar nicht ausdrücklich, implizierte aber, dass die Begabung der Salls dafür verantwortlich war, nicht Amber. Nicht einmal hatte er sie gefragt, ob ihr das Studium gefallen habe, oder was sie als Nächstes tun wolle. Irgendwie war ihre Leistung am Schluss die seine gewesen. Weinend hatte sie das Speisezimmer verlassen.

»Hör zu, es ist doch nur den Sommer über«, sagte sie und versuchte, Henry beschwichtigend anzulächeln. Sie war hin und her gerissen. Ein paar Abende zuvor hatte sie mit ihm auf dem Teppich im Wohnzimmer gelegen und ferngesehen, als Max unerwartet nach Hause kam. Er hatte sich auf die Couch gegenüber gesetzt und ihnen sogar ein Glas Brandy eingeschenkt. Er sei im Fernsehen zu sehen, sagte er und löste seine Krawatte. Irgendein Interview mit einer Journalistin – obwohl er nicht wisse, warum er so was überhaupt noch mache. Amber sah Henrys bewundernden Blick. Sie wusste, dass er trotz seiner sarkastischen Bemerkungen Max insgeheim verehrte – er war der Vater, den sich Henry eigentlich gewünscht hätte. Als das Interview vorbei war – ein halbstündiges, so intensives Gespräch, dass Amber vor Scham fast vergangen wäre, nicht wegen Max natürlich, sondern wegen der armen jungen Frau –, wartete sie halb ängstlich, was Max sagen würde. Er hatte das Interview vollkommen dominiert, die Fragen, die er nicht beantworten wollte, an sie zurückgegeben, und die Journalistin so weit gebracht, dass sie sich verhedderte und den Faden verlor.

»Sie war total schlecht«, verkündete Henry selbstsicher und stützte sich auf, um Max anzusehen. Amber nickte. Aber Max überraschte sie.

»Nein, ich mochte sie«, sagte er nachsichtig. Amber und Henry starrten ihn an. »Sie war gut. Sie kannte sich aus. Und hübsch war sie auch.« Henry nickte unsicher. Natürlich wollte er Max nicht widersprechen, aber warum hatte er sie dann so in die Mangel genommen, dass sie einmal fast den Tränen nahe war? »Das findet man nicht oft bei einer Frau«, sagte Max und erhob sich von der Couch.

»Was?«, fragte Henry und konnte seine Enttäuschung nicht ganz verbergen, weil er offensichtlich angenommen hatte, den ganzen Abend in Max' Gesellschaft zu verbringen.

»Gutes Aussehen und Intelligenz. Gewöhnlich ist es das eine oder das andere.« Damit ging er hinaus.

»Er ist einfach wahnsinnig cool«, flüsterte Henry und zog Amber an sich. Sie erwiderte nichts. Sie konnte ihm nicht sagen, was ihr durch Max' kurze, schnell hingeworfene Bemerkung plötzlich klar geworden war. Von diesem Moment an wusste sie genau, was sie tun, was sie sein wollte. Diana Morton, oder wie immer sie hieß, hatte ihr den Weg gezeigt. Sie konnte alles tun – sich über Aussehen und Kleider sorgen, genau wie jedes andere Mädchen auch, und gleichzeitig ihren Verstand benutzen, ohne Angst haben zu müssen, Männer wie Max und Henry in die Flucht zu schlagen. Man wurde bewundert, wenn man hübsch und klug war – Max hatte es gesagt. *Er* bewunderte es. Diana Moton hatte ihm gefallen. Sie wollte ihm auch gefallen.

»Versprich mir, dass es nur den Sommer über ist.« Henrys vorwurfsvolle Stimme riss sie aus ihren Gedanken. Sie nickte schnell, erleichtert, dass er sich allmählich beruhigte. Einen weiteren endlosen Streit hätte sie wahrscheinlich nicht ertragen.

»Versprochen.«

»Und du rufst mich jeden Tag an?«

Sie nickte erneut, obwohl die Vorstellung sie mit Grauen erfüllte.

32

Während alle anderen ihr Examen feierten, begann für die Medizinstudenten in Edinburgh die klinische Ausbildung. Im gleichen Moment, als Henry und Amber sich in dem Imbiss in Manhattan stritten, beendete Madeleine eine achtzehnstündige Schicht.

»Hier.« Mr Semple, der Facharzt für Kinderheilkunde, nahm Madeleine die Nadel aus der zitternden Hand. »Erlauben Sie. Sehen Sie her«, sagte er, sichtlich genervt von der Inkompetenz der ihm zugeteilten Studenten. Er hielt das schmächtige Handgelenk des Kindes fest, tastete nach der Stelle direkt unter dem Ellbogen, und bevor Madeleine sich versah, hatte er die winzige Nadel eingeführt, den Tropf angeschlossen und das schreiende Kind beruhigt. »So wird das gemacht, Ms Szabo, schnell, ruhig und mit einem Minimum an Aufregung. Das schont Ihre Nerven und die des Kindes auch.« Seine Stimme schallte durch den ganzen Krankensaal. Einige Schwestern sahen weg und unterdrückten ihr Kichern. Madeleine wurde rot. Fast fünfzehn Minuten lang hatte sie sich bemüht, die Nadel in den Arm des Kindes einzuführen. Tatsächlich war sie so erledigt, dass sie kaum mehr sehen konnte, was sie tat. Fast vierundzwanzig Stunden hatte sie auf der Notaufnahme Dienst geleistet und nur um drei Uhr morgens eine halbe Stunde lang im Gemeinschaftsraum der Assistenzärzte geschlafen. Jetzt war es fünf Uhr nachmittags, und sie konnte die Augen kaum mehr offen halten. Mr Semple sah sie an. »Machen Sie ein Nickerchen, Ms Szabo. Eine Viertelstunde wirkt Wunder. Rufen Sie mich, wenn sonst noch was schief geht.« Er nickte ihr kurz zu und verschwand. Madeleine hielt das Kind im Arm und lächelte schüchtern die Stationsschwester an.

»Kommen Sie, ich nehme ihn«, sagte eine der Schwestern und streckte die Arme aus. »Gehen Sie. Im Personalraum am Ende des Gangs ist ein Klappbett. Gehen Sie nur. Ich wecke Sie in einer halben Stunde.« Madeleine sah sie dankbar an. Ihr ganzer Körper war steif, und sie konnte sich kaum mehr bewegen. Sie schleppte sich den Gang hinunter, und ihr Gehirn begann schon abzuschalten, bevor sie die Tür geöffnet hatte.

Eine Sekunde später fuhr sie hoch. Die Schwester stand vor ihr. Mühsam rappelte sie sich auf.

»Gerade ist ein neuer Fall reingekommen«, sagte sie entschuldigend. »Ich hab Sie schlafen lassen, so lange es ging. Gastroenteritis – neun Jahre alt. Ich hab nach dem Assistenzarzt geschickt.«

»Wie lange hab ich geschlafen?«, fragte Madeleine und strich sich ihren Kittel glatt.

»Fast eine Stunde«, antwortete die Schwester und folgte ihr aus der Tür. »Dem Baby geht's gut. Die Oberschwester macht gerade die Runde, sonst hätte ich Sie länger schlafen lassen.«

»Eine Stunde?« Madeleine starrte sie an.

»Kommt einem wie Sekunden vor, nicht?« Die Schwester lächelte sie teilnahmsvoll an. »Sie gewöhnen sich schon daran, keine Sorge.« Madeleine erwiderte darauf nichts, sondern eilte den Gang hinunter. Sich daran gewöhnen? Daran glaubte sie nicht.

33

Schon zum dritten Mal an diesem Morgen ging Becky die Zeitungen durch. Sie lag auf dem Boden im Wohnzimmer ihrer Eltern und wurde zunehmend frustrierter.

»Eine Tasse Tee, Liebes?«, rief ihre Mutter aus dem Speisezimmer. »Hast du Hunger?« Becky schüttelte den Kopf.

»Nein, danke. Ich seh gerade die Zeitungen durch.«

»Du findest sicher bald was, Liebling«, sagte Susan Aldridge, als sie hereinkam. »Und es besteht keinerlei Eile, wie du weißt.«

»Ich *weiß*, Mum. Aber ich will nicht das nächste halbe Jahr in meinem alten Zimmer verbringen, als hätte sich nichts verändert«, antwortete Becky gereizt. Sie war nun fast schon einen Monat zu Hause, und so angenehm dies nach drei Jahren Abwesenheit auch sein mochte, sich einzugewöhnen fiel ihr dennoch schwer.

»Aber natürlich nicht«, versicherte ihre Mutter rasch. »Ich will ja nur sagen, bleib, solange du willst. Wir haben dich gern zu Hause.« Becky erwiderte nichts. »Was hättest du gern zum Abendessen?«, fuhr ihre Mutter, unbeirrt von Beckys Schweigen, fort.

»Ich weiß nicht, ich kann jetzt nicht ans Abendessen denken. Es ist doch erst elf!«

»Na schön, ich seh mal in den Läden nach, ob ich was finde, das dir schmeckt …«

»Mum! Bitte! Ich versuche, einen Job zu finden. Mir ist egal, was es zum Abendessen gibt«, antwortete Becky genervt.

Eine halbe Stunde später, als sie in dem stillen Haus allein war, gestand sie sich ihre Niederlage ein. Sie schob die Zeitungen beiseite und stand auf. Es gab einfach kaum Jobs für eine frischgebackene Kunstabsolventin – noch dazu mit einem drittklassigen Examen. Letzteres war ein wunder Punkt. Nach drei Jahren an einer der avanciertesten Kunstakademien des Landes, stellte sie fest, dass sie weder genügend Talent besaß noch »clever« genug war, um ein Teil der aufkommenden Szene der »conceptual art« zu werden. Sie war eine gute Illustratorin, die wahrscheinlich als Glückwunschkartendesignerin enden würde, wie jemand ebenso treffend wie grausam bemerkt hatte. Eine Schmach, von der sie sich nicht mehr erholen würde, wie sie damals glaubte, aber inzwischen war es ihr egal. Wenn es bei Kunst darum ging, Leute mit Bildern von Leichen und zerfetzten Vögeln zu schockieren – wie der Absolvent, der gerade den begehrten Gordon-Manning-Preis erhalten hatte –, dann sollten sie das nur tun. Angeblich hatte Kunst nichts damit zu tun, dass man *zeichnen* konnte, sondern es ging um einen geistigen Prozess. Nicht um Talent oder Technik. Doch wenn sie hätte lernen wollen, wie man denkt, hatte sie Amber einmal wütend erklärt, hätte sie Philosophie studiert. Sie wollte *zeichnen* und *malen,* auf die alte Art Künstlerin sein; doch niemand schien ihre Ansicht zu teilen. Aber wen interessierte das schon? Plötzlich hielt sie erschrocken inne. Wem versuchte sie etwas vorzumachen? Es hatte sie *immer* interessiert, was andere Leute dachten.

Sie sah auf ihre Uhr. Es war fast Mittag. Sie langweilte sich. Sie konnte nicht mal auf einen Sprung bei Amber gegenüber vorbeischauen. Sie hatte Amber das ganze Jahr über kaum gesehen – ständig war sie mit Henry unterwegs und machte irgendwas Aufregendes. Jetzt zum Beispiel waren sie in New York. Sie legte sich auf den Rücken und starrte an die Decke. Es war seltsam. Am Anfang, als Madeleine zu ihnen stieß, war es schön. Madeleine war auf die gleiche Weise klug, wie Amber es war. Sie hatten beide eine schnelle Auffassungsgabe und waren enorm fleißig. Becky war anders, aber das schien damals nichts auszumachen. Sie hatte die Kunst. Sie war mit einem Talent geboren worden, das sich nicht an harter Arbeit messen lassen musste, und das genügte. Sie war diejenige, die von den anderen beneidet wurde. Aber dann, kurz vor dem Abitur, begann alles schief zu gehen. Sie war nicht so fleißig wie die beiden anderen und litt unter Prüfungsangst. Fast hätte sie deshalb die Chance vertan, studieren zu können. Und sie, die Amber immer aufzog, dass Max alles für sie managte, musste ihren Daddy bitten, genau dies für sie zu tun. Ohne ihn wäre sie gar nicht auf die Kunstakademie gekommen. Und jetzt saß sie ohne Anstellung da, ohne Anzeichen auf einen bevorstehenden Erfolg. Sie setzte sich auf. Eigentlich könnte sie zu Dan rüberfahren. Es war ein bisschen anstrengend, von Notting Hill nach Finsbury Park zu kommen, wo er sich eine schäbige Unterkunft mit drei anderen Studenten teilte. Keine Studenten mehr, erinnerte sie sich. Sie hatten jetzt alle ihren Abschluss gemacht. Aber ihre Mutter war beim Anblick von Dans Tattoos und Piercings so schockiert gewesen, als sie ihn das erste Mal mit nach Hause brachte, dass sie sich das nicht noch einmal antun wollte. Aber warum seine *Zunge,* Liebling? Wozu denn? Sie konnte ihrer Mutter wohl kaum erklären, dass es den Sex aufregender machte. Wahrscheinlich dachte ihre Mutter, sie sei noch unberührt.

Später am Abend, als sie auf Dan saß und beobachtete, wie sein Gesicht den vertrauten Ausdruck zwischen Lust und Schmerz annahm, stellte sie überrascht fest, dass sie schon wieder an Amber dachte. In den drei Jahren nach ihrer Schulzeit hatten sie sich langsam, aber stetig voneinander entfernt. Und wenn sie ehrlich war, dachte sie, als sie von Dans schwitzendem Körper auf das zerknitterte Laken glitt, war sie damals ziemlich eifersüchtig auf Amber und Madeleine gewesen. Die beiden schienen sich in ihrem neuen Leben gut einzufinden. Amber ging fast sofort mit Henry aus, und Madeleine wurde so sehr von ihrem Studium vereinnahmt, dass sie praktisch nicht mehr existierte. An jenem Weihnachten, als sie alle zum ersten Mal nach Hause kamen, war die Stimmung zwischen ihnen leicht angespannt gewesen. Henry, den sie selber insgeheim nicht sonderlich sympathisch und den Madeleine ziemlich langweilig fand, dominierte alles – Amber, die Weihnachtsparty, die Gespräche –, und er ließ Amber keinen Moment allein. Sogar zu ihren Einkaufstouren ging er mit! Becky hatte es für besser gehalten, Clifford nicht einzuladen, den Mann, mit dem sie in der ersten Woche geschlafen und den sie für einen Dozenten gehalten hatte, bis sie dann feststellen musste, dass er ein verkrachter Absolvent war, der sich an Erstsemester heranmachte. Die Ferien waren trotz der besten Absichten aller nicht das geworden, was sie sich erhofft hatten.

Und das war der Beginn des Niedergangs. Sie hielt die beiden immer noch für ihre besten Freundinnen, wusste aber insgeheim, dass ihre Situation tatsächlich ganz verschieden war. Diesen Sommer, als Amber die frühere Freundschaft zwischen ihnen wieder hätte aufleben lassen können, fuhr sie stattdessen mit Henry nach Amerika. Das war's also. Becky blieb zurück und konnte sich allein überlegen, wie sie ihr Leben in den Griff bekam.

34

Henry wanderte die Madison Avenue hinunter, ohne die teuren Auslagen in den Schaufenstern zu beachten. Immer noch gingen ihm die Gespräche durch den Kopf, die er mit Amber die letzten Tage geführt hatte. *Es ist nur für ein paar Wochen. Du findest doch eine Menge Beschäftigungsmöglichkeiten in London. Es wird dir gut tun, mir, uns.* Er wusste nicht, was er tun sollte, was er davon halten sollte. So sehr er sich bemühte, es zu verbergen, ihn hatte ein Gefühl echter Panik ergriffen, als sie verkündete, ohne ihn in New York bleiben zu wollen. *Das kannst du nicht,* hatte er innerlich geschrien. Du kannst mich nicht verlassen. Aber sie waren in einem Restaurant, was sie vermutlich so geplant hatte, und da er keine schreckliche Szene machen wollte, gab es nichts, was er sonst hätte tun können. Danach waren sie die Fifth Avenue hinuntergegangen, aber zu seinem Leidwesen war er nicht in der Lage gewesen, viel zu sagen. So war es eben mit Amber – sobald sie sich einmal etwas in den Kopf gesetzt hatte, ließ sie sich durch nichts mehr davon abbringen. Sie war die entschlossenste Person, die er je kennen gelernt hatte. Deshalb liebte er sie. Sie war stark und machte ihn stark.

Vor einem Juweliergeschäft blieb er stehen. Es war übertrieben, aber die Idee ließ ihn nicht mehr los. Direkt vor ihm, auf einem schwarzen Samtkissen, lag ein wunderschöner Diamantring – ein einzelner, blitzender Stein in einer Platinfassung. Seine Gedanken begannen zu kreisen. Sie würde ihn auslachen; es war eine so lächerliche Geste. Er öffnete die Tür und trat ein. Sofort tauchte eine hübsche, überaus gut gekleidete Frau neben ihm auf. Oh ja. Der Verlobungsring im Fenster. Ein De-Kooningen-Diamant. Beiläufig erwähnte sie den Preis. Henry fiel fast in Ohnmacht. 22 000 $. Er dankte ihr und eilte hinaus. Aber der Gedanke verfolgte ihn. Es würde Amber zeigen, dass er es ernst meinte. Schnell zog er seinen Führer heraus. Er musste etwas Preiswerteres finden. Er fuhr nach Downtown, in Richtung Village.

Fast zwei Stunden später hatte er genau das gefunden, wonach er suchte. Einen kleinen eleganten Ring aus Weißgold mit einem quadratisch geschliffenen Diamanten. Er reichte der Verkäuferin seine Karte und versuchte, nicht an das Minus auf seinem Konto zu denken, als 875.99 $ abgebucht und sein Geschenk eingepackt wurde. Er würde Amber am Abend zum Essen einladen und sie überraschen. Und dann würde er in dem sicheren Wissen nach England zurückfliegen, dass sie ihm gehörte, egal, welche Pläne sie für den Sommer gemacht hatte.

Sie hatte es kommen sehen. Sobald Henry sich in dem Restaurant räusperte und verkündete, er habe ihr etwas Wichtiges zu sagen, sank ihr das Herz. Er schob eine kleine Schachtel über den Tisch und lächelte sie zaghaft an. Sie warf einen kurzen Blick darauf, dann packte sie sie aus und strich sorgfältig das Papier und die Bänder glatt, als wüsste sie, dass alles wieder eingepackt würde. Dann hob sie den Deckel.

»Oh. Ach, Henry, das hättest du nicht tun sollen.«

»Gefällt er dir nicht?«

Amber schluckte. »Er ist wunderschön, Henry. Wirklich. Aber du hättest es nicht …«

»Ich wollte es. Ich dachte, er würde dir gefallen.« Henrys Stimme klang fast flehentlich.

»Er gefällt mir ja, Henry. Aber ich brauche keinen …«

»Es geht nicht darum, ob du ihn brauchst oder nicht«, unterbrach er sie verärgert. »Ich liebe dich. Ich will dich heiraten.«

»Ich … Ach, Mist, Henry.« Amber sah sich um. Plötzlich kam sie sich vor, als säße sie in der Falle. Gegenüber von ihr war Henry, der Henry, den sie seit ihrem ersten Tag an der Uni kannte. Der während der letzten drei Jahre so sehr ein Teil ihres Lebens geworden war, dass sie sich die weiteren Jahre nicht ohne ihn vorstellen konnte. »Er ist wunderschön, Henry«, sagte sie mit leicht schwankender Stimme. »Aber ich kann nicht. *Wir* können nicht. Wir sind zu jung. Wir haben noch unser ganzes Leben vor uns.«

»Und ich möchte meines mit dir verbringen«, antwortete Henry eigensinnig. Er war rot geworden.

»Das kannst du nicht sagen. Es ist eine große Entscheidung; wir brauchen mehr Zeit.«

»Vielleicht brauchst *du* das. Ich nicht.« Sie sah ihn an. Sein Gesicht hatte den verschlossenen, eigensinnigen Ausdruck angenommen, der ihr so vertraut war. Sie seufzte auf. Es würde nicht gut ausgehen.

»Ich brauche mehr Zeit. Tut mir Leid, Henry. Ich kann nicht. Ich kann einfach nicht.« Darauf folgte ein unbehagliches Schweigen. Keiner von beiden hatte fertig gegessen. Dann schob Henry seinen Stuhl zurück, öffnete den Mund, als ob er etwas sagen wollte, drehte sich um und ging. Den Ring nahm er nicht mit. Einige der Gäste sahen Amber verstohlen an und fragten sich, worum der Streit gegangen war, bis sie das kleine schwarze Etui neben ihrem Teller entdeckten.

»Ist alles in Ordnung, Ma'am?«, fragte der Kellner. Amber nickte und ließ sich die Rechnung bringen. Sie bezahlte und versuchte die mitfühlenden Blicke zu ignorieren, als sie in die warme Nachtluft hinausging.

Zwei Tage später stand sie vor dem JFK-Flughafen und wunderte sich, wie schnell alles geendet hatte, während sie zusah, wie Henry sich seinen Weg durch die Menge bahnte und über die Rolltreppe verschwand. Sie hatte darauf bestanden, ihn zum Flughafen zu begleiten, obwohl sie sich jetzt fragte, warum sie sich die Mühe gemacht hatte. In den letzten beiden Tagen hatte er kaum ein Wort mit ihr gesprochen. Seltsam, wie wenig es nach drei Jahren zu sagen gab, dachte sie, als sie auf Max' Fahrer wartete. Den Ring hatte sie in der Nacht, als sie allein nach Hause zurückgekommen war, auf der Küchentheke liegen lassen, weil sie nicht wusste, was sie damit machen sollte. Am folgenden Morgen war er weg. Außer dem Nötigsten hatte Henry kein Wort verloren. Er war gegangen, ohne sich noch einmal umzudrehen.

Der Fahrer hielt neben ihr an. Sie warf noch einen letzten Blick zurück – Henry war fort –, dann drehte sie sich um und starrte auf ihre Hände. Nach einer Weile hob sie den Kopf. Sie war einundzwanzig. Sie war in Manhattan. Allein. War es nicht das, was sie gewollt hatte?

35

Eine Woche später, am Montagmorgen um Punkt halb zehn Uhr, stand sie an der Rezeption des *New York Chronicle.* Max hatte einen Termin in Moskau oder Warschau, wo genau, wusste sie nicht mehr. Bevor er abgeflogen war, hatte er ihr, wie versprochen, ein Vorstellungsgespräch – keinen Job, wie er betonte – bei einem alten Freund vermittelt. Donovan McCorquodale wollte sie empfangen – alles andere blieb ihr überlassen.

Sie strich ihren Rock glatt, bevor sie in den Aufzug stieg, der sie lautlos in den fünfundsiebzigsten Stock brachte, wo sie genauso lautlos in sein Büro geführt wurde.

»Es ist nichts Großartiges«, sagte er, nachdem sie sich begrüßt hatten.

»Oh, ich weiß«, antwortete sie beflissen. »Es ist mir egal, was ich tun muss. Eigentlich wollte ich Max nicht darum bitten, aber er hat mir angeboten, Sie anzurufen und …«

»Schon gut, schon gut«, unterbrach Mr McCorquodale sie rasch. »Wir bringen Sie erst mal als Assistentin der Jungredakteurin unter. Sandi Jackson heißt sie. Sie sind eine Art Mädchen für alles. Sie wissen schon, Termine koordinieren, Namen überprüfen, Kaffee bringen und Ähnliches. Für wie lange sind Sie hier?«

»Den Sommer über.«

»Gut. Vielleicht können wir Ihnen später etwas mit ein bisschen mehr Schmackes geben. Ich rede mit Max und sehe, was wir tun können.« Er lachte herzlich über seine Ausdrucksweise, dann wandte er sich wieder seinen Papieren zu, verabschiedete sie und versprach, gelegentlich vorbeizuschauen, um zu sehen, wie sie zurechtkam. Kurz darauf war sie wieder im Erdgeschoss, wo man ihr sagte, dass sie sich am nächsten Tag im Personalbüro melden sollte.

Sandi Jacksons »Büro« war ein einzelner Schreibtisch in einem Großraumbüro, in dem fünfzig Leute arbeiteten. Amber sah sich verwirrt um, als Joe Tucci, der Schlussredakteur, die Gänge hinablief.

»Sandi? *Sandi?*«, rief er laut. Eine junge Frau streckte den Kopf über eine Trennwand und sah in ihre Richtung.

»Hier rüber! Ich hab den Platz gewechselt!«, rief sie zurück. Joe winkte Amber heran. »Hi!« Sandi streckte ihr die Hand entgegen, nachdem Joe sie vorgestellt hatte. »Willkommen.«

»Ambers Vater ist ein *persönlicher* Freund von McCorquodale«, fügte Joe zu Ambers Entsetzen gleich hinzu.

»Nein, nein. Nicht wirklich«, unterbrach sie ihn schnell.

»Ach, machen Sie sich deswegen keine Sorgen. Wenn Sie Kontakte haben, dann nutzen Sie sie ruhig!«, erwiderte Sandi lachend. »Also, was machen Sie hier?«

»Sie wird deine Assistentin«, sagte Joe und zog bedeutungsvoll die Augenbrauen hoch.

»Schön«, antwortete Sandi, noch immer breit lächelnd.

»Ja, sie wird den Sommer über hier arbeiten. Dann geht sie nach England zurück«, erklärte Joe, offensichtlich stolz, die Quelle solch wichtiger Informationen zu sein.

»Schön«, erwiderte Sandi erneut. Mehr schien sie nicht sagen zu können. Amber sah von einem zum anderen und hoffte, dass ihr zukünftiger Job ein *bisschen* anregender war als ihre Kollegen.

Er war es nicht. Am Ende der ersten Woche hatte sie herausgefunden, dass es eine Unmenge winziger Unterschiede unter den Mitarbeitern gab – Assistenten von Assistenten, Assistenten von Jungredakteuren, Stellvertreter von Managern, stellvertretende Leiter, ihnen Unterstellte und *deren* Assistenten – sie musste lachen. Ihr Job schien hauptsächlich darin zu bestehen, um Punkt 8 Uhr 18 auf die Straßen von Manhattan hinauszulaufen, um Kaffee zu holen – nicht nur für Sandi, sondern für sechs oder sieben andere Jung- oder Hilfsredakteure, die an fünf Schreibtischen um sie herum arbeiteten –, die ständig klingelnden Telefone abzunehmen, Sandi gegen ungebetene Anrufer abzuschirmen, stapelweise Papiere zu kopieren, gelegentlich Korrektur zu lesen, Sandis bereits korrigiertes Exemplar auf Fehler zu überprüfen, die sie übersehen haben könnte. Kurzum: lauter unendlich langweiliges Zeug. Doch wenn auch ihr Job nichts Besonderes war, auf New York traf dies nicht zu. Sie hatte die Stadt vom ersten Moment an geliebt. Jeden Morgen stieg sie mit vier Millionen anderen New Yorkern in die U-Bahn, eilte mit Kaffee und einer warmen Brezel in der Hand durch die Straßen und lauschte um neun Uhr morgens dem Hupkonzert der Autos. Sie fand es aufregend und fühlte sich prickelnd lebendig.

Und noch etwas: Sie hatte sich die Haare kurz geschnitten. Am Tag zuvor, auf dem Heimweg vom *Chronicle* auf der siebten und 23. Straße West, war sie an einem schicken kleinen Friseursalon auf der Madison vorbeigekommen, kurz bevor sie auf die Avenue of the Americas einbog. Sie zögerte einen Moment, befühlte die Masse ihrer Locken – und trat ein.

»Alle?«, fragte die Friseurin erstaunt.

»Alle«, antwortete Amber entschieden. Sie sah sich im Spiegel an – die Masse ihrer dunkelbraunen Locken reichte im Rücken bis über die Schulterblätter, fiel vorne in ihr Gesicht und verbarg fast ihre Augen. Solange sie sich erinnern konnte, hatte sie ihr Haar lang getragen. Es war ihr Markenzeichen gewesen. *Amber, du weißt schon. Das Mädchen mit den langen Locken.* Sie schloss die Augen, als die Friseurin mit der Arbeit begann.

Eine Stunde später starrte sie sich an und konnte kaum glauben, dass die Person im Spiegel sie selbst war. Ihr braunes Haar wirkte jetzt fast schwarz und lag dicht am Kopf an, und ihr Gesicht kam ihr ohne den Rahmen aus dichten Locken fremd vor – dunkle, dicke Augenbrauen, leuchtend blaue Augen, die

Wangenknochen, die Kinnlinie – sie drehte langsam den Kopf unter den bewundernden Blicken der Friseurin.

»Es ist ganz hübsch«, sagte sie zaghaft erfreut.

»Hübsch?«, wiederholte die Friseurin verächtlich. »Süße, es ist hinreißend. Zum Sterben schön!« Sie lachte und nahm ihr den Umhang ab. Amber lächelte. Die Amerikaner neigten viel mehr zu Übertreibungen als die Engländer. Alles wurde in Superlativen ausgedrückt. Zum Sterben schön! Sie warf noch einmal einen Blick auf sich. Sie sah genauso aus, wie sie sich fühlte: jung, unternehmungslustig, frisch. Genau richtig für einen Neuanfang.

Einen Monat später stieg sie in den Fahrstuhl. In der einen Hand balancierte sie sechs Kaffeetassen auf einem Papptablett, in der anderen eine Tüte mit Bagels. Bagels und Kaffee. Das war Teil ihrer täglichen Routine, Teil ihres Jobs. Sie drückte mit dem Ellbogen auf den Knopf. Es war Ende August, und in den Straßen brütete die Hitze. Sie spürte, wie ihr der Schweiß über den Rücken lief. Gott sei Dank hatte sie kurze Haare, dachte sie, als die Türen aufgingen. Erleichtert stieg sie in den kühlen Aufzug. Sie verteilte den Kaffee und die Bagels, setzte sich an ihren Computer und wartete, dass Sandi ihr die neuesten Fahnen zur Korrektur brachte.

»Hey, Amber«, rief Sandi plötzlich aufgeregt über die Trennwand. »Könntest du mir einen Riesengefallen tun?« Amber nickte und fragte sich, was passiert war. »Ich hab nebenbei ein bisschen frei gearbeitet und jetzt wirklich Mist gebaut«, fügte sie mit gesenkter Stimme hinzu. »Ich sollte für die *Village Voice* einen Artikel über irgendein Wohnprojekt in Harlem schreiben und hab's total vergessen. Könntest du vielleicht ein bisschen Hintergrundmaterial für mich beschaffen? Heute noch?« Ambers Herz machte einen Freudensprung. Endlich eine Chance, aus dem Büro rauszukommen!

»Natürlich.« Sie bemühte sich, nicht allzu begeistert zu klingen. »Um welche Art von Artikel geht's denn?«

»Ach, keine Ahnung. Irgendein Redakteur möchte mehr Geschichten mit einzelnen Schicksalen, du weißt schon; wie die Leute in der Stadt leben, die Richtung. Letzte Woche gab's einen Artikel über Haitianer in Flatbush, und jetzt wollen sie was über eine andere Gruppe. Ich hätte am Wochenende hingehen sollen, hab's aber wirklich *total* vergessen.« Sandi setzte ihr gewinnenstes Lächeln auf. Amber verstand nicht ganz, warum sie sich so anstrengte. Sie hätte alles darum gegeben, aus dem Büro rauszukommen und ein bisschen mehr von New York zu sehen. Bis jetzt hatte sie kaum mehr als Lower Manhattan kennen gelernt, und selbst sie wusste, dass es mehr gab als die eleganten Wolkenkratzer, die sie hier überall umgaben.

»Natürlich«, sagte Amber erneut. »Wann brauchst du's?«

»Heute Abend?«, antwortete Sandi und setzte eine verzweifelte Miene auf.

»In dem Fall geh ich gleich los«, sagte Amber grinsend. »Muss ich jemanden um Erlaubnis fragen?«

»Nein, geh einfach. Ich sage, dass du gerade was erledigst. Stimmt ja auch irgendwie.« Amber verlor keine Zeit. In fünf Minuten hatte sie ihre Tasche, einen Notizblock und eine kleine Kamera eingepackt; von ihrem Auftrag hatte sie allerdings nur eine vage Vorstellung. Sandi hatte ihr eilig erklärt, was sie brauchte: Notizen und Beobachtungen, aus denen sie eine Geschichte fabrizieren konnte – 1500 bis 2000 Worte –, und ein paar Fotos. Am Nachmittag wäre Amber wieder im Büro und Sandi könnte den Artikel am Abend schreiben.

Sie verließ das Büro, nahm die U-Bahn zur 125. Straße und hatte beim Aussteigen das Gefühl, eine andere Welt zu betreten. Verblüfft blieb sie stehen. Es gab keine sauberen Gehsteige und keine mit Baldachinen überspannten Hauseingänge mehr, keine Designer-Läden und keine perfekt gestylten Leute, auch die internationale, facettenreiche Bevölkerung der Innenstadt war verschwunden. Mit einer peinlichen Ausnahme waren hier alle schwarz. Unangenehm wurde sie sich ihrer Hautfarbe bewusst. Leute drehten sich um und starrten sie an. Von der U-Bahn-Station ging sie über einen breiten, einst schönen Boulevard auf eine Gruppe hoher Apartmenthäuser zu. Sie hatte keine Ahnung, wohin sie ging. Wie sie wusste, war Manhattan nicht besonders breit. Früher oder später würde sie zum Wasser kommen. Die Rassentrennung in diesem Viertel war vollkommen. Wir haben das Jahr 1986, sagte sie sich immer wieder, nicht 1834. Sie war in New York, nicht in Johannesburg. Was war hier los? Auf beiden Straßenseiten gab es kaum Geschäfte außer Schnapsläden. Gruppen von Männern lungerten in den Hauseingängen, rauchten und tranken verstohlen aus Flaschen, die in braunen Tüten verborgen waren. Ein oder zwei Mal sah sie einen Polizeiwagen mit Blaulicht, der in Höchstgeschwindigkeit über eine Kreuzung raste. Sie ging weiter. Die Gebäude hatten offensichtlich bessere Tage gesehen – einst schöne braune Sandsteinhäuser waren halb verfallen, Unkraut wucherte aus den Fenstern in den oberen Stockwerken. Einige waren vollkommen mit Brettern vernagelt, ironischerweise von der *Mohammed Ali Company*, wie sie notierte. Und wo waren die Frauen? Sie war fast seit einer Stunde unterwegs und hatte außer ein oder zwei Mal, wenn eine aus einem Bus stieg und dann sofort in eine Seitenstraße verschwand, keine Frau gesehen.

Sie blieb vor einem Woolworth-Kaufhaus stehen. Ein Schild von Burger King hing über der Tür. Sie hatte Hunger und Durst, aber es gab keine schicken Delikatessen-Läden in der Nähe, weder Restaurants noch Imbiss-Stände. Also müsste sie sich mit Burger King begnügen, dachte sie und ging zur Theke. Sie sah sich um. Es war ein bisschen merkwürdig – das Restaurant, wenn man es als solches bezeichnen konnte, bestand aus wenig mehr als einer Theke und ein paar Tischen inmitten des Kaufhauses. Sie zuckte die Achseln und stellte sich an. Sie bestellte einen Burger und eine Cola und trug, ohne die verwunderten Blicke zu beachten, ihr Tablett zu einem freien Tisch. Neben ihr nahm ein junger Mann Platz, der sie mit unverhohlenem Misstrauen musterte. Gegenüber hantierte eine ältere Frau ungeschickt mit ihrem Tablett herum und ließ sich schwankend auf ihren Stuhl fallen. Aus dem Augenwinkel beobachtete Amber, wie der junge Mann, der ein Tuch um seine Dreadlocks geschlungen hatte und mit Goldketten behängt war, langsam und akribisch seinen Burger in winzige Bissen zerschnitt. Erstaunt sah sie zu, wie er sich vorbeugte und unendlich geduldig und liebevoll die ältere Frau fütterte. Sie spürte Tränen in sich aufsteigen, als sie hörte, wie er die Frau »Grandma« nannte, darauf achtete, dass sie alles aufaß, und ihr anschließend vorsichtig den zahnlosen Mund abwischte. Amber schob ihren Teller beiseite, aus Angst in Tränen auszubrechen. Der Anblick war so widersinnig und gleichzeitig erschreckend rührend. Plötzlich fing der junge Mann ihren Blick auf. Amber wandte sich ab. Seine aggressive Verachtung war eindeutig und Angst einflößend. Sie war in dieser Gegend, in die sie unwissentlich eingedrungen war, mehr als nur eine Außenseiterin; sie war eine Feindin. Sie stand auf und ging.

Später am Abend, nachdem sie Sandi fünf ganze Seiten handschriftlicher Notizen überreicht hatte, lag sie auf der Couch und ließ die Ereignisse des Morgens noch einmal Revue passieren. Nie zuvor hatte sie einen solchen Drang verspürt, etwas zu schreiben, niederzulegen, was sie gesehen hatte. Jetzt tat sie es. Fast drei Stunden lang schrieb sie ohne Pause. Als sie fertig war, legte sie den Stift weg, ging zu den großen Fenstern hinüber und sah auf die Stadt hinab.

In London gab es keine solchen Extreme, dachte sie. Natürlich gab es Unterschiede – in Clerkenwell, wo sie wohnte, waren die Spannungen zwischen der Arbeiterklasse, die seit Jahrzehnten dort gelebt hatte, und den neuen, wohlhabenden Yuppies, die in Besorgnis erregender Zahl in das Viertel zogen, offensichtlich. Aber das … Noch nie hatte sie so ausgeprägte Kontraste gesehen. Ihre Vorstellung von New York war im Lauf von nur einem Morgen vollkommen ins Wanken geraten. Sie musste darüber schreiben.

Am Morgen überreichte sie Sandi einen dreiseitigen Aufsatz. »Es ist nichts Überragendes«, sagte sie so wegwerfend wie möglich. »Ich hab bloß gedacht, wenn du mal Zeit hast, könntest du einen Blick reinwerfen und mir sagen, was du davon hältst.«

»Sicher«, antwortete Sandi mit ihrem gewohnt breiten Lächeln. »Übrigens, deine Notizen waren Spitze. Die Szene mit der Grandma hat mir besonders gefallen. Danke.« Sie nahm die Seiten, ohne sie anzusehen. »Diese und nächste Woche bin ich wirklich *sehr* beschäftigt«, sagte sie freundlich, »aber ich versprech dir, sobald ich dazu komme, seh ich's mir an. Jetzt müssen wir aber einen ganzen Stapel Fahnen für den morgigen *Gesehen & Gehört*-Teil durcharbeiten. Kannst du damit anfangen?« Und das war's dann, dachte Amber bedrückt.

Was natürlich nicht stimmte. Drei Tage später schlug sie die *Village Voice* auf, um nachzusehen, was Sandi aus ihren Notizen gemacht hatte. Sie brauchte einen Moment, um zu verstehen, dass der Artikel nicht auf ihren Notizen basierte, sondern genau der Essay war, den *sie* Sandi gegeben hatte. In ganzer Länge, Wort für Wort. Sandi hatte einfach ihre Arbeit eingereicht. *Eine andere Welt. Von Sandi Jackson.* Von Amber Sall oder ihrer Recherche-Arbeit war keine Rede. Kein Wort. Ungläubig starrte sie den Artikel an. Wie konnte Sandi so etwas tun? Sie hatte ihre Arbeit gestohlen. Das war Diebstahl! Wütend knüllte sie die Zeitung zusammen. Es war ihre erste Lektion im Berufsleben. Gib nie etwas her, nicht einmal deine Notizen. Zornig warf sie die Zeitung in den nächsten Abfallkorb.

36

Der Privatjet, der Max und die beiden anderen Geschäftsleute zum Flughafen in Ostberlin bringen sollte, stand startbereit auf dem Rollfeld in Heathrow. Fünf Minuten vergingen, dann zehn. Max blickte aus dem Fenster auf die dunkle Startbahn – nichts rührte sich. Von seinem Sitz aus konnte er die beiden Piloten sehen, die über Funk mit jemand sprachen. Weitere fünf Minuten vergingen. Er wurde ungeduldig. Die Stewardess kam aus dem Cockpit und lächelte die drei Männer an.

»Tut mir Leid, dass Sie warten mussten. Gerade hat sich ein weiterer Passagier gemeldet. Er kommt jeden Moment an Bord. Bitte entschuldigen Sie die Verspätung.« Max stöhnte. Der Preis, den er für den Flug nach Ostberlin bezahlt hatte, hätte ihn vor Verspätungen bewahren sollen, egal, wer noch zusteigen wollte. Er brummte genervt und wandte sich wieder seiner Zeitung zu. Kurz darauf öffnete sich die hintere Tür, der Passagier, auf den sie gewartet hatten, stieg ein, und die Stewardess führte ihn zu dem einzig freien Sitz gegenüber von Max. Er seufzte, zog die Beine weg und blickte auf. Überrascht hielt er inne. Vor ihm stand ein junger Schwarzer in dunklem, langem Mantel und mit einer Aktentasche. Max sah schnell wieder weg. Auf Privatflügen nach Osteuropa traf man gewöhnlich keine jungen Männer, vor allem keine schwarzen. Er wirkte völlig gelassen – vermutlich war er es gewöhnt, angestarrt zu werden, dachte Max. Er sah außerordentlich gut aus. Er nickte Max zu, sagte aber nichts. Die Maschine rollte an. Der junge Mann machte es sich bequem, legte seinen Mantel zusammen und nahm einen Stapel Papiere aus seiner Aktentasche. Max warf einen schnellen Blick darauf und sah kyrillische Schrift. Er las Russisch. Jetzt war er wirklich fasziniert. Wer konnte das bloß sein? Der Flug dauerte zweieinhalb Stunden. Vielleicht sollte er eine Unterhaltung anfangen, wenn sie in der Luft waren. Max liebte das Rätselhafte.

»Russisch, was?« Max beugte sich vor, nachdem ihnen die Stewardess eine Flasche Champagner serviert hatte. Tendé lehnte das angebotene Glas ab.

»Könnte ich schwarzen Kaffee haben?«, fragte er und wandte sich Max zu. »Ja. Sprechen Sie Russisch?«

»Ein paar Worte«, antwortete Max und wartete, bis Tendé seinen Kaffee bekommen hatte, bevor er sein Glas hob. »Max Sall«, stellte er sich vor und streckte die Hand aus.

»Tendé Ndiaye.«

»Komplizierter Name. Woher kommt der?«

»Ich? Oder der Name?« Sein Englisch war perfekt. Besser als das von Max. Nun war er wirklich fasziniert.

»Sowohl als auch.« Max lehnte sich zurück, von der selbstbewussten Art des jungen Mannes amüsiert.

»Mali.«

»Westafrika? Die frühere französische Kolonie?« Max hatte von dem großen, aber unterbevölkerten Land gehört.

»Treffer.«

»Und, wenn ich fragen darf, was machen Sie auf diesem Flug?«

»Was machen Sie hier?«

»Geschäfte.«

»Ich ebenso.« Er gab nichts preis. Max grinste. Die beiden anderen Geschäftsleute gaben vor, nicht zu lauschen, was ihnen aber nicht gelang. Max sah, dass der junge Mann sie alle völlig in der Hand hatte. Tendé Ndiaye schien ihre Neugier zu genießen. Ihre gönnerhaften Versuche, den Grund seiner Anwesenheit in ihrer Mitte zu erfahren, amüsierten ihn sichtlich, wahrscheinlich hatte er solche Fragen schon tausendmal gehört. Bewundernd sah Max zu, wie sich der junge Mann wieder seinen Papieren zuwandte.

Max hatte selbst einiges zu lesen, und die zweieinhalb Flugstunden vergingen schnell. Als sie sich anschnallten und den Landeanflug auf Ostberlin begannen, griff Max in seine Brusttasche und zog seine Karte heraus.

»Hören Sie, wenn Sie in London oder New York sind, rufen Sie mich an. Es war interessant, mit Ihnen zu plaudern.«

»Danke. Und falls Sie je nach Bamako kommen«, sagte Tendé mit einem leicht ironischen Lächeln und reichte ihm seine Karte. Max warf einen schnellen Blick darauf. *Dr. Tendé Toumani Ndiaye. Stellvertretender Minister für Umweltfragen. Regierung der Republik Mali.* Er war beeindruckt. Und er war sich bewusst, dass der junge Mann ihn beobachtete. Am Ausgang schüttelten sie sich die Hand. Wie verabredet, erwartete Max am Rand des Rollfelds ein Wagen.

»Kann ich Sie irgendwohin mitnehmen?«, fragte er, als sie aus dem Flugzeug stiegen.

»Danke, nein. Ich werde abgeholt.« Er deutete auf einen Wagen, der mit abgeblendeten Scheinwerfern auf sie zukam. Max nickte. Wahrscheinlich würde er ihn nie wiedersehen. Schade, er hatte etwas an sich, was Max gefiel. Sehr sogar.

37

Angela runzelte die Stirn und schwankte leicht. Sie drückte den Hörer ans Ohr und versuchte zu verstehen, was gesagt wurde. Kieran – verhaftet? Das ergab keinen Sinn. Sie sah sich im Flurspiegel an, während die Stimme am anderen Ende die

Schritte des weiteren Vorgehens erklärte, die sie nicht begriff. Sie hatte sich sorgfältig angekleidet heute Morgen, obwohl sie sich nicht mehr erinnerte, warum. Tatsächlich sah sie sehr gut aus. Ein langer weißer Leinenrock, ein pinkfarbenes Seidentop. Corinne, das neue Mädchen, hatte ihr die Haare gewaschen und sie frisiert. Sie war barfuß, aber es gab eine Menge Schuhe im Schrank.

»Was?«, fragte sie erneut.

»Mrs Sall. Ich glaube, Sie sollten lieber aufs Revier kommen. Das wäre am besten, bevor die Presse hier ist, verstehen Sie? Ihr Sohn ist in keiner guten Verfassung.«

Angela schluckte. »Ja, ja. Ähm, kann ich mit ihm reden?«

»Ich fürchte, das geht nicht, Mrs Sall. Haben Sie einen Anwalt?«

»Einen Anwalt? Wozu?« Plötzlich war Angela alarmiert.

»Mrs Sall. Ihr Sohn wurde verhaftet. Hören Sie, ist vielleicht Ihr Mann verfügbar?«

»O Gott. Nein. Nein, er ist weg. Ja, gut. Dann komme ich lieber. Wo, sagten Sie, sind Sie?«

Eine Stunde später eilte Angela, begleitet von Corinne und Mrs Dewhurst, ins Polizeirevier in Wandsworth und sah sich verwirrt um.

Trotz aller Anstrengungen der anderen hatte sie eine halbe Flasche Brandy geleert, bevor sie das Haus verließ.

»Kieran?«, rief sie und lief zum Empfang. Die junge Polizistin konnte sie gerade noch aufhalten, bevor sie durch die Doppeltüren stürmte. Ein Wachbeamter wurde gerufen, und der erklärte ihr, dass sie ihren Sohn sehen könne, unter der Bedingung, dass sie sich ruhig verhielt. Corinne und Mrs Dewhurst sahen zu, wie die beiden Beamten bedeutungsvolle Blicke wechselten, bevor sie sie hineinführten.

»Kieran? O mein Gott. Kieran? Was haben sie dir getan?«, rief Angela, als sie den Raum betraten. Kieran sah auf.

»Mrs Sall.« Der Dienst habende Inspektor trat ihr in den Weg, als Angela auf ihren Sohn zulaufen wollte. »Mrs Sall, bitte. Setzen Sie sich.« Angela begann zu weinen. Kieran starrte wieder zu Boden.

»Was haben Sie ihm angetan?«, fragte sie unter Tränen, während sie zu einem Stuhl gegenüber von ihm geführt wurde.

»Nun, wir haben eher gehofft, Sie könnten uns erklären, was er sich selbst angetan hat«, antwortete Inspektor Fraser und blickte beunruhigt auf die schluchzende Angela. Sie wirkte fast genauso wirr wie ihr Sohn.

»Was meinen Sie damit?«, flüsterte Angela und sah Kieran an. Sie hätte ihn fast nicht erkannt. Warum sah er sie nicht an und redete nicht mit ihr? Sein Gesicht hatte wieder den gereizten kleinjungenhaften Ausdruck angenommen, den sie so gut kannte. Er wirkte heruntergekommen, seine Hose war zerrissen, an seinem Hemd fehlten mehrere Knöpfe, und sein Haar sah aus, als wäre es wochenlang nicht mehr gewaschen worden. Sie begann erneut zu weinen. Wer hatte ihrem kleinen Liebling das angetan?

»Wir haben eine ziemlich große Menge Marihuana bei Ihrem Sohn gefunden, Mrs Sall, sowie eine große Summe Bargeld und – deshalb haben wir Sie angerufen – eine Reihe von Schmuckstücken, Schecks, die vom Konto Ihres Mannes abgebucht und an Ihren Sohn ausbezahlt wurden, und diese Kunstgegenstände.« Er räusperte sich und deutete auf zwei große Vasen, die ihrer vagen Erinnerung nach immer in ihrem Speisezimmer gestanden hatten. Sie drehte sich zu Kieran um.

»Ich verstehe nicht«, sagte sie mit zitternder Stimme. »Ich hab sie Kieran gegeben und ihn gebeten, sie für mich zu verkaufen. Ist es nicht so, Liebling?« Er sah immer noch nicht auf.

»Mrs Sall«, sagte der Inspektor ruhig. »Ich verstehe, was Sie durchmachen. Wir wollen die Sache nicht unnötig komplizieren. Wir wollten lediglich den Eigentümer der Gegenstände feststellen, die im Besitz Ihres Sohnes sind. Es ist ziemlich eindeutig, was er damit vorhatte. Ich fürchte, Sie können im Moment nichts für ihn tun, außer natürlich einen Anwalt zu besorgen. Möchten Sie selbst einen bestimmen?« Angela starrte ihn verständnislos an. Plötzlich war sie qualvoll nüchtern. Max. Sie musste Max Bescheid sagen. Und Max würde ihn umbringen. Sie konnte an nichts anderes denken als an Max' wahrscheinliche Reaktion. Sie ließ sich von der Polizistin hinausführen. Kieran blickte nicht auf, nicht einmal dann, als sie sich mit einem Ausdruck so verzweifelter Angst an ihn wandte, dass sogar Inspektor Fraser Mitleid bekam.

38

Paola lag auf dem Rücken, schloss die Augen vor der grellen Sonne und versuchte zu schlafen. Rote und pinkfarbene Flecken tanzten über ihre Lider, als es heißer wurde. Es war fast Mittag und sie konnte förmlich hören, wie ihre Mutter sie tadelte, weil sie um diese Zeit in der prallen Sonne lag. Francesca war irgendwo im Innern der Villa und überwachte die hektischen Vorbereitungen für die Party zu Max' fünfzigstem Geburtstag. Die Vorbereitungen liefen schon fast ein Jahr, schließlich sollte sie *das* gesellschaftliche Ereignis der Sommersaison auf Menorca werden. Sie und Francesca waren Anfang des Sommers auf die Insel gezogen, damit ihre Mutter alles so organisieren konnte, wie sie es wollte. Paola war nicht so sehr in ihrer eigenen Welt gefangen, als dass sie nicht gewusst hätte, was die Party für Francesca bedeutete – sie war eine der wenigen Gelegenheiten, bei denen Francesca die Zügel in die Hand nehmen konnte, noch dazu in der Öffentlichkeit. Es sollte *ihr* Fest werden, ein Geschenk von ihr an Max. Jeder, der auf der Insel etwas zählte, war eingeladen, sowie über hundert weitere Gäste aus der ganzen Welt. Seit fast drei Tagen waren die Caterer im Haus zu Gange, und eine ganze Armee von Putzleuten war engagiert worden, um die Villa auf Hochglanz zu bringen. Der Lärm und das ständige Gerenne machten Paola krank. Sie konnte es nicht erwarten, dass die Party endlich begann. Und wieder vorbei war. Dafür gab es einen guten Grund, denn natürlich würden auch Amber und Kieran am späteren Nachmittag eintreffen. Obwohl sie die unglaublichsten Gerüchte über Kieran gehört hatte – die mit Drogen und Polizei zu tun hatten –, weshalb er vielleicht gar nicht kommen würde. Sie hatte gehört, wie Francesca Max zu beruhigen versuchte: *Er ist jung, es ist ein Fehltritt, er wird sich schon wieder fangen.* Aber Max schien nicht zuzuhören. Wenigstens kam Angela nicht.

Sie war wieder in eine Klinik eingeliefert worden. Allem Anschein nach sollte Kieran sie am besten begleiten.

Wie auch immer, dachte sie, als sie sich auf den Bauch drehte, selbst wenn Kieran nicht kam, musste sie sich immerhin mit Amber abfinden. Ein schrecklicher Gedanke. Und zu allem Überfluss pries Max sie in letzter Zeit in den höchsten Tönen. Sie hatte ein Diplom, einen Job bei einer New Yorker Zeitung und trat bald eine Stellung bei einem hochrangigen Finanz-Magazin in London an. Und wenn schon. Wahrscheinlich hatte ihr Max die Jobs verschafft. Von ihrem Freund hatte sie sich offensichtlich getrennt, wie ihr Francesca sagte. Nicht ganz die Miss Perfect, die sie immer gewesen war. Paola hoffte nur, sie kam nicht nach Menorca, um sich einen Neuen zu suchen. Nun, sie selbst hatte ihre Waffen parat, einschließlich des neuen Kleids, das sie sich für die Party gekauft hatte. Allein beim Gedanken daran überlief sie ein Kribbeln. Es war schwarz, ein umwerfendes Gebilde aus Spitze und Leder, und hauteng. Es hatte ein Vermögen gekostet, aber sie wollte es von dem Moment an, als sie es im Schaufenster von Ferrengamo gesehen hatte. Sie und Francesca hatten sich ein Einkaufswochenende in Paris geleistet, bevor sie nach Menorca kamen. Allerdings musste Paola zugeben, dass das schwarz-weiße Kleid, das ihre Mutter bei Dior gekauft hatte, auch nicht übel war. Sie beide würden *so* gut aussehen zusammen. Ein echtes Geburtstagsgeschenk für Max. Alle Männer würden ihn beneiden.

Drinnen überwachte Francesca das Aufstellen der Blumenarrangements. Riesige Sträuße tropischer Blumen mussten an den entsprechenden Orten der weitläufigen Villa platziert werden. Das große Wohnzimmer war vollständig ausgeräumt und die Türen zur Terrasse offen, wo neben dem Pool ein Barbecue und eine Bar aus Bambus aufgebaut waren. Um den Pool, entlang der Gartenmauer, standen Kohlebecken, die bei Nacht vor dem türkisfarbenen Wasser und den wehenden Musselinvorhängen eine raffinierte Illuminierung abgeben würden.

»Liebling«, rief Francesca, als sie Paola hereinkommen sah. »Was denkst du? Hier oder dort?« Ein junger Mann stand geduldig neben ihr, während sie nach dem besten Platz für einen riesigen Strauß Lilien, orangefarbener Azaleen und Palmwedel suchte.

Doch Paola verzog nur genervt das Gesicht. »Ich weiß nicht.« Sie hatte keine Lust, sich in den Zirkus mit hineinziehen zu lassen. Sie ignorierte den verärgerten Blick ihrer Mutter und verschwand in ihr Zimmer.

Gegen fünf Uhr war eine gewisse Ruhe in der Villa eingekehrt. Um drei war Amber tatsächlich allein angekommen. Paola hörte, wie sie in ihr Zimmer geführt wurde. Sie hatte sich nicht die Mühe gemacht, an Paolas Tür zu klopfen, und Paola hatte nicht bei ihr angeklopft. Kurz darauf traf Max ein. Sie konnte ihn hören, als er nach seinem Anzug, seiner Krawatte, seinen Schuhen rief. Aber Paola wollte nicht riskieren, Amber über den Weg zu laufen, und blieb in ihrem Zimmer. Sie hatte von Franscesca erfahren, dass keiner der Gäste über Nacht bleiben würde, außer natürlich Amber und irgendein Afrikaner, den Max auf einem Flug kennen gelernt hatte. Die Party würde um halb acht beginnen, und um halb sechs begann Paola mit ihren Vorbereitungen.

Als sie schließlich ihr Kleid anzog, brauchte sie fast zehn Minuten, um alle Knöpfe, die zarten Spitzenschleifen und den Reißverschluss zu schließen. Dann drehte sie sich zum Spiegel um. Nie hatte sie besser ausgesehen. Einen flüchtigen Moment lang wünschte sie sich, Prinz Georg und die anderen, die sie hatte zurücklassen müssen, könnten sie sehen. Einen Augenblick lang erinnerte sie sich an das schreckliche Ende der Ferien, aus denen eigentlich die Romanze des Jahrhunderts hätte werden sollen. Es war alles die Schuld dieses grässlichen Dave.

Es hatte damals einige Tage gedauert, bis das nagende Gefühl des Unbehagens nachließ. Sie konnte es nicht benennen, aber sie spürte, dass irgendetwas Unangenehmes mit ihr passiert war, woran sie sich nicht erinnern konnte. Die Bissmale, die auch ihre einzigen Anhaltspunkte darstellten, waren langsam verschwunden. Und alle waren außerordentlich nett zu ihr, sogar der sonst so zurückhaltende Prinz. Manchmal fing sie

Jennas ein bisschen zu durchdringenden Blick auf, aber dann hatte sie gleich wieder weggesehen und brachte nicht den Mut auf, sie zu fragen, was los war. Gegen Ende ihres Aufenthalts war die Erinnerung verblasst, wenn auch nicht ganz verschwunden. Es blieb ein leicht unangenehmes Gefühl, das schmerzte, wenn sie zu lange darüber nachdachte. Doch sie verdrängte es, entschlossen, alles zu vergessen. Die Ferien waren großartig verlaufen, der Prinz schien sie tatsächlich sehr zu mögen, und Holly und Kina hatten versprochen, sie ihrem Agenten in Paris vorzustellen, wenn sie zurück waren. Alles schien sich bestens zu entwickeln.

Beim Abschied wurde abgemacht, sich im Frühling auf den Bahamas zu treffen. Prinz Georg küsste ihr ziemlich formell die Hand, als sie sich in Innsbruck trennten. Sie und Jenna bestiegen das Flugzeug nach Wien. Sie hatten noch immer die Weihnachtsferien vor sich und würden sich zum Schulanfang in Lausanne treffen. Und damit hatte es sich, dachte Paola. Was natürlich nicht stimmte.

Als sie im Januar in die Schule zurückkam, stellte sie bei Jenna eine deutliche Abkühlung fest. Alle Versuche, über den kurzen Aufenthalt in Hochüli zu reden, wurden mit frostigem Schweigen quittiert. Sie bat Paola nicht mehr, sie in die Stadt zu begleiten, lud sie nicht mehr zu ihrer Tante oder zu heimlichen Spritztouren nach Genf ein. Etwa zwei Wochen nach Schulbeginn war für alle klar, dass Paola Rossi nicht mehr zum Freundeskreis von Jenna de Rosnay gehörte – und Paola verstand nicht, warum. Es war ein ziemlicher Schlag. Noch dazu hatte die Sache am Anfang genau andersherum funktioniert – Jenna war zwar ein Jahr über ihr, aber nicht annähernd so hübsch und beliebt wie die kühne Paola Rossi, weshalb es geradezu als Auszeichnung galt, mit der schönen jüngeren Schülerin befreundet zu sein. Doch das war vorbei. Und zu allem Übel kam noch hinzu, dass Paola mit niemandem aus der Hochüli-Gruppe Verbindung aufnehmen konnte. Prinz Georg beantwortete ihre Anrufe nicht, die Nummern, die sie von Holly und Kina bekommen hatte, waren falsch, und Dave, der schreckliche Amerikaner, war nie zu Hause. Sie konnte einfach nicht verstehen, was geschehen war.

Am Ende war es Véronique, die sie aufklärte. Seit Paolas und Jennas Rückkehr gab es Gerüchte in der Schule, dass Paola Rossi mit vier Männern geschlafen und zugelassen habe, dass dabei Fotos gemacht wurden, die die Männer in ihr berühmtes *cahier noir* aufnahmen – ein Album mit Bildern der berühmten Frauen, mit denen sie geschlafen hatten; außerdem wurde gemunkelt, dass Dave Hahn, der Amerikaner, die Aufnahmen an die Zeitungen verkaufen würde, falls er je Geld brauchen sollte. In entsetztem Schweigen lauschte Paola Véroniques Geschichte.

»Aber, warum ich? Warum haben sie Jenna nicht genommen?«, stammelte Paola. Es folgte ein kurzes Zögern.

»Nun, sie haben jemanden genommen, der nicht ganz das gleiche gesellschaftliche Niveau hat«, erklärte Véronique so vorsichtig, wie sie konnte.

Paola starrte sie verständnislos an. »Was soll das heißen? Ich bin reich. Mein Vater hat Unmengen Geld.«

»Ja, aber du bist nicht … Also, deine Mutter ist nicht *verheiratet*, oder? Ich meine, sie ist nur seine Freundin.« Paola hörte zu, während Véronique die Gründe ausführte, warum nicht Jenna de Rosnay, sondern Paola Rossi für das Album ausgewählt worden war. Als Véronique von Riedesal, die Tochter eines deutschen Grafen, ihre Ausführungen beendete, war ihr Gesicht puterrot.

Kurz darauf rief sie Francesca an und verlangte, aus der Schule genommen zu werden. Sofort. Es war Paolas erste Begegnung mit der kleinen abgeschlossenen Welt des europäischen Adels. Sie mochte Geld wie Heu und einen beneidenswerten Lebensstil haben, aber sie war, wie ihr gerade grausam beigebracht worden war, nicht von Stand. Und das machte sie zur leichten Beute.

Nun, das alles war Vergangenheit, erinnerte sie sich streng, als sie sich ein letztes Mal im Spiegel begutachtete. Nie mehr würde sie sich so demütigen lassen. Nie mehr. Natürlich musste sie es Francesca erzählen – abgesehen von einigen wichtigen Details –, und die empörte sich auch entsprechend. Aber eines blieb bestehen: Ganz egal, was Francesca sagte oder welches Mitgefühl sie für Paolas »schreckliches Martyrium«

aufbrachte, es war klar, dass Véronique im Kern Recht hatte. Auf der gesellschaftlichen Leiter stand Paola unter Jenna de Rosnay, und solange Max nichts dagegen unternahm, würde es auch so bleiben. Leider machte Max keine Anstalten, ihren Status zu verbessern. Nicht, dass sie ihm davon erzählt hätten. Nichts auf der Welt hätte Francesca dazu gebracht, die demütigende Geschichte zu gestehen, und Paola schon gar nicht. Doch so sehr sie und ihre Mutter sich bemühten, die ganze Sache zu vergessen, blieb eine bohrende Frage bestehen: Was war mit den Fotos passiert?

Als die Monate vergingen und anscheinend nichts geschah, beruhigte sich Francesca ein wenig. Schließlich hatte ihre Tochter den früheren Skandal mit dem schrecklichen Didier Juneau überstanden. Wenn ein paar Fotos herumschwirren sollten, die Paola mit Prinz Georg beim Sex zeigten, na und? Soweit sie wusste, hatte es der hochnäsige Aristokrat mit jeder verfügbaren Erbin Europas getrieben. Was war so Besonderes an Paola Rossi? Paola schwieg zu den Überlegungen ihrer Mutter. Sie konnte sich nach wie vor nicht an Einzelheiten dieser Nacht erinnern, aber sicherlich waren mehrere Männer daran beteiligt gewesen, und ob man die Vorgänge lediglich mit »Sex haben« beschreiben konnte, wusste sie auch nicht so genau.

»Paola!« Francesca kam den Gang herunter. Paola zuckte leicht zusammen. Sie war wieder ins Grübeln geraten. Schnell machte sie den letzten Reißverschluss ihres Leder-Spitze-Ensembles zu und nahm sich die Wickler aus dem Haar. Ihre Manolo-Blahnik-Schuhe, wunderschöne, hochhackige Sandaletten mit feinen Lederriemchen, standen in der Ecke und warteten darauf, angezogen zu werden. Francesca klopfte an, trat ein und sah ihre Tochter liebevoll an. »Bellissima«, flüsterte sie und nickte beifällig. Paola lächelte. Sie wusste, dass sie absolut umwerfend aussah.

Das Badezimmer war voller Dampf. Amber zog sich aus und ging barfuß über den kühlen Marmorboden. Nach der Schwüle in New York waren die heißen trockenen Tage und die kühleren Nächte in Menorca eine willkommene Abwechslung. Sie begrüßte auch, dass niemand ihrer Ankunft große Aufmerksamkeit geschenkt hatte. Sie hatte ohnehin nicht kommen wollen, vor allem nicht nach Angelas panischem Anruf, aber sie hatte es Max versprochen. Kieran war auf Kaution frei und konnte warten. Sie seufzte. Manchmal wünschte sie sich eine ganz normale Familie wie Becky sie hatte, in der nie etwas passierte.

Sie zog das Kleid, das sie in Angelas Schrank gefunden hatte, über den Kopf, glättete den Rock und sah sich im Spiegel an. Sie sah gut aus. Ein bisschen unscheinbar vielleicht. Es war ein geblümtes, leicht mädchenhaftes Kleid mit Puffärmeln und ziemlich reizlosem Ausschnitt. Sie biss sich auf die Lippe – irgendwie sah es an ihr kindisch aus. Sie schaffte es nie, einen eigenen Stil zu finden; entweder war sie zu elegant oder zu einfach angezogen, und sie hatte auch nicht den geschmeidigen, gebräunten Körper ihrer Schwester, an dem alles gut – und überflüssig – aussah. Wie hatte Henry immer gesagt: *Deine Schwester sieht immer aus, als käme sie gerade aus dem Bett. Wo ich und jeder andere Mann auf dem Planeten sie gerne sehen würden.*

Sie sah auf ihre Uhr. Halb sieben. Sie sollte nicht mehr an das verdammte Kleid denken, sondern Max suchen und ihm sein Geschenk geben. Es waren Boxerhandschuhe von Muhammad Ali, von ihm getragen und signiert. Amber hatte sie zufällig in einem Laden in Lower Manhattan entdeckt. Ein teures Geschenk, aber sie würden ihm gefallen. Sie hatte sie reinigen und in einer schönen Glasbox verstauen lassen, die zwar verdammt schwer zu schleppen war, aber das Lächeln auf seinem Gesicht wert sein würde. Sorgfältig legte sie etwas Lippenstift auf, löschte das Licht und schloss die Tür. Von draußen konnte sie die Band hören, die sich einspielte, und die Caterer, die hin und her eilten. Obwohl sie sich mit Francesca und Paola im gleichen Haus befand, spürte sie ein angenehmes Kribbeln in ihrem Innern. Ein Londoner Modemagazin hatte sie gebeten, einen kleinen Beitrag über die Party zu schreiben. Es wäre ihr erster wirklicher Artikel, und sie war entsprechend nervös. *Eine Menge Glamour,* hatte die Redakteurin gesagt. *Was die Leute anhaben, wer mit wem kommt. Solcher Klatsch halt.* Es war zwar nicht ganz die Art von Einstieg, den sie sich erhofft hatte, aber ein guter Journalist sollte über alles schreiben können.

Tief in Gedanken versunken bog sie um die Ecke und stieß fast mit Paola zusammen. Ihr sank das Herz. Wenn sie sich kurz zuvor noch Sorgen wegen ihres Kleids gemacht hatte, geriet sie jetzt in helle Panik. Neben Paola in ihrer raffinierten Robe sah sie aus wie ein Schulmädchen. Es folgte ein kurzer angespannter Moment, während die beiden Schwestern sich misstrauisch musterten, bis die Stimme von Max, der strahlend auf sie zukam, das Schweigen brach. Offensichtlich hatte er blendende Laune.

39

Tendé Ndiaye lenkte den kleinen Sportwagen durch die Haarnadelkurven und genoss das Gefühl des kraftvollen Motors unter sich und den Fahrtwind im Gesicht. Es war eine unvermutete Unterbrechung für ihn – zwei Tage auf Menorca, auf Einladung von Max Sall, den er zufällig auf einem seiner Flüge nach Ostberlin kennen gelernt hatte –, aber er freute sich darüber. So etwas machte er nicht oft. In letzter Zeit bestand sein Leben nur aus Arbeit, aber der Einladung war ein Anruf gefolgt, in dem es hieß, Max wolle mit ihm über etwas reden; also hatte er seinem Vater in Bamako Bescheid gegeben, dass sich seine Rückkehr verzögern werde.

Einen Moment lang nahm er den Blick von der Straße. Es war sieben Uhr abends, und die Sonne warf lange Schatten über die Fahrbahn. Es war atemberaubend schön. Die Luft duftete nach Lavendel, Pinien und etwas anderem, was er nicht definieren konnte. Immer wieder tauchte das Meer nach den Kurven auf, meist von kerzengeraden dunklen Zypressen umrahmt. Die mediterrane Sonne war so ganz anders als in seiner Heimat. In Mali brannte sie so erbarmungslos herab, dass jeder zwischen zwölf und zwei Uhr nachmittags im Haus blieb. Der Himmel in seinem Land war selten blau, sondern weiß, weil bis zur Stunde des späten Morgengebets alle Farbe aus ihm herausgebrannt war. Als er die Hügel hinaufzufahren begann, tauchten Häuser auf, weiße Apartmentblöcke an Hängen zum Meer hinab und elegante, rot gedeckte Villen. Durch schmiedeeiserne Tore sah er Luxusautos und Yachten auf kleinen Anhängern, im Rückspiegel stille Swimming-Pools, in denen nur vereinzelt ein Kopf oder eine Gruppe plantschender Kinder auftauchte.

Ihm war gesagt worden, dass sich Max' Villa, die *Casa Bella,* am obersten Ende des Bergkamms befand. Er hielt kurz an und zog einen Plan zu Rat. Der Karte nach war es nicht mehr weit. Bald darauf kam er an. Er fuhr in die Einfahrt und stellte den Motor ab. Er war zu früh dran, die Fahrt war schneller gegangen, als er erwartet hatte. Erleichtert lächelnd stieg er aus dem unbequem engen Wagen aus. Vielleicht war der Alfa Romeo Spider doch kürzer, als er aussah. Er nahm seine Tasche und ging die Einfahrt hinauf. Ein hübsches freundliches Dienstmädchen begrüßte ihn, zeigte ihm sein Zimmer und erklärte in stockendem Englisch, dass die Party um sieben im Patio beginne. Ob er noch etwas brauche? Tendé schüttelte den Kopf. Nachdem sie gegangen war, sah er sich um. Sein Zimmer war groß und lichtdurchflutet, mit einer Terrasse, die auf die Hügel links von der Villa hinausging. Er sah auf seine Uhr. Viertel nach sechs. Gerade noch Zeit, sich zu rasieren und ausgiebig zu duschen. Schnell packte er aus und legte seine schneeweiße *bou-bou* aufs Bett, die lange, fein bestickte Tunika mit den dazu passenden engen Hosen, die die Männer in seinem Land trugen. Als er ins Badezimmer ging, stellte er fest, dass es für die Bequemlichkeit der Gäste an nichts fehlte: Toilettenartikel, Handtücher, Föhn, Zahnbürste, Rasierapparat, an alles war gedacht worden. Über Max' häusliche Verhältnisse wusste er wenig, nur, dass er zwei Familien unterhielt. Ob er sich aber gerade im Haus der Ehefrau oder der Geliebten aufhielt, wusste er nicht. Aber das würde er bald herausfinden. Er stellte sich unter den heißen Wasserstrahl und freute sich, dass er Zeit gefunden hatte, an der Party teilzunehmen, die ziemlich interessant zu werden versprach.

Gegen sieben füllten sich die Diele und das große Wohnzimmer bereits. Tendé stand am Ende des Gangs, überrascht von der Menge der Leute, die in der Dreiviertelstunde angekommen waren, in der er sich fertig gemacht hatte. Nach den Paaren zu schließen, die die Einfahrt herauf und durchs Haus gingen, war es eines der größten gesellschaftlichen Ereignisse der Insel. Dicke Männer in zerknüllten Leinenanzügen wurden von klapperdürren Blondinen begleitet, die eine mit mehr Gold und Diamanten behängt als die andere. Er zog die Augenbrauen hoch. Es war schwer, die Gattinnen zu unterscheiden. Er erkannte ein paar Männer: Lord Montague, den englischen Tabakkönig, Wolfgang Gmeiner, den deutschen Industriellen, ein oder zwei Politiker, einen Filmstar. Es war ein ziemliches Schaulaufen. Er trat aus dem Gang heraus.

»Tendé!«, schallte Max' Stimme durch den Patio. Amber drehte sich um und sah eine große, schlanke Gestalt auf sie zukommen. Vor Überraschung riss sie die Augen auf – wer um alles in der Welt war das? »Fantastisch! Ich freue mich, dass Sie kommen konnten!« Max trat vor und schüttelte begeistert die Hand des Mannes in dem höchst sonderbaren Gewand: ein langes, wehendes weißes Hemd, fast ein Kleid, das ihm bis zu den Fesseln reichte, unter dessen besticktem Saum ein Paar Hosen aus demselben schneeweißen Stoff herausblitzten. Auf dem Kopf trug er eine kleine, eng anliegende Mütze aus dem gleichen Material, nur dass diese mit Spitze eingefasst war. Er war schwarz – ein tiefes, samtenes Schwarz, das durch das Weiß seines Gewands noch betont wurde. Vage war ihr bewusst, dass sie ihn anstarrte, aber sie konnte nicht anders. Sie drehte sich zu Max um. »Amber, darf ich dir Tendé vorstellen, Dr. Ndiaye. Den Mann, von dem ich dir erzählt habe. Wir haben uns vor ein paar Monaten in Berlin kennen gelernt.« Amber schüttelte leicht den Kopf. Sie hatte keine Ahnung, wovon er redete. Sie streckte die Hand aus. Sein Händedruck war fest.

»Freut mich, Sie kennen zu lernen«, murmelte sie und hoffte, dass ihre Überraschung nicht allzu offensichtlich gewesen war.

»Ganz meinerseits.« Er lächelte sie kurz an, ein vorsichtiges, persönliches Lächeln.

»Kommen Sie, Tendé, ich möchte Sie vorstellen. Da ist jemand, den Sie unbedingt kennen lernen müssen.« Max zog ihn bereits mit sich fort. Bevor sie noch etwas sagen konnte, hatte er sich schon umgedreht und wurde von der Menge verschluckt. Als ihr Blick Max und dem großen Fremden durch den Raum folgte, bis sie durch die Terrassentüren in die mit Kerzenlicht und Lachen erfüllte Nacht hinaus verschwanden, überkam sie ein Gefühl äußerster Anspannung.

Gesprächsfetzen drangen an ihr Ohr. *Du musst kommen, wenn es kühler ist, wir würden uns freuen, dich bei uns zu haben; also, das ist genau, was ich gesagt habe. Ich hab ihm unumwunden gesagt, dass er nicht erwarten solle … Hat sie wirklich?* Amber schlenderte vorbei. Ein oder zwei Mal entdeckte sie ihn. Sie lächelte zögernd, weil sie glaubte, er habe sie gesehen, aber nein: kein Anzeichen eines Wiedererkennens in seinem unergründlichen Gesicht. Sie wurden in der Menge nicht aufeinander zugeschoben. Sie wunderte sich über sich selbst. Nur einen Moment lang war sie mit ihm zusammen gewesen, einen flüchtigen Moment lang; lächerlich den ganzen Abend in diesem seltsam angespannten Zustand darauf zu hoffen, ihn noch einmal zu treffen. Sie beschäftigte sich damit, sich im Kopf Notizen für ihren Artikel zu machen, und plauderte mit ein paar Freunden von Max, die sie von früheren Partys kannte. Gelegentlich sah sie an ihrem Kleid hinab und wünschte sich, schnell den Gang hinunterlaufen und sich etwas anderes anziehen zu können. Bloß was? Mit ihren Puffärmeln und dem grellen Blumenmuster sah sie wie ein Kind aus! Kein Wunder, dass Tendé Reißaus genommen hatte. Noch hatte er Paola nicht gesehen. Unruhig wartete sie auf ihren Auftritt. Paola liebte große Auftritte.

Wieder sah sie sich nach Tendé um und entdeckte ihn am Pool, in ein Gespräch mit irgendjemandem vertieft. Gebannt wartete sie auf den Moment, in dem sein Gesicht und seine Gestalt von der Reflektion der Wasseroberfläche erhellt wurden. Selbst von ihrem Standort aus konnte sie die Konzentration auf seinem Gesicht erkennen. Seine Gesten waren schwungvoll und lebhaft. Sein Gegenüber – ein Freund von Max, ein kleiner grauhaariger Mann in einem lächerlichen pastellfarbenen Anzug – sah fast ehrfürchtig zu ihm auf. So unauffällig sie konnte, schlängelte sich Amber an den Tanzenden vorbei, nur um ihm nahe zu kommen, den Klang seiner Stimme zu hören und herauszufinden, was es war, das den Mann, der zu ihm aufsah, sprachlos gemacht hatte. *Ja, sicher, die Franzosen haben ihre Interessen; wir würden auch gar nichts anderes erwarten. Aber das ist mehr eine Frage, wie wir die Gewinne teilen, nicht wann.* Amber rückte näher. *Aber wir wenden uns auch an die Russen – wir sind nicht wählerisch. Wir werden sehen, wie lange wir die beiden gegeneinander ausspielen können.* Sie stand nur ein paar Schritte von ihnen entfernt, nippte an ihrem Drink und lauschte der tiefen, wohlklingenden Stimme, die sie leicht erschauern ließ.

Dann sah sie Max mit einer Flasche Champagner in der Hand und einem breiten Grinsen im Gesicht herüberkommen. Selten hatte sie ihn so gut gelaunt gesehen. Er legte den Arm um Tendés Schultern, entdeckte seine Tochter, drehte Tendé herum und kam auf sie zu. Ihr stockte der Atem. Als er ihr das Gesicht zuwandte, sah sie, wie schön er war. Nicht die glatte, makellose Perfektion, die sie aus Filmen und Magazinen kannte, dafür war sein Ausdruck zu eindringlich. Nein, seine Anziehungskraft rührte von etwas anderem her. Es lag an der fast unmerklichen Anspannung unter der glatten, schwarzen Oberfläche. Seine Mundwinkel und auch seine aufmerksamen Augen mit dem taxierenden Blick waren von feinen Linien umrahmt, die ein innerer Kampf eingegraben hatte, um den nur er selbst wusste. Er war wachsam, auf der Hut. Max hatte sie wieder zusammengebracht, und Amber spürte das unbedingte, dringende Bedürfnis, mit diesem Mann, der aus dem Nichts aufgetaucht war und dessen Gegenwart sie in einer Weise durcheinander brachte wie noch kein Mann zuvor, zu sprechen. Gebannt beobachtete sie, wie die beiden auf sie zukamen. Max lächelte und winkte sie heran. Sie trat näher.

»Vergnügst du dich?«, fragte Max. Amber nickte und bekam vor Aufregung kein Wort heraus. Die beiden Männer lächelten sie an. Das Herz schlug ihr bis zum Hals.

»Sind Sie … Woher kennen Sie …?« Sie hörte sich selbst stottern.

»Ihren Vater? Wie wir uns kennen gelernt haben?«, beendete er ihren Satz. Amber nickte und trank einen Schluck Champagner, um ihre Verwirrung zu kaschieren. »Wir haben uns vor ein paar Monaten auf einem Flug nach Berlin kennen gelernt. Er hat mich zu der Party eingeladen, und auf dem Weg nach Hause …«

»Und wo ist das?«, fragte sie aufgeregt. Plötzlich wollte sie alles über in wissen.

»In Bamako, Mali.«

»In Westafrika?«

»*Oui.*«

»Was machen Sie? Ich meine, Ostberlin ist sehr weit weg von Bamako.« Was faselte sie da nur? »So meine ich es nicht. Ich hab mich bloß gefragt … Max sagte, sie seien ein Doktor?«

»Ich arbeite für die Regierung. Ich bin kein Mediziner«, unterbrach er sie. Schnell sah sie zu ihm auf. Sein Ausdruck verriet nichts. »Und Sie?«, fragte er, aus Höflichkeit, wie ihr schien.

»Oh, ich? Ich habe Anglistik studiert. Ich möchte Journalistin werden.« Sie war nervös – sie, die sich nie von jemandem einschüchtern ließ. Er erwiderte nichts. »Möchten Sie noch einen Drink?«, fragte sie nach einer Weile. Sie jedenfalls brauchte einen. Er strahlte etwas Beunruhigendes aus, und genauso beunruhigend war ihr Wunsch, ihm zu gefallen, seine Zustimmung zu erlangen, ihn auf sich aufmerksam zu machen. Er schüttelte den Kopf und blinzelte leicht. Sie stürzte ihren Champagner hinunter. Es war nicht nur der Alkohol, der ihr zu Kopf stieg. Sie sah sich nach der Bedienung um; sie musste unbedingt etwas zu trinken haben, brauchte etwas, um ihre Hände zu beschäftigen, während sie sich überlegte, was sie sagen und wie sie ihn bei der Stange halten konnte. »Ich lass mir nur schnell nachschenken«, sagte sie und fragte sich, wie sie ihm deutlich machen konnte, dass sie das Gespräch nicht beenden wollte, so stockend es auch sein mochte. Er nickte, ihrem Gefühl nach eher desinteressiert.

Mit klopfendem Herzen eilte Amber durch den Garten zur Bar. Wie alt er wohl war? Jedenfalls noch ziemlich jung. Nie hatte sie jemand kennen gelernt, der so souverän, aufmerksam und konzentriert wirkte. Er strahlte Ruhe und intelligente Selbstsicherheit aus. Seine Stimme und seine Haltung deuteten auf eine Erfahrung hin, nach der sie sich sehnte. Seine Reserviertheit hatte auf sie den gegenteiligen Effekt – sie wollte ihm unbedingt nahe sein.

Der Barmann reichte ihr ein frisches Glas. Sie bahnte sich den Weg durch den Garten zurück und hoffte, bei Tendé zu sein, bevor Max oder einer seiner Freunde ihn in Beschlag nahmen. Sie sah, dass er noch allein an derselben Stelle stand und still das Treiben um sich genoss. In diesem Moment begann alles furchtbar schief zu gehen. Paola erschien in ihrer atemberaubenden Aufmachung. Sie sah absolut umwerfend aus. Tendé wäre einfach nicht in der Lage, ihr zu widerstehen. Sprachlos in eifersüchtiger Qual sah Amber zu, wie alle Köpfe sich drehten, um ihre Schwester zu beobachten, die zielgerichtet auf die interessanteste Person zusteuerte. Amber leerte ihr Champagnerglas und wandte sich ab, weil sie den Anblick nicht ertrug. Der Rest des Abends war eine einzige Enttäuschung. Ein oder zwei Mal bekam sie ihn und Paola zu Gesicht – er beugte sich hinunter, ihr Arm lag auf dem seinen – und war schockiert über den Hass, der in ihr aufstieg. Paola hätte sich doch jeden auf der Party schnappen können, warum ausgerechnet *ihn?*

Gegen zwei Uhr morgens hatte sie genug. Drei Stunden mit ansehen zu müssen, wie die beiden tanzten und lachten, und dann – gemeinsam verschwanden. Sie hatte zu viel getrunken – der Garten und die schimmernde Oberfläche des Pools begannen zu verschwimmen. Sie stellte ihr halb leeres Glas auf einen Tisch und wankte durch den Patio ins Wohnzimmer. Sie wollte sich ausziehen, unter die Dusche stellen und danach ins Bett kriechen. Die Party war noch immer in vollem Gang. Sie blickte sich noch ein paar Mal um, aber nein, er war nirgendwo zu sehen. Dann ging sie in ihr Zimmer.

Als sie an der Tür ihrer Schwester vorbeikam, trat Paola plötzlich heraus und schloss sie schnell hinter sich. Im Halbdunkel starrten sich die beiden an. Amber spürte, wie erneut die Wut in ihr aufstieg.

»Gehst du schon ins Bett?«, fragte Paola mit einem arroganten Lächeln um die Mundwinkel. Selbst in dem dämmrigen

Licht konnte Amber sehen, dass sie geküsst worden war – ihr Lippenstift war leicht verschmiert. Als wollte sie das noch unterstreichen, hob sie die Hand und berührte ihre Lippen. Amber hätte ihr am liebsten eine heruntergehauen. Sie nickte kurz. »Ich nicht. Ich hab mit Max' neuem Freund getanzt. Du hast dich ja auch mit ihm unterhalten, wie ich gesehen habe. Ein toller Mann, nicht wahr?« Sie sah zu ihrer Schwester auf. Amber juckte es in den Fingern. »Allerdings viel eher mein Typ, oder nicht? Er ist ein bisschen zu – ich weiß nicht – erfahren für dich, findest du nicht auch? Ich meine, verglichen mit Henry …« Sie brach vielsagend ab.

»Ich wusste gar nicht, dass du einen bestimmten Typ bevorzugst«, antwortete Amber und wählte ihre Worte sorgfältig. »Ich dachte eher, du gehst mit jedem mit, oder?« Befriedigt beobachtete sie, wie ihre Halbschwester rot wurde. Bevor sie etwas erwidern konnte, stolzierte sie davon. Wutentbrannt knallte sie die Zimmertür hinter sich zu. Also hatte Paola ihn in ihren Krallen; aber sie würde sich keinesfalls mit ihr um einen Mann streiten. Und nicht nur deswegen, weil Paola vermutlich gewinnen würde. Der Gedanke, etwas zu haben, was sie auch nur angefasst hatte, machte Amber krank. Genau wie Paola sie krank machte. Sie riss ihr Halsband ab und warf es zu Boden. Dr. Tendé, oder wie er hieß, war offensichtlich nicht so schlau, wie er aussah. Er hätte Paola durchschauen müssen, sehen müssen, was für ein billiges Flittchen sie war. Na schön – sein Fehler. Er würde Paola bald satt haben. Sie drehte die Dusche an und stellte sich darunter. Aber sie selbst, dachte sie, als das Wasser über ihr Gesicht strömte, konnte sich nicht vorstellen, von Tendé je genug zu haben, und die Wahrheit war eigentlich ganz einfach. Wenn sie an Tendé und Paola dachte, tat es weh. Warum musste sie ihr alles verderben? Sie hatte das Gefühl, für den Rest ihres ganzen verdammten Lebens mit ihrer Halbschwester konkurrieren zu müssen.

Teil IV

40 *London 1990*

Madeleine fluchte, als sie sich die Tottenham Court Road hinaufkämpfte. Es war windig, kalt *und* regnete – eine schreckliche, deprimierende Mischung –, und natürlich hatte sie ihren Schirm vergessen. Mit einem Arm voller Bücher, zwei Plastiktüten voller Krankengeschichten, die sie schon seit Ewigkeiten hätte lesen sollen, und einer sich bereits auflösenden Papiertüte, die ein Dutzend Eier, einen Karton Milch und vier Schachteln Zigaretten enthielt, die Grundversorgung für eine Woche, mühte sie sich zum Krankenhaus zurück. In weniger als einer Stunde hatte sie ihre erste Operation und wollte nicht zu spät kommen. Sie bog in die Middleborough Street ein. Kurz darauf blies eine Windbö sie fast um, sie stolperte, spürte, wie ihr die Tüten aus der Hand glitten, zu Boden fielen, der Milchkarton platzte – und zwar über einem Paar schwarzer, glänzender Halbschuhe und dunklen Tweedhosen. Gleichzeitig fluchend und sich entschuldigend, bückte sie sich, um die Eier, den leeren Milchkarton und die durchweichten Zigaretten aufzuheben.

»Tut mir schrecklich Leid«, stammelte sie, als sie sich aufrichtete. Glücklicherweise waren die Eier innerhalb des Plastikkartons zerbrochen und nicht auf die Beine des fremden Mannes gespritzt.

»Keine Sorge«, sagte er trocken und schüttelte sein Hosenbein, von dem kleine Milchtröpfchen aufs Pflaster fielen. »Nichts passiert.«

»Es tut mir wirklich furchtbar Leid«, wiederholte sie und sah zu ihm auf. Er war ein bisschen größer als sie, in mittleren Jahren, hatte kurzes graues Haar und ziemlich kalte graue Augen hinter seiner Brille. Erneut schüttelte er sein Hosenbein aus, dann nickte er kurz, ging weiter und ließ sie ihre Sachen allein vom nassen Boden aufheben.

Eine Stunde später zog sie gerade ihren Kittel an und setzte die Maske auf, als sich die Türen zum Vorraum des Operationsraums öffneten und der Chirurg eintrat. Sie sah auf. Es war nicht die vertraute Gestalt von Mr Harrigan, den sie erwartet hatte. Oh nein, das gab's doch nicht – aber doch, es war der Mann, mit dem sie vor einer Stunde zusammengestoßen war. Sie war sprachlos. Er war Arzt? Sie hatte ihn noch nie zuvor gesehen. War er neu in der Abteilung? Hoffentlich erkannte er sie nicht. Eine unfähige, ungeschickte Assistentin war wohl das Letzte, was er bei diesem Eingriff brauchte. Mit leicht zitternden Fingern band sie ihren Kittel zu und folgte ihm in den Operationssaal.

Es war eine komplizierte Operation, die sich lange hinzog: ein zweiundzwanzigjähriger Mann mit Dickdarmkrebs in fortgeschrittenem Stadium, selten bei einem so jungen Menschen. Fast sechs Stunden lang arbeitete Madeleine mit dem Chirurgen und einem älteren Assistenzarzt, um den Tumor am Dickdarm zu entfernen und sicherzustellen, dass sie genügend Gewebe um die betroffenen Stellen entfernten, sowie um Proben der Lymphknoten in der Leiste zu entnehmen. Aufgrund ihrer Aufzeichnungen wusste Madeleine, dass der Tumor bei dem jungen Mann eine Überraschung war, denn nach Ansicht der beiden älteren Ärzte, die die Operation durchführten, sah er eigentlich sehr gesund aus. Offensichtlich hatte er einige Zeit unter Magenschmerzen gelitten und zweimal einen Hausarzt aufgesucht, aber auf Grund der Tatsache, dass er noch so jung war, war die Möglichkeit von Krebs praktisch ausgeschlossen worden. Die Nacht zuvor hatte ihn dann seine Freundin eingeliefert, weil sich die Schmerzen in den vergangenen Tagen stark verschlimmert hatten, und die Computertomographie zeigte sofort, was ihm fehlte.

»Dr. Szabo?«, unterbrach eine Stimme ihre Gedanken. Sie trank gerade eine Tasse Tee in der Krankenhauskantine und ging im Geist die Operation noch einmal durch. Sie blickte auf. Es war der Chirurg, der Mann, den sie mit Milch übergossen hatte. Sie nahm einen Schluck von ihrem heißen Tee. Falls er sie von ihrer Begegnung am Morgen wiedererkannte, ließ er sich nichts anmerken. »Ich glaube, die Person dort drüben am Fenster ist die Freundin des jungen Mannes, den wir gerade operiert haben.« In seiner kühlen Stimme klang ein leichter schottischer Akzent. »Wären Sie bitte so freundlich, sie wissen zu lassen, dass die Operation erfolgreich verlaufen ist?«

Madeleine nickte schnell. »Natürlich«, antwortete sie und stand eilig auf. »Was soll ich ihr über die Prognose sagen?«, fragte sie unsicher.

»Dr. Szabo, Sie haben doch an dem Eingriff teilgenommen, oder?« Madeleine sah ihn an und fragte sich, was er sagen wollte. »Und Sie haben die Krankengeschichte gelesen, nicht wahr?« Erneut nickte sie. »Dann ziehen Sie Ihre Schlüsse aus dem, was Sie gesehen und gelesen haben, und geben Sie der armen Frau ein paar Informationen. Sie scheint sie dringend zu benötigen.« Damit drehte er sich auf dem Absatz um und ließ eine errötende und ziemlich verärgerte Madeleine stehen.

Es verging fast eine Woche, bis sie ihn wiedersah. Sie ging gerade auf die Station zurück, um im Rahmen ihrer morgendlichen Runden durch die Krankenzimmer nach dem jungen Mann zu sehen, als sie ihn mit wehendem Kittel und wütendem Gesicht auf sich zukommen sah. Sie trat verblüfft beiseite, während er mit einer Schar nervöser Praktikanten und Assistenzärzte im Schlepptau an ihr vorbeirauschte.

»Was ist denn los?«, fragte sie die Stationsschwester zehn Minuten später.

»Es geht um die kleine Brown, die er letzte Woche operiert hat. Sie ist heute Morgen ins Koma gefallen, und die Laborergebnisse von der Biopsie sind noch nicht da. Jetzt will er sich den Pathologen vorknöpfen. Armes Schwein. In dessen Haut möchte ich im Moment nicht stecken.« Pat Miller, die gewöhnlich fröhliche Stationsschwester, sah bedrückt aus. »Den ganzen Morgen war er hier und hat meine Leute verrückt gemacht.«

»Wer ist er eigentlich?«, fragte Madeleine und nahm die Krankengeschichte ihres Patienten. »Wieso hab ich ihn früher nie gesehen?«

»Alasdair Laing, der Chefchirurg. Er ist brillant, verstehen Sie mich nicht falsch, aber es ist schrecklich stressig mit ihm zu arbeiten. Er war in den Staaten, bei irgendeinem Austauschprogramm mit einer medizinischen Fakultät in Boston. Schade, dass sie ihn nicht behalten haben …« Plötzlich brach ihre Stimme ab.

Madeleine sah auf und erstarrte. Schnell schloss sie die Augen und hoffte, der Boden würde sie beide verschlingen. Auf der anderen Seite der Theke stand Alasdair Laing mit einem Ausdruck vernichtender Verachtung im Gesicht.

»Dr. Szabo, wenn Sie dann *fertig* sind«, sagte er in einem Tonfall, der ihr einen Schauder über den Rücken jagte, »würden Sie dafür sorgen, dass Charles Mortimer seine neue Behandlung bekommt? Die nötigen Anweisungen finden Sie in seinen Unterlagen.« Darauf drehte er sich um und marschierte aus dem Stationszimmer hinaus.

»Na gut«, sagte Pat Miller und zog die Mundwinkel nach unten. »Er hat mich ohnehin nie besonders leiden können.« Madeleine lächelte schwach. Konnte es noch schlimmer werden?

Es kam schlimmer. Um acht am selben Abend ertönte ihr Piepser und riss sie unsanft aus dem zehnminütigen Schlaf, den sie sich gegönnt hatte. *Sofort auf der Station melden.* Sie sprang auf, strich sich das Haar zurück und schlüpfte in ihre Schuhe. Was konnte passiert sein? Mit klopfendem Herzen raste sie den Gang hinunter. Sobald sie die Tür zu dem Krankenzimmer geöffnet hatte, wusste sie, was sie getan hatte. Oder besser gesagt, was nicht. Mit einem Ausdruck unaussprechlicher Wut im Gesicht stand Dr. Laing an Charles Mortimers Bett. Madeleine wäre vor Scham fast gestorben. Wie konnte sie das nur vergessen, fragte sie sich immer wieder, als die Krankenblätter überprüft und die neuen Medikamente sofort aus der Apotheke bestellt wurden. Warum um alles in der Welt hatte sie das nicht gleich, nachdem es ihr aufgetragen worden war, erledigt? Puterrot im Gesicht reichte sie Dr. Laing die Unterlagen zurück, vermied den Blick der Oberschwester und bemühte sich um eine ruhige, professionelle Haltung. Ihre Chancen, in ein gutes Operationsteam aufgenommen zu werden, rückten in immer weitere Ferne. Bald würde sich unter den Fachärzten herumsprechen, dass Madeleine Szabo eine vergessliche, ungeschickte und unfähige Assistentin war, und niemand würde mit ihr arbeiten wollen. In den Teams herrschte großer Konkurrenzdruck, und es war äußerst schwierig, in das richtige aufgenommen zu werden. Was war bloß los mit ihr? Verlegen schweigend, hörte sie zu, wie Dr. Laing mit dem Stationspersonal die neue Behandlung des Patienten besprach. Niemand sah sie an.

41

Sie hatte die Bilder entdeckt, kaum dass sie eingetreten war. Nachlässig standen sie auf dem Treppenabsatz an die Wand gelehnt. Beim Hinaufgehen blieb sie stehen und sah sich die vorderste Leinwand genauer an.

»Charlie, warte!«, rief sie die Treppe hinauf. »Warte einen Moment.« Sie trat einen Schritt zurück und überlegte. Sechs Arbeiten im Ganzen – großformatige Leinwände, hintereinander aufgereiht. Sie fragte sich, von wem sie wohl stammten.

Sie betrachtete das oberste Bild. Es bestand aus verschiedenen Schichten. Ein Sonnenuntergang, fast fotografisch genau gemalt, darüber eine Schicht mit kartografischen Bezeichnungen – Windrichtungen, Windstärken, Luftdruckverhältnissen und Tabellen, winzig geschriebene Namen von Städten und Häfen rund um die Welt – und darüber eine letzte Schicht, die wie eine Unzahl winziger weißer Schablonenmuster wirkte – unregelmäßige Ovale und Rechtecke, die den Sonnenuntergang, zuweilen dichter, an anderen Stellen dünner oder nur vereinzelt überlagerten. Unglaublich, dachte Becky. Der Künstler musste ewig gebraucht haben, um die Leinwand damit zu bedecken. Sie sah die anderen Gemälde an und entdeckte ähnliche Themen: ein herrlich farbenfrohes Bild als Hintergrund, eine Art kalligrafische Schicht mit Informationen darüber gelegt, und zuletzt die Schicht des »Musters«. Höchst ungewöhnliche Arbeiten, die irgendwo zwischen Landkarten, Poesie und Kunst angesiedelt waren.

»Becky!«, rief Charlie von oben herunter. »Was um Himmels willen machst du da unten?«

»Ich komme«, antwortete Becky schnell. Sie notierte sich

noch rasch den Namen des Künstlers – Saba Mehretú – und lief nach oben.

Am Montagmorgen ging sie mit beschwingten Schritten zur Arbeit. Morag, die Galeriebesitzerin, blickte auf, als sie durch die Tür kam.

»Schönes Wochenende gehabt?«, fragte sie lächelnd.

»Super. Morag, hör zu. Ich hab was gesehen; hast du einen Moment Zeit?«

Als sie an diesem Abend aus dem Bus stieg, umarmte sie sich vor Freude selbst. Sie hatte es geschafft. Es war ihr gelungen, Morag zu überzeugen, die Bilder nicht nur anzusehen, sondern auch auszustellen, wenn sie ihr gefielen. Das war der Durchbruch, auf den Becky gewartet hatte. Seit fast einem Jahr arbeitete sie als Hilfskuratorin bei ECI, einer kleinen Galerie im East End. Ein fantastischer Job, den sie liebte. Manchmal konnte sie nicht glauben, dass sie so lange gewartet hatte, tatsächlich etwas mit ihrem Kunstdiplom anzufangen und damit aufzuhören, »Künstlerin« werden zu wollen. Ausschlaggebend für ihre Erkenntnis war das Treffen mit Amber und Madeleine vor fast zwei Jahren in London. Amber war inzwischen Journalistin beim angesehenen *Financial Digest* in London und Madeleine eine Ärztin auf dem Weg zur erstklassigen Chirurgin. Und Becky arbeitete als Sekretärin für eine Zeitarbeitsagentur. Es war ein seltsamer Abend gewesen, als sich die drei nach fast zwei Jahren zum ersten Mal wieder trafen. Nach dem letzten Mal, dass sie Amber getroffen hatte, war diese kurz entschlossen wieder nach New York zurückgegangen. Zwei Jahre hatte sie dort für eine Lokalzeitung gearbeitet, um die Erfahrung zu sammeln, die sie brauchte, erklärte sie. Sie wollte absolut sicherstellen, dass niemand sie beschuldigen konnte, ihren Namen oder Max' Kontakte auszunutzen. Sie musste sich mit ziemlich unbedeutendem Kleinkram abgeben – Nachbarschaftsstreitigkeiten, Kleinkriminalität, der Gründung einer lokalen Mädchen-Fußballmannschaft –, aber sie verdiente sich ihre Sporen und war stolz darauf, dass sie es geschafft hatte. Becky erinnerte sich, wie sie Amber sprachlos vor Bewunderung über den

Tisch hinweg angesehen hatte. Madeleine hatte mit das beste Examen ihres Jahrgangs gemacht und für ihre Facharztausbildung einen Platz an der Uniklinik in London bekommen. Als Becky von ihren Aktivitäten erzählen sollte, gab es nicht viel zu sagen. Sie erhob ihr Glas auf den Erfolg der beiden, blinzelte die Tränen weg und schwor sich, beim nächsten Treffen auch etwas vorzuweisen, worauf man anstoßen konnte.

Nachdem sie sich einmal entschlossen hatte, etwas zu tun, ging seltsamerweise alles ganz schnell. Am Montag nach dem Treffen entdeckte sie eine Anzeige in der Zeitung. *Assistentin gesucht. Junge, alternative Galerie. Gemälde, Fotografie, Skulpturen und Installationen. Erfahrung von Vorteil, aber keine Voraussetzung.* Becky war sich nicht einmal sicher, was »alternativ« bedeutete. Sie schrieb ihren Lebenslauf, legte einen kurzen Brief bei, schickte alles ab und betete, dass etwas daraus werden würde. Die Woche darauf hatte sie ein Vorstellungsgespräch und einen Tag später einen Job. Morag, die Galeriebesitzerin, war eine Frau Ende dreißig aus Glasgow, mit genau dem gleichen Hintergrund wie Becky. Sie hatte ein Diplom von der angesehenen Macintosh-Kunstakademie und sich dann vier Jahre lang gewundert, warum keine Arbeitsangebote kamen. Sie lebte mit einer Gruppe schottischer Künstler/Kellner/Sekretärinnen in einem alten Loft auf der Charlotte Street im East End und kam, wie einige andere, auf die Idee, dass die verlassenen Fabrikgebäude in diesem Teil der Stadt perfekte Ausstellungsräume für Kunst abgeben würden – vor allem für die Art von Kunst, die es nicht in die etablierten Galerien im West End schaffte. Am Anfang gab es neben ECI, ihrer eigenen Gründung, nur ein paar andere Galerien in der Gegend. In den schäbigen und halb verlassenen Straßen östlich der Liverpool Street war nicht viel los, aber in den Räumen über den leeren Läden wohnten viele mittellose Künstler, von denen Morag die meisten kannte. Langsam erwarb sie den Ruf, neue, aufstrebende Talente zu entdecken oder neue Trends aufzuspüren. In den drei Jahren nach der Eröffnung hatte sie zwei große Erfolge, was bedeutete, dass sie zum ersten Mal ein bisschen Geld auf der Bank hatte und, falls es sich ergeben sollte, auch ein gewisses Risiko eingehen konnte.

Als Becky dann eines Montagmorgens hereingestürmt kam und verkündete, sie habe die *erstaunlichsten* Bilder entdeckt – *du musst sie dir unbedingt ansehen, Morag, die Frau ist ein Genie* –, hatte sie bereitwillig zugestimmt. Gemeinsam mit ihr war sie zu dem Haus gegangen, in dem Becky die Geburtstagsparty eines Freundes ihres Verlobten Charlie besucht hatte. Becky hatte sich zwar sofort nach der Künstlerin erkundigt, aber erfahren, dass sie auf eine andere Party gegangen sei. Worauf sie den ganzen Rest des Abends damit verbrachte, von einer Party zur nächsten zu rennen, um nach einer Frau namens Saba Mehretú zu suchen. Als sie sie schließlich gefunden hatte, stellte sie fest, dass die junge Frau nicht nur eine außerordentlich talentierte Künstlerin, sondern auch ein potenzieller Medienstar war. Sie war Ende zwanzig, halb schwedisch, halb äthiopisch, in Detroit, Michigan, aufgewachsen und erst seit kurzem in London. Gleichzeitig war sie auch als Mensch absolut hinreißend. Zu dem Zeitpunkt jedoch war es Becky egal, wie nett sie war – sie war jung, exotisch und talentiert. Mehr brauchte es nicht. Sie reichte Saba ihre Geschäftskarte, bekam eine Nummer von ihr und versprach, sich zu melden.

»Nun, was denkst du?«, fragte Becky aufgeregt. Morag blieb einen Moment stehen und überlegte.

»Ich finde sie fantastisch. Hat sie eine Galerie? Hat sie schon irgendwo ausgestellt?«

»Ich glaube nicht. Tatsächlich hab ich vergessen, sie danach zu fragen.«

»Dann finde es raus. Ich glaube, wir könnten sie gut vermarkten. Die Bilder sind toll.« Becky hätte sie fast umarmt. In angeregtem Gespräch gingen sie zur Galerie zurück. Als sie die Tür aufmachten, hatten sie bereits einen Titel für die Ausstellung – *Orientierungspunkte* –, was ihnen beiden gefiel, und einen Termin. Der nächste Schritt, den Becky selbstständig machen würde, bestand darin, Saba zur ersten Runde ernsthafter Verhandlungen in die Galerie zu bringen.

Morag hörte sich an, welche Pläne sich Becky für die Werbung der Ausstellung ausgedacht hatte, und war beeindruckt. Zum ersten Mal, seit Becky bei ECI angefangen hatte, durfte sie wirklich selbstständig arbeiten, und Morag verstand die Begeisterung, die Becky empfand, während ihr Projekt langsam Gestalt annahm.

Nachdem alle Verträge unterschrieben waren, begann die tatsächliche Arbeit an der Ausstellung. Becky ließ die sechs großformatigen Bilder aus dem Hausgang ins Lager der Galerie bringen. In Sabas Atelier befanden sich noch acht kleinere Bilder und Dutzende Skizzen und Zeichnungen. Die beiden verbrachten einen angenehmen Vormittag, ihre Mappe durchzugehen und Arbeiten für die Ausstellung auszusuchen. Sie entschieden sich für zwanzig Bleistift- und Tuschezeichnungen, die in ihrer collagehaften Art, Fototeile, Notizen und kleine Farbflächen miteinander zu verbinden, an Basquiat erinnerten. Bis zur Eröffnung waren noch fast drei Monate Zeit. Saba versprach, die acht kleineren Bilder bis dahin fertig zu stellen, und überließ es Becky, sich um Werbung und Organisation der Ausstellung zu kümmern.

Es war fast acht, als Becky an diesem Abend nach Hause kam. Morag hatte sie praktisch aus dem Büro werfen müssen. *Geh heim. Raus mit dir!* Widerstrebend hatte sie ihren Mantel genommen und war gegangen.

Sie öffnete die Tür und fragte sich, ob Charlie schon zurück war. Nichts war zu hören. Sie ging in die Küche. Überall war es still und sauber, ein sicheres Zeichen, dass er noch nicht zu Hause war. Sie lächelte und ging nach oben. Im Schlafzimmer zog sie sich die Kleider aus und suchte nach etwas Bequemerem. Kurz darauf ging sie in Trainingshose und warmem Wollpullover wieder nach unten und öffnete den Kühlschrank. Charlie war vermutlich bei einem seiner Geschäftsessen – sie fand es schwierig, sich zu merken, mit wem und wo er gerade unterwegs war. Und Charlie war einer jener Geschäftsmänner, die schwer erklären konnten, was sie gerade machten. Außer, dass er zu einer Menge Essenseinladungen ging. Er sah gut aus, war sehr beliebt, stammte aus einer Familie mit besten Verbindungen, hatte die richtigen Schulen besucht, und obwohl er nach nur einem Semester aus der Uni geflogen war, schien dies weder einen bleibenden Eindruck noch irgendwelchen Schaden verursacht zu haben. Becky kicherte, als sie sich an die Beschreibung erinnerte, wie er den Job bekommen hatte, den er seit fast zehn Jahren ausübte, und der sowohl seiner charmanten Art als auch seiner Faulheit entgegenkam.

Nach seinem Rausschmiss aus Durham war er eine Weile als Rucksacktourist durch die Welt gezogen. Er fuhr nach Nepal, wo er Unmengen Opium rauchte, verbrachte ein Jahr auf einer Farm in Australien und kehrte dann, angemessen gereift, nach London zurück. Das behauptete er zumindest. Ein Freund hatte »etwas in der City« vorgeschlagen, worauf Charlie eine Liste von Firmen erstellte, die Uniabsolventen einstellten, ohne zu bedenken, dass er zu dieser Gruppe gar nicht gehörte, und suchte sich zwei mit den am schönsten klingenden Namen aus. Die Woche darauf hatte er zwei Vorstellungsgespräche und eines mit einer Einladung zum Lunch. Zum ersten Gespräch kam er zu spät, weil er sich in dem Labyrinth der engen Straßen im Bankenviertel verirrt hatte. Sein Gesprächspartner war »gerade unterwegs«, weshalb man ihn mit einem Stapel Illustrierten auf einem bequemen Sofa Platz nehmen ließ, bis Mr Sherburne-Burridge wiederkam. Kurz nach drei trat ein kleiner, rundlicher Mann ein, der offensichtlich ein sehr gutes Mittagessen genossen hatte. Charlie wurde in sein Büro gebeten, nach seiner Schule (Harrow), Universität (Durham, leider nur kurz), Kontakten in der City (keine) und aktiven Sportarten (viele) gefragt. Er war ein bisschen misstrauisch. So leicht konnte es doch sicher nicht sein. Aber so war es.

Eine Woche später begann er seine Ausbildung als Investment-Analyst – obwohl er keine Ahnung hatte, was das eigentlich war – und schaffte es, sich im Lauf von zehn Jahren an Mr Sherburne-Burridge vorbei nach oben zu arbeiten, bis zu seiner jetzigen Position als Arbitragehändler, was Becky kaum auszusprechen vermochte, geschweige denn wusste, worum es sich dabei handelte. Doch es schien sehr lukrativ zu sein. Außerdem gab es natürlich noch seine Erbschaft. Charlie war ein Einzelkind. Seine Mutter war gestorben, als er noch Teenager, und sein Vater, als er dreiundzwanzig war. Im Alter von vierundzwanzig Jahren hatte er zwei Häuser – die schicke Junggesellenwohnung in Islington und den großen Familienwohnsitz im grünen Dulwich. Als er durch einen gemeinsamen Freund Becky kennen lernte, wurde ihm plötzlich bewusst, dass er ganz allein auf der Welt war. Er sagte ihr, dass sie ihn an seine Mutter erinnere, eine rothaarige Frau von beträchtlicher Schönheit und Charm. Becky, die zu naiv war, um die volle Bedeutung dieser Aussage zu begreifen, fühlte sich geschmeichelt. Er brauchte drei Monate, um sie zu überreden, mit ihm in das Haus in Dulwich zu ziehen – das war jetzt ein Jahr her.

Sie warf die Kühlschranktür zu und ging zu dem Eichentisch, den sie und Charlie im Urlaub in Spanien gefunden hatten. Er war herrlich stabil und alt und milderte den eher nüchternen Eindruck der Edelstahlküche, die Charlie unbedingt hatte haben wollen. Sie sah sich in der vornehmen, bewusst zurückhaltend gestalteten Umgebung um und hatte das Gefühl, dass es ihr an nichts fehlte. Sie lud gern Freunde ein, auch Künstler, die Charlie sogar mochte. Schließlich war es bei der Party eines Freundes von Charlie gewesen, bei der sie Sabas Bilder gesehen hatte. David Mallam hatte von seinen Eltern einen kleinen, aber angesehenen Verlag geerbt, der auf moderne Kunst spezialisiert war, und Saba hatte seine schicke Frau namens Dot offensichtlich in einer Galerie kennen gelernt. Sie hatte sich beklagt, dass sie nicht genug Platz habe, und Dot hatte ihr großzügigerweise angeboten, ihre Bilder in dem riesigen Loft unterzustellen, das sie und David in der Nähe der Fournier Street bewohnten. Ein seltsamer Wohnort für einen Verleger, wie Becky fand, aber Charlie hatte sich nur an die Nase getippt und gemeint, nicht nur Künstler hätten einen guten Riecher. Er selbst habe daran gedacht, sich etwas in der Gegend zu kaufen. Becky lächelte und schüttelte den Kopf. Charlie. Er war einfach unverbesserlich.

Sie war fast eingeschlafen, als Charlie nach Hause kam. Sie hörte ihn, wie er offensichtlich ziemlich angetrunken unten herumrumorte. Kurz darauf ging leise die Tür auf, und Charlie steckte den Kopf herein.

»Schläfst du?«, fragte er flüsternd.

»Nicht mehr.«

»Oh, tut mir Leid. Ich hab wohl ein bisschen zu viel getrunken.« Leicht schwankend trat er ans Bett.

»Das merkt man«, sagte sie und rümpfte die Nase. Zigarrenrauch und Portwein. Charlie war vierunddreißig und teilte den Geschmack und die Vorlieben eines Fünfzigjährigen.

»Wirklich? Wie abstoßend.« Lächelnd ließ er sich neben ihr nieder. Seine Hand glitt unter die Steppdecke und tastete sich bis zur nackten Haut ihres Bauchs voran. »Du trägst ein Nachthemd.« Er seufzte schwer.

Becky lachte. »Na und?«

»Du hast versprochen, das nicht zu tun.«

»Wann?« Sie war ehrlich überrascht.

»Heute Morgen. Weißt du noch? Ich hab dir gesagt, ich würde mit Gleesman zum Essen gehen, und du hast gefragt, ob ich lang ausbleiben würde, was ich bejaht und dich gebeten habe, aufzubleiben und nichts anzuhaben, außer dem hier.« Er griff nach der Kette um ihren Hals.

»An *die* Unterhaltung kann ich mich beim besten Willen nicht erinnern«, antwortete sie und wich seiner kalten Hand aus.

»Doch, kannst du.« Er beugte sich vor. Seine Lippen waren fast genauso kalt wie seine Hände. Seine Zunge jedoch, die nach Portwein und entfernt nach Schokolade schmeckte, war warm und fand schnell den Weg in ihren Mund. »Zieh das aus.« Er zerrte an ihrem Nachthemd. Sie setzte sich auf und zog es schnell aus. Charlie hielt einen Moment inne und drehte die kleine Nachttischlampe an. Er sehe sie gern an, sagte er. Die blassen kleinen Brüste, die milchweiße Haut mit dem Nabel, der ihn an eine Orange erinnere. Er warf seine eigenen Kleider ab und glitt neben ihr ins Bett. Er war bereits hart. Becky hätte nichts gegen ein bisschen Vorspiel einzuwenden gehabt – schließlich war es das, was ihr am besten gefiel –, aber das Beste an allem, dachte sie sich, als er sich auf sie legte, war doch, einen Verlobten wie Charlie zu haben. Sie war fünfundzwanzig. So leicht hatte sie es sich nicht vorgestellt. Sie hatte alles, was sie sich wünschte. Seit letztem Jahr hatte sich plötzlich alles zum Guten gewendet. Ihre Hochzeit war für das folgende Frühjahr geplant, mit Amber und Madeleine als Brautjungfern, von denen momentan *keine* einen Freund hatte. Früher, als die beiden alles und sie selbst nichts zu haben schien, fühlte sie sich dennoch auf diesem Gebiet immer ein bisschen überlegen. Becky Aldridge hatte keinen Tag ihres Lebens als Single verbracht, seit jenem Tag nicht mehr, als sie halb nackt in Kieran Salls Bett gehopst war und herausgefunden hatte, welche Wirkung kleine Brüste mit rosigen Spitzen, glatte Alabasterhaut und hübsche Beine auf die meisten Männer hatten.

42

Amber hatte von einem kleinen Trick gehört: Konzentriere dich auf etwas anderes, und die Zeit vergeht. Das versuchte sie, schaffte es aber nicht. Sie spürte, wie ihre Muskeln sich verkrampften, und sah auf den Schrittmesser hinab. Vier Meilen – *war das alles?* –, was bedeutete, dass sie noch zwei weitere laufen musste. Sechs Meilen am Tag. Das war das Ziel, das sie sich gesetzt hatte, und das sie erreichen würde, koste es, was es wolle. Drei Mal die Woche lief sie nach der Arbeit. Den ganzen Tag vor dem Computer zu sitzen, hatte sie Becky erklärt, mache sie fett. Sie duschte sich, verließ das Fitness-Studio und fand einen Bus mit freien Sitzplätzen. Ein Luxus. Kurz bevor die Acht-Uhr-Nachrichten begannen, war sie zu Hause.

Als sie durch die Tür kam, hörte sie das Piepsen des Anrufbeantworters. Sechs Nachrichten. Erleichtert stellte sie fest, dass alle von Max waren. Obwohl seit den stummen, bedrohlichen Anrufen fast ein Jahr vergangen war, spürte sie noch immer ein leichtes Unbehagen, wenn sie den Hörer abhob. Es war Henry, dessen war sie sich sicher. Sie lauschte Max' tiefer Stimme, die den Raum erfüllte. Sie solle ihn sofort in Menorca anrufen.

»Hallo«, sagte sie und setzte sich mit einem Glas Wein aufs Sofa. »Ich hab gerade deine Nachricht erhalten. Was gibt's?«

»Wo warst du denn?«, fragte Max ungehalten. »Ich hab den ganzen Tag versucht, dich zu erreichen.«

»Ich war den ganzen Tag unterwegs, ein Interview. Ich bin gerade erst heimgekommen, weil ich noch im Fitness-Studio war.«

»Ah ja. Also, hör zu. Du musst mir einen Gefallen tun.« Amber zog die Augenbrauen hoch. Er bat sie um einen Gefallen?

»Was für einen Gefallen?«, fragte sie vorsichtig.

»Du musst einen Artikel für mich schreiben. Es hat mit unserem neuen Projekt zu tun. Du musst für mich nach Bamako fahren.«

»Wohin?« Amber setzte sich auf.

»Nach Bamako. In Mali. Irgendwann nächsten Monat. Und zwar bevor …«

»Max. Ich *arbeite* für meinen Lebensunterhalt. Ich kann nicht plötzlich alles einfach stehen und liegen lassen. Und außerdem, von welchem Projekt redest du überhaupt?«

»Es ist ja nicht plötzlich. Du hast doch sicher Urlaub? Es ist wichtig, Amber. Über dieses Projekt muss etwas geschrieben werden. Hör zu, warum treffen wir uns nicht dieses Wochenende? Ich komme nach London und erklär dir alles.«

»Aber wieso kannst du nicht … Ich meine, du kennst doch sicher Hunderte Journalisten, die du fragen könntest? Warum ich? Und würde es nicht komisch aussehen, wenn ich einen Artikel über eines deiner Projekte schreiben würde?«

»Darum geht's ja. Ich möchte nicht, dass bekannt wird, dass ich daran beteiligt bin. Hör zu, ich ruf dich am Samstag an, in Ordnung? Wir essen in meinem Club.« Damit legte er auf. Sie trank einen Schluck Wein. Da war noch etwas anderes. Tendé Ndiaye. Sicherlich hatte es mit ihm zu tun. Er und Max waren ungewöhnlich enge Freunde geworden, trotz der fast dreißig Jahre Altersunterschied. Ärgerlich stellte sie fest, dass sich ihre Reaktion auf ihn seit der Party nicht verändert hatte: ein kurzes Seufzen, und ihr Puls ging ein wenig schneller. Das letzte Mal hatte sie ihn gesehen, als er mit Max einen Tag in London verbrachte, bevor sie irgendwohin in den Fernen Osten flogen. Sie hatten nur ein paar Worte gewechselt, und es war auch kaum der Anlass gewesen, ihn zu fragen, ob er mit ihrer Schwester geschlafen hatte. Er verhielt sich ihr gegenüber äußerst reserviert, genau wie beim ersten Mal, aber bevor sie sich etwas überlegen konnte, um die Unterhaltung in Gang zu bringen, war Max hereingekommen, und die beiden waren kurz darauf zum Essen gegangen. Natürlich musste sie nach der Begegnung wieder ständig an ihn denken, und es hatte einige Wochen gedauert, ihn wieder aus ihrem Kopf zu verbannen.

Lächelnd und offensichtlich in bester Verfassung betrat Max den Speisesaal seines Clubs. Braun gebrannt, fit und strahlend. Amber sank das Herz. Was immer er von ihr wollte, es war sicher nichts Geringfügiges oder Einfaches.

»Liebling«, sagte er, als er an den Tisch kam. Amber wurde noch unbehaglicher zu Mute. Wann hatte er je jemanden »Liebling« genannt?

Er wartete, bis beide mit dem Essen fertig waren und der Espresso serviert wurde.

»Ich möchte, dass du etwas für mich schreibst«, kam er dann zur Sache. »Einen Kommentar. Ich erkläre dir, was ich brauche, und du kannst entscheiden, wie du es machen willst.« Amber nickte zögernd. Max ging natürlich bereits davon aus, dass sie es tun würde. Sie stellte ihre Tasse ab und hörte zu. Die Geschichte, die er ihr erzählte, war faszinierend.

Seit ein paar Jahren, erzählte ihr Max, fühle er sich irgendwie ruhelos. Nichts Schlimmes, bloß ein Gefühl, dass seine Arbeit nicht mehr so viel Spaß machte. Er war auf dem Höhepunkt angekommen und hatte genug Geld, um sicherzustellen, dass nicht einmal mehr seine Enkel arbeiten müssten, wenn sie keine Lust dazu hätten. Beruflich hatte er alles erreicht, es konnte nicht weiter aufwärts gehen, nur noch abwärts vielleicht, aber das stand natürlich nicht zur Debatte.

Als er 1986 auf einem Flug nach Ostdeutschland Tendé Ndiaye kennen lernte, wurde seine Neugier geweckt. Ein junger Minister mit einer beneidenswerten Gabe für Sprachen, Verständnis für Kultur, politische Feinheiten und Weltgeschehen, wer konnte so einen Mann nicht charmant finden? Nachdem seine Verhandlungen in Ostberlin abgeschlossen waren, kehrte er nach London zurück und schlug, aus einer plötzlichen Laune heraus, in einem Lexikon Mali nach. Es stand nicht viel darin. Er bestellte Bücher über das Land aus Frankreich, da auf Französisch offensichtlich mehr Informationen verfügbar waren, und dann bekam er zufällig, als er in einem Büro in der City auf einen alten Freund wartete, eine Ausgabe des *National Geographic* in die Hände. Die Titelgeschichte lautete: *Mali. Königreich des Salzes.* Er verschlang den Artikel, sagte die Besprechung ab und nahm sofort ein Taxi in die British Library, wo er sich jedes Buch, jede Zeitschrift und jeden verfügbaren Artikel zu zwei Themen notierte: Salz und Mali. Eine Woche später brachte ihm seine Sekretärin die bestellten Bücher und er setzte sich hin und las. Nach weiteren zwei Wochen hatte er eine Idee, eine verrückte Idee, die ihn jedoch mehr fesselte als alles andere in den letzten Jahren.

Mali, erklärte er einer gespannt lauschenden Amber, war einst ein unglaublich reiches Land gewesen, dessen Wohlstand hauptsächlich auf dem Handel entlang der Wüstenwege durch die Sahara beruhte. Für Generationen von Europäern waren Städte wie Timbuktu und Djenné fast mythische Zentren von Macht, Kultur und Gelehrsamkeit. Salz war für die Menschen südlich der Sahara so wertvoll, dass es an Orten wie Timbuktu mit Gold aufgewogen wurde. Doch Mitte des 18. Jahrhunderts wurden andere Handelswege erschlossen, andere Dynastien stiegen auf, und die Macht und der Einfluss von Mali schwanden. Die Franzosen kolonisierten fast den ganzen mittleren Teil von Westafrika, und damit war Malis Niedergang praktisch besiegelt. Amber hatte Max noch nie so animiert erlebt. Er bestellte noch weiteren Kaffee und fuhr fort.

In dem Artikel war auf die Tatsache hingewiesen worden, dass in der Sahara genügend Salz lag, um die weltweit steigende Nachfrage für industrielle Zwecke zu befriedigen. Das Problem war nicht die Menge des vorhandenen Salzes, sondern die Frage, wie man es abbauen sollte. Einen Monat lang brütete er über technischen und wissenschaftlichen Zeitschriften und machte sich mit allem vertraut, was es darüber zu wissen gab – dann machte er einen Anruf. Er lud Tendé Ndiaye zu seiner Party auf Menorca ein und erklärte ihm in groben Zügen seinen Plan. Er wollte die weltgrößte Salzmine bauen, und zwar auf den Ruinen der ältesten Mine der Welt.

Glücklicherweise war Tendé von der Idee sofort begeistert. Als stellvertretendem Minister für Umwelt wäre die Machbarkeitsstudie für das Projekt ohnehin ihm unterstellt. Ganz im Stillen, mit Hilfe eines befreundeten Wissenschaftlers, begann er eine Reihe von Untersuchungen. Sie studierten die Techniken des früheren Abbaus, als noch mit der Hand zur ersten Salzschicht gegraben wurde, die etwa einen halben Meter unter der Oberfläche lag. Diese war von minderer Qualität und enthielt Steine und Sand. Nach etwa zwei Metern stieß man auf Salz mittlerer Qualität, aber die beste lag in etwa zehn Metern Tiefe. Dieses Salz wurde Schicht für Schicht abgebaut und in Platten geschnitten, die für den Transport auf Kamelen geeignet waren. Doch vor dem Verladen versah der Salzbergbauer jede Platte mit seinem Familiensiegel. Die sozialen Strukturen der Menschen in den Gebieten des Salzabbaus waren eng mit dem Handel verknüpft.

»Aber würde der industrielle Abbau nicht die traditionellen Lebensformen zerstören?«

Max runzelte die Stirn. »Nun, das ist genau das, worüber du schreiben sollst. Ich möchte einen Artikel, der die *Vorteile* einer Modernisierung hervorhebt. Mein Gott, diese Leute leben im Mittelalter. Denk an die Möglichkeiten, die ihnen das bringen würde!«

»Was denkt Tendé Ndiaye darüber?«, fragte Amber ruhig.

»Er steckt in der Zwickmühle. Wenn er dem Projekt seinen Segen gibt – und ich sage dir, er steht kurz davor, Minister zu werden –, dann hat er die Traditionalisten gegen sich. Wenn er sich dagegenstellt, muss er sich vor dem Premierminister verantworten. Tatsache ist, dass sich das Land modernisieren muss. Er weiß es, ich weiß es, aber es ist schwierig. Die Unterstützung der öffentlichen Meinung zu gewinnen wäre die beste Chance für das Projekt.«

»Und du meinst, ein kleiner Artikel im *Financial Digest* würde dazu ausreichen?«

»Nein, aber es wäre ein Anfang. Wir brauchen Unterstützung, und ein solcher Artikel würde von Tausenden von Leuten gelesen. Von den richtigen Leuten. Wenn sie Interesse zeigen, werden andere Journalisten das Thema aufgreifen, und die Sache wird sich nach dem Schneeballsystem verbreiten. Ich hab dergleichen schon erlebt.«

»Und wann soll dieser Artikel geschrieben werden?«

»Je eher, desto besser. Ich hab Folgendes arrangiert.« Amber lehnte sich zurück und hörte erstaunt zu, während er ihr Reiseroute, Termine und das Treffen mit Tendé Ndiaye in Bamako darlegte.

»Du hast schon alles geplant«, konnte sie nur sagen, als er schließlich fertig war. Max wirkte sehr zufrieden mit sich.

»Nun, eigentlich wir beide. Hier ist schnelles Handeln gefragt. Tendé hat sich mit den Ostdeutschen bereits über ländliche Industrien und Entwicklung unterhalten. Salzindustrie steht für sie nicht im Mittelpunkt, was sich in absehbarer Zeit aber ändern kann. Es ist eine todsichere Sache, Amber. Wir können gar nicht scheitern.« Amber sah ihn an. Wahrscheinlich war es das erste Mal, dass sie etwas wie Leidenschaft in der Stimme ihres Vaters gehört hatte. »Ich weiß, was du denkst«, sagte er plötzlich. »Das ist eigentlich nicht mein Ding. Ich bringe Leute zusammen, ich bin keiner, der selbst Projekte plant. Aber ich hab genug davon. Ich hab's satt, immer nur der Mittelsmann zu sein. Einmal in meinem Leben möchte ich der Vorreiter sein. Ich möchte etwas *machen,* etwas schaffen, das ich in Händen halten kann.«

»Aber du machst doch etwas: Du verdienst Geld.«

»Geld. Ja, ich verdiene Geld. Das ist der Jude in mir.« Amber blickte verblüfft auf. »Nein, so meine ich es nicht. Ich meine: Wir – Juden – sind doch immer die Vermittler, die Arrangeure, die Mittelsmänner. Wir stecken unser Geld in Bildung, Erziehung, Geschäfte. Dinge, die man uns nicht wegnehmen kann. Das hat zumindest mein Vater immer gesagt.«

»Du hast nie über deine Eltern gesprochen. Ich weiß überhaupt nichts über sie«, antwortete Amber zögernd.

»Nein, wahrscheinlich nicht«, sagte Max ruhig und starrte auf seine Hände. Amber hielt den Atem an. »Wie auch immer, das ist alles Vergangenheit.« Mit einem entschlosssenen Ausdruck im Gesicht blickte er auf. »Also, wohin soll ich dir die Tickets schicken? Zu dir nach Hause?«

43

»Dr. Szabo.« Er nickte ihr zu. Madeleine konnte ihre Überraschung nicht verbergen, als sie ihren Kaffee nahm und sich auf den einzigen freien Stuhl in dem kleinen Café setzte – gegenüber von ihm. Sie hatte es geschafft, für die Kaffeepause aus dem Krankenhaus zu entkommen, weil sie das Spülwasser hasste, das in der Kantine serviert wurde, und musste dann ausgerechnet auf ihn treffen! Es folgte ein kurzes Schweigen. Sie hatte vergessen, ein Buch oder eine Zeitung mitzunehmen, und konnte nur auf ihre Tasse starren. Hastig trank sie einen Schluck brühend heißen Kaffees nach dem anderen und hoffte, man sah ihr nicht an, dass sie nur so schnell wie möglich von hier fort wollte, weil ihr die Vorstellung nicht gefiel, noch eine Viertelstunde schweigend in Gesellschaft eines Menschen zu verbringen, dem sie partout nichts zu sagen hatte. Dr. Laing trank ebenfalls Kaffee – sehr geruhsam – und las den *Lancet*. »Mortimer hat's geschafft«, sagte er plötzlich und blickte auf. Madeleine schluckte schnell und verbrannte sich die Zunge.

»Was? Oh ja, es geht ihm viel besser. Morgen wird er entlassen, glaube ich.«

»Ja. Tückischer Fall. Dennoch, die OP verlief gut. Konnten alles entfernen.« Er nickte. Madeleine zögerte.

»Dr. Parker findet, er sollte die Chemotherapie weitermachen, die empfohlen wurde«, sagte sie und fragte sich, ob sie zu weit gegangen war. Zwischen den Onkologen und dem Operationsteam war es zu einer heftigen Auseinandersetzung gekommen.

Dr. Laing zuckte die Achseln. »Nun, ich schätze, es kann nicht schaden«, antwortete er wegwerfend. In der letzten Ausgabe vom *Lancet* hatte Madeleine gelesen, dass die klinischen Studien über Dickdarmkrebs nicht eindeutig waren, was die Entscheidung, ob Chemotherapie angewandt werden sollte oder nicht, umso schwieriger machte.

»Er ist noch sehr jung«, fuhr sie kurz darauf fort. »Schwer zu glauben, dass es jemanden in seinem Alter trifft.«

»Ja, das ist das Interessante an dieser Art Krebs. Aus seiner Krankengeschichte geht hervor, dass sowohl sein Großvater als auch sein Vater daran litten, obwohl keiner der beiden daran gestorben ist. Wir wissen, dass das manchmal in Familien vorkommt. Die Krankheit tritt in jeder Generation früher auf. Bei seinem Großvater um die sechzig, beim Vater um die vierzig und bei dem jungen Mann um die zwanzig. Wir glauben, dass die Natur sich so des defekten Gens entledigen will. Schließlich tritt die Krankheit bei jemandem auf, der zu jung ist, um sich zu reproduzieren, und das Gen stirbt aus.« Madeleine starrte ihn an. Es war die längste Rede, die sie je von ihm gehört hatte, und zudem die interessanteste. Sie nickte. Es ergab Sinn.

»Also verringert das seine Überlebenschance?«

»Nicht unbedingt. Wir haben ziemlich viel davon entfernt – die Laborergebnisse wiesen nicht auf Metastasen hin, und es hat noch nicht auf die Leber übergegriffen. Er hat Glück gehabt. Ist gerade noch rechtzeitig gekommen.« Er stellte seine Tasse ab. »Ein ganz ähnlicher Fall stand im *New England Journal of Medicine,* Juli 1988, glaube ich. Ein junger Mann in Kalifornien. Lesen Sie's nach, wenn Sie Zeit haben.« Er stand auf und schob seinen Stuhl zurück. Erneut nickte er ihr kurz zu und ging hinaus, bevor sie sich bedanken konnte.

44

In einer kurzen Zeremonie von nicht mehr als zwanzig Minuten wurde Tendé Toumani Ndiaye als Minister für Bergbau, Energie und Umwelt vereidigt. Er schüttelte dem Ministerpräsidenten, dem Parlamentsvorsitzenden und schließlich seinem Vater Mohammed Oumar Ndiaye, dem Justizminister, die Hand.

Es gab lauten Applaus, Vater und Sohn strahlten ein paar Mal in die Menge, dann war es vorbei. Der Präsident, wie immer von seinen Bevollmächtigten und Sicherheitsleuten flankiert, verließ als Erster den Saal. Die zurückbleibenden Minister entspannten sich sichtlich, traten zu Tendé und gratulierten ihm noch einmal herzlicher. Dann fuhren sie zum Mandé, einem der neuesten Hotels in Niaréla, dem exklusiven Viertel im Zentrum der Stadt, wo Tendés Mutter und eine Reihe Geschäftsleute und Politiker auf sie warteten.

Diskret hielten sich die Kellner im Hintergrund, als die Gruppe sich setzte. Es gab kaum jemanden in Bamako, der den Justizminister und seine Frau, die Sängerin, nicht kannte. Mandia Diabaté war schon berühmt, als sie Mohammed Ndiaye heiratete. Tendé war mit den Fotografien aufgewachsen, auf denen Staatsmänner wie Nkrumah, Nyrere und Mugabe den Arm um seine Mutter und seinen Vater gelegt hatten. In der Diele ihrer Wohnung in Paris, wo Tendé meistens seine Schulferien verbracht hatte, hing ein Bild des jungen Mohammed, mit dem ersten sozialistischen Präsidenten Moussa Traroé und dem früheren Führer der Sowjetunion, Juri Andropow, vor dem Kreml. Es machte deutlich, wie komplex die Beziehungen zwischen Öffentlichem und Privatem, Ost und West, Europa und Afrika sein konnten, und wie erfolgreich die Ndiayes diese Grenzen überwanden.

Während um ihn herum die Gäste aßen und tranken, ihn und seine Eltern mit Glückwünschen überschütteten und über alle Scherze schallend lachten, schweiften Tendés Gedanken ab. Das Ministerium für Bergbau, Energie und Umwelt war dasjenige, das er von seinem Regierungseintritt an hatte haben wollen. Es war eines der wichtigsten neuen Ministerien im Land, und er war ein Ökonom, der an den obersten Grundsatz seines Fachs glaubte: Aufstieg und Entwicklung einer Nation, basierend auf Wirtschaft. Wie diese Entwicklung herbeigeführt wurde, ob in einem sozialistischen, kapitalistischen oder kommunistischen System, stand frei. Das hatte Tendé schon als Teenager verstanden. Seine weitere Ausbildung im exklusiven Lyzeum in Bamako, gefolgt von einem Bachelor-Diplom in Lyon, bekräftigten seine Meinung. Das Studium in Lyon öffnete seinen Horizont für den europäischen Kontext dieser Doktrin – geh in die Höhle des Löwen, sagte sein Vater zu ihm. *Versteh sie, und du wirst uns verstehen.*

Später, nachdem sein Vater sich entschieden hatte, ihn zum Studium nach Moskau zu schicken, wusste er, warum. Damals hatte er unter der Entscheidung gelitten. Das Wetter, die Sprache, die Leute – alles war ihm fremd. Er lernte ein Jahr lang Russisch, dann studierte er zwei Jahre an der Universität von Moskau. Die Sowjetunion machte zu dieser Zeit eine Reihe krisenhafter Veränderungen durch. Es war eine interessante Zeit, und Tendé ging als interessanterer Mann daraus hervor.

Nach der UdSSR schlug er die entgegengesetzte Richtung ein. Die Columbia-Universität in den frühen achtziger Jahren war ein radikaler und berauschender Ort. Tendé genoss jede

Minute seines Aufenthalts. Er belegte Kurse bei seinem Vorbild und Mentor Edward Said, er besuchte Vorlesungen bei dem Philosophen Derrida, und er fuhr nach Princeton, um West, Gates und Morrison zu hören, die Elite der afroamerikanischen Professoren. Er las Marx, Fanon und Senghor, trat Studentenvereinigungen bei und diskutierte leidenschaftlich, in der Öffentlichkeit und privat.

Und dann, fünf Jahre später, mit der Promotion in der Tasche, ging er nach Hause. Er arbeitete ein Jahr im Finanzministerium, ein Jahr im privaten Sektor, davon sechs Monate in Paris, und trat danach in den Staatsdienst ein. In nur drei Jahren stieg er vom Assistenten des Staatssekretärs zum Sonderberater des stellvertretenden Ministers auf. Eine erstaunliche Karriere für einen so jungen Mann. Aber für diejenigen, die Tendé kannten, war das alles nur Teil seines Plans, von dem er im Lauf seines zweiunddreißigjährigen Lebens nicht einmal abgewichen war.

45

Beide traten gemeinsam aus dem Aufzug. Dr. Laing nickte Madeleine kurz zu und ging zum Haupteingang hinaus. Sie folgte ihm und zog den Schal enger um den Hals, um sich gegen den kalten Wind zu schützen. Beide gingen zum Café. Sie zögerte einen Moment, als er den Schritt verlangsamte, dann schloss sie auf.

»Ein bisschen kalt heute Morgen«, sagte er.

»Ja. Ich dachte eigentlich, dass es Frühling wird.«

»Nun, wo ich herkomme, würde das als Sommer gelten«, antwortete er.

Madeleine sah ihn an. »Sie sind Schotte, nicht wahr?«

»Ja. Aus Aberdeen.«

»Ah. Ich war nie so weit im Norden. Ich habe in Edinburgh studiert.«

»Ich weiß.«

»Oh.« Madeleine wusste nicht, was sie sagen sollte. Glücklicherweise waren sie beim Café angekommen, und er hielt ihr die Tür auf. Madeleine zögerte. Nachdem sie zusammen gekommen waren, wäre es unhöflich gewesen, sich an einen eigenen Tisch zu setzen.

»Was nehmen Sie?«, fragte er und löste damit ihr Dilemma.

»Einen Kaffee, bitte. Mit Milch. Danke.«

»Gern geschehen.« Er lächelte sie kurz an und ging zur Theke. Madeleine sah ihm nach. Es stimmte, er machte sie furchtbar nervös, dennoch strahlte er eine unerwartete Wärme aus.

»Hier, bitte.« Er brachte die Tassen an den Tisch und setzte sich ihr gegenüber. Das Café war fast leer. Sie wärmte ihre Hände an der dampfenden Tasse. Dann begannen sie, sich über die anstehenden Fälle zu unterhalten – Madeleine sollte am Nachmittag bei einer Blinddarmoperation assistieren, am nächsten Mittag bei einem Magenverschluss und am Freitag bei einer Thorax-OP. Sie arbeitete im Moment als »Springer« und assistierte, wo und wann sie konnte. In etwa einer Woche würde sie sich um eine Stelle in einem Operationsteam bewerben und hoffentlich dem Team ihrer Wahl zugeteilt werden. Trotz seiner schroffen Art bei den Visiten und der Angst, die er den jungen Ärzten einjagte, war Dr. Laings Team das begehrteste. Verglichen mit dem genialen, onkelhaften Harrigan war das Operieren mit Laing ein strenges, fast religiöses Erlebnis. Seine Hände waren ruhig, seine Anweisungen klar und präzise. In seiner Gegenwart, fand Madeleine, konnte nichts schief gehen. Sie fragte sich, ob es vermessen wäre, wenn sie es wagte …?

»Ich wollte …«, begann sie mit klopfendem Herzen, »wegen der OP-Teams fragen, ob wohl in Ihrem noch ein Platz frei wäre?«

»Bewerben Sie sich, wie alle anderen auch, Dr. Szabo. Der Personalmanager hat die entsprechenden Formulare.«

Madeleine errötete bis zu den Haarwurzeln. Sie wollte sich doch keinen Vorteil ergattern. Am liebsten wäre sie in den Boden versunken. »Sicher. Ich wollte nicht … Ich meinte nicht …«, stammelte sie.

»Szabo. Sind Sie Ungarin?«, fragte er unvermittelt.

»Ja. Ja, meine Eltern. Ich auch.«

»Ein schönes Land.«

»Waren Sie schon mal da?« Madeleine war verblüfft.

»Einmal. Bei einer Konferenz in Budapest vor ein paar Jahren. Eine Nation mit sehr talentierten Ärzten.« Madeleine wartete schon auf den Zusatz *»zu denen Sie offensichtlich nicht gehören«*. Aber er kam nicht. Stattdessen unterhielten sie sich zwanzig Minuten angeregt über Budapest. Sie wagte sogar, ihn wegen seiner Aussprache ein bisschen zu necken. *Szent István körút,* nicht St. Stephen's Avenue. Er gab lachend auf. Als sie ihre Mäntel nahmen und zum Krankenhaus zurückgingen, konnte sie kaum glauben, dass dies derselbe Mann war, mit dem sie gekommen war. Sein Lächeln, wenn es denn kam, war strahlend, und sie stellte fest, dass sie ihn immer wieder zum Lächeln bringen wollte.

Sie trafen sich noch ein paar Mal zufällig in der Kantine und im Café. Es schien, als sei das Eis gebrochen. Er gab ihr eine Studie über pädiatrische Chirurgie, die auf Ungarisch geschrieben war – von einem Kollegen, sagte er und reichte Madeleine einen dicken Stapel Papier. Ihr sank das Herz. Ihr Ungarisch war eine Kindersprache geblieben, die über das Können einer Zehnjährigen nicht hinausreichte – aber er schien sich zu freuen, die Studie für sie gefunden zu haben, und so bedankte sie sich lächelnd. Das nächste Mal trafen sie sich auf dem Heimweg. Er fragte, wie sie die Arbeit gefunden habe, sie erklärte ihm, dass ihr medizinisches Vokabular auf Ungarisch ziemlich beschränkt sei, und sie beide lachten darüber. Eines Tages lud er sie dann zum Lunch in ein kleines ungarisches Restaurant auf der Maryleborne High Street ein.

Bei gefülltem Huhn und *halászlé* erfuhr sie, dass er einundfünfzig war, aus einem kleinen Ort in der Nähe von Aberdeen stammte, und dass sein Vater und sein Großvater Farmer gewesen waren. Alasdair war der Erste, der die Landwirtschaft verlassen und studiert hatte. Den Hauptteil seiner Ausbildung hatte er in Schottland, an den Königlichen Krankenhäusern in Dundee und Edinburgh, gemacht, dann war er nach London an eine Uniklinik gegangen. Rasch war er durch die akademischen Rängen aufgestiegen, und ein Stipendiatsaufenthalt an einer amerikanischen Universität festigte bald seine Position in der ersten Riege der experimentellen Chirurgen. Es folgten mehrere Jahre mit Gastprofessuren und Vorlesungsreihen, bis er sich entschloss, nach London zurückzukommen und seinen gegenwärtigen Posten als Chef der chirurgischen Abteilung anzunehmen.

»Und Ihre Familie?«, fragte Madeleine mit einem verstohlenen Blick auf seinen Ehering. Er zögerte fast unmerklich.

»Meine Frau lebt in Edinburgh«, antwortete er langsam. »Sie ist nicht gesund. Wir haben einen zehnjährigen Sohn.«

»Oh, tut mir Leid.«

»Nicht nötig«, sagte er leichthin. »Also, was nehmen wir zum Nachtisch?«

»Sie hat MS«, sagte sie Amber eine Woche später. Das hatte sie von einer der Schwestern erfahren.

»Trotzdem ist sie immer noch seine Frau«, antwortete Amber trocken.

»Ich weiß.«

»Madeleine, er ist einundfünfzig. Er ist dein Professor. Und alt genug, um dein Vater zu sein. Ich kenne ihn nicht, aber ich halte es für keine gute Idee.«

»Bis jetzt ist ja nichts passiert. Zweimal Lunch und ein paar Tassen Kaffee – das ist doch eigentlich nichts, oder?«

»So fängt's gewöhnlich an«, erwiderte Amber ahnungsvoll.

Zuerst versuchte sie, es abzutun. Amber hatte völlig Recht. Er war viel zu alt und obendrein noch verheiratet. Außerdem, sagte sie sich streng, lief nichts zwischen ihnen. Genau wie sie Amber gesagt hatte: zwei Mittagessen und ein paar Mal Kaffeetrinken. Aber das letzte Mittagessen hatte fast drei Stunden gedauert. Sie fand es erstaunlich leicht, sich mit ihm zu unterhalten. Ganz so, als hätte sich plötzlich eine Tür zu einer vollkommen anderen Person geöffnet – einem Menschen mit trockenem Humor, herzhaftem Lachen und einer Großzügigkeit, die sie hinter dem düsteren Äußeren nicht vermutet hätte. Er war attraktiv – silbergraues Haar, grau-grüne Augen unter dunklen Wimpern, markantes Kinn mit einem Grübchen, das beim Lächeln deutlicher sichtbar wurde, und sie mochte seinen Körperbau – groß und kräftig, eine Art von Mann, an den man sich anlehnen konnte, auch bei ihrer Größe. In ihrem kleinen Apartment über der U-Bahn-Station an der Warren Street, wo alle zehn Minuten das ganze Haus durch die Züge erschüttert wurde, stellte sie den Kessel auf und versuchte, nicht mehr an ihn zu denken. Dann machte sie sich an den Abwasch vom vorigen Abend. Als sie den Hahn aufdrehte, sah sie ihr Spiegelbild im Fenster über der Spüle. Sie sah gar nicht so schlecht aus. Ihr Haar war ein bisschen wirr, aber lang und dicht. Vielleicht sollte sie es offen tragen? *Lass es,* sagte sie sich erneut. *Er ist doppelt so alt wie du, verheiratet und hat nicht das geringste Interesse an dir. Also lass es.* Sie spülte fertig ab und dachte immer noch an ihn.

46

»Angela?«, rief Amber und ging zum Salon im ersten Stock hinauf. Nichts rührte sich. Sie öffnete die Tür. Angela schlief auf dem Diwan beim Fenster. Mit dem lang herabfallenden blonden Haar und dem halb vom Arm verdeckten Gesicht sah sie friedlich aus, fast kindlich. Ihre Bluse war falsch zugeknöpft, was ihrem Aussehen etwas leicht Schräges gab. Ihre Beine waren mit einer dicken hellen Decke zugedeckt, aus der die Füße heraussahen. Die Fußsohlen waren schmutzig. Offensichtlich war sie barfuß herumgelaufen. Amber spürte einen Stich in der Brust. Auf dem weißen Teppich stand ein halb leeres Glas. Sonst gab es nichts in dem Raum. Keine Bücher, keinen Fernseher, keine Zeitschriften. Was immer ihre Mutter auch sonst im Haus machte, in diesem Raum tat sie nichts außer zugedeckt am Fenster zu liegen und auf die Straße hinunterzustarren. Abrupt wandte sich Amber ab, schloss leise die Tür und ging wieder nach unten.

Sie schlenderte in die Küche. Es gab neue Haushälterinnen und Putzfrauen. Eine von ihnen, eine hübsche junge Frau, die sich zuvor als Siobhan vorgestellt hatte, lächelte sie freundlich an. Nein, sie wisse nicht, wo Kieran sei, sie habe ihn schon seit mehreren Tagen nicht mehr gesehen. Amber lehnte das Angebot einer Tasse Tee ab und setzte ihren Gang durch die Räume im Erdgeschoss fort. Ihr fiel auf, dass Max einiges hatte neu dekorieren lassen. Es gab ein paar neue Möbel und Wandfarben, neue Vorhänge im Esszimmer und im Gang eine große Kirschholzkommode. Woher nahm er nur die Zeit und die Energie dafür, wenn er sich gleichzeitig mit Vorschlägen für den wirtschaftlichen Aufschwung in einem Dutzend Dritte-Welt-Länder und dem Bau von Salzbergwerken an Orten beschäftigte, von denen sie noch nie gehört hatte? Was immer auch im oberen Stockwerk vor sich ging, beeinflusste den Stil des Hauses nicht. Sie sah auf ihre Uhr. Fast zwei. Sie hatte sich mit Becky zum Einkaufen verabredet.

»Mit dir zum Einkaufen gehen? Sicher, aber warum?«, hatte Becky am Telefon verwundert gefragt. Es war einer ihrer alten Streitpunkte. Amber besaß keinen Sinn für Mode, vor allem nicht nach Beckys strengen Maßstäben. Dennoch durfte sie Amber nie beraten. Selbst die zwei Jahre in New York hätten wenig Verbesserung gebracht, monierte Becky, nachdem ihre Freundin zurückgekommen war. Aber Amber blieb eisern. Ihr gefiel, was sie trug. Es machte ihr nichts aus, wenn sie manchmal zu falschen Farben griff oder Stilrichtungen bevorzugte, die schon ein bisschen aus der Mode waren. Falsch? Aus der Mode? Eher völlig aus der Welt, erwiderte Becky sarkastisch, aber Amber kümmerte das nicht wirklich. Diesmal jedoch war es anders.

»Nun, ich gehe vielleicht aus«, antwortete Amber und bemühte sich, möglichst beiläufig zu klingen.

»Wo? In der Wüste? Ich dachte, du fährst in die Sahara.«

»Ja, aber vielleicht muss ich zu einem Dinner in Bamako gehen, in der Hauptstadt. Bevor es in die Wüste geht. Und da ist noch dieser Mann«, fügte sie zögernd hinzu.

»Ein *Mann?*« Becky war endgültig perplex. »Was für ein Mann?«

»Einer von Max' Kollegen«, begann Amber und bedauerte, überhaupt etwas gesagt zu haben.

»Oh nein, nicht du auch noch. Sag bloß nicht, du hast dich in irgendeinen alten Geschäftsmann verknallt.« Becky lachte.

Gerade hatte sie eine Stunde lang Madeleine gepredigt, dass Dr. Laing absolut der Falsche für sie sei.

»Was meinst du mit ›auch noch‹? Er ist nicht alt. Er ist um die dreißig.«

»Und ein Kollege von Max?«, fragte Becky zweifelnd.

»Na ja, so was in der Art. Ich weiß nicht so genau, was sie eigentlich machen, aber es gibt da ein Projekt, das ich mir auf ihren Wunsch ansehen soll, deshalb fahr ich zwei Wochen hin. Sonst gibt's dazu nichts zu sagen.«

»Natürlich gibt's das. Wag es ja nicht, mich so abzuwimmeln. Was läuft da?«

»Nichts läuft da. Überhaupt nichts. Ich hab ihn erst zwei Mal getroffen«, sagte Amber und spürte, dass sie rot wurde.

»Wo ist er her? Ist er Engländer? Oder Franzose?«

»Nein, er ist von dort. Er ist aus Mali.«

»*Was?* Er ist *Afrikaner? Schwarz?*«

»Na und?« Amber ging sofort in Verteidigungsstellung.

»Und? Na *alles.* Weiß Max davon?«, fragte Becky.

»Es gibt nichts zu wissen!«, erwiderte Amber scharf. Sie hatte gewusst, dass Becky so reagieren würde. Mein Gott, sie konnte manchmal so kleinkariert sein. Ein *Afrikaner?* Der Schrecken, der darin mitschwang, klang ihr noch in den Ohren. Aber die Frage hatte sie wütend gemacht. Ob Max davon wusste? *Es gibt nichts zu wissen. Es hat nichts mit Tendé Ndiaye zu tun. Ich mache einen Job. Für Max. Ende der Geschichte.*

»Sag mir nicht, dass du das anziehen willst?« Becky war schockiert. Amber wurde rot. Sie waren bei Selfridges.

»Was stimmt denn damit nicht?«, fragte Amber. Sie hatte den Eindruck gehabt, ihr Sinn für Mode hätte sich seit ihrem Aufenthalt in New York verbessert.

»Es ist lächerlich. Du bist fünfundzwanzig, nicht fünfundvierzig. Ehrlich, Amber.« Becky nahm ihr das langweilige Kleid weg und führte sie in einen anderen Gang. »Willst du, dass dieser Mann dich bemerkt oder nicht?«

»Ich hab nie gesagt …«, begann Amber aufgebracht.

»Das brauchst du auch nicht. Also, wie wär's mit ein paar Bikinis?«

»Ich werde dort *arbeiten,* Becky, es ist kein Urlaub.«

»Aber *damit* ist die Chance, seine Aufmerksamkeit zu erwecken«, sie deutete mit einer wegwerfenden Geste auf Ambers Garderobe, »ungefähr so groß, als würdest du einen Sack anhaben. Komm, zeig deine Figur. Die ist es immer noch wert, hergezeigt zu werden.«

47

Tendé stieg als einer der Ersten aus dem Flugzeug. Schnell ging er die Stufen zu dem wartenden Wagen hinunter und zog dabei seine Jacke aus. Selbst um halb acht Uhr abends war es noch glühend heiß.

»Bonsoir m'sieur«, begrüßte ihn sein Fahrer Majeed. Er nickte. Es war gut, wieder zu Hause zu sein. Diesmal war er fast einen Monat weg gewesen. Der Wagen glitt über das Flugfeld und tauchte kurz darauf in den Abendverkehr Richtung Zentrum ein. Als sie auf der Pont du Roi Fahd den schlammig braunen Niger überquerten, sah er aus dem Fenster auf die Stadt, die langsam zum Leben erwachte. Es war in der Mitte des Ramadan und ein paar Stunden zuvor war das Fasten gebrochen worden. Die Restaurants waren voll, und die Händler am Straßenrand verkauften kleine Plastikbehälter mit *riz au gras, to* und *saga-saga.* Sie bogen in die Avenue al-Quds ein und fuhren zu Tendés Haus in Hippodrome, nahe der Altstadt. Als der Wagen die beiden vertrauten Hotels Le Djenné und Relax passierte, begann Tendé sich zu entspannen. Sie fuhren durch Missira, an dem Stadion vorbei und bogen in seine Straße ein. Vor seinem mit einer Mauer geschützten Grundstück standen zwei bewaffnete Wachen. Eine von ihnen, ein neuer Rekrut, trat an den Wagen heran und sah herein.

»Vous cherchez«, fragte er, seine AK-47 wie eine Handtasche lässig über die Schulter gehängt.

»I t'ale don, noloman? – Erkennst du ihn nicht, du Idiot?«, schimpfte der Fahrer. Der Soldat sprang zurück, nahm Haltung an, winkte den Wagen mit großen Gesten durch und rief der anderen Wache zu: »Tor auf! Tor zu! Tür auf!« Als er aus-

stieg, musste Tendé lächeln. Er war wahrhaft wieder daheim. Die Luft war trocken, aber noch nicht staubig. Die Regenzeit war gerade vorbei. Einen Moment lang blieb er auf der Veranda stehen und sog den Duft des Jasmins ein, den seine Mutter gepflanzt hatte. Auf der Veranda, die über die ganze Länge des Bungalows verlief, standen große Blumentöpfe mit rotem und weißem Hibiskus, Jasmin und pinkfarbenen Rosen. Mandia brachte von ihren Europareisen gern Samen und Pflanzen mit. Wenn seine Mutter nicht wäre, dachte er, würde das Haus noch immer so aussehen wie vor fast einem Jahr, als er eingezogen war. Dank ihrer Bemühungen sah es jetzt wenigstens bewohnt aus. Er drückte die schwere Holztür auf, die beim Öffnen laut quietschte. Wahrscheinlich war sie seit Wochen nicht mehr benutzt worden. Lameen, sein Haus-Boy, der allerdings älter war als er selbst, lebte in der Wohnung auf der Rückseite des Hauses und sah jeden Tag nach dem Rechten. Tendé stellte seine Tasche ab und schaltete das Licht an. Er sah sich um. Ein hübscher, einfach möblierter Raum. Mandia hatte alle von der Regierung gestellten Möbel rausgeworfen, lange Batik-Vorhänge von der Elfenbeinküste aufgehängt und den Markt nach schönen Kolonialmöbeln aus Mahagoni durchkämmt.

Die Wachen hatten seine Koffer an die Tür gestellt. Lameen würde sie am Morgen auspacken und bis zum nächsten Abend würde alles gewaschen und gebügelt im Schrank hängen. Es war ein Junggesellenleben, das er führte. Und er mochte es so, trotz der inzwischen immer eindringlicheren Vorhaltungen seiner Mutter.

Um genau Viertel nach sieben am nächsten Morgen fuhr Majeed den Wagen vor und öffnete ihm die Tür. Er nahm seinen Aktenkoffer und setzte sich, noch immer mit seinen Papieren beschäftigt, auf den Rücksitz. Die Fahrt von hier bis zum Ministerium dauerte nur zwanzig Minuten. Er hatte einen langen Tag ohne Pause vor sich. Er strich sich übers Gesicht. Es war der erste Schritt, um das Projekt in Gang zu bringen. Max' Tochter, die Journalistin, sollte in den nächsten Wochen nach Bamako kommen, gleich nach Ende des Ramadans. Gut, dass es nicht die andere Tochter war, dachte er amüsiert. Bei der Party, die Max vor ein paar Jahren gegeben hatte, musste er sich praktisch von ihr losreißen. Er schnaubte verächtlich. Wenn irgendwas das Projekt zum Platzen bringen konnte, bevor es überhaupt in Gang gekommen war, dann alberne Affären mit Salls Töchtern. So war es nun mal mit den reichen Europäern, vor allem bei Männern wie Max. Nichts war unmöglich: geschäftliche Deals, Bestechungsgelder hier und dort, das Schmieren von Leuten – alles kein Problem. Aber ihre Töchter waren sakrosankt. Das war eine Regel, die Tendé in den zehn Jahren des Umgangs mit ihnen eingehalten hatte. Außerdem kam nicht das kleine Sexkätzchen in die Wüste, sondern die ernsthafte, ziemlich einschüchternde Tochter. Er konnte sich nicht mehr genau erinnern, wie sie aussah – groß, schlank, sehr kurzes Haar. Fast jungenhaft.

Der Wagen fuhr aufs Regierungsgelände. Eine uniformierte Wache sprang vor, sobald er hielt. Tendé stieg aus und rückte seine Krawatte zurecht. Er hatte sich entschlossen, heute einen Anzug zu tragen. Er müsste viel reden und Überzeugungsarbeit leisten und dabei seine Vertrautheit mit dem Westen und dem dortigen Geschäftsgebaren betonen. Zwar war es ihm immer ein wenig unbequem, zu Hause einen Anzug zu tragen – es war viel zu heiß dafür –, aber wenn er sich unbehaglich fühlte, war er am besten. Und wenn es je einen Tag gab, an dem er auf Draht sein musste, dann heute. Er durfte sich keinen einzigen Fehler erlauben. Es wären einige am Tisch, die es nicht ungern sähen, wenn der anmaßende junge Mann zu Fall käme. Und diesmal wäre sein Vater nicht zugegen, um ihm die Hindernisse aus dem Weg zu räumen. Diesmal war er auf sich allein gestellt. Er nahm seine Aktentasche und ging in die Eingangshalle.

48

Francesca war ausnahmsweise allein. Sie saß auf ihrem seidenbezogenen Sofa und griff nach einer Zigarette. Paola war mit ihren Freunden unterwegs und würde erst spät, wenn überhaupt, nach Hause kommen. Sie zündete die Zigarette an, atmete langsam aus und betrachtete ihre Nägel. Irgendetwas beunruhigte sie. Nein, nicht irgendetwas, sondern Max. Und Paola. Sie war jetzt fünfundvierzig, unverheiratet, ohne berufliche Karriere, und hatte eine Tochter zu erziehen, die immer mehr zu einem Problem wurde. Sie bekam sehr großzügigen Unterhalt von Max und hatte als eine der charmantesten Gastgeberinnen Roms ein recht ausgefülltes gesellschaftliches Leben – und das war's. Sie war sich durchaus bewusst, dass dies mehr war, als viele Frauen hatten, aber in letzter Zeit war sie mit sich und der Richtung, in der ihr Leben verlief, nicht recht zufrieden gewesen. Dafür gab es mehrere Gründe. Was sie am meisten belastete, hatte mit einer kleinen Szene auf der Verlobungsparty zu tun, die sie und Paola am Wochenende besucht hatten. Zuerst, als sie sich gemeinsam ankleideten und fertig machten, hatte sich alles als großer Spaß angelassen. Aber Francesca hatte am Tag zuvor ihre Haare schneiden lassen, eine kurze, schicke Pagenfrisur, zu der ihr Antònio, ihr geschätzter Friseur, geraten hatte. Ein bisschen asymmetrisch, die Spitzen nach außen statt nach innen geföhnt. Francesca war sich nicht ganz sicher gewesen. Sie fand, dass es sie älter machte, aber schließlich hatte sie es ausprobiert. Paola war ihrer Meinung gewesen – ein hübscher Schnitt, aber eine zu radikale Veränderung verglichen mit dem langen, glänzenden Haar, wie Francesca es immer getragen hatte.

Der Tag hatte also nicht gut angefangen. Sie war nervös wegen ihres Haars, und zu allem Übel hatte sie am Morgen auch noch einen Ausschlag bekommen. Vom Stress natürlich. Aber das half ihr auch nicht weiter. Als sie schließlich in den Wagen stiegen, wünschte Francesca sich, sie wäre zu Hause geblieben oder hätte einen Tag im Spa verbracht. Jedenfalls hatte sie keine Lust, sich von zwei Dutzend Augenpaaren kritisch mustern zu lassen. Die Gartenparty, auf die sie gingen, war das Verlobungsfest ihrer besten Freundin Maria Luisa. Ihr Liebhaber, der reiche Industrielle Giancarlo Gervase-Toscini, hatte zum Erstaunen aller schließlich das Richtige getan – er ließ sich nach dreißigjähriger Ehe scheiden und machte Maria Luisa einen Antrag. Sie war siebenundvierzig, zwei Jahre älter als Francesca, und plötzlich spielte sie in einer ganz anderen Liga. Francesca hatte so getan, als würde sie sich genauso freuen wie alle anderen – hatte den klotzigen Diamantring bewundert und über Brautkleid, Termine, Trauungsort und Kuchen geredet, bis ihr die Ohren wehtaten. Und dann kam der Satz: *Aber du wirst natürlich meine Brautjungfer, meine Ehrenjungfer, meine ich,* worauf Francesca unter Luisas mitleidigem Blick errötete.

Sie war sich nicht sicher, warum sie das gerade jetzt so aufregte. Sie war doch eigentlich besser dran. Sie war die Geliebte, nicht die Ehefrau: Sie bekam die gute Laune, nicht die schlechte. Max sah sie, wenn er sie sehen wollte, nicht wenn er musste. Und sie hatte ein Kind von ihm, was ihr Sicherheit gab. Doch als sie auf der Party mit einem der jungen Männer plauderte – nein, flirtete –, die bei Maria Luisas Partys immer zur Verfügung standen, sah er sie nicht an, sondern blickte an ihr vorbei, was sie hasste. Sie gab vor, von ihrem Martini zu trinken, und sah sich dabei diskret nach der Person um, die er gerade anstarrte. Fast hätte sie ihr Glas fallen lassen. Er starrte Paola an. Sie stand ganz in der Nähe und unterhielt sich – nein, flirtete – mit einem ähnlich attraktiven jungen Mann. Francesca spürte einen Stich. Konkurrierten sie und ihre Tochter um dieselben Männer? Sie stürzte den Rest ihres Drinks hinunter, ging weg und ließ Luigi, oder wie immer er hieß, erstaunt stehen.

Die Abenddämmerung begann, und das Licht nahm jene spezifisch goldene Färbung an, für die Rom so berühmt war. Die Ewige Stadt. Die letzten Strahlen fielen durch die schweren Damastvorhänge und zeichneten Streifen auf den Parkettboden. Aber in diesem Moment wollte Francesca nicht über Ewigkeit, Alter und das Leben nachdenken. Sie machte sich Sorgen um sich und Paola und die gedrückte Stimmung, die ihr plötzlich ihr Leben vergällte, das ihr bislang in fast jeder Hinsicht befriedigend erschienen war. Sie drückte die Zigarette aus. Sollte sie anfangen, ihre Situation ein wenig besser abzusichern? Aber wie sollte sie das machen? Nie war ihr in den Sinn gekommen, die Arrangements in Frage zu stellen, die Max für sie und Paola getroffen hatte. Was würde mit ihnen geschehen, wenn ihm etwas passierte? Das allzu offensichtliche Glück Maria Luisas vor Augen, verstand sie zum ersten Mal, wie prekär ihre Lage war. Solange sie noch schön und begehrenswert war, brauchte sie sich keine Sorgen zu machen, aber wenn dies alles verschwunden wäre, was dann? Jetzt verstand sie, dass die Ehe auch ein Vertrag war, und zwar einer, den Max ihr nie angeboten hatte. Ein Vertrag, der den Verlust von Schönheit und Leidenschaft überdauerte – all die Tricks, die sie zu ihrer Sicherheit kultiviert hatte. Die Ironie dabei war, dass Angela, die trunksüchtige Eiskönigin, all die Dinge für sich gesichert hatte, die für Francesca nicht erreichbar waren. Und zwar problemlos. Soweit sie wusste, hatte Angela seit fast zehn Jahren nicht mehr mit Max geschlafen. Aber Angela besaß etwas, was sie nicht vorweisen konnte – einen Stammbaum und Unmengen von Beziehungen, die Max wollte und brauchte. Und eine Mitgift. Und darauf lief es letztlich hinaus. Paolas kleine *Affäre* mit dem Prinzen, die so schlimm geendet hatte, war der Beweis dafür. Francesca Rossi, egal, wie schön und begehrenswert sie auch sein mochte, blieb immer Francesca Rossi aus Corvara, dem kleinen Bergdorf etwa fünfzig Kilometer von Pescara, mit etwa 790 Einwohnern, wovon mindestens 100 zu ihren Verwandten zählten. Jetzt sah sie ein, dass es für Paola nie anders sein würde. Zugegeben, sie war in vollkommen anderen Verhältnissen aufgewachsen – schönen Häusern und besten Schulen, die ihr allerdings nicht viel Gutes gebracht hatten –, mit allen Spielsachen, Kleidern und Schuhen, die sie sich nur wünschen konnte. Paola hatte alles, außer der Sicherheit, nach der sich Francesca jetzt so sehnte. Sie sah, dass ihre Tochter von ihr gelernt hatte, Max zu gefallen, hübsch und charmant und die Wonne eines Mannes zu sein. Ihr ganzes Leben hatte Paola damit zugebracht, Max' Aufmerksamkeit zu gewinnen, doch es war ihr nie ganz gelungen.

Zum ersten Mal in ihrem Leben betete Francesca, ihre Tochter würde nicht das tun, was sie getan hatte – sich mit dem Zweitbesten zufrieden zu geben. Auch wenn sie beide besser gestellt waren als die meisten Frauen. Sie stand auf und strich sich automatisch den Rock glatt. Wo Max wohl war? Seit fast einem Monat war er nicht mehr in Rom gewesen. Das war die andere Sache, die sie belastete: Sie wusste nicht genau, womit er sich gerade beschäftigte. Jedenfalls schienen ständige Reisen nach Afrika dafür erforderlich zu sein. Sie erschauderte. Was jemand, vor allem Max, in Afrika wollte, ging über ihren Verstand. Nichts als Hungersnöte, Kriege und schreckliche Giftschlangen. Das hatte sie im Fernsehen gesehen.

49

Madeleine saß gegenüber von Alasdair Laing und glaubte, ihr Herz würde zerspringen. Es war ihr zweites Dinner, und diesmal war nicht misszuverstehen, worum es sich handelte. Es war ein Rendezvous. Er hatte sie um ein Rendezvous gebeten. Daran war nichts Unrechtes, abgesehen von der Tatsache, dass er der Chef des Teams war, in dem sie arbeitete. Aber sie war keine Studentin mehr. Die Entscheidung, darauf einzugehen, lag ausschließlich bei ihr. Natürlich ging sie darauf ein. Als er sie fragte, war sie wie immer verlegen und nickte nur, plötzlich zu schüchtern, um zu sprechen. Und jetzt saß sie mit ihm in einem französischen Restaurant in der Nähe seiner Wohnung an einem kleinen Tisch. Den ganzen Abend hing eine unausgesprochene Frage in der Luft. Würde sie? Sollte sie? Sie beugte sich über ihren Teller, unfähig sich vorzustellen, was geschehen könnte.

Er war ein guter Zuhörer. Zum ersten Mal, seit sie nach England gekommen war, beantwortete sie bereitwillig Fragen nach ihrer Person, ihrer Kindheit und ihren Eltern. Fast hätte sie von Péter erzählt, hielt sich aber gerade noch rechtzeitig zurück. Nie hatte sie mit jemandem über ihn gesprochen. Niemand in ihrem neuen Leben wusste etwas über die Umstände seines Todes. Madeleine hatte diesen Teil ihres Lebens getilgt, und niemand sollte je davon erfahren. Sie wusste nicht einmal, ob sie es schaffen würde, seinen Namen laut auszusprechen. Es schien einfach nicht richtig zu sein, ihn vor einem Fremden wieder zum Leben zu erwecken. Aber das Seltsame war, dass Alasdair ihr überhaupt nicht wie ein Fremder vorkam. Nicht mehr. In den vergangenen Monaten war es ihr gelungen, den strengen Chirurgen von dem ruhigen, ernsten Mann zu trennen, der ihr aufmerksam zuhörte und dabei nie den Blick von ihr ließ.

»Was machen Ihre Eltern?«

»Meine Mutter ist Putzfrau, in Büros und Haushalten. Und mein Vater arbeitet in einer Fabrik.«

»Und früher?«

»Meine Mutter war Schriftstellerin. Sie schrieb Kinderbücher.« Sie lachte auf. »Und mein Vater hat auch in einer Fabrik gearbeitet, aber als Direktor eines Optik-Werks. Sie stellten Linsen für Mikroskope her. Kovacs. Sie haben vielleicht davon gehört.«

Alasdair nickte.

»Gefällt es ihnen in England?«

Madeleine zuckte die Achseln. »Ich glaube nicht, dass sie wirklich darüber nachdenken. Es war die Entscheidung meines Vaters, wegzugehen. Er hatte die Möglichkeit, also gingen sie. Sie haben sich nicht überlegt, wie es sein würde. Meine Mutter spricht nie darüber, zumindest nicht mit mir. Ich glaube, sie hasst es. Würde es Ihnen nicht genauso gehen?«

»Wahrscheinlich schon.«

»Aber warum reden wir immer über mich?«, fragte Madeleine plötzlich. Es stimmte. Alasdair sprach selten von sich.

»Weil Sie viel interessanter sind«, antwortete er mit einem schiefen Lächeln. Ihr wurde heiß.

»Sagen Sie das nicht.« Sie sah auf ihren leeren Teller.

»Warum nicht?«

»Weil es nicht stimmt. Ich komme mir nicht interessant vor, eher seltsam und manchmal ungeschickt und …«

»Warum?«

»Ich weiß nicht, warum.« Sie blickte auf. Sie wusste nicht, ob sie es über sich brachte, es zu sagen. Plötzlich stiegen ihr Tränen in die Augen. »Wird das eine dieser Geschichten, Sie wissen schon, die jeder kennt? Erfolgreicher älterer Mann sucht ein kleines Abenteuer mit einem jungen, dummen Mädchen? Sie kennen das doch. Und Sie wissen auch, wie es endet …«

»Bitte nicht.« Sie sah auf. Ein schmerzlicher Ausdruck lag auf seinem Gesicht. Langsam schüttelte er den Kopf. »Bitte«, sagte er erneut und griff nach ihrer Hand. Es war das erste

Mal, dass sie sich berührten. Madeleine spürte, wie langsam die Hitze aus ihrem Gesicht wich und in ihre Finger überging, die er mit den seinen umschlossen hielt. »Ich werde meine Frau nie verlassen, Madeleine. Nie. Ich weiß nicht, was ich hier mit Ihnen tue, und ich weiß nicht, worum ich bitte. Ich habe nie jemanden wie Sie kennen gelernt. Ich finde, Sie sind die außergewöhnlichste und mutigste Frau, die ich je getroffen habe.« Er holte langsam Luft. »Wenn Sie wollen, dass ich Sie in Ruhe lasse, werde ich das tun. Das hätte keinen Einfluss auf unsere berufliche Beziehung, in keinerlei Hinsicht. Das verspreche ich Ihnen, und, mein Gott, ich weiß nicht, was ich sonst sagen soll.« Er wandte sich ab, als würde er ihre Antwort nicht ertragen.

Sie erinnerte sich kaum mehr, was in den nächsten Minuten geschah. Lehnte sie ab? Stimmte sie zu? Sie wusste es nicht mehr. Beide begannen gleichzeitig zu sprechen, der Kellner tauchte auf, es folgte eine kurze Diskussion über die Rechnung, und dann stand sie mit einem Mal neben ihm, das Gesicht an das seine gedrückt, und er legte die Arme um sie. Ein kalter Windstoß schlug ihnen entgegen, als sie aus dem Restaurant traten, und dann küsste er sie. Sie spürte, wie er seinen Mantel um sie schlug, sie an sich drückte, und roch den Duft seines Rasierwassers, als sie sich an ihn schmiegte. Was immer sie in dem Restaurant auch hatte sagen wollen, nach dieser Berührung gab es kein Zurück mehr.

Es war unvergleichlich für sie. Die erste Berührung, die Wärme seines Munds, seine Zunge, die so fordernd und sicher den Weg in ihren Mund fand, die köstliche Nässe und der gleichzeitige Ansturm der Gefühle, dort unten. Sie keuchte, als hätte sie etwas gestochen. Er schien ihre Reaktion zu verstehen und vorauszuahnen – und als sie etwas anderes erwartete, folgte eine sanfte Umarmung, ein Kuss, leises Flüstern. Zu ihrem Erstaunen fand sie in sich einen geheimen Speicher der Emotionen. Sie kam lange vor ihm, was sie beide überraschte. Die Lust und das unglaubliche Glücksgefühl, das er in ihr auslöste, hielten noch lange an, nachdem er von ihrem Körper heruntergeglitten und sein heftiges Atmen verstummt war. In seinem

Arm, ihr langes blondes Haar über sie beide gebreitet, schlief sie zum ersten Mal in ihrem Leben neben einem Mann einen traumlosen, ruhigen Schlaf.

50

Amber wusste sofort Bescheid. Noch bevor Madeleine über den wundervollsten Moment ihres Lebens reden konnte, wusste Amber Bescheid.

»Du hast es getan, nicht wahr?«, sagte Amber nach nur einem Blick auf Madeleines ungewöhnlich strahlendes Gesicht.

»Was?«

»Frag nicht so dumm! Du hast mit ihm geschlafen, oder?«

Becky riss den Kopf hoch. »Mit wem geschlafen?«

»Oh! Bitte, müssen wir darüber reden?« Madeleine war es peinlich.

»Willst du dich lustig machen über uns? Klar wird *jetzt* darüber gesprochen.« Amber und Becky stützten das Kinn auf und sahen über den Küchentisch hinweg auf die sich windende Madeleine. Sie wandte den Blick ab, und ein träumerischer Ausdruck huschte über ihr Gesicht. Amber und Becky sahen sich grinsend an. »Na los, Szabo. Raus mit den Einzelheiten«, befahl Amber streng.

Später, als Becky widerstrebend gegangen war, um sich mit Charlie an der Waterloo-Station zu treffen, stellte ihr Amber die Frage, vor der sie sich schon den ganzen Abend gefürchtet hatte.

»Und seine Frau? Was sagt er über sie?«

»Ach, Amber, ich weiß nicht. Er redet nicht über sie. Er hat mir gleich zu Anfang gesagt, dass er sie nicht verlassen wird. Sie haben einen zehnjährigen Sohn. Ich weiß nicht, wie sie heißt, ich weiß überhaupt nichts über sie, außer, dass sie krank ist und in Edinburgh lebt. Verrückt, nicht?«

»Was?«

»Nun, ich hab sie vielleicht gesehen, als ich dort war. Auf der Straße, in einem Café. Man kann nie wissen.«

»Nein, das kann man nicht, und manchmal ist es auch besser so.« Amber hielt inne. Was konnte sie Madeleine sagen? Lass dich nicht auf einen verheirateten Mann ein? Weil du verletzt werden wirst? Das musste nicht immer so sein. Man brauchte sich bloß Max und Francesca anzusehen: absolut glücklich, absolut zufrieden. Nun, da sie älter war, musste sie gestehen, dass sie eine gewisse Bewunderung empfand für Francescas Art, ihr Leben zu organisieren. Angela hätte sich sicher nicht so bereitwillig damit abgefunden, die zweite Geige zu spielen – und ein Kind allein aufzuziehen. Nie hatte sie sich gefragt, wie sich Francesca und Paola als Max' illegitime Familie fühlten. Nicht dass es ein Vergnügen wäre, zur »richtigen« Familie zu gehören. Aber wenn sie jetzt ihre Freundin ansah und zum ersten Mal hinter dem sonst finsteren Gesicht die wirkliche, strahlende und sinnliche Madeleine entdeckte – was sollte so schlimm daran sein? »Du magst ihn, nicht wahr?«, fragte sie.

»Ja«, antwortete Madeleine schlicht. »Ja, das tue ich.«

Später am Abend, nachdem Madeleine gegangen war, sah Amber auf den offenen Koffer am Wohnzimmerboden und spürte, wie sie ein leichter Schauer überlief. Es war verrückt, in die Mitte von Afrika zu fliegen, um einen Artikel über ein Thema zu schreiben, von dem sie keine Ahnung hatte. Stimmt nicht, korrigierte sie sich schnell. Inzwischen wusste sie mehr über Salz, als sie je für möglich gehalten hätte. Dennoch, sechstausend Meilen weit zu fliegen, um bei einem Mann zu wohnen, den sie nur zwei Mal getroffen hatte – das war wirklich eine von Max' abwegigsten Ideen. Außerdem, korrigierte sie sich erneut, würde sie nicht bei Tendé Ndiaye wohnen, sondern in einem Gästehaus auf dem Anwesen seiner Eltern. Und wenn sie ehrlich war, musste sie zugeben, dass sie darüber sogar ein bisschen enttäuscht war. Aber wirkliche Ehrlichkeit hätte bedeutet, sich überhaupt den wahren Grund für ihre Reise nach Mali einzugestehen. Natürlich tat sie es für Max. Es war das erste Mal, dass er sie um einen Gefallen gebeten hatte, und den wollte sie ihm natürlich nicht abschlagen. Aber bei Tendés Namen hatte sie wieder dasselbe leichte Kribbeln gespürt. Sie wollte ihn wiedersehen. Max' Vorschlag schien ihr gerade recht zu kommen.

Sie stand auf und ging zum Fenster hinüber. Von ihrer Wohnung im obersten Stockwerk konnte sie über den Canonbury Square bis zur Upper Street hinauf sehen. Sie liebte ihre kleine Wohnung, obwohl die fünf Treppen sie manchmal zum Stöhnen brachten. Max hatte sie für sie gekauft, nachdem sie aus New York zurückgekommen war. Als Examensgeschenk, wie er es nannte. Oft fühlte sie sich schuldig, wenn sie an ihre Freunde und Kollegen dachte und sah, wie fern von all dem Druck, den die anderen auszuhalten hatten, ihr eigenes Leben verlief: Miete, Hypotheken, Rechnungen, die alltäglichen Geldnöte, die sich kurz vor Ende des Monats zu einem bedrückenden Berg anhäuften. Bei Becky konnte sie das ständig beobachten, obwohl es für Amber ein Rätsel war, warum sie sich so große Sorgen machte. Sie hatte doch Charlie, der sich ihrer eigenen Aussage nach um all diese unangenehmen Dinge kümmerte.

Ambers Wohnung hatte genau die richtige Größe für sie – zwei Schlafzimmer, ein hübsches, sonniges Wohnzimmer, dazu Küche und Bad, beide kürzlich renoviert. Zusätzlich lag sie neben der Wohnung, in der George Orwell *1984* und einige andere Klassiker geschrieben hatte – das stand auf einer glänzenden Plakette an der Hauswand zu lesen. Max erklärte ihr, dass der frühere Besitzer seit den Sechzigerjahren nichts mehr an der Wohnung getan hatte, und trug seiner Innenarchitektin auf, die Wohnung zu renovieren, bevor Amber einzog. Glücklicherweise schafften Amber und sie es, sich auf Farben, Stoffe und Teppiche zu einigen, bevor Max' strenger, düsterer Geschmack alles dominierte. Das Resultat war ein warmes, verspieltes Zuhause mit einer Sammlung seltsamer und zuweilen sehr schöner Dinge. Der Schrank aus dem Kurzwarengeschäft etwa, in dem sie ihr Geschirr aufbewahrte. Sie und Henry hatten ihn in Trincham, in der Nähe des Hauses seiner Eltern, bei einem Ramschverkauf gefunden. Sie hielt einen Moment inne. Henry. Seit Ewigkeiten hatte sie nicht mehr an ihn gedacht. Seltsam, wie jemand, der einmal das Zentrum des eigenen Lebens gewesen war, so vollkommen daraus verschwinden konnte. Sie hatten sich doch so nahe gestanden. Aber diese

Nähe war über Nacht wie weggewischt. Als sie die Worte sagte: »Ich glaube nicht, dass ich bereit dafür bin«, war es aus gewesen. Damals war sie dankbar – die Kuscheligkeit ihrer Beziehung erstickte sie. Aber gelegentlich fragte sie sich, was aus ihm geworden war. Becky hatte ihn vor ein paar Jahren zufällig getroffen. Er arbeite in einer Bank oder dergleichen, sagte sie. Amber zog die Augenbrauen hoch. Das hörte sich so gar nicht nach Henry an. Andererseits kannte sie ihn nicht so gut. Nicht mehr.

Seitdem hatte sie ein paar Beziehungen gehabt. Nette, harmlose junge Männer, Henry ziemlich ähnlich. Obwohl er seltsamerweise nicht der war, als der er erschien. Es hatte eine Weile gedauert, bis er es ihr »gestand«. Sie war ein wenig überrascht gewesen – warum hielt er es für ein »Geständnis«? Also war er kein Engländer. Na und? Warum war das so wichtig? Doch je näher sie ihn kennen lernte, desto mehr wurde ihr bewusst, dass es Dinge aus seiner Kindheit in Simbabwe gab, von denen er sich nie vollkommen lösen konnte. Als er ihr sagte, dass er nicht aus Trincham komme und an einem Ort aufgewachsen sei, so anders wie ein anderer Planet, war ihr nicht klar, wie sie seiner Erwartung nach darauf reagieren sollte. Offensichtlich wollte er ihr sagen, dass er etwas verloren hatte und nie mehr zurückgehen konnte, aber für Amber ergab das einfach keinen Sinn. Was machte es schon aus, wenn seine Eltern das Land verlassen hatten? Wenn sie mit den Veränderungen dort nicht einverstanden waren?

»Nein, du verstehst nicht«, sagte Henry, während sich sein Blick verdüsterte. »Es geht nicht um *sie.* Es geht um mich.«

»Ähm, ja, aber ich versteh immer noch nicht. *Was* ist mit dir?« Aber Henry konnte es nicht erklären. Amber vermutete, dass er es selbst nicht wusste. Sie wusste, dass er in einer kleinen Stadt namens Makuti an der Grenze zu Sambia aufgewachsen war und ein Internat in Salisbury besucht hatte – eine sehr vornehme, pseudo-englische Schule namens Prinz Edward Academy ausschließlich für weiße Jungen – und dass auf dieser Schule etwas passiert war, das ihn veranlasste, alles in Frage zu stellen, was er bis dahin von der Welt und seinem Platz darin zu wissen glaubte. Und dass sich seine Eltern entschlossen hatten, »nach Hause« zu gehen, bevor er die Möglichkeit hatte, seine neue Lage ganz zu begreifen.

»Verstehst du nicht? Es war mein Zuhause. Ist es immer noch.« Manchmal trieb er sie fast zum Wahnsinn mit seiner unerklärlichen Sehnsucht, irgendwohin zu gehören. Für Amber war der Begriff »zu Hause« ein sehr widersprüchlicher Begriff – Holland Park mit Angela, die sie nie »Mum« nennen konnte? Ein Wohnort von Montag bis Freitag mit Max? Menorca mit dem Personal und der ständigen Bedrohung, dass Francesca auftauchte? Amber dachte tatsächlich, dass man besser dran war, *kein* Zuhause zu haben, oder zumindest favorisierte sie eine flexiblere Interpretation des Begriffs. Henry stimmte ihr nicht zu. Für jemanden wie Max sei das in Ordnung. Max sei stark und mache seine eigenen Regeln. Henry verehrte Max wie ein Idol. Sie wusste, dass Max Henrys Vorstellungen von einem Vater viel näher kam als der verbitterte Bankvorsteher, der sich nie ganz von dem Schock erholt hatte, Afrika verlassen zu müssen. Henry nannte das seinen *bwana-Komplex*. Sein Vater war auf der Farm aufgewachsen, auf der Henry geboren wurde, auf Avonlea – *Kannst du dir das vorstellen, Amber? Mitten in Afrika. Avonlea?* –, und hatte sich dort als Herr über alles gefühlt. Er war ein *bwana* – ein Herr –, noch bevor er laufen konnte. Das war das Privileg eines jeden weißen Kindes in Cecil Rhodes' Land.

»Und warum ist das ein Komplex?«

»Weil ihn niemand in Trincham ›Herr‹ nennt. Da ist er wie jeder andere auch. Niemand rennt ihm nach und macht etwas, nur weil er es ihm befiehlt. Nein, dort muss er sich seine Position hart erarbeiten.«

»Dann solltest du dich doch freuen. Das ist doch sicher die bessere Lebensform als die andere?«

»Das wäre es, wenn er es nur könnte. Aber er kann's nicht. Er hasst es, jeden Morgen aufzustehen und selbst zur Bank zu fahren. Er hasst es, Leuten Bericht erstatten zu müssen, die halb so alt sind wie er, und vor allem hasst er es, dass es zu Hause niemanden gibt, den er schikanieren und anbrüllen kann.« Amber schwieg. »Ich hasse ihn.« Henry drehte sich auf den Rücken und starrte an die Decke. »Ich hasse sie beide.«

Was war mit ihnen passiert, fragte sie sich. Was war mit Henry geschehen? Plötzlich wünschte sie sich, sie könnte ihn anrufen und sagen: »Rate mal. Rate, wo ich hinfahre?« Er wäre neidisch, dachte sie und lächelte matt. Wie oft hatte er nicht gesagt: »Ich möchte dich dort hinbringen, dir zeigen, woher ich komme.« Damals war sie achselzuckend darüber hinweggegangen. Für sie kam Henry aus England, aus London. Wo er früher war, zählte für sie nicht. Es war ihr nie gelungen, ihn als Afrikaner zu sehen – es kam ihr albern vor. Was wohl Tendé von ihm halten würde? Oder Henry von Tendé? Bei dem Gedanken an ihn spürte sie ein Kribbeln im Bauch. Noch drei Tage. Schluss damit, ermahnte sie sich streng. Schluss.

51

»Was soll das heißen, du weißt nicht, wo er ist?« Max sah seine Frau wütend an.

»Nun, ich weiß es nicht. Tut mir Leid. Ich hab ihn letzte Woche gesehen, glaube ich.« Angela war unsicher und ihre Stimme bereits schrill.

»Letzte Woche? Du lebst doch mit ihm im selben Haus!«

»Er muss sich nicht jedes Mal bei mir melden, wenn er kommt oder geht«, sagte sie ärgerlich.

»Vielleicht sollte er das aber«, sagte Max gereizt. »Eine *Woche?* In einer Woche kann alles Mögliche passieren.«

»Was denn? Er ist doch kein Kind mehr, Max.«

»Ach wirklich? Aber er verhält sich wie eines – und du behandelst ihn wie eines!«

»Das tue ich nicht.« Angela protestierte mit zitternder Unterlippe. Es war das alte Lied. Max hatte sie schon immer für Kierans Schwächen verantwortlich gemacht. *Du verziehst ihn,* schrie er sie immer wieder an.

»Komm mir nicht wieder mit diesem Mist, Angela. Dafür hab ich weder Zeit noch Lust. Ich möchte, dass du rausfindest, wo er ist, was er tut, und warum er nicht nach Hause kommt. Wenn ich diesen faulen Strick und seinen erbärmlichen Lebensstil schon finanziere, möchte ich wenigstens wissen, wo er ist. Ist das klar?« Max funkelte sie zornig an. Angela sah zu Boden. Die Verachtung in seinem Blick war zu viel für sie.

Die Tür schlug zu, und Max war fort. Sie sank auf den Diwan und vergrub das Gesicht in den Händen. So konnte sie nicht weitermachen. Anfangs war es schön, Kieran immer zu Hause zu haben – Amber hatte so viel mit ihrem Studium und ihrem Job zu tun, und außerdem waren sie nie wirklich gut miteinander ausgekommen, selbst als sie noch klein war. Kieran war ihr Liebling, und Amber hatte genau wie Max immer deutlich gemacht, wie wenig sie von ihrer Mutter hielt. Es stimmte, Kieran hatte ein paar Mal ordentlich über die Stränge geschlagen, aber das waren Jugendsünden; dummes Zeug, wie es Teenagern ständig passierte. Obwohl der Diebstahl von annähernd 15000 Pfund von Max' Konto, die er für irgendwelche Drogen verwendete, den Ausdruck »über die Stränge schlagen« vielleicht ein bisschen überstrapazierte. Aber alle Kinder machten die Pubertät durch. Bei Kieran hatte sie eben ein bisschen länger gedauert, das war alles. Auf jeden Fall war kein schrecklicher Streit mit Max nötig, der ihm mit verächtlicher Stimme erklärte, er solle endlich etwas Richtiges anfangen oder abhauen. Kein Kind verdiente so etwas, dachte Angela unter Tränen.

Es klopfte. Sie setzte sich auf, wischte sich das Gesicht ab und drehte sich um.

»Wer ist da?«, rief sie.

»Ich, Ma'am. Siobhan. Soll ich später wiederkommen?«

»Nein, schon gut, Siobhan. Komm rein.« Es war lächerlich. Siobhan hatte sie schon in übelster Verfassung gesehen, als sie wie ein Kind auf dem Boden herumkroch, unfähig oder unwillig, aufzustehen, sich die Zähne zu putzen, zu kämmen und anzuziehen. In den letzten Monaten hatte sie oft ihre Hand gehalten, ihr einen Drink gebracht, ihr eine Tablette in den Mund gesteckt und versprochen, dass sie den Tag überstehen würde, nüchtern oder nicht. Und dennoch sprach sie Angela als »Ma'am« an, auf Grund der albernen Förmlichkeit zwischen Bediensteten und Herrschaft, auf der Max bestand. Es war wirklich lächerlich. Siobhan stand ihr vermutlich näher als irgendjemand sonst, einschließlich ihrer Kinder. *Und wessen*

Schuld ist das?, hatte Max gebrüllt, als sie das letzte Mal darauf zu sprechen kam. Erneut wischte sie sich das Gesicht ab und versuchte zu lächeln.

»Geht's Ihnen gut, Ma'am?«, fragte Siobhan vorsichtig. Angela nickte.

»Mir geht's gut. Könnte ich vielleicht …?«

»Ich hab Ihnen etwas mitgebracht, Ma'am.« Siobhan trat mit dem Tablett näher. Tee, mit Butter bestrichenes Gebäck und ein großes Glas Wein. Angela seufzte und nickte dankbar.

»Danke, Siobhan. Du bist ein Engel.« Sie trank einen großen Schluck Wein. »Oh, und Siobhan«, sie hielt inne, weil ihr ein Tropfen übers Kinn lief, den sie schnell abwischte. »Ich muss heute Abend ausgehen. Irgendeine Wohltätigkeitsveranstaltung, die ich nicht absagen kann. Wärst du so nett und würdest mir helfen, mich anzuziehen?«

»Natürlich, Ma'am. Soll ich ein Bad einlaufen lassen?«

»Bitte. Das wäre schön.« Angela stürzte den Rest des Glases hinunter. Der Tee und das Gebäck blieben unangetastet stehen. »Und würdest du mein silbernes Dior-Kleid rauslegen? Es hängt auf der zweiten Stange im Ankleidezimmer. Das glitzernde, lange. Dazu trage ich die silbernen Sandalen, du weißt schon, die mit den Diamanten drauf.« Sie zögerte einen Moment.

»Natürlich, ich hole es, während Sie baden.« Siobhan nahm das Tablett und das leere Glas. »Ich sehe nach, ob es gebügelt werden muss, und leg es dann aufs Bett.«

»Danke, Siobhan.«

Eine halbe Stunde später sah Angela auf das Kleid auf dem Bett und runzelte die Stirn. Es war das falsche. Siobhan hatte ein langes weißes Kleid – sie sah auf das Etikett – von Valentino gebracht. Sie konnte sich nicht einmal mehr erinnern, dass sie es gekauft hatte. Sie zog den Morgenmantel enger um sich und öffnete die Tür. Ihr Ankleideraum lag direkt neben ihrem eigenen Salon. Ursprünglich hatte sie einen begehbaren Kleiderschrank neben ihrem Schlafzimmer gehabt, doch als der Umfang ihrer Garderobe immer größer wurde, fanden dort die Unmengen Kleider, Schuhe, Pelze, Hüte und anderen

Dinge, für die Angela Massen von Geld ausgab, keinen Platz mehr. Sie öffnete die Tür und ging hinein. Drei Garderobenstangen reichten über die ganze Länge des Raums. Sie ging zur zweiten und suchte die Kleiderbügel durch, aber dort war kein silbernes Kleid. Sie war ganz sicher, dass sie es neben die grüngoldene Dior-Robe gehängt hatte. Sie schüttelte den Kopf. Der Raum war voller Kleider in Plastikhüllen, an manchen baumelte noch das Preisschild. Sie würde Stunden brauchen, es zu finden. Na schön, das weiße Kleid war auch gut. Sie drehte das Licht aus und ging in ihren Salon zurück.

Siobhan wartete bereits mit dem Föhn und einer Flasche ihres Lieblingsparfüms. Angela setzte sich vor den Spiegel und ließ sich von Siobhans geschickten Händen frisieren und schminken.

»Und noch etwas, Siobhan. Ich glaube, ich habe gerade Kieran kommen hören. Würdest du ihm sagen, dass sein Vater nach ihm sucht? Sag ihm, dass er heute Abend nicht ausgehen soll.« Siobhan nickte.

»Natürlich, Ma'am.«

»Auch wenn Max selbst nicht daheim sein wird«, fügte sie murmelnd hinzu. Sie drehte sich um und ging ein wenig unsicher die Treppe hinunter. Clive wartete an der Tür auf sie. Sie warf noch einen prüfenden Blick in den Spiegel und trat hinaus. Die Eingangstür zu schließen vergaß sie völlig.

Siobhan ging ebenfalls hinunter und schloss die Tür. Sie hatte Mrs Salls Haare schön frisiert, dachte sie, als sie Angela anmutig auf den Rücksitz des Jaguars gleiten sah. Sie warf einen Blick auf die Wanduhr – Viertel nach acht. Mr Sall würde heute Abend nicht heimkommen, das hatte ihr Mrs Dewhurst bereits gesagt. Die Küche und das Wohnzimmer waren makellos sauber, also gab es unten nichts mehr für sie zu tun. Sie horchte einen Moment – nein, Mrs Dewhurst war schon heimgegangen. Schnell ging sie in die Küche, schloss die Speisekammer auf und drehte das Licht an. Dann ging sie in den hinteren Teil der Kammer, wo Hunderte von Flaschen bis zur Decke gestapelt waren und zusätzlich in noch ungeöffneten Kisten auf dem Boden standen. Sie riss einen Deckel auf und zog eine Flasche 1990 Châteauneuf-du-Pape heraus. Siobhan wusste sehr wenig über Wein. Sie stammte aus einem kleinen Dorf bei Dublin und kannte sich besser mit Whisky aus. Diese Flasche schien ein älterer Jahrgang zu sein; sowohl auf der Kiste als auch auf der Flasche lag Staub. Er sollte gut sein. Sie zog ein bisschen Stroh heraus und füllte die Mulde, in der die Flasche gelegen hatte, damit aus. Wenn es jemand bemerken würde, würde man annehmen, es sei Angela gewesen. Mit der Flasche unter ihrer Jacke versteckt, eilte sie in ihr Zimmer.

Voller Vorfreude auf einen Fernsehabend mit einer guten Flasche Wein steckte sie den Schlüssel ins Schloss. Es war nicht abgesperrt. Hatte sie vergessen, die Tür zu verschließen? Sie wurde schon genauso vergesslich wie Angela. Mit einem kurzen Lachen machte sie auf. »Was zum …!« Fast hätte sie vor Schreck der Schlag getroffen. »Wie sind Sie hier reingekommen? Was machen Sie hier?« Sie starrte Kieran an, der ruhig auf ihrem Bett saß und rauchte. Ihre Augen weiteten sich vor Angst, als sie bemerkte, worauf er saß. Auf Kleidern. Angelas Kleidern, um genau zu sein.

»Das Gleiche könnte ich dich fragen«, antwortete Kieran und kniff die Augen zusammen. »Hat dir meine Mutter das auch gegeben?« Er deutete mit der Zigarette auf die Weinflasche. Siobhan stand wie angewurzelt in der Tür. »Hat's dir die Sprache verschlagen?«, fragte er mit einem hinterhältigen Lächeln.

»Ich hab bloß … Ich wollte sie bloß in die Reinigung bringen«, stammelte sie. Hatte er …?

»Das auch?«, fragte er und öffnete die Hand. Angelas Diamant- und Saphirohrringe lagen darin. »Und das?« Er deutete auf ein Diamantkollier mit passenden Ohrringen in einer schwarzen Samtschatulle. Siobhan sah zu Boden. Sie war auf frischer Tat ertappt worden. Beide schwiegen einen Moment.

»Es tut mir Leid. Ich wollte bloß …«, begann sie wirr. Wie zum Teufel sollte sie sich hier rausreden? Wenn Kieran die Polizei rief, was er anscheinend vorhatte, würde alles rauskommen. Es wäre das dritte Mal, dass sie beim Stehlen von ihren Arbeitgebern erwischt worden wäre – sie hatte es zwar geschafft, für Mrs Dewhurst ein paar Zeugnisse zu fälschen, aber die Polizei könnte sie damit nicht reinlegen. »Mein Gott, Kieran, sagen Sie Ihrer Mum nichts; es tut mir wirklich Leid; ich weiß nicht, was über mich gekommen ist; bitte sagen Sie Mrs Sall nichts!«

»Halt dein verdammtes Maul«, fuhr er sie kalt an. Er stand auf und trat auf sie zu. Einen schrecklichen Moment lang glaubte sie, er wolle sie schlagen. Sie duckte sich und ließ den Wein fallen, der mit dumpfem Ton auf den Teppich fiel. Er packte sie an der Schulter und drückte sie grob nach unten. Sie kniete auf dem Teppich, sah zu ihm auf, und langsam dämmerte ihr, was er von ihr wollte. Sie zögerte einen Moment, dann griff sie hinauf und begann seine Hose zu öffnen. Er lachte. »Da drüben. Ich möchte sitzen, während du es tust.« Er ging zu einem Stuhl in der Ecke. »Ich sag nichts, wenn du nichts sagst«, stieß er hervor und strich sich durchs Haar. »Und ich werde dir zeigen, wo du das Zeug verkaufen kannst.«

Sie war gut. In ein paar Sekunden war es vorbei. Kieran schloss die Augen, als er kam, und hielt sich an ihrem Kopf fest. Sie hatte langes, lockiges schwarzes Haar, das sie gewöhnlich hochgesteckt trug. Er mochte den Anblick seiner Hände, die sich darin vergruben. Er zog sich zurück und beobachtete, wie sie sich mit dem Handrücken den Mund abwischte. Sie hatte geschluckt, was ihm ebenfalls gefiel. Noch immer hielt er die Ohrringe in der Hand.

»Ich komme morgen wieder. Wenn du nett zu mir bist, sag ich dir, wo du den besten Preis kriegst.« Sie schwieg. »Wenn nicht, geb ich die hier zurück und lass Max wissen, wo ich sie gefunden hab.«

»Ich bin da«, sagte sie tonlos. »Bitte sagen Sie Mrs Sall nichts. Die Kleider bringe ich morgen zurück.«

»Nein, behalt sie. Wie gesagt, es ist unser Geheimnis.« Kieran zog den Reißverschluss hoch. »Und wenn du schon ihre Kleider klaust, dann nimm wenigstens die, die sie noch nicht getragen hat. Die kannst du in den Laden zurückbringen.« Er stand auf und ging hinaus. Genau wie Angela ließ er die Tür hinter sich offen stehen.

Er ging nach unten und summte leise vor sich hin. Seit Ewigkeiten hatte er keinen Sex mehr gehabt, auch keinen oralen. Es hatte Spaß gemacht. Allerdings ein komisches Mädchen. Ganz hübsch, aber zu ruhig für seinen Geschmack. Man wusste nicht, was in ihr vorging, und dieses Lächeln – verdammt mitleidlos. Wer sie wohl eingestellt hatte? Und sie war dumm. Ständig bat sie ihn, Angela nichts zu erzählen. Wenn sie ein bisschen Grips hätte, hätte sie sich vor Max gefürchtet. Max hätte die Polizei gerufen und sie rausgeschmissen, Angela nicht. Angela würde sich wahrscheinlich gar nicht erinnern, welchen Schmuck sie besaß und wie viele Kleider sie gekauft hatte. Komisch.

52

Der Himmel über Bamako war violett, eine düstere dunkle Wolkenmasse hing tief am Horizont, und gelegentlich fegten kühle, trockene Windböen durch die Stadt. Es herrschte Regenzeit, und der Fluss war zu schmutzigen, grau-gelben Fluten angeschwollen. In der bescheidenen Ankunftshalle wartete ein Mann auf sie, der ein handgeschriebenes Schild hochhielt. *Madame Amber Sall.* Sie winkte ihm zu.

»Hallo«, sagte sie lächelnd. »Danke, dass Sie mich abholen. Es ist ein bisschen chaotisch hier!« Der große schlanke Mann starrte unbewegt auf sie hinab.

»Par ici, Madame.« Er wies ihr den Weg und schnippte laut mit den Fingern, was ihm sofort die Aufmerksamkeit von einem halben Dutzend Jungen eintrug, die um die angekommenen Fluggäste schwärmten. Natürlich sprach man hier Französisch. Amber hätte sich ohrfeigen können. Er rief etwas, und ein kleiner Junge in einem T-Shirt mit Playboy-Bunny-Aufdruck sprang grinsend vor. Er nahm Ambers Koffer und folgte unter den neidischen Blicken seiner Freunde dem großen Mann und *la blanche* nach draußen. Die Luftfeuchtigkeit war drückend, trotz des bevorstehenden Regens. Dieudonné, wie er unglaublicherweise hieß, erklärte ihr, dass sie jetzt zum Haus des Ministers fuhren. Am Tag darauf solle sie nach Timbuktu fliegen und von dort aus weiter nach Téghaza fahren.

»Und wie lange wird das dauern? Nach Téghaza, meine ich?«

»Manchmal zwei, manchmal vier Tage.« Dieudonné zuckte die Achseln. Offensichtlich war Zeit für ihn nicht wichtig. Amber runzelte die Stirn. Max hatte gesagt, sie wäre zehn Tage unterwegs. Wenn sie schon vier Tage brauchte, um an den verdammten Ort zu kommen, und vier Tage wieder zurück …

»Und Tendé? M'sieur Ndiaye? Ist er hier in Bamako?«

»*Non.* M'sieur Tendé ist in Téghaza. *Il est déjà parti.*«

»Oh.«

Sie saß im Fond des klimatisierten Mercedes, während draußen Bamako vorbeiflog. Sie überquerten den grauen schlammigen Fluss und bogen in die offensichtlich reicheren Vororte ein. Hier gab es im Gegensatz zu der ausgedörrten Gegend um den Flughafen mit den vielen Baustellen überraschend viel Grün. Es gab mächtige dunkelgrüne Bäume, schlanke Palmen, Bougainvillea-Ranken in grell leuchtenden Farben und breit ausladende Tulpenbäume. Bunte, handgemalte Schilder an jeder Kreuzung wiesen die Richtung zur *Résidence de l'Ambassade* oder zum *Salon de Beauté de Aminata.* Sie hielten vor einer hohen weißen Mauer, die oben mit Stacheldraht bewehrt war. Ein uniformierter Wachmann nahm Haltung an, als die Tore leise aufschwangen. Knirschend fuhr der Wagen über den Kiesweg und kam unter dem Garagendach eines großen Hauses mit blendend weißen Mauern, tief zurückversetzter Veranda und dunklen, moosgrünen Fensterläden zum Stehen.

Ein Dienstmädchen und ein Junge in Kaki-Shorts und Hemd erwarteten sie in steifer Haltung, als Dieudonné ihr die Wagentür öffnete. Auf einen scharfen Befehl von ihm nahm der Junge ihr Gepäck aus dem Kofferraum. Durch ein Labyrinth abgedunkelter kühler Räume, über einen Hof und mehrere Korridore entlang gelangten sie schließlich vor eine hohe geschnitzte Tür. Der Raum dahinter war groß, sparsam möbliert und in Ambers Augen die reinste Oase. Der Junge legte ihren Koffer auf eine Bank am Fußende des Betts und zog sich mit dem Dienstmädchen schweigend zurück.

Amber sah sich um. Der Raum war wunderschön – hellgrüne Wände, dunkler glänzender Boden und ein paar Möbel aus der Kolonialzeit. Ein breites Bett mit einem abstrakt gemusterten Überwurf in Grün-, Rost- und Brauntönen, ein kleiner Schreibtisch in der Ecke und zwei weiße geflochtene Sessel mit demselben Bezug wie der Bettüberwurf. Durch die fast raumhohen Fenster sah man hinaus auf die breite Veranda mit vielen Pflanzen in Terrakotta-Töpfen. Wer immer für die Einrichtung in Madame Ndiayes Haus verantwortlich war, hatte einen sehr guten Geschmack. Sie sah auf ihre Uhr. Es war sechs Uhr abends. Fast im gleichen Moment erklang der Ruf des Muezzins. Draußen im Hof konnte sie Leute hören. Es war Zeit für eine Dusche und eine Ruhepause – sie hatte keine Ahnung, wer im Haus war oder was für den Abend geplant war. Tatsächlich wusste sie so gut wie gar nichts, außer der enttäuschenden Tatsache, dass sich Tendé ein paar Tagesreisen entfernt von ihr aufhielt. Sie hatte auch Hunger, aber in dem Raum gab es nichts zu essen, und sie war sich nicht sicher, ob sie sich in dem weitläufigen Haus zurechtfinden würde, um jemand zu finden und um Essen zu bitten. Eine halbe Stunde später spülte sie sich das Shampoo aus dem Haar und ging zum Bett hinüber. Sie war erschöpft. Die Nacht zuvor hatte sie kein Auge zugetan.

Nackt legte sie sich auf die Laken, lauschte den Geräuschen der Leute, die draußen herumgingen, und den Zikaden, die ihr abendliches Konzert begannen. Dann brach schnell die Nacht herein, das Licht erstarb fast mit einem Schlag. Sie lag auf dem Rücken und genoss die tropische Hitze, die sie einhüllte. Schon halb benommen, dachte sie noch daran, den Wecker zu stellen, bevor die Müdigkeit sie gänzlich übermannte und sie in einen tiefen, traumlosen Schlaf fiel.

Am nächsten Morgen wurde sie vom ersten Gebetsruf aus dem Schlaf gerissen. Es war halb sechs, sie hatte fast zwölf Stunden geschlafen. Draußen dämmerte es, durch die Läden fielen schwache Lichtstrahlen herein. Um acht würden sie zum Flughafen fahren, hatte Dieudonné gesagt. Sie würde nach Timbuktu fliegen und von dort mit einem Jeep nach Téghaza fahren. Im langsam heller werdenden Tageslicht lag sie da und fragte sich, worauf um alles in der Welt sie sich eingelassen hatte. Plötzlich kam ihr die Reise, die ihr in London als eine verrückte, aber im Kern *aufregende* Sache erschienen war, wie ein Albtraum vor. Sie wollte zurück in die Sicherheit und Anonymität ihrer Londoner Wohnung, wie jeden Morgen um Viertel nach acht die U-Bahn nehmen, und in die Welt zurückkehren, die sie kannte – fern der schattenhaften Welten ihres Vaters mit seinen Kontakten und darüber geschlossenen Geschäften. Sie schloss die Augen. Timbuktu? War sie verrückt?

Ja, entschied sie, als sie aus dem Fenster sah, während das winzige Flugzeug rumpelnd zum Stehen kam. Sie war verrückt. Die Pilotin, eine junge Französin, die so klein war, dass sie auf einem Kissen sitzen musste, um über die Instrumente hinwegzusehen, stellte die Motoren ab, drehte sich um und lächelte sie an.

»On est là«, sagte sie und machte eine unbestimmte weit ausholende Geste. Amber blickte erneut durchs Fenster. Es war nicht viel zu sehen. Ein kleines niedriges Gebäude, fast völlig von Sand bedeckt, ein paar Maultiere, die herumwanderten, ein rostiges Autowrack ohne Hinterräder. Nach dem lauten Brummen des sechssitzigen Flugzeugs während der vergangenen zwei Stunden war die Stille überwältigend.

»Das ist es?«, fragte sie und öffnete ihren Gurt.

»Ich fürchte schon. Es gibt eine alte Stadt etwa drei Meilen südlich. Was sagten Sie, wollen Sie hier tun?«

»Ich bleibe nicht in Timbuktu. Ich fahre nach Norden, nach Téghaza.« Die Pilotin zog eine Augenbraue hoch.

»Allein?«

»Nein. Ein Fahrer soll mich hier abholen. Obwohl ich ihn noch nicht sehen kann. Dann treffen wir jemand in Téghaza.«

»Bonne chance!«, sagte die junge Frau lachend. Amber wurde immer mutloser.

»Was meinen Sie?«

»Ach, machen Sie sich keine Sorgen. Wahrscheinlich erwartet Ihr Fahrer Sie schon.« Schließlich schaffte sie es, die Tür aufzuschieben und die Treppe auszuklappen. Ein Flughafenangestellter wartete unten auf sie. »Gute Reise!«, rief sie, als Amber vorsichtig hinunterstieg. »Am Samstag bin ich wieder da und bringe Sie zurück. Hoffentlich!«, fügte sie lachend hinzu. Amber verdrehte die Augen. Sie reichte dem Mann am Fuß der Treppe ihre Tasche und folgte ihm über die heiße Landebahn zum Flughafengebäude.

Zehn Minuten später saß sie auf dem Rücksitz eines Toyota Landrovers, genoss die Kühle der Klimaanlage und sah leicht zweifelnd auf die drei Bodyguards und den Fahrer sowie den zweiten Landrover mit vier Männern, die ihre halbautomatischen Gewehre lässig über den Schoß gelegt hatten. Alles war erstaunlich gut organisiert, wenn auch ein wenig übertrieben, fand sie, als sie im Konvoi in die weite offene Ebene – die Sahara – hinausfuhren. Der Fahrer, der sich als Abdoulaye vorgestellt hatte, sprach gut Englisch und war eindeutig freundlicher als seine Begleiter. Ihm war Ambers entsetztes Gesicht nicht entgangen, als sie die Bodyguards, die Waffen und Munition sah – und hatte gelacht.

»Leider ist das *nécessaire«,* erklärte er lächelnd. »Es gibt viele Banditen auf dem Weg nach Téghaza.«

»Banditen? Was für Banditen?«, fragte sie.

»Diebe, Mörder, Tuaregs«, antwortete Abdoulaye belustigt grinsend. »Keine Sorge, wir sind gut bewacht!« Amber lächelte schwach.

Die Straße außerhalb Timbuktus konnte kaum als solche bezeichnet werden. Sie bestand aus nicht mehr als zwei staubigen Spuren im Sand. Amber spürte, wie die Räder vibrierten, als sie sich in den weichen Untergrund gruben. Die Landschaft um sie war weiß, dazwischen erhoben sich Hügelketten mit dunkelgrünem Buschwerk, das in dem trockenen Sand zu überleben versuchte. In der Ferne sah sie hohe Dünen, die sich majestätisch und scheinbar unveränderlich wie riesige Halbmonde erhoben. Es war fast elf, und die Sonne näherte sich dem Zenit. Langsam veränderten sich die Farben des Landes von Grauweiß zu reinem Weiß, und Sand und Himmel schienen miteinander zu verschmelzen. Amber lehnte den Kopf ans Fenster und ließ sich von den Gesprächen in der musikalischen Sprache, in der für sie Sätze und Wörter zu einer Einheit verschwammen, umfließen. Abdoulaye hatte gesagt, sie würden den ganzen Tag brauchen, um nach Téghaza zu kommen. Mit etwas Glück wären sie bei Einbruch der Dunkelheit da. Sie blickte hinaus. Es war in diesem weiten, leeren Nichts schwer zu glauben, dass sie überhaupt je irgendwo ankommen würden.

Um vier Uhr nachmittags, nachdem sie zwei oder drei Mal angehalten hatten, war ihr trotz der Kühle im Wagen heiß, und sie war müde und durstig. Die leuchtenden Orange-, Rot- und Gelbtöne des Sands schienen die Hitze noch zu verstärken. Abgesehen von ein paar Kamelen und seltsam gekleideten Tuaregs waren sie keinem menschlichen Wesen begegnet. Zwei der Männer vor ihr schliefen, während das Fahrzeug über die Sand- und Schotterpiste ratterte, die den einzigen Weg nach Norden bildete. Der Himmel begann mit seinem abendlichen Schauspiel: Die Schatten am Boden wurden länger, das zarte weiße Wolkengespinst verfärbte sich langsam orange, dann rosa und schließlich flammend safrangelb.

Eine Stunde später, zur Zeit des Abendgebets, kamen sie an einer Reihe kniender Männer vorbei, deren Plastiksandalen ordentlich im Sand aufgereiht waren. Unter provisorischen Zelten aus dünnen Holzpfosten mit Sackleinen darüber hatten sich dreißig oder vierzig Gestalten in Richtung Mekka zu Boden geworfen. Abdoulaye hielt an, und die Männer stiegen aus. Sie ließen ihre Waffen im Wagen und zogen nur zwei Wasserkanister und ihre Gebetsteppiche heraus. Amber beobachtete leicht verlegen, wie sie sich Gesicht und Hände und Füße wuschen und sich dann ebenfalls zum Gebet niederließen.

»Madame?« Abdoulayes Gesicht erschien am Fenster. »Möchten Sie essen?« Er deutete auf eine Schüssel Reis. Amber lächelte dankbar und stieg aus. Abdoulaye reichte ihr einen Teller, sie setzte sich aufs Trittbrett und aß mit ihnen.

»Noch eine oder zwei Stunden …« Abdoulaye blinzelte in das schwindende Licht. »Dann sind wir da.« Amber nickte dankbar. Den ganzen Tag auf dem Rücksitz eines holpernden Wagen zu verbringen, ohne sich bewegen zu können, war anstrengend. Schweigend beendeten sie ihr Essen und gossen sich lauwarmes Wasser aus den Kanistern in Plastikbecher, die Abdoulaye vorsorglich mitgenommen hatte. Dann wischten sie sich die Krümel von den Kleidern und stiegen wieder ein.

Sie schlief schon fast, als die Wagen endlich auf einen freien Platz neben einer Reihe schwach beleuchteter Bungalows fuhren. Unter einem tiefschwarzen Himmel, der nur von einem langsam aufsteigenden Mond und den Sternen erhellt wurde, entluden die Männer die Fahrzeuge und trugen ihre Waffen, Wasserkanister und Kisten in eines der kleinen Häuser. Abdoulaye rief einem der Männer etwas zu, kurz darauf antwortete jemand, und die Tür eines Bungalows wurde aufgerissen. Amber drehte sich langsam um. Im Türausschnitt, umrahmt von dem Licht, das die Konturen seines Körpers umspielte, stand Tendé Ndiaye. Sie schluckte, nahm ihre Tasche und trat aus dem Dunkel.

53

Becky sah die Liste zum dritten Mal durch und prüfte, ob jeder darauf eine Einladung bekommen hatte. Sie war ein Nervenbündel. Morag befand sich auf dem Rückweg von New York und wollte direkt vom Flughafen zur Eröffnung kommen. Becky hatte ihr versichert, dass sie alles unter Kontrolle habe. Sie brauche sich keine Sorgen zu machen. Derlei könne sie sehr gut. Beruhigt hatte Morag ihre Maschine nach New York bestiegen – sie wollte neue Künstler aufspüren, und Becky sollte die Ausstellung allein organisieren. Aber die Nervosität ließ sie nicht los. Amber war immer noch in dem verdammten Mali, und Madeleine hatte keine Ahnung vom Kunstgeschäft. Sie betete, dass sie alles richtig machen und nichts schief laufen würde. Auf der Liste standen 240 Leute. Morag brachte sie jeden Monat auf den neuesten Stand und hütete sie wie andere Leute ein Juwel oder ein Familiengeheimnis, weil sie wusste, dass Erfolg oder Misserfolg der Galerie fast ausschließlich davon abhing, wer auf dieser Liste stand und wie viele Objekte diese Leute in einer Saison zu kaufen bereit waren. Fast hätte Becky die Einträge mit der Konkurrenz in Morags Rolodex übersehen, und sie arbeitete fieberhaft, um weitere fünfzig oder sechzig Einladungen loszuschicken. Der Wein und die Häppchen waren bestellt: sechzig Flaschen guter roter, sechzig Flaschen weißer Wein und dreißig Flaschen Champagner. Sie hatte keine Ahnung, wie viel sie bestellen musste, deshalb hatte sie die National Portrait Gallery angerufen und so getan, als sei sie eine Studentin, die über die Organisation einer Privatausstellung schreiben musste – ein Geniestreich, wie sie fand. Die Menge an Wein kam ihr riesig vor, aber bei dreihundert Gästen wäre er wahrscheinlich schnell weg. Sie hatte praktisch alle aus ihrer Kunstschule eingeladen – es war Becky Aldridges Abend, und sie wollte sichergehen, dass das auch *jeder* mitbekam. Nun, eigentlich war es Saba Mehretús Abend, erinnerte sie sich. Sie war die Künstlerin, nicht Becky.

Um Punkt sechs läutete es. Sie trank den letzten Schluck ihres Gin Tonics, tupfte sich Parfüm auf die Handgelenke und eilte nach oben. Es waren die Caterer. Sechs junge Männer und Frauen in schwarzer Kleidung, ganz wie sie es gewünscht hatte – mit Wein und Essen. Als die Managerin ihr sagte, es sei das erste Mal, dass sie in einer Kunstgalerie Essen serviere, versetzte ihr das zwar einen kurzen Schrecken, aber dann war keine Zeit mehr, sich zu überlegen, ob sie das Richtige getan hatte. Etwa kein Essen? Sie sah sich schnell um – niemand schien es seltsam zu finden – und verdrängte den Gedanken.

»Wo ist die Küche?«, fragte die Managerin.

»Die Küche?«, wiederholte Becky. »Wir haben keine.«

»Oh.« Die Frau wirkte verwirrt. »Nun, Sie haben warme Canapés bestellt. Die gebackenen Shrimps und die Satay-Spießchen müssen irgendwo aufgewärmt werden.«

»Ach Mist. Daran hab ich nicht gedacht.«

»Aha.«

»Becky.« Saba kam durch die Tür. Sie sah hinreißend aus in dem weißen Kleid mit Lederjacke und langen Strass-Ohrringen. Becky drehte sich um. »Bist du dir damit sicher?«, fragte sie und deutete auf die Platten mit Essen, die aus dem Lieferwagen geladen wurden. »Ich meine, ich möchte nicht, dass etwas an die Bilder kommt.«

»Oh, das passiert nicht. Ähm. Mach dir keine Sorgen, wir passen schon auf. Außerdem ist alles versichert«, fügte sie schnell hinzu. Stimmte das? Sie hatte keine Ahnung. Ein vertrautes Gefühl der Panik begann in ihr aufzusteigen – die Sache begann schief zu laufen.

»Nun, wenn du meinst …«, sagte Saba zweifelnd. Sie warf einen Blick auf die Bilder. Die Drucke hinter Glas waren sicher, aber die großen Bilder – sie biss sich auf die Lippe.

»Mach dir keine Sorgen«, versuchte Becky sie zu beruhigen und beobachtete sie nervös. »Es geht schon alles gut.« Dann drehte sie sich um und begann dem Personal beim Aufstapeln der Weinkisten zu helfen.

»Haben Sie einen Tisch bereit?«, fragte einer der Männer.

»Wozu?«

»Um die Weingläser aufzustellen.«

»Oh. Sie können meinen Schreibtisch rauftragen. Hier, ich zeig's Ihnen.« Jetzt geriet sie wirklich in Panik. Sie hatte doch an jede Kleinigkeit gedacht und angenommen, die Caterer würden sich um alles andere kümmern. Schließlich war es eine Firma, die für Morag schon gearbeitet hatte, und man hätte doch annehmen können, dass sie sich auskannten. Der junge Mann wirkte ein wenig verärgert. »Kommen Sie, helfen Sie mir, ihn raufzutragen.« Sie lief die Treppe hinunter. Mist, sie hatte nicht mal ein Tischtuch, um es darüber zu legen. O Gott, es ging alles daneben. Sie schwitzte.

Zehn Minuten später, eine halbe Stunde vor der offiziellen Eröffnung, hatten sie schließlich einen provisorischen Tisch aufgestellt, der mit weißen Papierbögen bedeckt war, die eines der Mädchen gefunden hatte. Es sah ganz gut aus. Endlich entspannte sich Becky ein wenig. Am Anfang mochte es zwar ein paar Pannen gegeben haben, aber jetzt begann alles glatt zu laufen. Gemeinsam mit Juliet, der Catering-Managerin, hatte sie entschieden, die Shrimps und Satay-Spießchen nicht zu servieren – ECI müsste sie zwar bezahlen, aber zumindest würden sie keine kalten, durchweichten Häppchen reichen. Becky nickte dankbar. Unglücklicherweise gab es hier keinen großen Kühlschrank oder eine Badewanne mit Eis, weshalb der Weißwein genauso lauwarm war wie der Champagner. »Machen Sie sich keine Sorgen, nach ein paar Gläsern merkt das keiner mehr«, meinte Juliet. Becky nickte abwesend. Draußen war ein Taxi vorgefahren. Es war Morag, wie sie erleichtert feststellte.

»Hallo«, sagte sie und half Morag mit dem Gepäck. Sie war direkt aus Heathrow gekommen, sah vollkommen erledigt aus und blickte sich ungläubig um.

»Hallo. Becky, was geht hier vor? Was soll das alles?«, fragte sie, ließ ihren Koffer fallen und deutete auf den Tisch in der Mitte der Galerie.

»Für den Wein. Ich hab vergessen, einen Tisch zu organisieren, also haben wir meinen Schreibtisch von unten …«

»Nein, was macht der *dort?* Neben den Gemälden?«, fragte sie alarmiert.

»Na ja. Unten war kein Platz dafür …«

»Stell ihn ins Eck. *Sofort!*« Morag ließ ihr Gepäck und einen verwunderten Taxifahrer am Straßenrand stehen und raste förmlich in die Galerie. »Schnell! Sie!« Sie deutete auf den Mann, der den Schreibtisch heraufgetragen hatte. »Fassen Sie mit an. Wir stellen ihn dort rüber.« Zu Becky gewandt fügte sie hinzu: »Er muss von den Bildern weg. Damit niemand was darüber schüttet.« Sie brach ab, als sie die Mädchen mit einem Tablett Cherry-Tomaten und Feta-Spießen hereinkommen sah. »Was zum …?«

»Ein Canapé, Madam?«, fragte das Mädchen verwirrt. Becky erstarrte.

»Canapés?« Morag drehte sich zu Becky um. »Bist du wahnsinnig?« In dem Moment kam Saba herein. Becky sah zu Boden. »Moment mal«, sagte Morag und packte Becky am Arm. Sie zog eine Zwanzig-Pfund-Note aus ihrem Geldbeutel. »Würden Sie den Taxifahrer bezahlen und mein Gepäck reinbringen«, bat sie den Kellner, der mit offenem Mund daneben stand. »Wir sind gleich wieder zurück.« Becky und sie verschwanden nach unten.

»O Gott. Es tut mir Leid, Morag«, begann Becky, als sie im Büro waren. Sie war blass.

»Becky, bist du verrückt geworden? Essen bei einer Vernissage? Ich dachte, du wüsstest Bescheid. Wir sind nicht versichert. Wenn irgendwas mit den Arbeiten passiert … was hast du dir bloß dabei gedacht?« Becky schluckte. Sie hatte Angst und war den Tränen nahe. »Hör zu, gleich kommen die Gäste. Reiß dich zusammen. Wir müssen das Essen loswerden – sag ihnen, sie sollen die Tabletts ins Büro bringen. Was haben wir oben? Weißwein und Wasser?«

»Und Rotwein und Champagner«, sagte Becky schniefend.

»Champagner? Wer soll den *bezahlen?*«, fragte Morag wütend. Sehr wütend sogar.

»Es tut mir wirklich Leid«, sagte Becky erneut.

»Das sagst du ständig. Mein Gott, Becky, das kostet uns ein Vermögen. Das muss von unseren Prozenten bezahlt werden, verstehst du?« Becky starrte sie an.

»Ich dachte … Ich dachte …«, begann Becky kläglich.

»Weiß der Himmel, was du gedacht hast. Hör zu, einer von uns muss oben sein. Ich geh wieder rauf. Du kriegst dich wieder ein und kommst so schnell wie möglich nach. Wir reden später über die Sache.« Kopfschüttelnd ging Morag hinaus und ließ Becky zitternd stehen. Es vergingen ein paar Minuten. Von oben konnte sie hören, wie Morag die Gäste begrüßte. Sie sah auf ihre Uhr. Es war Viertel nach sieben. Sie musste sich zusammenreißen. Und zwar schnell. Sie holte tief Luft und öffnete die Tür.

»Becky!« Sie drehte sich um. Charlie kam winkend, zwei Champagnerflaschen im Arm, auf sie zu. Ihr sank das Herz. Er war vollkommen blau. Hinter ihm waren zwei seiner »City Boys«, wie er sie nannte. Sie wusste, dass es ihm gefiel, dass sie eine Galerie führte – was sicher nicht mehr lange der Fall wäre. Noch nie hatte sie Morag so wütend gesehen. Charlie fand es toll, dass ihre Umgebung so ganz anders war als seine. Mädels aus der Kunstszene, wie er es nannte. Viel lustiger als die Frauen, die er bei seiner Arbeit traf. Becky fand seine Beschreibungen der Sekretärinnen und Assistentinnen, die ihn den ganzen Tag umgaben, insgeheim ziemlich peinlich und wäre lieber gestorben, als Morag zu erzählen, dass er sie manchmal als »Kunst-Küken« bezeichnete – was natürlich nur lustig gemeint war, denn Charlie konnte zuweilen furchtbar komisch sein. »Becks!« Er legte den Arm um sie und gab ihr einen schnellen, ziemlich feuchten Kuss aufs Ohr. Sie trat einen Schritt zurück. Ein betrunkener, ausgelassener Charlie hatte ihr heute Abend gerade noch gefehlt.

»Liebling«, sagte sie und packte ihn am Arm. »Ich bin gleich wieder da. Hab nur kurz zu tun.« Charlie war zu betrunken, um ihren aufgelösten Zustand zu bemerken. Gerade hatte sie gesehen, wie Morag vor Entsetzen der Mund offen stehen blieb, als Penelope Gottlieb und Dominic Barclay hereinkamen, die Besitzer einer Galerie weiter unten an der Straße. Hätte sie sie nicht einladen sollen? Hatte sie auch *das* versiebt? Der Abend entwickelte sich zum schlimmsten ihres Lebens. Schlimmer konnte es sicher nicht mehr werden.

Es kam schlimmer. Es folgte eine weitere hastige und wütende Unterredung mit Morag in der Toilette – natürlich hätte sie die konkurrierenden Galeriebesitzer nicht einladen sollen. Was hatte sie sich bloß gedacht? Selbst wenn sie noch nie eine Ausstellung organisiert hatte, besaß sie denn keinen Funken gesunden Menschenverstand? Saba, ihre kostbare Künstlerin, flirtete bereits eifrig mit Dominic Barclay. *Deine Entdeckung kannst du dir abschminken.* Morag war außer sich. Und dann, als sie dachte, es könnte nun wirklich nicht mehr schlimmer kommen, begann Charlie in der Mitte der Galerie zu tanzen, und einer seiner Freunde zündete sich eine Zigarette an. Morag ließ die drei hinauswerfen, und Becky musste sich in der Toilette verstecken, um nicht mehr hören zu müssen, wie Charlie fluchte und nach ihr rief. Eine volle Viertelstunde blieb sie dort, zu geschockt, um zu weinen – bis das Mädchen, das draußen wartete, drohte, sich auf den Boden zu erleichtern. Dann lief sie wieder nach oben und sah sich vorsichtig um. Inzwischen war es Viertel nach zehn. Die Menge begann bereits, sich aufzulösen. Morag plauderte in der Ecke mit zwei Künstlern, die oft in die Galerie kamen. In einer anderen Ecke standen einige ihrer früheren hochnäsigen Kommilitonen – die sicherlich über sie lachten. Wenn nur der Abend schon vorbei wäre. Sie wollte sich bloß noch in einem Taxi verkriechen und nicht mehr aufsehen, bis sie sicher zu Hause war. Ihre Karriere war vorbei, bevor sie richtig begonnen hatte.

»Hallo, Entschuldigung. Becky? Becky Aldridge?« Sie drehte sich um. Die tiefe Stimme kam ihr bekannt vor.

»Henry!«, sagte sie verblüfft. Ambers Ex-Freund, der sie nachts mit stummen Anrufen traktiert hatte. »O mein Gott, was …?«

»Hallo! Ich war nicht sicher.«

»Was machst du hier, Henry?«

»Ich bin ein Freund von Saba. Sie hat ein paar Mal deinen Namen erwähnt, und ich dachte, das müsstest du sein. Rotes Haar und all das.« Er lächelte. »Bin gerade reingekommen.«

»Oh, da hast du Glück gehabt. Dann hast du's verpasst«, sagte Becky, plötzlich den Tränen nahe.

»Hey. Was ist los, Becky?« Besorgt sah er sie an.

»Ach, nichts«, antwortete sie und wandte sich ab.

»Komm mit hier rüber. Was ist denn los?« Tränen strömten ihr übers Gesicht. Er führte sie schnell hinaus.

»Tut mir Leid«, schluchzte sie. »Ich hab mir gerade mein ganzes Leben versaut. Ich hab die ganze Ausstellung ruiniert. Morgen früh schmeißt mich Morag hochkant raus und ...« Sie brach ab, unfähig weiterzusprechen.

»Morgen ist Samstag«, sagte Henry ruhig. »Hör zu, ich weiß natürlich nicht, was vorher passiert ist, aber für mich sieht's nicht nach einem kompletten Desaster aus. Eigentlich wirken doch alle ganz zufrieden. Beim Hereinkommen hab ich Saba getroffen, und sie schien mir recht zufrieden zu sein. Hier, nimm das.« Er zog ein Taschentuch heraus, das Becky dankbar annahm.

»Es tut mir wirklich Leid«, schniefte sie.

»Dir muss nichts Leid tun. Ich hol dir ein Glas Wasser.« Becky nickte. Sie standen am hinteren Ende des Gangs. Ein paar Leute kamen die Treppe von der Toilette herauf und sahen in ihre Richtung, aber sie waren entweder zu müde oder zu betrunken, um wirklich Notiz von ihr zu nehmen. Sie schnäuzte sich, als Henry mit zwei Gläsern Wasser zurückkam. »Möchtest du dich irgendwo setzen?«, fragte er und sah sich um. Sie schüttelte den Kopf.

»Ich möchte bloß nach Hause.«

»Dann komm. Ich fahr dich.«

»Ach nein, lass nur. Ich nehme ein Taxi. Ehrlich. Ich wohne wahnsinnig weit weg.«

»Das ist doch kein Problem. Die Party ist ohnehin fast vorbei. Hast du eine Tasche oder einen Mantel?«

Becky nickte. »Meine Sachen sind im Büro. Aber wirklich, Henry, ich kann mir ein Taxi nehmen.«

»Unsinn. Hol deine Tasche. Ich warte hier oben.« Sie schnäuzte sich ein letztes Mal, strich sich das Haar zurück und ging hinunter. Henry war wirklich sehr nett – komisch, so hatte sie ihn gar nicht in Erinnerung. Die Vorstellung, allein im Taxi zu sitzen, erschien ihr plötzlich ziemlich trostlos. Ein bisschen Gesellschaft auf dem Heimweg kam gerade richtig. Und zu Hause war ja Charlie. Hoffentlich. Sie nahm ihre Sachen und lief wieder nach oben.

»Fertig?«, fragte er leichthin.

»Ja. Ich möchte nur noch Morag Bescheid sagen. Warte noch einen Moment.« Sie zitterte, als sie sich auf die Suche nach ihr machte. Doch Morag war zu ihrer Überraschung ganz ruhig. Sie warf einen Blick auf Beckys tränenverschmiertes Gesicht und riet ihr, heimzugehen und sich auszuschlafen. Die unerwartete Freundlichkeit ließ sie abermals in Tränen ausbrechen, aber glücklicherweise tauchte Henry neben ihr auf und führte sie weg, bevor sie sich noch mehr zum Narren machte.

»Solche Dinge passieren eben«, sagte er, als er den Motor anließ. »Soweit ich verstanden hab, war das deine erste Ausstellung, nicht?«

»Und meine letzte.«

»Bestimmt nicht. Du wirst schon sehen. Am Montagmorgen sieht alles ganz anders aus. Wart's ab.« Becky erwiderte nichts. »Hör mal, hast du heute Abend schon was gegessen?«, fragte er, als er sich in den Verkehr einreihte.

»Nein, ich hab's vergessen. Es gab so viel zu tun.«

»An der Ecke der Old Street ist ein wirklich gutes Thai-Restaurant. Lass uns einen Happen essen – Frühlingsrollen oder Suppe –, und dann bring ich dich nach Hause. Es ist erst elf, und sicher bist du halb verhungert. Was meinst du?«

Becky sah ihn an und lächelte. »Das ist schrecklich nett von dir, Henry. Ich hätte wirklich große Lust auf Thai-Suppe.«

»Toll. Dann lass uns dort hingehen.«

Die Suppe war herrlich heiß, und in dem kleinen Restaurant herrschte ein fröhliches, lautes Treiben, genau das, was Becky jetzt brauchte. Eine halbe Stunde später hatte sie ihre Verzweiflung schon fast vergessen. Henry war ein amüsanter Begleiter, und auf dem Weg zurück zu seinem Wagen hatte sie vergessen, dass er sie bei ihrer letzten Begegnung eine Idiotin genannt hatte. Er stellte ihr eine Menge Fragen über ihren Job und sie selbst; sie zeigte ihm ihren Diamantring und erzählte von Charlie. Er erzählte ihr, dass er für die Eritreische Flüchtlingshilfe arbeite, und reagierte kein bisschen herablassend auf ihr Geständnis, keine Ahnung zu haben, wo Eritrea lag. Eigentlich hatten ihr Henrys selbstbewusste Art und seine jungenhafte Attraktivität immer ziemlichen Respekt eingeflößt. Ständig hatte sie damals den Eindruck, er nehme sie mit ihrem Künstlergeschwätz und ihrer verlogen bohemienhaften Lebensweise nicht ernst.

»Du hast mich einmal eine Idiotin genannt«, sagte sie, als sie wieder in seinen Wagen stiegen. Wenigstens tat er so, als sei es ihm peinlich.

»Mhm. Erinnere mich. Tut mir Leid.«

»Nein, du hast wahrscheinlich Recht gehabt.«

»Wohl kaum«, antwortete er lapidar. »Ich war … Ich bin manchmal immer noch ein ziemlich anmaßendes Arschloch. Das sagen mir jedenfalls meine Freunde.«

»Nun ja, heute Abend jedenfalls nicht. Wirklich. Ich hab mich vorhin so schlecht gefühlt.«

»Das passiert schon mal, nicht?« Er ließ den Motor an. »Als Amber und ich uns trennten, dachte ich, die Welt geht unter.« Becky sah ihn an. Es war das erste Mal, dass er Amber erwähnte. Er zog eine Grimasse. »Aber man kommt drüber weg.«

»Ja. Eigentlich sollte sie heute auch kommen«, antwortete sie nach einer Weile. »Sie ist in Afrika. Nächste Woche ist sie wieder zurück.«

»In Afrika? Was macht sie dort?«, fragte er mit einem forcierten Unterton in der Stimme. Becky glaubte schon, etwas Falsches gesagt zu haben.

»Ein Auftrag. Irgendein Artikel über die Wüste.«

»Ah ja. Schön für sie. Also, wo soll ich hinfahren?« Henry sah sie an. Auf seinem Gesicht lag ein schmerzlicher Ausdruck. Seit der Trennung von Amber waren vier Jahre vergangen, aber Henry litt immer noch.

»Nach East Dulwich, wenn's dir nichts ausmacht«, sagte Becky. Plötzlich tat er ihr furchtbar Leid. »Ziemlich weit.«

»Nicht für dieses kleine Mädchen«, antwortete er und tätschelte zärtlich das Armaturenbrett. Becky musste lachen. Sein Wagen war eindeutig eine uralte Mühle.

»Liebling«, murmelte Charlie, als Becky ins Schlafzimmer kam und das Licht andrehte. Sie war überrascht, dass er zu Hause war. Sie und Henry hatten noch eine Weile im Auto gesessen, und im Haus hatte kein Licht gebrannt. Sie hatten sich vage versprochen, in Kontakt zu bleiben, aber Becky spürte, dass er es nicht ernst meinte. Er war den Abend über sehr nett gewesen, aber die Neuigkeit über Amber hatte ihn aus der Bahn geworfen, und sie verstand, wenn er Abstand halten wollte. Sie sah den in der Ferne verschwindenden Rücklichtern seines Wagens nach und stellte überrascht fest, dass sie das Desaster in der Galerie schon fast vergessen hatte. »Komm her, Liebling«, lallte Charlie erneut und drehte sich um. Schnell löschte sie das Licht.

54

Am anderen Ende der Stadt, kurz vor Sonnenaufgang, lag Madeleine im Bett und dachte nach. Neben ihr lag Alasdair unter der Daunendecke und rührte sich nicht. Sie dachte an das vergangene Wochenende, als sie ihre Eltern besucht hatte. Natürlich hatte ihre Mutter bemerkt, dass etwas an ihr anders war. Madeleine war nicht sicher, wie sie darauf reagieren sollte.

»Und? Wie läuft die Arbeit?«, fragte Maja.

»Gut, nichts Neues. Ich hatte endlos lange Bereitschaftsdienst. Hör zu, ich dachte … Hättet ihr nicht Lust, dieses Jahr mal Urlaub zu machen? In Budapest?«

Maja sah sie erschrocken an. »Urlaub? In Budapest? Nein, sei nicht albern. Das kostet ein Vermögen.«

»Ma, ich hab's dir gesagt. Ich kann das bezahlen. Ich würde es gern tun, ehrlich.«

»Madeleine, es reicht. Wenn dein Vater und ich nach Budapest fahren wollen, bringen wir auch das Geld dafür auf. Außerdem, wer will da schon hin?« Majas Stimme klang scharf.

Es war immer das Gleiche. Ihre Eltern waren stolz auf ihren Erfolg, aber sie hatten auch Angst davor. Vor den Veränderungen, die er mit sich bringen würde, dass Madeleine ihnen langsam entgleiten, ihre Sprache und Kultur vergessen könnte, und die Rollen von Eltern und Kind sich umkehren könnten? Wie gern hätte Madeleine ihrer Mutter gesagt, dass sich die Rollen schon im Moment ihrer Ankunft in England umgekehrt hatten und, vielleicht wichtiger noch, dass sie inzwischen ein eigenes Leben hatte. Und wenn sie nicht jedes Wochendende nach Kensal Rise kam, lag dies vielleicht daran, dass sie Bereitschaftsdienst hatte, mit einer Freundin ausging oder, Gott bewahre, ein geselliges Leben führte. Aber es hatte keinen Sinn, Maja so etwas zu sagen. Sie war so schnell beleidigt, vor allem jetzt, und Madeleine ertrug den verletzten Ausdruck im Gesicht ihres Vaters nicht, wenn Maja andeutete, dass Madeleine nicht nach Hause kommen wollte. Solange Alasdair jedes Wochenende nach Schottland fuhr, hatte es funktioniert. Aber er hatte sie gefragt, ob sie Lust hätte, im Juni mit ihm nach Paris zu fahren – er war zu einer Konferenz eingeladen, und sie könnten ein paar Tage gemeinsam die Stadt erkunden. Madeleine hatte ihn mit glänzenden Augen angesehen. Lust? War er verrückt? Sie hätte alles dafür gegeben. Sie brauchte nur einen Urlaubsantrag stellen und ihren Eltern irgendwie beibringen, dass sie eine Woche fort wäre. Sie versuchte es erneut.

»Mama, die Verhältnisse in Ungarn haben sich geändert. Es ist nicht mehr wie früher. Ihr könntet Péters … Du weißt schon. Es würde euch gut tun.«

»Seit wann weißt du, was gut für uns ist?«, gab Maja aufgebracht zurück. Madeleine seufzte. Ein unangenehmes Schweigen trat ein.

»Also, ich mache Urlaub«, sagte sie ein paar Minuten später so beiläufig wie möglich. »Ein paar Freunde aus dem Krankenhaus fahren nach Paris. Nur für eine Woche.«

»Paris? Du fährst nach Paris?«, fragte Maja überrascht. »Na ja, sicher, jetzt, wo du dir alle Spleens erlauben kannst, Ärztin bist und alles.«

»Ach, um Himmels willen, Mama. Das ist doch kein Spleen. Es kostet so gut wie nichts, nach Paris zu fahren. Wir nehmen die Fähre.«

»Wer fährt nach Paris?« Imre war hereingekommen.

»Deine Tochter. Stell dir vor.«

»Das ist wundervoll, Madeleine. Eine schöne Stadt. Du musst dir *la Tour Eiffel* und den Louvre ansehen.« Die Reaktionen ihrer Eltern hätten nicht unterschiedlicher ausfallen können. Madeleine sah ihn dankbar an.

»Das werde ich, Papi. Hör zu, gerade sagte ich zu Mama, warum macht ihr beide dieses Jahr keinen Urlaub? Fahrt nach Budapest. Ich könnte alles arrangieren.«

»Ach, das glaube ich nicht. Uns geht's gut, wo wir sind. Es wäre so teuer; es gibt so viele andere Dinge, wofür wir das Geld ausgeben könnten.«

»Wofür denn? *Ich* bezahle alles, Papi. Es wäre ein Weihnachtsgeschenk oder dergleichen.« Madeleine flehte ihn geradezu an. Wofür sollte das Geld denn sonst ausgegeben werden? Maja und Imre weigerten sich, aus der winzigen Wohnung auszuziehen, die ihnen nach ihrer Ankunft aus Ungarn zugewiesen worden war. Madeleine hatte für ein paar Annehmlichkeiten gesorgt, die sie für nötig hielt: eine Waschmaschine, einen neuen Fernseher, sogar ein neues Sofa – gekauft nach vielen Streitigkeiten und endlosen Kommentaren von Maja. Was brauchten sie denn sonst so dringend, dass deswegen zwei Wochen Budapest ins Wasser fielen? Ihr stand inzwischen das Gehalt einer Assistenzärztin zur Verfügung: Es war nicht viel, aber sicherlich genug, um ab und zu einen Urlaub zu finanzieren.

»Niemand bezahlt und niemand fährt nach Budapest. Ende der Diskussion.« Maja stand von dem neuen Sofa auf und ging in die Küche. Imre sah seine Tochter an und zuckte resigniert die Achseln. Madeleine hätte am liebsten geschrien.

Nun, in der Sicherheit von Alasdairs Zimmer, während durch die Jalousien die Morgendämmerung einfiel, dachte sie wieder darüber nach. Am besten wäre es, die Tickets einfach zu kaufen, ein Hotelzimmer zu reservieren, und das wär's dann. Wenn die einmal gekauft waren, würde Maja sie nicht verfallen lassen. Es gäbe ein bisschen Streit, Maja wäre ein paar Tage beleidigt, und dann würde sie sich darauf freuen. Und sie selbst hätte ein besseres Gefühl, wenn sie mit Alasdair nach Paris fuhr. Obwohl sie nie darüber sprach, hatte Madeleine ein schlechtes Gewissen wegen ihres materiellen und gesellschaftlichen Aufstiegs verglichen mit der Stagnation im Leben ihrer Eltern. Und zehn Tage Urlaub, nur um sich dabei schuldig und schlecht zu fühlen, war das Letzte, was sie wollte.

Alasdair bewegte sich. Madeleine schmiegte sich an ihn und genoss die Mischung aus Lust und Angst, die sie empfand, wenn sie zusammen waren. Sie spürte die Wärme seines Körpers durch den karierten Schlafanzug, den er trug. Plötzlich musste sie lächeln. *Karierte Schlafanzüge!* Manchmal, wenn sie ihn zufällig im Krankenhaus sah, wie er zielstrebig von einer Operation zur nächsten, von Vorlesung zu Besprechung eilte, dachte sie oft, ob dies der gleiche Alasdair war, der sie nachts festhielt, dessen Körper sie hielt und liebkoste, und in dessen grauen Augen sich ihre eigene Lust widerspiegelte. Während der Woche verbrachten sie, wenn Madeleines Dienstplan es erlaubte, jede Nacht miteinander. Er hatte sie gebeten, sein Team zu verlassen, weil ihr Gesicht ihn während einer Operation ablenke. Es könnten Fehler passieren. Es war ein wenig enttäuschend, wieder in Harrigans Team zu sein, aber sie wusste, dass er Recht hatte. Außerdem machten unverhoffte Begegnungen mit ihm die Tage viel aufregender. Ihre Arbeit im Operationssaal und an den Krankenbetten verrichtete sie in einer Art ruhigem Schwebezustand, während ihre Sinne mit einer unerklärlichen Spannung aufgeladen waren. Nie hatte jemand solche Reaktionen in ihr ausgelöst. An manchen Tagen glaubte sie, es nicht mehr ertragen zu können. Ein oder zwei Mal, als sie sich liebten und sie sein lustverzerrtes Gesicht beobachtete, ertappte sie sich flüchtig bei dem Gedanken an Péter. War es das, was er fühlte? Diese seltsame Maske der Intensität, gefolgt von vollkommener Erschöpfung, die Alasdair manchmal wie tot aussehen ließ … war es so für Péter? Sofort wischte sie den Gedanken beiseite. Es war abstrus und falsch, in solchen Momenten an Péter zu denken, aber sie konnte nicht anders. Es war, als fügten sich durch Alasdair Fragmente ihres Lebens und ihres Selbst wieder zusammen, die auseinander gerissen worden waren; als fänden Teile ihres Selbst wieder den richtigen Platz in ihrem Innern, das sie für leer und kalt gehalten hatte. Alasdair brachte Wärme. Seine Gegenwart nahm sie gefangen und heilte ihren Geist, ihren Körper und ihr Herz.

Sie spürte seine Hand über ihren Bauch streichen und das leichte Kitzeln seiner Wimpern auf ihrer Wange.

55

Henrys Hand zögerte über dem Hörer. Er runzelte die Stirn. Normalerweise war er nicht so unentschieden. Er nahm ab und legte gleich danach wieder auf. Was sollte er sagen? *Oh, hallo, Becky. Wie geht's? Ich wollte bloß mal hören?* Was denn? Er starrte das Telefon an. Die unerwartete Neuigkeit, dass Amber in Afrika war, beunruhigte ihn. Wieder nahm er den Hörer ab.

Als er fünf Minuten später auflegte, fragte er sich, ob er das Richtige getan hatte. Becky klang etwas überrascht, von ihm zu hören, hatte aber eingewilligt, ihn Freitagabend auf einen Drink zu treffen. Sie hatte – er war sich nicht ganz sicher – geschmeichelt geklungen? War das das richtige Wort? Aber er wollte ihr nicht schmeicheln, sondern brauchte Informationen über Amber. Sie waren jetzt seit vier Jahren getrennt, lange genug, dass jeder von ihnen sein eigenes Leben weitergeführt hatte. Er war inzwischen mit unzähligen Mädchen ausgegangen. Er war nicht der Typ, um lange allein zu bleiben. Aber wie es sich anhörte, hatte Amber ihr Leben auf *richtige* Weise weitergeführt und tat etwas, was zählte. Er hatte keine Ahnung, was sie in Afrika machte, aber egal, was es war, auf jeden Fall besser, als in einem schäbigen Büro in Clapham zu sitzen und jeden Tag Tausende von Asylanträgen eritreischer Flüchtlinge durchzusehen. Das war nicht die politisch bedeutsame, *notwendige* Arbeit, von der er nach dem Studium geträumt hatte, aber es reichte, um eine Weile über die Runden zu kommen. Er hatte beobachtet, wie sich die wenigen Freunde, mit denen er nach dem Studium in Kontakt geblieben war, nach und nach dem Druck von Jobs, Freundinnen, Urlaubsreisen und schließlich Hypotheken ergeben hatten, und hoffte, dass sein Leben anders verlaufen würde.

Das war es wahrscheinlich, was er so vermisste. Amber war nicht wie die anderen Mädchen. Nicht nur, weil sie reich war. Sie führte ihr Leben nach ganz anderen Maßstäben als die meisten Leute, die er kannte. Sie machte, was sie wollte. Sie konnte alles tun und alles aus sich machen. Und dann gab es auch noch Max. Henry sehnte sich nach einem Vater, einem Mentor, einem *Freund* wie Max. In der Lage zu sein, den Gang der Geschichte zu beeinflussen; um die Welt zu jetten, als sei sie sein Privatspielplatz; nach Lust und Laune Staatsmänner anzurufen; das waren die Eigenschaften, die Henry an Max am meisten bewunderte. Er fragte sich, wie es wohl wäre, die Zeitung aufzuschlagen und das Bild des eigenen Vaters zu sehen, seine Worte zu lesen – *das* war es, was er bewunderte. Nicht ein kleiner Bankdirektor, der sentimental einem Land nachweinte, das es nicht mehr gab. *Rhodesien.* Was für ein Witz.

Jemand warf einen Stapel Akten auf seinen Tisch und holte ihn unsanft in die Gegenwart zurück. Er starrte sie an. Wie lange würde es dauern, sie alle zu bearbeiten, und welchen Effekt hätte dies? Keinen. Er sah auf das Gedicht, das er vor ein paar Tagen in der U-Bahn gesehen und schnell in sein Notizbuch notiert hatte. Es hing an der Wand über seinem Schreibtisch und schien auf exemplarische Weise seine gegenwärtige Situation auszudrücken. Er murmelte die ersten Zeilen vor sich hin:

Ich habe die unerträgliche Traurigkeit von Bleistiften kennen gelernt,
Die einen dünnen Film auf Nägel und zarte Augenbrauen legen,
Das blasse Haar überziehen, die austauschbaren grauen Durchschnittsgesichter.

Henry wollte keines der blassen grauen Durchschnittsgesichter sein. Er wollte wieder im Sonnenlicht leben, bei den Menschen mit hellem, strahlendem Lächeln und einer viel versprechenden Zukunft, und in Momenten wie diesen wünschte er sich nichts auf der Welt mehr, als wieder mit Amber zusammen zu sein.

Am folgenden Freitag um Viertel nach sechs sah er auf die Uhr und schob einen Stapel Papiere weg. Es war Zeit für das Treffen mit Becky. Er war ungewöhnlich nervös. Er wusste nicht, was ihn die ganze Woche über so aus der Bahn geworfen hatte. Das Wiedersehen mit Becky Aldridge? Als er noch mit Amber zusammen war, hatte er sie nicht besonders gemocht. Er hatte sie für ein bisschen albern, prätentiös und ziemlich belanglos gehalten. Aber letzte Woche in der Galerie sah sie so verdammt verletzlich und elend aus, und er hatte es geschafft, sie aufzumuntern. Ihre Dankbarkeit dafür gab ihm ein gutes Gefühl. Und nachdem sie sich beruhigt hatte, war ihre Gesellschaft überraschend angenehm. Sie war hübsch, lustig und sehr feminin. Das gefiel ihm. Aber dann kam diese überraschende Neuigkeit über Amber. Sie war nach Afrika gefahren. Der Schock aus Neid und Eifersucht traf ihn völlig unvorbereitet. Er hatte Amber immer dorthin bringen wollen. Sie mochte den Rest der Welt kennen, an Orten gewesen sein, von denen er noch nie gehört hatte, aber Afrika gehörte *ihm.* Es war sein Zuhause. Er wagte noch nicht einmal, Becky zu fragen, ob sie allein oder mit jemandem gefahren war. Dennoch musste er die ganze Woche daran denken. Tatsächlich war die Woche ein einziger Albtraum gewesen – zerrissen zwischen der Erinnerung, wie Beckys Gesicht aufgeleuchtet hatte, als er ihr vorschlug, ins Thai Gardens zu gehen, und der Vorstellung von Amber, die sich irgendwo in Afrika aufhielt. Es machte ihn wahnsinnig. Er konnte nicht anders: er musste Becky wieder anrufen. Und jetzt war er auf dem Weg, sie zu treffen. Hoffentlich machte er keinen Fehler und riss alte Wunden wieder auf. Becky war verlobt, also warum hatte er sie eingeladen? Und warum hatte sie angenommen?

Nervös an der Tür des Lamb and Flag in Covent Garden stehend, stellte Becky sich genau die gleiche Frage.

56

Amber saß auf den Stufen des Bungalows und beobachtete einen silbrigen Mond, der fast vertikal in den schwarzseidenen Himmel aufstieg. Dahinter spannte sich ein Gitter aus Sternen, die gleichmäßig leuchteten, ohne zu blinken. Es herrschte völlige Stille. Selbst ein Rascheln eine halbe Meile weit entfernt klang für sie nahe. Dann hörte sie ein seltsames Geräusch, wie Wind, der in Segel fährt, und stellte überrascht fest, dass es die Flügelschläge eines Vogels waren, der in den Nachthimmel aufstieg. Sie legte die Arme um die Knie und wunderte sich, wie schnell die Temperatur gefallen war. Kaum zu glauben, dass es am Nachmittag an die fünfzig Grad gehabt hatte. Jetzt waren es eher fünfzehn. Sie sah auf die glatte weiße Fläche der Salzebenen hinaus und bewunderte den silbernen Glanz des Mondes, der alles unter ihm in geisterhafte Schatten hüllte. Aus dem Bungalow nebenan konnte sie die Geräusche der Männer hören, die sich zum Schlafen legten, ihre Matten ausrollten und Wasserkübel zum Waschen heraustrugen. Hierher musste alles gebracht werden – es gab keine Elektrizität, kein Wasser, kein Telefon. Es gab nichts außer der Salzebene vor ihnen und fern am Horizont die Anfänge der Air Mountains und der Tibesti-Hügel.

»Herrlich, nicht wahr?« Sie drehte sich um. Tendé war leise herausgekommen und stand hinter ihr. Sie schluckte und nickte. Es war ihr zweiter Tag in der Wüste. In zwei Tagen würden sie wieder nach Timbuktu fahren. Sie würden eine Nacht in der alten Stadt verbringen und dann am Samstag nach Bamako zurückfliegen. Dann ginge es wieder nach London und zurück an ihre Arbeit. An diesem Ort erschien ihr die Welt jenseits von hier unwirklich. Innerhalb kürzester Zeit hatte die Wüste mit ihren Gegensätzen sie gefangen genommen – Staub und Wind, Sonne und Schatten, gelber Sand und ein unbarmherziger blau-weißer Himmel. Und die Stille. Eine tiefe, ehrfurchtsgebietende Stille. »Es macht einen nachdenklich«, fuhr Tendé leise fort. »Jesus hat vierzig Tage und

Nächte darin verbracht. Ebenso der Prophet. Ich glaube zu wissen, warum.«

Amber drehte den Kopf und blickte zu ihm auf. »Es ist der kraftvollste Ort, an dem ich je gewesen bin«, sagte sie halb flüsternd. Es erschien ihr unpassend, die Stille zu stören.

»Es überfordert einen fast. Man hat Angst davor und wird doch gleichzeitig davon angezogen.« Tendé blieb hinter ihr stehen.

Amber überlief ein Schauer. »Glauben Sie, dass es funktionieren wird?«, fragte sie. »Ihre und Max' Idee.«

»Kommt darauf an«, antwortete er und setzte sich neben sie auf die Stufe. »Kommt darauf an, was Sie unter ›funktionieren‹ verstehen. Wird die Salzmine gebaut werden? Natürlich. Allein die Vorstellung ist zu romantisch, als dass sie nicht umgesetzt werden könnte. Jeder wird uns Erfolg wünschen. Die wichtigere Frage ist, was dadurch ausgelöst wird. Das ist wesentlich schwieriger.«

»Sie meinen Entwicklung? Und Fortschritt? Das wäre sicherlich gut für das Land. Max sagt ...«

»Max sagt viele Dinge«, unterbrach Tendé sie ruhig. »Er ist Geschäftsmann. Er kennt nur den wirtschaftlichen Aspekt, Profit oder Verlust, mehr nicht.« Er schwieg einen Moment. »Und das ist gut so. Wenn es jemanden gibt, der ein solches Projekt aus der Taufe heben kann, ohne die Komplikationen und Kompromisse, die auftreten, wenn man sich an Institutionen wie etwa die Weltbank wendet, dann ist er es. Letztendlich mache ich lieber Geschäfte mit Max Sall als mit dem IWF. Es ist sauberer.«

»Aber Sie sagen, es könnte Probleme geben mit diesem Projekt? Dinge, die für Sie, für das Land, eher ungünstig wären?«, fragte Amber, wie immer, wenn sie mit ihm redete, sofort hellwach. In den letzten zwei Tagen hatte sie festgestellt, dass Tendé der interessanteste Mensch war, dem sie je begegnet war. Die Geschwindigkeit, mit der er sich sowohl körperlich wie geistig bewegte, war beängstigend.

»Natürlich. Sehen Sie sich um. Warum, glauben Sie, brauchen wir bewaffneten Schutz? Seit Jahrzehnten tobt in unserem Land ein stiller Unabhängigkeitskrieg. Der arabische

Norden – die Tuareg – will nicht Teil des schwarzen Südens sein. Daher die Waffen, die Entführungen und Morde. Wenn diese Saline gebaut wird – und das wird sie –, wird dieser Teil des Landes zu einer der reichsten Provinzen. Glauben Sie, die Leute im Norden werden sich zurücklehnen und dem Süden erlauben, die Früchte nach seinem Gutdünken zu verteilen?«

»Aber was können Sie tun? Ich meine, Sie sagen selbst, dass es gebaut wird?«

»Das muss es. Sie haben doch gesehen, wie es hier auf dem Land ist. Die Menschen sterben an Krankheiten, die man im Rest der Welt nicht mehr kennt: Polio, Malaria, Tb, Unterernährung. Die Ära des alten Wüstenlebens geht zu Ende. Es gibt hier nichts für die jüngere Generation. Die jungen Leute wollen Fernsehen, Autos und Zugang zu Schulen. Diese Dinge müssen irgendwie bezahlt werden. Ein Projekt wie dieses kann eine ganze Region aus der Armut befreien. Max muss für die Finanzierung sorgen, ich kümmere mich um den politischen Aspekt. Aber so soll es auch sein. Das ist unser Problem in Afrika: Geld und Politik – sie sind eng miteinander verknüpft. Die Wirtschaft sollte ihren eigenen Richtlinien folgen, ihren eigenen Gesetzen und ihrer eigenen Logik. Was wir nicht brauchen, sind Politiker, die sich ständig einmischen und alles an sich reißen, bevor die Dinge eine Chance haben, sich zu entwickeln.«

Amber schwieg. Sie wusste so gut wie nichts über dieses Land und seine Probleme. Noch weniger wusste sie von den Beziehungen zwischen Geld, Politik und Wirtschaft. Aber sie war fasziniert. Sie saß hier mitten in der Sahara im Mondschein neben einem Mann, den sie im Ganzen drei Mal in ihrem Leben getroffen hatte, und dem sie trotzdem überallhin folgen würde, und plötzlich ordnete sich auch alles andere – Max, London, ihre Freunde, ihre Karriere und ihre eigene Situation. Es war, als hätte sie sich bislang nur verschwommen wahrgenommen. Doch jetzt hatte sie zum ersten Mal in ihrem Leben ein detailgenaues, scharfes Bild von sich selbst.

»Ein kalkuliertes Risiko«, sagte sie unvermittelt. »Das müssen Sie eingehen. Sie haben keine Ahnung, wie es ausgehen wird, aber Sie können sich nicht leisten, es nicht zu wagen.«

»Ja«, stimmte er ihr zu.

»Wahrscheinlich ist es das, was Max hierher zieht. Er sagte mir einmal, er habe es satt, die Voraussetzungen dafür zu schaffen, damit andere Leute handeln können. Er möchte selbst handeln, nicht nur im Hintergrund tätig sein.«

»Er ist ein interessanter Mann«, sagte Tendé nach einer Weile. »Als ich ihm zum ersten Mal begegnete, hielt ich ihn für einen Geschäftsmann wie viele andere: charmant, raffiniert, mächtig. Sie wissen schon, das Übliche.« Amber nickte. »Aber als er mich zu seiner Party auf Menorca einlud, spürte ich noch etwas anderes. Ich weiß nicht, ich war neugierig geworden. Ich las ein bisschen in der Biografie, die vor ein paar Jahren über ihn erschienen ist. Sie ist nicht besonders gut …«

»Er war außer sich«, warf Amber lächelnd ein. »Er behauptete, es sei alles falsch.«

»Ja, er scheint mir nicht unbedingt der Typ für eine Biografie zu sein. Ich kann mir nicht vorstellen, dass er bereitwillig von sich erzählt. Noch dazu einem Fremden.«

»Nein, er ist sehr … Er schweigt über seine Vergangenheit. Ich – wir – wissen nichts.«

»Er hat sich diesem Projekt wirklich verschrieben. Mit Haut und Haar. Es gibt eine Menge Leute, die Interesse anmelden, aber er … Sehen Sie sich an. Er hat seine Tochter geschickt. Warum sind Sie hier?«

»Weil er mich darum gebeten hat«, antwortete sie schlicht. Sie spürte, dass er sie ansah.

»Und werden Sie tun, worum er Sie gebeten hat?«

»Er hat eigentlich nichts von mir verlangt. Er möchte einen Artikel über diesen Ort hier, aber er hat mir nicht gesagt, was ich schreiben soll. Wahrscheinlich wusste er, dass es so nicht funktioniert hätte.«

»Wissen Sie schon, was Sie schreiben werden?«

»Ja. Ja, das weiß ich.«

»Dann freue ich mich darauf, es zu lesen.« Plötzlich lächelte er. »Gute Nacht, Amber Sall.« Überrascht wandte sie sich um. Er stand auf und verschwand ins Haus. Sie hörte, wie sich die Tür seines Bungalows schloss, und fühlte sich sofort allein gelassen.

Am folgenden Morgen, gerade als sie den rostigen Hahn der provisorischen Dusche aufdrehen wollte, sah sie im Augenwinkel etwas vorbeihuschen. Sie erstarrte. Sie stand nackt in dem von Rissen durchzogenen Porzellanbecken. Wieder bewegte sich etwas. Langsam drehte sie den Kopf, und ihr Magen verkrampfte sich vor Angst. Es war eine Spinne. Die größte, hässlichste und fremdartigste Spinne, die sie je gesehen hatte. Flach wie ein Pfannkuchen, mattbraun, fast nicht zu unterscheiden von den ockerbraunen Wänden, mit langen, tentakelartigen Beinen. Mit einem Aufschrei sprang sie in den Raum zurück und sah sich schnell nach einem Handtuch oder T-Shirt um, als schon die Tür aufflog und Tendé hereingestürzt kam, Abdoulaye dicht hinter ihm. Es folgte ein Moment verblüfften Schweigens, bevor Amber in das Gewirr aus Kleidern und Laken auf ihrem Bett tauchte und panisch versuchte, sich zu bedecken. »Es ist nur eine Spinne im Bad.« Ihre Stimme klang atemlos. Worauf Tendé auf dem Absatz kehrtmachte, mit dem schockierten Abdoulaye zusammenstieß, dem fast die Augen aus dem Kopf fielen, und die Tür hinter sich zuwarf.

»Ist mit Ihnen alles in Ordnung?«, rief er durch die geschlossene Tür. Amber war rot vor Scham.

»Ja, ja«, antwortete sie. »Tut mir Leid, ich war nicht darauf eingestellt. Sie hat mich erschreckt.«

»Das ist Afrika, Miss Sall. Auf derlei Dinge sollten Sie sich einstellen.« Sie hörte seine Schritte auf dem Beton, bevor sie vom Sand verschluckt wurden. Sie hätte sich ohrfeigen können. Wie albern, wie unendlich peinlich. Es würde eine Weile dauern, bis sie Abdoulayes entsetzten Ausdruck vergessen hätte, als sie sich panisch zu bedecken versuchte – oder den Ausdruck der Verachtung in Tendés Gesicht. *Das ist Afrika, Miss Sall.* Was für eine Schande! Wie konnte ihr das passieren? Wie sollte sie ihm danach wieder unter die Augen treten?

Aber der Vorfall wurde nicht mehr erwähnt. Als sie sich wieder beruhigt hatte und leicht verschüchtert aus dem Bungalow trat, war Tendé mit den Männern schon draußen im Gelände. Nur Abdoulaye war noch da, und der wich ihrem Blick taktvoll aus. Abgesehen von einem kurzen Nicken und ein paar

Sätzen, als er um die Mittagszeit zurückkam, sprach Tendé fast den ganzen Tag nicht mit ihr.

Amber konnte nicht glauben, dass sie die weite Reise gemacht und so viel Erwartungen daran geknüpft hatte, um dann durch ihre Angst vor einer albernen Spinne alles zu verderben. In ihrer letzten Nacht in der Wüste lag sie wach. Sie versuchte, all die Eindrücke, Gespräche und Bilder lebendig zu halten, um nicht an den unvermeidlichen Moment zu denken, wenn sie am Flughafen von Bamako aus dem Mercedes steigen und aus seinem Leben verschwinden würde. Denn abgesehen von der viel zu kurzen Unterhaltung auf den Stufen des Bungalows waren sie praktisch nie allein gewesen.

Viel zu schnell war ihr dreitägiger Aufenthalt in der Wüste vorbei. Am letzten Tag standen sie schon bei Morgengrauen auf, um die lange Rückfahrt nach Timbuktu anzutreten. Sie packte die wenigen Dinge ein, die sie mitgebracht hatte, verstaute ihre Notizen und machte das Bett. Im Halbdunkel stand sie da und lauschte den Geräuschen der Männer, die das vorübergehende Camp abbauten. Sie roch den Duft von Kaffee. Ein Klopfen an der Tür ließ sie zusammenfahren. Sie nahm ihre Tasche und öffnete. Es war Tendé.

»Fertig?«

»Ja. Ich will nur noch schnell sehen, ob ich nichts vergessen habe. Ich werde wahrscheinlich nicht noch einmal hierher zurückkommen.« Über ihr Gesicht huschte der Anflug eines Lächelns und sie blickte sich um. Er sah sie an, erwiderte aber nichts. Sie schloss die Tür und folgte ihm zu der Stelle, wo die Männer die Fahrzeuge beluden. Abdoulaye tauchte aus dem Halbdunkel auf, nahm ihre Tasche und reichte ihr einen Becher schwarzen Kaffee, den sie dankbar trank. Es würden Stunden vergehen, bevor sie Rast machten.

»Amber«, rief Tendé hinter einem der Wagen hervor. »Ich setze Sie in den ersten Wagen zu Abdoulaye und mir. Die Wachen fahren hinter uns.« Ihr Herz machte einen Freudensprung, aber sie nickte so beiläufig, wie sie konnte. Sie aß ein Stück von dem Fladenbrot, das die Männer gebacken hatten, trank ihren Kaffee aus und ging überglücklich zu dem Wagen.

Fünfzehn Minuten später, nachdem die Fahrzeuge beladen waren, setzte sich der Konvoi langsam in Richtung Timbuktu in Bewegung. Amber saß allein auf dem Rücksitz und starrte auf Tendés Hinterkopf, während sie schwankend Sanddünen überquerten, bis der Boden wieder flacher wurde und sie Geschwindigkeit aufnehmen konnten. Die Sonne war schnell aufgegangen, und die Wüste breitete sich wie ein Meer von Gelb- und Ockertönen vor ihnen aus. Der junge Mann am Steuer schien sich beim Fahren über den unsicheren Boden von seinem Instinkt leiten zu lassen. Tendé und Abdoulaye unterhielten sich in ihrer eigenen Sprache, und das leise Murmeln machte sie schläfrig. Sie nickte ein.

Sie wachte auf, weil sich die Lautstärke des Motors verändert hatte. Dann geschah alles auf einmal. Als sie die Augen aufschlug, sah sie, wie das Lenkrad mit einem Ruck den Händen des Fahrers entglitt, wie Tendés Arm vorschoss, um es festzuhalten, dann kippte der Wagen zuerst auf die eine, dann auf die andere Seite, bis er ganz umstürzte. Sie wurden gegen die Sitze geschleudert, überschlugen sich, und etwas schlug ihr gegen den Kopf. Der Wagen war so schnell ins Schlingern geraten, dass niemand reagieren konnte. Alles wirbelte an ihr vorbei – der gelbe Sand, die schwarzen Umrisse der Köpfe, ihre Arme, eine Tasche, die von hinten nach vorn geschleudert wurde. Doch plötzlich war alles wieder richtig herum. Erneut ein dumpfer Schlag, dann schlitterte der Wagen durch den Sand und kam schließlich zum Stehen. Alle schwiegen geschockt. Dann ein Schrei von Abdoulaye: Ihnen war nichts passiert! Der Wagen war nicht beschädigt. Sie hatten sich überschlagen, mehr nicht. Der Fahrer sah sie verwundert und mit Tränen in den Augen an. Alles okay? Alle okay? Amber hörte, wie eine Tür aufging, dann war Tendé neben ihr und richtete sie langsam auf.

»Sind Sie verletzt?«

»Nein, nein, ich wurde nur ein bisschen herumgeschleudert.« Sie versuchte, sich aufzusetzen. An den Stellen, die er berührte, kribbelte ihre Haut.

»Sind Sie sicher?«

»Ja, mir geht's gut. Was ist passiert?«

»Wir hatten Glück.« Er ließ sie los und setzte sich wieder

nach vorn. Dann sagte er etwas in seiner Sprache zu dem Fahrer. Der lächelte schüchtern, nickte – offensichtlich lobte er ihn für sein Geschick, was Abdoulaye heftig nickend bestätigte. Boubacar, der Fahrer, wurde Amber vorgestellt, und sie griff nach vorn und reichte ihm die Hand. Ein Anflug von Heiterkeit kam auf. Seht her, was wir überstanden haben! Boubacar ließ vorsichtig den Motor an, der sofort ansprang. Erleichtert sahen sie sich an. Sie fuhren wieder auf die Spur zurück, und es war, als ob nichts geschehen wäre. Dem aufgeregten Reden folgte erneut Schweigen, während jeder seinen Gedanken nachhing, was alles hätte passieren können.

In Timbuktu wurden sie von der gleichen blonden Pilotin abgeholt. Sie und Tendé schienen sich zu kennen. Schweigend und beklommen sah sie zu, wie sie sich küssten und plauderten. Mühelos wechselte er von Bambara ins Englische und Französische. Die Vorstellung, in weniger als achtundvierzig Stunden wieder auf dem Heimweg zu sein und ihn nie mehr wiederzusehen, war schrecklich. Falls er ihre Erregung jedoch bemerkte, ließ er sich nichts anmerken. Er behandelte sie genauso distanziert höflich wie auf der Party vor drei Jahren. Tendé Ndiaye war offensichtlich kein Mann, der sich aus der Reserve locken ließ oder irgendjemandem erlaubte, hinter seinen Schutzwall aus professioneller Höflichkeit zu blicken, mit dem er alle auf Abstand hielt. Sie bemerkte, dass selbst der Witz, über den er mit Abdoulaye und Boubacar lachte, von ihm kam, auf sein Stichwort hin erzählt wurde. Jeder in seiner Umgebung behandelte ihn mit der gleichen Vorsicht, die sie von Leuten in Max' Umgebung kannte – wie ein Raubtier, das man gleichzeitig bewunderte und fürchtete.

Und dann war es mit einem Mal Montag. Sie wohnte im Haus seiner Eltern, in dem gleichen schönen Zimmer wie vor fünf Tagen. Fünf Tage? Es kam ihr wie ein Monat vor, dass sie in der Morgendämmerung aufgewacht war und den Gebeten gelauscht hatte. Das Haus war leer, seine Eltern waren fort, sagte Salah. In der Nacht ihrer Rückkehr aß sie allein zu Abend – Tendé musste zu einem Empfang. Wenn es nicht zu lange dauere, erklärte er, würde er noch vorbeikommen und sich verabschieden. Falls nicht, wünsche er ihr eine gute Heimreise. Amber lauschte seiner Stimme am Telefon und hätte am liebsten geweint.

Jedes Mal, wenn sie während des Abends ein Geräusch im Haus hörte, fuhren ihre Gefühle Achterbahn mit ihr. Gegen halb ein Uhr schließlich fand sie sich mit der Tatsache ab, dass er wahrscheinlich nicht mehr kommen würde, und ging langsam auf ihr Zimmer. Auf einem Tischchen im Erdgeschoss hinterließ sie eine Nachricht, in der sie ihm für die Gastfreundschaft dankte, und ihre Londoner Nummer, um gegebenenfalls seine Gefälligkeit zu erwidern.

Am nächsten Morgen fuhr sie niedergeschlagen ab und bestieg ihr Flugzeug. Acht Stunden später saß sie in Max' Wagen, sah durch den Regen, der gegen die Fenster schlug, auf London hinaus und fragte sich, wie sie Tendé Ndiaye vergessen konnte. Sie bedeutete ihm nichts – das war offensichtlich. Sie war die Tochter seines Geschäftspartners, eine Journalistin, nicht einmal eine Freundin. Sie schluckte. Fast den ganzen Tag schon war sie den Tränen nahe. Sie wünschte sich nichts mehr, als in ihrer Wohnung zu sein, wo sie ihnen freien Lauf und diese Enttäuschung hinter sich lassen konnte. Zum ersten Mal in ihrem Leben hatte sie eine Ahnung davon, wie es für Angela sein musste – jemanden zu lieben, der einen nicht wollte, nicht brauchte, nicht einmal Notiz von einem nahm.

57

Kierans Gedanken rasten, sein Kopf arbeitete so fieberhaft wie lange schon nicht mehr. Er achtete nicht auf die Gespräche um ihn herum – er hatte eine Idee. Am anderen Ende des Wohnzimmers war sein alter Freund und Komplize Jake Higham-Burton in eine ernste Diskussion mit den zwei Männern vertieft, die er zu sich eingeladen hatte. Kieran konnte sich nicht an ihre Namen erinnern. Aber während er sie beobachtete, nahm die Idee in seinem Kopf immer klarere Gestalt an. Er und Jake waren sich zufällig über den Weg gelaufen, nachdem sie sich fast zwei Jahre nicht mehr gesehen hatten. Kieran erkannte ihn kaum wieder, so ordentlich wirkte er. Sein Vater hatte ihm ein Ultimatum gestellt: entweder riss er sich zusammen und machte etwas aus sich, oder er sperrte ihm alle Bezüge und warf ihn aus dem Haus. Jake war sofort zur Vernunft gekommen. Haschisch hatte er natürlich nicht aufgegeben, aber er hatte es geschafft, von den harten Drogen loszukommen.Das Ergebnis war, dass er sich nach fast zehn Jahren zum ersten Mal wieder erinnerte, was er die Nacht zuvor getan hatte, und die Spanne zwischen Wachen und Schlafen kein verschwommener Nebel mehr war. Und er hatte es ohne Klinikaufenthalt oder die liebevolle Unterstützung seiner inzwischen nicht mehr ganz so liebevollen Eltern geschafft. Was zum Teufel würde er ohne seinen monatlichen Scheck anfangen? Nichts, war die Antwort, und deswegen hatte er sich darangemacht, sein Leben wieder in den Griff zu kriegen.

Kierans Leben war immer noch ein schreckliches Chaos, aber Jakes Zielstrebigkeit und Entschlossenheit, etwas zu *tun,* hatte etwas Ansteckendes. Er erinnerte sich vage, wie es sich anfühlte, etwas zu tun, was Max für gut befand. Mit einem guten Zeugnis heimzukommen etwa oder eine intelligente Bemerkung zu machen, die ihn zum Lächeln brachte. So lange schon drehte sich alles um Amber – sie war die Wohlgeratene in der Familie. Im Gegensatz zu ihm und Paola – nicht dass er je einen Gedanken an sie verschwendete – aber im Zusammenhang mit seiner Idee fiel sie ihm plötzlich wieder ein. Er nahm noch einen Zug von seinem Joint und beobachtete die drei Männer.

»Hör zu«, sagte er plötzlich und unterbrach die Unterhaltung. Sie blickten auf. »Hör zu. Das ist verdammt brillant.« Er sah, wie Jake die Stirn runzelte. »Nein, wirklich, Mann, hör zu. Du kennst doch meine Schwester, oder?« Jake nickte langsam, immer noch die Stirn runzelnd. »Wir sollten unbedingt *sie* mit einbeziehen. Sie dazu bringen, ihre Freundinnen einzuladen …«

»Was, diese fette Ärztin, mit der sie befreundet ist, und die andere? Wie heißt sie noch mal?«, fragte Jake spöttisch.

»Nein, nicht *Amber,* du Idiot. Paola. Wenn wir Paola an Bord kriegen, haben wir alles, was wir brauchen. Sie ist total cool.«

»Paola wer?«, fragte einer der Männer.

»Paola Rossi. Sie ist meine Schwester. Also, Halbschwester.«

»Paola Rossi – was ist sie? Schauspielerin? Die immer mit all den Models herumhängt? Sie ist deine *Schwester?*«

»Wer ist dieser Typ?«, fragte der andere Mann.

»Kieran Sall.« Kieran unterdrückte ein Rülpsen und streckte die Hand aus.

»Sollte ich dich kennen?«

»Vielleicht kennst du meinen Vater.«

»Und er ist …?«

»Max Sall.«

»*Max Sall?* Das gibt's doch nicht! Du bist Max Salls Sohn? Wirklich?«

»Ja, wirklich«, erwiderte Kieran sarkastisch. Jake sah ihn eindringlich an. »Das ist eine tolle Idee, Kumpel«, fuhr Kieran fort. »Gib's zu. Wenn sie kommt, kommen auch alle ihre Freunde. Paola kennt alle: Schauspielerinnen, Sängerinnen, Models, alle. Und wenn die kommen, dann kommen alle anderen auch.«

»Er hat Recht, wisst ihr«, sagte einer der Männer. »Digger.« Er streckte die Hand aus. »Und Will.« Kieran schüttelte beiden die Hand, holte Luft und hustete.

»Bloß so eine Idee«, sagte er und versuchte, bescheiden zu klingen. »Aber sie ist wirklich cool – kennt die richtigen Leute.«

»Okay. Wir müssen das besprechen. *Wir* beide«, warf Jake schnell ein, auf sich und Kieran deutend. »Ich ruf dich später an, Will. Behalt das im Moment bitte für dich.«

»Kein Problem. Nett, dich kennen gelernt zu haben, Sall.« Digger und Will standen auf. Kieran konnte kaum an sich halten. Es war so verdammt lange her, dass er an etwas anderes gedacht hatte, als Geld für den nächsten Schuss aufzutreiben oder Siobhan einen Besuch abzustatten. Jake begleitete die beiden Männer hinaus und kam wieder zurück.

»Was zum Teufel sollte das?«, fragte er Kieran scharf.

»Nichts, ehrlich. Ihr habt euch unterhalten, und ich dachte … Es wäre eine prima Idee, Jake, wirklich.«

»Das ist *mein* Projekt, Kieran.« Jake klang ärgerlich, hielt dann aber plötzlich inne. »Aber du hast Recht. Paola wäre Wahnsinn.«

»Und ich weiß, dass sie es tun würde. Sie wäre total begeistert.«

»Kieran, wann hast du das letzte Mal mit Paola gesprochen?«, fragte Jake und beobachtete ihn genau.

»Ach, noch gar nicht so lange her«, antwortete Kieran unbestimmt. Jake runzelte die Stirn. »Also gut, schon vor einer ganzen Weile. Als wir Teenager waren, genauer gesagt. Aber das macht nichts. Ich rede dieses Wochenende mit ihr. O Mann, das wäre so verdammt *Klasse!*« Jake sagte nichts. Er hatte Kieran noch nie so animiert gesehen, und gegen seinen Willen – die Idee mit dem Nachtclub stammte schließlich von ihm – war auch er aufgeregt. Paola Rossi stand ständig in den Klatschspalten und wurde immer mit den richtigen Leuten fotografiert – Models, aufstrebenden Schauspielerinnen und Starlets, die zur europäischen Schickeria gehörten. Wenn sie regelmäßig in den Club käme und ihre glamourösen Freunde mitbrächte, wäre das ein ungeheurer Auftrieb fürs Geschäft. Eine Menge junge Leute, braungebranntes Fleisch, das zur Schau gestellt wurde – ja, Kieran hatte einen Geistesblitz gehabt. Er war überrascht, dass er dazu noch in der Lage war.

»Hör zu. Geh heim, überleg's dir noch mal, sprich mit Paola, mit Max, mit wem auch immer. Wir treffen uns in einer Woche wieder. Ich muss noch ein paar Dinge erledigen. Ich hab erst etwa die Hälfte des nötigen Geldes zusammen. Ich muss noch Geldgeber finden.«

»Vielleicht könnte Max helfen«, sagte Kieran mit glänzenden Augen.

»Treib's nicht zu weit, Sall«, antwortete Jake und musste lachen. Er hatte Kieran schon high, bekifft, bewusstlos und halb tot gesehen, aber noch nie aufgeregt. Es war wirklich sehenswert.

Max sah seinen Sohn mit zusammengekniffenen Augen an. Schon vor zwei Wochen hatte Kieran ihn um eine Unterredung gebeten, aber er war mit dem Téghaza-Projekt beschäftigt gewesen. Kieran hatte jedoch auf dem Treffen bestanden. Es sei wichtig. Als er nun in seinem Arbeitszimmer vor ihm saß, das Kieran fast vier Jahre lang nicht mehr betreten hatte, war er überrascht von dem, was er sah. Kieran lebhaft erregt? Er beugte sich vor.

»Willst du Geld?«

»Ganz und gar nicht. Jake kümmert sich ums Geld. Es ist ohnehin seine Idee. Ich möchte dich bloß bitten, mir zu helfen, mit Paola in Kontakt zu kommen. Und dich fragen, ob dir das recht ist natürlich.« Ein plötzliches Schweigen trat ein. Max stand von seinem Schreibtisch auf und ging zum Fenster. Er hätte es zwar Kieran gegenüber nie zugegeben, aber er war gerührt. Der Junge bat nicht um Geld – wenigstens einmal nicht! –, sondern um Unterstützung. Er drehte sich um.

»Gut. Ich bin nächste Woche in Rom und rede mit ihr. In etwa zwei Wochen gebe ich dir Bescheid. Ist das in Ordnung?«

Kieran nickte. »Danke.« Er stand auf. Einen Moment lang sahen sie sich an.

»Ich wollte mir gerade von Siobhan Kaffee bringen lassen. Möchtest du auch welchen?« Max war über sein Angebot genauso überrascht wie Kieran. Es war ihm einfach herausgerutscht. Kieran sprang auf, als wäre auf ihn geschossen worden.

»Nein, nein, schon gut. Ich mach mich lieber auf die Socken. Danke, danke …« Damit eilte er aus dem Zimmer. Max sah ihm nach und zuckte die Achseln. Nun, wer weiß, vielleicht war dies der Anfang eines neuen Kapitels in Kierans Leben. Er hoffte es inständig. Auch seine eigene Reaktion überraschte ihn – sie war fast hoffnungsvoll. Obwohl er doch alle Hoffnung in Bezug auf seinen Sohn aufgegeben hatte. Da zeigte sich wieder, dass Blut dicker als Wasser war.

Er griff zu seiner kleinen Messingglocke und klingelte nach Siobhan.

58

Paola hörte ihrem Vater mit großen Augen zu. Zuerst verstand sie nicht ganz – Kieran wollte einen Nachtclub für ihn eröffnen? Sie sah ihre Mutter an. Francesca runzelte die Stirn.

»Nein, so ist es nicht ganz. Sie – er und ein Freund – hatten die Idee mit dem Club. Ich weiß ja nichts über Nachtclubs, aber sie wollen so etwas wie *Annabel's* daraus machen, du weißt schon, den Londoner Club am Berkeley Square.« Max fuhr mit dem Essen fort. Die beiden Frauen sahen ihn argwöhnisch an.

Jetzt war auch Francesca beeindruckt. *Annabel's* – nun, *das* war etwas anderes. *Annabel's* war exklusiv und unglaublich erfolgreich. Sie und Max waren früher ein paar Mal dort gewesen. Aber sie konnte sich nicht recht vorstellen, was Kieran damit zu tun haben könnte. In den letzten Jahren hörte man nur noch Horrorgeschichten über ihn. Wie Max es geschafft hatte, den Jungen vor dem Gefängnis zu bewahren, wussten die Götter – und jetzt finanzierte er ihm die Eröffnung eines Nachtclubs? »Nein, ich finanziere ihn nicht«, antwortete Max gereizt. »Es ist *ihr* Unternehmen. Sie haben mich nicht einmal um Geld gebeten. Sie bitten mich nur um Unterstützung. Aus irgendeinem Grund glauben sie«, er brach ab und deutete mit der Gabel auf Paola, »diese junge Dame könnte ihnen helfen, die richtigen Leute heranzuschaffen.« Er spießte ein Stück Kalbfleisch auf. »Warum sie allerdings annehmen, das Pack, mit dem du dich abgibst, seien die richtigen Leute, geht über meinen Verstand.« Paola erwiderte nichts. Sie war zu verblüfft, um etwas zu sagen.

»Was soll sie denn tun?«, fragte Francesca.

»Nichts. Sich von Zeit zu Zeit sehen lassen. Zur Eröffnung da sein, Freunde mitbringen, ich weiß nicht. Du kennst dich bei solchen Dingen besser aus als ich. Aber ich hab Kieran versprochen, ihn zu unterstützen, und dich zu bitten, das Gleiche zu tun. Und das tue ich hiermit. Wenn du nach London kommen möchtest, um mit ihm zu reden …«

»Oh ja! Wann?«, unterbrach ihn Paola aufgeregt. Max sah sie an.

»Wann immer du willst. Ich fliege am Sonntagmorgen zurück. Während der Woche werde ich nicht da sein, aber Kieran. Und Angela.« Er ignorierte Francescas wütenden Blick.

»Oh! Das wird ein Riesenspaß!« Paola war begeistert. »Werden sie es *Paola's* nennen? Nach mir?«

»Sei nicht albern«, fuhr Francesca sie an. Sie war über den Vorschlag absolut nicht erfreut, vor allem darüber nicht, dass Paola bei Angela wohnen sollte. »Vielleicht wird gar nichts daraus. Hast du nicht gesagt, du hättest bei allem Bedenken, was Kieran anfasst?«

»Das ist vorbei«, antwortete Max, sichtlich verärgert. »Er hat sich wieder gefangen. Fängt ein ganz neues Kapitel an. Das könnte wirklich der Durchbruch für ihn sein.« Er nahm einen Schluck Wein. »Höchste Zeit.« Er winkte dem Kellner, die Rechnung zu bringen.

Später am Abend lag Paola auf ihrem Bett und dachte über die Kleider nach, die sie in London tragen wollte. Rom langweilte sie schrecklich, doch jedes Mal, wenn sie vorschlug, irgendwo anders hinzuziehen – nach Paris, New York oder Madrid –, reagierte Francesca abweisend und wechselte das Thema. Jetzt, da Max plötzlich mit diesem Vorschlag gekommen war, stellte sie fest, wie dringend sie etwas Neues in ihrem Leben brauchte. Mit ihren Freunden in der Stadt herumzuhängen war in Ordnung, aber sie schienen nie irgendetwas zu *tun.* Alle Tage verliefen ähnlich – tagsüber einkaufen, in Schönheitssalons gehen, abends in Clubs, immer darauf bedacht, am richtigen Ort mit den richtigen Leuten gesehen zu werden. Doch wenn sie ehrlich war, hatte Paola diese »richtigen Leute« ziemlich satt. Francesca schien das nicht aufzufallen, aber die »richtigen Leute« in Rom bestanden aus einer Clique von etwa fünfzehn Familien, und Paola hatte mit fast allen in Frage kommenden jungen Männern geschlafen – wie die meisten ihrer Freundinnen auch –, und sie begann, sich ziemlich zu langweilen. So war es eben, wenn man keinen Job hatte und keine Karriere machte. Nichts passierte. Nicht, dass sie unbedingt hätte arbeiten wollen. Sie wusste nur, dass das Leben auf diese Weise ziemlich langweilig wurde, und wenn Paola etwas hasste, dann Langeweile.

Sie legte sich auf den Bauch und kuschelte sich in ihre seidenen Kissen. Ja – Kierans überraschende Einladung kam genau im richtigen Moment. Sie versuchte, sich zu erinnern, wie Kieran aussah. Seit er dreizehn und sie acht oder neun war, hatte sie ihn nicht mehr gesehen. Wenn er Amber ähnelte – sie zog eine Grimasse. Aber er konnte nicht wie Amber sein. Dafür hatte er zu oft in Schwierigkeiten gesteckt. Die kleine Miss Oberbrav hätte nie getan, was ihr Bruder sich geleistet hatte – von Max Geld stehlen, mit Drogen handeln, den Schmuck der Mutter verscherbeln, um Drogen zu kaufen. Er schien ein richtiger Rebell zu sein. Eher ein bisschen wie sie als wie Amber.

Also – sie kam wieder auf ihr Ausgangsthema zurück. Ihren neuen Minirock aus Wildleder mit einer weißen Bluse und passender Jacke vielleicht? Ja, sehr cool. Oh, und die schenkelhohen Stiefel, die sie bei Bottega im Fenster gesehen hatte. Die würden toll zu dem kurzen Rock passen. Und neue Jeans – die neuen ausgebleichten, die auf alt und abgetragen getrimmt waren. Mit einer Lederjacke vielleicht. Sie machte im Kopf eine Einkaufsliste. Morgen könnte sie mit Francesca einkaufen gehen. Obwohl Francesca nicht so erfreut wirkte wie Paola und Max. Wahrscheinlich machte sie sich Sorgen, Paola könnte sich plötzlich entschließen, nach London zu ziehen. Natürlich würde sie das nicht. Aber es wäre toll, dort eine Wohnung zu haben, vor allem jetzt, da sie einen Nachtclub hatte, der nach ihr benannt war. London war *die* angesagte Stadt – das sagten alle. Erneut umschlang sie das Kopfkissen. Herrlich. Gerade, als das Leben so langweilig aussah, hatte sich etwas Spannendes ergeben.

59

Kieran musste zwei Mal hinschauen. *Das* war Paola? *Seine Schwester?* Er schluckte. Nie hatte er ein so wunderbares Geschöpf gesehen. Jake, der neben ihm stand, stieß einen leisen

Pfiff aus. Paola stieg aus Max' Jaguar, schüttelte ihre lange glänzende Mähne und warf einen ziemlich verächtlichen Blick auf das Haus. Sie trug einen Rock – tatsächlich ein winziges Stück schwarzes Leder – schenkelhohe schwarze Lederstiefel mit hohen Absätzen – die Art, die man in *diesen* Videos sah, dachte Kieran plötzlich – ein weißes, langärmliges T-Shirt, das ihre Kurven zur Geltung brachte und ziemlich deutlich ihre Brustwarzen zeigte, und einen Pelzschal um den Hals. Sie sah umwerfend aus.

»Das ist deine *Schwester,* verdammt?«, brummte Jake. Kieran nickte, unfähig, den Blick von ihr zu wenden. Wann hatte er sie zum letzten Mal gesehen? Vor zehn Jahren? Gemeinsam mit Jake verfolgte er, wie sie neben Max die Einfahrt heraufkam und ihre frechen kleinen Brüste unter dem T-Shirt wippten. Kieran wandte sich verwirrt ab.

»Kieran?«, rief Max, als sie durch die Vordertür eintraten. Jake hätte ihn in seiner Eile, in den Gang hinauszukommen, fast über den Haufen gerannt.

»Hallo.«

»Ciao.« Paola war genauso cool, wie sie aussah.

»Also, ihr drei kommt wohl ohne mich aus«, sagte Max und ging zur Treppe. »Kieran, zeig Paola doch bitte ihr Zimmer. Ich hab ein paar Anrufe zu machen. Um sechs treffen wir uns auf einen Drink.« Kieran nickte, unfähig, Paola aus den Augen zu lassen.

»Schön, dass du kommen konntest«, hörte er Jake sagen, als er sich auf die Suche nach Siobhan machte.

»Mhm.« Paola gab sich unbeeindruckt. Das gefiel ihm.

»Wie war dein Flug?«

»Nicht schlecht. Sind ja bloß ein paar Stunden. Warst du schon mal in *Roma?*« Kieran spitzte die Ohren. Ihre Stimme war heiser und angenehm. Sie sprach gut Englisch, aber mit dieser reizenden Dehnung der Wörter, die die Italiener so gut beherrschten. Mein Gott, allein ihr zuzuhören machte ihn … Mist. Sie war seine Schwester, um Himmels willen. Er rief nach Siobhan.

»Hängen Sie das einfach da drüben auf, ja?« Paola sah kaum auf, als Siobhan und der Fahrer mit ihrem Gepäck eintraten.

Sie war damit beschäftigt, die kleine Suite zu begutachten, die man ihr gegeben hatte. Klein war das richtige Wort. Sie konnte sich gar nicht beruhigen, wie wenig weitläufig das Haus war – nun, das Haus selbst war ziemlich groß, aber abgesehen von den Räumen im Erdgeschoss war alles andere geradezu winzig. Die drei Zimmer, in denen sie eine Woche wohnen würde, waren nicht größer als ihr Badezimmer zu Hause, zwar hübsch eingerichtet, aber trotzdem. Wo sollte sie bloß all ihre Kleider hinhängen? In dem winzigen Einbauschrank war kaum Platz für ihre Koffer, ganz zu schweigen von den zwölf Paar Schuhen, die sie mitgebracht hatte. Zudem wollte sie noch einkaufen gehen. Sie *liebte* englische Kleider.

Sie öffnete die Badezimmertür – winzig! Aber hübsch. Sie sah in das antike Schränkchen neben dem Waschbecken. Gerade Platz genug, um ihre Kosmetika unterzubringen.

»Und wo soll ich *das* hinstellen?«, fragte das Dienstmädchen. Paola runzelte die Stirn. Hörte sie etwa einen sarkastischen Unterton in ihrer Stimme?

»Das weiß doch ich nicht. Sie finden schon einen Platz. Es ist ja nicht mein Haus.« Paola warf ihr Haar zurück und ging in den kleinen Salon. In der Ecke stand ein Fernseher. Sie stellte ihn an. Nachrichten. Langweilig. Sie warf sich aufs Sofa. Also: London. Jetzt war sie endlich hier. Noch nie war sie in Max' Londoner Haus gewesen. Von Francesca wusste sie, dass Angela im zweiten Stock wohnte, Max sein Arbeitszimmer im ersten Stock hatte und Kierans und Ambers Zimmer im dritten Stock lagen, direkt unter ihr. Vier Stockwerke in diesem winzigen Haus? Die beengten Wohnverhältnisse der Engländer hatte sie noch nie verstanden. Selbst die Hotels, in denen sie mit Francesca wohnte, wenn sie zum Einkaufen herkamen, waren schmal und eng verglichen mit der großzügigen Weite ihres Apartments in Rom. Beinahe erschienen ihr Angela und ihre Kinder wie die armen Verwandten – ein Gedanke, bei dem sie lachen musste.

Sie hörte, dass das Mädchen die Tür hinter sich geschlossen hatte. Endlich. Sie ging in ihr Schlafzimmer zurück und holte all die Kleider, die das Mädchen weggeräumt hatte, wieder heraus. Sie wollte die Outfits inspizieren, die sie für die Woche geplant hatte. Kierans Reaktion auf ihr Äußeres hatte sie in ungewöhnlich gute Stimmung versetzt. Paola liebte es, anerkannt zu werden. Und nun? Die hautengen Lederhosen und das Spitzen-Top? Oder die Jeans mit dem akkurat angebrachten Riss direkt unter dem Po? Sie seufzte glücklich.

Wirklich eine höchst seltsame Familie, dachte Siobhan, als sie die Tür schloss und nach unten ging. Angela hatte sie auf dem Weg nach oben aufgehalten – ob das Max' Tochter sei, die gerade angekommen war? Siobhan wusste nicht recht, was sie sagen sollte.

»Wie sieht sie inzwischen aus?«, fragte Angela und blickte aus dem Fenster.

»Nun ja, ganz hübsch«, antwortete Siobhan so unverbindlich wie möglich.

»Sie ist wie ihre Mutter, weißt du.« Siobhan stand in der Tür, Paolas Koffer in den Händen.

»Ja, Ma'am.« Was sollte sie sonst sagen. »Ähm, brauchen Sie noch etwas, Ma'am? Es ist nur, ich bring das jetzt lieber nach oben.« Sie deutete auf das Gepäck. Angela nickte und wandte sich ab. Siobhan ging weiter die Treppe hinauf, um die Kleider der kleinen Miss aufzuhängen.

Und dann war da noch Kieran. Sie hatte seine Begierde gesehen und war schockiert. Paola war mit Max durch die Tür gekommen, und die beiden – Kieran und sein Freund – hatten sie mit offenen Mündern angestarrt. Es war abstoßend. Sie war seine Schwester, um Himmels willen. Und sie, Paola, wusste ganz genau, was sie dachten. Sie war die Treppe hinaufgetrippelt in diesem Minirock, der so kurz war, dass man ihr Höschen sehen konnte. Auch Clive, dem Fahrer, war das nicht entgangen. Er sah aus, als stände er kurz vorm Herzschlag. Mein Gott, was für eine Familie. Doch wenn Kieran jetzt etwas anderes hatte, was ihn beschäftigte, würde er sie vielleicht in Ruhe lassen. Sie hatte es langsam satt. Sie hatte sie alle zusammen langsam satt. Außer Max natürlich.

Angela konnte die Schritte von oben hören, das verdammte Klacken der Absätze des Mädchens. Obwohl Siobhan ihre Tür geschlossen hatte, konnte sie es noch hören, auch Max, der wie üblich laut telefonierte. Ein kalter Schauer lief ihr über den Rücken. Er hatte es vor zweiundzwanzig Jahren versprochen. Dass sie nie in ihrem Haus mit ihnen konfrontiert werden würde. Nie. Sie hatte es geschafft, ihm dieses Versprechen abzuringen, und jetzt, zweiundzwanzig Jahre später, hatte er es gebrochen, genau wie alle anderen Versprechen auch, die er gemacht hatte. Oder ihres Wissens nach gemacht hatte. Er sagte immer, sie höre einfach, was sie hören wolle – er habe gar nichts versprochen.

Sie stand am Fenster und dachte an den Tag, als sie es herausgefunden hatte. Sie hatte hysterisch reagiert. Der Schmerz – nie hätte sie gedacht, dass es so wehtun würde. Sie saß allein am Frühstückstisch, Max war geschäftlich in Paris und sollte gegen Mittag zurückkommen. Sie schlug die Zeitung auf und sah ihn. In irgendeiner Stadt kam er mit einer Frau aus einem Restaurant, ihr Haar wehte hinter ihr her und sie hielt sich an seinem Arm fest. Verblüfft schlug sie die Zeitung zu. Es war nicht möglich. Den ganzen Morgen saß sie in ihrem früheren Haus in Chelsea, wartete auf ihn und betete, sie würde nicht zusammenbrechen. Die Kinder hatte sie mit der Nanny in den Kensington Park geschickt. Daran erinnerte sie sich, weil es ein kalter Tag war und die Nanny protestiert hatte. Aber das war ihr egal. Alles war ihr egal, außer Max zu sehen und zu erfahren, dass die ganze Sache ein albernes Missverständnis war. Gegen Mittag war er hereingestürmt, und dann brach ihre Welt zusammen. Sie hatte ihn sofort darauf angesprochen, er ignorierte sie einen Moment lang und ging dann in den Salon. Angela folgte ihm.

»Nein«, sagte Max langsam und schenkte sich einen Drink ein. »Es ist kein Missverständnis.« Angela stand in der Tür und starrte ihn entsetzt an. Was sollte das heißen?

»Aber, wer ist sie?«

»Ihr Name ist Francesca. Sie ist Stewardess. Ich hab sie auf einem Flug kennen gelernt«, antwortete er ruhig. Angela hatte Angst, ihr Herz würde stehen bleiben. Sie bekam fast keine Luft.

»Aber warum? Ich verstehe nicht. Wir sind verheiratet. Wir …«

»Hör zu, ich möchte nicht darüber sprechen. Es hat nichts mit dir zu tun.«

»Nichts mit mir zu tun? Bist du *verrückt?*« Sie starrte ihn an. Im Rückblick gesehen, war das ihr erster Fehler gewesen. Max machte sofort zu.

»Ich werde das nicht mit dir besprechen. Francesca wird in Rom bleiben. Du bist hier. Ihr müsst euch ja nicht mögen.«

»Mögen? *Mögen?* Du *Mistkerl!*« Ihre Hände waren zusammengepresst. Sie erinnerte sich nicht mehr, wann sie durch den Raum ging, oder wer als Erster zuschlug. Sie wusste nur noch, dass sie hysterisch die Hand gegen ihn erhob, und als er sie ohrfeigte, fast Erleichterung empfand, dass es nun nicht nur im Innern ihres Kopfes schmerzte. Dann wandte er sich von ihr ab. Er ohrfeigte sie und ließ sie dann zusammengesunken am Boden liegen. Als sie sich daran erinnerte, bekam sie eine Gänsehaut. Und sie, was hatte sie getan? Sie blieb dort liegen, bis die Kinder durch die Tür rannten. Kieran war damals sechs, Amber gerade vier. Die Nanny brachte sie schnell hinaus, hob sie auf, wusch ihr das Gesicht und half ihr ins Bett. Zweiundzwanzig Jahre später hatte sich nicht viel geändert. Siobhan hob sie immer noch auf, wusch ihr das Gesicht und brachte sie zu Bett. Der einzige Unterschied bestand darin, dass Max es nicht mehr mit ihr teilte. Damals war sie diejenige gewesen, die schließlich zu ihm unter die Decke kroch und ihn anflehte, wieder mit ihr zu schlafen. Sie war fünfundzwanzig, als Francesca auf der Bildfläche erschien. Sie war mit einem der aufstrebenden jungen Finanziers des Landes verheiratet. Sie hatten zwei Kinder, ein Haus in Chelsea und eine Villa auf Menorca. Max hatte gerade seine erste Million verdient und stand im Begriff, weitere zu verdienen. Jeder wusste, wer er war, wer sie waren. Ihre Hochzeit hatte die Titelblätter der Klatschblätter geschmückt. Jetzt füllte Max' Affäre die Seiten derselben Zeitungen. Wie sollte sie das ihren Eltern erklären? Ihren Freunden?

Tagelang rang sie mit sich, ob sie ihn verlassen sollte. Wo sollte sie hingehen? Zurück zu ihren Eltern? Ein unerträglicher Gedanke. Und die Kinder? Doch viel schlimmer als alle praktischen Erwägungen, die ihr ständig durch den Kopf gingen, war die bloße Vorstellung, Max zu verlassen. Sie *liebte* ihn. Sie war noch immer völlig vernarrt in ihn. Er hatte das Haus verlassen, nachdem sie ihn konfrontiert hatte, und sie wünschte sich nichts sehnlicher, als ihn wiederzusehen. Als er tagelang nichts von sich hören ließ, verwandelte sich ihre Wut langsam in Angst. Er würde sie doch nicht verlassen? Jetzt ging es nicht mehr darum, ob sie ihn verließ, jetzt hatte sie Angst, *er* würde sie verlassen. Das könnte sie nicht ertragen. Sie geriet in Panik. Sie würde sich mit Francesca abfinden. Mit allem – wenn er bloß wieder zurückkam. Sie rief seine Sekretärin an, seine Banker – alle, die ihr einfielen.

Nun, dachte sie verbittert, als sie hörte, wie Paola Siobhan herumscheuchte, das war ihr zweiter Fehler gewesen. Das Gefühl der Erleichterung, als er nach drei Wochen wieder auftauchte, die Dankbarkeit, als er wieder mit ihr schlief, all das fand sie jetzt abstoßend. Sie starrte auf die Straße hinab, wo Max' Wagen parkte. Die Sonne schien darauf – es war ein herrlicher Tag. Sie seufzte. Fehler. Ihr ganzes Leben lang hatte sie einen Fehler nach dem anderen gemacht. Der größte Fehler natürlich war, Max zu lieben. Und obwohl dies nur wenige wussten, tat sie es seltsamerweise immer noch. Nach all dem *Mist,* dachte sie ärgerlich. Das war das Beschämende. Sie liebte ihn immer noch. Würde es immer tun.

60

Die Tapeten hingen von den Wänden und bei jedem ihrer Schritte wirbelten Wolken von Staub auf. Wütend folgte Paola in ihrer nagelneuen Lederjacke und dem weißen Jeansrock Kieran und seinen drei Freunden. Wenn sie etwas hasste, dann Dreck, und *Staub* natürlich.

»Nun, was denkst du?«, fragte Kieran, nachdem sie eine halbe Stunde in dem halbdunklen Gebäude herumgeirrt waren. Paola sah ihn zornig über das Taschentuch hinweg an, das sie sich vor die Nase hielt.

»Es ist scheußlich«, antwortete sie. »Es ist dreckig und stinkt, als hätten Penner hier gehaust.«

»Das haben sie wahrscheinlich auch«, sagte Jake lachend. »Aber es ist absolut großartig. Ich kann es schon vor mir sehen. Es wird einfach fantastisch, Mann. Siehst du das nicht?«

»Nein, das tue ich nicht. Ich will heim.« Paola hätte beinahe mit dem Fuß aufgestampft. Sie sah auf ihre schwarzen hochhackigen Stiefel hinab. Erst eine Woche alt und schon ruiniert. Sie stieß einen unwilligen Laut aus, warf das Haar zurück und machte sich daran, den Weg zurückzugehen, den sie gekommen waren. Was schwierig war, weil jeder Gang gleich aussah. Sie konnte sich nicht erinnern, ob sie links oder rechts von dem alten Fahrstuhlschacht gekommen waren. Wo zum Teufel war der Ausgang?

»Paola?«, hörte sie Kieran rufen. »Warte. Wo gehst du denn hin?«

»Nach Hause«, rief sie über die Schulter zurück. Sie hatte genug. Erneut sah sie auf ihre Stiefel – völlig ruiniert. Kieran und seine Freunde mitsamt ihren blöden Geschäftsplänen konnten ihr gestohlen bleiben. Sie hatte gedacht, die ganze Sache sei praktisch *fertig* und nicht nur eine dreckige Baustelle. Natürlich wäre es was ganz anderes, wenn einmal eröffnet wurde. Nichts liebte sie mehr, als sich für die Eröffnung eines Clubs oder einer Bar herauszuputzen, und es mangelte ihr nie an Einladungen, um gemeinsam mit anderen schönen Menschen ein Ereignis daraus zu machen. *Dieser* Teil gefiel ihr. Aber das hier, fluchte sie, war abscheulich. Sie ignorierte Kierans Rufe, fand schließlich den Ausgang und trat auf die Straße hinaus. Tottenham Court Road – sie wusste nicht einmal, in welchem Stadtteil sie war. Sofort hielt sie ein Taxi an. Nur mit Mühe fiel ihr Max' Adresse wieder ein, aber eine Stunde später, nach einigem Suchen, war sie angelangt. Sie konnte es gar nicht erwarten, sich zu duschen und den Schmutz abzuwaschen. Erneut sah sie auf ihren Rock und ihre Stiefel hinab. Sie müssten weggeworfen werden.

Fast zur selben Zeit trafen Kieran, Jake und Will am Holland Park ein. Kieran machte sich Sorgen um sie, aber Jake und Will waren so aufgeregt über die Location im Keller des Centrepoint-Gebäudes an der Ecke Tottenham Court Road und Oxford Street, dass sie nichts anderes im Sinn hatten, als so schnell wie möglich die nächsten Schritte zu besprechen. Digger und Blake, die anderen Mitglieder der Investmentgruppe, wollten herüberkommen, um einen vorläufigen Vertrag aufzusetzen. Max hatte zugestimmt, ihn von seinem Anwalt durchsehen zu lassen – und eine Million Pfund zuzuschießen, um die Sache in Gang zu bringen. Kieran war besorgt gewesen, Jake und Will könnten glauben, er wolle sich aufdrängen, aber seit sie Paola zu Gesicht bekommen hatten, waren sie überraschend zugänglich. Sie hatten eine sehr gute Aussprache mit Max und seinem Anwalt gehabt, und das Ergebnis davon war, dass sie den Besitz an dem Club in sechs Teile teilten: 16,6% für jeden der fünf Investoren, der sechste Teil wurde unter vier Investoren aufgeteilt, einschließlich Max, dessen Zinsen zwei Prozentpunkte über der im Moment üblichen Rate liegen sollten. Paola würde in den ersten beiden Jahren 5% des jährlichen Profits bekommen mit der Option, die Vereinbarung nach achtzehn Monaten zu erneuern. Das klang alles sehr kompliziert, aber Max versicherte ihnen, dass es besser sei, alles von Anfang an genau zu regeln. Tatsächlich hatte Jake Kieran gestanden, dass er über Max' Beteiligung erleichtert sei, denn er, Digger und Will hätten ziemlich schnell erkannt, dass sie keine Ahnung hatten, wie sie die Sache tatsächlich zum Laufen bringen könnten. Max hatte die Location gesehen und zugestimmt, dass sie fantastisch war.

Das alte Centrepoint-Gebäude war ein zwanzigstöckiges Bürohaus aus den Sechzigern mitten im Herzen der Londoner Club-Szene, vom Leicester Square fünf Minuten zu Fuß die Charing Cross Road hinauf. Es hatte fast zehn Jahre lang leer gestanden, Gerüchten nach auf Grund von Baumängeln.

Sie interessierten sich für das Erdgeschoss – eine riesige, mit einer Glasfront versehene Fläche, mit Zwischengeschoss und zwei Kellergeschossen, die sogar direkten Zugang zur U-Bahn hatten – was für einen Clubbesitzer von enormem Vorteil war. Im Erdgeschoss zumindest waren nur kosmetische Verbesserungen nötig. Digger und Jake stellten sich einen lichterfüllten Raum mit subtilen Farbspielen vor, nur um die Aufmerksamkeit der Leute auf der Straße anzuziehen. Die Einlassbestimmungen wären jedoch streng. Diggers Vater war Architekt und wollte jemanden aus seinem Büro empfehlen, der die Arbeit übernahm. Sie gaben sich sechs Monate, um alles fertig zu stellen. Ehrgeizig vielleicht, aber sie hatten es satt, den ganzen Tag herumzusitzen, Haschisch zu rauchen und nichts zu tun. Die fünf sahen sich an und grinsten. Es lief besser, als sie zu hoffen gewagt hatten. Jake gab Kieran einen Stups an die Schulter – sie hatten Glück gehabt. Wer hätte das gedacht?

Oben in ihrem Badezimmer hüllte sich Paola in ein Badetuch und ging ins Schlafzimmer. Von unten konnte sie die Männer reden hören. Auf dem Weg nach oben hatte es einen schrecklichen Moment gegeben, als Angela ihre Tür öffnete und sie sich angestarrt hatten. Dann hatte Angela sich abgewandt und die Tür zugeschlagen. Sie hatte weder »hallo« oder sonst etwas gesagt, Paola allerdings auch nicht. Doch in den Augen der Frau war ein Ausdruck … Sie wirkte halb verrückt. Einen Moment lang hatte Paola fast Mitleid mit ihr. Trotzdem, ihr die Tür vor der Nase zuzuschlagen war grob unhöflich. Paola hatte das Haar zurückgeworfen und war weiter die Treppe hinaufgegangen. Angela besaß große Ähnlichkeit mit Kieran. Hellbraunes Haar, große blaue Augen. Ganz anders als Amber. Gott sei Dank war sie nicht hier. Kieran war viel netter.

Sie zog ein langes schwarzes Jersey-Kleid heraus, das den Bauch frei ließ. Nein, das war ein bisschen zu übertrieben fürs Abendessen. Ein kurzer Baumwollrock mit schwarzen Netzstrümpfen und einem tief ausgeschnittenen Pulli? Ja, mit den Stilettos, die sie bei Christian Louboutin gekauft hatte. Sie ließ das Badetuch fallen und begann, sich anzuziehen.

61

Max und Francesca genossen ein Wochenende auf Menorca. Während der letzten Wochen war er in so guter Stimmung, dass Francesca schon glaubte, ihre früheren Zweifel seien vollkommen unbegründet gewesen. Paola war mit dreimal so viel Gepäck aus London zurückgekommen, wie sie abgefahren war, und erzählte endlose Geschichten, wie fantastisch es gewesen sei, wie viel Spaß sie gehabt und wie reizend sich Kieran ihr gegenüber verhalten habe. Über Angela hatte sie kein Wort verloren, und Amber war offensichtlich nicht da gewesen. Alles in allem schien die Reise sich gelohnt zu haben. Tatsächlich mehr als das. Sie hatte Max in ausgezeichnete Stimmung versetzt. Er hatte sie am Freitag angerufen und ihr gesagt, dass sie sich in der Villa treffen würden. Fast wie zwei Teenager. Francesca genoss die unerwartete Aufmerksamkeit. Tag *und* Nacht. Sie strahlte förmlich. Es war offensichtlich, dass Kierans plötzliche Umkehr und die neue Beziehung zwischen ihm und Paola Max große Freude bereitete. Sie hatte unterschätzt, wie sehr die Sache mit Kieran ihn bedrückt hatte.

Sie bat eines der Dienstmädchen, ihnen Kaffee auf die Terrasse zu bringen. Ein Kurier hatte gerade eine Zeitung für Max gebracht, und er war nach draußen geeilt, um sie zu lesen.

»*Gottverdammt!*«, hörte sie Max plötzlich fluchen. Sie blieb stehen und eilte dann hinaus. Mit finsterem Gesicht blickte er auf die Zeitung in seiner Hand.

»Was ist denn los?«

»Verdammt!«, wiederholte er wütend. »Was zum Teufel hat sie da geschrieben?«

»Wer? Was?«

»Amber. Ich hab ihr *ausdrücklich* gesagt, ich will einen wohlwollenden Artikel. Was zum Teufel hat sie da bloß angerichtet? Gib mir ein Telefon bitte.« Francesca lief ins Wohnzimmer. *Mein Gott.* Diese verdammte Familie! Er war so guter Laune gewesen. Was hatte dieses Mädchen bloß verbrochen? Sie nahm einen der schnurlosen Apparate und eilte wieder hinaus. Max ging damit zum Pool und wählte die Nummer. Francesca spürte, dass ein Streit anstand, der den ganzen Abend verderben würde. Sie hätte Amber umbringen können. Was hatte sie bloß geschrieben? Sie hob die weggeworfene Zeitung auf. Da war es. *»Weißes Gold: Kann der Sand zum Leben erweckt werden?« Von Amber Sall, Korrespondentin des Financial Digest.* Sie runzelte die Stirn. Worum ging es bei dem ganzen Theater?

»Nein«, unterbrach ihn Amber ärgerlich. »Du hast mich gebeten, dort hinzufahren, mir den Ort anzusehen und mit Tendé über das Projekt zu sprechen, und genau das habe ich getan.«

»Ich hab dich gebeten, einen Artikel zu *unseren Gunsten* zu schreiben«, zischte Max. »Und nicht diesen linken Mist über eine sterbende Kultur und das Ende einer Lebensform. Was zum Teufel soll das?«

»Ich bin *Journalistin!*«, schrie sie am anderen Ende. »Kein Hofberichterstatter! Wenn du etwas Vorteilhaftes für dich wolltest, warum hast du es dann nicht selbst geschrieben? Du hättest mir zwei Wochen in diesem *Dreckloch* mit diesem *arroganten* Typen ersparen und mich den verdammten Artikel bloß abzeichnen lassen können! Du hast *gewusst,* dass ich darüber schreiben würde, was ich zu sehen kriege. Du hast es gewusst!« Amber war der Geduldsfaden gerissen. Sie saß am Schreibtisch ihres Büros, und Tim, ihr Redakteur, sah sie durch die Scheibe seines Büros an. Ein bisschen leiser, bedeutete er ihr mit einer Geste. Sie wurde rot. »Hör zu, ich bin in der Arbeit«, sagte sie und versuchte, sich zu beruhigen. »Wenn du mit mir darüber sprechen willst, ruf mich zu Hause an. Und wenn du dir die Mühe gemacht hättest, den ganzen Artikel zu lesen, hättest du gemerkt, dass er wohlwollend *ist.* Er beleuchtet bloß beide Seiten der Sache. Genau so, wie man es mir beigebracht hat.« Sie warf den Hörer auf.

»Gib mir die verdammte Zeitung!«, fuhr er Francesca an.

»Schrei mich nicht an«, erwiderte sie wütend. Sie reichte ihm den anstößigen Artikel. »*Ich* hab ihn schließlich nicht geschrieben.« Sie stand auf und stolzierte davon. Max schüttelte den Kopf und begann erneut zu lesen.

Eine halbe Stunde später gestand er sich widerstrebend ein, dass Amber Recht hatte. Das Projekt wurde zwar nicht ganz so bejubelt, wie er es sich erhofft hatte, aber der Artikel war eigentlich verdammt gut. Ein Lächeln spielte um seine Mundwinkel. Sein Mädchen. Sie hatte eine ausführliche und ziemlich unterhaltsame Geschichte über Salz, die Wüste und die Zukunft der komplexen Kultur eines Landes geschrieben, das erst ein paar Jahrzehnte alt war. Er hätte sie nicht anschreien sollen. Zum Teufel, er war *stolz* auf sie. Erneut griff er zum Hörer.

Nach dem Anruf von Max war Amber so wütend und außer sich, dass sie sich von Tim den Nachmittag freigeben ließ. Er hatte nur einen Blick auf ihr Gesicht geworfen und sie gehen lassen. Sie beschloss, zum Fluss zu gehen. Die kühle Luft an der Themse würde ihr gut tun.

Es war fast neun, als sie in ihre Wohnung zurückkam. Sie war zum Embarkment hinuntergegangen, hatte dann Becky angerufen und sich mit ihr auf einen Drink getroffen. Beckys Geschichte über die Ausstellungseröffnung, bei der alles schief ging, was nur schief gehen konnte, hatte sie tatsächlich zum Lachen gebracht. Irgendwie war es ihr gelungen, die Galeristin zu überreden, ihr noch eine Chance zu geben, und nun, einen Monat später, war alles mehr oder weniger vergessen. Charlie hatte sich an diesem Abend offensichtlich großartig verhalten – er hatte sie zu einem Thailänder eingeladen, sie am Fluss entlang heimgefahren. Ehrlich, meinte Becky, ohne ihn hätte sie nicht weitergewusst. Amber freute sich, dass sie jemand so Besonderen gefunden hatte, tat sich aber gleichzeitig ein wenig selbst Leid, weil ihr selbst das nicht gelungen war.

Als sie nach Hause kam, war sie in einer seltsamen Stimmung. Sie warf die Stiefel ab und goss sich den Rest einer Weißweinflasche ein. Gewöhnlich trank sie nicht allein, aber heute Abend brauchte sie etwas, was sie ein bisschen mehr aufmunterte als die Neun-Uhr-Nachrichten und ein Schinkensandwich. Mit ihrem Glas und einem Apfel ging sie ins Wohnzimmer und stellte den Fernseher an. Ihr Anrufbeantworter blinkte – vier Nachrichten – wahrscheinlich von Max. Im Moment hatte sie keine Lust, ihn zu hören. Sie würde ihn am nächsten Morgen anrufen. Sie legte die Füße hoch, trank einen Schluck Wein und versuchte, sich zu entspannen. Kurz nach zehn klingelte das Telefon. Sie nahm nicht ab. Die Maschine würde den Anruf aufnehmen. Die Welt draußen konnte warten. Heute Abend wenigstens.

Tendé lauschte Ambers klarer Stimme auf dem Anrufbeantworter und hinterließ eine kurze Nachricht. Die Zeitung, in der ihr Artikel erschienen war, lag auf dem Tisch neben dem Telefon. Er warf noch einmal einen Blick darauf. Er war sehr gut geschrieben, ausgewogen, objektiv und doch seltsam poetisch. Was ihn nicht überraschte. Sie hatte ihn bei ihrem Besuch in Téghaza beeindruckt. Von der Party in Spanien war sie ihm kaum in Erinnerung geblieben – im Gegensatz zu ihrer Schwester. Er hatte Amber damals als ziemlich distanziert und etwas kalt erlebt. Es war einfacher, auf die offene Sinnlichkeit der jüngeren Schwester einzugehen, obwohl ein Blick genügte, um zu wissen, dass Paola gefährlich war. Doch in der Wüste überraschte ihn Amber mit ihrer ruhigen Auffassungsgabe. Nach dem Vorfall mit der Spinne hatte er zufällig mitbekommen, wie die Männer über sie redeten. Abdoulaye murmelte, dass eine Frau wie sie den Verstand eines Mannes anspreche, aber nicht seine Sinne. Er unterdrückte ein Lächeln, als er ihnen zuhörte, und gab ihnen insgeheim Recht – doch inzwischen war er sich nicht mehr so sicher. Sie war nicht so schön wie ihre Schwester oder die Frauen, von denen er sich gewöhnlich angezogen fühlte, aber sie hatte etwas an sich – sobald man mit ihr sprach, wollte man plötzlich mehr von ihr. Sie hatte eines jener Gesichter, die sich beim Lächeln völlig verändern – und nach zwei Tagen in der Wüste stellte er fest, dass er sich nach ihrem Lächeln sehnte. Er schüttelte den Kopf. Das kam nicht in Frage. Max Sall war nicht der Mann, der ruhig zusehen würde, wenn jemand wie Tendé seiner Tochter den Hof machte. Egal, welcher der beiden. Wenn er wusste, was gut für ihn war, würde er sich sowohl von Amber wie Paola Sall fern halten. In diesem Moment zählte für ihn nur das Projekt – und es in Schwung zu bringen. Vermutlich war es gut, dass Amber nicht zu Hause war. Er war gar nicht sicher, warum er angerufen hatte, aber der Artikel hatte ihn bewegt. Genauso wie sie ihn bewegt hatte. Sehr sogar.

Becky sah Amber von der Seite an. Warum hatte sie gelogen? Es hatte ihr doch auf der Zunge gelegen, Amber von Henry zu erzählen. Nichts wäre passiert; es *war* ja auch nichts geschehen. Alles war vollkommen harmlos. Warum hatte sie also gelogen? Und nachdem sie das getan hatte, wie sollte sie jetzt damit umgehen? Sie hätte sich ohrfeigen können. Was war, wenn Henry ihr unvermutet über den Weg lief? Sie verzog das Gesicht.

»Du nimmst das erste Taxi«, sagte sie, als sie mit Amber vor der Bar stand. »Du hattest einen scheußlichen Tag. Ich nehm das nächste.«

»Bist du sicher?« Amber sah sie dankbar an.

»Absolut. Nimm das hier. Ich ruf dich morgen an, in Ordnung?«, rief sie, als Amber einstieg. Sie warf ihr eine Kusshand zu und sah ihr nach, bis die Rücklichter verschwanden. Sie seufzte. Vollkommen unnötig hatte sie sich in einen ziemlichen Schlamassel gebracht. Henry hatte sich seit dem Freitag, als sie sich auf einen Drink getroffen hatten, nicht mehr gemeldet. Warum auch? Sie hatten ohnehin den ganzen Abend nur über Amber geredet. Als sie sich trennten, wurde ihr klar, dass sie aus einer Mücke einen Elefanten gemacht hatte. Henry interessierte sich nicht für sie – und sie sich nicht für ihn. Ein Drink, ein Essen beim Thailänder, das war's. Also warum hatte sie Amber nichts davon erzählt? Oder Charlie? Sie hielt das nächste Taxi an und stieg ein.

Gott sei Dank, dass Freitag ist, dachte Amber, als am folgenden Morgen der Wecker klingelte. Sie blieb noch einen Moment liegen und lauschte dem vertrauten Gurgeln in den Heizungsrohren. Dann sah sie zum Fenster – es regnete. Natürlich. Typisch. Nach einer Woche mit herrlichem Sonnenschein jetzt das. Sie warf die Decke zurück und stand auf. Auf dem Weg in die Dusche drückte sie die Abhörtaste des Anrufbeantworters. Die ersten beiden Nachrichten stammten von Max. Sie putzte sich gerade die Zähne, als sie im Geräusch des fließenden Wassers plötzlich Tendés Stimme hörte. *»Also, vielleicht sehe ich Sie demnächst in London. Hier spricht übrigens Tendé Ndiaye.«* Sie hätte sich fast den Hals gebrochen, als sie übers Bett sprang, um rechtzeitig in den Gang hinauszukommen. Ihre Maschine löschte automatisch alle Nachrichten, nachdem sie abgehört waren. Sie schlug auf die Stopptaste und drückte dann mit klopfendem Herzen auf Wiederholung. *»Hallo Amber Sall. Ich habe gerade Ihren Artikel gelesen. Ich fand ihn sehr gut, sehr eindrucksvoll. Ich habe ihn genossen. Also, vielleicht sehe ich Sie demnächst in London. Hier spricht übrigens Tendé Ndiaye.«* Sie spulte noch einmal zurück. *»Hallo Amber Sall …«* Vollkommen gebannt blieb sie vor dem Anrufbeantworter stehen. Er hatte angerufen. Was nun?

Teil V

62 *Kairo, Ägypten*

Es war Alasdairs Idee, nach Ägypten zu fahren. Ein Winterurlaub – ein paar Tage in der Sonne. Damit überraschte er sie eines Abends nach einem besonders langen Tag im Operationssaal. Er hatte sich sogar in der Personalabteilung erkundigt, wann sie freihatte, und alles arrangiert: zwei Tage in Kairo, drei Tage den Nil hinunter bis Luxor und ein Wochenende in einem Strandhotel in Sharm-el-Sheik. Gemeinsam brüteten sie über dem Reiseführer. Madeleine war schrecklich aufgeregt. Es gelang ihr sogar, weder an ihre Eltern noch ihre Kurse oder die anstehenden Operationen zu denken. Sie erzählte niemandem etwas davon, nicht einmal Amber oder Becky. Inzwischen hatte sie oft sechs Tage hintereinander Bereitschaftsdienst, also würde es keiner merkwürdig finden, wenn sie nicht da war. Und wenn sie sichtbar gebräunt zurückkäme; nun, damit würde sie sich auseinander setzen, wenn sie wieder hier war.

An einem bedeckten Novembertag flogen sie aus Gatwick ab. Der Himmel war bleigrau, und ein feiner Nieselregen ging über dem Flughafen nieder, als sie sich in die Luft erhoben und die Wolkendecke durchbrachen. Sie nahm seine Hand und entdeckte zum ersten Mal die kleinen Leberflecken und Verfärbungen auf seinem Handrücken. Er war zweiundfünfzig. Dreiundzwanzig Jahre älter als sie. Seine Augen waren geschlossen, und er schnarchte leise. Sie beugte sich hinüber und deckte ihn zu. Wie eine Ehefrau. Sie musste lächeln. Dann zog sie ein Lehrbuch aus ihrer Tasche. Alasdair Laing befand sich auf dem Höhepunkt seiner Karriere, sie stand erst am Anfang. Sie hatte noch eine Menge zu lernen.

Die Ankunft in Kairo war chaotisch. Doch von dem Moment an, als sie aus dem Flugzeug in die trockene Hitze hinaustraten, war Madeleine hingerissen. Es war so ganz anders als alles, was sie bisher kannte. Heiß, staubig, laut, allein die Menge der Menschen war beängstigend. Buchstäblich Hunderte von jungen Männern umringten die Neuankömmlinge, als sie ein Taxi bestiegen, und alle wollten sich als Führer, Fahrer, Organisator oder gar Freund anbieten. Lächelnd schüttelte sie den Kopf – nein, ich bin mit meinem Mann unterwegs – und stieg zu Alasdair in den kleinen engen Wagen. Der Fahrer, ein netter junger Mann namens Mohammed, redete auf dem Weg zum Hotel pausenlos in einem Gemisch aus Englisch, Französisch und Arabisch auf sie ein. Sie verstand kein Wort. Draußen flog die Stadt an ihnen vorbei. Busse konkurrierten mit Autos, die ihrerseits die Motorroller bedrängten und wenig Erbarmen mit den Fahrradfahrern zeigten, die sich unsicher an die Straßenränder hielten – und inmitten des Ganzen schafften es Unmengen von Fußgängern, sich irgendwie einen Weg zu bahnen. Die Nase an die Scheibe gepresst, sah sie hinaus, entzückt vom Anblick und den Geräuschen der Stadt. Alasdair bemühte sich inzwischen, die Unterhaltung mit Mohammed aufrechtzuerhalten. Er sei schon einmal in Kairo gewesen, erklärte er ihm, als Student. *»Ah, und jetzt kommen Sie mit Ihrer Tochter?«,* fragte er unschuldig. Alasdair nickte kurz. Madeleine nahm seine Hand und drückte sie.

Die nächsten paar Tage waren wundervoll. Sie war seit langem daran gewöhnt, ihre Erlebnisse nicht mit ihren Eltern teilen zu können, aber diesmal war es schwer. Gemeinsam mit Alasdair wanderte sie durch den *Souk* und dachte an ihren Vater. Wie hätte es ihm gefallen, das zu sehen! Und die Geschenke, die sie hätte mitbringen können! Alles war so unglaublich billig. Sie betastete eine filigrane silberne Halskette mit passendem Armband, die Maja gefallen hätte. Aber wie hätte sie es erklären sollen? Gemeinsam Kairo zu erkunden – die breiten belebten Straßen, die halb verborgenen Gässchen, den Lebensmittelmarkt mit den Pyramiden bunter, unbekannter Gewürze und den Stapeln exotischer Früchte und Gemüse; den lärmigen *Souk* mit den Teppichen und dem Kunsthandwerk, die verfallenden Monumente, die Kolonialbauten und die modernen Wohnblocks, die Nasser errichten ließ und die schon zu verfallen begannen. Ein Teil des Zaubers war, all dies mit Alasdair zu sehen und seinen Erklärungen zu lauschen, während sie durch die Stadt gingen.

Am Abend verließen sie Kairo, um mit dem Schiff nach Luxor zu fahren. Die Landschaft war in sanfte Sand- und Rottöne getaucht, als die Sonne hinter wehenden Dattelpalmen und Zuckerrohrfeldern unterging. Sie stand an Deck des Schiffs, Alasdair hatte den Arm um ihre Taille gelegt, und ihr Kopf ruhte an seiner Wange. Entlang des Decks wurden Kohlebecken aufgestellt, und ihr Geruch vermischte sich mit tausend anderen Düften, als unter Deck das Abendessen vorbereitet wurde. Sie lehnte sich an ihn und beobachtete, wie langsam das Ufer verschwand, als die Nacht einbrach und sie auf die Mitte des Nils hinausfuhren.

Es war die dritte und letzte Nacht an Bord, als Alasdair begann sich unwohl zu fühlen. Das Schiff hatte angelegt, und sie wurden zu einem kleinen Hotel zu Füßen des zerklüfteten White Mountain gebracht. Es war ein einfacher Bungalow mit sechs Zimmern aus Palmstämmen, Fels und Lehm, der in der bleichen, sandfarbenen Umgebung fast unsichtbar war. Es gab Abendessen – eine wundervolle Zusammenstellung aus Lamm, Reis und Aprikosen –, aber Alasdair aß nicht viel. Und dann bestellte er sich einen Brandy, um ihn am Kohlefeuer zu trinken. Außer ihnen gab es noch drei weitere Paare und eine vierköpfige Familie, deren Kinder maulten, als ihre Mutter sie ins Bett brachte. Alasdair sah blass und müde aus, behauptete aber, es gehe ihm gut. Es sei nichts, er sei nur müde, weil es ein langer Tag gewesen war. Sie gingen auf ihr Zimmer, und sie beobachtete besorgt, wie sich trotz der kühlen Nacht kleine Schweißperlen auf seiner Stirn und Oberlippe bildeten, als er sich auszog und hinlegte.

»Ich muss mich nur richtig ausschlafen. Morgen früh bin ich wieder topfit«, beruhigte er sie, nahm die Brille ab und zog das Laken bis zum Kinn hinauf. Ihm sei abwechselnd heiß und kalt, erklärte er ihr. Vielleicht ein Fieberanfall, nichts Ernstes. Sie blieb neben ihm sitzen, bis er in einen unruhigen Schlaf fiel. Gegen Mitternacht stand sie auf, ging zu den Fenstertüren an einem Ende ihres Zimmers und trat hinaus. Sie hörte den Wind, der leise um die Dünen strich, das Rascheln von Blättern und das Knirschen der riesigen Palmen, die sich hin und her bewegten. Sie fröstelte in der kalten Nachtluft. Hoffentlich geht es ihm morgen früh besser, dachte sie.

Doch das Gegenteil war der Fall. Er war schon vor ihr aufgewacht. Als sie die Augen öffnete, saß er aufrecht im Bett und hielt sich den Bauch, als hätte er Schmerzen. Er war blass und sah erschöpft aus wie nach einer schlaflosen Nacht.

»Was ist los?«, fragte sie beunruhigt.

»Nichts, nur etwas Schmerzen, genau hier.« Er deutete auf sein Brustbein und zuckte zusammen. Madeleine tastete seinen Bauch ab. Er war ein wenig gespannt. Eine Muskelzerrung vielleicht?

»Soll ich dir etwas holen?«, sagte sie und fragte sich, ob es in einem kleinen Hotel wie diesem außer Aspirin etwas gab.

»Nein, nein, es ist nichts. Bis zum Lunch bin ich wieder in Ordnung.«

Doch der Lunch ging vorbei, und Alasdair lag immer noch im Bett, verzerrte alle paar Minuten das Gesicht vor Schmerz und weigerte sich, etwas zu essen oder zu trinken. In einer Stunde sollte das Schiff ablegen. Madeleine ging zur Rezeption und fragte, ob man einen Arzt rufen könne. Der junge Mann zeigte sich besorgt, aber der Arzt war zu einem Notfall in ein anderes Hotel gerufen worden, das fünf oder sechs Stunden entfernt war. Ob er vielleicht helfen könnte? Ein paar Aspirin? Sie nahm die Tabletten und ging ins Zimmer zurück. Alasdair fühlte sich nicht gut genug, um aufs Schiff zu gehen. Sie vereinbarten, einen oder zwei Tage im Hotel zu bleiben und auf der Rückfahrt des Schiffs wieder an Bord zu gehen. Luxor konnte warten, beharrte Madeleine. Viel wichtiger war, dass es ihm wieder besser ging. Alasdair war zu krank, um zu protestieren. Als sie den Ventilator andrehte und den Wasserkrug auffüllte, sank er wieder in Schlaf.

In dieser Nacht schlief keiner von beiden. Nass geschwitzte Laken und heftiger Schüttelfrost zeigten, dass er Fieber hatte. Am Morgen fühlte er sich kalt an und konnte kaum einen Schluck trinken. Jetzt packte Madeleine die nackte Angst. Erneut lief sie zur Rezeption. Wo war das nächste Krankenhaus? Der Rezeptionist zog eine zerknitterte Karte heraus: In Siwa, etwa fünf Stunden entfernt. Madeleine reichte ihm Alasdairs Kreditkarte und bat ihn, sofort einen Wagen und einen Fahrer zu besorgen. Der Mann nickte. Er sah die Angst in ihren

Augen. Als sie ins Zimmer zurückkam, versuchte sie, nicht zu zeigen, wie besorgt sie war. Abgesehen von gelegentlich einem Schluck Wasser hatte er seit zwei Tagen nichts zu sich genommen. Er legte sich auf die feuchten Laken zurück und überließ es ihr, alle nötigen Vorbereitungen zu treffen. In wenigen Minuten packte sie ihre Koffer, da ein Fahrer gefunden worden war, der sie so schnell wie möglich ins Krankenhaus bringen würde.

Während der Fahrt sprach Alasdair wenig, sondern fiel nur immer wieder in Schlaf und zitterte trotz der brennenden Vormittagssonne vor Kälte. Kurz nach drei trafen sie in der kleinen Stadt ein. Ein Bauer wies ihnen den Weg zum Krankenhaus – eher eine Dorfklinik, wie Madeleine feststellte, als sie vor dem Lehmgebäude anhielten. Die Schwester, die Alasdair in den Warteraum half, konnte kein Englisch, aber mit Hilfe des Fahrers bekamen sie heraus, dass es ein Röntgengerät gab. Die Tochter sei Ärztin? Dann könne sie ein Röntgenbild lesen? Madeleine nickte heftig. Die Schwester sah sie ein wenig ungläubig an, schob aber Alasdair mit Hilfe des Fahrers den Gang hinunter. Sie kämen nach einer Weile mit den Aufnahmen zurück, sagte sie. Madeleine verbrachte die längste Stunde ihres Lebens in dem kleinen heißen Warteraum unter den neugierigen Blicken eines halben Dutzends einheimischer Patienten und deren Familien.

Dann kam ein Arzt mit einer Reihe Röntgenbilder den Gang heruntergelaufen.

»Sind Sie Ärztin?«, fragte er und hielt die Aufnahmen hoch. Madeleine nickte und sah sie sich an. Es war der Blinddarm. Durchgebrochen.

»Er muss sofort operiert werden«, sagte sie.

»Madame, leider sind wir hier für einen solchen Eingriff nicht ausgerüstet. Sie müssen nach Kairo.«

»Können wir dort hinfahren?«, fragte sie, da sie über die Entfernung nicht Bescheid wusste.

»Nein, Sie müssen ein Flugzeug nehmen. Sie können in ein oder zwei Stunden in Kairo sein. Kommen Sie, ich zeig's Ihnen.« Sie folgte dem Arzt zur Tür. Es gebe einen Privatflugplatz für die Plantagenbesitzer. Dort könne sie einen Piloten finden. Es würde viel Geld kosten – Madeleine nickte ungeduldig –, aber es sei die einzige Möglichkeit. Mit dem Auto würde es fast acht Stunden dauern, und wie sie wisse, habe der Patient nicht so viel Zeit. Vermutlich setze bald die Sepsis ein. Madeleine dankte ihm, während sie vor Angst fast weinte. Sie lief zu Alasdair zurück, der schwach und erschöpft in seinem Rollstuhl saß.

»Wir müssen dich in ein Krankenhaus in Kairo bringen«, sagte sie, während sich ihr das Herz zusammenkrampfte. Alasdair nickte bloß. Die Art, wie er den Kopf hielt, sagte ihr, dass seine Kräfte schnell schwanden. Er hatte die Augen geschlossen, und ihm schien das Atmen schwer zu fallen. Sie beugte sich hinunter und legte die Hand auf sein Knie. »Ich besorg einen Piloten, keine Angst. Ehe du dich versiehst, sind wir in Kairo.« Er nickte mühsam, sagte aber kein Wort. Sie holte seine Brieftasche aus seinem Jackett und ließ ihn bei der Schwester. Dann raste sie mit dem Fahrer in Richtung Flugplatz. Eine halbe Stunde später hatte sie es geschafft. Mit Hilfe des Arztes und der Schwester gelang es, Alasdair an Bord des winzigen Flugzeugs zu heben. Der Arzt drückte ihr noch die Aufnahmen in die Hand, bevor die Türen zugemacht wurden.

»Bringen Sie ihn ins Al-Faisal-Krankenhaus«, riet er. »Ich bitte um eine Ambulanz, die Sie hinfährt, wenn Sie in Kairo sind.« Madeleine nickte, zu verängstigt, um etwas herauszukriegen.

An Bord des Flugzeugs veränderte sich seine Atmung – sie wurde schwer und flach. Sie hielt seine Hand, redete beruhigend auf ihn ein und wich den besorgten Blicken des Piloten aus. Der Flug war kurz, und wie der Arzt gesagt hatte, erwartete sie nach der Landung ein Krankenwagen. Der Krankenwagen war neu und die Besatzung tüchtig. Einer der Sanitäter sagte ihr, sie würden ihn in das beste Krankenhaus Ägyptens bringen. Ihr Vater sei dort in guten Händen. Später fielen ihr seine Worte wieder ein.

Auf einer Bahre wurde er ins Krankenhaus gerollt. Madeleine lief hinterher, immer noch die Röntgenbilder in der Hand. Zwei Ärzte in weißen Kitteln erwarteten sie bereits. Einer der Ärzte packte Madeleine am Arm und stellte ihr einige

Fragen, während sie außer sich vor Angst Alasdair nachblickte, der durch eine Doppeltür verschwand. Kaum fähig zu sprechen, wandte sie sich an den Arzt, reichte ihm die Aufnahmen, beobachtete, wie er sie ans Licht hob und mit professioneller Schnelligkeit durchsah.

»Ja, wir müssen sofort operieren. Es ist sein Blinddarm. Bitte warten Sie hier.« Und damit verschwand auch er. Auf unsicheren Beinen ging Madeleine zu den Stühlen, die entlang einer Wand aufgereiht waren. Sie schluckte. In der Ecke des Raums befand sich ein Münztelefon. Sie ging hin, warf alle Münzen ein, die sie hatte, und wählte Ambers Nummer. Sie musste unbedingt mit jemandem reden. Das Telefon klingelte ein paar Mal. Sie sah auf ihre Uhr – in Kairo war es fünf, in London vier Uhr. Amber war wahrscheinlich noch bei der Arbeit. Sie ließ den Hörer fallen und taumelte zu einem der Stühle.

Alasdair starb etwas später am Abend, auf dem Operationstisch. Das teilte ihr eine Schwester mit, die sie sanft an der Schulter rüttelte, um sie aufzuwecken. Sie starrte sie an und wollte etwas sagen, konnte es aber nicht. Die Schwester sah sie teilnahmsvoll an und zog sich zurück. Madeleine blieb in der Eingangshalle zurück, hielt die geballten Fäuste an sich gedrückt und atmete tief und schnell, als bekäme sie nicht genügend Luft.

Der Erste Sekretär der britischen Botschaft erklärte ihr später, dass in Alasdairs Fall die Blinddarmentzündung nicht den üblichen Verlauf genommen habe: statt anzuschwellen und eindeutige Bauchschmerzen zu verursachen, sei fast unmittelbar nach Ausbruch der Infektion ein Leck entstanden. Er sei bereits während der vergangenen Tage langsam gestorben. Sein Blut sei praktisch von Anfang an vergiftet worden. Niemand habe da noch etwas tun können, behauptete das Krankenhaus. Der Mann wusste offensichtlich nicht, dass Madeleine selbst Ärztin war.

»Haben Sie Kinder, Mrs Laing?«

Madeleine sah ihn an, und erneut traten Tränen in ihre Augen. Sie holte tief Luft. »Ich bin nicht seine Frau.«

»Ah.« Mehr gab es offensichtlich nicht zu sagen.

Amber steckte den Kopf durch die Tür. Madeleine lag in immer noch der gleichen Position im Bett wie am Morgen, nachdem sie sie verlassen hatte. Sie war wach.

»Hey«, sagte Amber flüsternd und kam in den abgedunkelten Raum. Madeleine lächelte schwach. »Wie fühlst du dich?«, fragte sie und setzte sich auf die Bettkante.

Madeleine nickte langsam. »Mir geht's gut.«

Amber nahm ihre Hand. »Hast du etwas gegessen?«

»Nein, ich hatte keinen Hunger. Mir geht's gut.« Amber biss sich auf die Lippe. Offensichtlich ging es ihr ganz und gar nicht gut.

»Soll ich dir irgendwas bringen? Eine Suppe?«

»Nein, wirklich. Ich brauch nichts.«

»Mads, du hast den ganzen Tag nichts gegessen. Komm, iss was mit mir. Ich mach mir etwas.« Madeleine schüttelte erschöpft den Kopf. Tränen stiegen ihr in die Augen. Amber hielt ihre Hand. Sie wusste nicht, was sie sagen sollte. Madeleine wohnte bei ihr, seit es vor drei Monaten passiert war, doch anstatt sich zu erholen, schien es ihr immer schlechter zu gehen. Sie tätschelte ihre Hand und stand auf. »Ich bring dir etwas, ob du magst oder nicht«, sagte sie leichthin. »Du siechst immer mehr dahin, Madeleine. Bald ist nichts mehr von dir übrig.« Sie brach ab. Das war vermutlich nicht der richtige Zugang zu ihr. Sie beobachtete, wie Madeleine die Augen schloss und dicke Tränen über ihre Wangen liefen. Dann ging sie in die Küche.

Sie nahm den Karton mit der Suppe heraus, die sie gekauft hatte, und schnitt etwas Brot auf. Madeleine brauchte Hilfe – professionelle Hilfe. Nicht die Art von Zuwendung, die sie oder Becky oder Madeleines Eltern ihr geben konnten. Sie wusste nur nicht, an wen sie sich wenden sollte. Wer könnte ihr helfen?

Wieder allein im Zimmer, kämpfte Madeleine mit sich. Sie konnte einfach nichts dagegen tun. Sie wollte nicht weinen, sie wollte nicht den ganzen Tag im Bett liegen, und ganz sicher wollte sie den Leuten in ihrer Umgebung keine Probleme machen. Aber sie konnte nicht anders. Es gab Tage, da wachte sie am Morgen auf und hatte nicht die geringste Vorstellung, wie sie die zwölf oder dreizehn Stunden durchstehen sollte, bis es wieder Zeit zum Schlafen war. An manche Tage erinnerte sie sich überhaupt nicht mehr. Manchmal hatte sie das Gefühl, sie habe nur geschlafen. Drei Monate. Es war *drei* Monate her, und alle sagten, es würde besser werden. Sie hatten keine Ahnung. Sie drehte den Kopf zur Wand. Sie war grau. Seine Augen waren grau. Erneut begann sie zu weinen.

»Mads?« Amber rüttelte sie vorsichtig wach. Eine Schale Suppe stand auf einem Tablett, und ein mit Butter bestrichenes Brötchen. »Komm. Iss etwas. Bitte, Madeleine. *Bitte.*«

63

Becky wartete, bis die Haustür hinter Charlie zufiel und sie seine Schritte nicht mehr hören konnte, dann schlüpfte sie aus dem Bett. Sie wunderte sich über sich selbst – sie hatte sich nie für eine besonders gute Lügnerin gehalten, aber in letzter Zeit … Am Abend zuvor hatte sie Morag angerufen und gesagt, sie fühle sich nicht gut und werde vermutlich einen oder zwei Tage zu Hause bleiben; nichts Ernstes, nur ein Anflug von Grippe. In der Galerie war ohnehin nicht viel los, da sie sich zwischen zwei Ausstellungen befanden.

Sie zog ihren Morgenmantel an und ging ins Badezimmer. Ihr blieb noch eine Stunde, bis Henry kam. Ein schönes langes Bad, dann fünfzehn Minuten, um sich die Haare zu richten und sich zu schminken, und dann würden sie losfahren. Ein ganzer Tag in einem Landhotel in Berkshire, das Henry entdeckt hatte. Sie war so aufgeregt, dass sie es kaum mehr aushielt. Sie drehte die Hähne an, setzte sich auf den Wannenrand und sah zu, wie der Schaum aufstieg. Sie hatte eine Affäre. Leise flüsterte sie die Worte vor sich hin, immer noch ein wenig ungläubig. Sie, Becky Aldridge, die bald Becky Mason heißen würde, *hatte eine Affäre!* Und es gab niemanden, dem sie es erzählen konnte. Auf keinen Fall Amber. Vor allem jetzt nicht, nach dem, was der armen Madeleine passiert war. Ihrer Mutter? Ausgeschlossen. Ihre Eltern *liebten* Charlie. Außerdem könnten sie sich nicht vorstellen, dass ihre Tochter so unaufrichtig war. Sie dachte an Madeleine und das grauenvolle Ende ihrer Beziehung. Für sie war das nur wieder ein Beweis dafür, dass man das Glück festhalten musste, wenn es sich bot. Man wusste nie, was als Nächstes geschehen würde.

Eine Stunde später, fast auf die Minute genau, klingelte Henry. Becky warf einen letzten prüfenden Blick in den Schlafzimmerspiegel und lief nach unten. Kurz darauf fuhren sie zum South Circular und in Richtung der M25. Henry nahm die Hand vom Ganghebel und drückte Beckys Schenkel. Sie lehnte sich zurück und versuchte, das Kribbeln und die Spannung in ihrem Bauch zu unterdrücken. So ging es ihr immer mit Henry, auch noch nach sechs Monaten heimlicher Treffen und verbotenem Sex. Sie konnte es niemandem erklären, nicht einmal sich selbst. Eine Affäre zu haben, passte so ganz und gar nicht zu ihr. Als es das erste Mal passiert war, war sie vollkommen verblüfft über sich. Ruhig hatte sie ihre Bluse zugeknöpft, ihren Mantel angezogen, war zur U-Bahn gegangen und hatte eine Stunde später glücklich lächelnd ihr Haus betreten. Charlie musste sie nichts erklären – er ging so vollkommen in seiner Arbeit auf, und sie kam oft spät von der Galerie heim. Sie hatte eine Menge Freunde, von denen er nichts wusste und die ihn nicht interessierten – alles war so verblüffend einfach. Natürlich dachte sie nicht im Traum daran, Charlie zu verlassen. Alles ging weiterhin seinen gewohnten Gang: am Morgen aufstehen, frühstücken, Charlie zum Abschied küssen, mit der U-Bahn zur Arbeit, der Tag in der Galerie, manchmal nach der Arbeit ein paar Drinks mit Künstlern – und ein oder zwei Mal die Woche schlich sie sich zu Henry, wo sie wilden, manchmal groben Sex hatte, wie sie ihn bisher nur aus Büchern oder Filmen kannte. Dann zog sie sich wieder an und ließ ihn zwischen den zerwühlten Laken zurück. Sie konnte es nicht erklären und versuchte es gar nicht. Sie schlief weiterhin mit Charlie, was sie sogar genoss. Es war, als wäre sie plötzlich in zwei Hälften geteilt: die eine die vernünftige, liebenswerte Becky Aldridge, die andere dieses seltsame sinnliche Wesen, das zu allem verführt werden konnte. Doch den Grad der Intimität, den sie mit Henry erreichte, wollte sie mit Charlie vielleicht gar nicht haben. Henry öffnete ihr ganz neue Horizonte, und sie betrat Vorstellungswelten, deren Existenz sie nie geahnt hatte. Er hatte eine verborgene, gefährliche Seite an sich, die sie nie bei ihm vermutet hätte. Eine Art Verzweiflung, die sie manchmal beängstigte, aber gleichzeitig anzog. Er war ganz anders als die Person, für die sie ihn gehalten hatte, und sie fragte sich immer wieder, ob Amber sich deshalb von ihm getrennt hatte. Aber diese Frage konnte sie ihr nicht stellen. Amber hatte keine Ahnung. Und Becky wollte, dass es so blieb. Henry war *ihre* Sache, ihre Privatangelegenheit, die niemanden etwas anging. Diese Sichtweise half ihr auch, wenn sie an Charlie dachte. Sie war so überzeugt, die beiden Hälften ihres Lebens auseinander halten zu können, dass sie sich nicht einmal die Mühe machte, ihren Verlobungsring abzulegen. Henry berührte ihn manchmal abwesend während der Ruhepause nach dem Sex. Er machte nie eine Bemerkung darüber, und sie genauso wenig.

64

Sie ging den langen weißen Korridor hinunter und sah auf die Namensschilder der Türen zu beiden Seiten. Borowski, Hammond, Professor Graves, Harrigan. Sie blieb stehen und klopfte. Sie hoffte, dass sie das Richtige tat.

»Herein«, rief eine Stimme von drinnen. Sie öffnete die Tür.

»Dr. Harrigan? Ich bin Amber Sall. Wir haben telefoniert.« Erleichtert stellte sie fest, dass er sich erinnerte.

»Ah ja, Miss Sall, treten Sie ein. Entschuldigen Sie das Durcheinander, ich mache gerade die Noten. Bitte, setzen Sie sich. Ich nehm das hier weg.« Er legte einen Stapel Papiere vom Stuhl auf den Schreibtisch. Amber setzte sich. »Also«, begann er. »Was kann ich für Sie tun?«

»Es geht um Madeleine Szabo«, sagte Amber ohne Umschweife. »Sie ist eine der Assistenzärztinnen in Ihrem Operationsteam.« Dr. Harrigan nickte langsam. »Ich bin nicht sicher, inwieweit Sie über den Vorfall informiert sind, oder ob ich überhaupt darüber sprechen darf, aber …«

»Wir wissen Bescheid, Miss Sall«, antwortete Dr. Harrigan ruhig. »Eine schreckliche Tragödie. Alasdair hatte viele Freunde in der Abteilung, nicht nur Kollegen. Ich glaube, ich war einer der wenigen, die wussten, was vor sich ging. Wie geht es Madeleine?«

»Nicht gut. Ich weiß nicht, was ich tun oder wie ich ihr helfen könnte. Deshalb habe ich mich entschlossen, zu Ihnen zu kommen, anstatt zu ihrem Hausarzt zu gehen, falls sie überhaupt einen hat. Es geht nicht nur darum, dass sie sich nicht erholt und nur schwer darüber hinwegkommt, sondern mir scheint, dass es ihr immer schlechter geht. Ständig behauptet sie, es sei alles ihre Schuld, und dass sie es früher hätte diagnostizieren müssen. Mit mir zu sprechen, hilft ihr nicht. Also habe ich mich gefragt …«

»Ob ich mit ihr sprechen könnte? Natürlich. Ist sie allein?«

Amber schüttelte den Kopf. »Nein, sie wohnt bei mir, die ganze Zeit schon. Aber, da sie nicht zur Beerdigung gehen konnte und eigentlich mit niemandem darüber reden kann – das hat es, glaube ich, noch schwerer gemacht.«

»Ich verstehe. Wann wäre eine günstige Zeit, vorbeizukommen?«

»Immer. Wenn es Ihnen passt. Ich weiß natürlich, dass Sie sehr beschäftigt sind.«

»Alasdair Laing war mein Freund. Wenn es irgendetwas gibt, was ich tun kann …« Er brach plötzlich ab. »Er liebte Madeleine. Das konnte jeder sehen. Es tut mir Leid, dass das geschehen ist. Ich komme heute Abend vorbei. Gegen sieben?«

Amber nickte. Als sie ihm dankte, standen Tränen in ihren Augen. »Nichts zu danken. Alasdair war ein Freund. Er fehlt mir. Uns allen.«

Madeleine hörte die Klingel. Während der vergangenen Stunden war sie immer wieder eingedöst. In der Nacht fiel es ihr schwer zu schlafen, und gewöhnlich lag sie bis zum frühen Morgen wach, lauschte den Geräuschen im Haus und dem Flüstern und Schwanken des Baums vor dem Fenster. Die letzte Nacht war besonders schlimm gewesen. Jedes Mal, wenn sie einnickte, sah sie Alasdair und wachte abrupt auf. Die ganze Sache kam ihr wie ein Traum vor, wie ein schrecklicher Albtraum – bis sie wieder aufwachte, realisierte, wo sie war, und erneut zu weinen begann.

Es klingelte noch einmal. Amber war noch nicht zu Hause. Sie stieg aus dem Bett, fand einen Morgenrock und ging barfuß den Gang hinunter. Eine dunkle Gestalt stand hinter der Milchglasscheibe. Ein kleiner, ziemlich fülliger Mann. Sie räusperte sich. »Wer ist da?«, fragte sie und zog den Gürtel ihres Morgenrocks enger.

»Dr. Harrigan. Madeleine?« Sie erstarrte.

Harrigan? Aus dem Krankenhaus? »Madeleine?«, rief er noch einmal leise. »Ich kam gerade zufällig vorbei. Darf ich reinkommen?« Madeleine sah auf ihre nackten Füße. Dann öffnete sie die Tür.

Er führte sie vorsichtig ins Wohnzimmer, zog seinen Mantel aus und verschwand dann ohne etwas zu sagen in der Küche, um Tee zu machen. Es kam keine Peinlichkeit auf – Harrigan wusste, was zu tun war. Er brachte ihr Tee, zog einen Stuhl heran und wartete, bis sie zu sprechen begann. Als sie fertig war und er sah, dass sie keine Tränen mehr übrig hatte, zog er ein Bündel Papiere aus seiner Manteltasche und breitete sie auf dem Couchtisch aus.

»Gehen Sie fort, Madeleine. Verlassen Sie für eine Weile das Land.« Sie blickte auf. »Ich möchte, dass Sie sich das ansehen. Im Moment haben Sie das Gefühl, nie mehr als Ärztin arbeiten zu können. Das verstehe ich, aber es wird vorbeigehen. Es gibt viele Möglichkeiten, als Ärztin tätig zu sein.«

»Ich kann nicht. Ich bin fertig«, sagte Madeleine, ohne von ihrem Tee aufzublicken. »Ich hätte wissen müssen, was es war; ich hätte es sehen müssen, etwas *tun* müssen.« Er nickte. Sie hatte ihr Selbstvertrauen verloren.

»Das ist schon vielen von uns passiert, mehr Leuten, als Sie sich vorstellen können«, sagte er ruhig. »Aber Sie sind eine *gute* Ärztin, Madeleine. Es wird vorbeigehen. In der Zwischenzeit möchte ich, dass Sie sich überlegen, eine Weile lang etwas anderes zu tun. Sie müssen sich nicht gleich entscheiden. Versprechen Sie mir nur, es sich zu überlegen.« Madeleine nickte. Sonst sagte er nichts. Er redete nicht über Alasdair, sagte nicht, wie sehr er ihm fehlte, wie Leid es allen tue, keine der üblichen beruhigenden Floskeln. Er gab ihr etwas viel Nützlicheres – eine Frage. Über sich selbst.

Sobald Amber die Tür aufmachte, wusste sie, dass sich etwas verändert hatte. Aus dem Wohnzimmer drang leise Musik – Madredeus, die portugiesische Gruppe, mit der Alasdair Madeleine bekannt gemacht hatte, und sie daraufhin alle anderen. Sie steckte den Kopf durch die Tür. Madeleine saß, von Papieren, Notizen und Telefonbüchern umgeben, auf der Couch. Als Amber die Tür öffnete, sah sie auf.

»Hallo«, sagte sie leise.

Amber winkte kurz. »Sieht aus, als wärst du beschäftigt gewesen.«

»Ja«, sagte sie und seufzte auf. »Dr. Harrigan kam heute vorbei. Ich schätze, du hast ihn geschickt.« Amber nickte zögernd. »Er hat mir das hier gebracht.« Sie hielt ein paar Blätter hoch. Amber überflog rasch die erste Seite. *»Das Internationale Komitee für Migration beschäftigt sich mit Gesundheitsfragen von Migranten in Ursprungs-, Transit- und aufnehmenden Ländern. Die Gesundheitsdienste des ICM arbeiten mit Regierungen und anderen Einrichtungen zusammen, um individuellen und kollektiven Gesundheitserfordernissen von Migranten zu begegnen.«* Sie sah fragend auf. »Lies die nächste Seite«, sagte Madeleine. Amber las weiter. *»Psychologische Betreuung und Traumabehandlung in Serbien. Kategorie: Migrations-Gesundheitsdienste. Zusammenfassung: Dieses Projekt zielt darauf ab, die Voraussetzungen zu schaffen, um den infolge des Konflikts entstandenen psycho-sozialen Bedürfnissen der Bevölkerung frühzeitig begegnen zu können.«* Sie hielt inne.

»Du gehst weg.« Es war eine Feststellung.

»Ich muss, Amber. Ich werde wahnsinnig, wenn ich hier bleibe. Alles erinnert mich an ihn. Ich kann nicht mal durch die Türen des Krankenhauses gehen. Ich hab mein Selbstvertrauen verloren. Ich bin nicht sicher, ob ich überhaupt noch einmal praktiziere.«

»War das Dr. Harrigans Vorschlag?«, fragte Amber und setzte sich neben sie auf die Couch.

Madeleine nickte. »Er sagte, ich könne mir selbst helfen, indem ich anderen helfe.« Sie sah auf ihre Hände hinab. »Ich weiß nicht, ob das stimmt, aber hier kann ich nicht bleiben. Ich hab den ganzen Tag telefoniert. Nächsten Dienstag hab ich ein Vorstellungsgespräch in Wien.« Amber war überrascht. So bald schon? »Offensichtlich suchen sie jemanden für ihre Spezialeinsatzgruppe in Belgrad. Sie brauchen jemanden mit medizinischer Ausbildung, der Englisch, Französisch und Russisch spricht. Ich schätze, davon gibt es nicht so viele.« Madeleine lachte kurz auf. Es war das erste Mal, dass Amber sie wenigstens wieder lächeln sah. »Es ist hauptsächlich administrative Arbeit – die Ausbildung des Personals, um mit ›intern Vertriebenen‹, wie sie es nennen, umzugehen … man eignet sich die Ausdrucksweise schnell an. Es handelt sich um einen Zwölf-Monats-Vertrag. Und man wird gut bezahlt. Ich hoffe, ich kriege den Job.« Amber sagte nichts. Es war so ungerecht. Das Leben hatte Madeleine bereits ziemlich übel mitgespielt – und jetzt das? Zwölf Monate an einem der gefährlichsten Orte der Welt schien nicht gerade erstrebenswert zu sein. Aber bei Madeleine hatte es etwas verändert, ein Licht angezündet – und dafür war sie dankbar.

65

»Du wolltest doch nicht weinen«, sagte Becky und wischte die eigenen Tränen ab. Amber schnäuzte sich.

»Ich sagte, ich würde *versuchen,* nicht zu weinen«, widersprach Amber. Sie sahen sich an. Es war Sonntagnachmittag, zwanzig nach zwei. Madeleine war gerade im Gate am Flughafen Heathrow verschwunden und hatte gewunken, bis die beiden sie nicht mehr sehen konnten.

»Ich bin froh, dass ihre Eltern nicht gekommen sind«, sagte Becky nach einer Weile.

Amber nickte. »Es wäre furchtbar geworden. Sie hat sich am Morgen von ihnen verabschiedet. Ihre Mutter bekam einen hysterischen Anfall.«

Becky zog eine Augenbraue hoch. »Ich kann mir kaum vorstellen, dass ihre Mutter eine Träne vergießt, ganz zu schweigen von einem hysterischen Anfall. Ich hab noch nie jemanden so erlebt, der so *zugeknöpft* ist.«

»Nun, vielleicht wärst du das auch, wenn du dasselbe durchgemacht hättest wie sie.«

»Ja, wahrscheinlich. Weißt du, Mads wird mir schrecklich fehlen«, fuhr Becky fort, als sie zum Parkplatz gingen. Amber hängte sich bei Becky ein.

»Mir auch. Also, was sollen wir beide jetzt anfangen? Hättest du Lust auf einen Film? Ich brauch unbedingt was, was mich aufmuntert.«

»Ich kann nicht. Ich treffe mich um fünf mit Henry«, sagte Becky.

»Henry?«, fragte Amber verwundert. Becky erstarrte. »Welcher Henry?«

»Ach, hab ich Henry gesagt? Ich meinte Charlie«, antwortete Becky mit hochrotem Gesicht. Mit einem Lachen versuchte sie, darüber hinwegzugehen. »Verrückt, nicht? Wie komm ich bloß darauf?« Amber sah sie einen Moment lang an, erwiderte aber nichts. Es war nicht das erste Mal, dass Becky der gleiche Fehler unterlaufen war. Schweigend gingen sie zu Ambers Wagen.

»Becks, triffst du dich mit jemandem – abgesehen von Charlie?«, fragte Amber beim Einsteigen. Becky sprach ein stummes Dankgebet. Amber hatte nicht die richtigen Schlüsse gezogen.

»Nein, sei nicht albern. Es war bloß ein Versprecher. Ich weiß nicht, warum mir das so rausgerutscht ist. Ich treffe mich um fünf zu Hause mit Charlie.«

»Du würdest es mir doch sagen, oder?«, fragte Amber und ließ den Motor an.

»Natürlich würde ich das«, antwortete Becky und schloss den Sicherheitsgurt, um Ambers Blick nicht zu begegnen. Im Seitenspiegel sah sie ihr eigenes Gesicht. Lügnerin. Miststück. Sie wandte sich ab.

Drei Stunden später, als ihr Kopf auf Henrys nacktem Bauch lag und ihre Finger über den feinen dunklen Flaum strichen, der von seinem Nabel zu seinem Penis hinabführte, schloss sie vor Scham die Augen.

»Was ist los?« Sein Bauch zitterte leicht unter ihrer Wange.

»Nichts«, flüsterte sie. »Ich bin nur traurig, glaube ich. Madeleine ist heute Nachmittag abgefahren. Um in Belgrad zu arbeiten.«

»Was macht sie da?« Henry legte die Hand auf die ihre und schob sie weiter nach unten.

»Ich weiß nicht. Sie arbeitet bei irgendeinem medizinischen Programm. Amber hat nichts Genaues gesagt. Ohhh. Magst du das?«

»Ja.« Und mehr brauchte es nicht. All ihre Scham war verflogen, als sie die Lust in Henrys Gesicht sah. »Ja, das mag ich.«

Amber fuhr nach Islington zurück, nachdem sie Becky an der U-Bahn-Station von Hammersmith abgesetzt hatte. Sie wollte ausdrücklich nicht den ganzen Weg nach Dulwich gebracht werden, weil es ein viel zu großer Umweg für Amber sei. Amber wandte zwar ein, dass sie sonst nichts zu tun habe, aber Becky blieb eisern. Amber beobachtete, wie sie mit flatterndem rotem Haar die Straße überquerte. Irgendwie hatte sich Becky im Lauf der letzten Monate verändert, obwohl sie nicht genau sagen konnte, woran es lag. Sie wirkte ein wenig angespannter … ein wenig zerstreuter als sonst. Wahrscheinlich lag es an der Arbeit – die Galerie vergrößerte sich.

Vor ihrer Wohnung hielt sie an. Es war Sonntagnachmittag um halb fünf, und sie hatte nichts zu tun. Sie sah auf ihre Hände. Der Ring, den sie an ihrem Zeigefinger trug, war verdreht. Sie rückte ihn zurecht. *Hoffnung.* Madeleine und Becky hatten ihr drei Silberringe zum Geburtstag geschenkt, in die *Hoffnung, Zuversicht* und *Glaube* eingraviert war. *Glaube* hatte sie gleich am ersten Tag verloren. *Zuversicht* war ihr einen Monat später beim Händewaschen vom Finger gerutscht und lag vermutlich im Siphon des Waschbeckens. Jetzt trug sie *Hoffnung* am Zeigefinger. Es war ein bisschen schwierig gewesen, ihn anzustecken, aber diesen Ring durfte sie keinesfalls auch noch verlieren. Vor allem, nachdem sie auf dem wichtigsten Gebiet ihres Lebens alle Hoffnung aufgegeben hatte. Nach Tendés Anruf vor sechs Monaten hatte sie nichts mehr von ihm gehört. Sie selbst konnte ihn nicht erreichen, weil sie weder eine Adresse noch eine Telefonnummer von ihm hatte. Zwar hatte sie mit dem Gedanken gespielt, Max danach zu fragen, doch als er sie schon beim ersten Vorstoß so seltsam und fast ärgerlich angesehen hatte, gab sie es auf. Doch nichts von ihm zu hören, hieß nicht, dass er aus ihren Gedanken verschwunden war. Im Gegenteil. Es brauchte nur einen Tag wie heute – Madeleine zu verabschieden, sich um Becky zu sorgen – und er war wieder mit aller Macht zurück. Sie hatte keine Ahnung, warum. Tatsächlich wurde sie ziemlich ungeduldig mit sich. Warum konnte sie ihn nicht einfach vergessen, einen Schlussstrich unter das ganze Kapitel ziehen und weiterleben?

66

Nach etwa der Hälfte der Sitzung im Präsidentenpalast sah Tendé auf und fing den Blick seines direkten Vorgesetzten, des Innenministers, auf. Der Minister zog eine Augenbraue hoch. Der Vorschlag, der vor den Kabinettsmitgliedern und ihren Stellvertretern auf dem Tisch lag, verursachte einige Unruhe.

»Was ist *sein* Interesse dabei?«, fragte der Finanzminister und warf einen skeptischen Blick auf den Bericht. Tendé wartete einen Moment, bevor er antwortete.

»Profit natürlich. Es ist ein riesiges Projekt und erfordert eine enorme Menge Kapital. Auf so etwas lässt man sich nicht ein, ohne auf beträchtlichen Gewinn zu hoffen. Aber das ist nicht alles. Max Sall ist ein reicher Mann. Ein sehr reicher Mann. Zum jetzigen Zeitpunkt seines Lebens geht es ihm nicht allein um Profit. Ich glaube, er ist aufrichtig interessiert ...«

»Woran?«, unterbrach ihn jemand gereizt.

»An unserer Entwicklung. Am Fortschritt. Etwas zurückzugeben, sozusagen.« Die Runde schwieg.

»Warum wir?«, fragte der Entwicklungsminister. »Er ist kein Franzose. Es gibt keine kolonialen Verbindungen – oder sind es Schuldgefühle?« Einige der Anwesenden lachten leise.

»Wer weiß? War Timbuktu nicht schon seit dem Mittelalter ein Traum der Europäer? Und vor allem für jemanden wie ihn. Wie ich schon sagte, er hat sein Vermögen bereits verdient. Bei diesem Projekt geht es darum, zu *beweisen,* dass so etwas verwirklicht werden kann. Geld steht dabei nicht an erster Stelle. Natürlich muss die Sache Gewinn abwerfen, aber ich bin überzeugt, ihm geht es um eine neue Rolle, sowohl für sich wie für uns. Ich finde, es ist eine einzigartige Chance, die wir uns nicht entgehen lassen sollten. Es könnte eine großartige Sache werden.«

»Man kann das Projekt unterstützen«, sagte der Wirtschaftsberater des Präsidenten. »Sowohl ökologisch wie kulturell gibt es keine Einwände. Damit würden eine Menge Arbeitsplätze im Nordosten geschaffen.« Es folgte ein kurzes Schweigen. Jeder war sich der Probleme in diesem Teil des Landes nur allzu bewusst. Zu der Arbeitslosigkeit in dem ausgedörrten Gebiet an der Grenze der Sahara kamen die Unruhen. Und es war teuer und gefährlich, sich dem Druck der rebellierenden Tuaregs zu widersetzen, die sich von Mali abspalten wollten. Für jeden am Tisch stand außer Frage, dass Timbuktu niemals aufgegeben werden durfte. Es war eine der berühmtesten Städte der Welt, ein Ort, für dessen Entdeckung Menschen ihr Leben hingegeben hatten, und zugleich eine Quelle nationalen Stolzes und der Inbegriff nationaler Identität. Undenkbar, dass die Stadt einem anderen Staat angehören könnte. Dennoch stand sie – und die ganze Region – vor einer Fülle von Problemen. Der Ort befand sich im Niedergang, wie Max selbst gesehen hatte, und sein Vorschlag, in Téghaza und Taoudenni die weltgrößte Salzmine zu errichten *und* in Timbuktu ein modernes Aufbereitungs- und Verteilungszentrum zu bauen, musste als ein Geschenk Gottes angesehen werden. Zum einen würden damit die Wahlversprechen des vergangenen Jahres eingelöst werden, und zum anderen würde es denjenigen, die von Anfang an in das Projekt investierten, Reichtum bringen.

Tendé warf einen verstohlenen Blick in die Runde. Sie alle hatten Max' Bericht gelesen, und trotz ihrer ernsten und unbeweglichen Gesichter waren die Erregung und das Interesse zu spüren, die er ausgelöst hatte. Auch er war fasziniert von Max' Beschreibung einer Investition in Milliardenhöhe und dem technischen Know-how, das er mit einbringen würde. Die Glanzpapierbroschüre, die Max hatte anfertigen lassen, traf genau den richtigen Ton: sachlich genug, um die Skeptiker im Kabinett zu überzeugen, dass er seine Hausaufgaben gemacht hatte, und dennoch gleichzeitig innovativ und visionär. Er fragte sich, ob Amber dabei mitgewirkt hatte. Es schien allerdings nicht ganz ihr Stil zu sein. Plötzlich und unerwartet war sie ihm in den Sinn gekommen. Als er sich umwandte, um auf eine Frage einzugehen, erinnerte er sich deutlich an den Fall ihres lockigen Haars und an das verblüffende Blau ihrer Augen. Erschrocken stellte er fest, dass er sie vermisste. Es waren fast sechs Monate her, dass er sie zum letzten Mal gesehen hatte. Er blickte auf. Amadou Traoré, der Innenminister, hatte ihm eine Frage gestellt. Rasch versuchte er, sich wieder auf das anstehende Thema zu konzentrieren.

»Mit welchem Partner wird sich Sall zusammenschließen? Mit Ihnen?«, fragte Traoré erneut. Er lächelte, aber es war eine ernste Frage. Alle sahen ihn an.

»Nein.« Tendé schüttelte den Kopf. »Wir – das Ministerium – werden eine Ausschreibung machen. Es soll sich ein Konsortium aus verschiedenen Experten bilden. Alles soll öffentlich und transparent sein. Wir treffen eine Vorauswahl und schreiben dann das Projekt noch einmal aus. Genau wie bei jedem anderen Vorhaben.« Was mit Kopfnicken quittiert wurde. Tendé atmete erleichtert aus. Damit wären die kleinlichen Eifersüchte und die Vetternwirtschaft ausgeschaltet, die ein Problem der Regierung waren. Er hoffte nur, dass es auch so bleiben würde.

Kurz darauf war die Sitzung zu Ende. Erfreut über den positiven Ausgang, folgte er den anderen aus dem Raum. Weniger froh stimmte es ihn allerdings, dass er ständig an Amber Sall denken musste. Nichts schätzte Tendé mehr als Disziplin, und wenn es nach ihm ging, sollte alles in geordneten und logischen Bahnen verlaufen. Überraschungen mochte er nicht – und Amber überraschte ihn. Auch über sich selbst war er überrascht. Warum konnte er nicht aufhören, an sie zu denken?

67

»Sag nicht, dass ich dir schon wieder einen Gefallen tun muss«, sagte Amber halb scherzend zu Max. Sie saßen auf der Terrasse des neu eröffneten River Cafés in Hammersmith – gewöhnlich nicht die Art von Lokal, die Max favorisierte, aber Amber hatte abgelehnt, ihn im Garrick's zu treffen.

»Natürlich tu ich das«, antwortete Max mit einem kurzen Lächeln. Sie wurden vom Kellner unterbrochen. Max sah beifällig auf seinen Teller mit gedünstetem Lachs und Endiviensalat. »Du zahlst übrigens« sagte er, als er sich ein Stück Brot abbrach.

Amber verdrehte die Augen. »Na schön. Also, was für einen Gefallen? Was für einen Artikel? Für wen ist es?«

»Nein, diesmal sollst du nichts für mich schreiben. Das wäre ein bisschen zu auffällig. Nein, du sollst einfach deine Freunde mitbringen.«

»Wohin?«

»In Kierans Club. Morgen in einer Woche ist Eröffnung.«

»Das ist kein Problem. Die halbe Stadt redet davon.« Amber probierte ihren Spargel. Köstlich.

»Wirklich?«, fragte Max und blickte überrascht – und erfreut – auf.

»Und Paola wird auch da sein, oder?«

»Sicher. Schließlich ist es ihr Club.«

»Natürlich.«

»Sie haben wirklich sehr hart gearbeitet, weißt du. Ich gebe zu, ich bin angenehm überrascht.« Amber nickte bitter. »Paola hat sich wirklich sehr nützlich gemacht.«

»Dessen bin ich mir sicher. Also gut. Ich mach's publik, obwohl das gar nicht nötig sein wird. Meine Freunde haben mich schon gefragt, ob ich sie auf die VIP-Liste setzen lassen kann.«

»Natürlich kannst du das. Gib Kieran einfach die Liste der Namen.« Max aß weiter. »Tendé wird auch da sein.« Amber verschluckte sich fast an ihrem Wein.

»Wirklich? Bisschen weit für ihn, bloß um zu einer Party zu kommen«, antwortete sie bemüht beiläufig, obwohl ihr Herz heftig klopfte.

»Nein, er ist wegen anderer Dinge hier. Wir machen wirklich Fortschritte«, sagte Max erfreut. »Er hat es geschafft, die meisten Leute, die wir brauchen, auf unsere Seite zu ziehen. Seiner Meinung nach kann es in sechs Monaten losgehen. Sechs Wochen wären uns allerdings lieber, aber wie es aussieht, dauern die Dinge dort unten eben länger.« Max redete weiter, aber Amber hörte nicht mehr zu. Plötzlich kam ihr eine Woche schrecklich lang vor.

Das wurde sie auch. Die Tage schleppten sich dahin. Sie hatte Schwierigkeiten, sich auf ihre Arbeit zu konzentrieren, und sogar Becky beschwerte sich darüber, wie abwesend sie wirke. Nicht, dass Becky besonders konzentriert gewirkt hätte. Sie machte inzwischen ein großes Geheimnis daraus, wohin sie ging und was sie tat. Amber war überzeugt, dass da etwas im Busch war, doch durch die überraschende Nachricht von Tendé Ndiayes Ankunft hatte sie ein viel größeres und weitaus bedenklicheres Problem – Paola. Das Gefühl der freudigen Erregung, das sie jedes Mal packte, wenn sie an das Wiedersehen mit Tendé dachte, wurde gespiegelt von ihrer Angst, wenn sie sich klar machte, dass auch Paola ihn wiedersehen würde. Mit ihr um Tendés Aufmerksamkeit zu buhlen, wäre ihr unmöglich. Amber verbrachte die Abende auf der Couch, und eine seltsame Mischung aus Vorfreude und Furcht breitete sich in ihr aus. Die Frage, was sie anziehen sollte, wurde überschattet von der Sorge, dass Paola sie in jedem Fall ausstechen würde. Normalerweise stand Amber nicht nackt vor dem Badezimmerspiegel und starrte sich an – das war eher Beckys Art –, aber plötzlich begutachtete sie sich jeden Abend: Bin ich zu dünn, zu blass, zu jungenhaft? Was ist mit meinem Haar? Es befand sich gerade in dem schrecklichen Stadium zwischen kurz und lang. Was sollte sie damit anfangen? Becky war überhaupt keine Hilfe. Sie sei beschäftigt, behauptete sie – Arbeit, launische Künstler, Morag, die zu viel verlangte – doch drei Tage vor der überaus wichtigen Eröffnung nahm sich Amber mittags ganz spontan ein Taxi und fuhr in die Galerie, um sich wegen eines Haarschnitts beraten zu lassen. Morag erklärte ihr, sie sei die ganze Woche nicht da gewesen. Sie sei wohl krank. Amber reagierte verwirrt, was Morag offensichtlich bemerkte, und verabschiedete sich schnell.

Zu Hause herrschte gespannte Stimmung. Amber kam um sechs Uhr abends vorbei und wollte nur ihre Tüten abstellen, um auf der Elgin Avenue in Greene's Schönheitssalon zu gehen, wo sie um Viertel nach sechs einen Termin hatte. Sie erhaschte einen Blick auf Siobhan, die mit rotem Gesicht nach oben eilte, und kurz darauf hörte sie ein Glas zerbrechen und die kreischende Stimme ihrer Mutter. Sie fragte sich, was los war. Wollte Angela etwa auch mitkommen? Sicher nicht. Francesca wäre da, und Kieran hatte bei seiner Eröffnungsparty vermutlich keine Lust auf irgendwelche Szenen. Sie stellte ihre Taschen ab und schloss die Tür hinter sich. Sie war selbst schon aufgeregt genug und brauchte nicht noch Angelas Wutanfälle, um sich noch mehr aus dem Gleichgewicht bringen zu lassen. Schnell ging sie die Straße hinunter.

Um Viertel nach neun stand Max in der Tür zu Angelas Räumen und sah seine Frau mit unverhohlenem Ärger an. Siobhan hatte gerade ihre Kleider herausgelegt und ging schweigend hinaus. Wo zum Teufel sie denn hingehen wolle, fragte er.

»Wenn du glaubst«, antwortete sie mit Haarnadeln im Mund und drehte sich um, »dass ich den wichtigsten Moment im Leben meines Sohnes versäume, dann hast du dich getäuscht.« Sie wandte sich wieder dem Spiegel ihres Frisiertisches zu. Max schwieg. »Und es schert mich einen Dreck, dass Francesca da sein wird. Kieran ist *mein* Sohn, nicht ihrer.« Paola schien ihr keine Erwähnung wert zu sein. Sie steckte ihr Haar auf. Ihre Hände zitterten, aber sie war entschlossen, dies nicht zu zeigen. Plötzlich stand Max hinter ihr. Sie sah ihn im Spiegel an. Er hob die Hände und legte sie auf ihre nackten Schultern. Sie schluckte. Einen Moment lang starrten sie sich an.

»Du siehst gut aus«, sagte er schließlich.

»Danke«, flüsterte sie. Sie konnte sich nicht erinnern, wann er zum letzten Mal ohne Zorn mit ihr gesprochen hatte. Sie blickten sich an. Ihr blondes Haar war zu einem Lockentuff aufgesteckt, ihre Augen waren dunkel umrandet und ihre Lippen leuchtend rot geschminkt. Siobhan hatte sie gut zurechtgemacht, vielleicht noch besser als das Mädchen im Schönheitssalon. Max' Hand glitt von ihrer Schulter weiter nach unten. Sie hielt den Atem an. Er schob den Kragen ihres Morgenrocks beiseite und umschloss ihre Brust. Wie erstarrt verharrten beide vor dem Spiegel und beobachteten sich. Als er behutsam ihre Brustwarze berührte, schloss sie die Augen. Dann drehte er den Stuhl zu sich herum. Ohne die Hand wegzunehmen, beugte er sich hinunter und küsste sie. Der Geschmack seiner Zunge war genauso, wie sie sie in Erinnerung hatte. Sie drängte sich an ihn und griff automatisch nach seinem Gürtel. Noch bevor er in ihr war, spürte sie die vertrauten, köstlichen Zuckungen. »Max«, stöhnte sie, ohne sich darum zu kümmern, dass sie genau auf dem Kleid lagen, das Siobhan eine Stunde lang gebügelt hatte, und dass er nicht einmal seine Hose ausgezogen hatte.

Max' Gesichtsausdruck war eine seltsame Mischung aus Lust und Abscheu, und kurz bevor er kam, schloss er die Augen, als könnte er nicht ertragen, was er getan hatte. Dann schob er sie sanft von sich weg. Sie konnte ihn nicht ansehen. Sie zog die Knie an die Brust, legte die Arme darum und versuchte so, ihre Nacktheit zu verbergen. Doch das wäre nicht nötig gewesen. Er stand wortlos auf und ging hinaus.

Amber sah Angela die Treppe herunterkommen. Sie sah wundervoll aus. Sie trug einen weißen Hosenanzug mit schwarzen hochhackigen Stiefeln und ein schwarzes Spitzen-Top, das unter der Jacke hervorsah. Ihr lockiges, lose herabfallendes Haar umspielte ihr Gesicht, und sie war perfekt geschminkt. Seit Jahren hatte sie nicht mehr so gut ausgesehen. Plötzlich schämte sie sich, weil sie bezweifelt hatte, dass Angela mitkommen sollte – Kieran war schließlich ihr Liebling, war es immer gewesen. Und sie hatte alles Recht, an seinem Erfolg teilzuhaben.

»Du siehst sehr hübsch aus«, sagte Amber, als sie unten ankam. Worauf Angela ein so ängstliches, nervöses Lächeln aufsetzte, dass es Amber einen Stich gab. Angelas Hände zitterten – das einzige äußerliche Zeichen der Anstrengung, die es sie gekostet haben musste, das alles zu schaffen.

»Du aber auch, Liebling«, sagte Angela und suchte in ihrer Handtasche nach einer Zigarette. »Sehr erwachsen.«

»Danke«, antwortete Amber. »Wo ist Max?«

»Ähm, ich glaube, er kommt gleich. Er ... er hat sich noch mal umgezogen«, erwiderte sie errötend. Amber sah sie prüfend an, aber bevor sie etwas sagen konnte, hörte sie Max die Treppe herunterkommen.

»Fertig?« Er lächelte sie an.

»Ist Kieran schon dort?« Nach Tendé wagte sie nicht zu fragen.

Max nickte. »Wahrscheinlich mit schrecklichem Lampenfieber. Wollen wir?« Er sah Angela weder an, noch richtete er ein Wort an sie. Zu dritt gingen sie zu dem wartenden Jaguar hinaus.

68

Im Club hatten Spannung und Tumult den Höhepunkt erreicht. Den ganzen Tag hatte die Presse auf der Lauer gelegen und gebettelt, auf die Gästeliste zu kommen. Journalisten versuchten, die Türsteher zu bestechen, um die Namen der Eingeladenen zu erfahren, damit sie ihre Redakteure anrufen und als Erste berichten konnten – ja, Prinzessin Stephanie werde erwartet, nein, in dem schwarzen BMW, der zum Hintereingang fuhr, habe nicht Sting gesessen. Die Geschichte mit dem Club, der nach Paola Rossi, Max Salls berüchtigtem Kind der Liebe, benannt war, machte gute Auflage.

Die offizielle Eröffnung fand um zehn Uhr statt, obwohl Kieran, als er Max, Angela und Amber herumführte, erklärte, dass der Club normalerweise nicht vor Mitternacht öffnen würde.

»Wir wollen, dass die Leute zum Tanzen, nicht zum Trinken herkommen«, sagte er. Max zog die Augenbrauen hoch. »An der Bar kann man alles kaufen, Saft, alkoholfreie Cocktails, Wasser, was immer. Wenn wir um Mitternacht öffnen, trinken die Leute, bevor sie herkommen. Das ist angenehmer für uns.« Bei einem Eintritt von fünfundzwanzig Pfund pro Kopf und einer Kapazität von 3500 Gästen war man sicher, genug Geld zu machen. Alles geritzt, wie Digger sagen würde. Im gleichen Moment lief Digger die Treppe zu ihnen hinauf.

»Deine Schwester ist da«, sagte er keuchend. »Mit ihrer Mum. Wow! Oh, Entschuldigung, Mr Sall, ich hab Sie gar nicht gesehen.« Er bemühte sich um einen schuldbewussten Ausdruck. Max lächelte. Angela starrte in die Ferne. Kieran eilte mit ihm davon. Amber und Angela gingen vorsichtig die Glastreppe hinunter und überließen es Max, Francesca zu begrüßen. Die Musik war zunehmend lauter geworden, und der ganze Raum pulsierte vom Lärm der teuren Anlage. Auf halber Treppe wurde Angela von einem sehr gutaussehenden jungen Mann angehalten – einer von Kierans Freunden?, fragte sich Amber lächelnd und ging weiter. Durch die wechselnden Farbspiele an den Fenstern konnte sie die Umrisse der draußen wartenden Menge ausmachen. Fotoapparate erzeugten ein Blitzlichtgewitter, und stämmige Männer in Anzügen mit Walkie-Talkies am Mund patrouillierten am Eingang. Ab und zu wurde ein samtenes Seil gehoben, um die VIPs in den für sie vorgesehenen Bereich einzulassen.

Sie folgte einer Gruppe braun gebrannter, extrem dünner Mädchen in diesen Raum. Der Chill-out-Bereich gefiel ihr wirklich gut. Hier war es bequem, mit toller Musik und angenehmer Atmosphäre. Leider füllte er sich schnell mit Leuten, mit denen sie normalerweise nicht verkehrte – sicher Paolas Anhang. Man hörte hauptsächlich Italienisch und Französisch. Amber ging zur Bar, bestellte einen Flirtini-Cocktail, lehnte sich gegen den Tresen und nahm einen Schluck. Selten hatte sie so viele gebräunte, perfekt gebaute Körper zur Schau gestellt gesehen. Kieran und seine Freunde hatten es wirklich geschafft. Plötzlich ertönte ein Aufschrei in der Ecke des Raums. Die Türen gingen auf, Paola rauschte in Begleitung von zwei oder drei jungen Männern herein und begrüßte lauthals die Models. Glücklicherweise war die Beleuchtung gedämpft, und Paola sah nicht in ihre Richtung. Außerdem waren sie ohnehin zu beschäftigt, ihre jeweilige Aufmachung zu begutachten, um etwas anderes wahrzunehmen.

Sie ging von der Bar weg und suchte sich einen ruhigeren Platz im hinteren Teil des Raums. Dort ließ sie sich auf eines der weißen Sofas sinken, nippte an ihrem Cocktail und beobachtete den DJ in seiner Kabine, der mit der Präzision eines Chirurgen seine Vinyl-Platten vorbereitete und mit einem seligen Ausdruck der Musik aus seinem Kopfhörer lauschte. Der Cocktail war stark – sie hatte seit dem Mittag nichts mehr gegessen, und die Mischung aus Wodka, Cointreau und Fruchtsaft stieg ihr angenehm zu Kopf. Sie lehnte sich zurück, schloss die Augen und gab sich den Klängen der Musik hin.

»Schon eingeschlafen?«, fragte jemand lachend. Sie riss die Augen auf und brauchte einen Moment, um sich zu sammeln. Dann setzte sie sich auf, von einer heftig kribbelnden Erregung gepackt.

»Tendé! Sie sind hier!«

»Sicher. Und Sie? Sie waren schon eingenickt.« Er lächelte und ließ sich gegenüber von ihr nieder. Er war allein.

»Nein, nein. Ich hab bloß die Musik genossen.« Er sah sie zweifelnd an. »Wirklich.« Etwas verlegen fuhr sie sich mit der Hand ins Haar. Er war anders heute, wie ihr sofort auffiel. Viel entspannter als bei ihrer letzten Begegnung. Er war ganz in Schwarz gekleidet – ein einfaches schwarzes Hemd unter einem Jackett, ohne Krawatte. Sie lächelte.

»Also, ich bin gerade erst gekommen. Kieran sagte mir, Sie seien hier. Ist Max in der Nähe?« Er sah sich um.

»Er war oben. Mit meiner Mutter und Francesca«, antwortete Amber vorsichtig. Tendé lächelte.

»Ich verstehe. Sollte ein interessanter Abend werden. Was haben Sie getrunken?«

»Ähm, einen Flirtini«, antwortete Amber kichernd.

»Klingt gut. Funktioniert er?«

»Kann ich noch nicht sagen.«

»Das lässt sich ändern.« Er stand auf und ging zur Bar. Erstaunt über sich selbst, lehnte sich Amber zurück. Die letzten eineinhalb Jahre hatte sie sich wegen dieses Mannes nur gequält, fast ständig an ihn gedacht oder sich überlegt, wie sie es anstellen könnte, *nicht* mehr an ihn zu denken. Die ganze letzte Woche hatte sie sich den Kopf zermartert, was sie anziehen, wie sie aussehen, was sie mit ihrem Haar anfangen sollte – Dinge, auf die sie normalerweise keinen Gedanken verschwendete. Und jetzt stand er plötzlich leibhaftig vor ihr, und sie hatte es geschafft, einen leichten, koketten Tonfall anzuschlagen. Sie war überrascht und *stolz* auf sich.

Sie beobachtete, wie er mit einem Flirtini für sie und einem schlichten Martini für sich selbst zurückkam.

»Bin ich die Einzige, die heute Abend flirtet?«, fragte sie, als er ihren Drink abstellte.

Er zuckte die Achseln. »Muss ich mit Ihnen flirten, Amber Sall?« Amber blieb fast die Luft weg.

»Tendé!« Beide drehten sich um. Amber stöhnte insgeheim auf. Max! Sie hätte ihn erwürgen können. Sie lehnte sich zurück und beobachtete, wie sich die beiden umarmten, als wären sie Blutsbrüder. Es war nicht zu *glauben!* »Wir wollen nach Kieran und Paola suchen und Ihnen das Lokal zeigen. Sie haben Paola doch schon kennen gelernt, nicht?«, hörte sie Max sagen, als er in Richtung Tür davonging. Amber schloss die Augen. Sie war nicht sicher, ob sie es ertrug, mit anzusehen, wie Tendé von Paola abgeschleppt wurde. Verblüfft hörte sie plötzlich seine Stimme an ihrem Ohr.

»Gehen Sie nicht weg.« Dann verschwand er.

Wie bei der letzten Party erhaschte sie immer wieder einen Blick auf ihn – am anderen Ende der überfüllten Tanzfläche, an der Bar oder einmal, als er von einer strahlenden Paola die gläserne Treppe hinaufgeführt wurde. Aber nie trafen sich ihre Blicke. Immer wieder sah sie nur seinen Rücken oder flüchtig sein Profil, von Lichtwellen beleuchtet, die langsam die Farbe wechselten. Die Menge bewegte sich nach ihren eigenen Gesetzen: ein Meer von erhobenen Händen, wild tanzenden, aneinander gedrängten Menschen, Wange an Wange, Hüfte an Hüfte – zuweilen sah es aus, als wären die schwankenden, zuckenden Leiber ein einziger Körper.

Amber hielt sich am Rand der Menge, genoss den Zauber

ihrer Nähe und das Wissen, dass irgendwo in der Masse Tendé das Gleiche wahrnahm, die stampfende Musik hörte und die schönen Menschen sah. Paola war eindeutig zu sehr damit beschäftigt, für Fotografen zu posieren, ausgelassen in den Armen irgendeines jungen, attraktiven Mannes zu lachen oder sich an eines der Models und Starlets zu klammern, um viel Zeit mit ihm zu verbringen. In den ein oder zwei Stunden, während sie die Tanzfläche umrundete, trat immer wieder Paola in ihren Blick, aber nie gemeinsam mit ihm. Um Mitternacht sah sie Max, der sich mit Angela und Francesca im Schlepptau zum Gehen anschickte. Ein gefundenes Fressen für die Fotografen! Von Tendé war nirgendwo etwas zu sehen. Sie wollte sich schon durch die Menge drängen, um sich zu verabschieden, als plötzlich jemand ihre Hand ergriff.

»Sie wollen schon gehen?« Es war er. Entzückt drehte sie sich um.

»Nein, ich gehe nicht, ich genieße bloß das Treiben.«

»Tanzen Sie mit mir.« Ohne ihre Antwort abzuwarten, zog er sie in die pulsierende Menge.

Sie waren sich so nahe, dass es keinen Körperteil gab, mit dem sie sich nicht berührten. Ganz anders als bei den Disco- und Barbesuchen mit Henry oder auf den Partys, zu denen sie von Becky mitgeschleppt wurde. Sie spürte seinen Herzschlag, fühlte seine Arme, seine Schenkel. Er war ein guter Tänzer, und sie passte sich ihm an. Hypnotisiert von den gleitenden Klängen der Synthesizer-Musik wirbelten halb nackte Mädchen ihr langes Haar herum; Männer stürzten ihr Evian hinunter, während sie fasziniert die Mädchen beobachteten und versuchten, Schritt zu halten. Sie lachten zusammen, begeistert von der Energie und Vitalität der Tänzer. Kichernd legte sie den Kopf an seine Schulter. Seine Hand glitt tiefer nach unten, und sie drängte sich instinktiv näher.

»Lass uns hier weggehen.«

Immer noch lachend, eilten sie durch die Ausgangstüren. Der Apparat eines Fotografen blitzte auf, als sie Hand in Hand in den feinen Sprühregen hinausliefen, der gerade eingesetzt hatte. Trotz des Regens war es warm. Nach der Hitze und dem Schweiß im Innern war die frische Luft wie eine Erlösung. Die Schlange der Wartenden war noch nicht kürzer geworden. Amber folgte Tendé auf die Rückseite des Gebäudes. Mit einem Mal war es dunkel und ruhig, nur noch das leise Stampfen der Musik aus dem Club war im Boden zu spüren. Tendé blieb stehen, lehnte sich gegen die Wand und zog Amber an sich. Als sein Kopf das wenige Licht verdeckte, das in die verborgene Ecke drang, war ihr letzter Gedanke, dass sie hoffentlich nicht träumte. Es war der sinnlichste und erotischste Kuss, den sie jemals erhalten hatte. Langsam, aufreizend und hungrig. Sie hörte ihren Herzschlag in ihren Ohren, als sie ihn erwiderte und ihre Hände wie von selbst unter sein Jackett zu seiner Brust glitten. Sie schwiegen. Als sie die Augen öffnete, stellte sie fest, dass er sie ansah. Seine Hand strich an der Vorderseite ihrer Bluse hinauf, eine geübte, erotische Geste. Sie wollte mehr. Aber er brach ab. Die locker unbeschwerte Stimmung von der Tanzfläche war plötzlich verflogen. Hier draußen an der Luft begann sich alles abzukühlen, eine andere Stimmung trat ein.

»Amber Sall.« Das sagte er langsam, fast prüfend. Sie wusste nicht, wie sie reagieren sollte. Das angenehm leichte Gefühl nach den Drinks auf nüchternen Magen ließ schlagartig nach.

»Tendé Ndiaye«, sagte sie nach einer Weile. Er lachte.

»Nicht schlecht, nicht schlecht. Ich hab Schlimmeres gehört.« Er zog sie enger an sich. Sie atmete seinen Geruch ein. Seine Haut war köstlich warm und weich.

»Wie spricht man ihn aus?«, murmelte sie.

»Das macht nichts. Du hast ihn gut ausgesprochen.«

»Nein, wirklich. Wie spricht man ihn aus?«

»Amber Sall. Sollen wir die ganze Nacht hier stehen bleiben und uns über meinen Namen streiten?« Sein leises Lachen ließ seine Brust erbeben.

»Nein.«

»Also, was machen wir dann?«

»Wir könnten …« Amber holte tief Luft. Beide zögerten. Und dann wandten sie sich gemeinsam um und hielten ein Taxi an.

»Es ist so merkwürdig«, sagte Amber und stützte sich auf, um ihn anzusehen.

»Warum?«

»Nun, weil alles so schnell geschehen ist.« Er lächelte. »Was ist so komisch?«, fragte sie und streichelte seine Brust.

»Hältst du das für schnell?«

»Nun, ich meine, wir haben uns doch erst in dem Club getroffen. Und jetzt bist du hier. Im Bett mit mir.«

»Du hast fast eine Woche in der Wüste mit mir verbracht, oder hast du das schon vergessen?«

»Natürlich nicht. Aber damals hast du fast nicht mit mir geredet!«

»Wir haben lange geredet«, antwortete er kopfschüttelnd.

»Nein, bloß an dem einen Abend über das Projekt und Max, das war alles.« Er schwieg eine Weile.

»Ich hab danach oft an dich gedacht«, sagte er schließlich und drehte sich auf den Rücken. »Es gab viele Male, da wollte ich dich anrufen, Kontakt aufnehmen.«

»Warum hast du's nicht getan?«

»Weil ich es nicht für richtig hielt.« Amber sah ihn unsicher an. Plötzlich lief ihr ein Schauer über den Rücken.

»Und jetzt?«, fragte sie leise.

»Ich weiß nicht. Ich mag dich sehr. Aber es wird kompliziert.«

»Warum sollte es komplizierter sein als mit irgendjemand anderem?«

»Ich bin aus Mali, Amber.« Er sah sie an. »Ich bin Moslem. Afrikaner. Gleichzeitig bin ich Minister und versuche, ein Projekt auf die Beine zu stellen, bei dem dein Vater Hauptteilhaber ist. Und was ist mit Max?«

»Max hat nichts damit zu tun«, sagte Amber stirnrunzelnd.

»Ach nein?«, fragte er mit einem plötzlichen scharfen Unterton in der Stimme.

»Nein. Es geht ihn nichts an. Außerdem mag er dich. Mehr als er jemanden von uns mag!« Sie versuchte, einen Scherz daraus zu machen. Tendé schwieg.

»Amber Sall. Weißt du, was Amber auf Arabisch heißt?«

»Nein.«

»Juwel. Etwas Kostbares.«

»Ich wusste nicht, dass du Arabisch sprichst«, sagte sie und fühlte sich plötzlich sehr verletzlich.

»Genug, um den Koran zu lesen und ein Bier zu bestellen.«

»Du darfst doch eigentlich nicht trinken«, antwortete sie.

Er lachte und zog sie an sich. »Ah, du bist zu schnell für mich. Das gefällt mir an dir, weißt du.«

»Du bist auch nicht gerade langsam«, murmelte sie an seinem Körper. Aber das Gefühl der Angst hatte sie nicht verlassen. Was hatte er gesagt? Sie machte sich los. »Also, was sollen wir – was wirst du – tun?«

»Ich weiß nicht.«

»Aber es gibt doch eine Möglichkeit, nicht? Ich meine – wir stehen natürlich erst am Anfang, aber wenn wir uns mögen, dann finden wir doch sicher einen Ausweg?«

»N'sha'llah.«

Das war nicht ganz, was sie hören wollte.

Nach den ersten Sätzen beobachtete Becky nur noch die Bewegungen von Morags Lippen, hörte aber nicht mehr zu. *Ein sehr gutes Zeugnis, ich bin sicher, du findest etwas anderes. Es war einfach nicht mehr so, wie es sein sollte.* Sie begriff nicht wirklich, dass die Sätze an sie gerichtet waren, dass Morag mit *ihr* sprach. Dass ihr gekündigt worden war.

»Es tut mir Leid, Becky«, fügte Morag hinzu. Becky blickte überrascht auf. Echtes Unbehagen stand in Morags Ausdruck.

»Oh. Nein, mach dir keine Sorgen. Es ist schon gut.« Sie stand auf. »Also, ich denke, ich sollte wohl lieber meine Sachen packen und aufräumen.« Sie wollte Morag unbedingt die Peinlichkeit der Situation ersparen. Sie war gefeuert worden. Zum ersten Mal in ihrem Leben.

Charlie war in den Staaten. Sie öffnete die Haustür und bückte sich, um die Post aufzuheben, die ein dickes Bündel von Briefen enthielt, die an sie gerichtet waren und von ihrer Bank stammten. Wahrscheinlich hatte sie ihr Konto überzogen. Schon wieder. Sie war noch nie gut darin gewesen, ihre Finanzen zu kontrollieren – sie war eher der Typ, der Rechnungen und Bankauszüge in Schubladen steckte, in der Hoffnung, Charlie würde sie finden und alles begleichen. Und wenn es *wirklich* schlecht stünde, würde die Bank sie doch sicher anrufen, oder? So ließ sie sich von Monat zu Monat treiben, ohne zu wissen, wie es tatsächlich um sie stand. Aber da Charlie den gesamten Lebensunterhalt bestritt, spielte es keine große Rolle.

Sie schob die etwa zwölf Briefe in eine Küchenschublade und zog ihre Jacke aus. Dann goss sie sich ein Glas Wein ein und ging ins Wohnzimmer hinauf. Dort streifte sie die Schuhe ab, setzte sich aufs Sofa und starrte auf den leeren Bildschirm des Fernsehers. Sie trank ihren Wein und ließ den Tag Revue passieren. Morag hatte sie gebeten zu gehen. Sofort. Aus irgendeinem Grund schien Morag anzunehmen, sie habe sie oft genug gewarnt, obwohl Becky sich an kein einziges Mal erinnern konnte.

Sie nahm das Telefon, das auf der Marmorplatte des Couchtischs lag, und wählte Henrys Nummer. Sobald sie seine Stimme hörte, brach sie in Tränen aus. Er versprach, so bald wie möglich zu kommen.

Eine Stunde später klopfte er an der Tür. Mit frischen Tränenspuren im Gesicht lief sie hinunter, um ihm zu öffnen. Sie warf sich in seine Arme. Er taumelte mit ihr in die Diele und schloss schnell die Tür hinter sich. Sie, die den ganzen Tag so ruhig gewesen war, brachte jetzt vor Schluchzen kaum mehr ein Wort heraus. Er streichelte ihr seidenes Haar, wischte ihre Tränen ab und schaffte es schließlich, sie in die Küche zu führen, wo er ihr ein großes Glas Brandy gab. Eigentlich war ihm klar, dass er ihr nichts mehr hätte geben dürfen, denn auf dem Eichentisch stand bereits eine leere Flasche Wein, aber ihm fiel sonst nichts ein. Dass sie gefeuert worden war, überraschte ihn nicht. In letzter Zeit schien Becky ihr Vergnügen über alles andere zu stellen, was hieß, dass sich alles fast ausschließlich um ihn drehte. Er wusste nicht recht, was er davon halten sollte. Sie hatten eine Affäre, er hatte sich sehr auf sie eingelassen, wusste aber nicht, wie er die Sache beenden sollte, oder ob er das überhaupt wollte. Sie jedoch schien ihn für etwas anderes zu halten – wofür genau, wusste er nicht –, aber die daraus entstandene erotische Beziehung war etwas, was er noch nie erlebt hatte, und er befürchtete schon, davon abhängig zu sein. Sie unterhielten sich nie – sie schliefen miteinander. Die ganze Zeit. Sie ließen sich ungewöhnliche Spielchen einfallen und gaben sich ihren Fantasien hin. Becky hatte ihm einmal gesagt, sie brauche ihn, wie andere Leute Zigaretten oder einen Drink brauchten.

Und wirklich, zwanzig Minuten später, als sie oben auf dem Sofa saßen, er ihren Kopf streichelte und ihr Schluchzen nachließ, waren sie mit den Gedanken bald woanders. Sie stellte ihr Brandy-Glas ab. Kurz darauf genoss er den Nervenkitzel, sie in dem Schlafzimmer auszuziehen, das sie mit ihrem Verlobten teilte.

Plötzlich klingelte das Telefon. Becky hielt einen Moment inne und nahm dann ab.

Er stieg aus dem Bett und ging ins Badezimmer, wo er sich Wasser ins Gesicht spritzte und dann einen Moment an der Tür stehen blieb. Es war nicht Charlie. Es war eine Frau, wie er den Ausrufen entnahm. Amber? Plötzlich gab es ihm einen Stich. Mein Gott, dachte er bei einem flüchtigen Blick auf sein angespanntes Gesicht im Spiegel. Was machen wir? Ich bin noch immer in Amber verliebt und schlafe mit ihrer besten Freundin, die in weniger als sechs Monaten heiraten wird. Ich bin in seinem Haus, in seinem Bett. Was zum Teufel tun wir eigentlich? Er lauschte noch eine Weile Beckys Ausrufen, dann hörte er, wie sie sich verabschiedete und versprach, die Person am folgenden Tag zu treffen. Als er wieder ins Schlafzimmer trat, sah ihn Becky seiner Meinung nach ein wenig seltsam an. Ihre Augen glänzten.

»Das errätst du nie!« Ihre Stimme klang fast triumphierend.

»Was?«

»Das war Amber. Du kommst im Leben nicht drauf, mit wem sie ausgeht.« Er spürte einen Druck in seinem Kopf, als er ihr zuhörte.

»Mit wem?«

»Mit Tendé Soundso. Ich kann seinen Nachnamen nicht aussprechen. Dem Typen aus Mali. Ich hab dir doch erzählt, dass ihr Dad dort unten ein Projekt hat? Er ist sein Geschäftspartner. Stell dir vor. Sie ist verrückt.« Die Wut und die Eifersucht, die Henry plötzlich packten, trafen ihn vollkommen unvorbereitet. In weniger als einer Sekunde holte ihn seine ganze Vergangenheit ein. Ein Afrikaner. Ein Schwarzer. Mit Amber. Er taumelte ins Badezimmer.

69

Madeleines erster Eindruck von Belgrad war, dass es für eine Stadt im Kriegszustand erstaunlich normal wirkte. Auf den breiten Alleen herrschte reges Treiben, Cafés waren geöffnet, Straßenbahnen fuhren. Es wirkte wie jede andere europäische Stadt. Der junge Dolmetscher auf dem Vordersitz korrigierte sie. Nein, in Belgrad selbst herrsche kein Krieg.

»Im Moment findet er woanders statt – fast überall anders, um genau zu sein. Wir haben Glück, hier stationiert zu sein.« Madeleine erwiderte nichts. Sie sah auf die Stadt, die an den Fenstern vorbeiflog. Eckige Betonbunker, Plattenbauten, reich verzierte klassische Bauten, wie sie es aus Budapest kannte, ab und zu ein vereinzeltes Minarett, dazwischen Kirchen – eine seltsame Mischung aus Ost und West. Bevor sie abfuhr, hatte sie ein wenig über die Stadt und das Land gelesen. Die verworrene Komplexität dieses Teils von Europa hatte sie Gott sei Dank von anderen Dingen abgelenkt. Was bedeutete, dass sie in besserer Verfassung als in den letzten Monaten hier ankam.

Sie wurde sofort zu dem Apartment gebracht, das sie während der nächsten zwölf Monate bewohnen würde, einer kleinen Wohnung im obersten Stockwerk eines alten Hauses im Zentrum der Stadt. An dem fünfstöckigen, rosa-grauen Gebäude blätterte der Putz ab, und der Aufzug funktionierte nicht, aber es gab Parkettboden und schöne hohe Fenster, die einen Blick auf ein Gewirr aus ziegelroten Dächern, Satellitenschüsseln und Telefonleitungen ermöglichten. Sie dankte Marko, dem Dolmetscher, und Pascale, dem ICM-Vertreter, die sie am Flughafen abgeholt hatten, und lehnte ihre Einladung zum Abendessen ab. In den letzten drei Wochen war so viel passiert, dass sie etwas Zeit brauchte, um alles zu verdauen und darüber nachzudenken, was sie tun wollte.

Die Wohnung war einfach möbliert: ein großes Doppelbett, saubere Laken und Handtücher, und ein relativ großer Schrank in der Ecke des Schlafzimmers. Ein Sofa und zwei Sessel, dazu im Wohnzimmer ein Sidebord mit verschiedenen Tellern und Besteck, und eine ganz ordentlich ausgestattete Küche. Mehr brauchte sie nicht. Im Wohnzimmer gab es sogar einen kleinen Schwarz-Weiß-Fernseher. Sie schaltete ihn an. Drei Kanäle, RTV Telegrad und zwei andere, deren Namen sie nicht aussprechen konnte. Es war alles auf serbokroatisch. Fast alle fünf Minuten tauchte Milosevics Gesicht auf. Sie sah eine Weile zu und schaltete dann ab.

Die Hände auf die Knie gelegt, saß sie auf dem Sofa und sah sich vorsichtig in ihrem neuen Heim um. Zum ersten Mal seit langer Zeit fühlte sie sich ruhig. Der Bruch mit England und Ambers Wohnung, die sie inzwischen mit ihren Tränen assoziierte, war abrupt gewesen – und notwendig, wie sie jetzt erkannte. An einem anderen Ort, mit neuen Geräuschen und Gerüchen, schien es ihr wieder möglich, zu atmen. Neu anzufangen. Es war neun Uhr abends. Schnell brach die Dunkelheit ein. Verkehrslärm und die Rufe der Straßenhändler drangen durch die offenen Fenster herein. Sie schloss die Läden und ging ins Schlafzimmer. Vollständig bekleidet legte sie sich aufs Bett und machte die Augen zu. Gleich würde sie sich duschen und ihr Nachthemd aus dem Schrank holen, dachte sie.

Sie wachte erst am nächsten Morgen im hellen Tageslicht auf.

Ihr neuer Job war genau so, wie Harrigan ihn beschrieben hatte – nur schlimmer. Von dem Moment an, als sie das Hauptquartier der Organisation im Skadarlije-Viertel betrat, wusste sie, dass er ihr das Leben gerettet hatte. Die Mitarbeiter bei dem Einsatz bestanden aus der üblichen Mischung aus internationalen Hilfskräften, NGO-Bürokraten, technischen Beratern und Dolmetschern, aber für Madeleine war alles neu, verwirrend und eindrucksvoll. Es herrschte ein Stimmengewirr aus sechs oder sieben Sprachen, Leute liefen ständig hinein und hinaus, es gab endlose Sitzungen, und am Ende des ersten Tages war ihr nicht einmal mehr klar, weshalb man sie hierher geschickt hatte. Es war einfach nicht genug Zeit, um alles aufzunehmen. Gordana Marjanovic, eine fröhliche, unermüdliche Medizinstudentin von der Universität Belgrad, die ihr Studium aufgegeben hatte, um sich ICM anzuschließen, sagte ihr, die ansässigen Journalisten hätten Serbien das »Land von Mordor« getauft. Madeleine sah sie verständnislos an.

»Nach Tolkien. *Herr der Ringe.* Haben Sie das nicht gelesen?« Madeleine schüttelte den Kopf. »Ach ja. Sie werden bald herausfinden, was damit gemeint ist. Hören Sie, möchten Sie Kaffee?«, fragte sie und nahm ihre Tasche. Madeleine wollte schon ablehnen, nickte dann aber. Warum nicht?

Sie gingen den Zeleni Venac, den Hauptboulevard, in Richtung Zentrum hinunter. Dort standen langhaarige, bärtige junge Männer an den Straßenecken und verkauften an kleinen Ständen eine verwirrende Vielfalt von Dingen. T-Shirts mit der Aufschrift »Freiheit oder Tod«, Musikkassetten mit serbischer Folklore, sogar Schlüsselanhänger mit Totenkopfmotiven – Madeleine schauderte es. Gordana schien das nicht zu bemerken. Sie führte sie durch eine Reihe enger Gassen, bis sie schließlich vor einem kleinen Café anhielt, wo es angeblich immer noch den besten türkischen Kaffee in Belgrad gab. Offensichtlich kannte sie die Besitzer – mehrere Leute kamen an ihren Tisch, um hallo zu sagen und sich zu erkundigen, wie es ihr ging. Sie antwortete fröhlich und zündete sich eine Lucky Strike an. Madeleine hatte bemerkt, dass jeder in Belgrad rauchte. In dem kleinen Café stank die Luft nach dem beißenden Geruch der einheimischen Zigaretten.

»Ich habe Glück«, sagte Gordana und griff nach dem Paket auf dem Tisch. »Ich kann mir ausländische Zigaretten leisten.«

»Glück?« Madeleine lächelte schwach.

»Sie rauchen nicht?« Madeleine schüttelte den Kopf. »Das

wird sich ändern. Ich gebe Ihnen drei Monate. Sie werden schon sehen.«

Am Ende der ersten Woche wusste sie, dass sie es keine drei Wochen, geschweige denn drei Monate aushalten würde. Noch nie in ihrem Leben hatte sie geraucht, aber nach einer Woche mit fünfzehn Stunden Arbeit pro Tag, in denen sie die Berichte las, die auf ihrem Schreibtisch landeten, und erstmals realisierte, was der Job von ihr verlangte, griff auch sie nach einer Lucky Strike. Sie zündete sie an, hustete beim Inhalieren, war aber dankbar für die Ablenkung – sie wusste nicht, ob sie den Bericht weiterlesen konnte, der gerade vor ihr lag. Vergewaltigung als Kriegswaffe. Sie rauchte gleich drei hintereinander, als sie die Aussage eines neunzehnjährigen muslimischen Mädchens aus Posavina im Norden von Bosnien las. Gordana hatte Recht. Dies war ein Land, das dem Wahnsinn verfiel. Zum ersten Mal seit Monaten spürte sie Wut in sich. Sie vergaß Islington, Amber und Becky, ihren Job an der Uniklinik, selbst Alasdair und Ägypten, als sie Seite um Seite las. Sie hatte keine Ahnung, was sie tun sollte, oder was von ihr erwartet wurde. Soweit sie verstanden hatte, bestand ihre Arbeit darin, Hilfskräfte auszubilden, die mit genau diesen Missbrauchsopfern umgehen sollten. Als Teil eines Teams aus italienischen Psychologen und Ärzten, die vor kurzem in Belgrad eingetroffen waren, war ihre Mission Teil einer Initiative der Universität Florenz, um die Dienste auf dem Gebiet der psychischen Gesundheitsversorgung und der psycho-sozialen Traumen zu verbessern. Ihr Selbstvertrauen, das sie während der vergangenen drei Monate für verloren geglaubt hatte, kehrte zurück. Sie brauchte vierzehn Tage, um sich in Ruhe darüber klar zu werden, wie sie ihre eigene Ausbildung für die geforderten Zwecke nutzen konnte, rauchte eine Packung Marlboro Lights, für die Gordana umsichtigerweise gesorgt hatte, und fand langsam heraus, was von ihr erwartet wurde – und wie sie die Erwartungen erfüllen konnte.

Nach einem Monat in ihrer neuen Stelle kam eine ganz neue Madeleine zum Vorschein: dünn, mit kurz geschnittenem Haar – ihr langes dichtes blondes Haar war nur hinderlich –, eine brennende Zigarette zwischen den Fingern und ständig in Jeans. Niemand zu Hause hätte sie wiedererkannt. Harrigan hatte Recht. Indem sie anderen half, half sie sich selbst.

70

Es war fast sechs Wochen her, dass Tendé aus ihrem Bett aufgestanden und zu einem Treffen mit Max gegangen war. Sie war an diesem Morgen aufgewacht und beobachtete mit klopfendem Herzen, wie er sich anzog. Wie würde es mit ihnen weitergehen? Seine Antwort am Abend zuvor war nur wenig aussagekräftig gewesen. Sie wusste nicht, ob sie hoffen oder verzweifeln sollte. Sie standen erst am Anfang ihrer Beziehung, und sie würde ihn verlieren, wenn sie zu sehr drängte. Sie kannte die Regeln. Aber gleichzeitig lebte er auch nicht in Camden oder nur auf der anderen Seite des Flusses. Es lagen 6000 Meilen und ein Kontinent zwischen ihnen. Wenn sie jetzt nicht drängte, wann dann?

»Ist dies ein Abschied für immer?«, fragte sie, als er die Krawatte umband. Er hielt inne und drehte sich um.

»Abschied?«

»Ja. Du weißt schon – ein *au revoir* oder ein *à bientot.*« Sie versuchte, beiläufig zu klingen, sah ihn aber nicht an. Sie könnte nicht. Er kam zum Bett herüber, setzte sich auf die Kante und griff nach ihrer Hand.

»Natürlich finden wir eine Lösung. Das hab ich dir gestern Nacht doch gesagt, oder?«

»Nein, du hast gesagt …«

»N'sha'llah.«

»Ja. Und das heißt?«

»Wenn Gott es will, geschieht es.«

»Wie kannst du so sicher sein?« Er fuhr mit dem Finger um ihren Ring. *Hoffnung.* Er drehte ihn herum und deutete darauf.

»Deswegen.« Er beugte sich hinunter und küsste sie. »Und deswegen.« Er richtete sich auf. »Ich ruf dich später an.«

Was er tat. Er hatte sie gebeten, Max nichts zu erzählen, weil er offensichtlich überzeugt war, dass der die Neuigkeit nicht gut aufnehmen würde. Sie fand seine Vorsicht übertrieben – Max mochte ihn doch, sehr sogar –, aber er blieb eisern. Den anderen Grund – den heiklen politischen Aspekt der Sache, solange das Projekt noch in den Anfängen steckte – verstand sie vollkommen. Vor allem jetzt, da Kierans Gemeinschaftsunternehmen so großartig gestartet war, würde alles, was mit Max Sall oder seinen Kindern zusammenhing, sofort in die Presse gelangen. Also erzählte sie es Becky unter dem strengsten Siegel der Verschwiegenheit, und Becky freute sich für sie. Was sie sehr berührte. Tatsächlich übertraf Beckys Freude fast ihre eigene. Sie verbrachten einen herrlichen Mädchentag zusammen, gingen einkaufen, tranken Kaffee und klatschten – nur dass Becky nicht ganz so bereitwillig über ihr Leben berichtete. Was ihre Heirat anging, wurde sie zunehmend ausweichender, und dann gab es auch noch die schreckliche Neuigkeit vom Verlust ihres Jobs in der Galerie, was ihr seltsamerweise nichts auszumachen schien. Viel mehr interessierte sie sich für Einzelheiten über Tendé. Wann er zurückkomme, ob Amber wieder nach Mali führe, was Max von der Sache hielt.

»Huch, du bist mir meilenweit voraus«, sagte Amber lachend. »Ich weiß nicht. Ich hab Max nichts erzählt. Tendé scheint zu glauben, er würde einen Anfall kriegen – warum, weiß ich nicht. Wie auch immer, er kommt nächsten Monat wieder nach London. Dann werden wir schon sehen.«

»In einem *Monat?* So lange könnte ich nicht warten«, erwiderte Becky voller Mitleid.

»Ich schon«, antwortete Amber ruhig. »Im Moment habe ich das Gefühl, als könnte ich für immer warten.«

»Das wird nicht so bleiben«, sagte Becky wissend. Beide lachten.

Das Schönste war, dachte Amber, als sie sich bei der Arbeit an ihren Schreibtisch setzte, dass man sich auf Tendé verlassen konnte. Er rief an. Nicht jeden Tag, manchmal eine Woche lang nicht, aber er ersparte ihr das verzweifelte Warten am Telefon, vor dem sie sich so fürchtete. Wenn er sagte, er rufe am Donnertag an, tat er es auch. Sie lernte sehr schnell, dass dies keine Beziehung war, wie sie sie bislang kannte. Tendé war dreiunddreißig, fünf Jahre älter als sie, dennoch schien er einem anderen Zeitalter anzugehören. Er war präzise, interessierte sich nicht für Smalltalk und schien keine Zeit vergeuden zu wollen. Er war genauso eingespannt wie Max – kein Tag verlief wie der andere. Über seine Position in der Regierung hatte sie sich wenig Gedanken gemacht, aber sie begriff sehr schnell, dass seine Aufgaben als Minister nicht so klar umrissen waren wie die ihren. Seine Arbeit endete nicht um fünf oder acht Uhr abends. Er schien vierundzwanzig Stunden am Tag beschäftigt zu sein, und jeder Tag brachte neue Fragen, Probleme und manchmal Möglichkeiten. Er sprach ganz offen über die Herausforderungen und Schwierigkeiten, vor denen er stand. Eine kleine Anekdote während eines kurzen Anrufs am Sonntagmorgen konnte eine ganze Welt subtiler und verborgener Bedeutungen enthalten – und genau wie damals in der Wüste versuchte sie, mit ihm Schritt zu halten.

In seinem Arbeitszimmer in Bamako legte Tendé den Hörer auf und stellte plötzlich fest, wie einsam sein Leben geworden war. Das war nicht immer so gewesen. Als Student in Frankreich, dann in Moskau und schließlich in New York hatte er sich nicht von allen anderen unterschieden. Er hatte Partys gefeiert, gespielt, Beziehungen mit Frauen gehabt und Vorlesungen versäumt, aber seit er nach Hause zurückgekehrt war, hatte er sich mit solcher Leidenschaft der Politik und der Entwicklung seines Landes verschrieben, dass kaum mehr Zeit für andere Dinge blieb. Abgesehen von dem Abend in London mit Amber, war er das letzte Mal mit seiner Schwester Lassana und deren ziemlich steifem Schweizer Ehemann in einem Nachtclub gewesen. Das war vor fast einem Jahr. War das möglich? Hatte er sich so sehr in seiner Welt aus Konferenzen, Abschlüssen und hektischen Reisen verloren, dass er alles, was ihm früher Spaß gemacht hatte, aus den Augen verloren hatte? Vielleicht hatte deswegen der Abend in London eine so unerwartete Wendung genommen. Doch schon damals in der Wüste hatte er festgestellt, dass Amber Sall etwas Besonderes war.

Als er sie dann in der Lounge allein einen Cocktail trinken

sah, hatte ihn plötzlich ein tiefes Gefühl der Freude gepackt, und es war ihm schwer gefallen, neckisch mit ihr zu plaudern. Er wollte sie, und zwar sofort.

Inzwischen war es sechs Wochen her, dass er sie gesehen hatte. In einem Monat würde er wieder nach London fliegen. Max hatte die Unterlagen für eine Umsetzbarkeitsstudie zusammen, und gemeinsam würden sie die Liste der Konstruktionsfirmen durchgehen, die Interesse gezeigt hatten. Alles entwickelte sich schneller, als er und Max angenommen hatten. Aber sie gingen sorgfältig vor. Obwohl Tendé noch nie mit einem so großen Vorhaben betraut gewesen war, wusste er aus der Beobachtung anderer Projekte, wie lebenswichtig es war, die Details im Auge zu behalten. Nichts durfte seiner Aufmerksamkeit entgehen und jeder musste ihm jederzeit Rechenschaft ablegen. Bis das Projekt auf sicheren Füßen stand, würde er nicht riskieren, seine Beziehung zu Amber Sall öffentlich bekannt zu machen, und ganz sicher würde er Max nichts davon erzählen.

Außerdem hatte er keine Ahnung, wie sich die Beziehung mit Amber entwickeln würde. Sie standen ja noch ganz am Anfang. Auch das war eine Sache, bei der Vorsicht geboten war: Frauen. In seiner Vergangenheit hatte es ein oder zwei Begegnungen gegeben, auf die er gut hätte verzichten können. Geh mit Sorgfalt vor: Das war ein Grundsatz, mit dem er immer gut gefahren war. Bis Amber kam. Nun, dachte er, als er die Berichte und Memoranden weglegte, die er den ganzen Tag gelesen hatte, es ist immer noch genug Zeit, um herauszufinden, was er tun sollte. In ein paar Wochen würde er sie sehen. Wenn sie wegen der ungewöhnlichen Umstände ihre Beziehung geheim halten mussten, hätten sie Zeit herauszufinden, wie sich die Sache zwischen ihnen entwickelte. Ohne die Einmischung anderer. Max hatte ihn nicht gefragt, was er an jenem Abend gemacht oder wo er übernachtet hatte. Es ging ihn nichts an, auch wenn es seine Tochter war. Er drehte das Licht aus und ging langsam durchs Haus.

Doch das stimmte nicht ganz. Jemand hatte gesehen, wie sie gemeinsam den Club verließen. Paola. Zu dem Zeitpunkt stand sie unter dem Einfluss einer neuen Droge namens Ecstasy, die sie von Kieran bekommen hatte. Noch nie hatte sie etwas Derartiges geschluckt. Er und Will verpackten gerade die kleinen Tabletten in winzige Tütchen, um sie dann in jede verfügbare Tasche gleiten zu lassen, als Paola ins Büro hinter dem VIP-Bereich kam und mit einem wissenden Lächeln stehen blieb.

»Was macht ihr da?«, fragte sie und setzte sich auf die Schreibtischkante. Kieran wurde puterrot, aber Will hatte seine erste Tablette schon geschluckt und fühlte sich allen in seiner Umgebung äußerst zugetan.

»Probier mal. Das ist absolut Spitze.«

Paola zögerte. Das letzte Mal, als sie eine kleine weiße Pille geschluckt hatte, war ihre Welt eingestürzt.

»Mach schon. Das ist Ecstasy. Hast du das schon mal probiert?«

»Nein. Wie ist das?« Sie beugte sich vor, und Kieran starrte in ihren Ausschnitt.

»Umwerfend. Alles wird so cool. Einfach herrlich.« Will hatte Mühe, sich auszudrücken.

Kieran sah auf. »Da, lass uns beide eine nehmen. Es ist ganz harmlos, kein Kater, kein Kopfweh, nichts. Na los.« Er steckte sich eine in den Mund. Paola nahm die andere Tablette. Kieran reichte ihr eine Wasserflasche, sie schluckte sie hinunter und wartete, ob etwas passierte. Aber nichts, nicht einmal ein Kribbeln. Sie blieben eine Weile sitzen und sahen sich an. Dann zuckte sie die Achseln und stand auf.

»Blödsinn. Passiert doch gar nichts.«

»Das kommt schon noch, Baby«, versprach Will und lehnte sich in seinem großen Ledersessel zurück. Er und Kieran grinsten sich an. Paola ging leicht schwankend hinaus. Sie hatte zusätzlich zu viel getrunken. An der Bar entdeckte sie zwei ihrer Freundinnen und ging auf sie zu. Es begann ganz langsam. Sie spürte, wie sich eine Woge der Zuneigung in ihr ausbreitete, als sie Helen und Patrizia ansah, zwei unbedeutende Models, die sie kaum kannte.

»Hi!«, begrüßte sie die beiden und plauderte nach kürzester Zeit mit ihnen, als wären sie die engsten Freundinnen. Sie hatte sie *wirklich* gern, stellte sie fest, als sie zusammen lachten und Cocktails schlürften. Helen war so *hübsch* und Patrizia einfach reizend. Plötzlich war es der schönste Abend ihres Lebens, eine Erkenntnis, die sie unbedingt mit ihnen teilen wollte. Sie flüsterte ihnen zu, dass sie etwas habe, womit der Abend ein absoluter Knaller für sie werden könne – ob sie es haben wollten. Natürlich. Also ging sie ins Büro zurück, in der Hoffnung, Kieran und Will wären noch dort. Aber dort war niemand. Sie eilte die Hintertreppe hinauf und lief über den Korridor, der zur Tanzfläche führte. Plötzlich gingen die Türen am anderen Ende auf, und sie sah Amber und Tendé Hand in Hand vorbeieilen. Verblüfft blieb sie einen Moment stehen. Sie hatte Tendé entdeckt, sobald er auf der Tanzfläche aufgetaucht war. Sie hatte sogar Daniela, ihrer wirklich besten Freundin, zugeflüstert, dass sie entschlossen sei, ihn sich zu schnappen – *sieh nur, wie hinreißend er ist!* –, aber dann hatte sie ihn aus den Augen verloren, weil Kieran und Digger sie ständig fortzerrten, um sich fotografieren zu lassen oder jemanden kennen zu lernen. Sie stand in der Mitte des Gangs und erwartete eigentlich, dass sie wütend wäre – warum hielt er Händchen mit Amber? Aber nichts geschah. Das warme, wohlige Gefühl ließ nicht nach. Sie schüttelte den Kopf und machte sich wieder auf die Suche nach Kieran.

Eine halbe Stunde später war sie wieder im Büro und beobachtete Kieran, wie er die Schublade aufsperrte und einen kleinen Plastiksack mit Pillen herausnahm.

»Sie finden reißenden Absatz«, sagte er und schüttelte ein Dutzend heraus. »Aber sag keinem, woher du sie hast. Wenn du mehr willst, brauchst du nur zu mir zu kommen.« Sie nickte und streckte die Hand aus. Kieran stand auf und hielt ihre Finger fest, während er langsam sechs Pillen auf ihre Handfläche fallen ließ. Ihre Finger fühlten sich heiß und kribbelig an. Wie zuvor saß sie mit baumelnden Beinen auf der Schreibtischkante. Sie hob den Kopf. Plötzlich knisterte die Spannung zwischen ihnen. Sie zog die Hand zurück, seine Hand lag auf ihrem Schenkel. Sie hielt den Atem an. Sein Kopf kam näher – die Wärme in ihr kochte plötzlich über – und sie küssten sich. Als seine Zunge in ihren Mund eindrang und seine Hand ihren Schenkel hinaufglitt, vergaß sie langsam, wer sie eigentlich waren. Das ist falsch, hörte sie eine innere Stimme sagen, aber sie konnte nicht aufhören. Er zog sie an sich, seine Hand glitt unter ihr Kleid und den winzigen String-Slip. Sie versuchte, sich loszumachen.

»Hey, Kieran!« Digger lief über den Korridor auf sie zu. Sie fuhren auseinander, und Kieran fluchte leise. Paola rutschte schnell vom Schreibtisch herunter und ging zitternd zur Tür.

»Paola«, rief er leise, als sie die Tür aufstieß. Sie ignorierte ihn – und Digger – und verschwand.

Der Rest der Nacht verging wie in einem Nebel. Sie tanzte, lachte ausgelassen und stürzte einen Cocktail nach dem anderen hinunter. Kieran sah sie nicht mehr. Kurz vor Morgengrauen zog sie ihren Mantel an und ging. Clive, Max' Fahrer, wartete am Randstein. Sie stieg ein und bat ihn, sie direkt nach Hause zu bringen, ohne auf Kieran zu warten. Clive war überrascht. In den drei Monaten, die er Paola Rossi fuhr, hatte sie noch nie »bitte« gesagt.

71

Max warf frustriert seinen Stift weg. Was war bloß mit seiner Familie los? Am Tag nach der Eröffnung hatte Paola alle überrascht, als sie plötzlich erklärte, sie wolle nach Rom zurück und wisse nicht, ob sie wiederkomme. Kieran war an dem Tag überhaupt nicht nach Hause gekommen, und niemand wusste, wo er war. Amber verhielt sich höchst merkwürdig und wollte im nächsten Monat nicht zu seinem Geburtstag nach Menorca kommen. Sie habe andere Pläne, erklärte sie ausweichend. Francesca hatte nicht mehr mit ihm gesprochen, seit sie an der Tür des Clubs mit Angela zusammengetroffen war, und Angela schien zu glauben, dass der einmalige Fehltritt an dem verdammten Eröffnungsabend das Tauwetter in ihrer frostigen Beziehung angekündigt habe. Was zum Teufel war eigentlich los? Er griff nach seiner Brille. Seit einem Monat hatte er

Kopfschmerzen gehabt. Schließlich hatte er eingewilligt, einen Optiker aufzusuchen. Amber sagte, die Brille stehe ihm gut. Er war sich nicht so sicher. Er fühlte sich damit plötzlich wie ein Mann in mittleren Jahren.

»Du bist nicht in mittleren Jahren«, sagte sie grinsend. Worüber er sich lächerlicherweise einen Moment lang freute. »Du bist alt.« Er starrte sie verärgert an.

Aber sie hatte Recht. In weniger als einem Monat wurde er sechzig. Es war ein gutes Jahr gewesen. Geschäftlich lief alles bestens. Ein Teil der Kritik, die sich während der letzten Jahre gegen ihn gerichtet hatte, würde bald entschärft werden durch die Ankündigung, dass Salls Investments Inc. der Hauptaktionär einer neuen Firma namens Salzman Holdings sei – womit er auf ganz sentimentale Weise an seine Anfänge anknüpfte. Trotz seiner großen finanziellen Erfolge war er nie in der Lage gewesen, die Gerüchte zum Schweigen zu bringen, die in der City über ihn kursierten: Er sei ein Außenseiter, ein Emporkömmling, ein Hai. Nie hatte er das Gefühl verloren, nicht ganz zur etablierten Gesellschaft zu gehören. Das Gefühl der Verlassenheit und Einsamkeit, das er auf dem Kai in Harwich verspürt hatte, als er nicht wusste, wohin er sich wenden sollte, hatte ihn begleitet. Wenn er bei seinen Kindern, trotz all ihrer Mängel, auf etwas stolz sein konnte, dann darauf, dass sie sich nie so fühlen mussten wie er damals. Sie waren in jeder Hinsicht abgesichert. Er hatte es niemandem gesagt, aber Kierans Umkehr und Paolas – wenn auch widerwillige – Aufnahme in die Londoner Familie bedeuteten ihm viel, sogar noch mehr als die Geschäftsabschlüsse der letzten zwölf Monate. Doch was es ihm tatsächlich bedeutete, Kieran und seine Freunde und seine schönen, so verschiedenen Töchter bei dem Eröffnungsabend zu sehen, konnte er niemandem sagen. Niemand hätte verstanden, was es für ihn hieß, wenn Fotografen sich darum rissen, ein letztes Bild von Paola Rossi zu schießen, als sie ihre Freunde in den VIP-Bereich begleitete, oder Kieran zu sehen, der über sein Walkie-Talkie letzte Anweisungen an die Sicherheitsleute gab. Das waren seine Kinder. In dreißig Jahren hatte er es vom Scheibenputzer für Lord Sainsbury bis auf die gläserne Plattform hinauf geschafft, von wo aus er mit seiner Frau und seiner Geliebten beobachtete, wie ganz London dem Erfolg seiner Kinder huldigte.

Und jetzt stritten sie. Was ihn krank machte.

Wieder in Rom, lag Paola bereits den zweiten Nachmittag seit ihrer Rückkehr auf dem Bett, ohne einen klaren Gedanken fassen zu können. Die Erinnerung an den Vorfall im Büro, so verschwommen sie auch sein mochte, ließ sie nicht mehr los. Jedes Mal, wenn sie den Kopf drehte, bei einer Unterhaltung innehielt oder die Augen schloss, war sie wieder da. Es machte ihr Angst. Aber noch schlimmer war, dass sie Angst vor sich selbst hatte. Sie konnte mit niemandem darüber reden – weder mit Daniela noch mit Francesca und ganz sicher nicht mit Kieran. Sobald sie Diggers Stimme gehört hatte, schoss sie aus dem Büro hinaus, zu entsetzt über die schreckliche, *grauenvolle* Erkenntnis, dass ihr gefallen hatte, was seine Zunge und seine Hände mit ihr machten, und dass sie *mehr wollte.*

Sie stöhnte, drehte sich um und presste die Knie fest zusammen, als wollte sie sich dem Drang widersetzen, sie zu öffnen, seiner Hand freie Bahn zu lassen. Sie verscheuchte den Gedanken. Es war falsch. Es war krank. Verdorben. Anders ließ es sich nicht beschreiben. Aber sie war verwirrt. Sie hatte Kieran in ihrem Leben insgesamt vielleicht sechs Tage gesehen. Sie *kannte* ihn nicht – das war es! Max sagte: Das ist dein Bruder, das ist deine Schwester. Aber das waren sie nicht. Ihrem Gefühl nach hatte sie keine Geschwister. Nie hatte sie einen Gedanken an sie verschwendet. Amber zu hassen war einfach. Sie war grob, reizbar und konkurrenzsüchtig, ganz und gar nicht wie die Schwester, die sie sich erhofft hatte, als sie von ihrer Existenz erfuhr. Sie konnte sich noch immer an ihre Enttäuschung erinnern, als sie Amber zum ersten Mal sah. Damals musste sie etwa vier oder fünf Jahre gewesen sein. Sie erinnerte sich, wie sie und Kieran in die *Casa Bella* kamen, aber sie hasste das schlaksige, herrische Mädchen, das kaum mit ihr redete und sich über ihre Versuche, Englisch zu sprechen, lustig machte – nicht dass sie Italienisch, Spanisch oder Französisch hätte sprechen können, was Paola alles schon mit vier fließend beherrschte. Sie hassten einander. Wie sie Kieran bei dem Besuch gefunden hatte, wusste sie nicht mehr genau. Er war älter und wenig greifbar gewesen, weil er jeden Tag an den Strand verschwunden war. Nein, an ihn hatte sie keine Erinnerungen. Gar keine.

In dem Sommer, als er dreizehn wurde, hatte sie ihn wiedergesehen. Sie erinnerte sich, wie er mit dem Schulfreund, den er mitgebracht hatte, in die Stadt gehen wollte – was Francesca jedoch nicht erlaubte, weil sie zu jung waren, um nachts allein auszugehen. Max war nicht da. Es gab eine lautstarke Auseinandersetzung zwischen Francesca und dem starrköpfigen Kieran, die ihre Mutter zum Weinen brachte und schließlich dazu führte, dass Kieran, sein Freund und Amber zur Strafe nach England zurückgeschickt wurden, als Max kam. Und das war's. Erst vor kurzem hatte sie ihn wiedergesehen … Sie schloss die Augen, unfähig, weiter darüber nachzudenken.

»Paola?« Francesca kam den Gang herunter. Paola seufzte. Sie klang nicht gut gelaunt. Es klopfte kurz.

»Ja«, antwortete Paola. Francesca rauschte herein. Sie sah auch nicht gut gelaunt aus.

»Ich hab gerade mit Max telefoniert. Was soll das? Er behauptet, du kämst nicht mehr zurück. Was ist mit dem Nachtclub?«

»Ich hab einfach keine Lust mehr«, antwortete Paola achselzuckend.

»Jetzt hörst du mir mal zu, junge Dame.« Francesca warf mit dem Fuß die Tür zu. Verblüfft sah Paola auf. Ihre Mutter war wütend. »Ich fasse es einfach nicht, wie egoistisch du bist.« Paola blieb vor Schreck der Mund offen stehen. »Hast du gesehen, wie *glücklich* Max an dem Abend war? Wie stolz er auf dich war?« Paola konnte nicht antworten. Noch nie hatte sie ihre Mutter so zornig gesehen. »Er hat dich immer nur verwöhnt. Und wenn du einmal etwas für ihn tun sollst, dann *ist es dir zu viel Mühe?* Jetzt werde ich dir mal was sagen. Die Mühe wirst du dir machen. Du wirst aufstehen, einen Koffer mit passenden Kleidern packen und *die nächsten drei Monate* jeden Freitag nach London fliegen. Ist das klar? Der Erfolg deines Bruders hängt von deinem Einsatz ab, genau wie du es versprochen hast. Oder hast du das vergessen? Mein *Gott,* Paola. Was hab ich nur getan, um ein so verzogenes Balg großzuziehen?« Damit drehte sich Francesca um, marschierte hinaus und knallte die Tür hinter sich zu.

Vollkommen still blieb Paola eine Weile sitzen, zu geschockt, um sich zu rühren. Nie hatte sie gehört, dass Francesca Kieran verteidigte. Tatsächlich hatte sie seinen oder Ambers Namen kaum je in den Mund genommen. Und von Max' Stolz hatte sie nichts bemerkt. Warum hatte er nichts gesagt? Und warum hatte ihre Mutter sie ein verzogenes Balg genannt? Sie war nicht verzogen; sie war verwirrt und hatte niemand, mit dem sie reden konnte. Sie legte den Kopf aufs Kissen und spürte, wie ihr eine heiße Träne über die Wange lief.

In London ging es Kieran nicht viel besser. Die letzten Stunden der Nacht hatte er auf Wills Fußboden verbracht, unfähig, heimzugehen und Paola, Amber oder Max gegenüberzutreten. Nachdem der Deal mit dem Club abgeschlossen war, hatte Max ein Riesentheater gemacht, dass er eine der Gästesuiten für Paola umbauen lassen wolle. Da sie jetzt regelmäßig nach London komme, brauche sie eine Bleibe, bis sie sich entschied, selbst etwas zu kaufen. Kieran glaubte nicht, dass er es ertragen könnte, sie in einem durchsichtigen Nachthemd die Treppe herunterkommen zu sehen, um dann ruhig ihren Platz am Frühstückstisch einzunehmen. Schon beim ersten Mal, als er sie gesehen hatte, war ihm fast die Luft weggeblieben.

Zwei Tage lang war er bei Will geblieben, sehr zu dessen Missfallen. Er konnte nicht verstehen, warum Kieran nicht nach Hause ging. Am Sonntagmorgen schließlich, als er nicht noch einmal die gleichen stinkenden Kleider anziehen wollte, nahm er ein Taxi und fuhr mit einem mulmigen Gefühl im Magen heim. Aber dort erfuhr er von Siobhan, dass Paola am Tag zuvor abgereist war. Max hatte sich in seinem Arbeitszimmer eingeschlossen, und Amber war natürlich in ihrer eigenen Wohnung. Nur Angela war noch im Haus. Vorsichtig schlich er die Treppe hinauf, weil er auch ihr im Moment nicht begegnen wollte, und verschwand in seine Räume. Fast eine halbe Stunde lang stand er unter der Dusche und hoffte, das Bild in seinem Kopf würde verschwinden – von Paolas Mund und dem langen, glänzenden Vorhang ihrer Haare.

Im Lauf der Woche erfuhr er von Siobhan, dass Paola während der nächsten Monate jedes Wochenende nach London kommen würde. Er war so überrascht und erleichtert, dass er vergaß, sie zu fragen, woher *sie* das wusste. Er würde sich bei ihr entschuldigen, ihr erklären, dass es die Drogen, die ganze Aufregung des Abends gewesen seien; dass es nie mehr vorkommen würde. Pfeifend und zwei Stufen auf einmal nehmend, lief er die Treppe hinauf.

Paola sagte nichts, sie saß nur in dem teuren Ledersessel, den Max für ihr Wohnzimmer bestellt hatte, und blickte auf ihre Fingernägel. Als er mit seinen Entschuldigungen fertig war, nickte sie und erklärte, dass es kein Problem sei. Doch sie lächelte nicht und sah ihn kaum an. Er verließ den Raum, verfluchte sich und fühlte sich schlechter als seit langer Zeit. Dann hörte er, wie sie Max sagte, dass sie ausgehe, um Freunde zu treffen. Sie wollten zum Abendessen und später dann in den Club kommen. Nun, dachte Kieran, als er sich die Fussel von der Jacke bürstete, wenigstens kommt sie überhaupt. Digger, Jake und Will hatten sich kaum mehr eingekriegt über die appetitlichen jungen Dinger, die sie am Eröffnungsabend im Schlepptau hatte. Möge es lange so weitergehen, hatte Jake gesagt. Kieran verteilte etwas Gel auf der Hand, schmierte es sich ins Haar und warf einen kurzen Blick in den Spiegel. Wie er aussah, hatte ihn nie sonderlich gekümmert. Er war groß und breitschultrig, was gewöhnlich ausreichte, um ihm eine überdurchschnittliche Erfolgsrate zu garantieren. Doch jetzt musterte er sich ängstlich: hellbraunes, in die Stirn fallendes Haar, verblüffend blaue Augen – wie Amber –, gerade schmale Nase mit der gleichen Spitze wie Angela, eckiges Kinn. Nein, er sah überhaupt nicht aus wie Paola. Sie hatten keinerlei Ähnlichkeit. Vielleicht *waren* sie überhaupt keine Geschwister. Vielleicht hatte Francesca gelogen. Was er ihr durchaus zutrauen würde. Ihr war alles zuzutrauen. Mit dieser wesentlich optimistischeren Sichtweise ging er hinaus.

Etwas würde nachgeben, irgendwas würde einstürzen. Das ganze empfindliche Gleichgewicht, auf dem ihr Leben aufgebaut war, stand kurz davor, umzukippen. Das spürte Becky. Charlie, Henry, der Schuldenberg, kein Job, die Lügen gegenüber ihren Eltern – jeden Moment konnte etwas davon rauskommen. Charlie hatte ihr seine Kreditkarte gegeben, bevor er eine Woche nach Singapur fuhr. »Nur damit du versorgt bist«, hatte er in seiner typisch großzügigen Art gesagt. Sie hatte den Kontostand geprüft, festgestellt, dass 15 000 Pfund zur Verfügung standen, und war sofort in einen Kaufrausch verfallen. Selbst jetzt, drei Tage danach, standen noch ungeöffnete Taschen und Tüten voller Kosmetika, Shampoos und Cremes, die sie nie benutzen würde, unterm Bett.

Einen Monat nachdem sie die Karte bekommen hatte, fiel ihr mit Entsetzen auf, dass er nie die Rechnungen zu Gesicht bekommen durfte. Eines Morgens war sie zufällig unten, als die Post durch den Türschlitz fiel. Sie fischte schnell ihre Rechnungen und seine Kontoauszüge heraus und nahm sich vor, nächsten Monat dasselbe zu tun. Sie hatte keine Ahnung, wie viel sie ausgegeben hatte, irgendwie rechnete sie immer noch mit einem Guthaben von 15 000 Pfund. Aber seitdem hatte sie *Unsummen* ausgegeben.

Zudem war Charlie inzwischen aufgefallen, dass mit ihr etwas nicht stimmte. Er sagte nicht viel, sah sie aber ein paar Mal ziemlich merkwürdig an. Sie hatte sich angewöhnt, eine interessierte Miene aufzusetzen, wenn er abends nach Hause kam und endlos von seinem Job, seinen Kollegen und Geschäften erzählte. Sie hörte einfach nicht zu, nickte gelegentlich oder gab zustimmende Laute von sich. Es war leicht. Charlie wollte sich nicht unterhalten, er brauchte nur jemanden, der zuhörte. Mit einem großen Glas Rotwein saß sie ihm am Couchtisch gegenüber, zog die Beine an und dachte an etwas anderes. Manchmal an Henry, manchmal an die Dinge, die sie während des Tages eingekauft hatte, oder daran, sich einen neuen Job zu verschaffen. Einmal saß sie vor ihm und ließ das letzte Schäferstündchen mit Henry Revue passieren. Es war ziemlich aufregend, Charlies endlosen Tiraden zu lauschen und sich gleichzeitig Henrys lustverzerrtes Gesicht vorzustellen, nachdem er an diesem bestimmten Abend das dritte Mal gekommen war.

»Wie bitte?« Mit einem Schlag war sie wieder in der Gegenwart zurück. Charlie sah sie mit gerunzelter Stirn an.

»Was ist los?«, wiederholte er.

»Mit mir? Nichts. Warum?«

»Du bist rot geworden. Im ganzen Gesicht.« Sie stand auf und lief sofort hinaus. Im Badezimmer drehte sie das Licht an. Er hatte Recht. Ihr Gesicht war feuerrot. Sie unterdrückte ein Kichern und stellte fest, dass sie allein durch den Gedanken an Henry erregt worden war. Sie spritzte sich Wasser ins Gesicht und öffnete das Fenster, um sich abzukühlen.

»Wahrscheinlich krieg ich eine Erkältung«, sagte sie leichthin, als sie wieder ins Wohnzimmer kam. »Mir wird manchmal heiß.«

Charlie nickte versonnen.

Doch der Zusammenbruch stand kurz bevor. Sie schlief nicht mehr so gut wie früher. Charlie war seit über zwei Monaten aus Singapur zurück, und es sah nicht so aus, als würde er bald erneut wegfahren. Das brachte ihren Rhythmus durcheinander. Sie war es gewöhnt, dass er fast ständig in die Staaten, in europäische Städte oder in den Fernen Osten reiste. Was ihr und Henry eine angenehme Routine ermöglichte – nicht jeden Tag, nicht jedes Wochenende, aber oft. Unvorhersehbar genug, um aufregend zu bleiben, und dennoch oft genug, um nicht zu leiden. Doch nun war Charlie schon seit sechzig Tagen ohne Unterbrechung zu Hause, und sie begann, unruhig zu werden. Wenn Henry auch keine Arbeit gehabt hätte, wäre es perfekt gewesen, zumindest aus ihrer Sicht. Aber er ging jeden verdammten Tag zu seinem Job, was bedeutete, dass sie ihn während der Zeit, in der auch Charlie arbeitete, nicht sehen konnte. Sie überlegte sich gerade, wie sie sich ein Wochenende freimachen könnte, indem sie einen Ausflug mit Amber erfand, als Charlie sie überraschte.

»Suchst du etwas, Becky?«, fragte er ruhig. Sie fuhr herum. Es war Viertel nach sieben, und sie war nach unten geschlichen, um die Post zu holen, bevor er sie in die Finger bekam. Es war der 6. Mai. Bankauszüge trafen normalerweise am 2. oder 3. ein.

»Nein, ich wollte bloß die Post holen. Kaffee?«, sagte sie strahlend und hoffte, dass sie nicht rot geworden war.

»Was geht da vor sich, Becky?« Er hielt ihr ein Blatt Papier hin. Sie warf einen Blick darauf und erschrak. Es war die Kreditkartenabrechnung. Charlie war die ganze Liste durchgegangen, hatte Ausgaben unterstrichen, mit Fragezeichen versehen oder rot angekreuzt. Hotelrechnungen, Telefonrechnungen, alles. Zu ihrem Entsetzen stiegen ihr Tränen in die Augen. Sie brach zusammen. Und er holte alles aus ihr heraus – jedes einzelne, schmutzige Detail. Wie lange es schon ging, wann sie es zum ersten Mal getan hatten, wo, wie. Die Fragen nahmen kein Ende. Wusste Amber, dass sie mit ihrem Ex-Freund schlief? Wussten ihre Eltern es? Wie war er? Charlie stand im Morgenmantel in der Diele und weinte. Becky hielt sich die Ohren zu. Es war schrecklich. Nie hatte sie Charlie weinen sehen. Noch nie hatte sie einen Mann weinen sehen.

Er ging zur Arbeit und sagte, sie würden alles klären, wenn er zurück sei. Sie verbrachte den längsten Tag ihres Lebens, saß reglos vor dem Fernseher, bei dem sie den Ton abgestellt hatte, und zermarterte sich den Kopf, was passieren würde. Bis sie um sechs seinen Schlüssel in der Tür hörte. Er kommt früh heim, dachte sie, von plötzlicher Hoffnung gepackt.

Sie ließ ihn nicht zu Wort kommen. Sie flehte ihn an, sogar auf Knien – es sei vorbei, sie würde ihn nie mehr wiedersehen, sie wisse nicht, warum sie das getan habe. Es tue ihr Leid, so furchtbar Leid. Unfähig aufzustehen, klammerte sie sich an seinen Beinen fest, als er den Raum verlassen wollte, und als er sie aufhob und ins Bett brachte, war sie einem hysterischen Anfall nahe. Er gab ihr ein Glas heiße Milch und Aspirin und streichelte ihr Haar, bis sie erschöpft einschlief. Mehrmals in der Nacht wachte sie auf und sah, dass er noch fast genauso neben ihr saß und seine Hand noch immer auf ihrem Haar lag. Es war Mittwochnacht – wollte er sich nicht auch schlafen legen? Er musste am Morgen doch zur Arbeit? Charlie schüttelte schweigend den Kopf. Becky hatte Angst vor dem, was als Nächstes geschehen würde.

Amber nahm den Hörer ab. Es war fast sechs Uhr abends und sie wollte noch arbeiten. Sie hatte am nächsten Morgen einen Abgabetermin, und der Artikel entwickelte sich nicht so wie geplant.

»Hallo?«, fragte sie kurz angebunden. Ein paar Sekunden lang hörte sie nichts vom anderen Ende. »Hallo?«

»Amber?« Es war Becky.

»Oh, hallo. Hör zu, Becks, kann ich dich mor…? Was ist denn los?« Becky hatte zu weinen begonnen. »Becky?«

»Kann – kann ich – bei dir vorbeikommen?« Sie atmete schwer und stoßweise. Amber war alarmiert.

»Natürlich. Was ist passiert? Wo bist du?«

»Unten.«

»Wo unten?«, fragte Amber verwirrt.

»In der Eingangshalle.«

»Bleib dort. Ich komm gleich runter.« Amber legte auf und lief zum Aufzug.

Becky saß auf einem Stuhl in der Nähe der öffentlichen Fernsprecher. Sie sah schrecklich aus. Ihr Haar war nachlässig zu einem Pferdeschwanz gebunden, ihre Kleider waren zerknittert. Offensichtlich hatte sie seit Stunden geweint, da ihre Augen und ihr Gesicht verschwollen waren. Amber sah sie fassungslos an. In diesem Zustand würde Becky nie das Haus verlassen, außer es war etwas Schreckliches passiert. Sie nahm ihren Arm und führte sie in eines der Konferenzzimmer hinter dem Empfang.

»Becks, was ist los?«

»O Amber.« Becky weinte erneut. »Es geht um Charlie.«

»Ist ihm etwas passiert?«

Becky schüttelte den Kopf. »Er hat mich rausgeworfen.«

»Oh.« Trotz Beckys beunruhigendem Zustand war Amber erleichtert. Was es auch war, es ließe sich regeln. »Ach Gott sei Dank«, sagte sie mit einem kurzen Lachen, »ich dachte schon, es sei was Ernstes.« Becky sah auf.

»Es *ist* ernst. Ich kann nicht zurück. Er lässt mich nicht«, antwortete sie unter Tränen. Amber tätschelte ihren Arm.

»Hör zu, ich besorg dir ein Taxi, und du fährst zu mir. Dort kannst du bleiben, bis ihr beide die Sache geregelt habt. Ich bin sicher, das werdet ihr. Du *heiratest* schließlich, Becky. Das Ganze hat wahrscheinlich gar nichts zu bedeuten – ein kleiner Streit. Das geht vorbei.«

»Nein, das wird es nicht. Du weißt nicht, was ich getan habe«, erwiderte Becky.

»Nun, was immer es auch ist, kann es warten? Ich muss bis morgen früh etwas fertig machen. Du fährst zu mir nach Hause, und ich komme später nach. Noch vor zehn, denke ich. Ja?«

»Ich hab kein Geld«, sagte Becky kläglich. Amber griff in die Tasche und reichte ihr ein paar Scheine.

Die Wohnung war dunkel, als sie schließlich nach Hause kam. Sie drehte das Licht im Gang an und fragte sich, ob Becky schon zu Bett gegangen war. Dann ging sie ins Wohnzimmer und hielt inne. Becky saß im Dunkeln auf dem Sofa, den Kopf in die Hände gestützt.

»Becky?« Sie stellte ihre Taschen ab. »Soll ich Licht machen?« Becky nickte und wischte sich übers Gesicht. »Hast du schon etwas gegessen?« Becky schüttelte den Kopf. Amber seufzte. »Hör zu, worüber ihr euch auch gestritten habt …«

»Ich hab mich mit jemand anderem getroffen«, sagte Becky plötzlich. Amber drehte das Licht an und ging zum Sofa.

»O Becky.« Sie setzte sich neben sie und legte den Arm um ihre Schultern. Es war doch ernster, als sie gedacht hatte.

»Ich wollte dir das schon früher sagen, aber es war einfach nie der richtige Moment. Tut mir Leid.«

»Sei nicht albern. Du musst mir gar nichts sagen. Über Charlie solltest du dir Gedanken machen.«

»Nein.« Sie holte tief Luft. »Der Typ, mit dem ich mich getroffen habe, ist Henry.«

»Henry? Welcher Henry?«, fragte Amber verwirrt.

»Dein Henry.«

»Henry *Fletcher?*«, fragte sie ungläubig. Sie rückte von ihrer Freundin ab.

»Tut mir Leid. Ich hätte es dir sagen sollen.«

»Wie lange geht das schon?« Es war die gleiche Frage, die Charlie gestellt hatte.

»Eine Weile. Ein paar Monate.«

»Ein paar Monate? Aber warum hast du denn nichts *gesagt?*« Erregt stand Amber auf. Sie war nicht sicher, was sie mehr traf – dass es Henry war oder dass Becky es ihr verheimlicht hatte.

»Ich wollte es ja, ehrlich. Aber ich hab nie den passenden Moment gefunden. Du warst immer so beschäftigt …«

»Hör auf«, fiel ihr Amber ins Wort. »Red dich bitte nicht raus.« Darauf folgte ein Schweigen, das nur von Beckys Schniefen unterbrochen wurde. »Ich gehe ins Bett«, sagte Amber schließlich. »Ich kann jetzt nicht darüber nachdenken. Du kannst im Gästezimmer schlafen – Laken und Handtücher liegen auf dem Bett. Ich geh jetzt schlafen, weil ich morgen früh raus muss.« Sie wandte sich ab und verließ den Raum.

»Amber«, schluchzte Becky. »Es tut mir Leid.«

»Ich weiß. Mir auch. Ich seh dich morgen früh.«

Es waren natürlich die Drogen. Paola akzeptierte Kierans Erklärung, und es wurde kein Wort mehr darüber verloren. Sie kam weiterhin jeden Freitagnachmittag nach London und kehrte am Sonntag nach Rom zurück. Max war zufrieden, Francesca war zufrieden, und die Jungs – wie sie die vier nannte – waren es auch. Nur sie nicht. Aber es gelang ihr, das zu verbergen. Sie kleidete sich mit äußerster Sorgfalt, rauschte um Mitternacht mit ihren Freunden in den Club, tanzte mit all den schicken Leuten, und jedermann hatte den Eindruck, sie vergnüge sich bestens. Mit Kieran allein war sie selten. Sie hielt sich von den kleinen weißen Pillen fern und betrank sich stattdessen lieber mit Bellinis.

Eines Nachts verließen sie und Kieran zufällig zur selben Zeit den Club. Es war für beide noch früh. Sie war müde, stand im Vestibül des Seiteneingangs und versuchte, sich eine Zigarette anzuzünden, als er die Türen aufstieß und sie dort stehen sah.

»Hallo.«

»Ciao. Gehst du heim?«, fragte sie und blies den Rauch in seine Richtung. Sie war nervös.

»Ja. Mir reicht's für heute. Digger und Jake kümmern sich

um alles. Wartet Clive draußen?« Er öffnete die Tür. »Ja, er ist da. Kommst du?« Er vermied es, sie anzusehen.

»*Sí.*« Sie trat die Zigarette mit dem Absatz aus und folgte ihm zum Wagen.

Dort nahmen sie so weit wie möglich voneinander entfernt Platz. Sie stellte fest, dass auch Kieran müde aussah. Er blickte aus dem Fenster, als Clive losfuhr. Glücklicherweise waren nur wenige Fotografen in der Nähe.

»Kommst du in die *Casa Bella?*«, fragte er plötzlich und sah sie an. Kommende Woche war Max' Geburtstag.

»Weiß nicht. Du?«

»Vielleicht.« Beide schwiegen wieder. Paolas Herz klopfte schnell. Es gefiel ihr nicht, so nahe neben ihm zu sitzen, auf seine Hände zu sehen und sich zu erinnern. Sie sah aus dem Fenster.

Es war fast drei, als Clive vor dem Haus anhielt. Dort war alles dunkel. Max war in Mali, und sogar Siobhan war eine Woche nach Dublin gefahren. Sorgfältig darauf bedacht, keinen Lärm zu machen, gingen sie hinein. Angela war die einzige Person im Haus und schlief wahrscheinlich.

»Möchtest du was zu trinken?«, fragte Kieran, als sie ihre Taschen auf der Kommode abstellten. Paola zögerte.

»Gern. Ich nehme einen Brandy.«

»Geh nur rauf, wenn du willst. Ich bringe ihn nach oben.« Paola nickte, streifte ihre Schuhe ab und ging die Treppe hinauf. Sie sah sich im Schlafzimmerspiegel an und beschloss, schnell noch zu duschen. Kieran würde ohnehin ein paar Minuten brauchen, bis er den Brandy brachte. Die Dusche war wundervoll entspannend nach einer Nacht, die sie fast ausschließlich auf der Tanzfläche verbracht hatte. Sie trocknete sich ab und nahm einen Schlafanzug aus dem Schrank.

Kieran saß bereits auf einem der Bodenkissen, als sie ins Wohnzimmer kam. Er hatte eine von Max' besten Kognakflaschen mitgebracht und zwei Gläser auf den Tisch gestellt. Während sie sich das Haar abtrocknete, schenkte er ein.

»Wette, das fühlt sich gut an«, sagte er und sah auf seinen nach Rauch riechenden Anzug.

»Ja.« Sie nahm ihr Glas. »Prost.«

»Prost.« Kieran lächelte. »Tolle Nacht, nicht?« Sie nickte und setzte sich ihm gegenüber auf den Boden. Dann unterhielten sie sich über die vergangene Nacht – wer gekommen war, wer mit wem weggegangen war, wer dieses oder jenes angehabt hatte. Plötzlich fiel die Befangenheit der letzten Monate von ihnen ab. Sie unterhielten sich leise flüsternd, hielten sich beim Lachen die Hand vor den Mund, und Kieran ahmte Jake nach, wie er die Models anlinste, die an ihm vorbeiparadierten. Mindestens zwei Mal schenkte er nach, bevor er sich mit einem Kissen unter dem Kopf neben ihr ausstreckte. Draußen war es dunkel, und im Wohnzimmer brannte nur in der Ecke eine kleine Lampe. Er drehte den Kopf, um etwas zu sagen, und roch den Duft ihres frisch gewaschenen Haars, das an den Spitzen immer noch feucht war. Langsam ließen sie sich nach unten gleiten, bis sie sich Auge in Auge gegenüberlagen. Sie war ihm so nahe, dass er ihren Atem auf dem Gesicht spüren konnte. Wie beim letzten Mal kam ihnen der Gedanke, dass sie Geschwister waren – das erkannte er in ihren Augen, als seine Hand sich ausstreckte und langsam die Knöpfe ihres Schlafanzugs zu öffnen begann. Doch der Gedanke verschwand. Sie glitt mit der Hand über seinen Hosenschlitz. Er verging fast nach ihr. Er begann sie zu küssen, am Anfang zart und vorsichtig. Sie öffnete seinen Gürtel. Seine Lippen strichen über ihr Gesicht, in die Mulde an ihrem Hals – er schmeckte ihr Parfüm an ihrem Schlüsselbein –, dann weiter nach unten. Seine Zunge umkreiste zuerst eine harte Brustwarze, dann die andere. Paola stöhnte leise, als er seine Erkundung fortsetzte, und streifte ihm die Kleider ab, bis sie nackt nebeneinander auf dem Boden lagen. Das kann nicht falsch sein, dachte er, als er in sie eindrang. Das kann nicht sein. Nichts, was sich so gut anfühlt, kann falsch sein.

72

Max war vollkommen aus dem Häuschen. Er hatte schon immer fliegen lernen wollen. Gemeinsam mit Tendé hatte er stundenlang darüber diskutiert. Noch dazu war es ungeheuer praktisch. Sie würden eine kleine Maschine auf dem Flugplatz in Bamako stellen, womit es wesentlich leichter wäre, nach Téghaza zu kommen. Nach einer besonders schwierigen Fahrt bei seinem letzten Besuch habe er bereits mit dem Leben abgeschlossen, bevor er dort ankam, erklärte Max. Also würden sie eine kleine Cessna kaufen, zwölf Sitze, und Max würde in England Flugstunden nehmen. In der Zwischenzeit könnten sie einen Piloten engagieren. Tendé erklärte lachend, er habe keine Lust, fliegen zu lernen. Es war die perfekte Lösung. Max bat seinen Assistenten, die am nächsten liegende Flugschule ausfindig zu machen, Stunden zu buchen und ihm eine Liste der Orte zu besorgen, wo man Flugzeuge kaufen konnte. Sofort. Er war wieder ganz der Alte.

Wie angekündigt hatte er innerhalb von drei Monaten seinen Flugschein und machte mit einem Co-Piloten die aufregendste Reise seines Lebens: von Gibraltar, wo die Maschine registriert war, übers Meer nach Afrika, dann über die Sahara nach Tamanrasset, wo sie auftankten, um weiter nach Téghaza zu fliegen. Tendés Leute hatten eine einfache Landebahn gebaut, nicht weit entfernt von den Bungalows, in denen sich vorübergehend das Hauptquartier des Projekts befand.

Sie warteten auf die erste Gruppe technischer Gutachter, die das Gebiet in Augenschein nehmen wollten. Für eine riesige, glühend heiße Fläche von etwa 4000 Quadratkilometern hatten die Berater eine Mischung aus Solar- und Vakuum-Verdunstung empfohlen. Wie geplant war Max in der Lage, bei den Vor- und Nachteilen der verschiedenen Abbautechniken mitzureden. Tendé hörte zu, als er mit den Regierungsberatern sprach, die vor den Ingenieuren hergebracht worden waren. Er lächelte. Max sprang aus einem Flugzeug, das er selbst gesteuert hatte, und schritt, große Staubwolken aufwirbelnd, durch die Wüste. Er war ganz in seinem Element.

Die Ingenieure waren aus Timbuktu gekommen. Eine französisch-kanadische Firma hatte die Ausschreibung für die Umsetzbarkeitsstudie gewonnen, und alle freuten sich auf ihre Ankunft. Max und Tendé diskutierten den Ausbau der Bungalows für ihre Unterbringung. Die Untersuchung des Gebiets sollte bis zu drei Monate in Anspruch nehmen.

»Ich bin froh, dass ich nicht drei Monate hier blieben muss«, murmelte Tendé, als sie auf die Bungalows zufuhren. »Besser sie als ich.«

»Sie werden gut genug dafür bezahlt, glauben Sie mir«, sagte Max, als sie eine der Türen öffneten. Ein Skorpion huschte über den Boden. Er zog die Augenbrauen hoch. »Nun, vielleicht doch nicht.«

Die nächsten Tage vergingen mit Fahrten durchs Gelände, auf denen sich die Ingenieure mit dem Gebiet vertraut machten, über riesigen Karten brüteten und Vermessungspfosten in den kalkigen Sand rammten. Es herrschten Temperaturen über fünfzig Grad, eine trockene Backofenhitze, die einen verschlang, sobald man aus dem Wagen stieg. Als sie vor den mit allem Komfort ausgestatteten Bungalows hielten, liefen die Generatoren auf Hochtouren. Es gab Radio, Satelliten-Telefone, elektrische Wasserkessel, sogar einen Toaster. Die Männer, die mit Tendé aus Timbuktu gekommen waren – Fahrer, Wachen, Arbeiter –, sahen schweigend zu, wie die Ausrüstung aus den Wagen in die Unterkünfte gebracht wurde.

»Was denken sie?«, fragte Max Tendé, als sie von einem Bungalow zum anderen gingen. Tendé zuckte die Achseln.

»Sie sind an Weiße und deren umfangreiche Ausrüstung gewöhnt. Sehen Sie sich die Touristen an. Sie können sich kaum bewegen vor Kameras, Stativen, Rucksäcken und Schlafsäcken. Diese Leute kennen das schon.«

»Es ist obszön«, murmelte Max, als zwei Männer einen Kühlschrank, gefolgt von mindestens dreißig Kästen Bier, hineintrugen.

»Wenn es der *toubtoub* – der weiße Mann – tut, ist es nicht so schlimm. Die Probleme fangen an, wenn einige meiner Leute – die Typen von der Regierung – eintreffen. Wie gesagt, die Leute hier sind an die Weißen mit all ihrem Zeug gewöhnt. Sie kommen schon seit Jahrhunderten nach Timbuktu. Das macht den Tuaregs nichts aus. Was sie nicht ausstehen können, ist, dass wir Schwarzen aus dem Süden von Mali jetzt mit denselben Sachen ankommen. Vor allem, wenn es ihr Land ist, das alles ermöglicht.« Max schwieg einen Moment.

»Aber es kommt dem Land doch sicher zugute?«, fragte er und hörte sich genau an wie Amber.

»Welchem Land? Mali war eine Erfindung der Franzosen. Die übrigens auch einen unabhängigen Staat für die Tuaregs schaffen wollten – Azaouad. Sie haben nie davon gehört?« Max schüttelte den Kopf. »Sehen Sie, für sie ist es genauso, wie es für uns mit den Franzosen war. Es geht um mehr Autonomie, wenn nicht vollständige Unabhängigkeit, bessere Aussichten, ein Stück vom Fortschrittskuchen. Am Ende dreht sich alles nur ums Geld. Die anderen Fragen – die Verschiedenheit der Kulturen, Rassen und Lebensstile – lösen sich plötzlich in Luft auf, wenn alle den Magen voll haben.«

»Und deswegen unterstützen Sie das Projekt?« Max hielt inne. So viel er über Tendé und das Land auch wusste, in das er einen Großteil seines Vermögens investieren wollte, hatte er doch von dessen Geschichte so gut wie keine Ahnung. Er genoss ihre Diskussionen. Die Arbeit mit Tendé war etwas ganz anderes als die Frühstückstreffen in New York, die gemütlichen Mittagessen in London oder die Drinks nach dem Dinner in Paris – die Schmiermittel, mit denen seine Geschäfte im Westen Früchte trugen. Hier war die Arbeit vollkommen anders. Die Ideen, die beim Mittag- oder Abendessen besprochen wurden, drehten sich um große Fragen wie »Fortschritt«, »Entwicklung« und »Freiheit«. Tendé war fast dreißig Jahre jünger als er. Manchmal sah er ihn an und fragte sich, was *er* mit dreißig getan hatte. Geld verdienen. Seit er fünfzehn war, verdiente Max Geld. Einmal hatte er kurz mit dem Gedanken gespielt, nach Israel zu gehen. Einer der Jungs aus dem Waisenhaus – sein Name fiel ihm nicht mehr ein – war hingegangen, sobald der Krieg aus war. Er hatte sich einer Kampfeinheit gegen die Briten angeschlossen und war nach London zurückgekommen, um Soldaten zu rekrutieren. Er und Dov – ja, so hieß er – hatten sich in einem Café in Willesden getroffen. Er hatte sich angehört, was Dov zu sagen hatte, aber die Ideen, von denen er sprach – Unabhängigkeit, Freiheit, der jüdische Staat –, bedeuteten ihm nichts. Max wollte Geld verdienen, *das* war für ihn Freiheit und Unabhängigkeit. Das war am Anfang seiner Karriere. Seltsam, wie nun die gleichen Worte wieder auftauchten.

»Was können wir tun, Max?« Tendé lächelte ihn vage an. »*Ich* halte wirtschaftliche Entwicklung für die alleinige Voraussetzung und die Basis für Frieden. Viele in meiner Regierung teilen diese Ansicht nicht. Aber wenn wir Pläne wie diese nicht in die Praxis umsetzen, werden die Leute hier immer arm bleiben. Sicher, sie haben ihre Kultur, ihren Lebensstil, aber die Welt hat sich geändert. Ändert sich immer weiter. Bald werden diese Menschen Fernsehen und Radio haben – viele von ihnen haben es schon. Sie sehen eine andere Welt. Eine Welt mit Generatoren, Kühlschränken und Autos. Es ist genau wie ich zu Am…, äh, einem Freund sagte, sie wollen die Wahlfreiheit haben, wie alle andern auch. Kamel oder Auto. Ich weiß nicht, was ich wählen würde.« Max nickte. Er sah sich um. Es hatte vierzig Jahre gedauert, bis er sich leisten konnte, über solche Fragen zu diskutieren. Aber ohne seinen Reichtum wäre er nicht hier.

Er sah Guy Leblanc, den Chefingenieur, auf sie zukommen. Ein passender Name, schmunzelte er insgeheim, als er näher kam.

»Guy«, sagte er und schüttelte ihm die Hand. »Alles eingerichtet?«

73

Sie saßen zu fünft im Wagen – Madeleine, ihr unmittelbarer Vorgesetzter Sven, zwei italienische Psychiater und Goran, der junge ICM-Dolmetscher. An der Ecke der Cara Dusana und Tadeusa Koscuska nahe dem üppig grünen Kalemegdan Park warteten sie auf zwei britische Journalisten, die unter ihrem Schutz nach Sarajewo mitfahren wollten. Vor einem Monat waren heftige Kämpfe in der Umgebung der Stadt ausgebrochen, und das Team wollte dem ICM-Stützpunkt in Ilideza, etwa zwei Kilometer vor Sarajewo, Versorgungsgüter und Unterstützung zukommen lassen. Alle waren nervös – die Berichte von den Kämpfen und die damit einhergehenden Ausschreitungen hatten alle im Büro berührt. Ob sie der Wahrheit entsprachen, ließ sich nur durch einen Besuch in dem Gebiet feststellen.

Als Gegenleistung für die Fahrt unter dem Schutz der weißen Flagge des ICM hatten die Journalisten versprochen, alles in ihrer Macht Stehende zu tun, um das Elend der Frauen zu veröffentlichen, das sie sehen würden.

Es war ein heißer Frühlingstag, dennoch trugen alle über den T-Shirts kugelsichere Westen. Der Büroleiter von Associated Press hatte ihnen geraten, in der Gegend um Ilidza auf Heckenschützen zu achten und in Sarajewo nicht in die Nähe des UN-Hauptquartiers zu gehen. Madeleine saß auf dem Rücksitz mit Dr. Carinelli und seiner Assistentin, einer netten jungen Frau namens Antonia. Sie reichten Schokolade und Zigaretten herum, um ihre Nerven zu beruhigen.

Schließlich tauchten die Journalisten in einem verbeulten VW-Golf auf, dessen Windschutzscheibe links oben zersprungen war und der auf einer Seite Einschusslöcher hatte. Madeleine erschrak, als sie den Wagen sah, sagte aber nichts. In Kolonne fuhren sie Richtung Osten aus der Stadt hinaus.

In Tuzla machten sie Rast und plauderten mit den schwedischen und argentinischen UN-Soldaten, die in dem kleinen Café im Zentrum am Nebentisch saßen. Die waren optimistisch. Tuzla sei ein Hafen friedlicher Ko-Existenz zwischen den drei Kriegsparteien der Serben, Kroaten und Moslems, sagten sie. Madeleine bemerkte einen älteren Mann mit traurigem Gesicht, der ihre Unterhaltung von der Ecke aus verfolgte. Als er ging, kam er an ihrem Tisch vorbei und murmelte etwas, was sie zwar nicht verstand, dessen Bedeutung aber klar war: Ihr wisst nicht, wovon ihr redet. Unsicher sah sie ihm nach, als er hinausschlurfte.

»Sind Sie Engländerin?«, fragte einer der Journalisten und setzte sich auf den freien Stuhl neben sie. Sie blickte auf.

»Ja.« Zu weiteren Erklärungen hatte sie keine Lust. In England war sie Ungarin. In Serbien Engländerin. Das machte alles wesentlich einfacher.

»London, richtig?« Sorgfältig drehte er sich mit nikotinverfärbten Fingern eine Zigarette.

Madeleine nickte.

»Ja, ich auch. Leute aus London erkenn ich immer.« Er lächelte wehmütig. »Ich bin übrigens Doug. Das ist Martin«, fuhr er fort und deutete auf einen Mann am anderen Ende des Raums. Der stand auf und kam herüber.

»Ich bin Madeleine.« Sie schüttelten sich die Hände.

»Und wie lange bist du schon hier, Madeleine?«, fragte Doug und inhalierte tief.

»Zwei Monate.«

»Lang genug.«

»Ja. Es kommt mir wie eine Ewigkeit vor. Ich fang schon an zu vergessen, wie es draußen aussieht.«

»Warte, bis du ein halbes Jahr hier bist«, sagte Martin und lachte leise. Madeleine sah ihn an. Er wirkte genauso ungepflegt wie alle ausländischen Journalisten, die sie gesehen hatte – Bartstoppeln, Haare, die ins Gesicht fielen, nachlässig übergeworfene Kleider und Jeans, die aussahen, als wären sie seit Monaten nicht mehr gewechselt worden. Beide trugen trotz des schönen Wetters dunkelgrüne Tarnjacken über den kugelsicheren Westen.

»Wie lange seid ihr schon hier?«, fragte sie.

»Zwei Jahre mit Unterbrechungen. Ab und zu müssen wir mal raus. Anders als die armen Schweine hier.« Er machte eine Geste, die das Café umschloss. »Tuzla ist im Moment in Ordnung. Letzte Woche sind wir aus Sarajewo weg, wo wir bis jetzt waren. Aber wir wurden nach Belgrad zurück beordert.«

»Ist es wirklich so schlimm?«

»Noch schlimmer.«

»Sollen wir weiter?«, unterbrach Sven die Unterhaltung und stand auf. Sie nickten zögernd. Madeleine ging noch schnell zur Toilette, wo sie sich in dem zersprungenen Spiegel über dem Waschbecken ansah. Sie hatte sich so verändert, dass sie sich selbst kaum wiedererkannte.

Als sie ein paar Minuten später herauskam, war das Café fast leer. Sie ging nach draußen. Der dunkelblaue ICM-Kombi fuhr bereits aus dem Parkplatz hinaus.

»Hierher«, rief ihr Doug vom VW aus zu. »Steig bei uns ein. Wir treffen uns ohnehin in einer Stunde in Ilidza.«

Sie machte Sven ein Zeichen, der das Fenster herunterließ. Ist das in Ordnung? Kein Problem. »Also bis dann«, rief sie und stieg auf den Rücksitz.

»Entschuldige das Chaos«, sagte Doug verlegen. Auf dem Rücksitz lag ein Durcheinander aus Zigarettenschachteln, leeren Bierflaschen, Zeitungen – und eine Waffe. Sie schluckte.

»Schieb einfach alles zur Seite.«

»Seid ihr beide bewaffnet?«

»Ähm, ja. Das sollten wir eigentlich nicht, aber, mein Gott, hier geht's einfach nicht anders«, antwortete Martin bitter.

»Wir sind es nicht.« Madeleine sah auf das Fahrzeug vor ihnen, dessen weiße Fahne im Wind flatterte.

»Das solltet ihr aber. Ich wette, das hat man euch in London nicht gesagt.«

Madeleine erwiderte nichts. Tatsächlich fühlte sie sich erleichtert, bei den beiden Männern im Wagen zu sitzen, obwohl sie Fremde waren. Die Tatsache, dass sie alle drei aus London kamen, flößte ihr irgendwie ein Gefühl größerer Sicherheit ein als die multinationale, vielsprachige Gruppe in dem blauen Kombi. Zudem waren sie bewaffnet.

Sie richtete sich inmitten des Durcheinanders und Abfalls auf dem Rücksitz ein und lauschte mit halbem Ohr dem unablässigen, leicht manischen Geplauder der beiden. Es war seltsam beruhigend.

Ohne Probleme passierten sie die ersten beiden Kontrollpunkte auf der Straße nach Sarajewo. Beim zweiten wechselte Doug sogar ein paar Worte auf Serbisch mit dem Polizisten. Madeleine döste erschöpft ein. Das laute Brummen des Motors machte es schwierig, sich an der Unterhaltung zu beteiligen.

Etwa zwei Kilometer vor Ilidza gab es erste Anzeichen von Schwierigkeiten. Madeleine wachte auf, als Doug den Motor abstellte. Sie rappelte sich hoch.

»Was ist los?«

»Weiß nicht. Sie prüfen die Papiere, denke ich.« Doug zündete sich eine Zigarette an. Ihr kleiner Golf war etwa 200 Meter von dem Kombi entfernt. Für einen Moment sah es aus, als würden die Soldaten sie durchwinken. Doug ließ den Motor an. Doch dann lief plötzlich alles schief.

»Mist«, sagte Martin und griff nach seiner Kamera. »Was macht der?« Einer der Soldaten hatte die Tür des Kombis aufgerissen und fuchtelte mit seiner Waffe herum – aussteigen. Madeleine sah, wie Sven und Goran ausstiegen und versuchten, mit den Soldaten zu reden. Weitere bewaffnete Soldaten tauchten auf, die die Insassen des Kombis schreiend und gestikulierend zum Aussteigen aufforderten.

»Was geht da vor?«, fragte Madeleine, von Angst gepackt. Doug hielt den Ganghebel fest, während Martin filmte.

»Oh Mist.« Doug zog scharf den Atem ein. Madeleines Hand fuhr automatisch zum Fenster – ein Soldat hatte Sven mit dem Gewehrkolben ins Gesicht geschlagen. Die beiden Ärzte schrien. Sie konnten ihre offenen Münder durch die Scheiben sehen. Plötzlich tauchten aus dem Nichts weitere Soldaten auf, und der Kombi wurde umringt von Milizen in ihren schwarzen Uniformen und Angst einjagenden Kapuzen.

»Wir hauen hier besser ab«, sagte Doug und legte den Rückwärtsgang ein.

»Nein! Nein!«, rief Madeleine, als er rückwärts losfuhr. Einer der Soldaten blickte auf und deutete auf ihren Wagen. Ein anderer legte an. Doug raste in halsbrecherischem Tempo davon, während Martin aus dem Fenster hing und die furchtbare Szene filmte. Entsetzt beobachtete Madeleine, wie die Soldaten die ICM-Mitarbeiter aus dem Wagen zerrten. Doug schaffte es, den Wagen mit quietschenden Reifen herumzureißen und umzukehren. Schüsse fegten über sie hinweg und schlugen in die Straße ein. Als Letztes sah Madeleine, wie Sven im Staub kniete und ein Soldat ihm fast beiläufig eine Kugel in den Kopf jagte.

Es blieb keine Zeit zum Nachdenken. Doug forderte dem Golf alles ab, und der Motor heulte protestierend auf, als sie nach Tuzla zurückjagten. Kurz vor der Stadt bog er scharf nach links ab, der Wagen pflügte durch eine Viehweide, bis er auf einem holprigen Feldweg landete. Alle drei waren still, als das Fahrzeug über den steinigen Boden ratterte. Er schien den Weg zu kennen, als sie die Hauptstraße vermieden und über Nebenwege in Richtung Sarajewo fuhren. Schließlich kamen sie auf eine geteerte Straße. Doug drosselte kurz das Tempo.

»Irgendwer hinter uns?«, fragte er Martin leise. Martin schüttelte den Kopf. Die Straße vor ihnen war frei. In der Ferne, über den Hügeln, stiegen ständig weiße Rauchschwaden in den Himmel. Madeleine auf dem Rücksitz war ruhig. Sobald sie die Stadtgrenze erreicht hatten, drückte Doug wieder aufs Gas, und sie rasten an ausgebrannten Bussen und Betonsperren vorbei durch die Stadt. Über ihnen strahlte die Sonne, auf den Straßen herrschte Totenstille. Wieder schien Doug genau zu wissen, wohin er wollte. Eine halbe Stunde später hielten sie vor einem mit Einschüssen übersäten Gebäude. Dem Hotel Sarajewo. Es war voller ausländischer Journalisten und Hilfskräfte. Doug stürzte mit wehendem Haar in die Eingangshalle und verlangte ein Radio-Telefon. Martin und Madeleine folgten ihm. Sie hatte nichts bei sich, nicht einmal eine Zahnbürste. Eigentlich sollte sie nur einen Tag fortbleiben, um an der Front ein Unterstützungsnetzwerk einzurichten. Martin folgte einer Gruppe BBC-Reporter, um ihnen sein Filmmaterial zu zeigen. Madeleine stand allein an der Rezeption.

»Bleib bei mir.« Plötzlich war Doug neben ihr aufgetaucht. Er drückte ihre Hand. Sie nickte wortlos.

Im Dunkeln lag sie neben ihm, ohne dem dumpfen Grollen des Artilleriefeuers in der Ferne oder den gelegentlichen Einschlägen von Raketen oder Granaten in nächster Nähe zu lauschen. Sex stand nicht zur Debatte. Noch immer geschockt, lagen sie nebeneinander und berührten sich immer wieder, als wollten sie sich versichern, dass sie noch am Leben waren. Wärme, ein anderer atmender Körper, selbst ein Räuspern oder das Knurren ihres Magens – sie hatte am Abend nichts essen können – waren tröstlich. Sie konnten beide nicht schlafen, also begannen sie zu reden. Zögernd am Anfang, dann entspannter. Sie hörte sich Dinge sagen – erstaunliche, geheime Dinge –, die sie noch nie jemandem erzählt hatte. Über Alasdair und sogar Péter. Und das Kind, das sie »verloren« hatte. Nachdem sie einmal angefangen hatte, konnte sie nicht mehr aufhören. Die Worte stürzten nur so aus ihr heraus. Sie redeten über Budapest und *somlói galuska* und *töltött csirke.* Dinge, über die sie mit Alasdair geredet hatte. Irgendwann stand er auf und holte eine Flasche *Hercegovacka loza,* einheimischen Schnaps, aus seiner Tasche. Abwechselnd tranken sie direkt aus der Flasche. Die scharfe Flüssigkeit brannte ihr in der Kehle. Auf nüchternen Magen, dachte sie, als sie die Flasche zurückreichte. Aber sie wurde nicht betrunken. Überrascht und leicht beunruhigt über den unerwarteten Drang, einem Fremden etwas von sich mitzuteilen, lag sie neben ihm.

»Wer ist Péter?«, fragte er nahe an ihrem Ohr.

»Mein Bruder. Er ist vor langer Zeit gestorben.«

»Wie?«

»Er wurde erschossen.« Sie schmiegte sich an ihn, und ihr Mund berührte seine Haut, als sie sprach. »Wir sind aus Ungarn geflohen.«

»Verfluchte Hölle. Also ist dieser *Wahnsinn* hier nichts Neues für dich. Du kennst das schon?«

»Ein bisschen. Ich war damals noch klein. Ich hab nicht wirklich verstanden, was vor sich ging.« Sie schloss die Augen und erinnerte sich.

Es war Imre, der gehen wollte. Es gab endlose Diskussionen mit Maja und Péter. Er war neunzehn damals, Student und Mitglied der geheimen Widerstandsbewegung, des Ungarischen Demokratischen Forums. Er wollte nicht weg. Wegzulaufen, erklärte er seinen Eltern wütend, würde nichts ändern. Er wollte lieber bleiben und kämpfen, statt wegzulaufen und sich zu verstecken. Aber Imre und Maja redeten den ganzen bitterkalten Winter des Jahres 1972 auf ihn ein. Im Frühling erklärte er sich zögernd einverstanden, mitzukommen. Sie wollten über die österreichische Grenze; dort wäre es relativ leicht, Asyl zu bekommen.

Wochenlang saß Madeleine mit ihren Freunden in der Schule und behielt das Geheimnis für sich – niemand ahnte, dass das hübsche zehnjährige Mädchen mit den blonden Zöpfen bald verschwinden würde. Am 12. Februar 1973 war es so weit. Eingequetscht zwischen zwei Koffern und Péter saß Madeleine auf dem Rücksitz eines geliehenen Wagens und lauschte der angespannten Stimme ihres Vaters, als sie nach Westen fuhren, angeblich um in seinem Heimatdorf nahe der österreichischen Grenze Verwandte zu besuchen. Madeleine war noch nie aus Budapest herausgekommen. Sie erinnerte sich, wie sie in die rosige Wintersonne hinaussah, die lange Schatten auf die schneebedeckten Felder warf. Am Rand eines Waldes ließen sie den Wagen stehen und bedeckten ihn mit Zweigen, während Madeleine an den Enden ihrer Haare kaute, damit ihr nicht schlecht wurde. Sie hatte Angst. Eine Angst, die sie seitdem nie mehr ganz verlassen hatte. Von den folgenden Stunden waren ihr die seltsamsten Dinge im Gedächtnis haften geblieben – das Knacken des Waldbodens unter ihren Füßen, der Griff von Majas Hand, die breiten Rücken von Imre und Péter, die sie durch den Wald zur österreichischen Grenze führten. Es war Madeleine, die das Rascheln hinter ihnen hörte; die stehen blieb, bevor Imre und Péter es konnten, Maja die Hand entzog und ihre Tasche fallen ließ. Ein Geräusch ertönte, Metall, das auf Metall schabte, ein Ruf, Männerstimmen. Sie erinnerte sich, wie Maja Péter zurief, loszurennen, dann der Schuss. Der kalte nasse Schnee auf ihrem Gesicht, als Maja und Imre sie packten und vorwärts zerrten, und, kurz bevor sie den Zaun erreichten, dieser letzte Blick auf jemanden, der mit dem Gesicht nach unten, einen Arm von sich gestreckt, im Schnee lag, mit diesem schrecklichen roten Fleck unter seinem Bauch, der das leuchtende Weiß um ihn verfärbte. Nicht jemanden. Sondern Péter.

»Schläfst du schon?« Dougs Stimme brachte sie wieder in die Gegenwart zurück. Sie schüttelte den Kopf, Tränen in den Augen. Es geschah nicht oft, dass sie an diese Nacht dachte. »Komm, lass uns versuchen, ein bisschen zu schlafen.« Sie nickte, ließ sich umarmen und wagte nicht mehr zu sprechen. Als am Himmel über der Stadt ein trüber Morgen graute, schlief sie schließlich ein.

Am folgenden Morgen herrschte großer Tumult in der Hotelhalle. Die Rückseite des Hotels war getroffen worden, eine Granate war im TV-Aufnahmeraum explodiert und hatte zwei einheimische Techniker getötet. Die BBC hatte alle ihre ausländischen Mitarbeiter aus Sarajewo abgezogen. Auch das UN-Hotel war getroffen worden, und man fragte sich, ob es die lokalen serbischen Milizen auf Ausländer abgesehen hatten.

Ältere Journalisten baten um Ruhe in dem Durcheinander. Madeleine stand mit Doug im Speisesaal und sah sich um.

»Wissen wir, was gestern passiert ist?«, fragte sie leise.

Doug nickte. »Sie wurden erschossen. Alle. Aus Berichten hört man, dass es Arkan-Leute waren.« Madeleine sah ihn fragend an. »Arkan. Der serbische Milizenführer. Verglichen mit ihm sind die Leute von den lokalen Milizen Waisenkinder.« Er schwieg einen Moment. »Ich mochte Sven«, fügte er schließlich hinzu. »Was für ein Wahnsinn.« Madeleine erwiderte nichts. Irgendwie erschien es ihr seltsam unwirklich. Martin trat zu ihnen.

»Was wollt ihr tun?«, fragte er. Madeleine sah Doug an und zuckte die Achseln.

»Ich weiß nicht. Wahrscheinlich muss ich versuchen, nach Belgrad zurückzukommen. Kann ich mich mit meinem Büro in Verbindung setzen?«

Doug nickte. »Wir geben die Info nach London durch, die können sie dann weiterleiten. In Sarajewo gibt es keine Telefonverbindungen mehr.«

»Ich fahr zurück, Kumpel«, sagte Martin, ohne Doug anzusehen. »Ich hab ... Nun, du weißt, was ich habe. Ich verschaffe mir eine Mitfahrgelegenheit mit der UN. Um elf fährt ein Konvoi ab. Und du?«

»Ich bleibe, Kumpel.« Doug sah Madeleine an. Sie nickte langsam. Ja, dachte sie plötzlich. Warum nicht. Die UN flog alle ausländischen Journalisten aus. Sie wollte nicht nach London zurück. Plötzlich gab es auf der Vorderseite des Gebäudes einen donnernden Knall. Die Leute um sie begannen auf ihre Zimmer zu eilen, ihre Sachen zu packen; jeder wollte so schnell wie möglich aus der Stadt. Martin schüttelte ihnen die Hand, dann beugte er sich vor und umarmte Madeleine.

»Pass auf dich auf, Darling«, sagte er mit belegter Stimme und wandte sich ab. Er weinte. Madeleine hatte seit dem Hinterhalt am Tag zuvor keine Träne vergossen. Er verschwand die Treppe hinauf.

»Bist du dir sicher?«, fragte Doug und strich sich nervös über sein unrasiertes Kinn. Draußen gab es wieder eine Explosion.

»Ich bin mir sicher.« Madeleine war ruhig. »Ich bin Ärztin. Da draußen sterben Leute. Ich kann nicht weg.«

»Okay. Fertig?«

»Ich hab nichts bei mir«, antwortete sie schlicht. »Nur meine Brieftasche – das ist alles. Ich hab nicht mal mehr meinen Pass. Er war in dem Kombi.«

»Dann lass uns gehen.« Er packte sie am Arm, und sie liefen hinaus. Der Golf stand immer noch dort, wo sie ihn geparkt hatten. Auf dem Dach lagen Glasscherben, Papier und Schutt von dem Einschlag. Er stieg ein und hielt ihr die Tür auf. Sie zögerte einen Moment, als sie einem Flugzeug nachsah, das über ihr kreiste, und schlüpfte dann schnell in den Wagen, als ihr klar wurde, dass es seine Bomben irgendwo in der Stadt abladen würde. Ein paar Minuten lang bebte der Boden. Doug ließ den Motor an. Sie fuhren aus dem Parkplatz hinter dem Hotel – oder was davon übrig war – und rasten in irrwitzigem Tempo durch die Hauptstraßen von Sarajewo. Es war neun Uhr morgens.

»Wo fahren wir hin?«, rief Madeleine laut, um den Krach der Raketeneinschläge und des Heckenschützenfeuers zu übertönen.

»Nach Bjelave. Im Osten der Stadt. Dort wohnt ein Freund von mir, Murad. Es ist in der Nähe der Universitätsklinik. Dort sind wir sicherer, glaube ich.« Mit einem Ruck wich er der Leiche eines älteren Mannes aus, der mit dem Gesicht nach unten in einer Blutlache lag. Sie schwiegen und konzentrierten sich nur darauf, ihr Ziel zu erreichen – lebend.

74

Kieran und Paola suchten ständig nach Möglichkeiten, sich heimlich zu treffen. Niemand bemerkte etwas. Paola pendelte zwischen London und Rom, verbrachte ein paar Wochen auf Menorca, vierzehn Tage in New York oder fuhr mit Francesca zum Einkaufen nach Paris. Es war schon fast Herbst, als sie und Kieran sich spontan entschlossen, eine Woche auf Menorca zu verbringen. Der Club lief gut, besser als jeder von ihnen zu hoffen gewagt hatte. Jake hatte entschieden, nur freitags und samstags aufzumachen, unter der Woche war nur der White Room, der VIP-Bereich, für Mitglieder geöffnet. Ein geschickter Schachzug, denn dadurch wurde das Publikum noch begieriger, dort gesehen zu werden. Max freute sich, dass Kieran und Paola eine Woche in die Sonne fuhren. Sie sahen aus, als bräuchten sie es, meinte er auf dem Weg aus dem Haus. Kieran sehe ziemlich schlecht aus – dunkle Ringe um die Augen und ständig müde. Es würde ihm gut tun. Seltsamerweise berichtete Francesca das Gleiche. Paola sei es in letzter Zeit nicht gut gegangen. Sie habe Gewicht verloren. Ja, es sei eine gute Idee, sagte sie zu Max. Was für eine Erleichterung, dass die beiden sich so gut verstanden.

Am Montagmorgen flogen sie ab. Paolas Stimmung hatte sich ganz wesentlich verbessert. Die Anspannung, die auf ihr lastete, begann, ihren Tribut zu fordern. Sie fühlte sich zwischen Verwirrung und Schuldgefühlen hin- und hergerissen, und ihre Laune schwankte zwischen Verzweiflung und überschwänglichem Glück. Sie wusste nicht, was sie denken, mit wem sie reden, was sie tun sollte. Zu sagen, die Sache habe keine Zukunft, war die Untertreibung des Jahrhunderts. Es war falsch. Krank und falsch, und daran würde sich niemals etwas ändern. Dennoch konnte sie nicht davon lassen. Kieran brauchte sie. Das sagte er tausend Mal am Tag. Sie war von ihm hypnotisiert – von seiner Stimme, seinen Berührungen, dem Geschmack seines Mundes. Sie war süchtig nach ihm. Sie sah sich unter den Passagieren um und entspannte sich. Nein, niemand wusste, wer sie waren.

Die Villa war still und friedlich. Nur Andréa, das Hausmädchen, war da, und sie ging jeden Abend in ihre Wohnung in der Stadt zurück. Sie waren ganz allein.

Das Badezimmer war voller Dampf, als er eintrat. Durch die Glastür sah er die Umrisse von Paolas rosigem Körper, die unter der Dusche stand. Er zog sich aus und öffnete die Tür. Ein warmer Wasserstrahl traf sein Gesicht. Paola schrie auf, als er sich neben ihr hineinzwängte. Er nahm ihr den Schwamm weg, hielt ihn über ihr Gesicht, benässte ihr Haar und ließ kleine Bäche über ihren Hals und ihre Brüste rinnen. Dann zog er sie an sich und vergrub das Gesicht an ihrer Schulter. Sie drehten das Wasser ab und gingen eng umschlungen und immer noch tropfnass ins Schlafzimmer. Ihre Fußspuren blieben als kleine Pfützen auf dem gefliesten Boden zurück.

Mit einem Lächeln ging Francesca durch den Zoll. Sie hatte sich nicht die Mühe gemacht, in der Villa anzurufen, um mitzuteilen, dass sie kam. Sie wollte die beiden überraschen. Sie musste zugeben, dass sie Kieran freundlicher gegenüberstand, seitdem er und Paola sich angefreundet hatten. Sie sah auf ihre Uhr. Es war fast elf. Sie hatte den letzten Flug aus Rom genommen und in Barcelona aus technischen Gründen fast zwei Stunden Aufenthalt gehabt. Sie hatte Berge von Essen dabei, viel mehr, als sie zu dritt in drei Tagen schaffen konnten. Zufrieden lehnte sie sich auf dem Rücksitz der Limousine zurück und sah auf die Lichter der Insel, als sie die Hügel hinauffuhren.

Als sie ankam, war die Villa vollkommen still und dunkel, aber der silberne Mercedes stand in der Einfahrt – sie hatten vergessen, ihn in die Garage zu stellen. Erneut sah sie auf ihre Uhr. Es war erst halb zwölf. Sie bezahlte den Fahrer und ließ ihr Gepäck in die Diele bringen. Wahrscheinlich schliefen sie, dachte sie, als sie das Licht andrehte. Seltsam. Überall auf dem Boden lagen Kleidungsstücke und auf dem Tisch im Esszimmer ein halb gegessenes Sandwich. Sie bückte sich, um Paolas Bikini-Höschen aufzuheben. Albernes Mädchen. Warum verstreute sie ihre Kleider im Wohnzimmer? Sie öffnete die Schiebetür, die zu den Schlafräumen führte, und klopfte bei Paola. Keine Antwort. Leise öffnete sie die Tür und sah ins Zimmer. Das Bett war leer und wirkte unbenutzt. Ein paar Kleider und Schuhe von Paola lagen herum, aber offensichtlich hatte sie nicht hier geschlafen. Sie runzelte die Stirn. Vielleicht hatten sie in einem der Gästezimmer ferngesehen und waren eingeschlafen? Sie ging den Gang hinunter. Unter einer der Türen drang Licht hervor. Sie lächelte und öffnete sie.

Es dauerte Tage, bevor sie sich den Anblick vergegenwärtigen konnte, ohne dass ihr buchstäblich schlecht wurde. Zuerst hatte es ihr die Sprache verschlagen, und dann zitterte sie so stark, dass sie glaubte, umzufallen. Anfangs hatten sie sie nicht bemerkt. Paola kehrte ihr den Rücken zu. Sie – sie brachte es kaum über sich, es auszusprechen – *saß* auf ihm, während seine Hände langsam über ihren Rücken strichen. Wie erstarrt stand Francesca in der Tür, durch die Licht einfiel. Er hatte sie zuerst gesehen und machte nicht einmal den Versuch, sich zu bewegen. Sie ging zum Bett hinüber, versetzte ihrer Tochter einen harten Stoß – und ohrfeigte ihn. Zwei Mal. Und dann lief sie hinaus, zitternd vor Abscheu und Angst. Paola rannte leise weinend hinter ihr her, ein Laken an sich gedrückt. Sie sagte ihr, sie solle in ihr Zimmer gehen und bis zum Morgen dort bleiben. Francesca selbst schloss sich in ihrem Schlafzimmer ein, wo sie auf der Bettkante saß, sich hin und her wiegte, aufs Telefon starrte und wusste, dass sie Max anrufen sollte. Sie konnte nicht die ganze Nacht dort sitzen und für sich behalten, was sie gesehen hatte. Sie musste ihn anrufen und es ihm erzählen, mit jemandem reden. Aber sie hatte Angst. Sie ging ins Badezimmer, fegte die Kosmetika zu Boden, die Andréa so sorgfältig aufgestellt hatte, und hörte, wie die Flaschen auf den Marmorfliesen zerbrachen. Dann fiel sie auf die Knie und übergab sich.

Kieran nahm am Morgen, noch bevor jemand aufgestanden war, die erste Maschine. Nicht einmal eine Tasche hatte er bei sich, als er ins Taxi stieg. Allein flog er nach London zurück und wartete auf das Donnerwetter, das über ihm hereinbrechen würde.

75

»Ich brauch eine Aufmunterung«, sagte Amber zu Tendé, als sie den Raum betrat.

»Als da wäre?« Er hatte gerade eine CD eingelegt und richtete sich auf. Die melodisch warme Stimme einer Frau erklang.

»Irgendwas, ich brauch einfach was Leichtes, Unterhaltsames und Fröhliches. Du hast keine Ahnung, was wir in den letzten Monaten durchgemacht haben.« Sie trat hinter ihn und legte die Arme um seine Taille. »Das ist schön«, sagte sie und lauschte mit der Wange an seinem Rücken der Musik. »Wer ist das?«

»Meine Mutter.«

»Wirklich?« Sie lächelte. »Weißt du, für mich ist deine Familie einfach perfekt.«

»Ach nein.« Tendé schüttelte lächelnd den Kopf. »Wir haben auch unsere Schwierigkeiten, glaub mir.«

»Nein, aber meine … Ich kann immer noch nicht ganz fassen, was passiert ist. Wahrscheinlich keiner von uns.«

»Versuch, ihn nicht zu verurteilen, Amber. Vermutlich versteht er es selbst nicht.«

Amber seufzte. »Ich weiß. Du hast Recht. Aber jedes Mal, wenn ich ihn ansehe, werde ich den Gedanken nicht los …«

»Wie muss es deiner Ansicht nach für ihn sein?«, unterbrach er sie sanft.

»Warum bist du so verdammt großmütig? Du magst ihn doch nicht mal«, protestierte Amber und ließ ihn los. Er drehte sich um und nahm ihren Arm.

»Weil er dein Bruder ist.«

»Und sie ist meine Schwester!«, antwortete sie aufgebracht.

»Genau. Du solltest mehr Mitgefühl zeigen.« Amber starrte ihn an, als wolle sie gleich explodieren. Er schüttelte den Kopf. »Nicht. Werd nicht wütend. Es gibt im Moment andere Dinge, über die wir uns Sorgen machen müssen. Sie kommen schon drüber hinweg. Das hast du doch selbst gesagt. Sie wurden beide, wie hast du gesagt, zur Therapie geschickt? Sie finden schon einen Weg. Also, du möchtest etwas Leichtes und Fröhliches?« Sie nickte zögernd. »Lass uns essen gehen. Möchtest du *à l'Africaine* essen?«, fragte er lächelnd. »Und dann gehen wir Tanzen. Es gibt einen neuen Club im Zentrum. Ein paar meiner Freunde werden wahrscheinlich dort sein.« Ambers Augen leuchteten auf. Es war ihr zweiter Aufenthalt in Mali. Ihr erster vor fast einem Jahr hatte unter ganz anderen Bedingungen stattgefunden. Bereitwillig ließ sie sich umarmen.

»Tut mir Leid. Ich wollte nicht auf *dich* sauer werden. Ich bin einfach nur müde, schätze ich.«

»Ich weiß. Aber heute Abend gehen wir aus und vergnügen uns. Am Samstag kommt Max, also lass uns die Zeit nutzen. Ich hab das Gefühl, dass alles bald viel komplizierter wird.« Amber schüttelte den Kopf.

»Nein, er wird keine Schwierigkeiten machen. Das verspreche ich.«

»Wir werden sehen.« Er küsste ihre Nasenspitze. »Möchtest du duschen, bevor wir gehen?«

»Ja. Es ist so staubig. So war es das letzte Mal nicht.«

»Es ist der Harmattan, der Wind, der aus der Wüste bläst. Es bleibt ein paar Monate lang so, fürchte ich. Heute ist es gar nicht so schlimm. Manchmal kann man kaum einen Meter weit sehen.«

»Huch. Schrecklich.«

»Du gewöhnst dich daran.«

Sie sah ihn eindringlich an. »Werde ich das? Und all die anderen Dinge?«

»An die wirst du dich auch gewöhnen. Jetzt komm. Du wolltest doch einen fröhlichen Abend erleben. Dusch dich und mach dich fertig. Ich mach noch ein paar Anrufe, und dann gehen wir. *D'accord?*« Sie nickte.

Er hörte das Geräusch des fließenden Wassers und ging langsam in sein Arbeitszimmer. An der Tür blieb er stehen und strich sich über den Nacken. Auch er war müde. Anstrengende Wochen mit Reisen, Besprechungen und Pressekonferenzen lagen hinter ihm – die Umsetzbarkeitsstudie hatte plötzlich jedem vor Augen geführt, auf welchem Reichtum das Land saß, und die Medien hatten das Projekt genau unter die Lupe genommen. Max würde in zwei Tagen kommen – und zu allem Überfluss hatte Amber auch noch entschieden, dass es an der Zeit sei, es ihm zu sagen. Er war sich immer noch nicht sicher, ob der Zeitpunkt richtig war, vor allem nach den Umwälzungen in ihrer Familie während der letzten Monate. Und ob es überhaupt einen richtigen Zeitpunkt gab. Amber schien zu glauben, Max würde sich spielend damit abfinden. Er habe Tendé doch so gern und würde wollen, dass sie glücklich ist. Ihr fiel ein Dutzend Gründe ein, warum es für Max nicht der

Schock wäre, den er voraussagte. Aber Tendé hatte ein gewichtiges Gegenargument – er war schwarz. Unablässig hatte er mit Amber darüber gestritten.

»Deine Schwester ist doch auch mit einem Schweizer verheiratet«, hob sie ständig hervor.

»Wir haben es aber nicht mit meinen Eltern zu tun, Amber. Ihnen macht das nichts aus. Ihnen geht es nicht um die Hautfarbe, das weißt du. Nichts könnte sie weniger interessieren.«

»Genauso ist es bei Max. Das verspreche ich.«

»Und warum hast du es ihm dann noch nicht gesagt?«

Amber schwieg. »Weil du mir Angst gemacht hast«, antwortete sie schließlich.

»Das ist Blödsinn, und das weißt du auch.«

Sie wandte sich ab. »Na schön. Aber wir sagen es ihm bald?«

»Wann immer du bereit bist.«

Und jetzt war sie es. Er nahm das Glas Wasser, das sie auf dem Sideboard stehen gelassen hatte. Es war ungewöhnlich staubig. Dieses Jahr war der Wind besonders stark, dachte er, als er einen Schluck trank. Am nächsten Morgen würde er nach Téghaza fliegen, am Tag darauf würde Max nachkommen. Amber wollte es Max allein sagen, damit er sich mit dem Gedanken vertraut machte, bevor er am Sonntag nach Téghaza flog. Er drehte sich um. Amber war fertig und wartete an der Tür. Sie sah schön aus. Ihr Haar war länger geworden und fiel in dichten dunklen Locken um ihr Gesicht. So gefiel es ihm. Den Kurzhaarschnitt vor ein paar Monaten fand er zu jungenhaft und zu streng.

Im *L'Akwaba,* dem neu eröffneten Restaurant in der Nähe des Hippodroms, sah er zu, wie sie *riz gras* und *nkontomire* bestellte, ein ghanaisches Gericht. Ihr Französisch war gut, und sie plauderte unbefangen mit dem Kellner und dem Besitzer, der an ihren Tisch gekommen war, um sie zu begrüßen. Es war eines der Dinge, die er an ihr mochte. Sie war nicht wie so viele Europäer in der Stadt, die die Einheimischen entweder hochjubelten und alles »wundervoll« und »erstaunlich« fanden oder sie mit gelangweilt verächtlicher Haltung behandelten, weil sie angeblich alles schon kannten. Amber begegnete Mali genauso wie allem anderen auch – es war Leben. Sicher, es gab Unterschiede, aber die verarbeitete sie mit dem Verstand, nicht mit dem Gefühl. Bettler waren Bettler. Fliegen waren Fliegen. Und der Harmattan war schrecklich.

Um Mitternacht verließen sie das Restaurant, denn genau wie in Paris begann auch in Bamako das Nachtleben nicht vor zwölf. Das Wochenende beginne am Donnerstagabend, erklärte er – heute Abend –, und dauere bis Sonntagnachmittag. Die Rufe zum Gebet am frühen Abend signalisierten dann sein Ende.

»Weißt du, wann ich weiß, dass Sonntagmorgen ist?«, fragte sie, als sie zu seinem Wagen gingen. Er schüttelte den Kopf. »Wenn ich keinen Lärm höre. Wenn keine Autos auf der Straße sind. Ich werde von der Stille geweckt.«

»Bereit für ein bisschen Stille?«, rief Tendé, um die laute Musik und das Gelächter im Club zu übertönen. Sie nickte und lutschte an einem Eiswürfel, um sich abzukühlen. Es war fast vier, und sie hatten stundenlang getanzt. Sie verabschiedeten sich von Tendés Freunden und kämpften sich durch die Menge zu ihrem Wagen durch. Er war unglaublich bekannt. Alle Arten von Leuten waren während der vier Stunden in der *boite* zu ihm gekommen. Ältere Männer, offensichtlich Freunde aus der Generation seiner Eltern; seine eigenen Freunde, junge Männer in Anzügen und Jeans, die sich genauso verhielten und aussahen wie Dreißigjährige überall auf der Welt; der Clubbesitzer; der DJ; und Mädchen. Amber war überrascht, wie hübsch die Frauen waren – erstaunliche Wesen, so schön und elegant, dass es direkt wehtat, sie anzusehen. Verglichen mit ihren strahlend geschminkten Gesichtern und exotischen Kleidern kam sie sich dürr und bleich vor. Seltsamerweise war sie nicht eifersüchtig. An Tendés Seite fühlte sie sich nie beunruhigt oder unsicher, wie sie es bei Henry gewesen war. Er hatte es immer darauf angelegt, sie zu verunsichern. Sie hielt inne. Sie wollte nicht über Henry nachdenken, weil das bedeutet hätte, an Becky zu denken – und sie war noch nicht bereit, *darüber* nachzudenken.

Sie wollte das Licht ausdrehen, als sie eng umschlungen im Bett lagen und begannen, sich zu liebkosen, aber er hielt sie davon ab. Er mochte es, ihr Gesicht zu sehen, wenn er mit ihr schlief, weil es auf dem Höhepunkt der Lust ungewöhnlich ausdrucksstark war. Sie protestierte leise, sank aber auf die Laken zurück und stöhnte auf, als er sie auf sich zog und ihre blaugrauen Augen direkt über ihm waren. Ihr Gesicht war mit zarten Sommersprossen übersät. Er saugte ihre Lippen in seinen Mund, wollte von ihr verschlungen werden, gänzlich, komplett. So lagen sie eine Weile und lauschten ihrem Herzschlag, bis sie es nicht mehr aushielt, sich bewegte und ihn tatsächlich verschlang. Jetzt war er derjenige, der die Augen schloss. Seine Lust war namenlos und vollkommen.

Amber wachte auf. Die halb geschlossenen Läden ließen nur wenig Licht ein, und sie lauschte den Geräuschen von draußen, deren Fremdheit sie genoss. Irgendwo vor dem Tor der hohen Mauer, durch das sie am Abend zuvor gekommen waren, bellten Hunde. Noch immer krähte ein Hahn. Jemand fuhr mit dem Fahrrad die Straße auf und ab, klingelte und rief etwas – um etwas zu verkaufen? Sie drehte den Kopf. Neben dem Bett stand ein Glas Wasser, das sie durstig austrank. Es war zehn Uhr. Max war sicher schon angekommen. Sie stand auf und reckte gähnend die Arme. In ihrer Bauchgegend kribbelte es vor Aufregung und Angst. Max hatte keine Ahnung, dass sie hier war. Sie wollte ihn überraschen. Tendé hatte das für keine gute Idee gehalten – *was, wenn er einen Herzanfall bekommt?* –, aber wie sollte sie es sonst machen? Sie würden zusammen zu Mittag essen, und dann wäre es heraus. Max hätte Zeit, den Schock zu verdauen – mit ein paar Glas Wein die Neuigkeit zu feiern –, und sie würde ihn zum Flugplatz begleiten. Um drei hätten sie alles hinter sich, und jeder konnte sein gewohntes Leben weiterführen. Tendé hatte es seiner Mutter schon gesagt. Sobald Max informiert war, würden sie es öffentlich bekannt geben.

Eine Stunde später ging sie ins Wohnzimmer und sah sich interessiert um. Es war seltsam, sie waren nun schon ein Jahr zusammen, und dies war das erste Mal, dass sie das Haus sah, in dem er lebte. Die Einrichtung des Bungalows gefiel ihr – maskulin, dunkel –, sie passte zu ihm. Die Tür zum Arbeitszimmer stand offen, und sie warf einen Blick hinein. Es gab viele Bücher, einen Schreibtisch mit Laptop und Drucker, eine offene, mit Papier voll gestopfte Aktenmappe; Zeitungen in Englisch, Französisch und Russisch. *Russisch?* Sie ging hinein und sah noch einmal genauer hin. Wieder eines der Dinge, die sie nicht von ihm wusste. Sie wandte sich ab, um den Koch zu suchen. Vielleicht konnte sie bei den Vorbereitungen zum Mittagessen helfen. Irgendetwas, um ihre Gedanken von Max' unmittelbar bevorstehender Ankunft abzulenken.

76

»Weißt du, es ist bald Weihnachten«, sagte Doug leise. Madeleine sah auf.

»Weihnachten?« Der Gedanke kam ihr widersinnig vor.

»Ja, heute ist der Fünfzehnte, richtig?« Sie sah auf ihre Uhr.

»Ja, du hast Recht.« Sie sahen sich an. Das bedeutete, dass sie seit sieben Monaten in der Wohnung auf der Provare-Straße waren. Sieben Monate unter sich langsam verschlechternden Lebensbedingungen, an die man sich schließlich gewöhnte. Der Würgegriff, mit dem die serbische Armee die Stadt umklammerte, schnitt ihr Stunde für Stunde immer mehr die Luft ab. Alles, außer der nötigsten Grundversorgung – Brot, Benzin, Streichhölzer –, war zur Neige gegangen, und der Winter stand bevor. Ein blühender Schwarzmarkt hatte sich entwickelt und befand sich inzwischen fest in den Händen der Mafia. Die Preise für Waren schnellten nach oben: Ein Ei kostete auf dem Schwarzmarkt ein Pfund fünfzig, was inzwischen einem durchschnittlichen Monatslohn entsprach. Doch die wirkliche Gefahr, als der November in den Dezember überging, war die Kälte. Fast alle Bäume in Sarajewo und den Vororten waren abgeholzt worden, und die Leute griffen inzwischen sogar zu Büchern. Murad, in dessen Wohnung sie lebten, erwähnte eines Abends, dass die Menschen Inventarlisten von dem aufstellten, was sie verbrannten – ganze Bibliotheken wurden zu Brennstoff. In einem Anflug von schwarzem Humor erzählte er ihnen, dass Lenin und Marx als Erste drankämen, gefolgt von billigen Kitschromanen. Shakespeare und Tschechow würden bis zuletzt aufgehoben. Madeleine lachte an diesem Abend, bis ihr die Seiten wehtaten. Sie hatte fast vergessen, wie das ging.

Doch in den kroatisch kontrollierten Gebieten westlich der Stadt waren die Preise immer noch relativ niedrig. Ein heftiger Schmuggel zwischen den kroatischen Einwohnern der Stadt und den umliegenden Gebieten setzte ein. Aber das Territorium, das die Schmuggler nachts überwinden mussten, wurde hauptsächlich von serbischen Truppen kontrolliert, und Hunderte wurden von Heckenschützen verwundet oder getötet. Viele von ihnen wurden in die Universitätsklinik gebracht, wo Madeleine manchmal rund um die Uhr arbeitete. Keiner von ihnen konnte sich vorstellen, wegzugehen. Doug war besessen davon, den langsamen Mord an der Stadt zu dokumentieren, und Madeleine konnte sich kaum erinnern, wie das Leben früher gewesen war. Sie wohnten gemeinsam in Murads Wohnung. Murad war früher Journalist gewesen, jetzt war er »Organisator« und schaffte kostbare Güter wie Essen und Medikamente aus Quellen heran, nach denen Doug und Madeleine nicht zu fragen wagten. Sie und Doug waren Freunde und gelegentlich schliefen sie miteinander. Sie teilten sich das Zimmer, das einst Murads Eltern gehört hatte. Die waren etwa eine Woche bevor die Kämpfe begannen zu Verwandten in Goradze gegangen und nicht mehr zurückgekehrt. Manchmal, wenn der Stress, ohne Betäubungsmittel zu operieren oder Patienten abzuweisen, zu schlimm wurde, suchte Madeleine in der Nacht Dougs Nähe. Der Sex war eine willkommene, wenn auch nur vorübergehende Erleichterung. London schien eine andere Welt zu sein.

Es gab noch andere Gründe, zu bleiben. Nie hatte sie solche Ruhe in sich gespürt, nie solche Sicherheit in ihrem Tun. Sie hatte eine Stärke in sich entdeckt, die nichts mehr mit den alten Vorstellungen von persönlicher Zufriedenheit und »Glück« zu tun hatte, nach denen sie zu Hause so lange gesucht hatte. In Sarajewo, unter den denkbar schrecklichsten Bedingungen, hatte sie zu sich selbst gefunden. Inmitten von Terror und schlimmster Verwahrlosung fühlte sie sich seltsam erlöst. Ab und zu schrieb sie an ihre Eltern und Amber. Das Personal der UN-Flüchtlingshilfe, das Medikamente brachte, wann immer es konnte, nahm ihre Briefe mit, und ein oder zwei Mal wurde auch ihr einer gebracht.

»Mads.« Doug sah von seiner Zeitung auf. Trotz allem wurden die beiden Tageszeitungen *Oslobodjenje* und *Vecernje* immer noch gedruckt, und Doug konnte bis zu einem gewissen Grad das Geschehen verfolgen.

»Hm?«

»Ich glaub's nicht! Am Fünfundzwanzigsten gibt's eine Vorstellung von *Hair* im Nationaltheater. Am Weihnachtstag. Sollen wir hingehen?« Madeleine sah lächelnd auf.

»Ja«, sagte sie langsam. »Das würde mir gefallen. Sehr sogar.« Er drückte ihre Schulter, als er in die Küche ging, um Tee zu machen. Sie sah auf ihre Hände. Sie waren inzwischen schwielig und rau. Es gab keine Handcreme, keine Lotionen, um sich nach den Operationen einzureiben, keine langen heißen Bäder. Plötzlich lächelte sie, als ihr Becky einfiel. Sie hatte immer so sehr auf ihre Hände geachtet. Was sie jetzt wohl machte? Sie hatte ihr nicht mehr geschrieben, seit Alasdair gestorben war. Trauer und Schmerz waren nicht Beckys Domäne, hatte sie gesagt. Sie war für die fröhlichen Zeiten zuständig. Sie verzog das Gesicht. Auch Becky schien inzwischen zu einem anderen Leben zu gehören.

Genau im selben Moment lag Henry auf seiner schäbigen Couch in London und begann zu realisieren, dass Becky vielleicht doch Recht hatte. Er war absolut dagegen gewesen, als sie es zum ersten Mal ansprach, aber vielleicht war es doch keine so schlechte Idee. In weniger als einem Monat würde er England für einen neuen Job – und ein neues Leben – hinter sich lassen; dort sein, wo er immer hatte sein wollen. Wieder zu Hause. In Afrika. Er hatte die Anzeige auf den hinteren Seiten des *Daily Telegraph* gesehen und sich sofort beworben. Nach einem Anruf und einer schnellen Überprüfung bei seiner früheren Schule war er genommen worden. Er würde einem älteren Ehepaar bei der Führung eines Gästehauses auf ihrer Farm helfen, die zwischen Chinhoyi und der kleinen Stadt Zave, etwa 200 Kilometer nordwestlich von Harare lag. Ironischerweise befand sich die Farm an den Ausläufern des Mount Fletcher. Das habe den Ausschlag gegeben, meinte die entzückte Mrs Fairfield. Das Gehalt war nach englischen Maßstäben erbärmlich, aber er hätte ein eigenes Cottage, eine geringe Profitbeteiligung und die Möglichkeit, dort zu leben, wo er schon immer hatte sein wollen – zu Hause. Im gleichen Moment, als er die Zusage bekam, kündigte er seinen Job bei der Flüchtlingshilfe und ging noch am gleichen Tag. Die Flüchtlinge hatten ihn ohnehin nie interessiert. Er verstand nicht, warum sie unbedingt aus Afrika fortwollten – er tat alles, um dorthin zu kommen.

Und dann gab es noch Becky. Seit Charlie sie rausgeworfen hatte, wohnte sie bei ihm. Ihr Verhältnis hatte sich seltsam verändert. Seitdem Charlie nicht mehr drohend im Hintergrund stand, war die Leidenschaft zwischen ihnen abgeflaut, fast erloschen. In den ersten Monaten war es ihr sehr schlecht gegangen. Amber hatte die Neuigkeit nicht gut aufgenommen. Henry sei ihr dabei egal, meinte sie, aber dass Becky es ihr nicht erzählt und sie angelogen habe, könne sie nicht fassen. Er musste Becky bei sich aufnehmen, denn sie wäre lieber gestorben, als ohne Job und Geld zu ihren Eltern zurückzugehen. Der Gedanke, dass Amber mit *diesem* Mann zusammen war, hatte ihn fast umgebracht. Das war noch immer so, wenn er daran dachte. Vielleicht würde es ihm helfen von allem loszukommen, wenn er das Land verließ. Natürlich hatte er Becky informiert. Sie war sehr still geworden und hatte sich ins Schlafzimmer zurückgezogen. Er brachte es nicht über sich, ihr nachzugehen.

Ein paar Tage später war sie mit einer Idee zu ihm gekommen. Konnte sie nicht mit ihm gehen? Sie könnten doch beide helfen, das Gästehaus zu führen. Sie sei sehr gut, wenn es darum gehe, zu kochen, einzurichten und sich um das Wohlbehagen der Gäste zu kümmern – geradezu brillant. Sie könnte für ein paar Monate mitkommen – das Geld für das Flugticket würde sie sich von ihren Eltern leihen. Er müsse nichts für sie bezahlen, und dann würde man weitersehen. Wenn es nicht funktionierte, könne sie einfach wieder nach Hause fahren. Es wäre für ihn ein ganz neues Leben dort draußen. Vielleicht würde er sich, nur mit den Fairfields als Gesellschaft, auch einsam fühlen. Sie schienen doch ziemlich alt und spießig zu sein. Gemeinsam mit ihr könnte er etwas unternehmen, ihr das Land zeigen. Sie könnten an den Strand gehen. Er sagte ihr nicht, dass Simbabwe ein Binnenstaat war und gar keinen Strand hatte.

Anfangs jagte ihm die Vorstellung Angst ein. Er wollte dem Chaos, das er in England angerichtet hatte, entfliehen und es nicht mit sich nehmen. Aber Becky drängte ihn nicht. Sie bat ihn nur, darüber nachzudenken, und je mehr er das tat, desto einleuchtender erschien es ihm. Sie war gut, wenn es darum ging, ein Heim gemütlich zu machen. In den paar Monaten, die sie bei ihm lebte, hatte sich seine Wohnung vollkommen verändert. Zudem waren seine Kleider jetzt immer gewaschen, und selten kam er nach Hause, ohne etwas zu essen vorzufinden.

Er hörte den Schlüssel im Schloss. Sie war bei ihren Eltern gewesen.

»Becks«, sagte er und stand von der Couch auf. Sie sah ihn erwartungsvoll an. »Ich hab mich entschieden. Ja. Wir machen es. Wir gehen gemeinsam.« Sie sah ihn mit solcher Dankbarkeit an, dass er glaubte, das Herz würde ihm zerspringen.

Alles zu organisieren dauerte länger, als sie gedacht hatten. Ausgerechnet Henrys Visum und Arbeitserlaubnis hielten sie auf. Den ganzen Januar und Februar stand er vor dem Konsulat von Simbabwe am Trafalgarsquare an, und Becky glaubte schon, sie würden nie abreisen. Sie hatte Geld für ihr Ticket und 2000 Pfund in Traveller-Schecks aus dem Verkauf ihres Rings an einen kleinen Juwelierladen in Camden. *Dem* Ring. Henry fragte sie nicht, woher sie das Geld hatte, und sie sagte es nicht. Sie hatte noch einen weiteren Grund, England zu verlassen. Ihr Konto war mindestens in zweifacher Höhe dieses Betrags überzogen, und sie sah nicht ein, warum sie den Ring verkaufen sollte, um damit ihr Konto auszugleichen. Es würde ohnehin nicht reichen – also wozu? Charlie hatte nie von ihr gefordert, die Schulden zurückzuzahlen, die sie auf seinen Namen gemacht hatte, und sie wollte alles hinter sich lassen.

In der letzten Februarwoche hatte Henry schließlich seinen britischen Pass mit all den nötigen Stempeln, und sie konnten abfahren.

An einem schönen heißen Herbsttag landeten sie auf dem Flughafen von Harare. Sie befanden sich jetzt auf der südlichen Halbkugel, erklärte er ihr, obwohl Simbabwe strikt genommen zu den Tropen gehörte. Aber der größte Teil des Landes lag relativ hoch, weshalb es kühler war als die meisten der umliegenden tropischen Länder. Sie nahmen einen Bus in die Stadt und blieben eine Nacht im Courtenay Hotel im Zentrum, einem hübschen Hotel mit Swimming-Pool. Becky drehte sich mit leuchtenden Augen zu ihm um, als er ins Zimmer kam. Es war genauso, wie sie es sich vorgestellt hatte – üppiges Grün mit schönen Blumen. Sie würde Simbabwe *lieben,* erklärte sie. Er sah sie verständnislos an. Harare hatte ihn umgehauen – es war alles andere als die verschlafene, ruhige Stadt, die er als Teenager gekannt hatte. Er war nicht ganz sicher, was er erwartet hatte, aber die unglaubliche Vorfreude, die ihn bei der Landung gepackt hatte, war verflogen. Niemand erkannte ihn, niemand schien sich dafür zu interessieren, dass in seinem britischen Pass Gweru als Geburtsort eingetragen war, wo sein Vater einst die Farm besessen hatte. Schwarze Einheimische betrachteten ihn wie alle anderen weißen Touristen – als Quelle, um ein paar schnelle Dollars zu verdienen, oder als notwendiges Übel, dem man zulächelte und dann schnell vergaß.

Von der Halle aus rief er die Fairfields an und sagte, dass sie am folgenden Nachmittag kommen würden. Sie sollten von Harare einen Bus bis Chinhoyi nehmen, erklärte Mrs Fairfield, sie würden sie am Busbahnhof abholen. Becky fragte sich, wie sie fünf Koffer in einem Bus transportieren sollten, aber sie würden es schon schaffen. Ob er in der Zwischenzeit mit ihr schwimmen gehen wollte? Henry schüttelte den Kopf. Er konnte es ihr nicht erklären – aber er wollte nicht mit den anderen bleichen Gästen am Pool sitzen und sich von Dienern in blütenweißen Uniformen bedienen lassen wie ein Tourist auf einer billigen Urlaubsreise.

»Aber wir *sind* Touristen«, sagte Becky verwundert.

»*Du* vielleicht. Ich nicht«, antwortete Henry mürrisch. Becky seufzte. Sie wusste nicht, was plötzlich über ihn gekommen war. Mit einem Mal war er launisch.

»Also ich gehe schwimmen«, erklärte sie und band die Träger ihres Bikinis. Henry sah nicht auf.

Als sie zurückkam, lag eine Nachricht von Henry auf dem Bett. Er mache einen Spaziergang und treffe sie in einer Stunde unten an der Bar. Sie zuckte die Achseln. Wahrscheinlich brauchte er etwas Zeit, um sich daran zu gewöhnen, wieder hier zu sein. Wann war er nach England gekommen? Als Baby? Sie konnte sich nicht mehr erinnern. Sie zog ihren Bikini aus und stellte fest, dass sie bereits ein bisschen Farbe bekommen hatte.

Sie trug eines ihrer hübschen Kleider, stellte Henry fest, als er ins Hotel trat. Ein paar junge Männer umlagerten sie, und er spürte einen kurzen Anflug von Stolz. Er ging zu ihr hinüber, legte ihr die Hand auf die Schulter und küsste sie auf die Lippen. Sie war entzückt. Dann zog er einen Barhocker heran und beobachtete, wie die anderen Männer sich schweigend ihren Drinks zuwandten. Sie gehört mir. Hände weg. Er bestellte ein Bier und *boerewors* – südafrikanische gewürzte Würstchen. Sie verzog beim Probieren das Gesicht.

»Ugh. Schmeckt wie schottischer Schafmagen.« Er lachte über ihren Gesichtsausdruck und aß auf. Drei Bier und zwei *boerewors* später war seine gute Laune wiederhergestellt. Es gefiel ihm, wie Becky, von südafrikanischem Weißwein beschwipst, einen Teller Chips bestellte – und lachte, als der Kellner mit unbewegter Miene fragte: »Käse und Zwiebeln, Madame, oder Salz und Essig?«

»Frittierte Kartoffeln«, übersetzte Henry für sie. Der Barmann nickte. Zehn Minuten später bekam sie einen Teller blasse, ziemlich matschige Pommes frites.

»Was essen die Leute hier?«, fragte sie unschuldig. Der Barmann gab ein leises Geräusch von sich – lachte er? Henry wurde rot.

»Sazda hauptsächlich. Das ist eine Art Porridge«, sagte er leise. »Das ist das Hauptnahrungsmittel.«

»Das isst man? Klingt schrecklich.«

»Ähm, nein. Du wirst schon sehen. Es gibt alles Mögliche. Alles, was du willst.«

Becky nickte. »Ich glaube, es wird mir hier richtig gut gefallen. Wirklich.« Henry hob sein Glas. Das hoffte er. Vor allem für sich. Für ihn war alles immer noch beunruhigend fremd.

»Henry? Henry Fletcher?«, rief jemand. Er blickte auf. Ein großer Mann mit sehr rotem Gesicht stand neben einem weißen Pick-up und winkte ihnen zu.

»Das müssen sie sein«, sagte er zu Becky und winkte zurück.

»Du meine Güte.« Becky starrte sie an. Mrs Fairfield sah aus wie ein wandelndes Zelt. Ein geblümtes Zelt. Sie war ganz und gar nicht, was sie sich vorgestellt hatte. Sie begannen, ihre Koffer hinüberzuschleppen.

»Hallo! Dann hab ich wohl Recht gehabt?«, rief Mr Fairfield, als sie sich dem ziemlich verbeulten Kleintransporter näherten. Auf der Ladefläche kauerte ein kleiner geschmeidiger Mann.

»Henry Fletcher«, stellte er sich vor und streckte die Hand aus, die Mr Fairfield begeistert schüttelte. »Und das ist meine Freundin Becky.« Mr Fairfield riss ihr fast die Hand aus. Sie wandte sich an die nach Rosenwasser und Talkumpuder duftende Mrs Fairfield, die sie beide anstrahlte. Mr Fairfield rief dem Mann auf dem Wagen etwas zu, worauf er absprang und ihre Koffer aufzuladen begann. Becky eilte hinzu, um ihm zu helfen, wurde aber schüchtern beiseite gedrängt. Man konnte ihn doch nicht alles allein machen lassen? Aber Henry unterhielt sich mit den Fairfields. Sie stiegen ein, das Ehepaar vorn, sie auf den Rücksitz. Der arme Mann kauerte auf der Ladefläche neben den Koffern ohne Schutz vor der brennenden Sonne.

»Ist es für ihn dort hinten in Ordnung?«, fragte sie Mrs Fairfield, als sie losfuhren. »Ich meine, hier hinten ist doch noch genug Platz. Wir können zusammenrücken.« Henry stieß sie verärgert an. Sie warf ihm einen verwunderten Blick zu.

»Ach, kümmern Sie sich nicht um Mishak, meine Liebe. Ihm geht's gut. Die spüren die Hitze nicht«, antwortete sie vergnügt. Becky wollte noch etwas sagen, aber Henry stieß sie erneut an. Nicht. Sie lehnte sich fassungslos zurück. Wen um Himmels willen meinte sie mit »die«?

Die Fahrt war kurz und die Landschaft atemberaubend. Das üppige Grün und die ordentlich umzäunten Farmen wirkten fast englisch, ganz und gar nicht so, wie sie sich Afrika vorgestellt hatte. Kein Wunder, dass Henry es vermisste. Bei einer Gruppe majestätisch wirkender grau-grüner Bäume bogen sie von der Hauptstraße ab. Der Weg, den sie entlangfuhren, erinnerte mit seinen Alleebäumen zu beiden Seiten, deren Äste an den Spitzen ineinander griffen, an Frankreich. Sie folgten dem staubigen Weg, auf dem grünes Licht in der späten Nachmittagssonne lange tanzende Schatten warf. Schließlich bogen sie in einen Hof voller alter Lastwagen, ausgeschlachteter Pick-ups und Autos ein, die es in England nicht gab. Becky blickte sich erstaunt um, als sie ausstiegen. Sobald Mr Fairfield durch das offene Tor gefahren war, tauchte eine Reihe Männer auf. Sie nahmen Mishak die Koffer ab und gingen im Gänsemarsch zum Haus. Es war ein lang gezogenes, mit Reet gedecktes, dem Tudor-Stil nachempfundenes Gebäude mit dicken, geschwärzten Balken und leuchtend weißem Anstrich. Rote Bougainvilleen bedeckten fast die ganze Westseite, und im Garten dahinter wuchsen Pflanzen in Farben und Formen, wie Becky sie noch nie gesehen hatte. Es war gleichzeitig englisch und fremd. Kletterpflanzen, Hibiskusblüten, dichte golden blühende Ranken, ein leuchtend türkisfarbener Swimming-Pool. Sie drehte sich um und starrte Henry mit offenem Mund an.

»Sie wohnen in dem Cottage am Ende des Gartens«, sagte Mrs Fairfield, als sie sie durchs Haus führte. »Da haben Sie alles, was Sie brauchen, denke ich.«

»Sie haben ein hübsches Haus, Mrs Fairfield«, sagte Becky.

»Nennen Sie mich Daisy, meine Liebe.« Becky musste ein Kichern unterdrücken. »Die Gästehäuser sind auf dieser Seite des Anwesens. Es sind im Ganzen sechs. Wir haben sie letztes Jahr gebaut. Im gleichen Stil wie den Rest der Anlage. Hübsch, finden Sie nicht?« Sie deutete durch die Fenstertüren darauf. Henry und Becky nickten pflichtschuldig. »Nun, dann lasse ich Sie allein, damit Sie sich einrichten können«, fügte Mrs Fairfield hinzu und trat vom Fenster weg. »Wäsche wird am Dienstag gemacht. Dann kommt Charlene und holt sie ab, die Boys kümmern sich um den Garten, und einmal pro Woche kommt jemand für den Pool. Ich schwimme nie, aber Sie können ihn gern benutzen, wenn wir keine Gäste haben.«

»Und wie kommt man in die Stadt, zum Einkaufen und dergleichen?«, fragte Henry.

»Sie können den alten Morris benutzen. Das war einmal meiner, aber heute passe ich nicht mehr hinters Lenkrad!« Mrs Fairfield lachte. »Und wenn Sie irgendwas Schweres transportieren wollen, können Sie Horace um den Pick-up bitten. Er fährt gewöhnlich jeden zweiten Tag in die Stadt. An der Kreuzung mit der Hauptstraße gibt es einen kleinen Supermarkt und in Chinhoyi einen Woolworth.« Henry nickte. Alles schien in Ordnung und genauso zu sein, wie sie gesagt hatten.

»Nun, vielen Dank, Mrs Fairfield. Ich bin sicher, dass wir uns bald eingelebt haben.«

»Oh, nennen Sie mich Daisy. Bitte. Im Kühlschrank ist ein bisschen Essen und Milch und Flocken für morgen. Und wenn Sie etwas brauchen, rufen Sie einfach nach Charlene. Aber jetzt muss ich nach Horace sehen. Wenn ich ihn aus den Augen lasse …« Sie stieß einen Seufzer aus und verschwand in die Küche. Henry und Becky sahen sich grinsend an.

»Na komm, dann gehen wir eben heim«, sagte Henry und öffnete die Fenstertüren. Ein kleiner Buschhund lag in der Ecke des Innenhofs und knurrte drohend, als sie vorbeigingen. Sie überquerten den grünen Rasen zu dem Cottage am Fuß des Hügels. Es war mit Reet gedeckt und fast vollständig mit Bougainvillea und einer rötlichen, efeuartigen Pflanze bewachsen. Vorsichtig öffnete Henry die Tür.

»Oh.« Becky blieb staunend am Eingang stehen. Schlichte weiße Wände, Terrakotta-Fliesen auf dem Boden, einfache Möbel und fast raumhohe Fenster. An der niedrigen Decke hingen einfache Papierlampen. Es gab einen ziemlich alten Fernseher und einen Videorecorder. Sie ging in die Mitte des

Raums und drehte sich langsam um. »Es ist wunderhübsch«, seufzte sie. Henry wirkte erleichtert. Er ging ins Schlafzimmer, Becky folgte ihm. Dort stand ein niedriges breites Bett mit einem weißen, gebauschten Moskitonetz darüber. Die Läden waren geschlossen. Becky öffnete einen und sah direkt auf den Pool am Rand des Hügels. Sie konnte es nicht erwarten, Fotos zu machen, um sie ihren Eltern, Madeleine und Amber zu schicken. Sie wollte ihnen zeigen, dass sie trotz der dummen Fehler des letzten Jahres wieder auf die Füße gefallen war, und dass es ihr gut ging. Es gab ihr einen kleinen Stich, als sie sich vorstellte, wie sie ihr neues Haus, ihr neues Leben betrachteten. Nach allem, was passiert war, war sie allerdings nicht sicher, ob es Amber noch interessierte.

Die ersten Tage vergingen wie im Flug. Es gab viel zu sehen und zu lernen. Becky fragte sich, wie Henry nur gedacht haben konnte, das alles allein zu schaffen. Jeden Tag mussten die Gäste-Cottages geputzt, nach den Gärten gesehen und im »Herrenhaus«, wie sie es nannten, das Telefon bedient, Buchungen bestätigt und ein Kalender mit Freizeitgestaltungen aufgestellt werden. Henry sollte Touren von der Farm zum Lake Kariba führen, und Jock, ein professioneller Führer, sollte ihre Gäste auf mehrtägigen Touren den Sambesi hinunter begleiten, von wo aus Henry sie mit dem Auto wieder zur Farm zurückbringen würde. Ein oder zwei Mal im Monat wurden Touren für vier bis sechzehn Teilnehmer geplant, die horrend teuer waren. Das schien die britischen, amerikanischen, deutschen und schwedischen Touristen aber nicht zu stören. Wohin verschwand das Geld wohl, fragte sich Henry. Für die Farm wurde es nicht verwendet, denn die trug sich mehr oder weniger selbst. Die Arbeiter profitierten nicht davon, das war sicher. Jeden Tag sah er sie von den Feldern kommen – eine Gruppe zerlumpter, barfüßiger Männer, die lachten und sich eine Zigarette teilten, aber sofort schwiegen, sobald er sich näherte. Sie hatten nicht die frohen Gesichter der Farmarbeiter aus seiner Kindheit. Die Männer auf Fairfields Farm waren erschöpft, und unter der Oberfläche ihrer staubig grauen Gesichter lauerte ein tiefer Groll. Er fragte sich, was die Fairfields überhaupt anbauten. Tabak, wurde ihm einige Tage später gesagt. Ihnen gehörte ein Stück Land, das sich fast bis zum Horizont erstreckte. Aber die Tabakpreise fielen, und es war schwer, Leute zu billigen Löhnen zu finden. Tourismus schien eine sichere Alternative zu sein, auf die sich viele der weißen Farmer verlegt hatten. Das Problem sei, gestand Horace Fairfield Henry, dass er nicht jünger werde, und den ganzen Tag reichen Amerikanern nachzurennen, könne ganz schön anstrengend sein, auch wenn einige der Frauen … Er zwinkerte heftig und wischte sich das rote, schwitzende Gesicht ab. Henry seufzte. Horace Fairfield ging ihm ziemlich auf die Nerven. Aber er hatte einen Job, sagte er sich ein halbes Dutzend Mal am Tag. Einen Job unter der Sonne seines Heimatlandes.

Amber wusste, dass Max angekommen war. Das sagten ihr die Geräusche draußen. Die Hunde nebenan bellten, Reifen knirschten auf dem Kies und man hörte Schritte dem Wagen entgegeneilen. Sie strich über ihr Kleid, rückte die Träger ihres Oberteils zurecht und ging zur Tür. Da tauchte auch schon Max' leicht ergrauter Kopf aus dem Fond des Mercedes auf. Er blickte auf, als sie die Tür öffnete. Wenn es ihn überraschte, sie in Bamako zu sehen, ließ er sich nichts anmerken. Er schloss die Wagentür hinter sich und ging mit ausdrucksloser Miene auf sie zu.

»Max!« Sie trat aus dem Schatten in die blendende Nachmittagssonne.

»Amber.« Er kam auf sie zu und küsste sie auf beide Wangen. »Tendés Vater hat mir gesagt, dass du hier bist.« Amber nickte zögernd.

»Hat dich das schockiert?«, fragte sie nervös. Max schwieg einen Moment. Dann schüttelte er den Kopf.

»Nein. Nicht schockiert. Überrascht vielleicht.« Amber runzelte die Stirn. Sein Tonfall war so anders. Ruhig, unbeteiligt, ganz anders als sonst. Sie führte ihn in Tendés Wohnzimmer.

»Ich – wir – wussten nicht, wie wir es dir sagen sollten«, begann sie umständlich. »Ich wollte es dir in London sagen, aber nach allem, was geschehen war, dachten wir, es wäre besser, es dir hier zu sagen.«

Max nickte langsam. »Nun, das war rücksichtsvoll von dir«, erwiderte er nachsichtig. Amber sah ihn an. Machte er Scherze? War er wütend? Sie hatte keine Ahnung. Der Max, der vor ihr in einem der niedrigen Sessel saß, war nicht der, den sie kannte.

»Möchtest du etwas? Tee? Kaffee?«, fragte sie und war sich bewusst, wie angespannt sie sich anhörte. Sie wünschte, er würde einfach wütend werden, falls ihm danach sein sollte. Sie wusste nicht, wie lange sie noch hier sitzen und ihn nach seinen Wünschen fragen konnte. Sie war beunruhigt – höfliche Ergebenheit war nicht Max' Art, auf Dinge zu reagieren. Sie sah auf ihre Uhr – fast zwei. Um drei sollte er nach Téghaza fliegen, und sie konnte kaum erwarten, dass Majeed zurückkam, um ihn abzuholen. Seine Ruhe machte sie nervös.

»Sonst hat er nichts gesagt?«, fragte Tendé über die knisternde Telefonleitung aus Téghaza. Amber schüttelte den Kopf. Es war fast fünf. Binnen kurzem würde Max bei ihm sein.

»Nein. Nichts. Ganz so, als wäre nichts geschehen.« Amber biss sich auf die Unterlippe. Es gefiel ihr nicht, dass Max sich so ganz anders verhielt. Wenn man bei Max auf etwas vertrauen konnte, dann auf seinen Charakter. »Er schien es ganz leicht zu nehmen.«

»Das kann nicht sein«, erwiderte Tendé nur.

Teil VI

77 *Rom, Italien, 1993*

Francesca taxierte den Mann mittleren Alters, der ihr gegenübersaß. Er wirkte freundlich, ein wenig onkelhaft, war eher klein und neigte zur Korpulenz, aber er war nicht unangenehm – und natürlich unverschämt reich. Otto von Kiepenhauer war ein Freund von Maria Luisas Mann Giancarlo, und Francesca wusste, dass man sie zu der intimen Dinner-Party nur eingeladen hatte, damit sie ihn unter die Lupe nahm. Womit ihr Maria Luisa auf nicht besonders feinfühlige Art beibringen wollte, dass es Zeit für sie sei, sich allmählich anderweitig umzusehen, und sei es nur, um Max aus der Reserve zu locken. Maria Luisa wusste, dass dies schwierig war – das hatte ihr Francesca oft genug gesagt –, aber sie würde schließlich nicht jünger, und Giancarlo kannte eine Menge Männer, die alles darum gäben, neben Francesca Rossi zu sitzen. Francesca hatte zögernd nachgegeben, und nun, da sie dem deutschen Industriellen gegenübersaß, der auf Hotelier umgesattelt hatte, und mit halbem Ohr seiner Unterhaltung lauschte, gingen ihr eine Reihe verschiedener Gedanken durch den Kopf. Deutsche interessierten sie nicht sonderlich, gewöhnlich waren sie ihr zu geradlinig und zu pedantisch – doch als sie Otto von seiner letzten Unternehmung reden hörte, einem Luxushotel irgendwo in Afrika, spitzte sie die Ohren.

»Wo sagten Sie, ist das Hotel?«, fragte sie, während sie sich leicht vorbeugte und registrierte, wie er mit rotem Kopf in ihr tiefes Dekolleté starrte.

»Meine Lodge? Sie ist sehr schön. Sehr luxuriös. Alles vom Feinsten.« Von Kiepenhauer war nur zu glücklich, mehr darüber zu erzählen.

»Ich bin sicher, dass sie umwerfend ist«, erwiderte Francesca beflissen. »Aber *wo* ist sie?«

»Ah. In Namibia«, antwortete von Kiepenhauer und spießte eine Spargelstange auf. Francesca runzelte die Stirn. »Wissen Sie, wo das ist?«, fragte er.

»Nein, nie davon gehört. Wo ist es?«

»Ah. Nun, das überrascht mich nicht.« Francesca zog eine Augenbraue hoch. Was wollte ihr der Mann sagen? »Nein, nein«, fuhr er schmunzelnd fort. »So meine ich es nicht. Ich meine damit, es ist ein ganz neues Land. Ein neuer Name. Ein alberner Name, wenn Sie mich fragen. Sie kennen es sicher unter der richtigen Bezeichnung, *Südwestafrika?*« Francesca sah ihn verwirrt an. »An der Grenze zu Südafrika, südlich von Angola. Kennen Sie es?«

Francesca schüttelte den Kopf. »Ich war nie in Afrika«, antwortete sie bedauernd. »Es muss sehr schön sein. Erzählen Sie mir davon.« Von Kiepenhauer war gern bereit, ihrem Wunsch nachzukommen. Sie fing Maria Luisas beifälligen Blick ein, als sie sich interessiert vorbeugte, und lächelte in sich hinein.

Zwei Stunden später, nachdem Otto sie mit seinen Erzählungen über Giraffen, Löwen, Wasserbüffel und anderen Tieren, die sie nicht kannte, zu Tode gelangweilt hatte, ließ sie sich von ihm in den Mantel helfen.

»Ach, Sie müssen kommen und es sich selbst ansehen. Ich habe eine herrliche Lodge in Usakos auf dem Weg zur Küste. Es würde Ihnen gefallen, da bin ich mir sicher. Nichts als Ruhe und Frieden und Tiere.«

»Mein Lieber«, antwortete Francesca mit einem reizenden Lächeln. »Wie nett von Ihnen. Aber ich bin mehr der *Hilton*-Typ, fürchte ich. Doch meine Tochter Paola wäre sicher begeistert. Sie ist ganz vernarrt in Tiere und Camping. Stimmt's?«, fügte sie zu Maria Luisa gewandt hinzu, die mit offenem Mund neben ihnen stand und schnell nickte.

»*Si, si.* Paola ist sehr naturverbunden.« Sie warf Francesca einen alarmierten Blick zu. Also *das* hatte sie vor. Aber Paola – naturverbunden? Wohl kaum.

»Oh, natürlich muss sie kommen. Aber verstehen Sie, mein Hotel hat Luxusklasse. Es ist kein Camping. Alles vom Feinsten.« Das schien sein Lieblingsausdruck zu sein. Francesca lächelte vage.

»Dessen bin ich sicher, mein Lieber. Aber hören Sie, warum kommen Sie nicht zum Dinner, bevor Sie nach Nam…, wie heißt der Ort, zurückgehen? Ja, nach Namibia. Wann fahren

Sie denn?«, fragte sie und strahlte dabei übers ganze Gesicht. Maria Luisa war beeindruckt. Und Francesca hatte Recht. Nach Paolas letzter Eskapade, die Gott sei Dank nie publik geworden war, machte das arme Mädchen rein gar nichts mehr und hatte keinerlei Perspektive. Sie küsste Francesca auf beide Wangen und flüsterte, dass sie das Richtige tue. »Also«, wandte sich Francesca an Otto, »wir sehen Sie morgen Abend. Gegen sieben? Schön.« Sie ging durch die riesigen Türen des Palazzos hinaus und ließ eine Wolke teuren Parfüms und einen leicht verwirrten Otto von Kiepenhauer zurück.

»Bist du verrückt?« Verblüfft über Paolos heftige Reaktion lehnte sich Francesca zurück.

»*Ich?* Ob ich verrückt bin?«, fragte sie wütend. »Paola, du hast nicht mehr so viele Möglichkeiten, verstehst du. Du bist jetzt seit fast zwei Jahren wieder in Rom, und was hast du getan? Nichts. Absolut nichts! Wenn du glaubst, ich lasse dich auch noch die nächsten zwei Jahre vergeuden …«

»Na, mach schon, mach mich nur nieder!«, schrie Paola mit Tränen in den Augen. Francesca seufzte. Womit hatte sie das verdient? Seit fast achtzehn Monaten war Paola immer wieder in Therapie, bis der letzte Therapeut schließlich gemeint hatte, er könne nicht viel für sie tun. Francesca wusste einfach nicht mehr weiter.

»*Cara,* ich mach dich nicht nieder. Es wäre doch herrlich für dich – ein Ortswechsel, schönes warmes Wetter –, und Otto ist wirklich sehr nett. Du wirst sehen. Jetzt wisch dir die Tränen ab, Liebling. Und dann kaufen wir dir was Hübsches zum Anziehen. Was meinst du?« Paola sah sie mürrisch an.

»Na schön«, gab sie schließlich nach. Francesca seufzte erleichtert auf. Wenigstens ging sie noch gern einkaufen.

Am Ende des Abends musste Paola widerstrebend zugeben, dass Francesca Recht hatte. Obwohl Otto ihr Vater hätte sein können, war er charmant, äußerst aufmerksam und keine Gefahr. Seine ziemlich altmodischen Manieren gefielen ihr sogar. Über den Tisch hinweg sah sie auf ihre Mutter, die sich mit ihrer einzigen deutschen Freundin in Rom – Suzette von Riedesal zu Thürlinger-Grachvogt, Suzi für ihre Freunde – unterhielt, die mit einem Italiener verheiratet und Moderedakteurin der italienischen *Vogue* war. Sie selbst unterhielt sich auch sehr gut. Otto war tatsächlich nett. Und so sehr sie den Gedanken an wilde Tiere hasste, waren seine Beschreibungen der luxuriösen Lodge in Afrika mit riesigem Pool, abendlichen Drinks auf der Terrasse und Blick auf die Wasserstelle der Tiere faszinierend. Als das Dessert serviert wurde, hatte sie seine Einladung nach Namibia angenommen. Er bot ihr seinen Privatjet an, um sie von Ciampino nach Windhoek, der Hauptstadt, zu bringen, und von dort zu der privaten Landebahn, die er neben der Lodge gebaut hatte. Es werde ihr gefallen. Sie werde gar nicht mehr nach Europa zurückwollen. Gerade als sie fragen wollte, wie die Einkaufsmöglichkeiten dort waren, mischte sich Francesca ein.

»Ah, Otto, was sagten Sie eben? Sie wird begeistert sein. Absolut hingerissen.« Sie erhob ihr Glas. Suzi ebenfalls. Die Vorgänge am Tisch waren Suzis Adleraugen nicht entgangen. Paola errötete reizend. Sie hatte nur zugestimmt, ihn zu *besuchen* – nicht ihn zu heiraten; obwohl sie bei dem Gedanken noch tiefer errötete. Außerdem würde sie damit der verdammten Amber etwas beibringen. Sie war nicht die Einzige, die etwas Abenteuerliches machte und nach Afrika ging. Es war immer das Gleiche mit ihr. Alle waren von der Nachricht schockiert gewesen, dass sie und Max' bester Freund Tendé Ndiaye schon fast ein Jahr zusammen waren, als sie es ihrem Vater gestand. Alle waren überrascht gewesen, außer Paola. Aber damals wollte niemand hören, was Paola zu sagen hatte. Nach dem ganzen schrecklichen Theater wegen ihr und Kieran hatte sie es gerade geschafft, wieder von Max beachtet zu werden, als Amber auftauchen und mit *ihrem* kleinen Geheimnis alles verderben musste. Typisch.

Einen Monat später, nach einem tränenreichen Abschied von Francesca, fuhr Paola nach Ciampino, von wo Ottos Privatmaschine sie nach Windhoek und dann nach Outjo bringen würde. Die Lodge lag in den Hügeln zwischen Okahanja und Usakos in der Nähe eines kleinen Dorfes namens Tsaobis. Zum ersten Mal seit fast zwei Jahren freute sie sich auf etwas. Die Vorstellung, alles hinter sich zu lassen, gefiel ihr: Francescas besorgte und Max' unversöhnliche Miene, die langweiligen Eskapaden, Hochzeiten und Verlobungen ihrer Freundinnen – das allein reichte schon aus, um schreiend davonzulaufen. Dass es gerade Afrika sein musste, hatte sie anfangs ein wenig bedrückt, aber Otto hatte ihr versichert, dass sein Wohnort nichts mit dem Afrika zu tun hatte, das sie aus den Nachrichten kannte. Dort gebe es keine Schlangen, kein Ungeziefer und keinen Hunger. Namibia sei fast wie Europa, erklärte er stolz. Zudem schönes Wetter, herrliche Sonnenuntergänge, gutes Essen, hervorragende Weine und den weitesten Horizont, den sie je zu sehen bekäme. Es sei ein Paradies, behauptete er, sein eigenes, privates Paradies.

Erstaunt stellte sie fest, dass sie fast den ganzen Flug geschlafen hatte. Es war immer noch heller Tag, als sie zur Landung in Windhoek ansetzten. Sie blickte aus dem Fenster und sah die blau-braunen Umrisse von Hügeln und den herrlichen, unendlichen blauen Himmel. Kurz darauf stieg Paola die Treppe auf eine fast leere Landebahn hinab. Es war überraschend kalt, trotz des Sonnenscheins. Es war Juni, aber auf der südlichen Halbkugel herrschte Winter. Winter in Afrika? Davon hatte sie noch nie gehört, doch im Schatten war es tatsächlich eiskalt. Ein schwarzer Mann in Uniform erklärte ihr mit einem merkwürdigen Akzent, dass sie durch den Zoll müsse, bevor sie weiterfliegen könne.

Als sie wieder abhoben, flogen sie Richtung Nordwesten, wie ihr der Pilot erklärte. Sie sah auf die intensiven Farben des Landes hinab, auf die Gelb- und Rosttöne und die dunkelgrünen Umrisse der Hügel. Vor ihnen erhob sich plötzlich eine blaue Bergkette aus der weiten Ebene. Alles schien unbewohnt, sie sah weder Städte noch Dörfer, nur Herden von Tieren, deren große längliche Schatten vor ihnen herrasten. Antilopen, erklärte der Pilot, die über die Grassteppe jagten. Vom Horizont stieg ein zarter Rosaton auf, der das tiefe Blau des Himmels färbte und noch leuchtender und schöner machte.

Die Landebahn lag wie eine dicke schwarze Zunge im

grün-gelben Gras, als sie aufsetzten. Die Lodge befand sich noch im Bau – sie konnte halb fertige Chalets und eine Straße erkennen, die angelegt wurde. Die Tür wurde geöffnet und die Treppe hinuntergelassen.

Otto war nicht am Flugzeug, um sie abzuholen. Ein uniformierter Diener mit einer Schar Männer erschien, um auszuladen.

»Was ist denn in den Kisten?«, fragte Paola den Piloten, als sie den Dienern beim Entladen zusahen.

»Oh, alles Mögliche«, antwortete er lachend. »Frau Meisler, die Innenarchitektin, gibt jeden Tag eine neue Bestellung auf. Sie werden sie gleich kennen lernen.« Sein Tonfall klang neutral. Dann stiegen sie in einen Wagen, der sie den Hügel hinauf zum Hauptgebäude brachte.

»Paola!« Otto stand auf der Treppe, als der Wagen hielt. Er schien sich zu freuen, sie zu sehen. Der Pilot reichte ihr die Hand, half ihr heraus und übergab sie wie ein Geschenk an Otto. »Sie sind angekommen! Willkommen! Willkommen in Outjo – im Paradies!«, rief er aufgeregt. Die Sonne warf letzte feurige Strahlen, und um sie herum wurden Kohlebecken entzündet. Er bellte ein paar Befehle auf Deutsch in Richtung des Piloten und der Stewardess, die sich daraufhin sofort zurückzogen. Dann bat er sie in das große Gebäude. Es lag auf der Spitze des Hügels, mit Blick auf einen See und die Berge dahinter. Sie befänden sich im Restaurant und Unterhaltungszentrum der Lodge, erklärte er, als er ihren Arm nahm und sie zur Bar führte. Das Dekor des Raumes wirkte merkwürdig deutsch. Messingkandelaber hingen von der Decke, die offene Balkenkonstruktion erinnerte sie an ihren Skiurlaub in Bayern, und der Boden war mit Steinfliesen belegt. Weiche Ledersofas und schmiedeeiserne Tische standen im Innenhof. Es war wie ein Hotel in Gstaad oder Kitzbühel, das man nach Afrika verlegt hatte. Der einzige Fremdkörper war das Personal – schwarze Männer in dunklen Uniformen und weißen Mützen, und Frauen in gestärkten weißen Rüschenschürzen. Dann öffnete sich am Ende des Raums eine Tür, und eine große dünne Frau trat ein. Otto sah lächelnd zu ihr auf.

»Ah, Frau Meisler. Greta, darf ich Ihnen Paola Rossi vorstellen. Eine ganz bezaubernde junge Dame. Paola wird vierzehn Tage bei uns bleiben. Leider nur ein kurzer Besuch«, fügte er zu Paola gewandt hinzu und breitete bedauernd die Hände aus. Paola warf das Haar zurück.

»Nun, vielleicht komme ich wieder, man weiß ja nie«, antwortete sie kokett und genoss den gequälten Blick von Frau Meisler. Ein kleiner Wettbewerb? Sie freute sich schon auf ihren Sieg.

Eine Woche später jedoch hatte sie keine Ahnung, ob sie gewonnen hatte. Otto stellte keinerlei Forderungen an sie, außer bei Tisch eine schöne und charmante Gesellschafterin zu sein. Die meiste Zeit verbrachte er damit, über seinen weitläufigen Besitz zu schreiten, die Arbeiter anzuschreien, sich mit den deutschen Aufsehern zu besprechen und sich Sorgen zu machen, ob alles rechtzeitig fertig würde. Paola hörte heraus, dass die Eröffnung der luxuriösen Lodge mit einer politischen Konferenz zusammenfiel – von Kiepenhauer hatte sein Haus großzügigerweise für die anstehenden Friedensverhandlungen mit dem Nachbarland Angola zur Verfügung gestellt. Worum es dabei ging, wusste sie nicht. Im Moment interessierte sie nur, gestand sie Francesca am Telefon, dass er sie offensichtlich nicht mochte. Nicht wirklich.

Francesca hörte Paola mit gerunzelter Stirn zu. Nun, der kleine Deutsche war raffinierter, als sie ihm zugetraut hätte. Er ließ Paola zu sich kommen, nicht umgekehrt. Wahrscheinlich wollte er damit ihr Interesse anstacheln und ihren Stolz herausfordern. Er hatte ihre Tochter bereits durchschaut. Paola konnte es einfach nicht ertragen, abgewiesen zu werden. Sie lauschte der langen Liste der Klagen: Er sagte nie, wie hübsch sie aussah, wie gut sie in die fremde Umgebung passte, was für tolle Ideen sie hatte. Nur beim Essen redete er mit ihr, aber dann in Gegenwart dieses dürren Drachens Frau Meisler. Tatsächlich, sagte Paola unter Tränen, frage sie sich, ob sie nur eingeladen worden sei, um Frau Meisler zu ärgern. Vielleicht würde *sie* Frau von Kiepenhauer werden. Sie wisse nicht, was er vorhabe, aber es sei einfach nicht höflich, jemanden so zu ignorieren. Ganz und gar nicht. Francesca beruhigte sie, so gut sie konnte, und riet ihr, sich keine Sorgen zu machen. Otto habe sie wirklich sehr gern. Als sie auflegte, wunderte sie sich, wie schnell sich die Dinge in letzter Zeit gewandelt hatten. Keine sechs Wochen war es her, dass *sie* mit einem Hintergedanken zum Dinner eingeladen worden war – und jetzt tröstete sie ihre Tochter? Sie zündete sich eine Zigarette an und hoffte, ihr Plan würde die bestmöglichen Folgen für Paola – und alle anderen Beteiligten – haben.

78

Madeleine hob ihr Glas. Doug, Murad, Alija. Die Leute, die in den vergangenen zwei Jahren enge Freunde geworden waren, verschwammen vor ihrem Blick. Sie reiste ab. Sie wurde nach New York versetzt, wo sie einen neuen Job übernehmen sollte. Der Ort, an dem sie so lange gelebt und gearbeitet hatte, an dem sie regelmäßig fast gestorben war, erinnere an den Dreißigjährigen Krieg, hatte kürzlich jemand in den Medien gesagt. Man wisse nie, wer der Feind sei, und der schlimmste Feind könne über Nacht der engste Freund werden, vorausgesetzt er sei der Feind des eigenen unmittelbarsten Feindes. Es war wie in einem Spiegelkabinett: Nichts war so, wie es erschien. Gerade als sie ihre Papiere und ihren neuen Vertrag bekommen hatte, waren die Kämpfe in Bosnien-Herzegowina in eine neue Phase getreten. Moslems und Kroaten, die bislang gemeinsam gegen die Serben gekämpft hatten, wandten sich plötzlich gegeneinander. Jeder sagte das Schlimmste voraus. Nachts, wenn das Donnern des Artilleriefeuers verstummt war, lag Madeleine neben Doug und fragte sich, ob sie das Richtige tat.

»Sicher tust du das. Deine Arbeit ist wichtig. Ich meine, das, was du jeden Tag tust, könnten die meisten Ärzte tun. Aber das andere, die Sammlung der Fakten für den Prozess wegen der Vergewaltigungen, das wird große Wirkung zeigen, Madeleine. Damit musst du weitermachen.« Madeleine schwieg.

»Was ist mit dem Krankenhaus?«, fragte sie schließlich. Alle wussten, dass sich die Ärzte dort fast ausschließlich auf Madeleine verließen, wenn es um den Nachschub an Medikamenten und Grundversorgungsgütern durch die UN-Truppen ging.

»Sie schaffen es schon.« Doug zündete sich eine Zigarette an. »Du kannst auf keinen Fall bleiben, Madeleine. Du bist völlig fertig. Schau dich an.« Sie wandte sich von ihm ab. Er hatte Recht. Siebenundzwanzig Monate Arbeit unter Bedingungen, die sich die meisten Leute nicht einmal vorstellen konnten, hatten ihren Tribut gefordert. Sie war nicht sicher, ob man sie überhaupt noch wiedererkannte. In einer Woche träfe sie Amber in London. Zum ersten Mal seit langer Zeit machte sie sich Sorgen wegen ihres Aussehens, und auch die Rückkehr nach London beunruhigte sie. Sie sähe ihre Familie wieder, von der sie sich weiter entfernt hatte, als sie es je für möglich gehalten hätte. Es war eine Erleichterung, sich nicht mehr sorgen zu müssen, was Maja dachte, oder ob sie die Gefühle ihres Vaters verletzt hatte. Sie war von ihnen frei gewesen und von allem anderen auch. Sie konnte sich nicht einmal mehr erinnern, wann sie das letzte Mal an Alasdair gedacht hatte. All das schien zu einem anderen Leben, einer anderen Person zu gehören. Sie reichte Doug die Zigarette zurück. Und was war mit ihm? Mit ihnen?

»Wir schaffen das schon, Mads«, sagte er, als ob er ihre Gedanken läse. »Ich weiß, es war Wahnsinn. Im Moment passiert so viel, aber es wird schon.« Sie schwieg. Manchmal schien er sie besser zu kennen als sie sich selbst, aber manchmal erschien er ihr vollkommen fremd. Ab und zu fragte sie sich, wie es überhaupt dazu gekommen war. Aber das lag an dem Ort, an dem sie lebten. Hier vergeudete man keine Gedanken an solche Dinge. Sie versuchte, sich an Ambers Gesicht zu erinnern. Inzwischen pendelte Amber zwischen Bamako und London hin und her, machte sich einen Namen als Journalistin und wollte bald heiraten. Tendé machte Karriere in seiner Regierung. Wenn sie Ambers Briefe las, die sie sporadisch erreichten, wunderte sie sich, wie mühelos alles erschien.

Amber ging in der Wartehalle des Terminals zwei auf und ab. Madeleine kam mit einer Maschine aus Genf. Amber selbst war gerade aus Bamako zurückgekommen – der Flug von Bamako über Paris nach London war inzwischen für sie so normal wie früher die tägliche Fahrt mit dem 73er-Bus die Upper Street entlang. Sie sah zur Anzeigetafel hinauf. Das Gepäck wurde bereits ausgeladen. Also sollte sie gleich … Plötzlich hielt sie inne. Da war sie. Fassungslos beobachtete sie, wie Madeleine durch den Zoll kam und stehen blieb, um sich eine Zigarette anzuzünden.

»Madeleine?« Amber trat auf sie zu. Madeleine hatte Tränen in den Augen, als sie sich umarmten.

»Amber. Mein Gott, tut das gut, dich zu sehen.« Amber bückte sich, um ihre Tasche zu nehmen.

»Ist das dein ganzes Gepäck?« Madeleine nickte.

»Hatte keine Zeit, zum Einkaufen zu gehen«, antwortete sie mit einem bedauernden Lächeln.

»Wahrscheinlich gab's nicht viel zu kaufen«, erwiderte Amber leichthin. »Komm, Clive wartet draußen.«

So diskret wie möglich musterte sie Madeleine. Sie hatte das gleiche blonde Haar, allerdings inzwischen kurz geschnitten, das gleiche Lächeln und die gleichen blauen Augen, aber damit hörten die Ähnlichkeiten schon auf. Die frühere Madeleine war eine füllige, sinnliche Frau gewesen, mit der die ausgezehrte, erschreckend magere Person neben ihr nichts mehr zu tun hatte. Amber legte die Hand auf ihren Arm.

»Was möchtest du tun? Wir können gleich zu mir fahren, oder möchtest du lieber zuerst deine Eltern sehen?«

Madeleine seufzte. »Ich würde gern einen Film sehen. Meine Eltern kann ich morgen besuchen. Seit ich den Job bekam, träume ich von einem Kinobesuch.«

Amber lächelte. »Es läuft eine ganze Menge. Auf dem Weg nach Hause kaufen wir ein *Time Out* und suchen uns was aus.« Sie lehnte sich zurück. Manches änderte sich nie, stellte sie erleichtert fest. Madeleine war schon immer gern ins Kino gegangen.

Sie blieb zwei Wochen in London und gewöhnte sich langsam wieder an ein normales Leben. Daran, dass Amber am

Morgen zu dem italienischen Laden an der Ecke lief und mit knusprigen Croissants und frisch gemahlenem Kaffee zurückkam; dass kein dumpfes Mörserfeuer mehr zu hören war und das Telefon *immer* funktionierte. Von Doug hatte sie seit ihrer Ankunft nichts mehr gehört. Tief in ihrem Innern wusste sie, dass ihre Beziehung wahrscheinlich nicht halten würde. Er war in einer Zeit gut zu ihr und gut *für* sie gewesen, als sie es dringend brauchte, und umgekehrt verhielt es sich vermutlich genauso. Aber Doug hatte seine eigenen Dämonen. Die Gründe, weshalb er in Jugoslawien war – Bosnien-Kroatien-Serbien berichtigte sie sich –, hatte sie nie wirklich erfahren. Er sprach kaum von seinem Leben vorher und schien zu glauben, es sei sein Schicksal, dort zu bleiben. So hatte Madeleine eine Weile auch gedacht. Aber der Job bei der UN in New York war zu verlockend, um abzulehnen. Trotzdem konnte sie immer noch kaum glauben, dass sie den Krieg hinter sich gelassen hatte. Selbst jetzt, als sie inmitten einer Schar junger modisch gekleideter Frauen in einem Café auf der Upper Street Zeitung las, kam es ihr unwirklich vor.

Alles war sehr schnell gegangen. In New York war hastig ein neues Komitee gebildet worden, um die rechtliche Definition der Vergewaltigung von einem Verbrechen gegen die Menschlichkeit in ein Kriegsverbrechen umzuwandeln. Als man damals über ihr Büro in Belgrad an sie herantrat, fragte sie sich, warum gerade sie für die Position ausgewählt worden war. Aber Doug meinte, wer könnte das Komitee besser über die anhaltenden physischen und psychischen Schäden beraten als sie, die sie zwei Jahre lang die Opfer organisierter Vergewaltigungen betreut habe? Sie würde einen Monat in Genf verbringen, um sich mit den Aspekten des Gesetzes vertraut zu machen, die für ihre neue Rolle wichtig waren, und dann wollte sie nach New York fliegen, um dort mindestens zwölf Monate zu bleiben. Sie war noch nie in Amerika gewesen. Amber sagte, es werde ihr gefallen. Sie war sich nicht so sicher.

Sie blickte auf und sah Amber über die Straße auf sie zukommen. Es war ein herrlicher Sommermorgen, und die Gäste auf der Caféterrasse saßen im hellen Sonnenlicht.

»Hallo«, sagte Amber, ließ sich auf einen Stuhl neben ihr

fallen und eine Reihe vornehmer Einkaufstüten zu Boden gleiten. »Ich bin total erledigt.«

»Was hast du gemacht? Eingekauft?«

»Die Entschädigung für zwei Jahre ohne Geburtstags- und Weihnachtsgeschenke – und keine Widerrede«, sagte Amber entschieden. Madeleine starrte sie an.

»Geschenke für wen?«

»Für dich natürlich, du Dummkopf. Wag es ja nicht, sie abzulehnen.« Sie signalisierte dem Kellner, ihr Kaffee zu bringen. Madeleine schwieg einen Moment.

»Das wäre nicht nötig gewesen«, sagte sie schließlich. »Ich bin ... Es ist nicht mehr wie früher. Ich werde ganz gut bezahlt, weißt du. Auf meinem Konto sind die Gehälter von zwei Jahren, und ich habe praktisch nichts ausgegeben.«

»Es geht nicht um Geld, meine Liebe. Natürlich kannst du dir selbst alles kaufen. Aber du tust es nicht, das ist es. Und die neue ICM-Sonderbeauftragte braucht mehr als ein Paar Jeans und zwei T-Shirts. Wenn wir daheim sind, kannst du alles anprobieren, und wenn etwas nicht passt, bringst du es am Nachmittag zurück.« Madeleine schüttelte lächelnd den Kopf. Noch immer die gleiche alte Herrschsucht. »Worüber lächelst du?«, fragte Amber.

»Über dich. Du hast dich kein bisschen verändert.«

»Das will ich auch nicht hoffen. Ich hab mich immer schon für ziemlich perfekt gehalten«, antwortete Amber lachend. »Ach Madeleine, ich bin so froh, dass du zurück bist. Selbst wenn du gleich wieder fortgehst. Aber in New York weiß ich dich wenigstens in Sicherheit und kann dich besuchen.«

»Das hoffe ich. Doug meinte, ich sei in Sarajewo vermutlich sicherer«, erwiderte sie. »Wie auch immer. Lass uns nach Hause gehen. Ich kann's gar nicht erwarten zu sehen, was in den Tüten ist!«

Eine Woche später umarmte Amber Madeleine ein letztes Mal und sah ihr nach, wie sie durch das Gate des neuen Terminals vier verschwand. Es war traurig, aber sie hatte selbst viel um die Ohren. Sie dachte an die Besprechung am vergangenen Morgen zurück. Es hatte angefangen wie ein normales Informationsgespräch. Tim wollte sie mindestens einmal im Monat sehen, um ihre anstehenden Reportagen und Artikel durchzugehen. Er war ziemlich ernst, aber das kam oft vor, und sie hatte sich nichts dabei gedacht. Doch nach etwa zehn Minuten spürte sie, dass ihn etwas anderes beschäftigte.

»Es geht um deinen Vater, Amber. Wir bekamen einige unbestätigte Meldungen, dass er sich in Paris ein paar Mal mit Galli, dem Führer der Tuaregs, getroffen hat. Nun, vielleicht ist alles ganz harmlos, aber wir hören auch Gerüchte über einen misslungenen Staatsstreich – und Boubacar Sidibé, der Mann, der dafür verantwortlich sein soll, war zufälligerweise bei einigen dieser Treffen dabei. Ich setze jemanden auf die Geschichte an.«

»Nein. Lass mich das machen«, unterbrach ihn Amber.

»Das kann ich nicht. Auf gar keinen Fall. Was ich von dir möchte, ist Folgendes …«

»Tim. *Bitte.* Ich weiß vermutlich mehr über Mali als jemand im Außenministerium. Das weißt du auch. Ich kann das übernehmen, ganz sicher.«

»Amber, ich würde nichts lieber tun, als dir das Dossier zu geben, um damit weiterzuarbeiten. Ich weiß, dass du großartige Arbeit leisten würdest. Aber, und das ist ein ernster Einwand, es geht um deinen Vater. Du bist zu nah dran. Das verstieße gegen alle unsere Prinzipien. Und die kennst du genauso gut wie ich: Objektivität, Gelassenheit …«

»Das kannst du mir nicht antun, Tim. Du kannst mir das doch nicht erzählen und dann den Job einem anderen geben. Lass mich wenigstens mit dem, der den Fall recherchiert, zusammenarbeiten. Es ist mir egal, wenn mein Name nicht erscheint. Aber ich kann nicht in dem Bewusstsein hier rausgehen, dass ohne mich daran gearbeitet wird. Was immer auch dahinterstecken mag. Zudem ist es für einen anderen Reporter praktisch unmöglich, sich den Zugang zu verschaffen, den er in Bamako braucht. Ich hingegen komme überall rein. *Bitte,* Tim.« Es folgte ein langes Schweigen. Tim sah sie an und dachte fieberhaft nach. Schließlich warf er seinen Stift hin und stand auf.

»Also gut. Ich setze Gale Scroggins darauf an. Du kannst

mit ihm zusammenarbeiten. Dein Name wird nicht im Blatt erscheinen, und wenn es zu schwierig wird oder ich den Eindruck habe, du kompromittierst dich – oder uns –, ziehe ich dich ab. Ist das klar?«

Amber stand auf. »Vollkommen klar.« Sie nahm ihre Tasche und wandte sich zum Gehen. An der Tür blieb sie einen Moment stehen. »Und danke, Tim, für dein Vertrauen.« Sie lächelte ihn kurz an und ging auf zitternden Beinen hinaus. Worauf um Himmels willen hatte sie sich gerade eingelassen?

Als sie jetzt ins Auto stieg und draußen der Flughafen an ihr vorbeizog, dachte sie wieder an den Job, den sie übernommen hatte, und wie sie das Ganze Tendé beibringen sollte. Oder sollte sie nichts sagen? In ein paar Tagen würde sie zurückfliegen, heute Abend hatte sie sich widerstrebend zu einem Abendessen mit Kieran und Angela bereit erklärt. Das fehlte ihr gerade noch. Das Haus am Holland Park kam ihr vor wie der Schauplatz einer verrückten Reality-Show. Angela tanzte in Kaftans und Mokassins durch die Gegend – sie war inzwischen trocken, hatte sich dem Buddhismus verschrieben und trug seltsame Gewänder –, und Kieran verbrachte die meiste Zeit brütend in seinem Zimmer. Das Personal war schon zum dritten Mal in zwei Jahren vollständig ausgewechselt worden. Ihre Mutter und Kieran waren beide unerträglich. Vor allem ihr Bruder, der die Rolle des tragischen Opfers nur allzu gut spielte. Er lernte von Angela. Amber seufzte.

An ihrem letzten Abend in der Lodge kleidete sich Paola noch sorgfältiger an als sonst. Sie wollte dafür sorgen, dass Otto von Kiepenhauer sie nicht vergaß. Der Mann hatte ihrer Meinung nach etwas Bezwingendes an sich. Er war nicht wie die Männer, zu denen sie sich in der Vergangenheit hingezogen gefühlt hatte. Er war klein, alt und bekam langsam eine Glatze. Aber er wirkte auf eine angenehme Art solide. Sie mochte, wie er roch: eine Mischung aus teurem Aftershave und Zigarrenrauch. Sie mochte sein Lächeln und seine guten Manieren. Und er strahlte die gleiche Macht aus wie Max. Nie gab er sich mit einem Nein als Antwort zufrieden, und auf dem Gebiet des Luxus-Tourismus war er so einflussreich, dass ganze Regierungen sich ihm in der Hoffnung andienten, seine nächste Niederlassung werde in ihrem Land errichtet.

Dies erfuhr Paola nicht von Otto, sondern von Frau Meisler. Was zwischen der großen, stangendürren Frau und ihrem jovialen Gastgeber wirklich vor sich ging, hatte sie noch nicht herausbekommen, aber egal, was es sein mochte, sie war entschlossen, es zu beenden. Das einzige Problem bei ihrem Plan war Otto selbst. Er war so charmant wie immer, zeigte aber keine Spur von erotischem Interesse. Sie zermarterte sich den Kopf über die Gründe. Sie befestigte die Diamantstecker in den Ohren und betrachtete sich eine Weile im Spiegel. Ihr Gesicht hatte sich verändert. Es war jetzt schmaler, die Wangenknochen traten stärker hervor, und um ihre Augen waren plötzlich feine Linien zu sehen. Sie wurde älter. Inzwischen glich sie mehr denn je Francesca. Sie tupfte sich etwas Parfüm aufs Dekolleté und stand auf. Ihr limonengrüner Rock umspielte ihre Hüften, und das weiße Seidentop brachte ihre Bräune zur Geltung – wie konnte Otto ihr widerstehen? Sie war perfekt. Ihr blieb noch ein Abend, um einen unvergesslichen Eindruck zu machen. Obwohl die Einladung, nach Outjo zurückzukehren, noch offen stand, gab es keine unmittelbaren Pläne, und Paola begann ein wenig nervös zu werden. Was, wenn er sie nicht mehr wiedersehen wollte? Was, wenn er – Gott bewahre – sie wirklich nicht mochte? Wenn sie eine Enttäuschung war? Mit diesen ziemlich niederdrückenden Gedanken schloss sie ihre Zimmertür und ging hinaus.

Sie hätte sich keine Sorgen machen zu brauchen, denn zum ersten Mal fand das Dinner ohne diese fürchterliche Frau Meisler statt. Sie sei um die Mittagszeit nach Windhoek gefahren, erklärte ihr Otto, und würde erst am folgenden Tag wieder zurückkommen.

»Sie lässt Sie grüßen«, sagte er, während er sie über den Tisch hinweg anlächelte und geschickt eine Weinflasche entkorkte. »Und hofft, Sie sehr bald wiederzusehen.« Paola nickte zweifelnd. »Und Sie? Sind Sie traurig, fortzugehen?« Paola nickte erneut.

»Ja, sehr«, antwortete sie mit einem Tonfall, der hoffentlich genügend Bedauern ausdrückte.

»Und Sie hatten eine schöne Zeit hier?«

»Oh ja. Wundervoll. Nur schade, dass sie schon zu Ende ist.« Sie sah ihn unter den Wimpern hervor an.

»Vielleicht ist es ja kein Ende.« Otto drehte versonnen den Stiel seines Glases. »Ich bin in zwei Wochen in Rom. Vielleicht kann ich Sie dort anrufen?«

»Das wäre schön«, antwortete Paola ruhig und folgte damit Francescas Anweisungen. *Enthusiastisch, aber nicht verzweifelt. Interessiert, aber nicht drängend.* Ottos Gesicht leuchtete auf. Er hob sein Glas.

»Auf Rom dann.« Paola tat es ihm gleich. Sollte das, fragte sie sich, ein Antrag sein? Und wenn, was dann? Sie trank ihren Wein, nicht ganz sicher, was sie fühlen sollte.

Francesca war sich wesentlich sicherer. In den Wochen nach Paolas Rückkehr redete sie endlos auf sie ein, gab Tipps, Ratschläge und hielt Predigten. Ihr Ziel war ganz klar: Paola sollte Mrs von Kiepenhauer werden, und nichts würde sie davon abbringen. Paola war schockiert über die Zielstrebigkeit, mit der Francesca ihre Absicht verfolgte.

»Du willst doch nicht so enden wie ich, Liebling«, sagte sie zu ihrer Tochter, als sie gemeinsam beim Friseur saßen. Paola sah sie unter ihrer Haube hervor stirnrunzelnd an.

»Was meinst du damit? Mit dir und Max ist doch alles in Ordnung, oder?«

»Ja, natürlich, alles ist bestens. Aber falls Max je etwas passieren sollte, ist nichts sicher, weißt du.«

»Was denn nicht?«

»Dass für mich gesorgt wird. Dass es uns gut geht. Alles würde an Angela fallen. Dieses besoffene Miststück.«

Paola war wie vom Schlag gerührt. »Aber das gibt's doch nicht. Max hat doch sicher ein Testament gemacht. Er würde uns doch nicht völlig mittellos zurücklassen.«

»Nein, nein. Aber das setzt voraus, dass er ein Testament gemacht hat und dass es auf dem neuestem Stand ist. Maria Luisa hat mir erst kürzlich …« Francesca begann, eine Horrorgeschichte über einen Mann mit drei Geliebten zu erzählen. Paola konnte ihre Mutter nur anstarren. Von diesem Standpunkt aus hatte sie es noch nie betrachtet. Sie mochte Otto. Die Tatsache, dass er viel Geld hatte, war ihrer Meinung nach nur ein Teil seiner Persönlichkeit. Francesca jedoch sah die Sache ganz anders. Sie wollte, dass Paola finanziell abgesichert war. Aber das sei sie doch, beharrte Paola. Was Francescas Meinung nach nicht stimmte. Wirklich sicher sei sie nur mit einem Ring am Finger und dem unangreifbaren Recht auf die Hälfte des Vermögens ihres Mannes. In gewisser Weise war Paola dankbar, dass sich ihre Mutter jetzt auf etwas anderes als auf ihre Affäre mit Kieran konzentrierte.

Als Otto schließlich anrief, war sein Schicksal besiegelt. Angesichts der Charm-Offensive von Francesca und des umwerfenden Anblicks von Paola, die jeden Abend in einer anderen verführerischen Robe die Treppe herunterkam, blieb dem armen Mann keine Wahl. Beim Dinner im Tizù, dem schicken neuen sizilianischen Restaurant auf der Via Spinoza, machte er einen Antrag. Er war nicht sicher, wer sich mehr darüber freute – Paola oder ihre Mutter.

Amber erfuhr von der Verlobung, als sie gerade mit Angela im unteren Salon saß und erstaunt beobachtete, wie ihre Mutter am Couchtisch nicht nach einem Glas Wein, sondern nach einer Tasse Tee griff – und zwar mit sicherer Hand. Noch nie hatte sie Angela nüchtern gesehen. Dann hörte sie, dass es an der Vordertür klopfte und etwas zu Boden fiel. Verwirrt stand sie auf und ging zur Tür – war das möglich? Hatte sie wirklich das Trinken aufgegeben? Mit drei Briefen in der Hand kam sie zurück und reichte Angela einen an sie und Max adressierten Umschlag. Dann öffnete sie den an sich selbst gerichteten und nahm die Karte heraus. *Francesca Marina Rossi bittet um die Ehre …* Sie blickte auf. Angela sah sie an. Sie hatte ihren Umschlag nicht angefasst.

»Paola will heiraten«, sagte Amber überrascht.

»Oh gut, das wird Francesca freuen«, erwiderte Angela schnippisch. Sie griff nach einem Keks. »Die sind sehr gut, Liebling«, fuhr Angela fort und schob ihr den Teller hin.

»Nimm einen. Die hat Daphne heute Morgen gemacht, glaub ich.«

»Daphne?«

»Die neue Köchin. Sie hat letzte Woche angefangen. Ich hab mich bei der Auswahl wirklich sehr schwer getan. Diesmal hab ich mich für hässlich entschieden.«

»Hässlich?« Amber hatte Mühe, ihr zu folgen.

»Ja. Ich konnte diese hübschen Dinger nicht mehr ertragen. Die haben mir ohnehin nur meine Sachen gestohlen.«

»Sachen?«

»Liebling, warum wiederholst du alles, was ich sage?«

»Mache ich das?«

»Ja. Ich gehe jetzt rauf zum Meditieren, Liebling. Max werde ich sagen, dass du hier warst, in Ordnung?«

»Oh, ähm, ja. Obwohl ich ihn nächste Woche wahrscheinlich ohnehin sehe. Ich glaube, er kommt nach Bamako.«

»Ah? Und wo ist das, Liebling?« Angela stand auf und wischte sich ein paar Krümel von ihrem türkisfarbenen Kaftan. Amber sah sie verwirrt an.

»Bamako? Da wohne ich.« War es möglich, dass Angela nicht wusste, wo sie lebte? »Es ist in Afrika.«

»Wie nett. Nun, ich hoffe, ich sehe dich, wenn du zurück bist. Bis dann, Liebling.« Amber blieb einen Moment stehen und sah auf die Einladung. Wer zum Teufel war Otto von Kiepenhauer? Und warum sollten zwei Zeremonien stattfinden, die Hochzeit in Rom und der Empfang drei Tage später an einem Ort namens Outjo Lodge etwa einhundertfünfzig Kilometer nördlich der Hauptstadt Windhoek? Paola in Afrika? Das konnte sie sich schwer vorstellen. Was wohl Max dazu dachte?

Im gleichen Moment starrte Max auf eine Nachricht seines langjährigen Anwalts Theo, der ihn zum zweiten Mal dieses Jahr aufforderte, sein Testament auf den neuesten Stand zu bringen und seine Finanzen zu regeln. So merkwürdig es für jemanden in seiner Position auch sein mochte, er hasste es, etwas zu tun, was ihn auch nur entfernt an seine Sterblichkeit erinnerte. Er hatte sein Testament nicht mehr geändert, seit er vor etwa sechs Jahren Kieran enterbt hatte. Der Zorn, der ihn damals dazu bewegt hatte, war durch Kierans Erfolg im Nachtclub-Geschäft eine Zeit lang gemildert worden, aber nach der schrecklichen Geschichte mit Paola war Kieran erneut in Ungnade gefallen. Max konnte sich nicht mehr genau erinnern, wie die letzte Änderung seines Testaments ausgesehen hatte. Er wusste nur noch, dass er Amber die Kontrolle über sein Vermögen übertragen hatte, aber das war, bevor sie mit der Neuigkeit über Tendé herausgeplatzt war. Er seufzte und legte die Nachricht weg. Auf dem Schreibtisch stand eine Vase mit Sommerrosen – eines der Dienstmädchen musste sie hingestellt haben. Er roch daran. Mutti liebte Rosen. Der Gedanke kam ihm ganz plötzlich und mit einer Intensität, die ihn verblüffte. Es musste Jahrzehnte her sein, dass er an sie gedacht hatte. Er drehte sich auf seinem Stuhl herum und öffnete eine Schublade in dem Schrank hinter ihm. Es lag nichts darin außer einem kleinen Wildlederbeutel. Er nahm ihn heraus und griff hinein. Dann faltete er das Stück Papier auf und ließ die drei Diamanten auf seine Handfläche gleiten, die alle auf verschiedene Weise das Licht widerspiegelten. Sie waren immer noch da.

Er schloss die Hand um die Juwelen und fragte sich, was Mutti davon gehalten hätte – eine Enkeltochter wollte mit einem Moslem in Afrika leben, die andere heiratete einen Deutschen, dessen Vater sicher … Er brachte es nicht über sich, den Gedanken zu verfolgen. Und ihr Enkelsohn war ein emotional verkrüppelter Junkie, der immer noch zu Hause wohnte und abgesehen von einem kurzen, desaströsen Ausflug in die Geschäftswelt keinerlei Ehrgeiz und Antrieb zeigte. Dazu eine alkoholkranke Frau und eine nervende Geliebte. Was hätte Mutti wohl dazu gesagt?

Er drehte die Steine zwischen den Fingern. War er ein guter Vater gewesen? Die Frage quälte ihn jetzt. Francesca war eindeutig der Meinung, dass ihn die Schuld an dem Vorfall zwischen Paola und Kieran traf. Ihn ganz allein. Das hatte ihn verblüfft. Sie war mit dem Mädchen zu irgendwelchen Quacksalbern gerannt, was Paola offensichtlich nichts geholfen hatte. Was er mit Kieran tun sollte, wusste er nicht. Es einfach vergessen. Das war das Einfachste. Nur einmal hatte er mit ihm gesprochen. *Wir sind bereit zu vergessen, dass es überhaupt passiert ist,* hatte er gesagt. Kieran hatte ihn nur angesehen und seine Zimmertür geschlossen. Max hatte keine Ahnung, was er tun oder sagen sollte. Francesca jedoch hatte eine Menge zu sagen, und Max wurde ihres Geredes überdrüssig. Es sei vorbei. Zu Ende. Ein furchtbarer, schrecklicher Fehler. Die beiden sollten vergessen und ihr Leben weiterleben. *Wie denn?,* hatte Francesca ihn angeschrien. *Sie brauchen Hilfe!* Schweigend präsentierte sie ihm die Rechnungen für diese »Hilfe«. Er sah nicht, dass es etwas half. Paola führte weiter ihr flatterhaftes Leben. Sie hing mit denselben Leuten herum, die sie in den Club gebracht hatte, und gab weiterhin Unmengen von Geld aus. Glücklicherweise hatte die Presse nie von der skandalösen Geschichte Wind bekommen. Außerhalb der Familie wusste niemand, was geschehen war. Er musste Paolas Anteile an dem Club schnell verkaufen, und Kierans Zustand erlaubte ihm nicht, weiterzumachen. Eine Weile versuchte er noch, weiterzuarbeiten, bis Max die Sache schließlich in die Hand nahm. Aber er hatte tatsächlich Profit gemacht, und soweit er hörte, lief der Club auch weiterhin bestens. Es ärgerte ihn ein bisschen, dass er verkaufen musste. Wenn er seinen Anteil behalten hätte, hätte er viel mehr herausholen können.

Er seufzte. Erneut war er bei der Frage seines Reichtums – seines Testaments – angelangt. Er knüllte Theos Nachricht zusammen. Damit würde er sich später beschäftigen. In den nächsten Tagen wollte er nach Téghaza fahren, wo es noch eine Menge zu tun gab. Das Bergwerk war fast fertig, und die Aufbereitungsanlage stand kurz vor der Fertigstellung. In der Region hatte es ein paar Spannungen gegeben, und Tendé war besorgt. Max lächelte. Trotz all seiner Gründlichkeit und seinem Wissen war Tendé nicht so gewitzt wie Max. Er hatte die Schwierigkeiten schon vorausgesehen, bevor der erste Spatenstich gesetzt war, und sofort ein Treffen mit den Tuareg-Führern der wichtigsten politischen Parteien arrangiert. Er wollte ihnen zeigen, dass er bereit war, mit ihnen und nicht gegen sie zu arbeiten.

79

Es war das Erste, was sie bemerkte, als sie den Raum betrat. Ein großes abstraktes Ölgemälde, fast Rothko-artig in der Farbgebung – einfach verblüffend. Mit einem Glas Wein in der Hand blieb sie davor stehen.

»Wer ist der Künstler?«, fragte sie die Gastgeberin, die schöne Nadège O'Connor.

»Ach das? Das ist ein Marimba. Godson Marimba.«

»Wer ist das?«, fragte Becky neugierig. Sie hatte nicht erwartet, irgendwo in Simbabwe ein interessantes Gemälde zu Gesicht zu bekommen, und ganz sicher nicht im Haus von Leuten, die sie und Henry als ihre Freunde bezeichneten.

»Ich weiß nicht so genau. Er ist einer von Gids Freunden«, antwortete Nadège unbestimmt und wandte sich wieder ihren Gesprächspartnern zu. Becky betrachtete das Bild genauer. Marimba hatte die herrlichen Farben eingefangen, die ihrer Meinung nach so typisch für Simbabwe waren – Blautöne, die ins Grün und schließlich ins Braun spielten. Brauntöne, die immer heller wurden, bis sie in Grau und schließlich in Weiß übergingen. Es erinnerte tatsächlich an Rothko, obwohl die Formen organischer, weniger definiert wirkten und entfernt an die Ruinen des Großen Simbabwe erinnerten, die Henry ihr gezeigt hatte. Sie trat zurück und betrachtete das Bild aus größerer Entfernung.

»Gibt's noch mehr davon?«, fragte sie. Aber Nadège hörte nicht zu. Sie drehte sich um, schlenderte in den Patio hinaus und sah sich nach Henry um, konnte ihn aber nirgendwo entdecken. Sie beobachtete die Männer am Barbecue, die aufblickten und sie taxierten, als sie vorbeiging – jung, hübsch, ledig und das Wichtigste für sie: weiß. Sie hasste das, und sie hasste sie. Tatsächlich hasste sie fast alles hier. Sie sehnte sich danach, nach Hause zurückzukehren. Aber Henry würde hier nie mehr weggehen. Obwohl er zugab, dass er am Anfang Schwierigkeiten hatte, liebte er es jetzt – er habe seinen Platz gefunden. Becky hingegen war sich in ihrem ganzen Leben noch nie so nutzlos vorgekommen. Simbabwe brauchte sie nicht, und das Gefühl beruhte auf Gegenseitigkeit. Am Anfang hatte es Spaß gemacht, Kleinfamilie zu spielen, in dem kleinen Cottage in einem Land, das sie an England erinnerte. Es gefiel ihr, sich einzurichten und Mrs Fairfield mit den anderen Cottages zu helfen. Sie hatte sogar Ideen gehabt, wie das Geschäft ausgedehnt werden könnte. Doch nach einer Weile wurde klar, dass sie nur eine Angestellte war, mit der Aufgabe, hinter Mrs Fairfield herzurennen und ihr Personal zu überwachen. Was sie verdiente, reichte kaum für Zigaretten und das Benzin, das sie für ihre immer häufigeren Besuche in Harare brauchte. Wenn es die Stadt und ihren neuen Freundeskreis nicht gäbe, hätte sie sich schon längst auf den Heimflug gemacht.

Sie hatte Nadège O'Connor, eine schöne Anglo-Irin, kennen gelernt, die mit Gideon Bayne verheiratet war, der zufällig dieselbe Schule besucht hatte wie Henry – später stellte sie fest, dass das nichts Außergewöhnliches war. Alle innerhalb der kleinen weißen Gemeinde von Harare kannten sich. Man war auf die gleichen Schulen gegangen, hatte die gleichen Freunde und teilte sich sogar dieselben Bettpartner. Henry konnte diese Leute nicht ausstehen. Keine zehn Pferde würden ihn dazu bringen, ihre ewigen Partys und Polo-Spiele zu besuchen. Für Becky, die sich auf der Farm tödlich langweilte, waren sie jedoch eine willkommene Abwechslung. Und sie mochten sie. Nadège hatte Becky auf dem Markt in Chinhoyi entdeckt, wo sie gerade nach Vorhangstoff suchte, und sofort unter ihre Fittiche genommen.

»Hey! Sie mit dem Hut!«, rief sie über die Fischhändlerinnen hinweg. Becky drehte sich um. »Ja, Sie! Warten Sie doch mal!« Becky sah ein Paar lange gebräunte Beine in winzigen Kaki-Shorts aus einem Wagen steigen. »Hallo, ich bin Nadège«, sagte die Frau und kam mit ausgestreckter Hand auf sie zu. »Ihr Hut ist so hübsch. Das ist mir gleich aufgefallen. Und Ihr Kleid. Wirklich sehr hübsch.« Becky stand inmitten der gaffenden Menge und fühlte sich sofort zu ihr hingezogen. Nadège war hinreißend – groß, schlank, aschblond, einfach makellos. Nach fast zwei Jahren ohne Freundin war sie vollkommen hin und weg vom Anblick der Frau und ihres gut aussehenden Ehemanns Gideon. Nadège war einfach umwerfend. Sie hatte ein wenig als Model und in der Werbung gearbeitet, erklärte sie Becky, aber im Frühling 1992 in Chelsea Gideon kennen gelernt. Es sei Liebe auf den ersten Blick gewesen, und sie habe sofort gepackt, um mit nach Sim zu kommen, wie sie es nannte. Sie und Gideon hätten zwei wundervolle Kinder, von denen sie aber nicht allzu viel sähen, weil sie die meiste Zeit mit ihren Nannies verbrachten. Deshalb könne sie sich ganz auf das konzentrieren, was sie gern tue. Was das denn sei, fragte Becky zögernd. Nadège zuckte die Achseln. Reiten hauptsächlich. Und Gids Geschäftsfreunde bewirten. Was übermäßig viel Zeit in Anspruch zu nehmen schien.

Nadège stellte sie dem schicken Kreis der weißen Einwohner in den nördlichen Vororten Harares vor, die, wie Henry trocken erklärte, lieber in Chelsea oder am Sloane Square wohnen würden, wenn sie mit ihren Sim-Dollars noch ein Flugticket bezahlen könnten. Seine Kritik an ihren neuen Freunden war vernichtend. Manchmal fragte sich Becky, ob Henry etwas verbarg. Ein paar der Männer hatten sie merkwürdig angesehen, als sie hörten, dass sie Henry Fletchers Freundin sei.

»Fletcher. War das nicht der, der am PE war?«

Becky nickte vorsichtig. Fast alle Männer auf den Partys schienen die Prince Edward Academy besucht zu haben.

»Becky, nimm doch etwas Punsch.« Damit hatte Gideon damals das Gesprächsthema gewechselt und sie weggeführt. Wie gern hätte sie Nadège gefragt, warum Henry ein so unangenehmes Thema war, aber sie traute sich nicht.

Inzwischen verbrachte sie fast jedes Wochenende in Harare. Entweder fuhr sie mit abreisenden Gästen mit oder sie stieg, wie es in letzter Zeit immer häufiger geschah, einfach in den wartenden Land Rover der Baynes. Nadège schickte ihr den Fahrer. Natürlich kam es nicht in Frage, dass sie den Bus in die Stadt nahm.

Die Leute, die sich jeden Abend bei den Baynes, den Baxters oder den Rowes trafen, waren eine seltsame Mischung aus verschiedenen Altersstufen, Berufen und Temperamenten, nur deshalb vereint, weil sie reich, verwöhnt und weiß waren. Die einzigen Schwarzen bei den Einladungen waren die Diener.

Als Becky dies Henry gegenüber erwähnte, schüttelte er ungeduldig den Kopf. Wann sie es denn endlich begreifen würde. So sei es eben. Auf der Farm sei es doch auch nicht anders, oder? Becky nickte. Am Spätnachmittag versammelte man sich am Pool, die Dienerschaft eilte schweigend hin und her und brachte den sechs oder sieben sonnenbadenden Damen Handtücher, frische Drinks oder das Telefon.

»Ist dir das nicht peinlich?«, fragte Becky Nadège eines Nachmittags. Ihre Freundin lag auf dem Bauch. Sie hatte ihr Bikini-Oberteil abgelegt, und ihre perfekt gebräunten Hinterbacken waren von einem weißen String-Tanga kaum bedeckt.

»Peinlich? Weshalb denn?«

»Du weißt schon. Wir liegen hier vor den Dienern halb nackt herum. Ich weiß nicht, ich komme mir ein bisschen komisch vor.«

»Ach, um Himmels willen. Sie beachten uns gar nicht. Wir sind nicht attraktiv für sie, weißt du.«

»Glaubst du das wirklich?«

»Doch, das stimmt. Sie stehen auf was anderes. Hast du dir schon mal ihre Frauen angesehen?«

»Ach komm, Nadège. Du bist aus London. Vielleicht wäre es anders, wenn du hier aufgewachsen wärst, aber du hast doch sicher schwarze oder asiatische Freunde gehabt.«

»Natürlich hatte ich das. Aber das war *dort.* Bei uns zu Hause ist es anders. Du gewöhnst dich schon noch daran. Am Anfang fand ich es auch seltsam, aber es stimmt. Wir sind für sie unsichtbar, außer am Zahltag. Dann warten sie mit einer rührseligen Geschichte nach der anderen auf. Der eine will sich Geld leihen, der andere muss nach Hause, weil die Großmutter gestorben ist, oder sonst was. Es ist wirklich ermüdend.«

Becky erwiderte nichts. Es war ihr peinlich. Egal, was Nadège oder die anderen Frauen sagten, sie spürte die angestrengte Künstlichkeit der Situation. Sie sah die Blicke, die sich die »Boys« zuwarfen, wenn eine der Frauen sich umdrehte und ihre Brüste entblößte, während sie nach einem Sarong oder Handtuch griff, und sie hörte den verächtlichen Unterton, mit dem Josiah »Ja, Madam« sagte, wenn sie nach etwas verlangte. Es war überall, aber niemand sonst schien es zu bemerken. Sie stellte fest, dass sie sich in ihrer Vorstellung mit Amber unterhielt. Wenn es eine Person gab, mit der sie darüber hätte reden können, dann mit ihr. Sie hätte sie verstanden. Aber durch ihre Dummheit und Feigheit hatte sie die Freundschaft ruiniert und wusste nicht, wie sie es wieder gutmachen konnte.

»Verblüffend, nicht?« Gids Stimme riss sie aus ihren Gedanken. Sie stand noch immer vor dem Gemälde.

»Es ist wunderschön.«

»Du wirst nicht glauben, wie viel ich dafür bezahlt habe«, sagte Gid und zündete sich eine Zigarette an. »Mehr oder weniger nichts. Ehrlich, diese Typen haben keine Ahnung. Stell dir vor, er wäre ein *echter* Künstler.« Becky sah ihn an und verzog unwillkürlich den Mund. Mein Gott, hatten denn diese Leute nichts Menschliches an sich?

»Wo malt er denn?«, fragte sie schließlich.

Gid zuckte die Achseln. »Weiß nicht. Er ist der Bruder eines Mannes, der für mich arbeitet. Er hat es eines Morgens ins Büro gebracht, um es jemandem zu zeigen. Ich hab's gesehen und sofort gekauft. Ich wusste, dass es sich über dem Kamin gut machen würde.«

»Gideon, könntest du herausfinden, wo er arbeitet? Der Bruder, meine ich. Ich würde ihn gern besuchen und sehen, ob er noch mehr hat.« Becky war plötzlich eine Idee gekommen.

Gid nickte abwesend. »Ja, sicher, aber es würde mich wundern, wenn es noch was gäbe. Das ist das Problem, verstehst du. Sie machen einmal was Gutes, aber sie können es nicht wiederholen. Es ist …«

»Das wäre toll«, unterbrach sie ihn. »Ich könnte im Lauf der Woche herkommen. Soll ich dich am Mittwoch anrufen?« Er nickte und sie ging schnell weg. Sie fand Henry, der sich mit Kate unterhielt, einer großen hübschen Brünetten. Er gefiel sich gerade wieder in seiner Lieblingsrolle des erfahrenen Buschführers und genoss das begeisterte Aufleuchten in Kates Gesicht. In Wirklichkeit war er kaum mehr als ein besserer Gärtner. Jock war derjenige, der die Touristen in den Busch brachte und mit kaum mehr als einem Messer am Gürtel Löwen und Elefanten verfolgte. Er war es, der den Sambesi zwischen Horden von Krokodilen und Flusspferden hinunterpaddelte, nicht Henry. Er runzelte die Stirn, als sie auf ihn zukam. Henry hasste es, bei seinen Lügen ertappt zu werden.

»Oh, hallo!« Sein Gesicht war gerötet, wahrscheinlich vom Bier und von Kates bewundernden Blicken.

»Wollen wir gehen?«, fragte Becky ein wenig schärfer, als sie beabsichtigt hatte. Sie sah die Blicke, die die beiden austauschten. Oh Mist, dachte sie ärgerlich. Wahrscheinlich schlafen sie bereits miteinander. Sie war überrascht, wie wenig ihr der Gedanke ausmachte.

80

Innerhalb eines Monats hatte Madeleine ein kleines Apartment am Lefferts Place in Brooklyn gefunden. Für Brooklyner Verhältnisse war die ebenerdige Wohung groß, versicherte ihr die Kaugummi kauende Maklerin. Ganz in der Nähe befand sich ein Supermarkt und ein Delikatessen-Laden. Auf der Atlantic Avenue, nur ein paar Straßen entfernt, gab es gute Restaurants und schicke Bars. *Alles, was sich eine junge Frau wie Sie nur wünschen kann,* sagte Cindi und ließ ihren Kaugummi schnalzen.

Es war Juli, und in New York war es glühend heiß. Sie schloss die Tür hinter sich, sperrte nur zwei der vier Schlösser ab und sah sich in ihrem neuen Heim um. Außer einer Matratze, die Cindi ihr netterweise lieh, bis sie sich ein paar Dinge gekauft hatte, war das Apartment leer. Nur ihre Koffer standen in der Mitte des Wohnzimmers. Sie war fast dreißig Jahre alt, und dies war ihr erstes eigenes Heim. Sie lächelte bei dem Gedanken.

Sechs Wochen später öffnete sie nach einem besonders langen und harten Tag die Tür und sah sich um. Allmählich sah es wirklich aus wie ein Zuhause. Irgendwie hatte sie die Zeit gefunden, sich ein Bett, ein Sofa und eine Kommode zu bestellen, und eines Abends auf dem Heimweg hatte sie ein paar Topfpflanzen gekauft. Auf dem provisorischen Bücherregal standen Fotos von ihren Eltern und Péter, und auf dem Nachttisch, einer alten Weinkiste, die sie von dem puerto-ricanischen Lebensmittelhändler an der Ecke bekommen hatte, ein gerahmtes Bild von Alasdair. An Doug erinnerte nichts. Nach ihrer letzten Umarmung auf dem Flughafen in Belgrad war dieses Kapitel beendet. Aber es war ihr egal. Solange es gedauert hatte, war es gut – und hilfreich – gewesen, aber jetzt war es aus, und sie war wieder allein. Ihrer Meinung nach war das ganz in Ordnung.

Während der nächsten Monate fand sie ohnehin nicht die Zeit, an Doug, ihre Eltern oder sonst etwas zu denken. Ihr Job nahm sie vollständig in Anspruch. Sie stellte zwar fest, dass sie die Medizin vermisste, aber die sorgfältige Arbeit, die sie mit Dari, der brillanten Anwältin von UNIFEM, und Jamilla, der Repräsentantin des Roten Kreuzes, verrichtete, befriedigte sie völlig. Die drei Frauen bildeten ein gutes Team. Madeleine mit ihrem umfassenden Wissen über die Traumata misshandelter Frauen, Dari mit ihrem schnellen, wachen Verstand und Jamilla mit ihrer vierzigjährigen Erfahrung im internationalen Krisenmanagement. Madeleine fühlte sich geehrt, mit den beiden zusammenzuarbeiten.

Die sommerliche Hitze ging allmählich in klare Herbsttage über. Es wurde November und die Blätter fielen, als sie einen Anruf von Amber bekam. Paola, ihre Halbschwester, werde heiraten, und Tendé habe sich geweigert, zu der Hochzeit zu gehen. Ob Madeleine kommen könnte? Amber glaubte nicht, dass sie es eine Woche allein mit ihrer verrückten Familie aushalten würde. Die Trauung sollte an Weihnachten in Namibia stattfinden, auf einem Berg oder einem ähnlich absurden Ort.

»*Bitte.* Ich steh das nicht durch. Kannst du dir das vorstellen? Er ist fünfzig und ihm gehört die Hälfte des Landes.«

»Nun, ich weiß nicht, hier gibt's so viel zu tun.« Madeleine biss sich auf die Lippe. So verlockend es sich auch anhörte, konnte sie dennoch nicht einfach eine Woche freinehmen.

»Aber du hast doch sicher Urlaub? Wenigstens ein paar Wochen im Jahr?«

»Ja, aber … Na schön, ich werde mit Jamilla und Dari sprechen. Wann ist es denn?«

»Am 25. Dezember. Da arbeitet ihr doch ohnehin nicht.« Madeleine nickte. Sie könnte über London zurückfliegen und ihre Eltern besuchen. Sie öffnete ihren Terminkalender.

»Also gut. Ich stelle einen Urlaubsantrag.« Sie hörte, wie Amber erleichtert aufatmete.

»Du hast Glück gehabt«, sagte Amber zu Tendé, als sie auflegte. »Madeleine will kommen.«

»Glück für Madeleine«, antwortete er lakonisch auf dem Weg in die Küche. Amber seufzte.

»Ich verstehe einfach nicht, warum du nicht mitkommen willst.« Dieses Thema besprachen sie diese Woche etwa zum zehnten Mal.

»Ich will einfach nicht.« Sie hörte, wie er den Kühlschrank aufmachte.

»Aber warum nicht?«

»Darum nicht.«

»Das ist doch keine Begründung, Tendé. Du musst mir schon einen richtigen Grund nennen. Was soll ich denn Max sagen?«

»Also gut. Wie wär's damit? Weil niemand in deiner Familie unsere Beziehung anerkennt. Weil wir seit fast drei Jahren zusammenleben, ohne dass man *mich* anerkennt. Ich hab's satt, Max vorzuspielen, du seist nicht hier, wir lebten nicht zusammen, wir seien kein Paar. Und was diese verdammte Hochzeit angeht, hab ich keine Lust, auf irgendeinem blöden Hügel in Südafrika der einzige schwarze Gast zu sein, während die einzigen anderen Schwarzen gekühlten Champagner den Berg hinaufschleppen, von dem sie keinen Schluck abkriegen.« Er funkelte sie an. »Reicht dir das als Grund?« Amber schwieg. Er hatte Recht.

»Na schön. Es tut mir Leid. Ich hab nicht wirklich nachgedacht. *Ich* werde auch nicht gehen. Ich rufe Madeleine an.«

»Nein. Nein. Paola ist deine Schwester. Es ist deine Familie. Du solltest hingehen.« Tendé stand in der Tür und trank Wasser aus der Flasche. Sie hatte es inzwischen aufgegeben, ihm diese Angewohnheit auszutreiben.

»Aber ich will nicht dort sein, wenn du nicht kannst«, sagte sie und ging auf ihn zu. »Ich verstehe das, ehrlich. Aber es würde doch auch Spaß machen, oder?«

Tendé schüttelte den Kopf. »Nein, ich hätte den ganzen Tag schlechte Laune, und du würdest irgendwann wütend.«

Amber legte die Arme um seine Taille. »Wütend? Ich? Nie.«

Sie drückte sich an ihn und spürte, wie er lächelte. »Ich muss mit Max sprechen, weißt du.«

»Wenn du mit ihm redest, solltest du was Wichtiges zu sagen haben«, antwortete er ruhig. Amber lehnte sich zurück und sah ihn an.

»Was meinst du damit?«

»Nun, es ist eine Sache, ihm zu sagen, dass wir zusammen sind, eine Beziehung haben. Es ist etwas ganz anderes, ihm zu sagen, dass wir heiraten wollen«, antwortete er leichthin. Sie musterte ihn eindringlich.

»Mach keine Scherze über solche Dinge.« Sie spürte, wie ihr Herz plötzlich klopfte.

»Wer sagt denn, dass ich scherze?«, fragte er ruhig.

»Bist du … Was hast du gesagt?«

»Was glaubst du denn?«

»Tendé Ndiaye. Bittest du mich, dich zu heiraten?« Plötzlich musste sie lachen. Er grinste sie an.

»Nach was hört es sich denn an?« Er stellte die Flasche auf die Theke und sah sie an.

»Aber, warum hast du mich nicht schon früher gefragt?«

»Ist das die Art Frage, die man immer und immer wieder stellen muss? Nein, ich habe gewartet.«

»Worauf?«, fragte sie erstaunt.

»Auf den richtigen Moment.«

»Und das ist er?« Sie sah an sich hinab. Sie trug ein Paar seiner Boxershorts und ein T-Shirt. Er folgte ihrem Blick.

»Ja. Zumindest glaube ich das. Gibt es denn je den richtigen?«

»Nun, du bist derjenige, der darauf gewartet hat«, antwortete Amber und ließ sich umarmen. »Ich kann nicht glauben, dass du mich gebeten hast, dich zu heiraten.«

»Ich hätte dich schon früher gefragt. Aber ich glaube, es gab

Dinge, über die du dir erst klar werden musstest. Ob du hier leben, ob du dich der Kultur und einer neuen Religion anpassen kannst. Es gibt viel, mit dem du dich abfinden musst.«

»Ich hab darüber nachgedacht zu konvertieren, eine Muslima zu werden.«

»Ich weiß. Das hab ich mitbekommen.«

»Ich möchte es. Ich hab mich dazu entschlossen.«

»Du weißt, dass du das nicht musst. Sogar der Prophet hat eine Christin und eine Jüdin geheiratet. Und du bist beides, nicht?«

Amber lachte. »Nicht ganz. Max ist Jude, meine Mutter nicht. Von ihr hängt die Religionszugehörigkeit ab, verstehst du.« Tendé nickte.

»Ich weiß. Aber ich meine es ernst. Du musst nicht.«

»Ich weiß«, wiederholte sie. »Aber ich weiß nicht, wie ich hier leben soll, wenn ich es nicht tue.«

»Was soll das heißen?«

»Nun, du bist als Moslem geboren. Und hier in Mali ist der Glaube ein Teil der Kultur, das kann sogar *ich* erkennen. Aber wenn man in diese Kultur hineingeboren wird, hat man die Freiheit zu wählen, was man tun und was man lassen will. Du trinkst Alkohol, und ich hab dich noch nie beten sehen. Aber ich als Konvertitin, ich hätte diese Wahl nicht. Und dennoch, wenn ich es nicht tue, kann ich dann je dazugehören?«

»Natürlich wirst du das. Du wirst deinen eigenen Weg finden. Du lernst schon die Landessprache. Du lebst gern hier, das kann jeder sehen. Du brauchst deine Religion nicht zu ändern, um hier zu leben. Der Islam ist kein Dogma. Mali genauso wenig. Ich weiß, dass beides austauschbar erscheint, vor allem für Fremde, aber es gab hier immer Menschen anderen Glaubens. Nein, du musst nicht konvertieren, außer du selbst möchtest es. Und dann aus anderen Gründen, als um dich anzupassen. Du fügst dich bereits ein.« Amber nickte langsam. »Aber zur Hochzeit deiner Schwester will ich trotzdem nicht gehen«, fügte er ruhig hinzu. Amber vergrub das Gesicht an seinem Hals.

»Das erwarte ich auch nicht von dir. Du bist sehr stur, mein lieber *Mann.*«

»Du auch, *Frau.*« Beide lachten, und er küsste sie heftig.

Einen Monat später jedoch lachte sie nicht. Sie war gerade aus London von einem Treffen mit Tim zurückgekommen. Sie arbeite nicht intensiv genug an der Geschichte, die er ihr gegeben habe, beklagte er sich. Er habe sie ja gewarnt, aber sie habe darauf bestanden und jetzt, fast drei Monate später, habe er immer noch nichts in der Hand. Amber hatte nichts zu ihrer Verteidigung vorzubringen. Er hatte Recht. Sie versprach, sich sofort an die Arbeit zu machen. »Ich gebe dir noch vierzehn Tage«, sagte er, als sie das Büro verließ. »Entweder du kriegst die Sache auf die Reihe oder ich zieh dich ab.« Sie nickte und floh.

Nun saß sie an ihrem Schreibtisch in Bamako, und vor ihr lag der Beweis. Max hatte sich tatsächlich mit Galli und Sidibé getroffen. Es gab sogar Fotos, wie die drei das Metropol in Paris verließen. Offensichtlich hatten sie sich zu geheimen Gesprächen getroffen, die Journalisten hatten aber nichts über den Treffpunkt in Erfahrung bringen können. Sie nagte an ihrem Stift, runzelte die Stirn und griff nach dem Telefon. Fünf Minuten später wusste sie die Antwort. In der *Casa Bella.* Natürlich. Andréa und Luciana hatten es bestätigt.

Sie stand auf und ging zum Fenster. Was nun? Sie wusste, was sie tun sollte: sofort ein Fax an Gale, ihren Mitarbeiter, schicken und Daten und Ort des Treffens bestätigen. Und sie sollte Tendé in seinem Büro anrufen – natürlich hatte auch er das Recht, Bescheid zu wissen. Sie hatte ihre Recherche bisher geheim gehalten – das musste sie –, aber jetzt … Tendé würde wütend sein. Sie wusste genau, wie schmal der Grat war, auf dem sie sich bewegten: Er, ein Minister der Regierung, sie, die Tochter des größten ausländischen Investors des Landes. Wenn die Verbindung zwischen Max' jüngsten Aktivitäten und ihr, der ausländischen – weißen – Braut von Tendé Ndiaye, herauskam, konnte dies vernichtend für Tendé sein. Es sei wie ein Akt auf dem Drahtseil, hatte er oft gesagt. Ein falscher Schritt, und er wäre am Ende.

Was sollte sie nur tun? Sie konnte nicht mehr klar denken. Natürlich musste sie weitergeben, was sie wusste. Aber es ging um Max. Zuerst musste sie mit ihm sprechen, seine Version hören. Erneut griff sie zum Telefon. Sie musste ihn erreichen, bevor es jemand anderes tat.

81

Wen immer sie sich vorgestellt hatte, als sie schließlich das kleine Haus in dem übervölkerten Stadtteil Mbare betrat, der Kette rauchende Mann mit den Dreadlocks war es nicht. Godson Marimba lag auf dem Boden und nickte ihr kurz zu. Er versuchte gerade, ein Rohr zu reparieren – auf dem Boden waren Wasserpfützen und in der Ecke stand ein großer Eimer. Er war ganz anders als die Einheimischen, die sie bislang kennen gelernt hatte. Sie hatte sich einen ruhigen, zurückhaltenden Mann vorgestellt, der sich auf scheue Art über das Interesse an seiner Arbeit freute. Der Mann, der das Rohr flickte, beachtete sie überhaupt nicht und war von ganz anderem Kaliber als die sanften, unterwürfigen Diener auf der Farm.

»Ähm. Mr Marimba?«, fragte Becky, als sein Kopf unter dem Becken verschwand.

»Ja.«

»Äh, mein Name ist Becky Aldridge. Ihr Bruder Sampson sagte mir, ich würde Sie hier finden. Ich …«

»Ich weiß, wer Sie sind. Was wollen Sie?«, unterbrach er sie. Becky war verblüfft über seine Direktheit und den feindseligen Tonfall.

»Oh. Nun. Ich habe neulich eines Ihrer Bilder gesehen und wollte wissen …«

»Die Antwort ist nein, Lady. Sie vergeuden Ihre Zeit. Ich male nicht mehr und hab nichts mehr zu verkaufen. Okay?« Becky fuhr zurück. »Also, das beantwortet hoffentlich Ihre Fragen, Lady. Tut mir Leid, dass Sie umsonst gekommen sind.« Er machte sich daran, die Mutter von einer Schraube abzudrehen.

»Hören Sie, Mr Marimba, ich hab eines Ihrer Bilder gesehen und …«

»Verdammte Aasgeier.«

Sie hielt inne. »Wie haben Sie mich genannt?« Sie war zu verblüfft, um weiterzusprechen.

»Sie haben mich schon verstanden.« Er streckte den Kopf unter dem Becken hervor und sah sie kühl an.

»Wovon reden Sie?«

Godson stand langsam auf, wischte sich die ölverschmierten Hände an seinem schmutzigen blauen Overall ab und warf ihr einen vernichtenden Blick zu. »Touristen. Ihr seid alle gleich. Ihr fliegt hier rein, schnappt euch für lächerliches Geld einheimische Kunst und schafft sie dann schnell aus dem Land, bevor einer was sagen kann. Und dann stellt sich raus, dass ihr unser Zeug in New York und London für das Fünfzigfache verkauft. Aasgeier. So nennen wir euch, und deshalb kriegen Sie nichts von mir. Also, warum hauen Sie jetzt nicht ab und verziehen sich in Ihr Hotel in Avonlea. Da gibt's in der Lobby hübsche Körbe zu kaufen.« Es folgte ein kurzes Schweigen, während sich die beiden anstarrten. Beckys Herz klopfte wie rasend – wie konnte er es *wagen?*

»Sie arroganter Flegel«, bekam sie schließlich heraus. Godson lachte kurz auf. »Wie können Sie es wagen, so mit mir zu sprechen? Ich bin aus Interesse hierher gekommen. Ich hab zwei Wochen gebraucht, um Sie zu finden. Ich bin keine Touristin. Ich *lebe* hier.«

»Ach ja? Ich auch. Na und?«, fragte er höhnisch.

»Nichts na und. Ich bin weder Händlerin noch Touristin. Ich will nichts aus dem Land schleppen. Ich interessiere mich nur für Ihre Arbeit, das ist alles. Ich überlege, hier eine kleine Galerie aufzumachen und …«

»Was sagten Sie?« Godson hörte auf, sich die Hände abzuwischen, und sah sie an. »Eine Galerie?«

»Ja, ich hab mich umgesehen. Hier gibt's praktisch nichts. Ich hab früher in London eine Galerie geführt. Also dachte ich mir …«

Godson stand plötzlich auf. Er starrte sie einen Moment an und streckte dann die Hand aus. »Hören Sie.« Er schien ein bisschen verlegen. »Es tut mir Leid. Ich hatte einen falschen Eindruck.«

Becky zögerte und ergriff dann seine Hand. »Ich schätze, das kann leicht passieren«, antwortete sie. »Können wir uns irgendwo unterhalten?«

»Nicht hier«, antwortete Godson lachend. »Ich sag Ihnen was. Ich treffe mich heute Abend mit ein paar Freunden im Jazz 105. Wohnen Sie in der Stadt?«

Becky nickte. »Wenn auch nicht im Avonlea.« Er hatte zumindest den Anstand, beschämt zu wirken.

»Es ist auf der Second Street in der Innenstadt. Wir treffen uns gegen zehn. Warum kommen Sie nicht mit? Dann können wir reden. Im Moment«, er zeigte auf die Werkzeuge auf dem Boden, »muss ich das hier fertig machen.«

»Ja, sicher. Ich finde es bestimmt.« Becky nahm ihre Tasche. »Schön, dann bis heute Abend.«

Am Abend traf sie Godson und seinen Freund Thomas in dem Club. Es war das erste Mal, dass sie ein gemischtes Publikum erlebte. Schwarze und weiße Simbabwer und Touristen saßen zusammen wie in einer Bar in New York oder London, unterhielten sich, tranken und tanzten. Sie sah sich erstaunt um.

»Was starren Sie denn an?«, rief Godson über die laute Musik hinweg.

Sie trank einen Schluck Bier. »Das Publikum ist sehr gemischt, das ist alles.«

»Wo sagten Sie, wohnen Sie?«, fragte Thomas.

»Auf einer Farm. In der Nähe von Chinhoyi.« Die beiden Männer sahen sich an.

»Was zum Teufel machen Sie da draußen?«, fragte Godson.

»Nun, mein Freund hilft auf einer Farm, mit Touristen. Sie machen Safaris und dergleichen.«

»Also hatte ich doch Recht«, sagte Godson grinsend.

Becky verzog entschuldigend das Gesicht. »Es ist nur ein Job, deshalb wollte ich mich nach was anderem umsehen.«

»Lassen Sie uns tanzen.« Godson stand plötzlich auf. »Hier ist es zu laut. Wir tanzen und unterhalten uns dabei.« Becky sah ihn nervös an. »Kommen Sie. Ich beiße nicht. Ich bin verheiratet.« Er streckte die Hand aus. Nach kurzem Zögern folgte Becky ihm auf die überfüllte Tanzfläche. Es war irgendwie unwirklich, dachte sie, als sie sich durch die Menge schlängelten. Simbabwe war wie eine große Zwiebel aus verschiedenen Schichten. Henry und die Fairfields auf der Farm, Nadège und ihre Freunde mit ihrem lächerlichen Leben im Kolonialstil, und jetzt Godson und seine junge, trendige urbane Welt. Wohin gehörte sie?

»Wessen Haus war das heute Morgen?«, fragte sie, als sie zu tanzen begannen.

»Ah, das meiner Tante. Das Waschbecken hat schon tagelang getropft. Ich hab versprochen, es zu reparieren.«

»Und wo wohnen Sie?«

»In Chitunwiza. Etwa zwanzig Kilometer südlich von hier. Sie sollten vorbeikommen. Dort hab ich mein Atelier.«

»Sie haben ein Atelier?« Becky war erstaunt.

»Natürlich. Wo soll ich denn sonst malen?«

»Ja, sicher. Tut mir Leid.«

»Was sagten Sie heute Morgen von einer Galerie? Meinen Sie das ernst?«, fragte Godson nach einer Weile.

Becky nickte. »Ja. Ich hab sogar schon den Ort dafür gefunden. Es ist ein altes Café auf der Albion Road, gleich neben dem Tube-Nachtclub.«

»Sie meinen das alte Ndeble-Café?« Aufregung klang in seiner Stimme mit.

»Sie kennen es?«

»Mann, das ist ein fantastischer Raum. Aber haben Sie denn das Geld dafür? Ich hab gehört, das Haus gehört einem Inder. Die wollen immer Profit machen.«

»Nun, ich persönlich habe nichts. Aber möglicherweise kann ich welches auftreiben.«

»Bist du jetzt völlig verrückt geworden?« Henry sah sie fassungslos an. In ihrem weißen trägerlosen Sommerkleid saß sie auf der Bettkante, ließ die Beine baumeln und erklärte ihm in aller Ruhe, dass sie nach Harare ziehen wolle.

»Ich hasse es hier«, sagte sie und zupfte an einem losen Faden ihres Saums. Henry starrte sie an.

»Seit wann?«, fragte er schließlich.

»Oh, immer schon. Ich meine, am Anfang war es ganz schön, aber ich hasse es, mitten in der Wildnis zu leben, und die Fairfields sind mir ganz besonders zuwider. Ich weiß einfach nicht, was das Ganze soll.«

»Was?«

»So zu tun, als sei man noch in Rhodesien und nichts hätte sich geändert. Godson sagt …«

»Und wer zum Teufel ist Godson?«

»Godson Marimba. Der Maler, von dem ich dir erzählt habe. Er hat mir geholfen.«

»Wobei geholfen?« Henry spürte, wie sein Leben ihm plötzlich entglitt. Marimba? Ein Afrikaner? O Gott, nein, nicht schon wieder.

»Um Himmels willen, Henry. So ist es nicht. Er ist verheiratet.«

»Na und? Das hat die doch noch nie abgehalten. Du hast keine Ahnung, wie sie sind.« Becky sah ihn mit einem Anflug von Mitleid an. »Becky, tu das nicht.« Sein Ton war fast flehentlich. »Du weißt nicht, auf was du dich einlässt. Es wird genauso wie mit den anderen Typen, den Baynes und den Baxters. Früher warst du ganz vernarrt in sie, und jetzt besuchst du sie kaum mehr. So warst du schon immer, du bist einfach flatterhaft. Das ist nur wieder eine Laune von dir, die vorbeigehen wird. Das weiß ich.«

»Es ist keine Laune, Henry«, erwiderte Becky kühl. »Mein Entschluss steht fest. Ich hab dir zwei Jahre lang geholfen, das zu tun, was *du* willst, jetzt will ich etwas für mich tun. Abgesehen davon gehe ich immer noch zu Nadège. Ich war nur gerade mit anderen Dingen beschäftigt.«

»Aber woher willst du das Geld nehmen? Wer soll dich einstellen, eine Galerie zu führen? Das ist doch Unsinn, Becky.«

»Ich treib das Geld schon auf. Außerdem geht es dich nichts an. Was interessiert es dich, ob es funktioniert oder nicht?«

»Weil ich dich liebe.« Der Satz brach aus Henry heraus. Er hörte sich weinerlich an, was er hasste. »Na schön, ich geb zu, am Anfang wollte ich Amber eins auswischen und du warst da und es ist einfach so passiert. Aber jetzt ist es anders!« Er brach ab. Becky sah ihn merkwürdig an.

»Rache? Geht es darum?«

»Nur am Anfang«, antwortete Henry und fragte sich sofort, ob er einen schrecklichen Fehler gemacht hatte.

»Ach wirklich? Und wann hat es sich geändert? Wann hast du aufgehört, an Rache zu denken?«

»Mist, ich weiß nicht, Becky. Spielt ja auch keine Rolle. Tatsache ist, dass ich dich liebe und nicht will, dass du fortgehst.«

»Aber es spielt eine Rolle, Henry«, erwiderte sie ruhig. »Glaub mir, es spielt eine Rolle.«

Sie ging fort. Er konnte nichts dagegen unternehmen. Sie packte ihre Sachen in den Land Rover, den Nadège ihr geschickt hatte, und verließ die Farm, ohne sich die Mühe zu machen, sich von den Fairfields zu verabschieden. Henry stand in der Mitte der Einfahrt. Die drei Gärtner beobachteten heimlich über die Hecke hinweg, wie sie ihr Gepäck in den Wagen warf, ihn umarmte und einstieg. Henry hörte das Rascheln im Gebüsch und unterdrücktes Gelächter. Er funkelte sie böse an, brachte aber keinen Ton heraus. Er fühlte sich völlig gelähmt.

Es würde nicht leicht werden, das wusste sie gleich. Sie zog in ein freies Zimmer bei Nadège – *Bleib so lange du willst, meine Liebe* – und versuchte, sich die nächsten Schritte zu überlegen. Sie rief Godson Marimba an, und sie trafen sich in einem Café in der Nähe des African Unity Square. Sie hatte ganz klare Vorstellungen. Ob er mit einsteigen würde?

»Sie haben ganz Recht«, sagte sie und rührte ihren Kaffee um. »Die meisten Galeristen kommen hierher, schnappen sich ein paar Stücke und hauen wieder ab. So will ich es nicht machen, aber nicht deswegen, weil ich kein Aasgeier sein möchte.« Sie grinste ihn breit an. »Sondern weil ich glaube, dass es so nicht funktioniert. Nicht auf lange Sicht.«

»Warum nicht?«, fragte Godson.

»Weil es zu schwierig ist. Zum einen sind die einzigen beiden Orte auf der Welt, die im Kunsthandel zählen, London und New York. In beiden Städten ist es wahnsinnig teuer, eine Galerie aufzuziehen. Zum Zweiten gibt es praktisch keinen Markt für zeitgenössische afrikanische Kunst.«

»Hört sich ziemlich düster an. Was ist Ihre Lösung dafür?«

Becky holte tief Luft. »Nun, seit ich hier bin, habe ich alle möglichen Leute kennen gelernt. Ich meine, alle *Arten* von Leuten. Angefangen von Farmarbeitern bis hin zu Society-Ladys aus Kapstadt. Ich weiß nicht, woran es liegt, aber dieser Ort ist fantastisch. Und eines ist mir aufgefallen, vor allem nachdem ich Sie und Ihre Freunde kennen gelernt habe: Es besteht eine Marktlücke zwischen den primitiven Masken der Schnitzer für die Touristen und der Kunst, die Sie machen. Ich habe Leute in den nördlichen Vororten kennen gelernt, die wirklich denken, sie müssten nach London fahren, um Kunst zu kaufen. Wenn wir die richtige Marktstrategie finden, würden sie hier kaufen. Das weiß ich.«

»Also?«

»Ich möchte, dass wir diese Lücke füllen.«

»Wir?«

»Aldridge Marimba. Ein Laden, eine Galerie, eine Kooperative, ein Café. Nennen Sie es, wie Sie wollen. Ich möchte diese Räume in der Innenstadt zum größten und bekanntesten Ort für den Verkauf von zeitgenössischer und antiker afrikanischer Kunst machen. Ich möchte, dass wir alles verkaufen: Bilder, Schnitzereien, Möbel, Skulpturen, Stoffe, einfach alles. Wir machen Veranstaltungen, Vernissagen, Privatausstellungen und schaffen einen Platz, wo Künstler ihre Arbeit angemessen präsentieren können, im Gegensatz zu einer Hotelhalle des Holiday Inn. Die Einnahmen könnten wir dafür verwenden, zu erweitern; Ateliers einzurichten, die vermietet werden könnten …«

»Hey, langsam, Lady! Nur nichts überstürzen.« Godson hob lachend die Hände. In seinen Augen stand ein Feuer, das sie vorher nicht gesehen hatte. »Südafrika ist uns voraus, wissen Sie. Sie haben bereits die wichtigsten Galerien und Museen. Wir hinken hinterher. Wenn hier jemand seine Arbeit verkaufen will, muss er dorthin gehen.«

»Ja, aber das Problem ist, dass die südafrikanischen Kunsthändler meinen, sie seien in London oder New York. Wie viele afrikanische Künstler fördern sie denn?« Becky sah ihn ernst an, und Godson schüttelte den Kopf. Sie hatte Recht. »Kommen Sie, lassen Sie es uns *hier* machen. Es gibt genug Touristen, die jeden Tag durch Harare kommen, einschließlich der ehemaligen Einwohner und der reichen Weißen, und dann gibt's noch die Banken und die Büros. Wissen Sie, wie viele billige Turner-Drucke ich in der Standard Cartered Bank gesehen habe? Selbst im verdammten Chinhoyi!« Godson sah sie an und seufzte laut.

»Mann, Becky, das könnte fantastisch werden. Aber wozu brauchen Sie mich? Sie können das doch allein machen. Ich hab überhaupt kein Kapital, das ich in so etwas stecken könnte.«

Becky schüttelte den Kopf. »Nein, das Geld treibe ich auf. Aber ich will ehrlich sein. Sie sind meine Verbindung zu den Künstlern. Ich kenne hier niemanden. Ich bin gut, was Werbung und Organisation anbelangt – Sie finden die Talente. Wir sind viel glaubwürdiger, wenn wir zusammenarbeiten.«

»Ah, die Schwarz-Weiß-Nummer. Ja, das ist immer gute PR. Okay.« Godson trank seinen Kaffee aus. »Also gut, ich bin dabei.« Becky hätte vor Freude schreien können. Es würde funktionieren. Das wusste sie. Nachdem Godson mitmachte, war die erste Hürde genommen. Jetzt konnte sie die nächste nehmen.

82

Amber erreichte Max gerade noch, bevor er das Haus verließ. Er hörte ihr ein paar Minuten zu und erklärte sich dann bereit, sie am nächsten Tag in Bamako zu treffen. Er müsse am Nachmittag nach Téghaza fliegen, aber sie könnten den Morgen zusammen verbringen. Er klang müde. Als sie auflegte, packten sie plötzlich Schuldgefühle. Sie hoffte, sie hatte nicht zu drängend geklungen. Wie ein Anwalt, der seinen Zeugen in den Zeugenstand zitiert. *Ich muss mit dir reden. Nicht am Telefon.* Max hatte gelassen geklungen. Anschließend verbrachte sie den ganzen Tag damit, ihre Notizen durchzugehen und Daten und Zahlen zu überprüfen. Tendé war bei einer Sitzung in Sikasso im Süden des Landes. Es gab Schwierigkeiten mit der Elfenbeinküste, und er würde erst am Wochenende zurückkommen. In gewisser Hinsicht war es besser, dass er nicht hier war, wenn Max kam.

Kurz nach elf Uhr morgens traf er ein. Er sah erschöpft aus, als er aus dem Wagen stieg. Sie eilte zur Eingangstür.

»Max«, sagte sie und gab ihm einen Kuss. Er nahm ihren Arm. »Bist du müde?«

Er nickte. »Ein bisschen. Es gibt noch so viele Einzelheiten zu klären. Wo ist Tendé?«

»Im Süden. Er kommt morgen direkt zur Mine. Möchtest du etwas essen?«

Max schüttelte den Kopf. »Also was soll das Ganze? Wozu die Heimlichtuerei?« Wie üblich vergeudete er keine Zeit und kam gleich zur Sache. Amber zögerte.

»Lass uns nach oben gehen. Da ist es kühler, und ich muss dich was fragen.« Max zuckte die Achseln.

»Na schön. Geh voran.«

»Hör zu«, sagte Amber nachdem sie die Tür geschlossen hatte, »es fällt mir nicht leicht, dich das zu fragen. Eigentlich darf ich es gar nicht – du dürftest eigentlich gar nicht wissen, dass ich daran arbeite, aber …«

»Wovon redest du?« Max setzte sich in einen Sessel neben ihrem Schreibtisch und sah auf die Zeitungsausschnitte und Notizen, die darauf verstreut lagen. Sie zuckte zusammen – sie hätte sie wegräumen sollen. »Was ist das?« Er griff nach der *Financial Times. Sall schlägt erneut zu! Max Sall, der reiche Finanzier und neuerdings Umweltschützer, beabsichtigt, dem obskuren westafrikanischen Staat Mali einen festen Platz auf der Landkarte zu sichern.* »Woran arbeitest du? An einer neuen Geschichte?« Er legte die Zeitung weg. »Willst du darüber reden?«

»Nun, ja. Max? Hast du dich mit Galli getroffen?« Die Frage brach aus ihr heraus.

Max musterte sie einen Moment mit zusammengekniffenen Augen. »Wie kommst du darauf?« Seine Stimme war gefährlich ruhig. Amber seufzte.

»Es gibt Gerüchte, Max. Ich wurde gebeten …« Sie zögerte. Es war nicht die Wahrheit. »Ich habe darum gebeten, die Geschichte machen zu dürfen. Max, weiß Tendé Bescheid?«

Sofort war ihr klar, dass die Frage ein Fehler gewesen war. Max' Miene verdüsterte sich, und er stand auf.

»Was zum Teufel hast du vor, Amber?«, fragte er mit unterdrücktem Zorn in der Stimme. »Willst du die Sache ruinieren, bevor sie angefangen hat?«

»Nein. Ich will bloß ...«

»Und was soll diese Frage? Weiß Tendé Bescheid? Nein, dein geschätzter kleiner Freund weiß nicht Bescheid. Und willst du wissen, warum? Weil dein *Freund* ...«

»Sprich nicht so über ihn.« Amber, die langsam selbst die Beherrschung verlor, unterbrach ihren Vater. »Er ist nicht mein kleiner Freund. Er ist *dein* Partner. Und außerdem sind wir verlobt. Er ist mein Verlobter, wenn du es genau wissen willst.« Plötzlich trat Schweigen ein. Amber schloss die Augen. So hatte sie es ihm eigentlich nicht sagen wollen.

»Wirklich?«, fragte Max höhnisch. »Dein Verlobter also. Das ist also deine Vorgehensweise? Monatelang drückt ihr euch hinter meinem Rücken herum ...«

»Das haben wir *nicht* getan! Ich habe ihn gebeten, nichts zu sagen, weil ...«

»Sprich nur weiter, verteidige ihn nur. Typisch Frau. Der erstbeste Kerl, der dir über den Weg läuft.«

»Er ist *nicht* der erste Mann, der mir über den Weg lief«, schrie Amber den Tränen nahe. »Und typisch ist auch nichts daran! Ich liebe ihn. Geht dir das nicht in den Kopf? Was ist denn falsch an ihm? Du magst ihn doch auch. Mein Gott, du magst ihn lieber als deinen eigenen Sohn!«

»Lass Kieran da heraus!«, brüllte Max. »Wenn du glaubst, dass ich zusehen werde, wie du dein Leben an diesen Moslem-Nigger vergeudest ...« Er hielt inne. Entsetztes Schweigen trat ein. Amber starrte ihn mit klopfendem Herzen an.

»Wie hast du ihn gerade genannt?«, stieß sie hervor und schüttelte den Kopf, als wollte sie sich von seinen Worten befreien. Max schwieg. Er sah sie mit einem seltsamen Ausdruck an, in dem sich Angst und Zorn mischten. Dann drehte er sich um und stürmte hinaus, wobei er die Tür hinter sich zuknallte. Eine Weile blieb sie mitten im Zimmer stehen, zu geschockt und wütend, um sich zu rühren. Die plötzliche Stille nach dem Geschrei war überwältigend. Sie hörte ihren Atem, ein rasselndes, hässliches Geräusch, das nur vom Surren des

Ventilators unterbrochen wurde. Minuten vergingen, während sie versuchte, sich wieder zu fassen. Wie konnte er es wagen, solche Dinge zu sagen? Benommen ging sie zum Schreibtisch. Was sollte sie Tendé sagen? Sie wusste genau, wie er reagieren würde. Er hatte die ganze Zeit Recht gehabt, was Max anging. Mit ihm Geschäfte zu machen, war eines, mit seiner Tochter zu schlafen aber etwas ganz anderes.

Max stürmte aus dem Zimmer. In seinem Mund war ein bitterer Geschmack. Stolpernd lief er die Treppe hinunter ins Wohnzimmer. Majeed saß in der Küche und unterhielt sich mit Ambers Hausboy. Sobald er Max sah, sprang er auf.

»Sir, ist alles in Ordnung?«, rief er und bedeutete Lameen, schnell Wasser zu bringen. Max nickte ungeduldig.

»Ja, ja. Nein. Ich brauche nichts. Ich möchte gehen, ich bin in Eile.« Majeed sah ihn besorgt an. *»Jetzt gleich!«* Max' Stimme wurde scharf. Majeed sprang auf, lief hinaus, öffnete die Wagentür, und Max stieg ein. Seine Gedanken überschlugen sich. Warum zum Teufel hatte er das gesagt? Das war doch nie seine Meinung über Tendé gewesen. Was hatte ihn dazu gebracht, das zu sagen? Es lag an Amber. Dass sie ihn angriff und Tendé verteidigte, noch bevor sie die Frage gestellt hatte. Das hatte ihn geschockt, überrumpelt. Amber war *sein* Mädchen – die Einzige in der ganzen chaotischen Familie, die wenigstens einen Bruchteil seines Verstands und seiner Energie geerbt hatte. Plötzlich musste er zusehen, wie sie ihm entglitt, zu jemand anderem gehörte. Und dann die Eröffnung, dass sie verlobt war. Tendé hätte *ihn* fragen sollen, so hätte es sich gehört. Dazu hatte er doch oft genug Gelegenheit gehabt, als sie beide allein in der Wüste waren. Aber er hatte geschwiegen, wie ein Feigling – und dann war es Amber so herausgerutscht, als *fait accompli,* und er fühlte sich überflüssig. Nutzlos. Und alt. Es gab ihm das Gefühl, alt zu sein.

»Sir, möchten Sie, dass ich Sie begleite?«, fragte Majeed. Max sah ihn verständnislos an. Sie waren bereits am Flughafen.

»Nein. Mir geht's gut. Bring nur mein Gepäck in die Maschine. Und sag dem Bodenpersonal Bescheid, dass ich in ein paar Minuten starte.« Majeed nickte unsicher. Max stieg aus und ging schnell zu dem kleinen Terminal, um den nötigen Papierkram zu erledigen. Kurz darauf saß er im Cockpit und ging die Checkliste durch. Es war gut, etwas zu tun zu haben, das ihn ablenkte. Er funkte den Tower an und bekam Starterlaubnis. Er rollte auf die Startbahn hinaus und stellte fest, dass schlechte Sicht herrschte. Ein feiner rötlicher Nebel lag über dem Horizont – die verdammten Harmattan-Winde. Als er seine Position erreicht hatte, legte er den Gashebel um und spürte das vertraute Aufbrausen der Motoren. Die kleine Maschine raste die Startbahn entlang und hob ab. Es war sehr windig. Gewöhnlich flog er lieber am frühen Morgen, denn bis zum Nachmittag hatte sich der Boden stark aufgeheizt und es entstanden Luftströmungen, die jetzt gemeinsam mit den roten Windwirbeln dem Flugzeug zu schaffen machten. Seine Route folgte mehr oder weniger dem Lauf des Niger in Richtung Norden. Ségou, Mopti, Timbuktu; gewöhnlich sah er die Städte wie ein wirres Puzzle unter sich liegen, jedoch nicht heute. Nach etwa dreißig Minuten traf er auf eine heftige Turbulenz. Die Maschine kippte und verlor alarmierend an Höhe. Er funkte den Militärflugplatz in Sévaré an und bat um Erlaubnis, höher zu fliegen. Sie wurde gewährt, und er stieg auf 29 000 Fuß. Auf dieser Höhe war der Himmel zum Glück klar. Er sah auf den wirbelnden ockerfarbenen Schatten hinab, den der Harmattan über das ganze Land geworfen hatte – ein herrlicher Anblick.

Kurz hinter Timbuktu traten wieder Turbulenzen auf, und die Staubwolke wurde dichter. Es war halb vier. Zu seiner Linken begann die Sonne langsam unterzugehen. Hier oben, während er über die dunstige Sahara glitt und nur den steten Motorenlärm hörte, konnte er sich vorstellen, dass sich der Streit mit Amber wieder beilegen ließ. Er würde sich entschuldigen. Das musste er. Was er gesagt hatte, war unverzeihlich. Gleich nach der Landung würde er anrufen. Plötzlich sackte die Maschine wieder ab. Er runzelte die Stirn. Selbst in dieser Höhe herrschte starker Wind. Er überlegte, was zu tun war, konnte aber die feinen Wölkchen nicht sehen, die gewöhnlich Turbulenzen anzeigten. Tatsächlich begann alles um ihn an Trennschärfe zu verlieren, was daran lag, dass der Staub nach oben gesaugt wurde. Mit beiden Händen hielt er den Steuerknüppel fest, doch die Maschine geriet ins Schlingern und sank weiter ab. Was hatte man ihm in der Flugschule beigebracht? Immer einen festen Punkt am Horizont im Auge behalten, während man das Problem zu umgehen versucht. Aber er konnte den Horizont nicht sehen. Plötzlich merkte er, dass er die Balance verloren hatte. Die Maschine flog in einen Sandsturm, in einen roten Nebel aus peitschendem Sturm, von Luftlöchern unterbrochen. Wo war oben und unten? Ein paar Minuten flog er weiter und versuchte, die aufsteigende Panik zu unterdrücken: *Beruhige dich,* sagte er sich. *Bleib ruhig. Warte, bis es vorbei ist.* Plötzlich blitzte etwas auf – Licht, das von einer Wasseroberfläche reflektiert wurde, gleich zu seiner Linken. Er hielt darauf zu. Doch es war an der falschen Position – über ihm, nicht unter ihm, gefährlich zur Seite geneigt. Was zum …? Es gab ein Geräusch – ein langsames Zischen von Luft, dann schlug etwas gegen den Motor, der nur noch ein kurzes Stottern von sich gab – und dann war Stille. *Ich bin noch nicht fertig!* Die Explosion spürte er mehr, als dass er sie hörte. *Nein, es ist noch nicht aus. Ich wurde unterbrochen …*

83

Es klopfte. Amber sah genervt auf. Draußen war es fast dunkel. Erstaunt sah sie auf die Uhr – war es wirklich schon so spät? Wahrscheinlich wollte Lameen sie zum Abendessen rufen.

»Ich will nichts. Ich esse später«, rief sie. Ein paar Sekunden war alles still. Dann klopfte es erneut, dringlicher diesmal. Sie seufzte und legte den Stift weg.

Als sie die Tür öffnete und Lameens gewöhnlich so fröhliches Gesicht vor Aufregung und Schmerz verzerrt sah, setzte einen Moment ihr Herz aus. »Was ist los?« Kalte Angst packte sie. Lameen starrte sie bloß an. »Was ist los?«

»Madame, *excusez-moi«,* stammelte er. »Bitte. Sie müssen kommen.« Sie packte seinen Arm, folgte ihm den Gang hinunter und hörte die Frauen im Nachbarhof klagen, während nacheinander mehrere Türen im Haus zuschlugen. Sie hörte

Wagen heranfahren und das Geräusch von rennenden Schritten. Dann eine Polizeisirene. Und noch eine.

84

Amber hatte natürlich schon darüber gelesen, was Trauer bedeutete, wenn man einen Geliebten, einen Elternteil, ein Kind verlor. Schmerz, Leid, Kummer, Schock, Angst. Sie ging all die Worte durch und ließ im Kopf all die Geschichten abspulen. Aber keiner der Berichte erwähnte etwas von Schuld. Im gleichen Moment, als der Inspektor den Mund aufmachte, wurde sie mit solcher Macht von Schuldgefühlen gepackt, dass ihr die Knie weich wurden und man sie auffangen musste, bevor sie zu Boden stürzte. Sie hielt sich die Ohren zu, um nicht zu hören, wie die anderen schrien. Später stellte sie fest, dass sie selbst geschrien hatte. Sie war schuld daran. *Sie* war verantwortlich dafür. Lameen hielt sie fest, damit sie aufhörte, sich ins Gesicht zu schlagen. Man solle einen Arzt holen, rief er. *Schnell!* Amber nahm vage den Aufruhr um sie wahr, konnte sich aber auf nichts anderes konzentrieren als auf die Angst, die ihr den Magen verkrampfte. Tendé versuchte, sie in die Arme zu nehmen, aber sie konnte keine Berührung ertragen. Sie rappelte sich hoch, taumelte gegen ihn und wollte etwas sagen, bekam aber nichts heraus. Dann ließ sie sich von Mandia und Lameen wegführen. Draußen hielt das Wehklagen unvermindert an.

Es gab keine Leiche. Bei der Explosion war alles verbrannt. Die Stimme des Inspektors drang durch die angelehnte Tür aus dem Arbeitszimmer, wo sich Mandia und verschiedene Familienmitglieder versammelt hatten. Es gebe keine Leiche, wurde immer wieder gesagt. Aber es geht nicht um eine Leiche, wollte sie schreien, ihr redet von Max – doch die Valium-Tablette, die man ihr gegeben hatte, machte sie benommen, und sie brachte nichts heraus.

Später kam es ihr vor, als wären Wochen vergangen, bevor sie erholt genug war, um die Heimreise nach London anzutreten.

Im Zustand des Schocks war ihr jegliches Zeitgefühl abhanden gekommen. In ihrem abgedunkelten Schlafzimmer nahm sie nur das Ticken der Uhr auf dem Nachttisch und das Surren des Ventilators an der Decke wahr. Manchmal hörte sie auf dem Gang Tendé mit seinen Eltern streiten – *Lasst sie, sie muss allein sein.* Allein im Dunkeln zu liegen, entsprach in Mali nicht den Sitten, mit dem Tod umzugehen. Bei dem Gedanken kamen ihr wieder die Tränen.

Aber da war noch etwas anderes. Etwas, was sie nicht einmal Tendé gegenüber auszusprechen wagte. Er spürte die Kälte in ihr, aber sie fand nicht die Worte ihm zu erklären, was sich zugetragen hatte, bevor Max aus dem Haus gestürmt war. Sie konnte ihm auch nicht das überwältigende Schuldgefühl erklären. Denn das hätte bedeutet, zugeben zu müssen, dass er die ganze Zeit in Bezug auf ihren Vater Recht gehabt hatte. Das brachte sie einfach nicht fertig. So wandte sie sich von dem einzigen Menschen ab, der ihr Trost hätte spenden können.

Angela wirkte am Telefon außerordentlich gefasst. Tendé brachte ihr die Nachricht so schonend wie möglich bei. Doch gleich vom ersten Moment an war ihm klar, dass sie der Verlust nicht so traf wie ihre Tochter. Sie holte nur einmal kurz Luft und sagte dann ruhig: *Ich verstehe. O Gott. Und Amber?* Dass er in ein paar Tagen mit ihr nach London zurückfliegen würde, schien sie als selbstverständlich hinzunehmen. Sie sei sehr dankbar für seinen Anruf und würde sich um die Trauerfeierlichkeiten kümmern, und Francesca und Paola informieren. Nein, sonst könne er nichts mehr für sie tun. Sie danke ihm für die Anteilnahme.

Tendé legte auf und spürte ein Pochen an seiner Schläfe. Max war tot. In der Verwirrung der Tage nach dem Unfall waren seine Gedanken ausschließlich bei Amber gewesen. Nun, da er mit ihrer Mutter gesprochen hatte, war ihm die Erleichterung in ihrer Stimme nicht entgangen. Sie empfand keinen Schmerz. Ihre Tochter jedoch lag oben und wurde damit nicht fertig. Aber er wusste auch, dass dies nicht alles war. Es gab etwas, was Amber vor ihm verheimlichte. Er ging nach oben.

»Amber, du solltest etwas essen.« Er setzte sich auf die Bettkante. Sie wandte ihm ihr tränennasses Gesicht zu und schüttelte den Kopf.

»Tendé, bitte. Ich brauch nichts«, sagte sie mit belegter Stimme und wich seinem Blick aus.

Er streckte die Hand aus. Es gab ihm einen Stich, wie abrupt sie sich abwandte, als könnte sie nicht die leiseste Berührung ertragen.

»Amber, was ist passiert?« Die Frage hatte ihm schon seit Tagen auf der Zunge gelegen. Sie gab keine Antwort. »Hör zu, *chérie.* Ich weiß, wie schwer es ist, aber …«

»Du weißt gar nichts darüber.« Ihre Stimme klang kalt. Sie drehte das Gesicht zur Wand.

»Er war auch mein Freund«, begann er langsam.

»Er ist – war – mein Vater«, stieß sie hervor. »Er ist *mein* Vater, und es ist *meine* Schuld.«

»Es war ein Unfall«, sagte Tendé sanft und streckte wieder die Hand nach ihr aus.

Diesmal wehrte sie ihn nicht ab.

»Nein, das verstehst du nicht. Es *war* kein Unfall, es war meine Schuld«, antwortete sie schluchzend.

»Amber, sag mir, was passiert ist. Ich kann dir nicht helfen, wenn ich nicht weiß, was geschehen ist.«

»Ich kann nicht.«

»Doch.«

»Er sagte Dinge, Tendé, schreckliche Dinge. Über dich. Wir haben gestritten. Er war in einem schrecklichen Zustand, und dann ist er ins Flugzeug gestiegen und abgestürzt. Wenn ich nicht mit ihm gestritten hätte …« Ihre Stimme brach. Tendé nickte und strich über ihr wirres Haar.

»Ich weiß, ich weiß.« Er seufzte. Amber musste ihm nicht sagen, was geschehen war. Seine Befürchtung hatte sich bewahrheitet. »Alles wird gut, *chérie.* Hör zu. Schau mich an.« Er hob ihr Kinn. »Es wird vorbeigehen.« Sie nickte unsicher. »Es wird vorbeigehen.« Er beugte sich vor und nahm sie beschützend in die Arme.

85

Die Trauerfeier für Max wurde in der *Casa Bella* abgehalten. Es war das Einzige, worauf Angela und Francesca sich einigen konnten. Angela wollte die ganze Welt einladen, Francesca nur Max' Familie. Schließlich wurde ein seltsamer Kompromiss geschlossen. Amber, Tendé, Kieran und Angela waren anwesend, ebenso Paola, Francesca und Theo, Max' Anwalt. Außerdem ein paar Freunde von Max – zwei Herren aus New York, ein Geschäftsmann aus St. Petersburg, ein Rabbi aus London und Jonathan Sainsbury – was sich niemand erklären konnte. Für jemanden, der ein so geselliges Leben geführt hatte, war der Kreis sehr klein. Dem Protokoll entsprechend hätte Angela eigentlich die Hauptleidtragende sein sollen. Doch wie Tendé schon vermutet hatte, wirkte sie fast erleichtert. Francesca hingegen schien am Boden zerstört zu sein. Amber stützte sich auf Tendé und ließ alles wie benommen über sich ergehen. Sie war noch immer zu geschockt, um seinen Tod zu begreifen. Es herrschte ungewöhnlich kaltes Winterwetter auf Menorca. Die Gäste standen draußen im Patio, unterhielten sich beklommen und versuchten, die kalte Meeresbrise zu ignorieren. Mit besorgtem Blick ging Theo unter ihnen herum. Amber trat am Pool neben ihn und starrte ins Leere. Sie kannte Theo seit vielen Jahren, und er legte ihr den Arm um die Schultern.

»Ich komme im Moment nicht gern darauf zu sprechen«, sagte er ruhig. »Aber es geht um sein Testament. Sobald ich in London bin, bereite ich alles für die Eröffnung vor. Amber, ich muss Ihnen sagen, Sie müssen sich auf etwas gefasst machen.« Amber sah ihn verständnislos an. »Ich kann im Moment nicht näher darauf eingehen, aber Sie müssen stark sein. Wie Max es von Ihnen erwartet hätte.« Amber legte die Hand auf seinen Arm. Sie schluckte die Tränen hinunter und nickte. Was immer es auch sein mochte, es müsste warten.

Eine Woche später trafen sie sich in Theos Kanzlei auf der Park Lane. Francesca und Paola erschienen in modisch elegantem

Schwarz. Angela trug ein pastellblaues Chanel-Kostüm und schien sich mehr um ihre Laufmaschen zu sorgen als darum, eine dem Anlass entsprechende Trauermiene aufzusetzen.

Amber begrüßte Francesca und nickte Paola zu. Selbst ein Moment wie dieser, dachte sie, änderte nichts. Angela setzte sich neben einen großen Lilienstrauß und nahm eine Illustrierte. Dann erschien Theo in der Tür. Er küsste die Frauen auf die Wange, wobei seine Hand einen Augenblick länger auf Ambers Arm liegen blieb als bei den anderen.

»Wenn Sie mir folgen würden, meine Herrschaften. Aber ich muss Sie warnen. Vor meinem Büro warten noch zwei weitere junge Damen. Sie werden sie kennen, Angela, und ich muss Sie um Zurückhaltung bitten. Es ist im Moment alles ziemlich schwierig.«

Amber sah Angela an. Was ging hier vor? Francescas Miene verhärtete sich.

»Wovon reden Sie?«, fragte sie mit erhobenem Kinn. Theo antwortete nicht.

»Hier entlang bitte.« Er führte sie den mit dicken Teppichen belegten Gang entlang. Als sie um die Ecke bogen, blieb Amber fast die Luft weg. Dort saß Krystyna mit einem etwa fünf- oder sechsjährigen Jungen, der Max wie aus dem Gesicht geschnitten war. Gegenüber von ihr Siobhan mit einem Baby auf dem Arm. Amber legte die Hand auf den Mund und sah Angela an. Hinter ihr hörte sie Kieran laut und deutlich »Oh Mist« sagen. Schweigend starrten sich die sechs Frauen an. »Bitte, hier hinein«, sagte Theo und bat die wie vom Schlag gerührte Gruppe in sein Büro.

Die Verlesung von Max' Testament dauerte weniger als zehn Minuten. Als Theo geendet hatte, folgte ein kurzes Schweigen. Amber schloss einen Moment lang die Augen. Dann brach die Hölle los. Sie blieb auf ihrem Stuhl sitzen, während Theo versuchte, in seinem Büro wenigstens ansatzweise wieder Ordnung herzustellen. Francesca und Paola waren gleichzeitig schreiend und weinend aufgesprungen. Krystyna und Siobhan versuchten unter Tränen, ihre Kinder zu beruhigen. Kieran stand auf und murmelte »Mist, verdammter Mist!«. Nur Angela saß seelenruhig an dem glänzenden Tisch und betrachtete ihre Fingernägel. Dann griff sie nach ihrer Tasche und nahm eine Packung Zigaretten heraus. Theo stand auf, ging unter Max' Frauen herum, und seine beruhigende Stimme und Respekt einflößende Art begannen schließlich Wirkung zu zeigen. Siobhan wurde mit ihrem brüllenden Kind nach nebenan gebracht, für Krystynas kleinen Jungen wurde ein Spielzeug gefunden und Francesca bekam ein Glas Brandy. Paola verkündete, sie müsse sich gleich übergeben, und verließ den Raum. Nur Amber und Angela blieben sitzen. Letztere rauchte wie ein Schlot, um die Fassung zu wahren, und Amber hatte die Neuigkeit, die sie gerade gehört hatte, die Sprache verschlagen.

Max' Vermögen – oder was noch davon übrig war – ging direkt an Amber. Sein Traum, die Salzmine, mit der er seine Laufbahn krönen wollte, hatte ihn fast ruiniert. Fast alle finanziellen Reserven waren aufgebraucht. Sein letztes Testament hatte er vor etwa fünf Jahren gemacht und es trotz Theos ständiger Ermahnungen vor seinem Tod nicht mehr aktualisiert. Weder Kieran noch Paola waren darin erwähnt. Angela bekam das Haus am Holland Park, Francesca behielt ihr Apartment in Rom. Amber erhielt die *Casa Bella,* über die sie nach Belieben verfügen konnte. Zusätzlich gab es noch ein paar kleinere Verfügungen – ein jährliches Einkommen für Krystyna und die Bestätigung einer Abmachung mit Siobhan, die er vor etwa einem Jahr getroffen hatte. Und zum Schluss die merkwürdigste Hinterlassenschaft – ein Paket mit drei ungeschliffenen Diamanten, die Theo aus dem Safe nahm und ebenfalls an Amber übergab.

Wenn Amber die Woche nach Max' Tod für die schwerste ihres Lebens gehalten hatte, stellte sie schnell fest, dass es noch schlimmer kommen sollte. Sie brauchte fast einen Tag, um das tatsächliche Ausmaß ihrer Situation zu begreifen. Die Haltung der anderen ihr gegenüber hatte sich schnell verändert. Sie besaß jetzt alles und Francesca, Paola und Kieran nichts. Schlimmer noch, behauptete Francesca, man habe sie ausgeschlossen, beiseite gedrängt, gedemütigt und *missbraucht.* Mit zitternden Händen erklärte Amber, dass nichts getan oder entschieden würde, bevor sie Zeit gehabt habe, sich zu überlegen, wie am besten für alle gesorgt werden könne. Sie ging zu Theo.

Eine Woche später saß sie auf Theos weichem Ledersofa, akzeptierte ein kleines Glas Wein und sah ihn unsicher an.

»Wie geht es Ihnen, meine Liebe?«, fragte er.

»Keine Ahnung. Ganz gut. Ich weiß einfach nicht, ob ich wütend oder geehrt sein soll über die Lage, in die er mich gebracht hat. Warum ich?« Sie starrte in ihr Glas.

»Wem sonst hätte er trauen sollen, Amber?« Theos Stimme war ruhig. Sie hatte dem freundlichen, würdigen Anwalt, der schon immer für Max gearbeitet hatte, nie besondere Beachtung geschenkt. »Nun, es gab eine Zeit«, fuhr er fort, »als er dachte, Kieran hätte sich gefangen. Mit dem Nachtclub. Aber nach der Sache mit Paola ist alles wieder in die Brüche gegangen.« Amber starrte ihn an. Er wusste Bescheid? Theo fing ihren Blick auf. »Ich war nicht nur Max' Anwalt«, erklärte er. »Ich war sein Freund. Wir sind zusammen aufgewachsen.« Amber hielt den Atem an. Es war das erste Mal, dass jemand über die Kindheit ihres Vaters sprach.

»Er hat nie etwas erzählt. Ich weiß nichts über ihn«, flüsterte sie. »Woher kennen Sie ihn?«

»Haben Sie von den Kindertransporten gehört?«, fragte er.

Amber nickte zögernd. »Die jüdischen Kinder? Sie? Und Max?«

»Ja, wir beide. Wir kamen in verschiedenen Jahren an. Ich kam 1937, Max 1939. Wir hatten nichts; wir kamen mit nichts hier an. Wir wurden ins Waisenhaus an der Neasden Lane gebracht. Ich kannte ihn damals nicht gut, er war ein paar Jahre älter als ich. Aber einige Jahre später trafen wir uns zufällig wieder. Er war damals schon mit Ihrer Mutter verheiratet. Er erinnerte sich an mich. Ich begann gerade meine Karriere als Anwalt bei Rosenzweig und Gutman, der großen jüdischen Kanzlei. Wir verklagten Sainsbury's wegen der Schließung eines kleinen koscheren Metzgerladens auf der Commercial Road.« Theo hielt inne und trank einen Schluck Wein. Amber lauschte ihm gebannt. »Wir haben den Fall natürlich verloren, aber Max kam zu mir, und wir unterhielten uns ein wenig. Er bat mich,

mich bei ihm zu melden, sobald ich meine Zulassung hätte. Was ich tat. Das ist jetzt dreißig Jahre her.« Er trank wieder einen Schluck Wein. »Max war gut zu mir. Meinen Erfolg verdanke ich ihm. Er brachte mir die richtigen Klienten, gab mir Kapital, wenn ich es brauchte – und ist sogar der Pate meines Sohnes.« Amber spürte, wie ihr wieder die Tränen kamen.

»Warum hat er uns nie davon erzählt?«, fragte sie mit belegter Stimme.

Er schüttelte den Kopf. »Ich wünschte, ich könnte es Ihnen sagen. Er hielt große Stücke auf Sie, Amber. Ständig sagte er: *Wenn nur mein Sohn wie meine Tochter wäre. Wenn er nur die Hälfte ihres Verstands hätte.* Er war sehr stolz auf Sie.« Amber liefen die Tränen übers Gesicht. »Ich bat ihn, sein Testament zu ändern, nachdem er Kieran und Paola vom Erbe ausgeschlossen hatte. Wenn auch nur, um Sie zu beschützen. Aber er kam nie dazu. Manchmal glaube ich«, er schüttelte den Kopf, »dass er es genau so gewollt hat.«

»Was meinen Sie?«

»Es war immer sein Dilemma, verstehen Sie. Er hatte ein schweres Leben, am Anfang, meine ich. Aber es hat ihn zu dem gemacht, was er war. Ohne Anstrengung erreicht man nichts, sagte er immer. Und ich glaube, er sorgte sich, dass Sie nie um etwas kämpfen müssten. Er sagte immer, Sie seien ihm am ähnlichsten – Sie würden kämpfen für das, was Sie wollten. Wie damals, als Sie dafür kämpften, an die Universität zu gehen. Es tat ihm Leid, was er damals sagte. Er hat sich später dafür geschämt. Immer dachte er, Kieran würde zur Vernunft kommen. Dann gingen Sie nach Mali. Sie ist ganz wie ich, erklärte er mir damals stolz. Deshalb frage ich mich manchmal, ob es nicht Absicht war, dass er sein Testament nicht geändert hat. Ob dies Ihr großer Kampf wird, Amber.«

»Wir haben uns gestritten, wissen Sie«, antwortete Amber nach einer Weile fast flüsternd. »Kurz bevor er verunglückt ist. Er sagte ein paar Dinge – *ich* sagte einige Dinge. Ich weiß nicht, ich war so …«

»Nicht«, unterbrach sie Theo. »Quälen Sie sich nicht. Worüber Sie sich auch gestritten haben, es hatte nichts mit dem zu tun, was dann passiert ist. Es war Gottes Wille.«

»Sie klingen wie Tendé«, sagte Amber mit einem zaghaften Lächeln und fügte nach einer Weile hinzu: »Es ging um ihn, um Tendé. Max sagte Dinge …«

»Er war eben ein Vater, Amber«, unterbrach Theo sie. »Er machte sich Sorgen um Sie. Und ein bisschen eifersüchtig war er auch.« Ein kleines Lächeln strich über sein Gesicht. »Ich habe drei Töchter. Die beiden ältesten sind verheiratet. Und ja, es stimmt, manchmal bin ich eifersüchtig. Es ist nicht leicht, ersetzt zu werden.«

»Aber ich hätte doch nie …«

Theo schüttelte den Kopf. »Es geht nicht um Sie, fürchte ich. Es ist unsere eigene Eitelkeit. Und egal, was man sonst über Max sagen kann, er war auf jeden Fall ein eitler alter Mistkerl.« Theo lachte. »Ich entschuldige nicht, was er gesagt hat – und glauben Sie mir, ich kann es mir vorstellen –, ich meine nur, er war eben verletzt. Das ist alles.« Amber sah ihn dankbar an. Das Gefühl der Enge in ihrer Brust, das sie einen Monat lang gequält hatte, begann langsam nachzulassen. Sie hob ihr Glas.

»Danke, Onkel Theo.« Theo schwieg einen Moment. Dann hob er auch das seine.

»Nein, Amber. Ich danke *Ihnen.*« Sie sah Tränen in seinen Augen. Langsam begann der Kreis sich zu schließen.

86

Dieser Teil, sagte sie am Abend zu Tendé am Telefon, sei ja noch leicht gewesen. Aber der andere – was wegen der Finanzen unternommen werden sollte – sei wirklich schwierig.

»Ich meine, ich weiß einfach nicht. Wir müssen natürlich mit Téghaza weitermachen. Wie könnten wir auch anders? Außerdem steht es kurz vor der Fertigstellung. Aber was ist mit den anderen?«

»Was soll mit ihnen sein? Deine Mutter hat doch das Haus. Kieran auch. Und Francesca das Apartment in Rom. Die schaffen es schon.«

»Aber wie sollen sie leben?«

»Wie alle auf diesem Planeten, Amber, einschließlich dir selbst. Indem sie sich einen Job suchen. Arbeiten.«

»Aber …«

»Nichts aber. Du tust ihnen keinen Gefallen, weißt du.«

»Ich weiß. Es ist nur, dass Kieran noch nie gearbeitet hat.«

»Dann ist es höchste Zeit, dass er damit anfängt«, antwortete Tendé ungerührt. Von Kieran war er noch nie sonderlich angetan gewesen – genauso wenig von Paola. Abgesehen von jenem ersten Mal, als er sie kennen gelernt hatte. Inzwischen waren drei Jahre vergangen, und seine Bewunderung für Amber war im gleichen Maß gestiegen, wie seine Achtung für die anderen Mitglieder ihrer Familie gesunken war. Wie leicht hätte Amber genauso werden können wie Paola oder Kieran oder Angela. Sie hatte eine Wahl getroffen, die im Einklang mit ihren Überzeugungen und ihren Werten stand. In vielerlei Hinsicht war sie mutiger als er – sein Lebensweg war ihm bereits von zu Hause vorgegeben gewesen. In seinem Fall ging es weniger um eine bewusste Entscheidung, sondern darum, allmählich in die Stellung hineinzuwachsen, die ihm durch seine Hautfarbe, seine Religion und seine Klasse vorbestimmt war.

»Wahrscheinlich hast du Recht.« Sie seufzte. Er lächelte in sich hinein. Wer weiß, vielleicht war das die Chance für sie beide.

»Ich liebe dich«, sagte er ruhig. »Wirklich.«

»Ich dich auch. Ich wünschte, du wärst hier.«

87

Sowohl Becky als auch Madeleine erfuhren erst einige Wochen später von Max' Tod – Madeleine, weil sie zu beschäftigt war, und Becky, weil sie nie Nachrichten hörte. Madeleine war gerade auf dem Weg in ihr Büro auf der 51. Straße, als sie Dari die Straße heraufeilen sah. Sie blieb stehen und winkte ihr zu.

»Hallo, du hättest nicht warten brauchen.« Dari rieb die behandschuhten Hände aneinander. »Es ist so verdammt kalt!«

»Wenn man an den letzten Sommer denkt, glaubt man

kaum, dass es dieselbe Stadt ist«, stimmte ihr Madeleine zu und zog den Schal fester um den Hals.

»Ach, übrigens«, sagte Dari, »was ich dich fragen wollte. Ist Max Salls Tochter nicht eine Freundin von dir?«

Madeleine nickte überrascht. »Ja, Amber. Seit wir Teenager sind.«

»Dann hab ich doch Recht gehabt. Wie schrecklich für die Familie.«

»Was ist schrecklich?«

»Du hast es nicht gehört?« Dari wirkte ehrlich überrascht.

»Was denn?«, erwiderte Madeleine, sofort beunruhigt.

»Er ist gestorben. Bei einem Flugzeugabsturz vor ein paar Wochen. Die Nachrichten waren voll davon. Hey, wo rennst du denn hin?« Aber Madeleine hastete bereits in ihr Büro. Sie brauchte ein Telefon.

»Amber?«, rief Madeleine erleichtert, als sie sie endlich erreichte. »Mein Gott, Amber, es tut mir Leid. Ich hab's gerade erst erfahren. Warum hast du nicht angerufen?«

»Das habe ich ja. Aber dein Anrufbeantworter war eine Woche lang voll, ich konnte nicht draufsprechen. Ich dachte, du hättest es inzwischen ohnehin erfahren.« Amber war erstaunt, wie erleichtert sie war, von Madeleine zu hören.

»Wie geht's dir? Soll ich kommen?«

»Nein, mir geht's gut. Ehrlich. Theo ist hier. Er hat mir sehr geholfen. Mir geht's wirklich gut.«

»Wer ist Theo? Wo ist Tendé?«

»Theo ist Max' Anwalt, er gehört inzwischen zur Familie. Ich erzähl dir mehr, wenn wir uns sehen. Tendé ist zu Hause. Er kommt an Weihnachten.«

»Und die Hochzeit? Ich hab mich gewundert, dass ich nichts mehr von dir gehört habe. Ich dachte, ihr seid vollkommen beschäftigt. Ach, Amber, es tut mir so furchtbar Leid, dass ich nicht da war.« Sie begann zu weinen.

»Mads, ich erklär dir alles später. Die Hochzeit wurde verschoben, obwohl Francesca darauf drängt, dass sie so bald wie möglich stattfindet.«

»Hör zu, ich wollte ohnehin kommen. Ich fliege am Freitag

nach London. Ich kann nicht glauben, dass das passiert ist und ich nicht für dich da war.«

»Oh Madeleine. Wirklich? Es wäre so schön, dich zu sehen.« Sie wischte sich eine Träne ab. Es war inzwischen ein Monat seit Max' Tod vergangen, aber sie fühlte sich noch immer hilflos und allein gelassen.

»Ich komme. Hast du etwas von Becky gehört?«

»Nein. Wir haben uns seit einer ganzen Weile nicht mehr gesprochen.« Madeleine fühlte sich schrecklich. Da passierte etwas so Furchtbares, und keiner von ihnen wusste Bescheid. Sie legte auf und bereitete sofort alles für ihre Abreise vor.

In Harare legte Becky letzte Hand an ihren Geschäftsplan. Drei Wochen lang hatte sie mit Recherche, Prüfen und Analysieren zugebracht und glaubte schon, der Kopf würde ihr platzen. Sie wollte ihre Eltern um das Geld für die Galerie bitten, und dafür musste sie zuerst ihre Hausaufgaben machen. Bis ins kleinste Detail wollte sie nachweisen, wofür sie die 10 000 Pfund, die sie brauchte, verwenden würden. Ihre Eltern wären natürlich skeptisch. Andererseits, es war keine riesige Summe für die Eröffnung eines Geschäfts. In Simbabwe würde man damit jedoch ziemlich weit kommen. Sie und Godson hatten alles immer wieder durchgerechnet, und sie war überzeugt, dass es funktionieren würde. Sie sah auf ihre Uhr. Es war Viertel nach zehn Uhr am Abend, in London Viertel nach acht, und ihre Eltern wären jetzt beide zu Hause. Sie nahm den Hörer und wählte die Nummer.

»Mum? Ich bin's. Wie geht's dir?«

»Becky? Becky? Oh Gott! Wo bist du denn? Wir waren schon wahnsinnig vor Sorge. Wir haben schon hundert Mal bei Henry angerufen, und der wusste nicht, wo du steckst. Geht's dir gut? Wo bist du denn?« Offensichtlich war ihre Mutter außer sich.

»Mir geht's gut, Mum. Ich hab Henry doch meine neue Nummer gegeben.« Sie runzelte die Stirn. Wie gemein von ihm. »Ich bin nur umgezogen. Ich wohne bei Freunden.«

»Kommst du zurück? Amber hat kürzlich angerufen. Es ist ja so schrecklich, was passiert ist.«

»Was? Was ist passiert?«

»Ach, Liebling, hast du's nicht gehört? Max ist tot. Er ist mit dem Flugzeug abgestürzt. Das gibt's doch nicht, dass du das nicht erfahren hast.«

»Was?« Becky legte die Hand auf den Mund. »Wann?«

»Vor einem Monat ungefähr. Er ist selbst geflogen, irgendwo in Afrika – du weißt doch, dieses Projekt. Ach, es war furchtbar. Die Zeitungen waren voll davon. Kommst du heim?«

»Natürlich. So schnell ich kann.« Becky rechnete schnell. Sie hatte wahrscheinlich gerade noch genug Geld für das Flugticket, weil die Summe aus dem Verkauf des Rings noch so gut wie vollständig vorhanden war. »Ich ruf dich an, wenn ich einen Flug habe. Amber ruf ich jetzt gleich an.« Sie legte auf. Max war tot? Das gab es doch nicht.

Amber öffnete die Haustür. Becky und Madeleine standen auf der Schwelle. Es waren keine Worte nötig. Sie umarmten sich innig. Es war genau, wie es immer gewesen war.

»Du musst es jetzt tun.« Francesca konnte die aufkommende Panik kaum verbergen, als sie Paola ansah. »Bevor irgendwas von diesem Chaos durchsickert.«

»Aber wird ihm das nicht merkwürdig vorkommen?«, fragte Paola zweifelnd.

»Ach was. Du brauchst sofort diesen Ring am Finger. Jetzt ist keine Zeit für Spitzfindigkeiten. Das ist ein Notfall.« Paola nickte unsicher. Natürlich hatte ihre Mutter Recht. Seit sie bei der Testamentseröffnung erfahren hatte, dass sie nur einen monatlichen Unterhalt bekam, mit dem sie sich kaum über Wasser halten konnte, war sie sich der Brisanz ihrer Lage nur allzu bewusst. Früher hatte sie sich über Geld so gut wie keine Gedanken gemacht. Es war einfach da. Und jetzt behauptete Francesca, dass sie die Platin-Karte nicht mehr benutzen könne, die sie seit ihrem sechzehnten Lebensjahr besaß, und sie sich beide ernsthaft überlegen müssten, wie es weiterginge. Aber was sollten sie tun? Francesca hatte seit Jahren nicht mehr gearbeitet, und Paola überhaupt noch nie. »Ich möchte, dass Otto ein Datum festsetzt, und zwar schleunigst. Wenn publik wird, dass von Max' Reichtum nicht mehr viel übrig ist, weiß keiner, was für einen Ehevertrag dich Otto unterschreiben lässt. Nein, ich möchte, dass du die Sache schnell über die Bühne bringst. Sehr schnell, verstanden?«

»Na schön, ich ruf ihn heute Abend an. Bestimmt.« Paola griff nach einer Zigarette. Es war alles zu schrecklich, um es in Worte zu fassen. Zuerst das Testament und jetzt das. Sie spürte einen Kloß im Hals. Sie hatte einfach nicht genügend Zeit gehabt, um ihren Schmerz und ihre Angst zu verarbeiten – und jetzt wurde sie auch noch gedrängt. Es war ja nicht so, dass sie Otto nicht mochte – zumindest glaubte sie das. Aber ihn plötzlich heiraten zu müssen? Sie hatten sich noch nicht einmal richtig geküsst! Plötzlich sah alles ziemlich düster aus. Ganz und gar nicht so, wie sie es sich vorgestellt hatte. Und Max wäre auch nicht dabei. Ihr kamen die Tränen. Wer würde sie zum Altar führen? Es sollte doch der glücklichste und nicht der traurigste Tag ihres Lebens sein.

Francesca ging ins Wohnzimmer und setzte sich. Sie machte sich große Sorgen. Otto war kein Narr – die Zeitungen hatten bereits begonnen über Max' Vermögen zu spekulieren. Sie holte tief Luft und sah sich in dem schönen Raum um. Er hatte ihr eine Wohnung hinterlassen, aber nichts, wovon sie leben konnte. Paola war ihre einzige Hoffnung. Auf Ambers Großzügigkeit konnte sie kaum vertrauen.

Ironie des Schicksals, dachte Amber, als sie zu Angelas Räumen hinaufging. Zwei Töchter kurz vor der Heirat, und keine schien so recht bereit dafür zu sein. Tendé war auf dem Weg zurück nach London. Sie konnte nicht weg, weil es so viel zu tun und zu regeln gab. Er hatte angeboten, eine Woche bei ihr zu verbringen, was sie dankbar angenommen hatte. Paolas Hochzeit war, wie es schien, auf unbestimmte Zeit verschoben. Francesca hatte vor ein paar Tagen angerufen und wie ein Wasserfall auf sie eingeredet. Amber musste sie unterbrechen und hatte zugestimmt, sie in der kommenden Woche zu treffen. Es müsse etwas geschehen, forderte Francesca. Worauf Amber nicht eingegangen war. Sie wusste genau, worum es bei dem Treffen gehen würde: um Geld. Darum ging es bei jedem Treffen in den vergangenen zwei Wochen. Sie klopfte an.

»Hallo, Liebling.« Angela öffnete die Tür. Amber sah sich erstaunt um. Überall standen Koffer herum.

»Fährst du weg?«, fragte sie.

»Ja, Liebling. Ich fürchte schon. Ich fahre zu Tante Mary Ann.« Amber sah sie verständnislos an. »Meine Schwester. Du erinnerst dich doch an sie. Sie lebt in Kalifornien. Sie hat uns früher immer besucht, als du noch klein warst.« Amber schüttelte den Kopf und schluckte.

»Ist das denn unbedingt nötig?« Beunruhigt stellte sie fest, dass ihr die Tränen kamen. Angela faltete eine Seidenhose zusammen und sah sie an.

»Ach, Liebling, wein doch nicht.« Ihre Mutter legte den Arm um sie, und zu ihrem Entsetzen begann Amber zu schluchzen. »Hier.« Angela griff nach einer Packung Taschentücher. »Komm, wir wollen in den Salon gehen, und ich lass uns von Daphne Tee bringen.« Sie ging voraus.

Angela verzog das Gesicht, sobald Daphne hinausgegangen war. »Hast du gesehen? Hässlich wie die Nacht.«

Amber lächelte unter Tränen. »Hast du Bescheid gewusst?«, fragte sie vorsichtig.

Angela schenkte Tee ein. »Natürlich wusste ich Bescheid. Und lange davor gab es andere. Obwohl ich nicht glaube, dass er mit ihnen Kinder hatte.«

»Aber wie konntest du dich damit abfinden?«, fragte Amber ungläubig.

»Ich habe ihn geliebt«, antwortete sie ruhig. »Ich behaupte nicht, dass es nicht wehgetan hat. Nach Francesca glaubte ich, sterben zu müssen. Vor Schmerz. Es stand in allen Zeitungen. Ich hab mich ständig gefragt, was meine Eltern dazu sagen würden. Sie hassten ihn, weißt du.« Amber schüttelte den Kopf und versuchte, sich vorzustellen, was sie tun würde, wenn Tendé … Aber es gelang ihr nicht. »Ein oder zwei Mal dachte ich daran, ihn zu verlassen. Aber dann – ich weiß nicht. Wahrscheinlich lernt man, damit zu leben.«

»Aber ich verstehe immer noch nicht, warum«, sagte Amber. »Ich meine, was ist zwischen euch passiert? Ist alles …?«

»Einfach verpufft? Nein, das würde ich nicht sagen.« Angela biss in einen Keks. »Max war ein sehr komplexer Mann. Ich glaube nicht, dass er sich je mit nur einer Frau begnügt hätte. Und er wollte Kinder. Viele Kinder. Nachdem ich von der Sache mit Francesca erfahren hatte, ließ ich mich sterilisieren. Ich konnte den Gedanken nicht ertragen, ihm noch weitere Kinder zu schenken. Es war eine dumme und impulsive Entscheidung. Max hasste mich dafür.« Sie trank einen Schluck Tee. Amber saß ihr wie gelähmt gegenüber. »Und dann konnte Francesca auch keine mehr bekommen. Warum, weiß ich nicht genau. Aber es verletzte Max. Sehr sogar. Er wollte sich für all die Liebe entschädigen, die ihm entgangen war. Er war ziemlich einsam, weißt du.«

»Onkel Theo hat es mir erzählt. Warum hat er nie etwas gesagt? Warum müssen wir das von Fremden erfahren?«, fragte Amber verbittert.

»Ich bin ja wohl kaum eine Fremde«, erwiderte Angela scharf. Dann seufzte sie. »Hör zu, ich weiß, ich war eigentlich nie wirklich *da.* Es ist zu spät, um das wieder gutzumachen, und ich versuche es auch gar nicht.« Als Amber zu einer Erwiderung ansetzte, schüttelte sie den Kopf. »Lass mich aussprechen. Es war sehr schwierig, mit Max zusammenzuleben, aber es war mir unmöglich, ohne ihn zu leben. Ich habe mich entschlossen, bei ihm zu bleiben. Und ich weiß, was ich dir und Kieran damit angetan habe. Aber du bist stark, Amber, viel stärker als Kieran. Du bist wie dein Vater. Und deswegen hat er so entschieden. Ich gebe ihm keine Schuld. Ich hab mehr, als ich für den Rest meines Lebens brauche. Ich war nicht so dämlich, wie es den Anschein hatte, weißt du. Kieran kann weiter hier wohnen – ich weiß, dass du dich um ihn kümmern wirst. Was mich angeht: Ich will etwas anderes. Ich brauche eine Veränderung. Mary Ann hat ein großes Haus, ihre Kinder sind inzwischen alle erwachsen, und wir freuen uns, Zeit miteinander zu verbringen. Ich weiß nicht, wann ich zurückkomme, aber ich werde schreiben und das musst du auch.« Amber nickte, unfähig zu sprechen. »Und du musst mir deinen zukünftigen Mann vorstellen«, sagte Angela und wischte sich im Aufstehen die Krümel vom Rock. »Max hat ihn sehr gemocht, weißt du.«

»Ich weiß«, flüsterte Amber.

88

»Er ist absolut hinreißend.« Becky sah Amber über den Tisch an. Amber wurde rot. Madeleine nickte begeistert. Alle drei sahen Tendé nach, wie er zur Toilette ging.

»Er ist einfach *umwerfend.* Wo um alles in der Welt hast du den aufgegabelt?«

»Das hat Max getan.« Amber lächelte. Es war April. Max war seit fünf Monaten tot, und erst jetzt hatte sie das Gefühl, allmählich mit ihrer Trauer fertig zu werden. Es war ihr Geburtstag. Becky und Madeleine waren nach London gekommen, und Tendé hatte sie mit seinem Kommen überrascht. Er hatte sie alle zum Dinner ausgeführt, wohl wissend, dass dies vermutlich das erste Mal war, dass es für Amber nach Max' Tod etwas zu feiern gab.

»Also, wann ist die Hochzeit?« Beide Freundinnen sahen Amber erwartungsvoll an. Sie reagierte ein wenig verlegen.

»Bald. Wir haben noch kein Datum festgelegt. Vielleicht im Juli. Dann ist es kühler in Bamako. Ihr kommt doch beide?« Sie nickten.

»Als ließen wir uns davon abhalten. Was ist mit Angela? Und mit Francesca und Paola?«

»Ich weiß nicht. Angela ist in Kalifornien. Es gefällt ihr dort, sie will gar nicht mehr zurück. Und Francesca – nun, wir haben uns gesprochen, als sie das letzte Mal hier war. Ich weiß nicht.«

»Er kommt zurück«, sagte Becky. »Ehrlich, Amber, du hast großes Glück. Er ist wirklich toll.« Amber lächelte verhalten. Sie wandte sich um, als er sich neben sie setzte. Es war das erste Mal, dass er ihre Freundinnen traf, und sie hatte gefürchtet, sie könnten ihn für zu ernst und steif halten. Aber sie hätte sich keine Sorgen zu machen brauchen. Beide fraßen ihm aus der Hand.

»Ladys.« Er lächelte breit in die Runde. »Ich habe eine Idee.«

Erwartungsvoll beugten sie sich vor. »Ihr seht alle ziemlich erschöpft aus – wenn auch nicht schlecht natürlich«, fügte er hastig hinzu, als Amber die Stirn runzelte, »eher so, als würdet ihr alle einen kleinen Urlaub brauchen. Warum fahren wir nicht alle zusammen eine Woche in die *Casa Bella?* Nur wir vier. Legen uns ein bisschen in die Sonne, machen Rundfahrten über die Insel, vergnügen uns ein wenig. Was haltet ihr davon?« Sie sahen sich überrascht an.

»Nun, ich denke, ich könnte«, antwortete Madeleine zögernd. »Ich muss erst nächste Woche wieder in New York sein und könnte mir noch ein paar Tage freinehmen. Und du?«, fragte sie an Becky gewandt.

»Ich frag das nicht gern, aber ist es teuer, dahin zu kommen?« Ihr winziges Budget war schon fast aufgebraucht.

»Ich lade euch ein«, antwortete Tendé mit erhobenem Finger. »Macht euch wegen des Geldes keine Sorgen.«

»Musst du nicht nach Bamako zurück?« Amber war überrascht.

»Erst in ein paar Wochen. Ich kann mir freinehmen. Du brauchst es. Du siehst vollkommen fertig aus. Aber natürlich nicht schlecht.« Er lachte sie an.

»Also schön. Das wäre herrlich. Fantastisch, besser gesagt. Kommt ihr mit?« Sie nickten mit glänzenden Augen. Eine Woche Urlaub in der Sonne war genau das, was sie alle brauchten.

Es war das erste Mal, dass Amber nach Max' Trauerfeier wieder in der *Casa Bella* war. Auf der Insel war schon Frühling, und sie hatte ganz vergessen, wie wundervoll es dort sein konnte – wie die Sonne den Duft der Früchte und der Blumen intensivierte, und wie leuchtend und lebendig alles wirkte.

»Amber Sall«, sagte Becky, als sie auf den Mietwagen warteten, »früher hast du mir immer Leid getan, weil du in den Ferien hierher kommen musstest.«

»Wow«, war das Einzige, was Madeleine herausbrachte. Auf der Straße hinter dem Flughafen standen die Kirschbäume in voller Blüte und vor dem strahlend blauen Himmel schwebten vereinzelt ein paar weiße Wölkchen.

»Ist der für uns?« Becky war begeistert, als ein silbernes BMW-Cabrio vor den Flughafeneingang gebracht wurde. Tendé nickte. Sie verstauten ihr Gepäck im Kofferraum und stiegen ein.

Tendé reihte sich in den Verkehr ein, und sie fuhren aus der Stadt hinaus die hohen Hügel hinauf. Die dunklen Zypressen wiegten sich im Wind, sie rochen den Duft von Aprikosen, Birnen, Lavendel und Mimosen – und alles schien sich mit dem Licht zu vermischen, das durch die frischen Blätter an den Olivenbäumen fiel. Es war Frühling, alles strotzte vor Leben.

Andréa und Lourdes empfingen sie in der Villa. Becky und Madeleine bekamen nebeneinander liegende Zimmer, und Amber blieb einen Moment vor Max' Zimmer stehen. Sollte sie?

»Lass uns das am Ende des Gangs nehmen.« Tendé ging mit ihrem Gepäck voran. Sie nickte und folgte ihm, froh, dass ihr die Entscheidung abgenommen wurde.

»Geht's dir gut?«, fragte er, als er die Tür schloss.

»Ja. Es ist schön, wieder hier zu sein – auf diese Weise.«

»Hier hab ich dich zum ersten Mal gesehen.« Er zog sie an sich.

»Ja, aber damals hattest du nur Augen für Paola.«

»Stimmt nicht.« Er beugte sich hinunter und küsste sie.

»Stimmt doch.« Sein Mund war warm und köstlich. »Was ist mit den anderen?«, fragte sie, als er sie zum Bett zog.

»Denen geht's gut. Wir treffen uns in einer Stunde im Patio auf einen Drink. Es ist alles geregelt.«

»Gibt's irgendwas, was du nicht im Voraus geplant hast?« Amber lachte und wehrte sich spielerisch.

»Nein.« Er fuhr mit der Hand unter ihr Hemd. »Ich hasse es, die Dinge dem Zufall zu überlassen. Das weißt du.«

Es war eine Weile her, dass sie sich auf diese Weise geliebt hatten – zärtlich, entspannt und ohne Zeitnot. Sie fühlte sich befriedigt und plötzlich – endlich – im Frieden mit sich.

»Amber sagte, du sprichst Russisch.« Während sich Amber und Becky im Pool treiben ließen, saß Madeleine neben Tendé im Liegestuhl. Sie trank Limonade und sah zu, wie sich die anderen von der Sonne verbrennen ließen.

»Ja, ich habe an der Universität in Moskau studiert. Aber das ist eine Weile her, und ich spreche nicht mehr ganz fließend.«

Madeleine sah beeindruckt auf. »Ich hab es auch gelernt, in der Schule. Aber das ist noch viel länger her.«

»Möchtest du noch was trinken?«, fragte er auf Russisch.

Madeleine lachte. »Ja, bitte.«

»Na also, du kannst es doch noch.«

»Was hast du studiert?«

»Volkswirtschaft. Meinen ersten Abschluss hab ich in Frankreich gemacht. Damals, vor fünfzehn Jahren, hatten wir in Mali eine sozialistische Regierung, und einige von uns wurden mit Stipendien ins Ausland geschickt.«

»Hat es dir in Russland gefallen?«

Tendé zuckte die Achseln. »Das Wetter war schrecklich, und die Sprache schwer. Ich brauchte ein Jahr, um die Sprachprüfung zu bestehen. Erst dann konnte ich mit dem Studium anfangen. In gewisser Weise war das ganz gut, weil ich dadurch mehr vom Leben der Durchschnittsbevölkerung mitbekam. An der Sprachenschule gab es alle möglichen Leute.« Er trank einen Schluck Limonade. »Und du? Amber sagte mir, deine Eltern sind Ungarn.«

»Ja, sie kamen nach England, als ich elf war.«

»Dann hast du dich auch mit der Sprache abmühen müssen?«

»Ja, aber in dem Alter lernt man wahrscheinlich leichter. Die Schule selbst war schwieriger. Wir waren sehr arm – das war schwerwiegender als die Tatsache, dass ich nicht so gut Englisch sprechen konnte.«

Tendé nickte. »Es ist nicht leicht, Ausländer zu sein. Kinder können sehr grausam sein.«

»Wie war es in Russland als Schwarzer?«

»Genauso wie überall außerhalb von Afrika, schätze ich. Obwohl Russland eine gewisse Ausnahme war. Die einzigen Schwarzen dort waren Afrikaner, hauptsächlich Studenten. Die ersten Russen, die ich traf, hatten noch nie einen Schwarzen gesehen und waren zu unwissend, um wirklich Rassisten zu sein, wenn du verstehst, was ich meine.«

»Nein. Ich dachte, es sei gerade umgekehrt. Rassismus *sei* Unwissenheit. Oder nicht?«

»Nicht ganz. Man muss etwas über die andere Person wissen, oder zumindest glauben, etwas zu wissen. Schwarze tun das, sind so … Die üblichen Klischees eben. Aber Leute, die keine Meinungen und keine Erfahrungen haben, tendieren eher zu Neugier als zu Hass.«

»Es muss seltsam für dich sein, zwischen so vielen verschiedenen Welten zu pendeln.«

»Nein, eigentlich nicht. Als wir noch klein waren, unterrichtete mein Vater an der Universität von Bordeaux. Wir lebten vier Jahre dort, und die Sommerferien verbrachten wir bei meinen Großeltern in Bamako. Ich war fünf, als wir das erste Mal ins Ausland gingen, und ich erinnere mich noch heute daran, wie verschieden sich in beiden Ländern die Menschen innerhalb einer Menge verhielten. In Frankreich halten die Leute Abstand voneinander, bei uns zu Hause wird gedrängelt und im Alltag berührt man sich ständig. Einmal hab ich ein Kind auf einem Spielplatz berührt. Nur am Arm. Seine Mutter hat mich geohrfeigt und ihren Sohn weggezerrt. Wahrscheinlich hatte sie Angst, er könnte sich irgendwas von mir einfangen. Daran erinnere ich mich noch sehr gut.«

»Ach, das hört sich ja schrecklich an. Aber Bamako muss erstaunlich sein. Ich war noch nie in Afrika.«

»Nein. Keineswegs erstaunlich. Es ist wie überall auch. Aber ich weiß, was du meinst. Amber gefällt es, glaube ich. Sie wird dort zurechtkommen. Wenn du zur Hochzeit kommst, kannst du dir ja selbst ein Bild machen.«

»Ich kann's gar nicht erwarten.«

»Ich auch nicht. Es war ein scheußliches Jahr.«

»Aber mit dem Projekt und deiner Arbeit läuft alles gut?«

»Nun, es geht voran. Es braucht Zeit, das ist alles. In Afrika geht nichts über Nacht. Oder auch in vier Jahren.« Er lachte und trank sein Glas aus. »Wir kommen ans Ziel. Das ist die Hauptsache. Wenn das Salzprojekt abgeschlossen ist, habe ich Zeit über andere Dinge nachzudenken. Und du?« Madeleine lachte. Es gefiel ihr, wie er immer wieder auf sie zurückkam. Er war ganz anders als die Afrikaner, die sie bei der UN kennen gelernt hatte und die nichts mehr liebten, als sich selbst reden zu hören.

»Oh, ich weiß nicht. Nach Bosnien komme ich mir unglaublich privilegiert vor, irgendwo arbeiten zu können, wo man sicher ist. Wo man abends aus dem Büro hinausspaziert und sich morgens auf dem Hinweg einen Kaffee kaufen kann. Die Arbeit selbst ist interessant. Obwohl ich nie gedacht hätte, dass ich einmal am Schreibtisch enden würde. Ich bin eigentlich Ärztin – aber es ist dann doch anders gekommen, als ich gedacht hatte.«

»Aber du bist zufrieden?« Es war eine sehr direkte Frage, und Madeleine wusste nicht genau, was sie antworten sollte.

»Ich glaube schon, ja.« Sie sah auf ihr leeres Glas. »Eigentlich weiß ich es nicht.« Sie lachte verlegen auf. »Aber was soll's? Es ist ein herrlicher Tag, wir sind auf Menorca – es ist nicht der Zeitpunkt, um über solche Dinge zu reden.«

»Ach, manchmal ist das gerade der beste Zeitpunkt«, erwiderte Tendé lächelnd. »Aber du hast Recht. Es ist tatsächlich ein schöner Tag.« Er stand auf, zog sein T-Shirt aus und sprang ins Wasser. Sie beobachtete, wie er auf Amber zuschwamm. Sie hatte solches Glück. Männer wie ihn traf man selten. Sie stand auf, zog ihr Sonnenkleid aus und registrierte ihre erschreckend dünnen, bleichen Beine. Dann folgte sie Tendé in den Pool.

Die vier erlebten eine herrliche Zeit. Schon am Ende des zweiten Tages waren sie ein eingespieltes Team. Tendé belegte Amber nicht mit Beschlag, sondern beschäftigte sich mit Büchern aus Max' Arbeitszimmer, ging am Nachmittag stundenlang allein an den Strand und schwamm. Es war noch zu früh im Jahr für Tagesausflügler, und meistens hatten sie den Strand für sich allein. Er und Madeleine führten lange Gespräche und genossen die Gesellschaft des anderen. Seine unbeschwerte Selbstsicherheit und Großzügigkeit erinnere sie ein bisschen an Péter, sagte sie. Sie erinnere ihn an seine älteste Schwester, fand er. An ihre Sturheit – sie sei auch die einzige Person, vor der er sich fürchte. Sie lachten.

So hatten Amber und Becky auch Zeit für sich und begannen langsam, den Bruch in ihrer Freundschaft zu kitten. Anfangs sprach keine von ihnen von Henry. Doch abends bei einer Flasche Wein am Kaminfeuer begann Becky allmählich von ihm und den seltsamen Umständen ihres Lebens in Simbabwe zu erzählen.

»Es ist, als wären diese Leute in der Vergangenheit stehen geblieben«, erklärte sie den dreien. Amber hatte den Kopf in Tendés Schoß gelegt, während er las und sich nur ab und zu an der Unterhaltung beteiligte. »Sie möchten unbedingt Engländer oder Amerikaner sein, aber die Art, wie sie leben, wäre hier niemals möglich. In London, meine ich.«

»Leute, die ihre Heimat aufgeben mussten, sind überall gleich«, warf Madeleine ein, die ausgestreckt auf dem Sofa lag. »In Belgrad waren sie genauso.«

»Ja, aber ich kann die Art, wie sie mit den Simbabwern sprechen, nicht ausstehen.«

»Mit Schwarzen, meinst du«, sagte Tendé trocken. Becky wurde rot.

»Na schön. Ja. Mit ihnen.«

»Ist Henry auch so?«, fragte Amber nach einer Weile. »Er schien doch ganz das Gegenteil zu sein. Früher hat er sich immer aufgeregt, wie schrecklich die ehemalige Oberschicht war.«

»Oh, Henry möchte anders sein. Er strengt sich an, aber es gelingt ihm nicht richtig.«

»Ist das dein Ex?« Tendé blickte fragend auf sie herab.

Amber grinste. »Ja. Und Beckys.« Sie streckte den Fuß aus und stupste Becky leicht am Schienbein an. Becky wurde wieder leicht verlegen.

»Wo ist er jetzt?«

»Immer noch dort. Auf der Farm. Ich glaube nicht, dass er je weggehen wird – meiner Ansicht nach hat er Angst davor. Dort zumindest hat sich seit seiner Kindheit kaum etwas verändert. So war Simbabwe wahrscheinlich vor zwanzig Jahren. Wenn er nach Harare gehen und ein paar der Leute kennen lernen würde, die ich kenne, wäre er sicher total überrascht.«

»Warum bleibst du dort?«, fragte Tendé.

Becky zierte sich ein bisschen. »Nun, ich arbeite an etwas. Es ist alles erst am Anfang. Wir renovieren gerade Räume.« Sie drehte sich auf den Bauch und lächelte. Von ihren Plänen hatte sie noch nichts verraten. Warum eigentlich nicht? Sie begann zu erzählen.

»Das hört sich großartig an«, sagte Madeleine, als Becky geendet hatte. »Wirklich unglaublich, dass du dich das traust. Es ist wahnsinnig mutig von dir.«

»Es ist eine *tolle* Idee.« Tendé sah Becky plötzlich voller Respekt an. »Wirklich. Wenn dieser Godson tatsächlich so gut ist, wie du sagst, könnte wirklich was daraus werden.«

»Er ist hervorragend. Und es gibt eine ganze Menge wie ihn. Auch einige Frauen, allerdings eher im Kunsthandwerk, weniger in der Malerei. Aber das werde ich im Lauf der Zeit ändern, schätze ich.«

»Und sie arbeiten vermutlich auch mit anderen Materialien«, fügte Tendé hinzu. »Malen nicht nur traditionelle Öl- und Aquarellbilder.«

Becky nickte begeistert. »Ja, ihr solltet einige der Bildhauer sehen – sie arbeiten mit allem, was ihnen in die Finger kommt: Telefondrähte, alte Fahrradteile, Plastik, alles. Wenn die Galerie fertig ist, müsst ihr unbedingt kommen und es euch selbst ansehen. Es wird fantastisch.«

»Ich möchte auch nach Afrika«, beklagte sich Madeleine. »Ihr scheint alle so viel Spaß zu haben!« Die drei lachten.

»Es ist ein ziemlich großes Land.« Tendé schüttelte den Kopf. »Du könntest leicht an irgendeinem Ort landen, wo es noch schlimmer ist als in Sarajewo.«

»Ich komme und wohne bei dir, Becky«, sagte sie verträumt. »Und mache im Garten eine Klinik auf.« Sie lachte. »Mein Gott, wenn eine von meinen Kolleginnen hier wäre. Ihr könnt euch nicht vorstellen, wie ernst es bei meiner Arbeit zugeht.« Sie zog ein Kissen an sich und seufzte. »Ihr habt keine Ahnung, wie gut das hier getan hat.«

»Immer noch tut«, murmelte Amber. »Es ist erst Mitternacht.« Das Feuer knisterte und warf einen rötlichen Schein auf die vier. Als sie endlich widerstrebend ins Bett gingen, dämmerte schon fast der Morgen.

89

Paola war mit den Nerven am Ende. Es war schon Mai, und sie hatten noch immer kein Datum festgelegt. Und was alles noch schlimmer machte, war, dass Amber verkündet hatte, *sie* werde heiraten, und die Hochzeit werde in dem verdammten Bam – oder wo immer sie lebte – stattfinden. Sie flehte Francesca an, nicht hinfahren zu müssen, aber ihre Mutter blieb eisern. Das hatte offensichtlich mit einem Gespräch zu tun, das sie vor einiger Zeit mit Amber geführt hatte, sowie der Neuigkeit, dass sie und Francesca nicht vollständig vom Erbe ausgeschlossen wurden, obwohl Francesca über die Summe, mit der sie nach Ambers Ansicht auskommen sollten, keineswegs glücklich war.

»Was?«, hatte sie geschrien, als ihr Amber diskret ein Blatt Papier über Max' ehemaligen Schreibtisch zuschob.

»Das ist absolut angemessen, Francesca«, erwiderte Amber und wappnete sich gegen den vorhersehbaren theatralischen Ausbruch.

»Das kannst du doch nicht ernst meinen. *Damit?*«

»Das ist ungefähr das Zehnfache eines Durchschnittseinkommens, Francesca. Und es gibt ein Treuhandvermögen für die Kinder, die Paola möglicherweise bekommt. Es ist mehr als angemessen. Ich habe alles mit Theo durchgesprochen.«

»Angemessen? Für wen? Ich bin doch keine *Fischhändlerin!*« Francesca hielt inne, weil ihr plötzlich das Prekäre ihrer Lage bewusst wurde. Sie schluckte. »Es ist ein *bisschen* weniger, als ich gehofft habe«, sagte sie steif und faltete das Papier zusammen, das Amber ihr gegeben hatte. »Aber es ist unter den gegebenen Umständen sehr freundlich von dir.« Für mehr fehlten ihr die Worte. Sie nahm ihre Tasche und ging hinaus. Amber weinte fast vor Erleichterung.

Paola jedoch fand es schwierig, sich auf die ständigen Klagen ihrer Mutter einzulassen. Sie machte sich Sorgen, weil Amber sie schon wieder ausstach. Otto würde in einigen Tagen nach Rom kommen, und dann würde sie nicht lockerlassen, bis ein Hochzeitstermin feststand. Ein Termin und ein Ring, das war alles, was sie wollte. Mein Gott, dachte sie, als sie sich im Spiegel ansah, sie wurde schon genauso schlimm wie Francesca.

Otto wusste genau, was los war. Er war kein Dummkopf. Er hatte gesehen, wie Francesca ihre Tochter einsetzte, und wusste, dass nichts sie davon abbringen konnte, Paola mit dem Meistbietenden zu verheiraten. Er hatte keine Ahnung, wie viele Männer sonst noch im Rennen waren, aber seine Quellen hatten ihm verraten, dass die junge Dame ein ziemliches Früchtchen sei und dass es in ihrer Vergangenheit einige »Vorfälle« gegeben habe, die mit einem gewissen Maß an Diskretion behandelt werden mussten. Er lauschte dem Bericht, um den er seinen Privatsekretär gebeten hatte, und beschloss, noch ein wenig zu warten. Obwohl sie ein bisschen flatterhaft zu sein schien, war sie ungewöhnlich hübsch und hatte die richtigen Verbindungen, um seine Unternehmen in Afrika und sonst wo auf der Welt noch attraktiver und profitabler zu machen. Außerdem war sie Max Salls Tochter. Doch als Max starb, wurde sehr schnell deutlich, dass sie die *uneheliche* Tochter war, und dass die andere, die schlaue, das Vermögen bekam. Gerüchte besagten, dass das Mädchen und ihre Mutter in dem Testament überhaupt nicht bedacht worden waren. Kein Wunder, dass Francesca zu drängen begann. Und jetzt drängte auch Paola. Was auf ihn den gegenteiligen Effekt hatte. Er war sich einfach nicht sicher. War es geschäftlich vorteilhaft? Er wusste es nicht. Und wenn etwas Otto von Kiepenhauer auszeichnete, dann, dass er nie etwas tat, was ihm geschäftlich keinen Vorteil versprach. Die andere Schwester heiratete, und er spürte die schwesterliche Rivalität. Obwohl er nicht fassen konnte, dass sie einen *Neger* heiraten wollte. Die Vorstellung fand er abstoßend. Es machte ihm nichts aus, mit Afrikanern Geschäfte zu machen, und wenn es sich um eine sehr hübsche Frau handelte, ging er auch mal mit einer Schwarzen ins Bett – aber sie zu heiraten? Diese Tochter brachte Schande über die ganze Familie. Ein weiterer Grund, mit Vorsicht vorzugehen.

»Wer ist ihr Brautführer?« Mandia runzelte die Stirn.

»Ihr Bruder?« Tendé zuckte die Achseln. Die Einzelheiten seiner bevorstehenden Hochzeit gehörten nicht zu seinen dringlichsten Problemen. Sie saßen in der Küche seines Elternhauses, Mandia kochte, und Tendé versuchte Zeitung zu lesen.

»Tendé! Es ist deine *Hochzeit.* Du könntest schon etwas mehr Interesse aufbringen.« Seine Mutter klang ärgerlich.

»*Maman,* du hast sechsunddreißig Jahre lang auf diesen Moment gewartet. Genieß ihn. Ich überlasse alles dir, weil ich weiß, dass du das möchtest.«

»Wer kommt eigentlich von ihrer Seite? Ich bitte dich jetzt schon seit einem Monat um eine Gästeliste.«

»Also gut. Ich frag sie. Sie kommt nächste Woche.«

»Und außerdem kann ihr Bruder nicht Brautführer sein.« Mandia wandte sich wieder dem Herd zu.

»Warum nicht?«

»Weil er kein Moslem ist.«

»Und?« Tendé klang verwirrt.

»Tendé«, sagte Mandia warnend. »Wir müssen diese Dinge jetzt klären.«

»Na schön. Dann macht es eben Papa.«

»Bringt das nicht Unglück?«

»*Maman!* Wirst du jetzt aufhören, dir Sorgen zu machen? Alles wird gut. Man hat uns erlaubt, ohne die üblichen religiösen Zeremonien zu heiraten – das weißt du so gut wie ich. Papa macht den Brautführer und damit hat sich's.« Er sprang auf, küsste sie auf die Wange und verschwand, bevor sie noch etwas einwenden konnte.

In London hatte Amber die letzte Anprobe für ihr Kleid. Monatelang hatte sie sich überlegt, was sie tragen sollte, und sich schließlich für die standesamtliche Trauung für ein schlichtes weißes Seidenkleid und ein traditionelles weißes Gewand für die Zeremonie in der Moschee entschieden. Gott sei Dank musste sie das Gesicht nicht verhüllen, dachte sie, als sie sich langsam vor dem Spiegel drehte. Der Islam, wie er in Mali praktiziert wurde, war hinsichtlich der Vorschriften für Frauen und ihrer Kleidung sehr liberal. Keine von Tendés Schwestern trug je einen Schleier.

Die Schneiderin steckte die letzten Nadeln fest, und Amber ging ins Badezimmer, um vorsichtig das Kleid auszuziehen. Morgen wäre es fertig. Sie nahm ihre Tasche und ging die Treppe hinunter.

Draußen war es düster. Große, bedrohlich wirkende Wolken hatten den ganzen Tag am Horizont gehangen und Regen versprochen. Schnell lief sie die Upper Street zum Canonbury Square hinunter. Es gab noch immer eine Menge zu tun, bevor sie am Mittwoch abflog. Etwa die Gästeliste fertig zu stellen, wie sie versprochen hatte.

90

Es war wieder Winter in Harare, obwohl man sich über das Wetter nicht beklagen konnte. Becky ging die Takawira Street in Richtung Albion Road hinunter. Der Winter auf der südlichen Halbkugel war eine herrliche Zeit – klarer Himmel, helles Licht, frische Nächte. Es war die Jahreszeit, die sie am liebsten mochte. Dieses Jahr war wirklich gut für sie gelaufen. Seit mehr als zwei Monaten war sie von dem einwöchigen Urlaub auf Menorca zurück, und in ein paar Tagen würde sie zuerst nach London und dann nach Bamako zu Ambers Hochzeit fliegen. Sie kam sich vor wie ein Mitglied des Jetset. Und wenn sie nach einer Woche in London wieder nach Harare kam, würden Godson und sie sofort mit der Arbeit am »Deluxe« beginnen. Der Name war Godsons Idee gewesen, inspiriert von den Taxifahrern, die hinten auf ihre verbeulten Autos gern »Deluxe« schrieben. Es hatte ihr sofort gefallen. *Deluxe bei Aldridge Marimba.* Ihr Vater hatte sie von Anfang an unterstützt. Ihre Mutter hatte wie erwartet ein wenig ängstlich reagiert, weil Becky so weit entfernt von ihnen ein neues Leben anfangen wollte, aber schließlich war auch sie überzeugt. Sie habe viel mehr Möglichkeiten dort unten, erklärte sie ihnen. Wenn sie in London bliebe, müsste sie dreißig Jahre warten, bis sie selbst etwas aufziehen könnte. Danach verließ sie London mit dem Versprechen auf das Geld, das sie brauchte, und der Ankündigung eines baldigen Besuchs ihrer Eltern – hervorragende Bedingungen, auf die sie sich gern einließ.

»Ich finde, du bist schrecklich mutig«, sagte Nadège am folgenden Abend. Sie saßen am Pool und rauchten.

»Wieso denn?« Becky war aufrichtig erstaunt.

»Nun, zum einen, weil du was Eigenes aufbaust. Und weil du es mit einem *Afrikaner* machst. Seid ihr?« Sie warf Becky einen bedeutungsvollen Blick zu, worauf Becky heftig errötete.

»Nein, natürlich nicht. Er ist verheiratet.«

»Ach, Becky, lass dich doch von solchen Kleinigkeiten nicht abhalten.« Nadège lachte. »Er ist doch ganz attraktiv, von den Haaren mal abgesehen.«

»Mein Gott, Nadège. Wir sind Geschäftspartner, das ist alles.«

Nadège zog die Augenbrauen hoch. »Ach, meine Liebe, du hast ja keine Ahnung.« Sie beugte sich verschwörerisch nach vorn. »Wenn ich dir erzählen würde, wie viele Frauen hier es mit ihrem Personal treiben, wärst du schockiert.«

»Ja, das wäre ich.« Becky hasste solche Gespräche. »Ich möchte es lieber nicht wissen. Godson ist mein Geschäftspartner. Und wenn etwas zwischen uns wäre, würde ich es dir wohl kaum auf die Nase binden, oder?« Es klang schroffer, als sie eigentlich wollte. Schließlich war sie Nadèges Hausgast.

»Na schön. Aber ich hab das alles schon erlebt.« Nadège zündete sich eine Zigarette an und zuckte die Achseln. »Viele Leute kommen genau wie du mit den besten Absichten hierher. Aber warte nur – ich geb dir ein Jahr.«

»Nadège, *bitte.* Können wir nicht einfach den Abend genießen? Warum bist du nur so verdammt zynisch? Ihr habt doch das schönste Leben. Sieh dich bloß um: Pools, Dienerschaft, Tennisplätze. Du musst nicht arbeiten. Es ist das reinste Paradies.«

»Ach, komm mir nicht damit, Becky. Es ist die Hölle. Und das weißt du auch.« Nadège drückte ihre Zigarette aus. Sie stand auf und schlang die Arme um sich. Zu Beckys Überraschung klang ihre Stimme belegt. »Keine von uns Frauen will hier sein. Ständig beobachten wir unsere Männer. Wenn sie nicht mit den anderen Ehefrauen ins Bett gehen, dann mit den Dienstmädchen, den Prostituierten oder den Flittchen in den Bars. Ich kann dir gar nicht sagen, wie viele …« Plötzlich brach sie ab. »Du musst mich für schrecklich undankbar halten, aber ich hasse es hier. Ich sitze in der Falle.«

Becky starrte sie mit offenem Mund an. Es war das erste Mal, dass Nadège ein Unbehagen äußerte. »Warum gehst du nicht weg? Du bist doch Engländerin, oder? Du könntest doch einfach nach Hause zurückgehen.«

»Womit? Ich hab zwei Kinder, Becky. Sie sind gern hier. Gid würde nie in eine Scheidung einwilligen. Oder mir die Kinder lassen. Und wovon sollte ich leben?«

»Such dir einen Job. Hast du nicht gearbeitet, bevor du hierher gekommen bist?«

Nadège lachte bitter auf. »Ich war Gids Sekretärin. Er arbeitete damals in der Londoner Zweigstelle. Ich kann noch nicht mal tippen. Das hat er an meinem zweiten Arbeitstag rausgefunden und mich auf einen Drink eingeladen. Und jetzt bin ich hier.«

»Gid liebt dich, Nadège, da bin ich mir ganz sicher.« Etwas anderes fiel Becky nicht ein.

Nadège stieß erneut ein exaltiertes Lachen aus. »Natürlich tut er das. Er braucht jemanden wie mich. Es macht ihm Spaß, mich seinen Freunden vorzuführen. Ich bin Irin, und sie können an meinem Akzent nicht ablesen, welchen Platz ich in der Hackordnung einnehme. Ich bin nicht aus gutem Hause, im Gegensatz zu einigen von ihnen – oder dir, Becky –, aber das wissen sie nicht. Und ich sehe besser aus als die meisten. Das gefällt ihm.«

Becky hörte ihr fasziniert und betroffen zu. Sie kannte Nadège jetzt seit einem Jahr, und nie hatte sie auch nur angedeutet, dass sich unter der glänzenden Oberfläche so viel Schmerz und Bitterkeit verbargen.

»Ich heiße noch nicht einmal Nadège«, fuhr sie plötzlich fort. »Sondern Noreen. Noreen O'Connor. In meinem Dorf war eine französische Austauschstudentin, als ich ein Kind war. Nadège Gallimard. Gott, war sie hübsch.« Sie drehte sich wieder zu Becky um. In dem trüben Licht wirkte sie plötzlich alt. »Deshalb beneide ich dich, Becky. Du hast etwas Eigenes, unabhängig von diesem Mist hier. Weißt du, warum alle Männer hier mit Engländerinnen verheiratet sind?« Becky nickte. »Weil alle weißen Mädchen, die etwas Verstand hatten und einigermaßen hübsch waren, schon vor Jahren weggegangen sind. Auch die Männer gingen fort, wie Gid, aber sie schafften es drüben nicht. Sie kamen einfach nicht damit zurecht, *wie alle anderen zu sein.* Also sind sie zurückgekommen – mit einer Schar von Idiotinnen wie mir im Schlepptau.« Sie leerte ihren Gin Tonic. »Tut mir Leid, Schätzchen, das wolltest du vermutlich nicht hören. Ich gehe ins Bett. Bis morgen.«

Sie ging davon, und ihre Absätze bohrten Löcher in den perfekten Rasen. Becky war geschockt von dem, was sie gehört hatte. Nicht weil sie es nicht glaubte, oder weil sie kein Mitleid empfand, sondern weil sie daran dachte, dass Henry zwanzig Jahre gebraucht hatte, um in diese Welt zurückzukehren. *Danach* hatte er sich gesehnt? Sie schüttelte den Kopf. Sie dachte an Amber und Tendé, und welches Leben Amber führen würde, wenn sie verheiratet war. Sie hasste es, zugeben zu müssen, dass sie wieder einmal neidisch war. Amber hatte das »echte« Afrika gefunden, Becky natürlich nicht.

Zum ersten Mal seit Jahren fiel es Madeleine schwer, sich auf ihre Arbeit zu konzentrieren. Der kurze Urlaub auf Menorca hatte ihr gezeigt, dass es auch ein anderes Leben gab. Sie fühlte sich wie vor fünfzehn Jahren, als sie Amber und Becky auf dem Schulweg beobachtet hatte. Damals wie heute gehörten sie zu einer anderen Welt. Diesmal hatte es nichts mit Geld, Erfolg oder einem schönen Zuhause zu tun. Diesmal ging es um Freude. Sie freuten sich auf eine Weise an ihrem Leben, die sie fast verlernt hatte, falls es ihr überhaupt je möglich gewesen war. Am Pool zu liegen, den Sonnenuntergang zu beobachten, den Kopf zu drehen und den Duft der Granatapfelbäume einzuatmen, der aus dem Garten herüberwehte. Es gelang ihr nie ganz, das Gefühl abzulegen, dass sie nicht wirklich zu ihnen passte.

Neben ihr hustete jemand leise. Sie blickte verblüfft auf. Die Sitzungsteilnehmer sahen sie erstaunt an. Sie war wieder in Tagträume versunken. Schnell nahm sie ihre Papiere und versuchte, sich zu konzentrieren. Einige der besten Juristen der UN waren versammelt. Das juristische und medizinische Team, zu dem sie gehörte, empfahl, Vergewaltigungsdelikte von anderen Verbrechen gegen die Menschlichkeit abzutrennen. Es war eine riskante Strategie, mit der sie verhindern wollten, dass die frühere Sexualgeschichte der Frau vor Gericht ausgebreitet wurde, wie es bei einem Zivilprozess der Fall war. Jamilla und Dari blieben eisern und wollten die Empfehlung so schnell wie möglich durchboxen, aber Madeleine war sich nicht so sicher.

»Tut mir Leid«, sagte sie nach einer Weile und sah die beiden bedauernd an. »Ich bin einfach nicht eurer Meinung.«

Jamilla seufzte. »Wie lautet Ihr Einwand?«, fragte einer der UN-Anwälte.

»Ich glaube, das Problem ist vielschichtiger, als wir es uns eingestehen. Es ist zwar richtig, es auf der juristischen Ebene in den Griff zu kriegen, aber man muss die rechtlichen Traditionen bei der Behandlung des Delikts berücksichtigen. Werden Frauen damit überhaupt an die Öffentlichkeit treten? Wie wahrscheinlich ist es, dass je eine von ihnen Anzeige erstattet? Wie wird Vergewaltigung in Friedenszeiten behandelt?«

»Aber Madeleine«, sagte Dari, »wenn wir den Prozess jetzt nicht in Gang bringen, ist es nutzlos darüber zu spekulieren, ob die Frauen an die Öffentlichkeit gehen oder nicht. Dann wird es nämlich niemanden geben, an den sie sich wenden können.«

»Der Meinung bin ich nicht. Wir setzen viel Zeit und Geld ein – ich meine, dieser Prozess kostet ein Vermögen –, und in der Zwischenzeit haben die Frauen, über die wir reden, ihre Kinder bekommen und müssen sich nicht nur mit der Vergewaltigung selbst, sondern mit deren Folgen herumschlagen. Juristische Spitzfindigkeiten helfen ihnen dabei gar nichts. Sehen Sie.« Sie hielt inne, wühlte eine Weile in ihrer Tasche nach ihrem Filofax und zog daraus etwas hervor. Alle zwölf Komiteemitglieder runzelten die Stirn. Dann reichte sie die ziemlich zerknitterte Fotografie herum. Sie zeigte Madeleine vor einem stark beschädigten Gebäude, den Arm um ein hübsches, dunkelhaariges Mädchen von vierzehn oder fünfzehn Jahren gelegt. Beide lächelten in die Kamera. »Dieses junge Mädchen ist die Tochter des Ehepaars, bei dem ich zwei Jahre lang in Sarajewo gelebt habe. Sie wurde mit dreizehn vergewaltigt und nach der Geburt ihres Sohnes freigelassen. Sie gehörte zu denjenigen, die Glück hatten – weil es jemanden gab, zu dem sie zurückkommen konnte, da beide Elternteile noch lebten. Für sie ist die Vergewaltigung nur Teil eines größeren Traumas. Ohne die richtige Beratung und Unterstützung nach dem Vorfall ist es für sie völlig bedeutungslos, wie sehr wir uns in New York darüber streiten, ob ihre sexuelle Vorgeschichte relevant ist oder nicht. Diese Mädchen sind dreizehn, vierzehn, fünfzehn Jahre alt – welche sexuelle Vorgeschichte können sie Ihrer Meinung nach wohl gehabt haben?« Alle schwiegen, als sie geendet hatte.

Eine Stunde später stimmte das Komitee ihrer Empfehlung zu, ein umfassenderes Unterstützungsprogramm einzurichten, das nicht nur die Beratung für die Opfer, sondern auch für deren Familien beinhaltete. Jamilla und Dari gratulierten ihr – sie habe Recht. Sie hätten vergessen, welche Auswirkungen ihr Vorschlag auf die Menschen gehabt hätte.

»Das war sehr gut«, sagte der Anwalt, der in der Sitzung gesprochen hatte. Madeleine packte gerade zusammen und blickte auf.

»Danke. Es ist kein leichtes Thema.« Er nickte.

»Aber gut vorgebracht. Ich bin übrigens James Fournier.« Er streckte die Hand aus. »Haben Sie es eilig?«, fragte er. Madeleine zögerte.

»Nein, ich wollte eigentlich noch einen Kaffee trinken. An der Ecke ist ein Starbucks.«

»Was dagegen, wenn ich mitkomme?« Sie schüttelte den Kopf. Er sprach mit schottischem Akzent, wie Alasdair, nur weicher.

»Ganz und gar nicht.« Sie gingen den Korridor hinunter.

»Manchmal sind mir diese Sitzungen ein Graus«, sagte er, als sie in den Aufzug stiegen. »Weil meistens völlig aus dem

Blick gerät, worum es eigentlich geht. Die Bürokratie ist monströs.«

Madeleine nickte. »Für mich ist das alles ziemlich neu. Ich bin Ärztin, und der menschliche Aspekt der Dinge ist mir eher zu nah als zu fern.«

Er schmunzelte. »Ja, das Recht ist manchmal ein bisschen abstrakt. Man verliert leicht den Boden unter den Füßen. Wie heute wahrscheinlich.«

»Sie sind Schotte?« Madeleine öffnete die Türen nach draußen, wo es frisch und kühl war. Eine Erleichterung nach drei Stunden in der Heizungsluft.

»Meine Mutter ist Schottin, mein Vater Belgier. Aber ich bin in Schottland aufgewachsen. Sie sind Engländerin, nicht?«

»Ja.«

»Seit wann sind Sie in New York?«, fragte er.

»Seit fast einem Jahr. Es kommt mir ziemlich lang vor.«

»Gefällt es Ihnen nicht?«

»Oh, doch. Es ist nur, wenn man an einen neuen Ort zieht, braucht man einige Zeit, sich einzugewöhnen, Freunde zu finden. Und Sie? Wie lange sind Sie schon hier?«

»Schon fast fünf Jahre. Eigentlich sollten es nur zwei Jahre sein, aber jedes Mal, wenn mein Vertrag ausläuft, gibt es irgendwo auf der Welt eine Krise, und man bittet mich zu bleiben. Ich bin Spezialist für Verfassungsrecht«, fügte er hinzu. »Was nehmen Sie?«

Sie sah zu der Tafel hinauf. »Oh, nur einen Kaffee. Mir wird ganz schwindelig, wenn ich die vielen Sorten sehe.« Er lächelte und ging zur Theke. Sie musterte ihn kurz, als er wegging. Groß, gute Figur, braunes Haar. Sein Gesicht hatte sie nicht genau gesehen, aber er trug eine Brille und hatte ein nettes Lächeln. Und natürlich diese Stimme. Er kam mit zwei Tassen zurück, setzte sich ihr gegenüber, nahm die Brille ab und rieb sich die Augen. Sie blickte auf. Seine Augen waren ungewöhnlich schön, mit langen dichten Wimpern und Lachfältchen in den Augenwinkeln.

»Wo wohnen Sie in New York?«, fragte er und trank einen Schluck Kaffee.

»In Brooklyn. Und Sie?«

»Oh, meilenweit entfernt, leider. Oben in Washington Heights in der Nähe der Cloisters. Waren Sie schon mal dort?« Madeleine schüttelte den Kopf. Was meinte er mit »leider«? Sie merkte, dass ihr Herz ein wenig schneller schlug.

»Nein, ich bin kaum irgendwo hingekommen, seit ich hier bin«, gestand sie. »Ich war zu eingespannt.« Tatsächlich aber ging sie am Wochenende nur deswegen zur Arbeit, weil es sonst nichts zu tun gab. Jamilla und Dari hatten offensichtlich ein ausgefülltes Privatleben, und außerdem war sie wesentlich jünger als die beiden.

»Also, was machen Sie am Samstag?«, fragte James. Madeleine errötete.

»Oh, ich wollte nicht andeuten, dass ich irgendwohin gehen möchte«, antwortete sie rasch.

Er lachte. »Ja, natürlich nicht. Aber wenn Sie nichts anderes vorhaben, hätten Sie Lust, rauszukommen?«

»Zu Ihnen?«

»Ja. Außer Sie würden lieber etwas anderes tun.« Er schien genauso nervös zu sein wie sie.

»Nein, nein. Das wäre sehr nett.« Sie lächelte ihn an. »Ich freue mich darauf.« Sie schrieb ihre Nummer auf eine Serviette und hoffte, dass ihre Hand nicht zitterte.

Wie verabredet traf sie James am Samstag bei Fortinelli's Delikatessenladen und war ein wenig überrascht, dass er Karten für ein Baseball-Spiel besorgt hatte.

»Es ist das wichtigste Spiel der Saison – die Yankees gegen die Red Sox! Ich musste jemanden bestechen, um die Karten zu kriegen.« Madeleine bemühte sich, begeistert zu wirken.

»Ich hab nicht viel Ahnung davon«, sagte sie, als sie ihren Kaffee und ihre Hotdogs zum Tisch trugen.

»Oh, es ist einfacher als Cricket. Sie kriegen den Dreh schnell raus.«

»Ich weiß auch nicht viel über Cricket, fürchte ich.« Sie lachte und biss von ihrem Hotdog ab. Plötzlich beugte sich James vor und wischte mit seiner Serviette etwas von ihrer Bluse ab. Sie fuhr zurück.

»Ketchup«, sagte er. »Vorn runter.« Sie sah an sich hinab

und verzog das Gesicht. »Macht nichts«, sagte James lachend. »Das nächste Mal bringe ich Ihnen ein Lätzchen mit.« Madeleines Scham wurde nur dadurch gemildert, dass er »nächstes Mal« gesagt hatte. Reiß dich zusammen, ermahnte sie sich. Du bist ganze zehn Minuten mit ihm zusammen und verhältst dich wie ein Teenager. Aber es fiel ihr schwer. »Alles in Ordnung?«, fragte er und sah sie an.

»Oh, bestens. Ich bekleckere mich immer. Obwohl es allmählich besser wird. Früher hatte ich *riesige* Titten ...« Entsetzt brach sie ab. James starrte sie einen Moment lang mit offenem Mund an und brach dann in schallendes Lachen aus.

»Sie sind wirklich geradeheraus«, sagte er und grinste schelmisch. Madeleine legte die Hand an ihr brennend rotes Gesicht.

»Keine Ahnung, warum mir das herausgerutscht ist.« Sie schüttelte den Kopf.

»Hatten Sie das wirklich?«, fragte James und warf einen verstohlenen Blick auf ihre Brust.

»Ähm, ja. Ich war früher ziemlich dick. Als ich dann abnahm, vor allem nach Sarajewo, sind sie einfach verschwunden.«

»Wirklich? Ich hätte Sie damals gern gesehen. Irgendwie kann ich mir nicht vorstellen ...«

»Können wir damit aufhören?«, rief Madeleine, die sich immer unbehaglicher fühlte. James schmunzelte.

»Tut mir Leid. Ich wollte Sie nicht verlegen machen.«

Von dem Baseball-Spiel, das sie furchtbar langweilig fand, blieb wenig bei ihr hängen. Nach dem Spiel gingen sie auf ein Bier, und Madeleine hoffte, der Abend würde noch ein bisschen länger dauern. Doch er sagte, er müsse zu einer Dinner-Einladung, was sie in tiefe Zweifel stürzte – die sich dann wieder beruhigten, als er sie fragte, ob sie auch unter der Woche Zeit habe. Sie einigten sich auf Mittwoch, womit ihr, wie sie schnell ausrechnete, ganze fünf Tage und Nächte blieben, um sich zu überlegen, was sie anziehen sollte und ob er vielleicht nur freundlich sein wollte. In kürzester Zeit hatte sich ihr ganzes Leben auf den Kopf gestellt. Wo war die zähe, kampferprobte

Frau geblieben, die mit verletzten Frauen am Arm die Novodny-Straße hinuntergelaufen war? Die ohne nach Heckenschützen Ausschau zu halten, jeden Morgen zum Uni-Krankenhaus gegangen war? Ohne Vorwarnung hatte sich diese Frau in einen nervösen Teenager mit Schmetterlingen im Bauch verwandelt. Erbärmlich, sagte sie sich, als sie zur U-Bahn ging.

Wie sich herausstellte, musste sie gar nicht bis Mittwoch warten, ehe er wieder anrief. Am Montagmorgen kam sie nach einem trübsinnigen Sonntag ins Büro und ärgerte sich über sich selbst, weil sie sich so gehen ließ und im Selbstmitleid suhlte. Warum hatte sie keine Freunde? Weil sie sich nicht bemüht hatte, welche zu finden. Kopf hoch, Madeleine Szabo, sagte sie sich. Geh los und stürz dich ins Leben. Das wiederholte sie gerade wie ein Mantra, als das Telefon klingelte.

»Äh, spreche ich mit Madeleine Szabo?«

Ihr blieb fast das Herz stehen, so sehr hörte er sich wie Alasdair an. »Ja. Sind Sie das, James?«

»Hallo. Ich hoffe, es stört Sie nicht, dass ich im Büro anrufe. Ich wollte nur hören, wie Ihr Wochenende war, und ob Sie statt am Mittwoch morgen Abend mit mir ausgehen würden? Es ist ein bisschen kurzfristig, und …«

»James!« Madeleine lachte. »Warum nicht? Ich hab zwar schon etwas vor, aber das kann ich absagen«, log sie und strahlte übers ganze Gesicht.

»Wirklich? Ich meine, Mittwoch wäre auch in Ordnung. Aber das wäre noch ziemlich lange hin, deshalb …« Plötzlich brach er ab und lachte leise. »Ich höre mich an wie ein Idiot.«

»Nein, nein, morgen ist sehr gut. Wie war Ihr Dinner?«

»Ach, schrecklich. Ein Arbeitsessen. Mit der Anwaltsvereinigung von New York. Mein Chef wollte, dass ich hingehe. Ich erzähl Ihnen alles morgen, ja?«

»Ja, tun Sie das.« Madeleines Herz machte vor Freude einen Sprung.

Wenn sie zwei Tage später gefragt worden wäre, was eigentlich zwischen Dienstag, als sie James Fournier im Consul auf der Atlantic Avenue getroffen hatte, und Mittwoch, als sie neben ihm am Leffert's Place aufgewacht war, geschehen war, hätte sie wahrscheinlich keine Antwort gewusst. Sie war verwirrt über die zusätzliche Wärme in ihrem Bett und fühlte sich gleichzeitig von Zärtlichkeit und Glück durchdrungen. Unter dem Laken war die Biegung seines Arms erkennbar, und als sie darauf blickte, fielen ihr wieder vereinzelte Bruchstücke der vergangenen Nacht ein. Sie schloss die Augen, um sie noch einmal auszukosten.

Es war fast Mitternacht, als sie das Consul's verließen. Er hatte zwei Möglichkeiten: entweder eine teure Taxifahrt quer durch die Stadt oder eine Nacht auf Madeleines Couch. Beide wussten, dass die Couch bloß ein Vorwand war, doch auf dem ganzen Weg zum Leffert's Place hielten sie daran fest.

»Möchten Sie Kaffee?«, rief sie aus der Küche, während sich James auf die Couch setzte und so tat, als fühle er sich wohl.

»Ja, aber nur eine kleine Tasse.«

»Ich hab bloß den.« Sie kam mit einem Becher Instant-Kaffee durch die Tür.

Er nickte. »Ja, schon gut. Wer ist das?« Er deutete auf die Fotografie von Péter.

Madeleine brauchte einen Moment, bevor sie sagte: »Das ist mein Bruder Péter. Er starb, als ich zehn war.«

»Das tut mir Leid. Er gleicht Ihnen sehr.«

Madeleine lächelte. »Das behaupten alle. Ich seh's nicht.«

»Sind Sie das?« Er nahm ein Foto, das Amber, Becky und sie zeigte, kurz bevor sie an die Universität gingen. »Wow, ich verstehe, was Sie über Ihren – ähm – Busen sagten. Sie sahen ganz anders aus. Sie sollten Ihr Haar wieder wachsen lassen. Es ist schön.«

Madeleine errötete heftig. »Milch?«, fragte sie.

»Ach, Sie sind ja ganz rot geworden. Tut mir Leid, ich trete ständig ins Fettnäpfchen, nicht?« Sie versuchte gleichzeitig den Kopf zu schütteln und Milch einzugießen, was natürlich dazu führte, dass sie alles verschüttete. Beide sprangen auf, er streckte die Hand aus, um zu sagen, dass er einen Lappen hole – und dann küsste er sie. Es war nicht wie mit Alasdair und ganz bestimmt nicht wie mit Doug. Es blieb keine Zeit, um zu sprechen oder sich zu zieren, denn sie wollte ihn genauso sehr wie er sie. Sie streifte sein Hemd ab und legte die Hand auf den feinen braunen Flaum auf seiner Brust, der sich zu einer schmalen Linie verjüngte und unter seinem Gürtel verschwand. Sein Mund war warm, genau wie seine Hände, die über ihren Bauch strichen, um dann ihre Brüste festzuhalten. Es war nicht der sanfte, zärtliche Sex, den sie mit Alasdair geteilt hatte, und hatte nichts mit Trost spendenden Vereinigungen zu tun wie bei Doug. Dies hier war gierig, explosiv und drängend. Die reine Lust. Sie trafen sich als gleichberechtigte Partner, die perfekt zusammenpassten, was ihr ein großes Gefühl der Freiheit gab. Bei James empfand sie keine Dankbarkeit. Er nahm sich genauso viel, wie er ihr gab. Und sie war nur allzu sehr gewillt, es anzunehmen.

Zwei oder drei Mal bewegte er sich neben ihr, und sie strich mit dem nackten Fuß über seine Waden. Von Anfang an herrschte zwischen ihnen eine unbeschwerte Intimität. Langsam öffnete er ein Auge, lächelte sie an, und seine Hände setzten ihre Arbeit dort fort, wo sie ein paar Stunden zuvor aufgehört hatten.

91

Amber wachte von leisem Donnergrollen am Horizont auf. Sie sah sich im Zimmer um und wusste nicht, wo sie war. Es dauerte ein paar Sekunden, bevor sie sich wieder erinnerte. Es war ihr Hochzeitstag, und sie lag im Gästezimmer im Haus von Tendés Eltern. Sie schob die Laken weg und taumelte im Halbdunkel zum Fenster. Wieder ertönte ein unheimliches Grollen. Die Luft war schwer mit der Verheißung von Regen. Sie öffnete die Läden und sah in den Garten hinaus. Es war erst Viertel vor fünf, und die ersten Lichtstrahlen erschienen am Himmel. Die majestätischen Palmen an der Mauer des Grundstücks schwankten im Wind. Irgendwo in der Ferne krähte ein Hahn. Das Haus war ein weitläufiger, ehemals kolonialer Herrensitz, den Mandia mit großem Einsatz an Geld und Mühe renoviert hatte. Es lag ganz in der Nähe des Präsidentenpalastes auf dem Koulouba-Hügel gleich nördlich der Stadt. Amber hatte vergessen, wie viele Zimmer es gab und wie viele Leute darin lebten. Der Begriff »Familie« war in Afrika weiter gespannt als in Europa. Jeder, der älter war als man selbst, war automatisch ein Onkel oder eine Tante. Tendé sprach so auch die Freunde seiner Eltern an, was sie seltsam rührend fand.

Inzwischen war es fast hell. Über die Gärten hinweg sah sie auf die Stadt mit den vielen Blechdächern, Minaretten und Glasgebäuden, die sich vereinzelt in den rötlichen Himmel erhoben. Bamako war staubig. Seit fast einem Monat wartete das Land auf Regen – aber Amber betete, dass es noch etwas dauerte, während sie den düster werdenden Himmel musterte. Denn wenn es losging, war es kein sanfter Schauer wie in England. Hier stürzten Wassermassen senkrecht herab und hinterher war alles durchweicht und dampfte. Im Moment war es kühl, selbst ohne Ventilator. Sie ging zum Schrank und öffnete die reich verzierte Holztür. Hier lag in einer Plastikhülle ihr schneeweißer, hauchdünner *bou-bou,* ganz ähnlich dem, den Tendé tragen würde. Dazu gehörten weite Hosen und ein Schleier aus dem gleichen Material. Der Halsausschnitt und die Ärmel waren mit cremefarbener Seide bestickt. Sie hatte ein Paar wundervolle Slipper aus creme- und silberfarbenem Leder gefunden, und auch ihr Schmuck würde aus Silber sein, um zu ihrem Verlobungsring aus Platin zu passen.

Der Garten und das Anwesen erwachten langsam zum Leben. Im angrenzenden Zimmer schlief Angela. Sie war am Abend zuvor angekommen, erschöpft nach einem zwanzigstündigen Flug über Paris. Wie würde es Angela hier gefallen? Bamako. Afrika. Das Haus der Ndiayes? Alles war voller Verwandter und Hochzeitsgäste. Amber hatte kaum Zeit gehabt, mit Angela zu reden, die von dem Durcheinander im Haus ziemlich verwirrt schien. Zudem war es heiß, und Angelas englischer Teint war eindeutig nicht für dieses Klima geschaffen. Beim Abendessen sah sie aus, als würde sie jeden Moment in Ohnmacht fallen, trotz Klimaanlage und ständigem Nachschub an Wasser. Amber hatte darauf bestanden, dass sie sich gleich nach dem Essen in die Stille ihres Zimmers zurückzog. Sie hätte gern dasselbe getan, vor allem da Tendé nicht bei ihr war. Doch Mandia akzeptierte kein Treffen der Verlobten am Vorabend der Hochzeit, weil es Unglück brächte. Dass die beiden schon seit Ewigkeiten zusammenlebten, spielte für sie keine Rolle.

Es klopfte. Sie wandte sich vom Fenster ab. Die Gebete hatten begonnen, und sie konnte die Rufe des Muezzins hören. Sie zog ihren Morgenrock enger um sich und ging zur Tür. Es war Lassana, Tendés ältere Schwester.

»Hallo.« Sie lächelte und hielt Amber eine Tasse Kaffee entgegen. »Ich dachte, das könntest du brauchen.«

»Vielleicht sogar was Stärkeres.« Amber grinste und nahm die Tasse. »Ich bin furchtbar aufgeregt.«

»Ich weiß. Meine Hochzeit hat eine Woche gedauert. Aber mach dir keine Sorgen, es wird alles gut. Tendé wird dich vor dem Schlimmsten von Seiten der Verwandten bewahren. Mein armer Werner wurde am Hochzeitstag eine Stunde lang mit den Onkeln allein gelassen. Er hatte keine Ahnung, was er tun sollte.« Sie lachte. »Kadi und ich werden am Nachmittag hier sein. Setz dich einfach zu uns, wenn dir die Tanten auf die Nerven gehen. Vermutlich verstehst du ohnehin nicht, was sie sagen – aber sobald sie dich gesehen und deine Aufmachung und deine Schuhe begutachtet haben, verlieren sie das Interesse, das verspreche ich dir.«

»Hoffentlich.«

»Und lass deine Mutter bei uns. Ist deine Schwester schon da? Und dein Bruder?«

Amber verzog das Gesicht. »Nein. Ich glaube nicht, dass sie kommen werden.« Sie schwieg einen Moment. Sie hatte nicht wirklich erwartet, dass Kieran auftauchen würde. Er war seit kurzem in eine depressive Lethargie verfallen und schien sich zu nichts aufraffen zu können, schon gar nicht zu einem Flug um die halbe Welt. Und Paola würde ganz bestimmt nicht kommen. Nicht nach ihrem letzten Zusammentreffen bei der Eröffnung von Max' Testament. Obwohl sie nichts gesagt hatte, aber wenn Blicke töten könnten … Amber hatte damals ihre ganze Selbstbeherrschung gebraucht, um ihre Schwester nicht zu ohrfeigen.

»Also ist nur deine Mutter da?« Lassana klang ungläubig.

Amber nickte. Im Vergleich mit der riesigen Abordnung der Ndiayes waren die Salls nur ein bedauernswertes kleines Häufchen.

»Fürchte schon. Und eine meiner Freundinnen. Sie kommt heute Vormittag.«

»Umso mehr ein Grund, dich eng an uns zu halten«, sagte Lassana entschieden. »Jetzt lass ich dich in Ruhe. Komm zum Frühstück zu uns, wenn du fertig bist. Kadi und ich sind im Gästehaus am Ende des Gartens.«

»Danke«, sagte Amber und trank einen Schluck Kaffee. »Ich hoffe nur, es regnet nicht.«

»Ah, das sollte dich lehren, eine Hochzeit im Juli abzuhalten. Das nächste Mal feierst du sie im März.«

»Das nächste Mal? Es wird kein ...«, aber Lassana war schon fort und hatte die Tür leise hinter sich geschlossen. Was meinte sie damit? Amber seufzte. Es war nicht einfach, Lassana zu verstehen. Sie wirkte recht freundlich und man kam sicher besser mit ihr zurecht als mit Kadi, der jüngeren Schwester, die Amber für die komplizierteste Person hielt, der sie je begegnet war. Einmal hatte sie Tendé gestanden, dass sie nicht glaube, dass Kadi sie leiden könne. Der hatte nur die Achseln gezuckt und geantwortet, dass Kadi niemanden leiden könne, nicht einmal ihren Ehemann. Lassana war wärmer, offener. Aber die Freundschaft, die sie sich von ihr erhofft hatte, war nicht entstanden. Die Kluft, die sich beim ersten Kennenlernen aufgetan hatte, blieb bestehen. Die Wahrheit war, dass seine Schwestern sie einschüchterten. Und manchmal jagten ihr Lassana, Kadi und Amana regelrecht Angst ein. Sie waren so ausgeglichen und sicher, bewegten sich so ungezwungen zwischen Bamako, Paris und Genf hin und her. Sie schienen die Widersprüche, die Amber wie einen Schlag ins Gesicht empfand, gar nicht wahrzunehmen. Sie selbst quälte sich wegen Ungerechtigkeiten, die die Schwestern als Teil ihres täglichen Lebens zu akzeptieren schienen.

Sie band ihr Haar zu einem Knoten und zog ihre Sandalen an. Sie würde nach nebenan gehen und Angela wecken. Gemeinsam könnten sie durch den Garten schlendern und mit den anderen Frauen Kaffee trinken.

»*I ni cé*«, grüßte Amber die Dienstmädchen, als sie mit Angela über den Rasen ging. Scheu lächelnd erwiderten sie den Gruß. Die Braut und ihre Mutter. Wahrscheinlich wunderten sie sich, wo der Rest ihrer Familie war. Plötzlich spürte sie einen Stich – sie vermisste Max. Ganz schrecklich sogar.

»Sieh dir nur die Bäume an«, murmelte Angela neben ihr. »Noch nie in meinem Leben hab ich so viel Grün gesehen.« Amber drehte sich um und warf einen Blick über den Garten. Es stimmte. Der Rest von Bamako mochte trocken und staubig sein, aber im Innern des Anwesens der Ndiayes gab es üppige, blühende Pflanzenpracht.

»Es ist schön, findest du nicht?«, sagte Amber, als sie sich dem Gästehaus näherten.

Angela erschauerte. »Nein. Es ist zu üppig, wenn du weißt, was ich meine. Ständig hab ich das Gefühl, als würde sich etwas aus den Zweigen herausschlängeln. Es sieht alles so lebendig aus.«

»Aber das ist es ja, was mir gefällt. Alles ist so lebendig.«

»Ich hab die Tropen nie gemocht«, sagte Angela nach einer Weile. »Ich konnte nicht mal Menorca ausstehen.« Sie schwiegen beide. »Er mochte es dort, nicht?«, fragte sie plötzlich.

Amber nickte. »Ja, sehr. Er schien dort irgendwie zu Hause zu sein.«

»Weißt du, in England kam er sich manchmal schrecklich fehl am Platz vor.« Angela blieb stehen. Schweißperlen standen auf ihrer Oberlippe und ihrer Stirn. »Das hier hätte ihm gefallen. Und er wäre auch furchtbar eifersüchtig gewesen.«

»Eifersüchtig?« Amber sah sie fragend an.

»Ja, auf dich. Auf die Wahlmöglichkeiten, die du hattest. Wenn es etwas gibt, auf das Max stolz gewesen wäre – abgesehen von allem anderen, was er erreicht hat –, dann darauf. Er hat dir die Freiheit ermöglicht, zu wählen. Er hat so hart gearbeitet, um euch ein richtiges Zuhause – eine Heimat – zu geben, was wahrscheinlich das Einzige war, was er für sich selbst aufgegeben hatte. Also tat er es für dich und Kieran und auch für Paola, wenn auch auf verschiedene Weise.«

Amber schwieg. Max war sechs Monate tot, und immer noch gab es Unbekanntes an ihm zu entdecken. »Warum fühlte er sich so sehr als Außenseiter?«, fragte sie kurz darauf. »Ich meine, er hatte doch alles.«

»Alles, was man für Geld kaufen kann. Aber keine Familie. Zumindest keinen familiären Hintergrund. Das musste er wettmachen. Und sie haben es ihn spüren lassen, die Engländer. Nie ließen sie ihn vergessen, dass er ein Außenseiter war, ein Deutscher, ein Jude. Als wir damals heirateten, wurde ziemlich übel über ihn geredet. Du hättest meinen Vater hören sollen. Einige seiner Äußerungen«, sie lachte auf, »waren wirklich schockierend. Max hat ihm nie verziehen.« Amber wollte schon erwidern, dass er die Tradition fortgesetzt hatte, hielt sich aber zurück. »Vermisst du ihn?«, fragte sie stattdessen.

»Die ganze Zeit.« Angela seufzte und setzte eine verächtliche Miene auf. »Er war so schwierig, weißt du. So schrecklich schwierig. Als ich ihn zum ersten Mal sah, war ich wohl einfach überwältigt. Nie zuvor hatte ich jemanden wie ihn kennen gelernt. Ich war noch so jung und so verliebt. Ich dachte, das würde reichen. Aber Männer wie Max – ich wusste bald, dass ich ihm nie genügen würde.«

»Aber du bist geblieben.«

»Natürlich. Was hätte ich sonst tun sollen? Ich konnte mir ein Leben ohne ihn nicht vorstellen.«

»Und jetzt?« Amber hakte vorsichtig nach.

»Oh, jetzt ist es eine Art Befreiung. Ich hab fast mein ganzes Leben in seinem Schatten zugebracht. Jetzt hab ich Zeit und Raum für mich selbst. Ich hätte ihn nicht verlassen können, verstehst du. Auf diese Weise hat er mich verlassen. Uns.« Sie hielt inne und nahm Amber in den Arm. »Aber heute ist dein Hochzeitstag, Liebling. Den sollten wir nicht so verbringen, das wäre sonst makaber. Komm, lass uns frühstücken gehen. Ich hab einer von Tendés Schwestern versprochen, ihnen später mit deiner Frisur zu helfen.« Ihre Worte wurden von lautem Donnergrollen untermalt, gefolgt von einem kühlen Windstoß. »Ich hoffe, es regnet nicht.« Sie blickte ängstlich zum Himmel auf. »Mrs Ndiaye sagte etwas von Fliegen, die dann rauskämen. Wie schrecklich. Ich finde die Hitze schon schlimm genug ohne surrende Insekten.«

Amber lachte. »Es wird nicht regnen«, sagte sie und hängte

sich bei Angela ein. Sie sah auf ihre Uhr. Es war fast acht. Becky würde in einer Stunde eintreffen. Sie spürte, wie es in ihrem Bauch zu kribbeln begann. Sie wünschte, Madeleine hätte bei ihnen sein können, aber sie hielt eine Rede auf einer Konferenz in Peking und schaffte es nicht rechtzeitig nach Bamako.

92

Nach Beckys erstem Eindruck von Bamako war sie froh, im südlichen Afrika zu wohnen und nicht im Westen. Noch nie in ihrem Leben hatte sie so viel Staub und Dürre gesehen. Der Flughafen war klein und fast menschenleer. Am Fuß der Treppe wartete ein Bus, um die Passagiere von der Maschine zum Flughafengebäude zu bringen. Sie folgte den anderen in die heiße, stickige Halle, stand mit ein paar weiteren Europäern unter dem einzigen ratternden Ventilator und betete, Amber oder sonst jemand würde draußen auf sie warten. Die Hitze war unerträglich und die Schlange vor dem Schalter, an dem die Pässe inspiziert und gestempelt wurden, bewegte sich nur im Schneckentempo. Sie hatte zwar auf Ambers Rat hin schon ein paar Pfund in Landeswährung umgetauscht, aber die Vorstellung, ein Taxi zu suchen und allein in die fremde Stadt zu fahren, machte ihr Angst. Der ernste Beamte am Passschalter wechselte kein Wort mit ihr, und sie fragte sich schon, ob alle Leute in Mali so verschlossen waren.

Eine Stunde später, im Fond des klimatisierten Wagens, revidierte sie ihre Meinung. Majeed, der Fahrer, der sie mit einem korrekt geschriebenen Namensschild – *M'lle Rebecca Aldridge* – abholte, war fröhlich, wenn auch zurückhaltend. Er chauffierte sie langsam über die Autobahn in die Stadt und sie sah sich neugierig um. Hier herrschte nicht der koloniale Charm Harares oder Bulawayos, der einzigen afrikanischen Städte, die sie kannte. Zudem war Bamako völlig flach. Nur in der Ferne konnte sie die Umrisse von Hügeln erkennen, und darüber eine fast schwarze Wolkenmasse, in schroffem Gegensatz zu dem strahlenden Himmel über ihnen. Ja, bestätigte Majeed, es herrsche Regenzeit. Doch noch habe es nicht geregnet. Der Boden war trocken und ockerfarben und begann in der gleißenden Morgensonne bereits zu flimmern. Als sie sich der Stadt näherten, konnte sie über den Blechdächern hier und dort Stahl- und Glasgebäude aufragen sehen, hässliche viereckige Türme, offensichtlich schnell hochgezogen. Antennen bohrten sich wie Nadeln in den Himmel und gaben dem Ganzen etwas Wirres und Chaotisches. Es herrschte dichter Verkehr, hauptsächlich Motorroller, die sich um die Autos schlängelten, und uralte grüne Lieferwagen, die an die Moskitos erinnerten, vor denen man sie gewarnt hatte. Auf den Gehsteigen drängten sich Händler, Frauen in leuchtenden Gewändern und erstaunlichen Turbanen, Kinder und zerlumpte Jungen mit brüchigen Karren. Ein verblüffendes Durcheinander, ganz anders als die stille Ordnung, die auf den meisten Straßen Harares herrschte. Was um alles in der Welt machte Amber hier, dachte sie, als sie den Hügel hinauffuhren.

Doch von dem Moment an, als sich die Tore zum Haus der Ndiayes geräuschlos öffneten und zwei uniformierte Wächter in den Wagen blickten, bevor sie weiterfahren durften, erkannte Becky, dass Amber in eine Welt gezogen war, in die sie ihr nie folgen konnte. Harare und die vornehme Welt, in der auch sie bis zu einem gewissen Grad ihren Platz gefunden hatte, war nichts im Vergleich zu den Zirkeln, in denen sich Amber bewegte. Sie unterdrückte ein Gefühl von Panik und Neid, das ihr aus der Freundschaft mit Amber nur allzu bekannt war, und stieg aus. Ein Dienstmädchen nahm ihr Gepäck entgegen und erklärte in einem für sie schwer verständlichen Französisch, dass Madame Amber im Haupthaus sei und sofort geholt werde. Sie folgte ihr in eine hohe, kühle Eingangshalle – eine Erleichterung nach den Minuten in der Hitze draußen – und wurde gebeten, Platz zu nehmen. Sie sah sich um. Die Möbel waren allesamt antik: ein schwerer geschnitzter Schrank mit einigen sehr schönen Skulpturen darauf, dunkler Parkettboden und blassgrüne Wände. An einer der Wände hing ein erstaunlicher Wandteppich, den Becky als eine Arbeit aus Zentralafrika erkannte. Ähnliche Stücke hatte sie zu astronomischen Preisen in London gesehen. Noch nie war sie in einem solchen afrikanischen Haus gewesen. Es war etwas ganz anderes als M'bare und Chiungwiza. Plötzlich fühlte sie sich ziemlich unsicher.

»Becky!« Eine Tür flog auf, und Amber erschien mit einer Mischung aus Freude und Erleichterung im Gesicht. »O Gott, ich bin so froh, dich zu sehen! Ich kam mir schon vor wie ein armes Waisenkind!« Sie eilte auf sie zu und umarmte sie. Sofort überkamen Becky Schuldgefühle. Warum verglich sie sich ständig mit Amber?

»Du siehst wunderschön aus«, sagte sie und trat zurück, um sie zu begutachten. Es stimmte. Amber strahlte – ihre Haut war tief gebräunt, ihr Haar weicher und lockiger –, und sie sah älter aus, eleganter. »Und dein Rock! Er ist herrlich!«

Amber lachte. »Ich nehme dich morgen mit auf den Markt, er wird dir gefallen. Aber jetzt gehen wir nach oben. Du hast eine ganze Suite für dich. Angela ist schon ganz eifersüchtig.« Amber rief in einer anderen Sprache nach jemandem vom Personal.

Becky starrte sie an. »Du lernst die Sprache?«, fragte sie.

»Natürlich. Es ist die einzige Möglichkeit für einen halbwegs normalen Zugang zu den Einheimischen. Und es ist gar nicht so schwer – nicht halb so schwer wie Deutsch. Tendé lacht über meine Aussprache, aber das Personal ist unglaublich geduldig mit mir. Außerdem ist es eine schöne Sprache. Wie Singen.« Becky erwiderte nichts. Sie konnte sich nicht vorstellen, Shona zu lernen. Zudem sprach jeder in Simbabwe Englisch. Sie folgte ihr durch viele Korridore. »Also«, Amber öffnete eine Tür. »Hier ist es. Ich hoffe, es gefällt dir.«

»Es ist wunderschön«, sagte Becky aufrichtig. Der Raum war groß und luftig mit weißen Wänden, dunklen Läden und glänzendem Holzboden. In der Mitte stand ein Himmelbett mit einem Moskitonetz und glatten weißen Laken. »Es ist wunderhübsch«, wiederholte sie und beobachtete, wie das Mädchen ihr Gepäck in den riesigen Schrank stellte, bevor es sich leise zurückzog.

»Tendés Mutter ist für die ganze Einrichtung verantwortlich«, sagte Amber. »Sie hat einen sehr guten Geschmack. Also gefällt es dir hier?« Sie klang besorgt.

»Natürlich. Es ist herrlich. Ich dusche mich, und du kümmerst dich um deine Sachen. Ich komm schon zurecht. Wir sehen uns dann später.«

»Ich schicke jemanden, um dich zu holen.« Amber lachte. »Dieses Haus ist ein Labyrinth. Eh du dich versiehst, hast du dich verirrt. Bevor um eins die Zeremonien beginnen, gibt es einen kleinen Lunch.« Sie wandte sich zum Gehen. »Und danke, dass du gekommen bist, Becks. Wirklich. Es bedeutet mir viel, dich hier zu haben. Wenn nur Madeleine es geschafft hätte.«

»Nun, du hast bezahlt«, sagte Becky leichthin. »Ich bin bloß ins Flugzeug gestiegen.«

»Es ist das Einsteigen, das zählt.« Amber lächelte wieder. »Das Zahlen ist einfach.«

Tendé durfte Amber erst sehen, nachdem die Zeremonie schon eine Stunde im Gang war. Die *nikkah,* die Heiratszeremonie, fand im großen Wohnzimmer seiner Eltern statt. Er war schon früher am Morgen mit seinem Vater, seinen Onkeln und Kollegen sowie einigen Ministern eingetroffen. Der Präsident selbst nahm nicht an der Feier teil. Tendé hatte sich vergeblich bemüht, die Hochzeit im kleinen Rahmen zu halten. Er wollte nur seine Eltern, ein paar enge Verwandte und einige Leute von Ambers Seite. »Enge Verwandte?«, hatte Mandia besorgt gefragt. »So etwas gibt es nicht, mein Lieber. Sie sind *alle* enge Verwandte.«

»Alle dreihundert?« Tendé schüttelte lächelnd den Kopf. »Hundert, *Maman.* Nicht mehr. Bitte.« Wochenlang hatten sie gestritten. Am Ende wurde ein Kompromiss getroffen. Ein paar Politiker, ein paar Filmemacher, einhundert Verwandte und ein paar enge Freunde. Jetzt waren fast dreihundert Gäste im Haus. Dreihundert mehr, als er gehofft hatte, aber vermutlich dreihundert weniger, als Mandia gewollt hatte. Schließlich waren die Zelte im Garten aufgestellt, das Erdgeschoss geöffnet, die Patios ums Haus mit Blumen und Palmen geschmückt und Tische und Stühle aufgestellt. Die Verwandten trafen bereits eine Woche vor dem festgesetzten Termin ein. Jeden Morgen kam eine weitere Wagenladung mit Tanten, Onkeln, Kusinen und Cousins an, von denen er viele noch nie gesehen hatte. Alle mussten untergebracht werden, und das Haus platzte aus allen Nähten. Mandia war in ihrem Element. Ihr einziger Sohn heiratete. Tendé hatte ziemlich bald begriffen, dass er ihr diesen Tag nicht nehmen durfte. Augen zu und durch, lautete Ambers Ratschlag. Vielleicht genießt du's sogar? Er schüttelte den Kopf und lachte.

Und jetzt kam Amber. Er richtete sich auf, als sich die Tür am anderen Ende des Raums öffnete. Zuerst traten seine Schwestern ein. Lassana und Kadi in Landestracht: Lassana in einem burgund- und goldfarbenen Gewand mit riesigen Puffärmeln und engem, bodenlangem Rock, das Haar unter einem großen Kopfputz verborgen, der sie mindestens dreißig Zentimeter größer machte. Hinter ihr Kadi in einem zinnoberroten und goldenen Gewand im gleichen Schnitt, aber mit langen, glockenförmigen Ärmeln und leicht ausgestelltem Rock. Sie sahen atemberaubend aus. Als Nächstes kam Mandia durch die Tür. Sie trug einen langen engen Rock mit Rüschen auf der Rückseite und einer wundervollen Seidenbluse von Dior. Auch ihr Haar war unter einem Kopfputz verborgen, und er sah goldene Ohrringe aufblitzen, als sie lächelnd den Gästen zunickte, die Braut und Familie willkommen hießen. Er spürte einen leichten Druck an den Schläfen und sein Herz begann zu klopfen. Beifälliges Murmeln kam auf, als Angelas schlanke Gestalt in graue Seide gehüllt durch die Tür trat. Und dann Amber … Er beugte sich ein wenig vor, denn sie war von den Frauen, die sich um sie drängten, fast verdeckt.

Sein Vater trat vor, nahm ihren Arm und legte ihn auf den seinen. Langsam kamen sie auf Tendé zu, Amber mit vor Freude und Verlegenheit leicht geröteten Wangen. Wie er wusste, hasste sie es, im Mittelpunkt zu stehen. Er sah nicht auf die Gewänder von Mandia und Lassana, über die sie sich einen Monat lang den Kopf zerbrochen hatten, und er sah nicht auf den zarten weißen Schal auf Ambers Kopf oder ihren *bou-bou*, der ihren Körper umspielte. Er sah in ihr Gesicht. Als sie näher kamen und Ibrahim ihre Hand nahm, um sie in die Obhut des Bräutigams zu übergeben, dachte er daran, dass dies Max' Aufgabe gewesen wäre. Der Koran machte ganz klare

Vorschriften: *Ein Mann soll nicht heiraten, bevor er die Mittel dafür hat.* Tendé war nicht religiös, zumindest nicht im orthodoxen Sinn. Aber die Zeremonie im Haus seines Vaters, dem Haus, in das er vierzig Jahre zuvor seine eigene Braut gebracht hatte, hatte eine ganz spezielle Bedeutung für ihn. *Bevor er die Mittel hat.* Auf ihn und Amber trafen die Worte, wie der Prophet sie gemeint hatte, nicht zu. Amber konnte für sich selbst sorgen, und würde es auch immer tun. Aber konnte sie auch in Zukunft das Leben teilen, in das er sie jetzt führte? Bislang hatte er nichts von ihr verlangt, was sie ihm nicht geben konnte. Und sie hatte alles bereitwillig angenommen, was er zu bieten hatte – Wohnort, Sprache, Religion, Kultur. Als sie die Hand in die seine legte und sich ihm mit strahlendem Lächeln zuwandte, verschwand die Besorgnis, die in seinen Augen gestanden hatte.

»Bereit dafür?«, fragte sie flüsternd, als sie sich beide zu seinen Eltern und dem Imam umdrehten. Und die Antwort in seinen Augen war klar.

Teil VII

93 *Windhoek, Namibia, 1997*

In gereiztem Schweigen beobachtete Paola, wie eines der vielen Dienstmädchen, die sie eingestellt hatte, endlich aufhörte, Wasser von einem Kübel in den anderen zu schütten, und hinausschlenderte. Ärgerlich drückte sie ihre Zigarette aus und zwang sich, das Mädchen nicht zurückzurufen und auszuschelten. Wozu auch? Weil sie mit provozierendem Hüftschwung durchs Haus tänzelte? Weil sie Kaugummi kaute, während Paola mit ihr sprach? Weil sie jung und hübsch war, während ihre eigene Schönheit rapide abzunehmen schien? Es lag am Wetter, sagte sie sich, als sie zuerst die Esszimmertür zuknallen hörte, dann die Küchentür, dann die hintere Tür. Mein Gott, konnte das Miststück denn nichts tun, ohne Türen zuzuknallen? Namibia war ausgedörrt. Wenn sie am Morgen in dem riesigen Haus aufwachte, das Otto in dem Vorort Klein Windhoek – dem langweiligsten, provinziellsten und rückständigsten Flecken auf der ganzen Welt – für sie gebaut hatte, fühlten sich ihr Gesicht, ihre Augen, ihre Lippen, ja sogar ihre Zähne ausgetrocknet an. Obwohl sie sich jeden Morgen von oben bis unten mit Bodylotion einrieb, schienen die Fältchen auf ihrer weißen Haut immer tiefer zu werden. Sie wagte schon nicht mehr zu lachen, und es gab auch kaum etwas zum Lachen. Seit fast drei Jahren lebte sie nun in diesem Kaff, während Otto immer mehr Land aufkaufte und davon träumte, die exklusivste, luxuriöseste und begehrteste Lodge im ganzen südlichen Afrika zu bauen. Was Paola anging, konnte er bauen, was er wollte, *wenn er nur sie von hier wegbrachte!* Es war ein Schrei aus tiefstem Herzen, den Otto jedoch standhaft ignorierte.

Er hatte ein erstklassiges Grundstück auf den Hügeln oberhalb der Stadt gekauft, eine weitläufige Villa gebaut und mit teuren Möbeln voll gestopft, aber das gab ihr nichts zu tun. Nach zwei Jahren wurde Paola der Preis für ihre Ehe langsam bewusst. Ihr Job bestand darin, Ottos geschäftliche und politische Freunde zu unterhalten und dabei immer gut auszusehen und charmant zu sein. Die unterschiedlichsten Leute gingen zu allen Tages- und Nachtzeiten in dem Haus an der Lerner Street aus und ein. Angehörige der ehemaligen deutschen Kolonie, die alle Chancen auf eine wohlhabende und politisch einflussreiche Zukunft vertan hatten, indem sie mit den früheren Kolonialisten stimmten, witterten in Otto, der inzwischen mit einem halben Dutzend Ministern befreundet war, die Gelegenheit für eine finanzielle – wenn nicht gar politische – Wiedergeburt. Paola graute es allein bei ihrem Anblick. Sie fuhren in protzigen Limousinen vor, mit roten Knien über stämmigen Waden und immer mit Wollsocken an den Füßen, egal bei welchem Wetter. In welchem Jahrhundert lebten sie ihrer Meinung nach? Ihre riesigen Bäuche quollen über die sandfarbenen Shorts, und an ihren buschigen Bärten war abzulesen, was sie wirklich waren – Bauern, die kaum das Mittelalter hinter sich hatten. Je länger Paola in dem Land blieb, desto größer wurde ihre Abneigung gegen diese Männer. Und erst ihre Frauen! Nicht eine mit einem modischen Haarschnitt oder einem schicken Kleid. Paola war ein Fremdkörper unter ihnen, eine europäische Rose inmitten von wild wucherndem Buschwerk. Sie hasste sie. Was auf Gegenseitigkeit beruhte.

Sie hörte das Mädchen singen, als es den Eimer in die Blumenrabatten entlang der Einfahrt leerte. Das war das andere Übel. Ein Land, voll mit diesen Mischlingsmädchen: zarten, hübschen Geschöpfen mit kaffeebrauner Haut, biegsamen Gliedern und entsprechender Moral. Paola konnte natürlich nichts beweisen, dafür war Otto zu gerissen, aber der Gedanke ließ sie nicht mehr los. Diese Estrella, oder wie sie hieß, war ihr ein besonderer Dorn im Auge. Sie konnte das kleine Miststück nicht ausstehen. Wie gern hätte sie sie rausgeworfen, aber Otto blieb eisern. Sie sei eine tüchtige Arbeitskraft, hatte er gesagt, als er das letzte Mal zu Hause war. Das kann ich mir vorstellen, hatte ihr bereits auf der Zunge gelegen. Doch sie hatte sich zurückhalten können. Es war ein Zeichen, wie weit sie schon gesunken war – sie buhlte mit den Dienstboten um die Aufmerksamkeit ihres Ehemanns.

Teilnahmslos wandte sie sich von der Tür ab und ging in das große Schlafzimmer hinauf, das sie mit Otto teilte. Allerdings konnte sie sich kaum mehr erinnern, wann sie zum letzten Mal gemeinsam darin geschlafen hatten. Otto verbrachte die meiste Zeit fern von Windhoek auf Baustellen oder in den verschiedenen Lodges, die er besaß. Sie öffnete die schwere, geschnitzte Tür und betrachtete den Raum und den Ausblick auf die Hügel hinaus. Trockene gelbliche Flächen, von dunkelbraunen beschnittenen Akazien unterbrochen. Sie hasste das intensive, klare Licht, das alle so bezauberte. Sie sehnte sich nach dem milden Licht von Rom oder Menorca zurück. Sie sehnte sich mit einer Inbrunst nach Europa, wie sie es nie für möglich gehalten hätte. Zwei- oder dreimal im Jahr fuhr sie nach Rom, um Francesca zu besuchen, aber die Besuche wurden zunehmend belastender, da ihre Mutter langsam, aber sicher in die mittleren Jahre kam und ihre Furcht, ohne Ambers Großzügigkeit und Unterstützung unterzugehen, allmählich immer mehr wuchs. Bei dem Gedanken an Amber spannten sich Paolas Lippen an. *Madame la Présidente.* So nannte man sie. Obwohl sich Paola nicht in Ambers Kreisen bewegte, drangen immer Neuigkeiten zu ihr durch. Tendé Ndiaye war jetzt Außenminister und wurde zum zukünftigen Präsidenten aufgebaut. Die Frau eines Diplomaten hatte dies auf einer unerträglichen Cocktailparty, zu der Paola hatte gehen müssen, bewundernd angemerkt. Gern hätte sie die Erinnerung daran aus ihrem Gedächtnis gestrichen.

»Sie ist Ihre Schwester, nicht wahr? Erstaunlich, wie die Dinge sich entwickeln.«

»Was für Dinge?«, fragte Paola und funkelte sie an.

»Ach, wo sie ist. Sie führt doch ein ganz anderes Leben als Sie. Man sagt, ihr Mann wird Präsident. Wie aufregend. Sie sind so ein hübsches Paar – die Kinder sind absolut hinreißend. Haben Sie selbst auch welche?« Die Frau lächelte boshaft. Paola schüttelte den Kopf.

»Nein«, antwortete sie knapp und wandte sich ab. Sie brauchte nicht daran erinnert zu werden, wie wundervoll Ambers Leben sich entwickelt hatte. Und auch nicht daran, wie langweilig und vorhersehbar ihr eigenes war.

Und um alles noch schlimmer zu machen, hatte Otto sie informiert, dass die nächste Runde der Friedensgespräche zwischen den Kriegsparteien in Angola in der Outjo-Lodge stattfinden werde, und dass Tendé und sein Vater daran teilnehmen würden. Mali war der neutrale afrikanische Staat, der den Weg zum Frieden ebnen helfen sollte. Paola hatte Otto nur mit offenem Mund angestarrt. Je weniger sie von Amber hörte, desto besser. Und jetzt kam sie auch noch her. Allein der Gedanke machte sie krank. Sie warf sich auf die weiche Matratze und starrte an die Decke.

94

Becky blickte noch einmal auf die Nachricht in ihrer zitternden Hand. Es war die dritte in dieser Woche. Sie hörte, wie die Galerietür aufging, und steckte den Zettel schnell in die Schublade. Es war Godson.

»Hallo«, sagte er und trat ins Büro. »Was ist los? Du siehst aus, als hättest du einen Geist gesehen.«

»Ach nichts.« Sie schüttelte den Kopf. »Wie steht's? Sind die Kisten aus Jo'burg angekommen?«

»Nein, ich hab den Laden angerufen. Sie sollten gegen vier hier sein, hat Steenmarken gesagt.« Godson zog sein Jackett aus. »Geht's dir wirklich gut?«, fragte er noch einmal besorgt.

»Ja, sicher. Ich geh nur schnell mal um die Ecke und hol Kaffee. Ich bin ein bisschen müde. Möchtest du irgendwas?«

Godson schüttelte den Kopf. »Nein. Ich hab Papierkram zu erledigen. Eine große Bestellung von der Elfenbeinküste ist reingekommen, hast du sie gesehen? Mit E-Mail. Von einem amerikanischen Ehepaar.«

Becky nickte abwesend und stand auf. »Bin gleich wieder da.« Sie fühlte sich nicht in der Lage, Godson die Nachrichten zu zeigen, die im Lauf des letzten Monats mit alarmierender Regelmäßigkeit eingetroffen waren. Die erste war an den Holzrahmen der Galerie geheftet und an den Besitzer adressiert gewesen. Sie öffnete den Umschlag und starrte einen Moment lang verständnislos auf den Text. *Verlass unser Land,* stand dort in kühnen Schriftzügen. Sie warf den Zettel in den Abfall und dachte nicht mehr daran. Doch als der zweite und dritte Brief eintrafen, wurde die Drohung immer schwerer zu ignorieren.

Seltsamerweise scheute sie sich, sich an Godson zu wenden. Sie wusste nicht, warum. Es lief gut bei ihnen – die Galerie galt als eine der besten in Simbabwe, wenn nicht im ganzen südlichen Afrika. Sie verdienten immer noch nicht viel Geld – der schlechte Wechselkurs und der langsame Niedergang der Wirtschaft in Simbabwe ließen nur geringe Profite zu –, aber Geld war nicht alles, wie sie und Godson sich ständig sagten. Sie hatten sich eine herausragende Stellung in Harare geschaffen, und nun, da sie durch Internet mit dem Rest der Welt verbunden waren, meldeten sich Käufer von überall her. *Deluxe* war ein sich ständig wandelnder und entwickelnder Ort, an dem die talentiertesten Künstler der Gegend ihre Werke ausstellen und verkaufen konnten. In der südafrikanischen *Daily Mail* war sogar ein Artikel über sie erschienen. Becky hatte fünfzig Exemplare bestellt und sofort einige nach England und Bamako geschickt. Sie und Godson waren ein ungewöhnliches Team – er mit seinen taillenlangen Dreadlocks und dem lebendigen, dunklen Gesicht, sie mit ihren roten Haaren und ihrem Porzellanteint. Aber trotz aller Verschiedenheit hatte es funktioniert. Alle kannten sie. Selbst Henry war vor einem Jahr vorbeigekommen, um ihr zu sagen, dass er nach England zurückgehe.

»Ich beneide dich«, hatte er am Ende gesagt. »Du hast geschafft, was mir nicht gelungen ist. Dabei bin ich von hier.« Sie wusste nicht, was sie darauf erwidern sollte. Ihr war klar, wie viel es ihn gekostet hatte, das zuzugeben. Aber Henry suchte auch an den falschen Orten und auf die falsche Weise nach Heimat. Sie umarmte ihn, traurig, dass es nicht für sie beide geklappt hatte, und sah ihm nach, als er aus der Tür und aus ihrem Leben verschwand. Sie wusste, was er gedacht hatte, als er hereingekommen und sie und Godson über einen Katalog gebeugt sah – aber es war ihr egal. Es wäre ohnehin sinnlos gewesen, es ihm zu erklären. Sie verstand die Beziehung ja selbst nicht ganz.

Sie spürte eine Hand, die ihr den Nacken hinaufstrich, und sah auf. Es war Godson. Er war ihr in das Café gefolgt. Sie lächelte ihn matt an.

»Also raus damit, Becky, was ist los? Du läufst schon tagelang so niedergeschlagen herum.« Er setzte sich neben sie. Sie verkrampfte sich, dann holte sie tief Luft.

»Es ist nur … Ich kriege ständig diese Briefe – Zettel eigentlich. Auf denen immer dasselbe steht.«

»Was für Briefe?« Godson sah sie eindringlich an.

»Ach, ich weiß nicht. Bloß: Verlass das Land, hau ab, so was eben.«

»Wovon redest du da?«

»Ich weiß nicht«, wiederholte sie. »Der erste war an die Tür geheftet. Neuerdings werden sie unter der Tür durchgeschoben. Heute Morgen hab ich wieder einen gefunden.« Godson stand auf und strich sich übers Gesicht.

»Was hast du damit gemacht? Hast du sie weggeworfen?«

Sie schüttelte den Kopf, erschrocken über den Ausdruck in seinem Gesicht. »Nein, nur die ersten. Die anderen hab ich in die Schublade meines Schreibtischs gesteckt. Wo gehst du hin?«

»Ich bin gleich wieder zurück«, rief er über die Schulter und lief aus der Tür. Sie sah ihm nach und fragte sich, was er vorhatte und was der plötzliche Ausdruck von Angst auf seinem Gesicht bedeutete. Es sah ihm gar nicht ähnlich, sich vor etwas zu fürchten. Sie spürte, wie ihr ein kalter Schauer über den Rücken lief. Reiß dich zusammen, ermahnte sie sich. Wahrscheinlich bloß ein verärgerter Künstler oder ein früherer Angestellter – sie hatte vor ein paar Wochen eine der Putzfrauen rausgeworfen und einen Monat davor einen Wachmann – sicher nichts Ernstes. Sie trank ihren Kaffee aus.

Godson kam erst am späten Nachmittag zurück. Becky sah auf, als er durch die Tür kam.

»Wo bist du denn gewesen?« Er hängte seine Jacke auf.

»Ich hab die Briefe jemandem gezeigt und gefragt, ob sie ernst zu nehmen sind. Du weißt schon. Ob man sich Sorgen machen muss.«

»Godson, wahrscheinlich stammen sie von jemandem, den ich rausgeworfen hab, oder von einem Künstler, den wir abgelehnt haben. Ich bin sicher, dass nichts weiter dran ist.« Becky versuchte, sich lachend darüber hinwegzusetzen, aber Godson lachte nicht.

»Hör zu«, sagte er und trat zu ihr. Besorgt sah sie zu ihm auf. Noch nie hatte sie ihn so ernst gesehen. »Nimm das nicht auf die leichte Schulter. Siehst du keine Nachrichten? Liest du keine Zeitung?«

»Godson, du machst mir Angst.« Er beugte sich vor.

»Tut mir Leid.« Sein Gesicht war ganz nahe an ihrem. Sie hielt den Atem an. »Du solltest vorsichtig sein. Komm nicht mehr allein her. Nicht ohne mich oder einen der Wächter.«

»Ach, sei nicht albern. Es ist nichts, ganz sicher. Ich werde vorsichtig sein, bestimmt«, fügte sie mit einem Blick auf seinen gequälten Ausdruck schnell hinzu. Er ging zu seinem Schreibtisch hinüber.

»Ich meine es ernst. Es ist kein Scherz. Wir leben in gefährlichen Zeiten.« Becky unterdrückte ein Lachen. Harare? Gefährlich? Ja, sie hatte Horrorgeschichten über weiße Farmer gelesen, die von ihrem Land vertrieben und deren Farmen enteignet wurden. Aber sie lebten in Harare. Hier war es ruhig, friedlich und zivilisiert. Hier konnte nichts dergleichen passieren. Dennoch sagte sie nichts. Sie und Godson waren bereits auf eine seltsame, widersprüchliche Weise miteinander verbunden, und sie wusste nicht, wie sie sich verhalten sollte. Sie senkte den Kopf und wandte sich wieder ihrem Computer zu.

Um halb sechs, kurz bevor die Dämmerung einbrach, erhob sich Godson und zog sein Jackett an. Becky blickte auf.

»Komm, lass uns was trinken gehen.« Er fuhr seinen Computer herunter. Den ganzen Nachmittag hatte er geschwiegen. Sie zögerte einen Moment und nickte dann. Auch sie hatte Lust auf ein bisschen Abwechslung nach der Spannung, die sich aufgebaut hatte.

»Gut. Ich bin gleich fertig.« Sie machte ebenfalls ihren Computer aus, nahm ihre Tasche und ging schnell zur Toilette. Sie frischte ihren Lippenstift auf, bürstete sich das Haar und nahm einen Schal von der Garderobe im Gang. Man wusste ja nie, wie der Abend enden würde. Das war mit das Beste bei der Zusammenarbeit mit Godson – am Freitagabend, wenn im *Deluxe* keine Veranstaltung war, gingen sie gemeinsam zu *Régine's,* der Bar an der Ecke, und danach konnte alles Mögliche passieren: Ein illegales *sheheen* in M'bare, eine Party mit ihren Freunden in den nördlichen Vororten, eine wilde Taxifahrt nach Chitungwiza, wo er wohnte, ein Fest bei seinen Freunden oder ein improvisiertes Konzert. Sie war gern mit ihm zusammen. Aber sie mochte auch andere Dinge, dachte sie, während sie sorgfältig die Lippen nachzog. Gerade noch rechtzeitig hielt sie inne. Es hatte keinen Sinn, darüber nachzudenken. Sie drehte das Licht aus und ging ins Büro zurück.

»Fertig?«, fragte er und hielt ihr die Tür auf. Sie nahm ihre Tasche und folgte ihm in die kühle Nachtluft.

Sie wollte das nicht, ermahnte sie sich streng, während alles um sie zu schwanken begann. Es war falsch und dumm und würde zu nichts führen – das alles hatte sie schon mit Godson besprochen und auch sich selbst gesagt. Dieser eine kleine Fehler, den sie beide begangen hatten – nun, einen Fehler konnte man noch hinnehmen. Aber zwei? Sie würde doch keinen weiteren machen, oder? Sie bekam Schluckauf. Sie hatte viel zu viel getrunken. Godson war mit einem Mädchen auf der Tanzfläche. Als sie die beiden beobachtete, fragte sie sich flüchtig, ob er sie kannte. Hatte er? Sie versuchte, gleichgültig zu wirken, als Steven und Keith, Godsons beste Freunde, vom Rand aus beobachteten, wie er mit seiner Eroberung verschwand. Sie gingen oft zu viert aus. Das Gefühl der Kameradschaft, das zwischen ihnen herrschte, hatte sie noch nie mit Männern erlebt. Lag es vielleicht daran, dass sie weiß war? Aber sie behandelten sie wie einen Kumpel, fast wie einen der ihren. Manchmal sah sie sich in einer Bar um und stellte fast erschrocken fest, dass sie die einzige Weiße war. Doch gemeinsam mit Godson und den anderen beiden schien das keine Rolle mehr zu spielen. Allmählich gewöhnten sich alle an ihren Anblick und daran, dass sie genauso viel trank wie sie und schallend über die Scherze lachte, selbst wenn sie nicht verstand, worum es ging. Es kam ihr vor, als wären sie vier schon immer zusammen gewesen, würden sich schon ihr Leben lang kennen. Es war ganz anders als ihre Freundschaft mit Amber und Madeleine oder gar mit Nadège, mit der sie sich ab und zu immer noch traf. Es gefiel ihr, dass die drei Zirkel sich untereinander nicht kannten. Nadège reagierte zuweilen etwas pikiert, wenn Godson auf einer ihrer Partys auftauchte, und wenn sie gesehen hätte, wie sich Becky um vier Uhr früh von Steven Rum einflößen ließ, wäre sie entsetzt gewesen. Amber hätten die drei gefallen, dessen war sie sich sicher – aber Amber lebte inzwischen auch in einer ganz anderen Welt. Tendé war der jüngste Außenminister des Landes und auf dem Weg, eines Tages Präsident zu werden. Sie hatten zwei Kinder, und Amber war jetzt Ehefrau und Mutter. Ihre Freundinnen waren plötzlich viel seriöser und erwachsener geworden. Auch Madeleine. Sie hörten kaum noch etwas voneinander. Madeleine lebte inzwischen mit James in Genf und bekam ein Baby. Was sie wohl von ihrem Leben halten würden, und von Godson? Sie schüttelte den Kopf. Aber zwischen ihnen war ja auch nichts, erinnerte sie sich.

»Hey, Aldridge!«, rief Keith über die Bar zu ihr herüber. »Was trinkst du?«

»Rum und Cola«, antwortete sie. »Den letzten.«

Er hob mahnend den Finger, dann grinste er sie an. »Das behauptest du immer.« Kurz darauf schob er ihr ein Glas über den Tisch zu, an dem Kondenswasser hinunterlief. Es war höllisch heiß in der Bar. »Was steht an heute Nacht?«, fragte er und zog sich einen Stuhl heran. Sie zuckte die Achseln und versuchte, den Blick gerade zu halten.

»Keine Ahnung«, erwiderte sie und nahm einen Schluck. »Also, ich meine – kannst du ein Geheimnis für dich behalten, Keith?«, fragte sie plötzlich. Er sah sie misstrauisch an.

»Kommt darauf an. Was denn?«

»Ach, du weißt ja, wie es steht.« Sie bemerkte, dass sie leicht lallte. »Es ist ja so, dass ich diesen …« Keith legte ihr warnend einen Finger auf den Mund. Sie brach ab und fuhr verblüfft zurück.

»Nicht«, sagte er und rückte näher. »Ernsthaft, Becky. Ich hab's mitgekriegt und alle anderen auch. Ich rate dir nur, es nicht zu tun. Es ist toll, was ihr beide da habt, die Galerie und alles. Verdirb das nicht, in Ordnung?«

Becky sah ihn unsicher und betroffen an. »Aber ich hab doch nichts *getan.*«

»Vielleicht noch nicht. Aber es ist ziemlich offensichtlich.

Du magst ihn, nicht?« Sie nickte bedrückt. »Dann hör mir zu. Ich bin sein bester Freund. Du vergeudest deine Zeit.«

»Aber warum? Ich weiß ja, dass er verheiratet ist, aber ich hab seine Frau praktisch nie zu Gesicht bekommen. Auf mich wirkt das nicht wie eine gute Ehe.«

»Becky, lass es, okay? Schlag's dir einfach aus dem Kopf. Das sag ich dir als Bruder – es ist zu deinem eigenen Besten. Godson ist ein toller Typ und alles, aber du würdest bloß verletzt werden.«

»Aber ich mag ihn wirklich«, beharrte sie und spürte, wie ihr die Tränen kamen. »Wirklich.«

»Ich weiß.« Keith drückte ihren Arm. »Komm, wir tanzen ein bisschen.« Sie wischte sich die Augen und stand auf. Alles um sie schwankte gefährlich. »Komm, halt dich an mir fest.« Keith zog sie lachend hoch.

Am nächsten Morgen wachte sie mit furchtbaren Kopfschmerzen und Gott sei Dank wenig Erinnerung an die Unterhaltung mit Keith auf. Sie lag im Bett und beobachtete, wie die Sonnenstrahlen über den Holzboden strichen, während ihr Kopf hämmerte. Es war Sonntagmorgen – was sollte sie tun? Etwas frühstücken, dachte sie und schwang vorsichtig die Füße aus dem Bett. Dann rüber zu Nadège und vielleicht etwas schwimmen, wenn ihr danach war. Was Godson wohl machte, fragte sie sich kurz. Wahrscheinlich war er bei seiner Familie, wie es sich gehörte.

Sie saß auf der Bettkante und dachte einen Moment über ihn nach. Wann hatte es angefangen? Sie wusste nicht genau, wann sie ihn im Büro der Galerie zum ersten Mal auf diese Weise wahrgenommen hatte, als er mit fliegenden Dreadlocks und voller Begeisterung und Tatendrang hereingestürmt kam. Die Galerie lief immer besser. *Deluxe* war in letzter Zeit total ausgebucht. Es musste etwa um Weihnachten herum begonnen haben, als jeden Abend eine Veranstaltung stattfand und sie mehr Zeit in der Galerie als zu Hause verbrachten.

»Was machst du an Weihnachten?«, hatte sie ihn gefragt, bevor sie während der Feiertage eine Woche schließen wollten. Er verpackte gerade eine Kiste mit Skulpturen aus Speckstein und blickte auf.

»Ach, wahrscheinlich fahr ich nach Hause zur Familie. Ich nehme Adelaide und die Kinder mit.«

»Wo ist das?« Plötzlich wurde ihr bewusst, wie wenig sie von seinem Leben jenseits ihrer gemeinsamen Arbeit wusste.

»In Mbizi. Im Süden, nahe der südafrikanischen Grenze.«

»Und wer lebt dort? Deine Eltern?«

»Ja, meine Mutter.«

»Gibt's nur euch zwei?«

Godson lachte. »Machst du Scherze? Wann hast du schon mal eine afrikanische Familie mit nur einem Kind gesehen? Nein, wir sind acht. Von meinem Vater. Im Ganzen sind wir zwölf.«

»Zwölf? Du hast elf Geschwister, auch wenn einige nur Halbgeschwister sind?« Becky war beeindruckt.

»Wir machen keinen Unterschied zwischen Halb-, Viertel- und Vollgeschwistern. Wir haben noch nicht mal ein eigenes Wort für Cousin. Wir gehören alle zur Familie. So gesehen sind wir über dreißig.«

»Mein Gott. Ich bin zu Hause die Einzige.« Sie reckte den Kopf, um ihn anzusehen. »Und was bist du? Der Älteste?«

»Nein, ich bin der dritte Sohn. Ich hab noch zwei ältere Brüder.«

»Und was machen die? Bist du der Einzige, der als Künstler arbeitet?«

Godson lachte erneut. »Mann, ihr Leute seid vielleicht diplomatisch! Nein, mein ältester Bruder ist Ökonom. Er lebt in London. Ein paar von uns sind im Ausland. Ich war auch einige Zeit in England.«

Becky sah ihn überrascht an. »Davon hast du nie was gesagt! Wo in England?«

Er schüttelte den Kopf und lachte. »Wahrscheinlich warst du nie dort. In Liverpool. Hübsche Stadt. Bisschen rau, wenn du weißt, was ich meine. Ich war zwei Jahre am Polytechnikum – in einem Druckerkurs. Reine Zeitverschwendung.«

»Du hast Recht, ich war nie in Liverpool. Eigentlich war ich nirgendwo in England, außer in Schottland – aber das ist ja nicht England – und im Lake District.«

»Offensichtlich warst du nicht da. Es gab nicht viele hübsche Mädchen am Poly in Liverpool, glaub mir!« Godson schüttelte den Kopf. »Ich hab in Toxeth gewohnt. Üble Gegend. Aber billig.«

»Und warum bist du zurückgekommen? Hast du dir überlegt zu bleiben?«

»Ah, meine Papiere, weißt du. Ich hatte nicht die richtigen Verbindungen. Ein paar Monate hab ich in London bei jemandem auf dem Fußboden geschlafen. Aber nachdem ich keinen Abschluss gemacht hatte – der Kurs hat mich einfach nicht interessiert, verstehst du –, hatte es nicht viel Sinn, dort zu bleiben. Kein Geld, keine Wohnung, du weißt schon. Oder wahrscheinlich eher nicht. Ich dachte mir, es ist besser zu Hause pleite und obdachlos zu sein als in einem anderen Land. Manchmal hab ich darüber nachgedacht. Wenn ich das Richtige getan hätte. Mein Bruder Johnson zum Beispiel, dem geht's gut. Er schickt unserer Mutter Geld nach Hause. Er macht das Richtige. Aber jetzt, wie es sich hier entwickelt, wird's nicht mehr lange dauern und ich kann's genauso machen.«

»Ich kann mir nicht vorstellen, Geld an meine Eltern schicken zu müssen«, sagte Becky nach einer Weile. »Es ist immer umgekehrt. Ich bitte immer sie um etwas.«

»Da sind wir verschieden. Mann, als Afrikaner gehört dir dein Geld nie selbst. Immer gibt's jemanden, der was braucht. Einer muss in die Schule geschickt werden und braucht Schulgeld, Kleider und Fahrgeld, ein anderer braucht eine Wohnung oder ein kleines Darlehen. Es gehört dir nie allein, nie.«

»Aber es hat sich doch alles gut entwickelt, oder?« Sie sah ihn an. Er nickte.

»Ja. Was mich überrascht hat.« Er lächelte sie an. »Als ich dich zum ersten Mal gesehen habe – eine richtige kleine Madam mit gelber Strohtasche und diesem lächerlichen Hut ...«

»Ich hab einen Hut getragen?« Becky war erstaunt.

»Ja, irgendeinen großen Schlapphut. Es war Winter, erinnerst du dich? Und wie du mit mir geredet hast – als hättest du Angst, ich würde beißen.«

»Nun, du hast ein bisschen beängstigend ausgesehen«, sagte sie und lächelte verlegen. »Ich war nicht sicher, was mich erwartet. Gideon hat gesagt ...«

»Ach, der Depp. Vergiss es. Ich hab gedacht, dass du nicht von hier bist. Es ist aber okay geworden. In Ordnung.«

»Wirklich?« Sie richtete sich auf und spürte ein Kribbeln in der Magengegend. Es war die intimste Unterhaltung, die sie im Lauf von drei Jahren geführt hatten. Seltsam, dass man drei ganze Jahre mit jemandem arbeiten konnte, ohne ihn wahrzunehmen, zumindest nicht auf die Weise, wie sie es nun plötzlich tat.

»Godson.« Sie drehte sich langsam um. »Du sprichst nie über deine Frau, über Adelaide. Wann hast du geheiratet?«

Er schwieg einen Moment. »Vor einiger Zeit. Bevor ich nach England ging. Ich war jung. *Sie* war jung.«

»Und hast du Kinder?«

»Zwei. Sie will natürlich mehr, aber ich weiß nicht. Für mich haben sich mit der Galerie, der Kunst und all dem die Dinge geändert. Ich weiß nicht, ob ich noch die gleichen Dinge will. Sie versteht mich nicht. Sie ist ganz anders als ich.«

»Derlei gibt's nicht nur in Afrika«, sagte Becky leise. »Ihr habt nicht das Monopol auf diese Art Veränderung. Das passiert allen. Allen möglichen Leuten. Mir ist das auch passiert.«

»Dir?« Er lachte. »Du – dein Leben – das kommt mir alles von meinem Standpunkt aus ziemlich perfekt vor. Hübsche Becky Aldridge.«

»Ich wünschte, du würdest das nicht sagen«, antwortete sie verärgert.

Er blickte auf. »Was?«

»Hübsche Becky, alberne Becky. Es klingt so herablassend.« Seine Worte hatten sie getroffen.

»Du? Albern? Du machst wohl Witze.« Plötzlich stand er auf.

»Nein. Aber vielleicht bist *du* es. Ich weiß nicht. Es klingt bloß so, als würdest du mich nicht ernst nehmen.« Sie sah den erstaunten Ausdruck auf seinem Gesicht.

»Ich nehme dich ernster, als ich je jemanden genommen habe«, sagte er langsam. »Wie könnte ich auch anders? Ich meine, da ist das Geschäft, die Arbeit, die wir gemeinsam machen. Das ist schließlich kein Kinderspiel, Becky. Also sei nicht …«

»Albern?«, beendete sie seinen Satz. Beide mussten lachen. »Tut mir Leid. Ich bin wohl ein bisschen empfindlich.« Sie setzte sich an den Schreibtisch, spielte mit den Knöpfen an ihrer Bluse und wandte sich ihrem Computer zu.

»Warum? Was quält dich denn?« Plötzlich stand er hinter ihr. Sie saß ganz still und nahm sehr intensiv seine Gegenwart wahr. Sie wollte etwas sagen, doch die Hand auf ihrem Nacken hielt sie ab. Sie erstarrte, alles Gefühl konzentrierte sich auf die kleine Stelle Haut, die er berührte. Er begann, sie vorsichtig und zart zu massieren. »Du bist verspannt. Ist irgendwas passiert?« Sie schüttelte den Kopf und wagte nicht zu sprechen. Ungeduldig wartete sie auf die nächsten, nur allzu bekannten Schritte: dass sie sich umdrehte, ihre Lippen sich trafen, das Agieren nach einem Drehbuch, das sie sicherlich beide gut kannten. Aber das geschah nicht. Godson klopfte ihr leicht zwischen die Schulterblätter und riet ihr, sich zu entspannen, etwas zu trinken, am Abend mit ihm und Steven ein wenig Musik zu hören. Sie solle lockerlassen, sie arbeite zu viel. Das Geschäft laufe doch gut. Sie könne es sich leisten, ein wenig nachzugeben.

Danach war es fast unmöglich, sich auf etwas zu konzentrieren, wenn Godson in der Nähe war, und manchmal selbst, wenn er es nicht war. Es war Weihnachten – Weihnachten im Hochsommer –, und es war heiß. Jeden Abend fuhr sie von Sehnsucht verzehrt in ihren Bungalow mit den zwei Schlafzimmern am Sherwood Drive. Das Tabu, das so lange zwischen ihr und Godson bestanden hatte, hatte sich plötzlich und unerklärlich aufgelöst. Das verwirrte sie. Zu sagen, sie betrachte ihn nicht mehr als Schwarzen, wäre lächerlich und genauso herablassend gewesen, wie sie es ihm vorgeworfen hatte. Dennoch stimmte es seltsamerweise. Alles an ihm, sein Aussehen, sein Akzent, seine Eigenarten, war nicht mehr der Ausdruck von etwas – stand nicht mehr für einen Schwarzen –, sondern einfach für ihn selbst. Es war, als wäre eine Barriere, die früher zwischen ihnen existiert hatte, eingerissen worden und hätte ein wahreres, *echteres* Selbst zum Vorschein gebracht. Die Tatsache, dass diese Erkenntnis hauptsächlich in seiner Abwesenheit stattgefunden hatte – er war für fast drei Wochen weg –, machte alles noch schwieriger. Es gab Dinge, die sie nur mit ihm besprechen konnte, Dinge, die sie immer wieder hin und her überlegte und im Geist mit ihm besprach. Schließlich gelangte sie zu der Überzeugung, dass ihr langsames Herantasten an das, was wirklich zwischen ihnen ablief, ein Prozess war, an dem auch er teilnahm.

Als er in der ersten Januarwoche aus Mbiza zurückkam, überlegte sie fast einen ganzen Abend lang, was sie anziehen, sagen, tun sollte. Sie hatten vereinbart, sich bei Kipi's zu treffen, einer beliebten Bar für weiße Kunstinteressierte, liberale Südafrikaner und die ehemalige Oberschicht. Godson war in dem Kreis inzwischen gut bekannt. Er war dort Beckys »Eroberung«; wie sie die seine war, wenn sie durch die Townships und die Straßen von Chitungwiza zogen, die *sein* Territorium waren.

Sie bemerkte sofort, dass sie sich geirrt hatte. Natürlich hatte sie sich zu viel eingebildet. Er war so freundlich wie immer, genauso fröhlich, offen und freigebig. Nichts hatte sich verändert. Sie hingegen war sich sicher, dass ihr das Interesse und die Begierde ins Gesicht geschrieben standen. Aber Godson schien nichts aufzufallen. Er ging zur Bar, holte Drinks und plauderte mit ihr und den anderen. Als sie schließlich in den immer noch warmen Abend hinausgingen, war Beckys Verzweiflung komplett. Schweigend gingen sie zu ihrem Wagen, und sie bot an, ihn bei einem Freund nicht weit vom Zentrum abzusetzen. Etwas mürrisch und beschwipst beugte sie sich hinunter, um die Tür aufzusperren. Der Schlüssel ließ sich zwar hineinstecken, aber nicht herumdrehen.

»Mist«, sagte sie. »Es klemmt.«

»Lass mich mal.« Godson trat seine Zigarette aus, und gerade als er sich hinunterbeugte, hob sie den Kopf. Es entstand eine kurze Verwirrung, und dann geschah es. Ganz schnell. Ihr Hunger überraschte sie beide.

Später in der Nacht öffnete sie die Augen. Ihr Kopf lag auf seiner glatten dunklen Brust. Die Nachttischlampe brannte noch, und in ihrem sanften Schein betrachtete sie die Haut und die Gestalt des Mannes. Seine Hand ruhte auf ihrem Bauch. Er schien zu schlafen. Die matte Haut faszinierte sie, was ihr Angst machte und sie zugleich beschämte. War sie noch immer nicht darüber hinweg? Hatte sie diese letzte Schicht noch immer nicht durchstoßen, um zu dem Menschen dahinter durchzudringen? Warum faszinierte und bedrückte es sie dann? Sie streichelte mit der Zunge die Haut an seiner Brust. Tausend Bilder schossen ihr durch den Kopf. Kieran, Charlie, Henry, sie waren nichts im Vergleich mit der Lust, die sie gerade erlebt hatte. Amber. Ihr ganzes Wesen war von einem merkwürdigen, sinnlichen Stolz erfüllt. Amber war nicht die Einzige, die eine Grenze überschritten hatte, von der Becky bis jetzt gar nichts gewusst hatte. Nach mehr als drei Jahren Afrika erkannte sie, dass alles davon abhing, dass alles sich um diese Grenze drehte, trotz der Floskeln über die Zukunft und die wundervolle Regenbogennation, die im südlichen Afrika im Entstehen begriffen sei. Es gab keine Regenbogennation und würde nie eine geben, solange dieses Tabu bestand, das von beiden Seiten sorgfältig gehütet wurde. Sie war anders als alle – *sie* hatte die Hand ausgestreckt und ihn berührt. Ihn berührt und die Grenze überschritten, die keiner in ihrer Umgebung zu überschreiten wagte.

95

Amber faltete Beckys Brief zusammen und nagte an ihrer Unterlippe. Woher kam nur ihr Wunsch, dasselbe zu tun wie sie? Immer mit ihr in Konkurrenz zu stehen? Soweit sie sich erinnern konnte, hatte sie sich nie mit ihr über Tendés Hautfarbe unterhalten. Über Religion schon. Am Anfang, als sie konvertieren wollte und Tendé es ihr ausgeredet hatte, hatten sie bei einem ihrer seltenen Treffen gemeinsam mit Madeleine bis in die Nacht hinein geredet. Becky hatte damals ihrer Erinnerung nach weder besonderes Interesse noch viel Verständnis für die Probleme aufgebracht. Ihre Kommentare hatten sich hauptsächlich auf praktische Fragen beschränkt – was Amber anziehen wolle und wie sie sich ihre Lieblingsmagazine beschaffen würde. Und jetzt das. Sie sah wieder auf den Brief in ihrer Hand. Die gute Becky. Sie hatte sich auf etwas eingelassen, was Amber nicht ganz verstand. Als wäre Becky die Einzige, die je mit einem Schwarzen geschlafen hatte. Mit einem *verheirateten* Schwarzen. Amber seufzte, steckte den Brief in die Tasche und ging zum Fenster. Die Kinder plantschten mit drei Freunden im Pool. Sie lächelte. War es möglich, dass fünf Kinder solchen Lärm machen konnten? Bama, ihre Nanny, behielt sie von ihrem üblichen Platz unter dem blühenden Jacaranda-Baum im Auge und lächelte nachsichtig, als Sibi und die Mädchen Handstand und andere akrobatische Tricks vorführten, während Liya aus Bamas schützenden Armen eifersüchtig zusah.

Sie wandte sich vom Fenster ab und ging langsam nach unten. Das Haus, das sie und Tendé neu gebaut hatten, war kaum ein Jahr alt. Amber, die sich nie große Gedanken über ihren Wohnort gemacht hatte – außer dass er bequem und nicht zu weit von öffentlichen Verkehrsmitteln entfernt sein sollte –, entdeckte bei sich, als Tendé zufällig ein Grundstück auf den Hügeln nahe der Stadt angeboten wurde, einen verborgenen Nestbauinstinkt. Das Haus lag mit dem Auto eine halbe Stunde von seinen Eltern entfernt – weit genug, damit sie sich telefonisch ankündigen mussten, aber auch nicht zu weit. Selbst nach vier Jahren hatte sie sich noch nicht an die malische Sitte gewöhnt, einfach bei anderen Leuten hereinzuschneien, egal, welche Termine oder welchen Lebensstil sie hatten. Nachdem Lassana und Werner überraschend wieder in die Schweiz zurückgegangen waren, war ihr Heim sofort zur Erweiterung des Hauses seiner Eltern geworden. Es gab kaum einen Tag, an dem das Haus nicht voller Verwandter war, vor allem, nachdem die Kinder geboren waren. Die Kinder garantierten ihr einen festen Platz in der Familienhierarchie, den sie trotz all ihrer Lektionen in der Landessprache, trotz all des Kochunterrichts und der vielfältigen Annäherungsversuche an Mandia und Ibrahim vorher nicht erreicht hatte. Sie war eine Außenseiterin geblieben. Natürlich waren alle sehr nett zu ihr, aber an ihrer Stellung hatte sich nichts geändert – bis Sibi geboren wurde. Über Nacht schien sie mit der Geburt ihres ersten Kindes etwas bewiesen zu haben – sie hatte einen Sohn! Mandia war entsetzt gewesen, als sie den Wunsch geäußert hatte, das Kind in Bamako zur Welt zu bringen. Ihre Schwiegermutter sah Amber an, als hätte sie den Verstand verloren. Sie musste zur Geburt natürlich nach London fliegen. Etwas anderes kam nicht in Frage. Auch Paris nicht. Es war einfach undenkbar, dass das Kind ihres einzigen Sohnes irgendwo anders geboren wurde als dort, wo Prinzessin Diana ihre beiden Kinder entbunden hatte. Mandias unerschütterliches Vertrauen in das englische Gesundheitssystem sei fehl am Platz, hatte Amber eingewandt, Dianas Kinder seien in einem Privatflügel des Krankenhauses zur Welt gekommen. Nun, dann würde sie eben dorthin gehen, erwiderte Mandia ungerührt.

Im sechsten Monat schwanger bestieg also Amber ein Flugzeug und kehrte erst zurück, als Sibi fast drei Monate alt war. Die schwierige Geburt und die Trennung von Tendé hätten sie fast umgebracht, behauptete sie. Niemals wieder würde sie das durchleiden.

Ein Jahr später, als sie mit Liya schwanger war, bestieg sie trotzdem wieder das Flugzeug, doch diesmal kam Tendé zu Besuch, und Angela und Madeleine fanden Zeit, während der Geburt bei ihr zu sein. Und tatsächlich war es beim zweiten Mal ein wenig leichter. Sie ließ Sibi bei Tendé und seiner Familie und kam mit einer kleinen Schwester für ihn heim, die er sofort ins Herz schloss. In den ersten Monaten ließ er sie gar nicht aus den Augen. Ganz anders als es bei Tendé und seinen Schwestern gewesen war, bemerkte Mandia lachend.

Im Gegensatz zu Sibi war Liya ein ruhiges Kind, leicht zufrieden zu stellen und bemüht, zu gefallen. Sie sei so aufgeweckt wie ihre Mutter, behauptete Tendé, aber ohne Ambers Neigung zur Herrschsucht. Amber protestierte gegen diese Charakterisierung, aber sie traf zu. Sibi war wie sie, der geborene Anführer, der alles im Griff hatte und sowohl die Nachbarskinder als auch die endlose Schar seiner Cousins herumkommandierte. Mit zweieinhalb beherrschte er drei Sprachen und überraschte Amber jeden Tag aufs Neue. Ganz nach Lust und Laune wechselte er von einer Sprache in die andere. Mit Amber sprach er Englisch, trotz ihrer Versuche, sich zu beteiligen, wenn er und Tendé Bambara oder Französisch sprachen. Mit seiner Großmutter sprach er Französisch, mit seinem Großvater Bambara und mit dem Nachtwächter eine Mischung aus Bambara und Peul. Staunend und fasziniert sah sie ihm manchmal zu. Auch schien er sich vor nichts zu fürchten, und ein gewisser Zug von Eigensinn ums Kinn erinnerte sie an Max.

Liya war stiller, mehr wie ihr Vater. Wenn ihre Beziehung zu Sibi von Staunen und Faszination geprägt war, bescherte ihr Liya reine Freude. Sie war ein hinreißender schokoladebrauner Wonneproppen – und wollte um jeden Preis mit ihrem Bruder mithalten.

Amber ging in den Wohnraum und genoss die schlichte Schönheit ihres neuen Heims. Im Gegensatz zu den überladenen, protzigen und viel zu großen Villen, die einige ihrer Nachbarn in der Anlage gebaut hatten, war ihr Haus von klassischer Einfachheit und in Anlehnung an die *Casa Bella* entstanden. Es entsprach Ambers Vorstellung von einem kühlen Ort in einem heißen Klima und besaß einen Pool, einen überdachten Patio und Markisen, die sich vom Wohnraum in den Garten hinaus erstreckten. Sie liebte das Haus auf eine Weise, die sie verwunderte. Angefangen von den hohen, luftigen Decken bis hin zu den geschliffenen Betonböden in allen Räumen. Mandia hatte die Nase gerümpft über das fabrikmäßige Flair des Ganzen und vorgeschlagen, Terrakotta-Fliesen zu besorgen, bis Amber ihr entschieden erklärt hatte, dass sie keine Fliesen wolle. Mandia hatte sie verächtlich angesehen. Eine Fremde eben – wer konnte schon für ihren Geschmack garantieren? Aber selbst sie musste zugeben, dass das Haus, nachdem es einmal eingerichtet war, ein Hort ruhiger Schlichtheit in einer Umgebung scheußlicher Geschmacksverirrungen war.

96

Madeleine betrachtete sich besorgt im Badezimmerspiegel. Sie war im siebten Monat und so dick geworden wie – ihr fehlten die Worte dafür. Die riesigen Brüste, die sie einst scherzhaft James gegenüber erwähnt hatte – in sicherem Wissen, dass sie für immer Vergangenheit wären –, waren zurückgekehrt. Sie schaffte es kaum über sie hinweg auf ihren Bauch zu sehen. In der Frühe starrten die Leute in der Straßenbahn sie an, überzeugt, sie würde gleich niederkommen. Sie habe noch acht Wochen, wollte sie ihnen zurufen, und werde nicht irgendwo »werfen«, wie James es so charmant ausdrückte. Gleichzeitig wurde sie immer dicker und dicker.

Sie zog ihr Kleid wieder über den Bauch und watschelte zur Toilette. Watscheln war der richtige Ausdruck. Sie sah aus und fühlte sich genau wie eine Ente. Wie eine fette, gemästete Ente.

Sie hörte, wie die Haustür aufging. James war zurück. Er würde auf Zehenspitzen den Raum betreten, um zu sondieren, in welcher Stimmung sie war, bevor er sie begrüßte. Der arme Tropf. So ging es nun schon, seitdem sie herausgefunden hatte, dass sie schwanger war. Ihre Stimmungsschwankungen waren beunruhigend und nicht vorhersehbar. An manchen Tagen fühlte sie sich himmelhoch jauchzend, an anderen kam sie kaum aus dem Bett hoch, weil Verzweiflung sich wie eine Staubschicht über sie legte. Alles vollkommen *normal,* hatte der französische Gynäkologe gemeint. Sie war sich nicht so sicher.

»Hey«, hörte sie ihn hinter sich sagen. Lächelnd drehte sie sich um und sah die Erleichterung in seinen Augen.

»Hallo.« Sie versuchte, sich die Trostlosigkeit nicht anmerken zu lassen, die sie bei ihrem eigenen Anblick verspürt hatte.

»Schönen Tag gehabt?« Er stellte seine Mappe auf den Boden und trat auf sie zu. Sie nickte kurz.

»Gut. Ich bin früher heimgegangen.« Sie ließ sich von ihm umarmen und versuchte, nicht daran zu denken, wie gut sie früher in seine Arme gepasst hatte. Jetzt kam er kaum mehr um sie herum. Hör auf, tadelte sie sich entschieden.

»Irgendwas nicht in Ordnung?«

»Nein, ich bin nur müde. Ich dachte, ich könnte zu Hause weiterarbeiten. Aber dann hab ich mich auf die Couch gelegt und bin erst aufgewacht, kurz bevor du reinkamst.«

»Du weißt ja, was der Arzt gesagt hat. Viel Ruhe.« Er küsste sie auf die Nasenspitze. »Also, worauf hättest du heute Abend Lust? Es ist Freitag, wie wär's mit Kino?«

Sie schüttelte den Kopf. »Ach James, ich geh nicht gern aus dem Haus. Ich komme mir so fett und scheußlich vor.« Sie biss sich auf die Lippe. Sie wollte nicht so niedergeschlagen klingen, fühlte sich aber so. Sie spürte, wie er einen Schritt zurücktrat.

»Na schön. Ich könnte in den Video-Laden runterlaufen und einen Film holen. Soll ich auf dem Rückweg vielleicht was vom Chinesen mitbringen?« Sie nickte, halb schuldbewusst. Sie war kaum dreißig, aber sie benahm sich wie ihre keifende, übellaunige Mutter, genauso wie sie nie hatte werden wollen. Maja hatte ihr und Imre allmählich alle Lebensfreude ausgetrieben. Als Kind hatte Madeleine mit stillem Groll beobachtet, wie ihre Mutter sie alle in die Mangel nahm. Sie hasste sie dafür, obwohl sie wusste, dass Maja nur wegen des Leids, das sie ertragen musste, so geworden war. Doch welche Entschuldigung hatte sie selbst vorzubringen? Einen netten und liebevollen Mann, einen festen Job, gute Freunde. Worüber um alles in der Welt konnte sie sich beklagen?

»Bis gleich.« James ging zur Tür. Madeleine seufzte. Wahrscheinlich war er froh, von ihr fortzukommen, bis sie sich wieder eingekriegt hatte. Sie ging in die Küche und goss sich ein kleines Glas Wein ein. Gott sei Dank runzelte hier niemand die Stirn über ein gelegentliches Gläschen Wein mit einem Stück Weichkäse. Sie nippte vorsichtig daran und sah hinaus. Es war Februar. Genf war in dichten Nebel und eisigen Regen gehüllt. So schön die Stadt in ihrem Winterkleid auch war, Madeleine bemerkte es nicht. Sie sehnte nur den Tag herbei, an dem ihre Schwangerschaft endete und ihr Leben wieder in normalen Bahnen verlief. Trotz James' besorgten Hinweisen schien sie nicht zu realisieren, dass hier genau das Problem lag: Ihr Leben *würde* nicht mehr normal werden. Sie sei in einen anderen Lebensabschnitt getreten, und an die Stelle der hektischen Reisen und langen Nächte der vergangenen drei Jahre würden ganz andere lange Nächte treten. Sie sah seine Sorge, blieb aber dennoch zuversichtlich, dass ein Kind ihr Leben nicht verändern würde. Sie habe nicht so hart gearbeitet und sei nicht so weit gekommen, um sich von einen Baby vorschreiben zu lassen, wie es von nun an weitergehen sollte. Sie würde nicht eine dieser Mütter werden. Sie sah die Verzweiflung in seinem Gesicht und schwieg. Die Wahrheit war viel komplexer, als sie sich einzugestehen traute. Sie hatte Angst. Todesangst. Was, wenn es schief ging? Und gerade dann, wenn sie es am wenigsten erwartete, schlichen sich unverhofft Erinnerungen ein – Schuldgefühle, Momente des Bedauerns, flüchtige Fragen –, und alle Bemühungen, die Vergangenheit unter Verschluss zu halten, waren vergeblich. Sie hasste diese Momente der Schwäche, konnte aber nichts dagegen tun. Ihre Erinnerungen drohten immer wieder, sie aus der Bahn zu werfen. Es war einfach unwahrscheinlich, dass all ihre Erlebnisse der letzten zwanzig Jahre sie nicht einholen und es ihr unmöglich machen würden, ein Leben wie alle anderen glücklichen jungen Frauen zu führen. Frauen wie Amber zum Beispiel. Sie hatte Amber und Tendé im Lauf der letzten Jahre zwei Mal in Bamako besucht und war jedes Mal verblüfft gewesen, mit welch heiterer Gelassenheit Amber ihr Leben organisierte. Jedes Mal war sie verwirrt zurückgekommen angesichts des Durcheinanders und Chaos, das in ihrem Leben *immer noch* herrschte. Sie war dreiunddreißig. Wann würde alles ins Lot kommen? Wann?

Sie hörte James die Haustür öffnen. Sie trank ihren Wein aus und wandte sich von der Spüle ab, entschlossen, diesen Abend nicht wieder in Tränen untergehen zu lassen.

97

Sie war nicht sicher, wie es dazu gekommen war, wer sie vorgestellt und sich dann entfernt hatte, um sie neben dem schönen sechzehnjährigen Sohn ihrer Nachbarn stehen zu lassen. Sie blieb mit Dieter Velton allein zurück, der erklärte, dass er gerade aus dem Internat in Südafrika zurückgekommen war, während sie versuchte, ihn nicht offen anzustarren. Sie tranken eisgekühlten Wein, und sie sah sich nach seiner Mutter um. Sechzehn? Paola schluckte. Dieter Velton war geradezu der Inbegriff eines fitten Teenagers, der sein Leben im Freien verbracht hatte. Aus seiner ungewöhnlichen Schönheit schien er sich nicht viel zu machen. Bei seinen Eltern, die Paola im Lauf der drei Jahre, die sie hier lebte, ein paar Mal getroffen hatte, zeigte sich keiner der physischen Vorzüge, die ihren Sohn auszeichneten. Er war gut über eins achtzig, mit der agilen Anmut des geborenen Sportlers, hatte aschblondes Haar, dunkelbraune Augen und ein oder zwei kleinere Makel, die sein Gesicht vor allzu großer Perfektion bewahrten. Zum Beispiel den leicht schiefen Vorderzahn, dazu ein Grübchen auf der linken Wange, das seinem Lächeln etwas Liebenswertes, ebenfalls leicht Schiefes gab. Paola registrierte all dies mit einem leichten Schock. Die Tatsache, dass er sie offensichtlich für die schönste Frau bei der Nachmittagseinladung hielt, trug zu ihrer Verwirrung nur noch bei. Sie fragte ihn nach seiner Schule, er zuckte die Achseln und stellte ihr Fragen über Rom. Er könne es gar nicht erwarten, hier rauszukommen, seinen Abschluss zu machen und um die Welt zu reisen. Einige seiner Freunde besäßen eine Jacht, und sie wollten nach Maputo rüberfahren und von dort lossegeln. Paola lauschte den Teenager-Fantasien, ohne sie als solche zu erkennen. Plötzlich sehnte sie sich danach, wieder sechzehn zu sein, mit Bernadette, Enrico und Pablo in einer der Bars auf Menorca zu sitzen, Campari-Orange zu trinken und mit den schönen jungen Männern zu flirten. Einen kurzen Moment lang wünschte sie sich nichts mehr als die sorglose Sicherheit jener Zeit, als Max noch lebte und sie und Francesca nichts anderes zu tun hatten, als sich herauszuputzen und sich im Glanz seiner Bewunderung zu sonnen. Hier in der trockenen Hitze des namibischen Sommers mit dem hübschen Teenager von gegenüber fühlte es sich an, als wäre es gestern gewesen, als wäre es noch immer möglich. Wie sonst hätte sie die beiläufig ausgesprochene Einladung erklären können, mit ihr am nächsten Tag nach Outjo zu fliegen? Er hatte die Lodge nie gesehen, hatte nie auf der breiten überdachten Terrasse gesessen, um auf den Damm hinauszusehen, den Otto extra hatte bauen lassen, um am Abend die Tiere an die Wasserstelle zu locken. Sie sah, wie geschmeichelt er sich von der Einladung fühlte, und er war unbekümmert genug, um sie ohne Nachdenken anzunehmen. Er war nicht der Typ, der seine Eltern um Erlaubnis fragte. Sofort erkannte sie die gleiche rebellische Überheblichkeit, die sie als Teenager gehabt hatte. Otto war in Deutschland und würde erst in der folgenden Woche wieder zurückkommen. Sie hätten eine ganze Woche für – Spaß? Mit einem Sechzehnjährigen?

»Dann bis morgen, Dieter«, murmelte sie und entfernte sich von ihm, als sie seine Mutter kommen sah. »Ich schick dir den Fahrer, um dich abzuholen. Gewöhnlich fliegen wir um acht Uhr ab. Kannst du so früh aufstehen?«

»Aufstehen?«, fragte er grinsend. »Ich geh heute Abend mit ein paar Schulfreunden aus. In einen Club im Township. Wahrscheinlich gehen wir gar nicht ins Bett.« Er wandte sich seiner besorgten Mutter zu. Paola zwinkerte ihm zu und ging schnell weg.

Am folgenden Morgen wachte sie früh auf und lauschte dem Vogelgezwitscher vor dem Fenster. Die Kühle der Nacht hielt noch an. Sie warf die Decke zurück, bewegte die Zehen und versuchte, bei dem Gedanken an den bevorstehenden Tag nicht allzu aufgeregt zu sein. Die kleine goldene Uhr auf dem Nachttisch zeigte, dass es noch früh war. Viertel vor sechs. Sie überlegte sich, was sie anziehen sollte – nichts zu Auffälliges, etwas Hübsches. Sie hielt inne. Bei Tageslicht besehen, kam ihr die Idee, mit dem jungen Nachbarssohn nach Outjo zu fliegen, ziemlich albern vor – sogar erbärmlich. Sie drehte sich um. Sie sollte die ganze Sache absagen, bevor sie sich zum Narren machte. Aber was konnte sie sonst tun? Hier gab es weit und breit nichts Interessantes, zumindest nicht für jemanden wie sie. Keine Läden, die es wert waren, besucht zu werden, keine Cafés, in denen sie gesehen werden wollte, keine Kinos und keine nennenswerten Theater. Nichts als die weite, unbarmherzige Landschaft, die jeder hier so zu lieben schien. Wer konnte es ihr also verübeln, dass sie sich nach ein wenig Abwechslung umsah? Und dafür war Dieter Velton perfekt.

Der Flugplatz war wie ausgestorben, als sie auf den Parkplatz fuhr. Sie sperrte den Wagen ab und ging schnell zu dem Hangar, in dem Otto seine beiden Cessnas untergestellt hatte. Franz, sein deutscher Pilot, würde wahrscheinlich dort drinnen die Maschine durchchecken, bevor sie sich auf den kurzen Flug begaben. Sie fragte sich, wo Dieter war – von dem schwarzen Mercedes, den sie ihm geschickt hatte, war nichts zu sehen.

»Guten Morgen.« Franz trat aus einer Ecke und wischte sich die Hände ab. Paola blieb stehen. Sie konnte den aufgeblasenen Schnösel nicht ausstehen. »Da wartet jemand auf Sie, Frau von Kiepenhauer. Nehmen wir ihn mit?«

Paola nickte knapp. »Wann können wir starten?«, fragte sie und sah sich nach Dieter um.

»In etwa zehn, fünfzehn Minuten. Der junge Mann ist drüben bei der Kaffeemaschine.« Er machte mit dem Kopf ein Zeichen in Richtung der Büros. »Ich werfe die Motoren an.« Er verschwand. Paola strich sich nervös mit der Zunge über die Lippen und ging mit klopfendem Herzen hinüber. Über dem Cola-Automaten konnte sie Dieters zerzaustes Haar sehen. Sie räusperte sich, und er sah lächelnd auf. Sie spürte, wie sich ihr Magen verkrampfte – er war so verdammt hübsch.

»Na, bist du noch zum Schlafen gekommen?«, fragte sie.

Er schüttelte den Kopf und trank einen Schluck Cola. »Nein. Bin die ganze Nacht weg gewesen.«

»Was sagen denn deine Eltern dazu?« Sie hoffte, dass sie nicht allzu mütterlich klang. Mütterlich? Sie?

Er zuckte die Achseln. »Sie sind ziemlich locker. Ich muss ihnen nicht alles sagen, was ich mache. Das kommt daher, weil ich ins Internat abgeschoben worden bin.«

»Warum?«

»Ach, sie haben ein schlechtes Gewissen und wollen alles wieder gutmachen, wenn wir schon mal da sind.«

»Ah.« Paola nickte zweifelnd. Ihre eigenen Erfahrungen mit der Familie waren so verschieden von der anderer Leute, dass sie manchmal nicht ganz folgen konnte, wenn sie von ihrem Leben zu Hause erzählten. »Nun, Franz ist fast fertig zum Abflug.« Sie sah über die Schulter. Die Cessna wurde gerade aus dem Hangar gezogen.

»Toll.« Dieter trank seine Cola aus und starrte auf das Flugzeug. Es sah eindrucksvoll aus – Weiß und Silber mit dem Schriftzug »Otto von Kiepenhauer« auf den Flügeln.

»Wollen wir?« Mit klappernden Absätzen ging Paola über die Startbahn.

Zehn Minuten später rollten sie über die kleine Startbahn und verständigten sich schreiend, um den Lärm der Motoren zu übertönen. Paola konnte nicht fassen, dass sie es tatsächlich tat – sie flog gemeinsam mit dem sechzehnjährigen Dieter Velton auf einen Tagesausflug nach Outjo. Nur für einen *Tag,* ermahnte sie sich streng. Bevor die Nacht einbrach, wären sie wieder zurück. Aber er hatte etwas so *Verführerisches* und Unbedachtes an sich. So lächerlich es ihr auch vorkam, plötzlich schien alles möglich. Es war lange her, dass sie sich so lebendig und unternehmungslustig gefühlt hatte. Sie hätte die Arme ausstrecken und ihn umarmen können. Das kleine Flugzeug erhob sich in die Luft. Dieter blickte aus dem Fenster und sah hinab. Paola musterte ihn verstohlen – er war wohl wirklich seit gestern wach, zumindest trug er immer noch das graue T-Shirt und die Jeans vom Tag zuvor. Um sein Kinn zeigte sich ein Anflug von Bartstoppeln. Plötzlich fiel ihr der Text eines Songs ein: ein Kind-Mann. Die Mischung war berauschend. Es gefiel ihr, wie er zu ihr aufsah, wie seine Augen vor Bewunderung aufleuchteten, wenn sie etwas Lustiges oder Charmantes sagte. Und auch ihre schicke, unterschwellig erotische Aufmachung hatte seine Wirkung nicht verfehlt, wie sie schon im Hangar bemerkt hatte. Aber er war noch zu jung, um wirklich erfahren zu sein, und dennoch alt genug, um zu bemerken, dass sie schamlos mit ihm flirtete. Sie schüttelte ihr dichtes Haar und stellte befriedigt fest, wie er vor Staunen die Augen aufriss.

Eine Dreiviertelstunde später landeten sie in Outjo. Sie wurden von Dierks, Ottos Verwalter, an der Landebahn empfangen. Paola entging nicht, dass er und Franz vielsagende Blicke austauschten, aber das war ihr egal. Sie wurden von Otto bezahlt, und das bedeutete, dass sie auch für sie arbeiteten. Sie bat um einen offenen Jeep mit Fahrer, damit sie und Dieter sich die Tiere ansehen konnten, und stampfte buchstäblich mit dem Fuß auf, als Dierks behauptete, er sei nicht sicher, ob einer zur Verfügung stehe. Man habe ja nicht gewusst, dass sie komme. Ob Herr von Kiepenhauer Bescheid wisse?

»Tun Sie, was nötig ist, aber besorgen Sie mir einen Wagen. *Sofort!«* Ihr Ton war ungeduldig und hart. Dieter stand staunend daneben. Dierks nickte mürrisch. Ottos Frau war beim Personal nicht besonders beliebt. Er machte sich davon, und sein riesiger Bauch bebte bei jedem Schritt, als er zu den Garagen ging, um einen Wagen und einen Fahrer zu besorgen.

»Mann, Sie sind vielleicht eine forsche Lady«, flüsterte Dieter, als sie ihm nachsahen.

Paola lächelte. »Nur wenn ich's sein muss«, erwiderte sie schelmisch. »Er ist in zehn Minuten zurück, das garantiere ich dir.« Sie hatte Recht. Kurz darauf hielt ein silberner Jeep mit einem farbigen Fahrer neben ihnen. Sie stiegen ein, brausten davon und ließen eine Wolke aus rotem Staub und einen verdutzten Dierks zurück.

Nach Tieren Ausschau zu halten – gleich welcher Art – war sicherlich nicht nach Paolas Geschmack, aber unter dem Vorwand, Löwen und Wasserbüffel zu beobachten, genoss sie die holprige Fahrt über die 2500 Hektar große Ranch. Es war noch nicht elf, und noch war die Luft nur angenehm warm. Um die Mittagszeit wäre es praktisch unmöglich, in der Sonne zu sitzen. Sie hatte ihren pinkfarbenen Bikini mitgebracht. Bei jedem Chalet gab es ein herrlich kühles Schwimmbad. Sie und Dieter konnten den Nachmittag im Wasser verbringen oder vielleicht sogar zu dem großen Pool am Haupthaus hinaufgehen. Alles entwickelte sich großartig. Windhoek und ihr langweiliges Leben dort schienen meilenweit entfernt zu sein. Während sie sich am Überrollbügel festhielt und sich ab und zu wie zufällig gegen Dieter fallen ließ, schien das Leben wieder lebenswerter.

Sie brauchten fast zwei Stunden, um die ausgedehnte Ranch zu umrunden. Sie sahen Hunderte von Antilopen, ein paar Kudus, eine oder zwei Giraffen und einen einsamen Wasserbüffel – was Paolas Meinung nach ausreichte. Sie hasste Tiere. Endlich fuhren sie zu den Chalets hinauf. Sie sprang aus dem

Jeep und ging voran. Sie wusste genau, welchen der zwölf kleinen Luxus-Bungalows sie wollte – hoffentlich war er frei.

Das war er. Eine halbe Stunde später saßen sie mit Drinks in der Hand auf der Holzterrasse und sahen auf die weite Okahanja-Ebene hinab. Die Luft in dieser Höhe war angenehm trocken und kristallklar. In der Ferne erhoben sich die gezackten Umrisse der Berge, blassblau und purpurn in der Mittagssonne, während der Himmel über ihnen in tiefem Saphirblau strahlte. Nichts hätte weiter entfernt sein können von der Stadt und von dem täglichen Trott, Otto von Kiepenhauers Gattin darzustellen. Plötzlich kam eine gewisse Befangenheit über sie. Ohne den Vorwand, nach Tieren Ausschau zu halten oder im offenen Jeep herumzufahren, wusste sie plötzlich nicht, was sie miteinander anfangen sollten. Um ihre Verwirrung zu überspielen, begann Paola zu plaudern.

»Wie lange wohnst du schon in Windhoek?« Sie sah Dieter an und nippte an ihrem Gin Tonic.

Dieter blickte sie überrascht auf. »Mein ganzes Leben lang. Ich bin hier geboren.«

»Ah. Ich dachte, du wärst Deutscher.« Er schüttelte den Kopf.

»Nein. Mein Dad ist als Kind hierher gekommen. Meine Mum ist hier geboren. Wir sind Namibier, durch und durch.«

»Aber du warst schon in Deutschland?«

»Nein. Nie.«

»Wirklich? Aber du sprichst zu Hause deutsch, das hab ich gehört.«

Er zuckte die Achseln. »Na und? Sie sprechen englisch. Für mich sehen Sie auch nicht aus wie eine Engländerin.«

Paola wurde rot. Ihr Magen begann sich zu verkrampfen. Sie sah ihn an, während er mit ausgestreckten Beinen im Liegestuhl lag. Unter der goldenen Haut spannten sich die Muskeln, und der straffe männliche Körper strahlte Jugend, Schönheit und Sinnlichkeit aus. Sie schluckte. »Wie sehe ich aus?«, fragte sie plötzlich. Langsam drehte er den Kopf zu ihr um und musterte sie mit einem Ausdruck, den sie nicht deuten konnte.

»Gut«, antwortete er schließlich. »Sie sehen gut aus.« Sie

starrte ihn an. Er hatte sie verstanden. Er wusste genau, was sie von ihm wollte. Aber sie hatte keine Ahnung, wie sie es anstellen sollte. Welche Erfahrung konnte ein Sechzehnjähriger schon haben? Konnte er verstehen, was ihr durch den Kopf ging, wenn sie ihn ansah? Wie konnte er wissen, wie sehr sie nach Bewunderung und Anerkennung hungerte? Nach einem Quäntchen von der Schönheit und Unbekümmertheit, die er mit solch arroganter Selbstsicherheit ausstrahlte?

»Ich wette, das sagst du zu allen Mädchen.« Sofort bedauerte sie ihre alberne Antwort. Er grinste und sah aus, als hätte er die gleiche Bemerkung schon tausendmal gehört. Er trank einen Schluck Bier und drehte sich ganz zu ihr um.

»Ich finde Sie schön – alle in Windhoek finden das.« Paola wurde puterrot. Seine Worte elektrisierten sie, obwohl die Anmaßung seiner Bemerkung sie verwirrte. Er ist sechzehn, sagte sie sich immer wieder, während er langsam sein Bier trank und sie nicht aus den Augen ließ. »Alle meine Freunde. Sie können sich nicht vorstellen, wie sie geglotzt haben, als ich sagte, dass ich heute Morgen mit Ihnen hier raus fahre.«

»Du hast es ihnen erzählt?« Paola war alarmiert.

»Sicher. Warum nicht?«

»Mist. Ich wünschte, du hättest es nicht getan. Ich meine, ich bin schließlich verheiratet.«

»Das weiß ich. Aber wir haben ja nichts getan. Noch nicht.« Ein verschlagener Blick auf den tiefen Ausschnitt ihres Oberteils unterstrich seine Aussage.

»Dieter, hast du das schon mal gemacht?« Paola fühlte sich mit einem Mal hilflos. Er starrte sie weiterhin an.

»Sicher. Sie nicht?«

»Ich bin nicht sicher. Ich weiß nicht, was du meinst.«

»Sie haben die Frage gestellt. Was meinten *Sie?*«

»Nun, das hier. Mit jemandem, der verheiratet ist, irgendwohin zu gehen«, antwortete sie schließlich.

»Na klar.« Paola konnte ihn bloß anstarren. »Na, kommen Sie, Sie leben in Windhoek.« Er grinste breit. »Alle haben Affären. Alle.« Sie schwieg einen Moment.

»Wie oft?«

»Wozu mitzählen?«, fragte er leichthin. Das Gleichgewicht

zwischen ihnen hatte sich verschoben. Paola fand sich mit einem Mal in der ungewöhnlichen Lage, dass er die Stichwörter gab, statt umgekehrt. Sie war nicht sicher, ob ihr das gefiel. Aber dann sah sie ihn wieder an, das blonde Haar, das sich in seinem Nacken kräuselte, die seidig glatte Haut seiner Arme und den schlanken geschmeidigen Körper, den sie plötzlich berühren wollte. Erinnerungen schossen ihr durch den Kopf – Didier, Prinz Georg, ein halbes Dutzend One-Night-Stands und natürlich Kieran. Der scharfe, ungemein männliche Duft seines Halses, als sie aufstanden und sich noch nicht berührten, war der Duft und der Geschmack von Kieran. Ein schreckliches Gefühl der Verlassenheit überkam sie. Sie wandte den Kopf ab, als Dieter fast träge begann, sie zu küssen und zu streicheln. Sie stellte befriedigt fest, dass seine Hände zitterten – also doch nicht ganz der freche Teenager, dachte sie, als er die Hände unter ihr Oberteil schob und seine Lippen auf die ihren legte. Irgendwie besaß sie noch die Geistesgegenwart, ihn nach drinnen zu bugsieren und die Tür zu schließen. Jeder in der Lodge wusste, wer sie war. Das hätte ihr gerade noch gefehlt: ein verärgerter Angestellter, der Otto berichtete, was er an einem heißen Sommernachmittag gesehen hatte, als die Akazienbäume sich nicht mehr bewegten und alles den Atem anhielt.

98

Becky folgte einer plötzlichen Eingebung, als sie das Steuer herumriss und wieder zur Galerie zurückfuhr. Nach einem Abend bei Nadège, die ihr wieder einmal haarklein alle Gründe aufgezählt hatte, warum sie Harare verlassen und mit den Kindern nach London zurückgehen sollte, schwirrte ihr der Kopf. So zu tun, als würde sie zuhören, strengte sie an. Nichts hätte sie weniger interessieren können als Nadège und ob sie wegging oder nicht. *Sie* jedenfalls würde bleiben.

Sie fuhr die Mugabe Avenue hinunter, an der Post und der Bank mit den heruntergelassenen Läden vorbei. Auf dem Gehsteig vor vielen Geschäften schliefen Wachleute. Einige Läden waren in den vergangenen Monaten geplündert worden und alle waren nervös. Sie bog nach links in die Albion Road ein und suchte einen Parkplatz. Es war fast zehn. Sie solle heimgehen, konnte sie Godson förmlich sagen hören. Er war vor Kurzem ziemlich böse auf sie gewesen. Sie arbeite zu hart, sie solle sich freinehmen, sich ausruhen. Aber sie hatte keine Lust in ihrem leeren Bungalow zu sitzen, die Wände anzustarren und an ihn zu denken. Lieber tat sie etwas Nützliches – und im *Deluxe* gab es immer genügend Arbeit.

An der Ecke Albion Road und Market Street, einen Block von der Galerie entfernt, fand sie eine Parklücke. Sie sperrte den Wagen ab und ging zur Albion Road zurück. Die Handtasche drückte sie fest an die Brust. Mehr als alles andere fürchtete sie sich vor Taschendieben. Gerade erst hatte ihr Nadège wieder eine Horrorgeschichte darüber erzählt.

Die Galerie war vollkommen dunkel. Wegen der häufigen Stromausfälle und der daraus resultierenden Schwelbrandgefahr war es sicherer, alles abzuschalten. Sie drückte auf die Schalter an der Seitenwand, und der Raum wurde mit Licht durchflutet. Es lief gerade eine neue Ausstellung, in der die feinen Korbflechtarbeiten des Frauenkollektivs aus Shona im Süden des Landes gezeigt wurden, gemeinsam mit den eindrucksvollen Schwarz-Weiß-Fotos eines Dänen. Sie blieb an der Tür stehen und bewunderte die kontrastierenden Kunstformen. Godson hatte einen Schmied gefunden, der eiserne Gestelle für die leuchtend bunten Körbe gemacht hatte. Vor den grauen Landschaftsfotografien wirkten die Flechtarbeiten sogar noch prächtiger. Die Ausstellung war natürlich ein Erfolg gewesen. Die Fotografien waren nach einer Stunde ausverkauft, und sie hatte gerade einem einheimischen Drucker den Auftrag erteilt, große Poster herzustellen, die sie ebenfalls verkaufen konnten.

Sie dimmte die Galeriebeleuchtung und ging ins hintere Büro, wo sie sich an den Schreibtisch setzte und den Computer anschaltete. Sie erwartete die Bestätigung einiger Bestellungen aus England und vielleicht ein paar E-Mails. Letzte Woche hatte sie Amber einen ausführlichen Brief geschrieben und fragte sich, wie sie wohl darauf reagieren würde. Sie hatte hauptsächlich von Godson erzählt. Sie verzog das Gesicht – Keith hatte Recht. Je schneller sie ihn sich aus dem Kopf schlug, desto besser. Er hätte sich kaum klarer ausdrücken können. Die Beziehung habe keine Zukunft.

Sie öffnete die E-Mails. Noch nichts von Amber, aber zwei von ihrer Mutter, eine Auftragsbestätigung aus London und eine weitere Anfrage. Mechanisch beantwortete sie die dringlichsten Nachrichten, aber ihre Gedanken eilten bereits voraus und beschäftigten sich mit neuen Ideen für die Frühjahrssaison im *Deluxe.* Sie liebte die Ruhe und Einsamkeit der Galerie bei Nacht. Es war genau die richtige Zeit, um zu planen.

Eine halbe Stunde später sah sie auf, sie hatte im Gang, der zur Hintertür führte, ein Geräusch gehört. Ein leises Rascheln. Ängstlich hielt sie inne. Sie sah sich um – nichts. Sie lauschte noch einen Moment – wieder nichts. Wahrscheinlich kam es von draußen. Vielleicht ein Hund oder eine Katze, die durch die Gasse streunten. Sie wandte sich wieder dem Bildschirm zu. Ein paar Sekunden später hörte sie es wieder. Ein Scharren: im Gang. Sie erstarrte und wagte nicht, sich umzudrehen. Sie wollte nach dem Telefon greifen, aber gleichzeitig hatte sie zu viel Angst, um sich zu rühren. Godsons Warnung fiel ihr wieder ein. Wie oft hatte er ihr gesagt, nachts nicht allein in der Galerie zu bleiben. Dann hörte sie eindeutig, wie die Hintertür gegen den Rahmen schlug. Sie war offen! Sie versuchte, nicht in Panik zu geraten.

»Wer ist da?«, rief sie. Keine Antwort. Nur das Hin- und Herschwingen der Tür, deren Angeln geölt werden mussten. Wieder ein Rascheln, dann das Geräusch von Schritten über den gefliesten Boden. Plötzlich ging das Licht aus. Becky saß im bläulichen Schein ihres Computers und spürte, wie sich ihr Körper verkrampfte. Angst. Panische Angst. Noch nie hatte sie sich so gefürchtet.

»Steh auf.« Die Stimme eines Mannes durchbrach die Stille, in der sie nur ihr Herz klopfen hörte. Sie schluckte und wagte nicht einmal zu blinzeln. War er allein? Hinter ihm konnte sie noch etwas hören. Das Geräusch von anderen Schritten, und dann noch welche. Ihr Herz raste. Sie nahm einen Geruch wahr, scharf und schweißig. Dann einen weiteren Geruch, als noch jemand den Raum betrat. Sie saß mit dem Rücken zu ihnen, die Hand immer noch nach dem Telefon ausgestreckt. »Hey, steh auf.« Der gleiche Mann brüllte sie erneut an. Mit fest geschlossenen Augen drehte sie sich langsam um. Sie wollte nichts sehen. Wie viele waren es? Nach einer kurzen Stille versetzte jemand ihrem Stuhl einen so festen Stoß, dass sie nach vorn fiel, im Fallen nach dem Telefon und der Tastatur griff und sich das Kinn an der Seite ihres Stuhls anschlug. Einen Moment lang war sie wie betäubt. Im flackernden Licht des Bildschirms sah sie drei Männer, jeder mit einer Zigarette in der Hand, deren Glut sich in Lichtfäden verwandelte, als sie zu Boden ging. Halb verborgen hinter dem Schreibtisch und dem umgestürzten Stuhl rollte sie sich fest zusammen. Becky beobachtete in Todesangst, wie einer von ihnen sich vorbeugte, sorgfältig seine Zigarette an der Kante des Schreibtischs ablegte und dann die Hand ausstreckte, um sie hochzuziehen.

»Bitte.« Sie bettelte, als er sie grob auf die Beine riss. »Bitte …« Sie konnte kaum sprechen – ihre Stimme hörte sich erstickt und heiser an. Einen Moment später begannen alle zu lachen. Dann fingen sie an, in ihrer Sprache zu sprechen – fast zu streiten. Becky hatte zu große Angst, um zu weinen. Der Mann, der sie am Arm festhielt, zerrte immer wieder an ihr, als wollte er etwas verdeutlichen. Alles schien wie in Zeitlupe abzulaufen. Sie hörte, wie Stoff zerriss, und brauchte einen Moment, um zu realisieren, dass es ihre Kleider waren. Ihr hübsches Sommerkleid wurde ihr in Fetzen vom Leib gerissen. Der Mann, der sie festhielt, lachte den anderen ermunternd zu, während sie ihr das Kleid zerfetzten und die Stücke auf den Schreibtisch warfen. Vergewaltigung. Sie sollte vergewaltigt werden, schoss es ihr durch den Kopf. Es passiert nicht mir, flüsterte sie, als einer von ihnen die Hand unter ihren BH schob und den dünnen Stoff abriss. *Das passiert mir nicht. Nicht mir.* Sie spürte einen harten Schlag in den Rücken, als die drei ihr Gesicht auf den Schreibtisch drückten und ihre Unterwäsche herunterrissen. Einer von ihnen riss sie an den Haaren hoch, drängte sich an ihren Mund und lachte, als sie zu würgen begann. *Nicht mir. Nein, bitte. Nicht mit mir.* Ihr letzter Gedanke, bevor einer die

Hände um ihren Hals legte und zudrückte, galt Godson. Wie würde sie erklären, was geschehen war? Oder zugeben, dass er Recht gehabt hatte? Dann nahm sie nichts mehr wahr. Alles sank rasch in erschreckende schwarze Stille.

99

Amber legte den Hörer auf und wandte sich mit leichenblassem Gesicht an Tendé. Sie hatte plötzlich Gänsehaut bekommen, als wäre die Luft um sie herum mit einem Schlag kalt geworden.

»Was ist los?«, fragte er und hielt sie fest, damit sie nicht umsank. Am anderen Ende des Raums lagen Sibi und Liya auf dem Boden und sahen sich ein Video an. Der blecherne Ton des Fernsehers drang wie aus großer Ferne an ihr Ohr. Sie brachte nichts heraus. »Was ist?« Er drehte ihr Gesicht zu sich. »Ist etwas passiert?« Sie nickte stumm.

»Becky«, krächzte sie schließlich. »Es geht um Becky. Sie ist – sie ist im Krankenhaus. In Harare.«

»Was ist passiert? Amber, was ist los?« Die Kinder blickten auf, so aufgeregt hatte er auf sie eingesprochen.

»Sie ist verletzt worden. Vergewaltigt.« Sie sah, wie Tendé zusammenzuckte. »Godson Marimba, ihr Geschäftspartner, hat angerufen. Sie braucht mich.« Tendé nickte.

»Wann? Wann ist das passiert?«

Amber schüttelte hilflos den Kopf. »Letzte Nacht. Sie ging allein in die Galerie. Offensichtlich waren sie zu viert.« Sie schloss die Augen. »Sie haben sie gewürgt und dann liegen gelassen, weil sie sie für tot hielten. Und dann gingen sie in eine Bar und brüsteten sich damit. Jemand hat es mitgekriegt und wusste, von wem die Rede war. Er ist in die Galerie geeilt, hat sie bewusstlos auf dem Boden gefunden und die Polizei verständigt. Ach, Tendé, das bringt ihre Eltern um. Sie haben es noch nicht erfahren. Ich sollte mich lieber gleich auf den Weg machen.«

»Natürlich. Mach dir keine Sorgen. Ich kümmere mich um die Kinder. Meine Mutter kann ein paar Tage herkommen. Ich buche dir einen Flug. Du fliegst besser über London, das geht schneller.« Amber nickte, ihr schwirrte der Kopf.

»Wie spät ist es?«

»Sechs. Wahrscheinlich könntest du die Elf-Uhr-Maschine nach Paris noch erreichen und morgen früh umsteigen. Ich rufe Salif an.« Er griff nach dem Hörer. Einer der Vorteile, die Frau eines Ministers zu sein: ihr war bei jedem Flug ein Platz garantiert, egal, wie kurzfristig sie buchte. Sie sah durch den Raum. Sibi beobachtete sie genau. Sie lächelte ihn an und hoffte, ihre Panik und Trauer zeigten sich nicht. Sie ging zu ihm hinüber und beugte sich hinunter. Liya starrte noch immer gebannt auf den Fernsehschirm.

»Fährst du weg?« Er sah aus, als wollte er gleich in Tränen ausbrechen.

Amber nickte. »Ja, nur ein paar Tage. Ich gehe Tante Becky besuchen. Du erinnerst dich doch an sie?« Sibi schüttelte den Kopf. Sie umarmte ihn. Sie hatte keine Zeit, sich zu überlegen, wie sie es den Kindern leichter machen konnte. Becky brauchte sie, und das war alles, was zählte. Gott sei Dank war Tendé gerade zu Hause, dachte sie, als sie nach oben lief, um zu packen.

In der Nacht flog sie nach Paris. Hellwach und aufgeregt ging sie immer wieder die Nachricht durch, die sie erhalten hatte. Godsons Stimme am Telefon, die wenigen Details, die kaum unterdrückte Wut in seinen Worten. Sie könne sich nicht vorstellen, was Becky durchmache. Amber hatte weder Madeleine noch Mrs Aldridge angerufen. Godson erklärte, Becky habe nur nach ihr verlangt. Becky. *Mein armes, armes Mädchen.* Sie lehnte den Champagner und den Orangensaft ab, der ihr angeboten wurde, und trank nur Wasser, als wolle sie sich von der beschmutzenden Nachricht reinigen.

In Charles de Gaulle hatte sie zwei Stunden Aufenthalt, bevor sie nach Heathrow weiterflog. Dann wieder drei Stunden, bevor sie in die Richtung zurückflog, aus der sie gekommen war. Es war ein absurdes Erbe kolonialer Vergangenheit – es war einfacher und billiger von einem französischsprachigen in ein englischsprachiges Land in Afrika zu kommen, wenn man nach Europa flog und dann wieder zurück. Den ganzen Weg von London nach Harare schlief sie tief und traumlos.

Erschrocken sah Amber auf das malträtierte, mit blauen Flecken übersäte Gesicht. Hinter ihr erstarrte auch Godson unwillkürlich. Die Schwester machte sich an den Kissen zu schaffen. Die Oberschwester hatte Amber erkannt, als sie in einem Regierungswagen auftauchte. Tendés Verbindungen reichten über den ganzen Kontinent. Kurz nachdem sie angekommen war, traf Godson in einem Taxi ein. Die Schwestern wussten nicht, in welcher Beziehung er zu der jungen Frau stand, die in der Nacht so schlimm zugerichtet eingeliefert worden war, dass selbst sie, die schon viel gesehen hatten, entsetzt waren. Was hatte das arme Mädchen getan, um so misshandelt zu werden, fragten sie sich, als sie ihr vorsichtig die Reste ihrer Kleidung auszogen, eine Infusion legten und eine Sauerstoffmaske über den Mund stülpten. Alle anderen Tests mussten warten, bis sich ihre Atmung stabilisiert hatte und die Ärzte sicher waren, dass sie die Nacht überstand. Ihr Hals war auf das Doppelte seines Umfangs angeschwollen. *Zum Sterben liegen gelassen,* flüsterten sich die Schwestern zu, als sie sie in ein Privatzimmer schoben. Eine Freundin des Mädchens, eine reiche weiße Frau, war vor einer Stunde ins Krankenhaus gestürmt und hatte ein Privatzimmer und ein sofortiges Gespräch mit dem Arzt verlangt. Rebecca Aldridge wurde in einen Raum im sechsten Stock verlegt, mit Blick auf den Golfplatz und den See. Nicht, dass sie viel davon gehabt hätte – die Lider des Mädchens waren fest geschlossen. Vergewaltigungen waren in Harare an der Tagesordnung, und die Schwestern wussten, dass es lange dauern würde, bis sie den Ausblick genießen könnte. Niemand wusste, warum es gerade sie getroffen hatte. Die Polizei war ratlos. Es gab keine verärgerten Angestellten, keine Feinde. Warum man sie ausgesucht hatte, war ein Rätsel. Zur falschen Zeit am falschen Ort, murmelte man an ihrem Bett.

Ein paar Tage nachdem sie eingeliefert worden war, tauchte ein sehr großer, aschfahler junger Weißer auf und fragte nach ihr. Betsy, die Schwester, brachte ihn zu ihrem Zimmer und holte ihm eine Tasse Tee. Als sie zurückkam, sah sie entsetzt, dass er verzweifelt stammelnd neben ihrem Bett kniete. *Tut mir Leid, Becky. Tut mir Leid. Das wollte ich nicht. Sie sind zu weit gegangen. Es tut mir so Leid.* Sie tippte ihm auf die Schulter – was sagte er da? Er sah erschrocken auf, rappelte sich hoch und lief hinaus. Er kam nicht mehr wieder. *Schrecklich, schrecklich – was passierte nur mit ihrem Land? Wo sollte das alles noch enden?* Die Schwestern redeten auf Shona miteinander, eine afrikanische Sprache, die Amber nicht beherrschte.

Später, in der Krankenhauskantine, zündete sich Godson eine Zigarette an. Nach einem Moment des Zögerns griff Amber über den Tisch und nahm sich auch eine.

»Ich nehme sie mit nach Bamako«, sagte sie nach einer Weile. Godson sah sie an und nickte, während er den Rauch aus einem Mundwinkel blies. Er zuckte hilflos die Achseln. »Zumindest für eine Weile. Der Arzt behauptet, sie habe noch nicht viel gesagt. Er fragte sie, ob man ihre Eltern benachrichtigen solle, aber das regte sie sehr auf. Also nehme ich sie mit zu mir nach Hause.« Sie sah ihn an. »Wissen Sie, ich hab mich immer gefragt, was sie hier eigentlich will.« Sie nahm den letzten Zug aus ihrer Zigarette. »Ich weiß nicht. Manchmal hatte ich das Gefühl, sie lief vor etwas weg, obwohl ich nicht weiß, wovor. Zuweilen hatte sie etwas Verzweifeltes an sich. Ich hätte mich einfach mehr um sie kümmern müssen …« Sie brach ab und dachte an das angeschwollene Gesicht ihrer besten Freundin, die nach diesen unaussprechlichen Qualen schweigend dalag. Würde sie sich je erholen? Was, wenn es Folgeschäden gab? Eine Schwangerschaft, Krankheit, Aids? Sie schloss die Augen. Sie konnten nichts tun, als abzuwarten. Sie drückte die Zigarette aus und stand auf. »Tut mir Leid, Godson. Ich weiß, wie viel das Geschäft Ihnen bedeutet hat. Aber ich kann sie nicht hier lassen. Nicht in dem Zustand. Sie braucht Familie, enge Freunde um sich. Wir sind fast wie Schwestern. Wir kennen uns wirklich schon sehr lange.«

Godson nickte bedrückt. »Sie haben Recht. Natürlich haben Sie Recht. Sie sollte nicht hier bleiben.« Er drückte seine Zigarette in einer Untertasse aus. »Aber in einem haben Sie Unrecht. Sie *sind* Schwestern. So hat sie immer von Ihnen gesprochen.« Er schob den Stuhl zurück und stand auf. Amber wandte sich ab, damit er ihre Tränen nicht sah. Schweigend gingen sie zum Aufzug.

»Becky?« Der schlafende Körper bewegte sich leicht. Amber ließ schnell die Zeitung sinken, die sie gelesen hatte, und zog einen Stuhl heran. »Becks? Kannst du mich hören?« Sie sah in das vertraute Gesicht, in das die Farbe langsam zurückkehrte. Am Hals und um die Augen zeigten sich noch immer blaue und gelbe Flecken, aber die Schwellung hatte eindeutig nachgelassen. Sie streichelte den schlaffen Arm, der auf der Decke lag. »Bist du wach?«, fragte sie. Zum ersten Mal seit Tagen öffneten sich Beckys Augen einen Spaltbreit. Sie sahen sich an. Amber war die Erste, die den Blick senkte. Sie konnte nicht ertragen, was sie in ihren Augen las. »Komm mit mir nach Bamako. Nur für eine Weile. Du musst weg von hier. Bleib eine Weile bei uns.« Becky nickte langsam.

Madeleine war von ihrer eigenen Reaktion auf die Nachricht schockiert und entsetzt. Sie war eifersüchtig. Sie ließ den Hörer auf die Gabel fallen und setzte sich auf die unterste Stufe der Treppe. Sie war von sich selbst angewidert. Sie war doch wirklich sowohl in beruflicher wie in privater Hinsicht eifersüchtig. Sie musste sich zwingen, nicht noch einmal zum Hörer zu greifen und Amber zu fragen, warum sie drei Wochen gebraucht hatte, um sie zu benachrichtigen. War sie nicht die Expertin auf diesem Gebiet? Amber hatte Becky nach Mali gebracht, sobald sie in der Lage war zu reisen. Sie wohnte im Gästetrakt ihres Hauses, das Madeleine noch nicht gesehen hatte. Becky sei still und in sich zurückgezogen, esse wenig und spreche nicht viel. Amber war sich nicht sicher, wie sie ihr helfen solle. Becky habe rundweg abgelehnt, ihre Eltern zu informieren, und verbringe die Tage in fast absolutem Schweigen. Madeleine versuchte, sich vorzustellen, wie Amber und Tendé für jemanden sorgen sollten, der gerade durchgemacht hatte, womit sie sich praktisch tagtäglich befassen musste. Wenn auch nicht bei einer ihr so nahe stehenden Person.

Am Abend sprach sie alles mit James durch. James' Einstellung war klar. Sie sei im siebten Monat schwanger. Selbst wenn sie eine Fluggesellschaft fände, die sie mitnahm, von welchem Nutzen wäre sie in ihrem Zustand? Amber sei viel besser in der Lage, sich um Becky zu kümmern. Besser, man lasse sie in Ruhe, damit sie ihr Gleichgewicht wiederfinden könne. Becky solle im Sommer zu ihnen kommen, wenn das Baby geboren sei. Ruhig hörte Madeleine sich seine Einwände an. Am nächsten Morgen ging sie genauso ruhig zu einem Reisebüro auf der Rue Gallimard und buchte den nächstmöglichen Flug nach Bamako. James brachte sie in eisigem Schweigen zum Flughafen. Er konnte die Bindung zwischen den drei Frauen, die sich, soweit er feststellen konnte, kaum je sahen, nicht verstehen.

Amber erwartete sie in einem Wagen direkt an der Flugzeugtreppe. Madeleine durfte als Erste aussteigen. Ein junger Regierungsbeamter nahm ihren Pass und ihr Gepäck und führte sie zu dem wartenden Mercedes. Die beiden Freundinnen umarmten sich so innig, wie Madeleines Bauch dies zuließ, und kurz darauf wurden sie aus dem Flughafengelände gefahren. Es war anders als bei ihrem letzten Treffen – damals auf Menorca hatten Amber und Tendé Madeleine etwas Wichtiges über sie und ihr Leben beigebracht. Diesmal war vielleicht sie in der Lage, etwas für ihre Freunde zu tun.

»Wie geht es ihr?«, fragte Madeleine, als sie in die Stadt fuhren. Sie nickte, als sie die vertrauten Einzelheiten hörte: zuerst der Rückzug in sich selbst, das langsam abnehmende Interesse an Essen, Gesprächen und Gefühlen, dann Schweigen und tiefe Depression, dann die Leugnung des Geschehens. Sie hatte diese Phänomene, deren Ablauf erschreckend vorhersehbar war, viele Male beobachtet und geschildert. Becky musste es sich von der Seele reden. Es gab keinen anderen Ausweg. Sie wusste, wie dies zu bewerkstelligen war, aber ihre professionelle Distanz, die sie zwischen sich und ihren Patientinnen aufrechterhielt, war in Beckys Fall in Gefahr, und sie befürchtete das Schlimmste.

»Ich kann nicht glauben, dass du gekommen bist«, sagte Amber, als der Wagen den Hügel zu ihrem Haus hinauffuhr. »Ich bin dir so dankbar, Madeleine, ehrlich. Für dich ist es im Moment sicher auch nicht leicht.«

»Sei nicht albern« antwortete Madeleine. »Wie hätte ich nicht kommen können? Ich nehme nicht an, dass es hier viele Beratungsmöglichkeiten gibt. Wenn sie nicht nach Hause zu ihren Eltern will, dann müssen wir eben zu ihr kommen.«

Amber nickte langsam. »Sie wird doch wieder gesund, nicht?« Sie war plötzlich nervös. Sie hatte allmählich das Gefühl, den Boden unter den Füßen zu verlieren. Dass Madeleine gekommen war, bedeutete ihr mehr, als sie je erfahren würde.

»Ja«, antwortete Madeleine energisch. Becky würde es wieder besser gehen. Sie habe gar keine andere Wahl, und Madeleine würde bleiben, egal, wie lange es dauern sollte. Das hatte sie James natürlich nicht gesagt, aber es gab eben Dinge, die Vorrang hatten. Das musste er lernen.

100

»Werden Sie heute Abend auswärts essen, *mevrouw?*« Die Frage überraschte Paola. Sie drehte sich um, sah Estrella an, und plötzlich dämmerte es ihr. Estrella wusste Bescheid. Sie spürte, wie ihr die Röte ins Gesicht stieg und ihre Hände zu zittern begannen. Wie konnte sie es wissen?

»Nein. Ich werde nicht … Ja, ja, ich gehe aus.« Sie wandte sich ab und rannte fast hinaus. Sie flüchtete sich nach oben in ihr Schlafzimmer, schlug die Tür zu und setzte sich auf die Bettkante. Sie hatte weiche Knie. Hatte man sie gesehen? Sie fröstelte, von Angst gepackt. Würde sie etwas sagen? Otto wurde in einer Woche zurückerwartet – er durfte nichts erfahren, koste es, was es wolle. Er würde sie umbringen, wenn er es herausfand, dessen war sie absolut sicher. Paola sah auf ihre Uhr. Erst fünf. Wo Dieter wohl war? Beim Fußballspielen mit seinen Freunden? Oder sah er sich irgendwo ein Video an? Sie verzehrte sich nach ihm und war gleichzeitig eifersüchtig. Nie wusste sie, wo er war, mit wem er zusammen war, was er machte. Mit der Sorglosigkeit der Jugend machte er keine Pläne – schaute unangemeldet bei Leuten vorbei, ging aus, blieb weg – und verbrachte seine Ferien, wie er gerade wollte. Eine junge verheiratete Frau, die unsterblich in ihn verliebt war, konnte da natürlich nicht mithalten. Wäre sie eine Leserin, hätte sie zweifellos Trost in unzähligen Romanen mit dem gleichen Thema gefunden. Sie jedoch litt in stummem Schweigen, in einer Agonie aus Unschlüssigkeit und Unsicherheit. Nie hatte ein Mann solche Gefühle in ihr ausgelöst, sagte sie sich tausend Mal am Tag. Und er war noch nicht einmal ein Mann! Sondern ein *Junge!* Es half nichts, sie war verloren. Nie hatte sie sich so einsam gefühlt – außer, dass sie jetzt nicht mehr so ganz allein war. Wie zum Teufel hatte das Mädchen es herausgefunden? Ärgerlich stand sie auf. Sie musste Estrella loswerden. Es gab keine andere Möglichkeit.

Sie ertrug es nicht, jedes Mal, wenn sie die Tür aufmachte, dieses blöde grinsende Gesicht zu sehen – es machte sie wahnsinnig. Es reichte schon, dass sie jedes Mal fast einen Herzanfall bekam, wenn ein Auto vorbeifuhr oder das Telefon klingelte; sollte Estrella sie wissend anblicken, wenn sie in die Küche kam – *in ihre eigne Küche!* –, wäre das mehr, als sie ertragen könnte.

Sie ging zum Schrank und riss die Tür auf. Sie würde ein bisschen herumfahren. Am Fußballplatz am Ende der Straße vorbei – vielleicht war Dieter dort. Sie wusste nicht, wie sie es anstellen sollte, mit ihm zu reden – in letzter Zeit hatte er sich ein wenig merkwürdig verhalten, wenn seine Freunde in der Nähe waren –, aber sie konnte ja so tun, als wäre sie gerade auf dem Weg anderswohin, sei ganz zufällig vorbeigekommen und wolle nur hallo sagen. Sie nahm ein Kleid nach dem anderen vom Bügel. Rosa? Zu mädchenhaft. Gelb geblümt? Zu kindisch. Schwarz und weiß? Zu streng. Ein Kleid nach dem anderen wurde aufs Bett geworfen.

Eine halbe Stunde später befestigte sie die Träger des gelbgrünen Pucci-Kleids, das sie bei ihrer letzten Tour nach Paris gekauft hatte, und drehte sich, um sich im Spiegel zu begutachten. Das kühne Muster sah auf ihrer gebräunten Haut umwerfend aus. Dann steckte sie ihr Haar auf, schlüpfte in grüne hochhackige Sandalen und nahm ihre große Chanel-Sonnenbrille. Jetzt noch eine gelbe Kuverttasche und etwas leuchtend roten Lippenstift. Niemand im verschlafenen Windhoek konnte ihr das Wasser reichen, wenn es um Stilfragen ging. Verdammt,

Dieter hatte keine Ahnung, was für ein Glück er hatte. In weitaus besserer Stimmung lief sie die Treppe hinab.

Sie konnte ihm vom Gesicht ablesen, dass er sauer war. Sie hätte sich für ihr Kommen ohrfeigen können. Sie hatte den BMW in diskreter Entfernung vom Fußballplatz geparkt, war ausgestiegen und, ihre Schuhe verfluchend, über den steinigen Boden gestolpert. Sie hatte die ganze Sache als glücklichen Zufall hinstellen wollen, was ihr total misslang. Dieter spielte tatsächlich mit seinen Freunden Fußball. Bei ihrem Anblick hätte sie fast kehrtgemacht, um wegzulaufen. Sie sahen so *jung* aus! Kaum aus der Pubertät heraus. Aber sie hatten sie schon entdeckt, und ein paar von ihnen blieben stehen, um sie mit offenem Mund anzustarren. Es blieb ihr nichts anderes übrig, als weiterzugehen und zu hoffen, dass Dieter zu ihr kommen würde. Am Rand des Spielfelds hielt sie inne und kam sich von Minute zu Minute alberner vor.

»Was machst du hier?« Sein Gesicht zeigte einen Ausdruck peinlicher Verlegenheit.

»Ich bin gerade vorbeigefahren.« Selbst in ihren Ohren klang die Ausrede lahm. »Ich wollte nur wissen, was du später machst?«

Er zuckte die Achseln. »Keine Ahnung. Ich wollte zu Freunden gehen.« Männlichen oder weiblichen, hätte sie gern gefragt. Sie griff sich ins Haar.

»Nun, ich dachte, vielleicht hättest du Lust, irgendwo was trinken zu gehen.«

»Trinken? Wo?« Er sah sie seltsam an. Die Frage war schlichtweg lächerlich.

»Ich weiß nicht. Ach, warum bist du so schwierig? Ich möchte dich sehen, das ist alles.« Er blickte weg. *Lass es,* sagte sie sich. *Lass es. Geh weg. Er soll dir nachkommen.* Sie sah auf sein aschblondes Haar, das im Abendwind wehte, auf seine kräftigen, muskulösen Beine und den Schweiß, der ihm übers Gesicht rann. Die Lust, die sie bei seinem Anblick empfand, löschte jeden Rest von gesundem Menschenverstand. »Wie wär's später heute Nacht? Wenn du zurück bist, könntest du vorbeikommen. Ich hab dem Mädchen freigegeben. Es ist niemand im Haus«, log sie. Mit Estrella würde sie sich später beschäftigen.

»Okay«, sagte er schließlich. »Aber es wird spät. *Richtig* spät.«

»Kein Problem. Ich gehe spät ins Bett. Wir können dann noch was essen. Ich weiß doch, wie hungrig du wirst.« Sie unterdrückte das Bedürfnis, seinen Arm zu berühren. Er sah irritiert weg.

»Okay, okay. Hör zu, ich muss jetzt weitermachen. Wir sind am Gewinnen. Bis dann.« Er lief davon und ignorierte die bewundernden Blicke der Jungen in seiner Nähe. Paola lächelte ihnen freundlich zu und genoss den Ausdruck verwirrter Verlegenheit auf ihren Gesichtern. Wahrscheinlich hatten sie noch nie eine so attraktive Frau gesehen. Der Gedanke beunruhigte sie plötzlich. So schnell sie konnte, ging sie zum Wagen zurück und achtete darauf, sich keinen Absatz abzubrechen.

Gegen Mitternacht begann sie sich Sorgen zu machen. Seit über drei Stunden hatte sie in ihrem lila Negligé oben im Bett gewartet. Sie hatte die Nachrichten angesehen – was sie sonst nie tat –, dann eine schreckliche südafrikanische Serie und einen Dokumentarfilm über Wildtiere. Alles, um nicht an den schönen Jungen zu denken, und was sie tun würden, sobald er kam. Die Schmetterlinge in ihrem Bauch beruhigten sich nicht, sondern tanzten den ganzen Abend und jagten ihr jedes Mal, wenn sie an ihn dachte, köstliche Schauer über den Rücken. Doch als die Stunden verstrichen und er immer noch nicht auftauchte, verwandelten sich die Schmetterlinge in Angst. Was, wenn er nicht kam? Wenn er genug hatte? Wenn sie ihn nicht mehr faszinierte? Sie schaltete ärgerlich den Fernseher ab und drehte sich auf den Bauch. Schon wieder. Immer wieder die gleiche Geschichte. Sie konnte einfach niemanden an sich binden. Egal, wie schön sie war und wie schick sie sich kleidete, es war immer das Gleiche. Angefangen von Max bis hin zu Dieter. Jedes Mal fing es so gut an – die Männer waren hingerissen von ihrem Aussehen und brachten sich fast um, um sie zu erobern. Aber sobald sie sie hatten, schwand ihr Interesse. Immer gab es irgendeinen Grund dafür – sie war nicht reich, nicht gut, nicht interessant genug. Immer gab es irgendeinen Grund, warum nach einem oder zwei Monaten des leidenschaftlichsten Werbens alles in sich zusammenfiel und sie geplagt von Selbstzweifeln zurückblieb. Außer bei Kieran. Kieran war der einzige Mann, der ihr das Gefühl gegeben hatte, dass er an *ihr* interessiert war, dass *sie* es war, die zählte – und nicht, wie sie aussah oder was sie anhatte. Er hatte hinter die schöne Fassade geblickt. Er sagte ihr nicht, dass er ohne sie nicht leben könne – es war ihm ins Gesicht geschrieben, abzulesen an seinem Blick und der Art, wie er litt, wenn sie fort war.

Sie sah auf die Uhr. Es war drei Uhr morgens. Er würde nicht mehr kommen. In weniger als einer Woche wäre ihr Ehemann wieder zurück. Dann gäbe es keine heimlichen Treffen, keine Flüge nach Outjo und keine Liebesspiele am Nachmittag mehr. Es war zu Ende. Vorbei. Sie drückte das Gesicht ins Kissen und glaubte, das Herz würde ihr brechen.

Becky aß ein paar Bissen Papaya und legte dann sorgfältig den Löffel weg. Ihr gegenüber saß Madeleine, die Hand auf den riesigen Bauch gelegt. Sie sagte so gut wie nichts, sondern wartete geduldig, bis Becky zu sprechen begann. Amber war am Pool und schlichtete einen Streit zwischen ihren Kindern. Es war seltsam friedlich – in Madeleines Augen stand nichts von der quälenden Sorge, die sie sofort bei Amber bemerkt hatte. Madeleine war ruhig und aufmerksam, erwartete aber nichts. Sie gab Becky den Raum und die Zeit, ihre Gedanken zu sammeln, bevor sie sich aussprach. So dankbar sie Amber auch für ihre Rettung war, in ihrem Innern hatte sich erst dann etwas gelöst, als sie Madeleine schwerfällig über den Rasen auf sich zukommen sah. Sie hatte nichts gesagt, sondern Becky nur festgehalten, und der leichte Druck ihrer Hände erinnerte sie daran, wie sehr sie sie vermisst hatte. Madeleine war erst seit ein paar Tagen hier, aber Becky empfand das nachmittägliche Ritual, wenn sie zu dritt unter der Bambusüberdachung am Pool saßen, bereits als tröstlich.

Ein Diener kam, um das Tablett abzuräumen. Becky sah zu, wie er und Amber sich in der Landessprache unterhielten, und konnte immer noch nicht fassen, wie mühelos Amber eine Lebensform angenommen hatte, die in Simbabwe praktisch unmöglich gewesen wäre. Hier schien ihre weiße Haut nicht die gleiche Rolle zu spielen. Es gab weder den mürrischen Groll auf Seiten der Afrikaner noch die aufgesetzte Freundlichkeit oder unerträgliche Grobheit auf Seiten der Europäer. Es gab nur Klassenunterschiede: Mit den Dienern redete Amber als *Diener,* nicht als Schwarze oder Angehörige einer minderwertigen Rasse. Aufmerksam verfolgte sie, wie das Dinner besprochen wurde. Während sie zuhörte, nahm ihre Verwirrung zu. Wie hatte Amber das geschafft? Was war das Geheimnis? Und schlimmer noch, warum hatte sie selbst es nicht geschafft? Warum hatte für sie alles eine so schlechte Wendung genommen?

»Ich muss schnell weg«, sagte Amber und folgte dem Diener ins Haus. »Es gibt eine mittlere Katastrophe – jemand hat vergessen, heute Morgen auf dem Markt Fisch zu kaufen. Ich bin gleich wieder zurück.« Becky sah ihr nach, dann wandte sie sich plötzlich an Madeleine.

»Tut es weh?«

Madeleine hörte auf, sich über die Haut zu streichen, und sah sie an. Sie wusste, wie die Frage gemeint war. Sie schüttelte den Kopf. »Wurdest du schon einmal getestet?« Becky schüttelte den Kopf. »Dann machen wir das morgen. Ich finde raus, wo.« Die Ruhe, mit der sie die Frage behandelte, die Becky seit Tagen quälte, half, die Spannung zu lösen, in die sie sich selbst versetzt hatte. Erneut spürte sie einen Drang zu sprechen. Sie zögerte. Doch als das erste Wort heraus war, gab es kein Halten mehr. Madeleine saß neben ihr und hörte nur zu – aber ihren Augen entging nichts.

»Sie ist auf dem Weg der Besserung«, sagte Madeleine ein paar Tage später zu Amber. Amber sah von der Gästeliste auf, die sie für Tendé überprüfen sollte.

»Woher weißt du das?« Abgesehen von der Tatsache, dass sie Becky mit Madeleine hatte sprechen sehen, aß sie immer noch sehr wenig und blieb hauptsächlich im Gästehaus am Ende des Gartens.

»Sie erzählt alles Mögliche, wenn auch nichts über die Vergewaltigung. Ich glaube …« Madeleine hielt inne, weil sie nicht wusste, wie sie es ausdrücken sollte. »Ich glaube, sie war dort sehr einsam, trotz der Galerie und allem. Offensichtlich hatte sie kaum Freunde.« Amber sah sie an und runzelte die Stirn.

»Aber sie hat nie etwas gesagt. Ich meine, ihre Briefe waren immer so lebendig und positiv. Sie schien sich glänzend zu amüsieren.«

»Das wollte sie dich glauben lassen. Mir hat sie so gut wie nie geschrieben, außer gelegentlich einer Postkarte, auf der praktisch nichts stand. Mir kam das immer komisch vor.«

»Aber sie hätte was sagen sollen – wir sind doch die besten Freundinnen. Warum hat sie mir oder dir nichts gesagt, wenn es ihr nicht so gut ging?«

»Ist dir nie aufgefallen, dass sie ständig mit dir konkurriert?«, fragte Madeleine ruhig. Amber zog die Stirn kraus und wurde dann rot. Madeleine sah, dass sie einen Nerv getroffen hatte.

»Ach das. So war Becky schon immer«, Amber versuchte abzuwiegeln.

Vorsichtig tastete sich Madeleine einen Schritt weiter. »Aber diesmal hatte selbst *ich* das Gefühl, dass es anders war. Ich wusste, dass sie sich immer mit dir verglich – das wussten wir beide –, aber irgendwie hab ich das Gefühl, dass es um mehr geht als nur um die Rivalität zwischen Freundinnen. Als wir Teenager waren, wollte Becky immer so sein wie du. Sie selbst zu sein, reichte ihr nicht. Sie fühlte sich nicht gut genug, nicht besonders genug.«

»Warum passiert das immer wieder?« Amber sah auf ihre Hände hinab. »Alle scheinen zu glauben, dass mein Leben unter einem besonderen Glücksstern steht. Das stimmt nicht.«

»Ich weiß. Aber du bist einer der Menschen, bei denen nach außen hin alles einfach aussieht. Ich habe dich früher wirklich beneidet. Tolle Eltern, reich, fantastische Ferien … von meinem Standpunkt aus wirkte alles perfekt.«

»Du hast ja keine Ahnung.« Amber stand plötzlich auf. »Manchmal war es die reinste Hölle.« Sie ging durch den Raum und sah aus dem Fenster. Draußen ging die Sonne langsam unter. Sibi und Liya schliefen noch, erschöpft vom Herumtollen im Garten. »Mit Max zu leben, war nicht immer einfach, weißt du.« Madeleine nickte. Sie sprachen jetzt nicht mehr nur über Becky, sondern auch über sich. »Er war wie die Sonne – genauso blendend. Neben ihm kam ich mir vor wie ein Nichts. Meine Mutter wusste, dass sie ein Nichts war. Du solltest sie heute sehen. Nach dreißig Jahren lebt sie richtig auf.«

»Es war nicht leicht, das von außen zu erkennen. Ich hielt dich immer für den Menschen, der am meisten vom Glück gesegnet war. Einen solchen Vater zu haben. Und deine Mum, sie war so schön. Wenn ich von dir oder Becky nach Hause ging, hab ich mein eigenes Leben gehasst. Aber ich hatte immer andere Leute: Péter, meine Eltern. Was Becky in dieser Form nicht hatte.«

Amber drehte sich zu ihr um. Es war das erste Mal seit fünfzehn Jahren, dass Madeleine Péters Namen erwähnte.

»Madeleine, wie ist es passiert?«, fragte sie liebevoll. Madeleine hob den Blick. »Wir haben nie darüber gesprochen. Du hast nie etwas gesagt.«

»Es ist schon lange her. Als wir Ungarn verließen.«

Amber schwieg einen Moment und suchte nach den richtigen Worten. »Becky und ich haben uns immer gefragt, was mit ihm passiert ist. Wir waren uns nicht sicher. Du hast über ihn geredet, als ob er …«

»Ein Liebhaber wäre? Ein Freund?« Madeleine lächelte traurig. »Manchmal war ich mir selbst nicht sicher. Er war neunzehn, als er vor meinen Augen starb. Er wurde von einem Grenzwächter in den Rücken geschossen.«

»Mein Gott, Madeleine. Warum hast du uns das nicht erzählt? Merkwürdig, es ist, als hätten wir zwanzig Jahre lang Geheimnisse voreinander gehabt. Warum nur?«

Madeleine schüttelte den Kopf. »Wer weiß? Es gibt Dinge, die man nicht früher eingestehen kann, nicht einmal sich selbst. Dari hat mich das gelehrt, eine Kollegin in New York. Sie ist Psychologin. Sie meinte, Frauen in den Dreißigern seien am verletzlichsten. Im Allgemeinen wird angenommen, es sei genau umgekehrt: Man sei als Teenager und Anfang zwanzig besonders labil, und mit etwa fünfunddreißig habe man sein Leben dann im Griff. Dari hält das Gegenteil für wahr. Als sie noch ihre Privatpraxis hatte, sagte sie, seien all die erfolgreichen Dreißigjährigen reihenweise bei ihr zusammengebrochen. Sie dachte damals, dass ihr Körper wohl wusste, dass er in diesem Alter einen Zusammenbruch verkraften würde; dass es sozusagen kein Risiko war, alles herauszulassen; dass sie sich wieder erholen würden. Doch wenn es zu einem früheren Zeitpunkt geschehen wäre, hätten sie sich vielleicht nicht mehr erholt.« Madeleine legte die Hand auf ihren Bauch. »Der Gedanke, dass mir dieser große Zusammenbruch bevorsteht, sobald ich fünfunddreißig werde, hat mir immer Angst gemacht. Aber inzwischen glaube ich, wir sind alle verschieden. Manche Menschen brechen immer mal wieder ein bisschen ein – wie ich wahrscheinlich. Jedes Mal, wenn etwas passiert, stirbt ein kleines Stück von mir. Péter, dann Mark Dorman, dann Alasdair. Aber jedes Mal bin ich auch ein wenig stärker geworden. Jetzt mache ich mir nicht mehr so viele Sorgen über die Zukunft. Was geschieht, geschieht. Ich weiß nicht, was mit Becky wird. Und jetzt stelle ich fest, dass ich es bei dir auch nicht weiß.« Amber starrte sie an.

»Mir ist eigentlich nie etwas Schlimmes passiert«, begann sie langsam. »Nichts im Vergleich zu dir. Max zu verlieren, war das Schlimmste, was mir widerfahren ist, und selbst das – jetzt kann ich es dir sagen – hat mich gleichzeitig befreit. Bevor er damals wegging, hat er etwas Schreckliches über Tendé gesagt, das mich zutiefst getroffen hat. Es wurde mir zwar von allen ausgeredet – er sei eben sehr fürsorglich, besonders väterlich gewesen. Jeder hatte eine andere Erklärung dafür. Aber weißt du was? Als Sibi geboren wurde, war ich *erleichtert.* Ich war erleichtert, dass Max nicht da war. Ich wusste nicht, wie er damit umgegangen wäre, dass sein Enkel schwarz ist. Und ich war froh, dass mein Vater ihn nicht mehr gesehen hat, weil ich keinen einzigen Tag meines Lebens damit verbringen wollte, mich zu fragen, ob es ihm etwas ausgemacht hätte.« Ihre Stimme klang belegt. Madeleine sah Amber erstaunt an. In all den Jahren, die sie sich kannten, hatte sie Amber noch nie weinen sehen. Becky weinte wegen jeder Lappalie – aber Amber? Nie.

»Hast du es Tendé je gesagt?«

Amber schüttelte heftig den Kopf. »Aber er weiß es. Wir reden nie darüber, auch nicht über Max. Aber ich glaube, es war eine seiner größten Enttäuschungen. *Er* hat mir doch immer gesagt, dass nichts auf der Welt größeren Stellenwert einnimmt als Rasse und Blut. Damals dachte ich, er sei bloß verbittert. Jetzt weiß ich, dass es stimmt.«

»Glaubst du, dass Becky deswegen angegriffen wurde? Dass es passiert ist, weil sie weiß ist?« Madeleine nagte an ihrer Lippe.

»Ich denke schon. Ich meine, das kann man an einem Ort wie Simbabwe nicht außer Acht lassen. Aber ich glaube, dass es komplizierter ist. Ich glaube, dass Becky zum Teil selbst schuld ist.«

»Was meinst du damit?«

»Sie hat mir vor ein paar Monaten geschrieben. Sie hatte eine Affäre. Nun, vielleicht nicht direkt eine Affäre. Sie hat mit ihrem Geschäftspartner Godson geschlafen. Er ist verheiratet und war anscheinend nicht an einer festen Beziehung interessiert. Ich hab ihn kennen gelernt, als ich sie abgeholt habe. Er machte einen ganz guten Eindruck auf mich, auch wenn die Verhältnisse zu dem Zeitpunkt natürlich angespannt waren. Wie auch immer, ich habe diesen Brief bekommen, und sie schien sich hauptsächlich zu freuen, weil er Afrikaner war. Es war auf seltsame Weise fast rassistisch. Ich wusste nicht, was ich davon halten sollte.«

»Offensichtlich dachte sie, wenn du es getan hast …«

»Aber darum geht's ja!« Amber warf die Arme hoch. »Was getan? Ich habe einen Mann kennen gelernt, mich in ihn verliebt, ihn geheiratet. Das ist alles. Tendé ist nicht anders als die anderen.«

»Du weißt das. *Ich* weiß das. Zumindest glaube ich es. Aber er ist nicht ganz so wie andere Männer, und das liegt nicht an seiner Hautfarbe. Aber ich glaube nicht, dass Becky das je so gesehen hat. Es geht wieder um diesen Neid, über den ich gesprochen habe. Er hat sie auf merkwürdige Art verblendet. Sie sieht nur die Äußerlichkeiten. *Du* hast einen Afrikaner geheiratet, also will sie das auch. *Du* bist nach Afrika gezogen, also hat sie es auch getan. Es geht nur darum, was du ihrer Meinung nach getan hast. Und das ist das Problem.«

»Aber wie sollen wir ihr helfen? Jetzt, nachdem das passiert ist, wie soll sie sich je davon erholen? Und was kommt als Nächstes?«

Madeleine biss sich wieder auf die Lippe und verlagerte unbehaglich ihr Gewicht. »Ich wünschte, ich hätte eine Antwort darauf. Sie muss natürlich nach Hause zurück. Nach London, wo sie *wirklich* hingehört. Sie kann nicht immer bloß weglaufen, auch wenn sie gar nicht genau weiß, wovor. Sie kann nicht weiter versuchen, das Leben einer anderen zu führen.«

»Henry hat immer das Gegenteil gesagt«, erwiderte Amber plötzlich. »Die ganze Zeit hat er davon geredet, das Leben eines anderen zu führen – das war sein größter Wunsch.«

»Was soll das heißen?«

»Ich weiß nicht. Wahrscheinlich war er von seinem eigenen so enttäuscht. Er wollte jemand anderes sein, irgendjemand, nur nicht er selbst.« Sie schwieg einen Moment. Dann drehte sie sich mit einem angstvollen Ausdruck in den Augen zu Madeleine um. »Du glaubst doch nicht, dass er etwas mit der Sache zu tun hatte?«

»Amber, nein. Nein, das könnte er nicht. Er hätte doch nicht …?«

»Bei Gott, das hoffe ich nicht. Aber neulich hat Becky etwas gesagt: Henry habe sie gewarnt, dass etwas Schreckliches passieren würde, wenn sie bliebe. Ich war nicht sicher, was sie meinte.«

»Nein, das kann ich mir nicht vorstellen.« Madeleine war entrüstet. »Das kann man doch niemandem wünschen, ganz egal, was vorgefallen ist.«

»Vielleicht wollte er nicht, dass es so weit geht?«

»Nein, das darfst du nicht mal denken. Sie ist hier, sie ist in Sicherheit, und das ist alles, was zählt.« Amber nickte langsam. Sie schlang die Arme um den Körper. Madeleine hatte Recht. Es war ihre Aufgabe, dass Becky den schrecklichen Vorfall so gut wie möglich überstand. Wenn Becky auch nur vermuten würde, dass Henry die Finger im Spiel gehabt hatte – niemand wusste, welche Auswirkungen das auf sie hätte. Sie wandte sich wieder an Madeleine.

»Und was ist mit dir?«, fragte sie ruhig. Madeleine sah auf ihre Hände hinab. »Bist du glücklich?« Es schien der richtige Zeitpunkt, sie das zu fragen. Madeleine antwortete nicht. »Es ist doch alles in Ordnung, oder? Zwischen dir und James?«

»Ja, ich denke schon. Es ist nur nicht so, wie ich dachte, dass es sein würde.« Sie sprach zögernd und wickelte sich eine Haarsträhne um den Finger. »Es ist in Ordnung. Normal.« Sie brach ab. »Wenn ich dich sehe, wie du und Tendé miteinander umgeht, dann weiß ich, dass es nie so sein wird. James ist sehr liebevoll – man kann sich absolut auf ihn verlassen und er hat all die Eigenschaften, nach denen man laut den Zeitschriften bei einem Partner suchen soll. Aber damit hat sich's, das ist alles.«

»Und was willst du noch?«

»Ich weiß nicht. Mehr, irgendwas Größeres, ein erfüllteres Leben. Ein *sinnvolleres* Leben. Verstehst du das? Wir haben eine hübsche Wohnung in Genf, unsere Arbeit gefällt uns, wir haben nette Freunde, wir gehen in Bars und am Sonntag an den See. Alles ist bestens. Aber manchmal wache ich am Morgen auf – vor allem jetzt – und frage mich, ob das alles ist. Ich bekomme ein Kind«, sie strich sich fast verächtlich über den Bauch, »ich werde eine schöne Hochzeit feiern, und dann wird niemand mehr etwas von mir hören.«

»Ach, Madeleine, sag doch so was nicht. Natürlich wirst du weitermachen, andere Dinge tun. Du willst dieses Baby doch, oder?«

»Ich glaube schon. Anfangs zumindest. Aber jetzt hab ich fast Angst davor. Ich hab Angst, dass es mein Ende sein könnte.« Amber schwieg. Sie wusste nicht, was sie sagen sollte. Madeleine hatte sich verändert, das stimmte. Sie trug jetzt schicke Kleider und das Haar modisch lang. Sie verbrachte ihre Ferien in Südfrankreich und hatte ihren Eltern in Budapest eine kleine Wohnung gekauft, wo sie jeden Sommer hinfuhren. Sie schien einen Frieden gefunden zu haben, den sie nie zuvor gekannt hatte. Dennoch, etwas von der Entschlossenheit und der Begeisterung, die sie ausgemacht hatte, war unter einer

Schicht aus Bequemlichkeit und Routine verschüttet worden, die nicht zu ihr passte.

»Und der Job?« Madeleine war inzwischen Leiterin des medizinischen Ressorts der ICM-Zentrale in Genf und arbeitete jetzt hauptsächlich im wissenschaftlichen Bereich. Sie organisierte Seminare für die psycho-soziale Betreuung von Migranten. Tatsächlich verlangte ihr der Job nichts ab, und die Bürokratie drohte, sie aufzufressen. Sie war immer mehr an praktischer Arbeit interessiert gewesen und wollte sich buchstäblich die Hände schmutzig machen. Schließlich sei sie ausgebildete Chirurgin, hatte sie James eines Abends angeschrien – jetzt saß sie nur noch hinter dem Schreibtisch, wurde jeden Tag dicker, stellte Schulungspläne auf und sammelte Informationen, die ihrer Überzeugung nach niemand lesen würde. Hatte sie *dafür* ihren Job in New York aufgegeben? Es war ein wunder Punkt zwischen ihnen. James' Beförderung an die Rechtsberatungskommission der UN in Genf war für seine Karriere sehr wichtig. Nach monatelangen Diskussionen hatte Madeleine widerstrebend zugestimmt, ihre eigene Karriere auf Eis zu legen. Sie würde mit ihm nach Genf gehen und vielleicht sogar die Familie mit ihm gründen, auf die er so erpicht zu sein schien. Nach ein paar Jahren konnte sie sich dann wieder einer größeren Herausforderung stellen. Das ICM war nur zu glücklich, sie wieder bei sich zu haben. Ihr früherer Chef in Belgrad war hocherfreut. Dass sie einen wesentlich weniger anspruchsvollen und interessanten Aufgabenbereich hätte, schien außer ihr niemanden zu stören. Sie seufzte und wandte sich wieder Amber zu.

»Jetzt kann ich nicht viel daran ändern, weil das Baby in sechs Wochen kommt. Ich kann keine Pläne machen, bevor diese Sache nicht sicher über die Bühne gebracht ist.« Amber biss sich auf die Unterlippe. Madeleines Wortwahl war entlarvender, als ihr vermutlich bewusst war. »Danach werden wir weitersehen. Ich weiß nicht. Im Moment erscheint alles sehr weit entfernt.«

»Es wird schon gut werden, Mads«, sagte Amber und drückte ihre Hand. »Du schaffst das schon. Das weiß ich.«

101

»Oh, ich hab gar nicht gesehen, dass du hier sitzt.« Becky war erschrocken. Tendé erhob sich halb. Er hatte im Arbeitszimmer gelesen und sich ausnahmsweise einmal eine Stunde Ruhe gegönnt. »Nein, nein, bitte, steh nicht auf. Ich gehe. Ich bin bloß so herumgewandert. Ich verschwinde wieder.«

»Wie geht's dir, Becky?« Tendés Stimme war ruhig. Becky zögerte.

»Mir geht's gut. Ich bin okay.«

»Das freut mich.« Es kam keine Befangenheit auf. Er deutete auf den Stuhl neben sich. »Setz dich doch.« Er lächelte sie an. »Ich hab dich in den vergangenen Wochen kaum gesehen. Kümmert man sich gut um dich?«

»Ja, ja, alles bestens.«

»Und die Kinder gehen dir nicht auf die Nerven?«

»Nein. Alles ganz prima, ehrlich. Ich fühle mich schon viel besser.« Zögernd nahm sie Platz. Sie hatte es nie ganz geschafft, ihre Scheu vor Tendé zu verlieren. Ganz gleichgültig, wie nett er zu ihr war, er kam ihr immer wie ein Wesen von einem anderen Stern vor, wie aus einer anderen Zeit. Irgendwie konnte sie nicht ganz fassen, dass er der Mann ihrer besten Freundin war. Manchmal wirkte er mehr wie ein Vater auf sie, wie Max.

»Wie sehen deine Pläne aus?«

»Pläne? Ich weiß nicht. Ich überlege mir, ob es vielleicht das Beste ist, zurückzugehen.«

»Nach Hause?«

»Nun ja, nach Harare. Ich muss mich um die Galerie kümmern und …«

»Geh nach Hause, Becky«, sagte Tendé sanft. Sie sah ihn unsicher an. »Ich meine dein wirkliches Zuhause.«

»Es *ist* mein Zuhause.« Aber ihre Stimme zitterte plötzlich.

»Nein. Afrika ist nichts für dich.«

»Wie kannst du so etwas sagen?« Becky sprang erregt auf. »Mir geht's gut dort. Ich liebe es. Selbst nachdem *das* passiert ist.«

»Es ist nicht dein Zuhause. Du solltest zu deinen Eltern zurückgehen, an den Ort, wo du hingehörst. Ich sage das nicht, um dich zu verletzen oder weil ich nicht anerkenne, was du dort draußen geleistet hast. Von Amber habe ich erfahren, dass die Galerie ein großer Erfolg war. Aber im Moment ist das nicht der richtige Ort für dich.«

»Ich glaube nicht, dass du das beurteilen kannst«, erwiderte Becky wütend. »Du hast kein Recht dazu.« Inzwischen standen ihr Tränen in den Augen und ihre Stimme klang belegt.

»Amber sagt es dir nicht, weil sie dich nicht verletzen will. Ich kenne dich ja nicht, Becky. Ich kann nur beurteilen, was ich sehe. Und ich sehe, dass dort nicht der richtige Ort für dich ist.« Er stand auf. Inzwischen weinte sie rückhaltlos. Er seufzte und legte ihr den Arm um die bebenden Schultern. Sie drehte sich um und presste das Gesicht an seine Brust. Er hatte Recht. Natürlich hatte er Recht. Die Belehrung hätte von keinem anderen kommen können. Ihre Tränen galten ebenso sehr dem, was sie verlieren würde, wie dem, was sie schon verloren hatte.

Sie flog mit Madeleine zurück nach London. An einem strahlenden Morgen Mitte März trafen sie in Heathrow ein. Nach der stickigen Hitze in Bamako war die frische, klare Luft Englands eine Erleichterung. Becky saugte die Luft, das Licht, die Stimmen in sich ein – alles, was ihr einst so vertraut und doch so fremd war. England. Wieder zu Hause? An Madeleines Hand geklammert, ging sie durch den Zoll und sah ihre Mutter hinter der Absperrung besorgt nach ihr Ausschau halten. Sie hatte erfahren, was ihrem einzigen Kind widerfahren war, wenn auch nicht in allen Einzelheiten. Becky ließ ihre Freundin los, begann zu rennen und warf sich in die Arme ihrer Mutter. Die Tränen, die sie so viele Wochen zurückgehalten hatten, drohten sie beide zu durchweichen. Ja, sie war zu Hause. Mrs Aldridge wandte sich an Madeleine, doch die stand so kurz vor ihrer Niederkunft, dass sie nicht viel anderes tun konnte, als sie auf beide Wangen zu küssen. Weinend gingen die drei Frauen zum Wagen.

Mrs Aldridge setzte Madeleine bei der Wohnung ihrer Eltern in Kensal Rise ab. Wie in alten Zeiten, sagte sie ein wenig wehmütig, als sie und Becky die Freundin umarmten. Madeleine sah dem Wagen nach, der den Ladbroke Grove hinunter verschwand. Dann blickte sie zu dem Mietshaus hinauf, das noch genauso hässlich und trostlos aussah wie immer. Trotz ihrer Angebote, ihnen zu helfen, lehnten Maja und Imre einen Umzug ab. Die Wohnung in Budapest, die sie ihnen nach jahrelangem Widerstand gekauft hatte, sei ihr wirkliches Zuhause, behaupteten sie. Zuhause. Der Begriff war ihr immer noch fremd. Für sie hatte er immer nur den Ort bedeutet, an dem sie lebte, ganz gleichgültig, an welchem Ort auf der Welt sie sich gerade befand. Zuhause war eine Adresse, eine Anzahl von Räumen mit ihren Habseligkeiten. Aber bald, dachte sie, als sie die Haustür öffnete und ihr der vertraute Geruch aus Urin und Desinfektionsmitteln entgegenschlug, würde sie etwas haben, das bedeutungsvoller und dauerhafter war als alles, was sie bislang besessen hatte – ein Kind. Der Gedanke machte ihr Angst. Es würde sie auf eine Weise an James binden, vor der sie sich fürchtete, obwohl sie nicht wusste, warum. Zudem war ihr in den vergangenen Wochen vieles bewusst geworden, was sie nicht mehr losließ. Vielleicht zu spät war ihr klar geworden, was es hieß, ihre engsten Freundinnen um sich zu haben. Sie waren ein Spiegel ihres wahren Selbst. Sie machten es möglich, dass sie sich durch Beckys und Ambers Augen sah – deutlich und klar. Ohne die beiden wurde das Bild, das sie von sich hatte, undeutlich, was sie verletzlich und leichter beeinflussbar machte. Als sie die Wohnungstür erreichte und Majas eilige Schritte hörte, fragte sie sich, was wohl aus ihr geworden wäre, wenn sie Becky und Amber in ihrer Nähe gehabt hätte. Und was aus ihrer Beziehung zu James geworden wäre, wenn er sie nicht als starke, energiegeladene Frau kennen gelernt hätte, sondern in einem Moment der Schwäche. Die Gedanken bedrückten sie. Er war liebevoll und anständig, er liebte sie ohne Vorbehalt, ohne sie auf irgendeine Weise ändern zu wollen. Warum genügte das nicht?

Als ihre Mutter sie an sich drückte und sie Majas Ausrufe über den Umfang und die Form ihres Bauchs hörte, ihre Fragen, wie das Kind heißen solle, und wie stolz sie seien, Großeltern zu werden, erkannte sie, dass es genügen musste. Es ließ sich nicht mehr ändern. James und das Leben, das sie gewählt hatte, konnte nicht mehr gegen ein anderes ausgetauscht werden. Hatte sie nicht einen Monat damit verbracht, Becky genau das zu predigen? Sie folgte ihrer Mutter ins Wohnzimmer und blieb vor Péters Bild stehen. Leben – das war, was zählte. Becky hatte ihr Martyrium überlebt und hatte jetzt die Chance, sich ein neues Leben aufzubauen. *Sie* war am Leben, genauso wie das strampelnde Kind in ihr. Das genügte.

Teil VIII

102 *München, Deutschland, 2002*

Allen im Gerichtssaal hatte es den Atem verschlagen. Paola war leichenblass. Sie hatte verloren. Von dem Schlag, den ihr Otto gerade versetzt hatte, würde sie sich nicht mehr erholen. Sie sah auf ihre Hände hinab. Nichts hätte sie dazu bringen können, an dem halb teilnahmsvoll dreinblickenden Richter vorbei zu Otto und seinen zwei Anwälten hinüberzusehen, die sich wahrscheinlich gerade zu ihrem Erfolg gratulierten. Sie starrte auf den großen Brillanten an ihrem Finger. Er war alles, was ihr von ihrer Ehe blieb, jetzt, nachdem feststand, dass Alessandra, dreizehn Monate alt und das absolute Ebenbild ihrer Mutter und Großmutter, *nicht* Ottos Kind war. Es gab nichts mehr zu sagen.

Eine Träne tropfte auf ihren Handrücken. Sie wischte sie schnell weg. Weinen nützte nichts. Eine ganze Meute von Fotografen, durch die sie sich schon am Morgen hatte hindurchkämpfen müssen, wartete vor dem Gerichtssaal. Es war schamlos, wie sie um einen Schnappschuss kämpften, nur um ihr offenkundiges Leid vor der ganzen Welt auszubreiten. Bei Prozessbeginn waren ihr die Paparazzi noch willkommen gewesen, und sie hatte sich schon überlegt, wie sie sich auf den Fotos besonders vorteilhaft in Szene setzen konnte. Aber bald realisierte sie, dass Otto vor Gericht zu bringen der größte Fehler ihres Lebens gewesen war. Er nutzte die Gelegenheit, die sie ihm so unbedacht gewährt hatte, um sie zu zerstören. Nie hätte sie gedacht, dass es so weit kommen würde. Sie hatte eine deutsch-namibische Kanzlei mit ihrer Vertretung beauftragt, deren Honorar sie jetzt, da sie verloren hatte, nicht zahlen konnte. Sie hatte damit gerechnet, dass die Sache schnell über die Bühne ging. Denn sie hatte nicht angenommen, dass Otto die Kosten und den Skandal riskieren würde, seine Frau wegen des Sorgerechts für das Kind vor Gericht zu bringen. Er hatte sich nie besonders für Alessandra interessiert, war nicht bei ihrer Geburt dabei und hatte später kaum jemals Zeit mit ihr verbracht. Vielleicht interessierte ihn die Vaterrolle grundsätzlich nicht besonders. Und die einzige Person, die wusste, dass Alessandra nicht seine Tochter war, war Paola. Sie hatte alles bis ins letzte Detail geplant. Sie hatte sich sogar dazu überwunden, ein paar Wochen nachdem Alessandra gezeugt worden war mit Otto zu schlafen – was war also passiert, das ihren Plan so schrecklich schief gehen ließ?

Im gleichen Moment, als sie das verdammte Mischlingsmädchen Estrella in den Zeugenstand treten sah, sank ihr das Herz. Was zum Teufel machte sie hier, in einem Gerichtssaal in Bayern? Sie stellte fest, dass sie bis zu diesem Zeitpunkt nie wirkliche Angst gekannt hatte.

Im gleichen Augenblick, als sie den Mund aufmachte und in ziemlich klarem Deutsch die Fragen beantwortete – seit wann konnte sie Deutsch? –, wusste Paola, dass sie das Spiel verloren hatte. Estrella war bestens vorbereitet. Sie spulte Daten, Namen, selbst Uhrzeiten ab. Der sechzehnjährige Schüler Dieter Velton wurde genannt, ebenso ein Mechaniker namens Helmut Biedermann, den Paola schon völlig vergessen hatte, die einjährige Affäre mit Heinrich Brandt, dem stellvertretenden Landwirtschaftsminister und einem der wenigen Deutschen, die in der neuen Regierung ein Amt innehatten; und die Liste war noch länger. Sogar Fotos von vor zehn Jahren, auf denen Paola vier Männer gleichzeitig *bediente* – wie sich der gegnerische Anwalt ausdrückte –, wurden vorgelegt. Sie starrte geschockt auf die Bilder – Prinz Georg, Günther, Dave, Jürgen –, wie zum Teufel hatte Otto es geschafft, diese Fotos in die Finger zu kriegen? Alles wurde aufgezählt, bis hin zu dem letzten Mal, als Stefan Kellber um Mitternacht ins Haus kam und es im Morgengrauen wieder verließ. Vom Zeitpunkt her käme der junge Pilot klar als Vater des Kindes in Frage, schloss Ottos Anwalt schwungvoll, und ein Vaterschaftstest werde dies sicher zweifelsfrei beweisen. Außerdem, fuhr er fort, während alle Augen im Saal auf ihn gerichtet waren, hätten die Fotos gezeigt, dass es sich hier nicht um eine Frau mit Würde und Anstand handle. Weshalb man durchaus behaupten könne, dass jeder der Männer auf dieser Liste, einschließlich derjenigen auf den Fotos, das Kind gezeugt haben könnte. Denn die Faktenlage sei klar. Sein Klient Otto von Kiepenhauer, der bekannte Industrielle und einer der größten Investoren des Landes, komme als Vater nicht in Frage. Warum? Wie könne er das mit solcher Überzeugung und Gewissheit behaupten? Alle Anwesenden hingen an seinen Lippen. Niemand rührte sich. Weil ihm die Beweise dafür vorlägen. Otto von Kiepenhauer könne das Kind nicht gezeugt haben, weil er dazu gar nicht in der Lage sei: Otto von Kiepenhauer sei steril. Schon immer gewesen. Deshalb wurde seine erste Ehe geschieden. Die frühere Frau von Kiepenhauer und jetzige Mrs Silverman-Groult, wohnhaft in New York, habe dies bestätigt. Die Scheidungsakte ebenfalls, falls jemand Einsicht nehmen wolle.

Paola starrte vor sich hin, dann senkte sie den Blick. Ihre Hände waren ineinander verkrampft. Sie war vernichtend geschlagen worden. Genau wie er es ihr angedroht hatte.

Amber faltete die Zeitung zusammen, legte sie weg und sah Angela an. Sie saßen im Salon des Ritz-Hotels in London, Angelas Lieblingslokal. Der Ober stellte ein Tablett mit Tee und köstlichem Gebäck vor ihnen ab. Angela bedankte sich lächelnd und griff nach einem winzigen Eclair.

»Möchtest du eines, Liebling?«, fragte sie Amber, den Mund voller Sahne. »Himmlisch. In L. A. kriegt man keine anständige Tasse Tee mit einem Eclair.« Amber schüttelte lächelnd den Kopf. Nach der Geburt von Kedé – ihres *letzten* Kindes, warnte sie Tendé – war ihr ein kleiner Bauch geblieben, der einfach nicht mehr weggehen wollte. Tendé gefiel das, wie er oft beteuerte, aber Amber, die sich bislang über ihre Figur nie hatte Sorgen machen müssen, war nicht so überzeugt. Sie nahm einen Schluck Tee. »Also, was wirst du machen?«

»Ich weiß nicht.« Amber griff wieder nach der Zeitung. Das grobkörnige Foto zeigte Paola, wie sie mit gesenktem Kopf, ihre einjährige Tochter auf dem Arm, den Gerichtssaal in München verließ. Dort war festgestellt worden, dass Alessandra nicht Otto von Kiepenhauers Kind, sondern das Ergebnis einer Affäre mit einem seiner Angestellten war. Eines jungen deutschen Piloten, der ihn und seine Gäste zu seinen Lodges flog. Amber spürte einen Stich. So wenig sie ihre Halbschwester auch mochte, der Scheidungsprozess musste ein Albtraum gewesen sein. All die alten Geschichten, die ausgegraben wurden. Es war ein Wunder, dass Kieran nicht erwähnt wurde. Laut der Zeitungen hatte Kiepenhauer seit langem Bescheid gewusst. Einige der Hausangestellten hatten jahrelang über seine Frau Buch geführt. Als sie triumphierend verkündete, sie sei schwanger, zeigte er sich von einer Seite, die Paola noch nicht zu Gesicht bekommen hatte. Otto war steril – und wenn Paola ihre Hausaufgaben gemacht hätte, hätte sie das herausfinden und sich horrende Anwaltskosten sparen können – die jetzt bezahlt werden mussten – sowie die Demütigung, sowohl in Namibia als auch in Deutschland in Gerichtssälen vorgeführt zu werden. Ottos Rechtsanwälte hatten dieses Detail bis zum letzten Moment geheim gehalten. Die Fotos zeigten eine weinende, aufgewühlte Paola, die unablässig beteuerte, dass das Kind von ihm sei. Dabei hatte er immer Bescheid gewusst. Mit einem Ausdruck tiefer Genugtuung saß er ihr gegenüber: Er hatte seine Rache. Paola war erledigt. Sie hatte kein Zuhause und kein Einkommen mehr, aber ein kleines Mädchen zu versorgen. Natürlich musste sie sich an Amber wenden. Über Angela hatte Francesca den Kontakt hergestellt und war dann selbst nach London gekommen, um für sie zu bitten. Amber schüttelte den Kopf. Das Ganze kam ihr unwirklich vor. Die Frau ihres Vaters kam zu ihr, um für die Tochter seiner Geliebten zu bitten, die die geschiedene Mutter eines unehelichen Kindes war. Es hätte ein fantastisches Drehbuch sein können, wenn es sich nicht um *ihr* Leben, um *ihre* Familie gehandelt hätte. Wie lange war Max inzwischen tot? Acht Jahre? Die Schwierigkeiten, die er hinterlassen hatte, nahmen kein Ende.

Aber Amber war das Oberhaupt der Familie, die Max so achtlos zusammengefügt hatte. Sie hatte den schwarzen Peter, wie Angela es ausdrückte. Glücklicherweise hatte sich das Téghaza-Projekt als Erfolg erwiesen, wenn auch erst seit Kurzem. Es hatte aller Mittel bedurft, die noch übrig waren, und all ihrer Willenskraft, um nicht das Handtuch zu werfen und aufzugeben. Max hatte sie in der denkbar schwierigsten Position zurückgelassen – hin und her gerissen zwischen ihrer Familie und ihrem Verlobten, versuchte sie verzweifelt, eine Entscheidung zu treffen, bei der sie sich auf nichts Konkreteres als ihren Instinkt stützen konnte. Tendé beharrte darauf, dass nur sie allein entscheiden könne. Sie kenne sich mit dem Projekt genügend aus, um zu wissen, dass es sich lohne, dafür zu kämpfen. Doch als das volle Ausmaß von Max' Investitionen klar wurde und sie realisierte, wie sehr sie ihre eigene Familie gefährdete, wenn sie sich auf Gedeih und Verderb mit Tendé zusammentat, schwankte sie. Seltsamerweise war es Angela, die ihr die Entscheidung abnahm. Als sie ihre Mutter beobachtete, die nach so vielen Jahren, die sie auf der Couch oder am Boden liegend verbracht hatte, jetzt tatsächlich die Kraft fand, sich wieder aufzurappeln, wurde Amber klar, dass ihre Familie *nicht* untergehen würde, wenn sie für sich selbst sorgen müsste. Im Gegenteil, vielleicht wäre dies sogar eine Chance für sie. Dazu war es dann allerdings nicht gekommen. Aber Paola war jetzt mittellos und bat um Hilfe, und Kieran wohnte immer noch zu Hause, hatte jedoch inzwischen zumindest einen Halbtagsjob in einem Plattenladen in Covent Garden, der ihm zu gefallen schien. Es war ein Anfang.

»Nun, irgendwas wirst *du* tun müssen«, sagte Angela schließlich, leckte sich einen Rest Sahne von den Fingerspitzen und tupfte sich mit der Serviette den Mund ab.

»Ich weiß. Hör zu. Wir treffen uns. Sie kann zu mir nach London kommen. Francesca auch. Sie können am Holland Park wohnen – natürlich nur, wenn du bis dahin wieder fort bist.«

Angela nickte. »In einer Woche bin ich wieder weg. Mary Ann möchte ein paar Wochen nach Menorca. Ich hätte da eine Idee. Warum gibst du Paola nicht die *Casa Bella?* Das wäre doch, was sie im Moment vermutlich am nötigsten braucht: ein Zuhause.« Amber nickte langsam. Es wäre eine barmherzige Tat. Sie, Tendé und die Kinder nutzten das Haus praktisch nicht, Angela und ihre Schwester nur einmal im Jahr, den Rest der Zeit stand es leer und verursachte beträchtliche Kosten. Sie nickte erneut und griff nach ihrer Teetasse.

»Ich überlege es mir. Gute Idee, Mum.« Beide lächelten. Amber war inzwischen fast vierzig, und es kam ihr merkwürdig vor, Angela plötzlich »Mum« zu nennen, aber irgendwie schien es zu passen. Das war auch etwas, was sie nach Max' Tod gelernt hatte – andere Menschen kamen ihr näher, oft ganz unvermutet. Sie und Angela hatten sich nie besonders nahe gestanden, und ihr Leben lang hatte ihre Beziehung eigentlich verkehrt herum funktioniert – Amber hatte Angela bemuttert. Aber nachdem Max fort war, hatte Angela ein neues Leben begonnen. Sie hatte das Trinken aufgegeben – was allein schon ein Wunder war – und schien ihr Leben auf eine Art zu genießen, wie es ihr früher unter der Fuchtel von Max nie möglich gewesen war. Sie würde nie eine so enge Beziehung zu ihrer Mutter haben wie Becky oder Madeleine, aber das war vielleicht gar nicht so schlecht. Es gab auch zu große Nähe, wie ihre Freundinnen häufig beklagten. Beide lebten inzwischen wieder in London. Becky wohnte immer noch bei ihren Eltern, obwohl es höchste Zeit war, dass sie sich wieder selbstständig machte, und Madeleine hatte alle überrascht, indem sie James nach zweijähriger Ehe mit ihrem vierjährigen Sohn verließ und in der Nähe ihrer Eltern in einer Zweizimmerwohnung lebte. Ihr Sohn Peter war ein süßer Junge. Zweimal waren sie schon bei Amber und den Kindern in Bamako gewesen. Er sei schrecklich stolz auf seine »afrikanischen« Cousins, hatte Madeleine ihr gestanden.

»Na schön, Liebling, ich mach mich auf den Weg.« Angela rief nach der Rechnung. Amber kehrte wieder in die Gegenwart zurück. »Ich hab noch eine Menge zu besorgen. Ich hab deiner Kusine versprochen, ihr etwas von Harrod's mitzubringen.«

»Kommst du zum Abendessen?«, fragte Amber, als sie beide aufstanden.

»Vielleicht. Ich weiß nicht. Kieran wollte irgendwohin gehen. Ich ruf dich später an.« Angela nahm ihre Einkaufstüten. »Du weißt ja, wie er ist – er will mich einfach mit niemandem teilen.« Amber nickte. Ausnahmsweise war sie allein in London. Die Kinder waren in Genf bei Lassana und ihrer Großmutter. Sie hatte ein paar kostbare Tage für sich, bevor die drei zu ihr nach London kamen. Sie brauchte Zeit, um über Paola nachzudenken und wie sie die jüngste Krise in den Resten von Max' Familie bewältigen sollte.

Madeleine küsste Peter auf den Kopf und ging schnell hinaus, bevor er zu weinen anfangen konnte. Maja kam mit einem

Tablett frisch gebackener Kekse und einem Stapel Bücher herein. Madeleine warf ihr eine Kusshand zu, als sie ihre Tasche und ihr Jackett von der Garderobe im Gang nahm. *»Danke«,* flüsterte sie leise, als sie hinauseilte. Ohne Majas Hilfe, dachte sie, als sie zum Bus lief, würde sie es nicht schaffen. Sie war jetzt Assistenzärztin im Guy's Hospital. Nachdem sie fast zehn Jahre lang nicht mehr als Ärztin, vor allem nicht mehr als Chirurgin, gearbeitet hatte, war es ein Wunder, dass sie einen solchen Posten in einem Lehrkrankenhaus gefunden hatte. Es war verdammt harte Arbeit, und ihre Nerven wurden hundert Mal am Tag auf eine harte Probe gestellt. Aber sie liebte es.

Ihr Bus bog um die Ecke. Es war ein herrlicher Morgen – die Vögel zwitscherten, die Sonne schien und am strahlend blauen Himmel standen große Wattewolken: die reinste Postkartenidylle eines Frühlingsmorgens. Sie brauchte fast vierzig Minuten länger, wenn sie den Bus nahm, aber sie hasste die feuchten dunklen Gänge der U-Bahn, vor allem an einem Morgen wie diesem. Sie nahm ihre Tasche und zog die OP-Unterlagen heraus. Wie es aussah, stand ihr ein anstrengender Vormittag bevor. Sie ließ den Notizblock auf den leeren Sitz neben sich gleiten und sah aus dem Fenster auf den Hyde Park hinaus. Sie war jetzt seit fast sechs Monaten zurück. Kaum zu glauben, dass alles so schnell gegangen war. Dabei kam es ihr wie gestern vor, dass sie am Küchenfenster ihrer neuen Wohnung in der Rue Dancet gestanden und geglaubt hatte, ersticken zu müssen, wenn sie nichts unternähme. Sie lehnte den Kopf an die Scheibe und rief sich noch einmal ins Gedächtnis, was im vergangenen Jahr alles geschehen war.

Eigentlich gab es nichts Greifbares, das war das Schwierigste. James war wie immer – aufmerksam, nett, vorhersagbar. Sie wusste nicht genau, wann es passiert war, aber eines Morgens wachte sie auf, und ihr wurde klar, dass sich ihr bei der Vorstellung, mit James schlafen zu müssen, der Magen umdrehte. Was sie entsetzte. Sie hatte den langsamen, aber stetigen Niedergang ihrer körperlichen Beziehung nicht bemerkt. Sie war immer so müde. Peter war eine ziemliche Nervensäge, so reizend er auch war. Nachts konnte sie kaum je durchschlafen. James schnarchte weiter, wenn sie zwei oder drei Mal aufstand, um ihren Sohn zu füttern, zu beruhigen oder Fieber zu messen, wenn er krank war. Allmählich begann sie, auf seine Bedürfnisse ärgerlich zu reagieren, vor allem, wenn sie mitten in der Nacht aus dem Schlaf gerissen wurde. Anfangs hatte er im selben Bett mit ihnen geschlafen, aber Madeleine konnte dann nie richtig schlafen. Als er noch ein Baby war, aus Angst ihn zu erdrücken; als er dann größer wurde, störte es sie, wie viel Platz er einnahm, wie er sich herumwarf und mit den Füßen strampelte. Ihn in sein eigenes Zimmer zu verbannen, war anfangs schwierig gewesen, aber sie hielt durch, bis er sich daran gewöhnte und sie die Nacht wieder allein verbringen konnten – bis er wieder aufwachte natürlich. Sie begann, sich nach Schlaf zu sehnen wie ein Alkoholiker nach einem Drink. Nie schien sie genug zu kriegen. Sie befand sich im Mutterschaftsurlaub, sehnte sich aber nach ihrer Arbeit zurück. Alles war besser, als am Nachmittag zu Hause zu sitzen, während Peter schlief und James in der wirklichen Welt unterwegs war und wichtige Dinge tat.

James versuchte natürlich, vernünftig zu sein. Er war nicht böse, wenn sie sich nicht aufraffen konnte, Essen zu machen, oder wenn sie Abend für Abend einschlief, nachdem Peter gebadet worden war, ohne ihrem Mann auch nur einen Kuss zu geben. Er beklagte sich nicht, als sich die Intervalle zwischen ihren Liebesnächten von sechs Wochen auf sechs Monate und schließlich auf ein ganzes Jahr ausdehnten. Er war einfach immer so schrecklich vernünftig. Bloß keinen Streit, war seine Devise, zu Hause wie bei der Arbeit. Und genau diese Einstellung machte ihn zu einem nützlichen, wenn auch wenig inspirierenden Mitglied des juristischen Teams und zu einem fantasielosen und wenig aufregenden Ehemann. Madeleine war sich immer noch nicht klar, warum sie ihn geheiratet hatte. Wegen Maja und Imre? Maja hatte es an Andeutungen nicht fehlen lassen: Ob es nicht an der Zeit sei, sich zu binden? Würde sich Madeleine nicht sicherer fühlen, wenn sie einen Ring am Finger hätte, vor allem jetzt mit einem Kind? Würde sie nicht hübsch aussehen in Weiß? Oder in Creme? James war dafür, und nach anfänglichem Zögern gab sie nach.

An ihren Hochzeitstag konnte sie sich nur noch nebelhaft erinnern. Amber und Becky waren natürlich gekommen. Becky sah wundervoll aus, Amber müde durch ihre Schwangerschaft – aber ihre Eltern waren überglücklich, und James wirkte zutiefst zufrieden. Peter war fast zwei, er trug einen Matrosenanzug und weinte während der ganzen schlichten Zeremonie. Madeleine hatte gedacht, sie könne ihren Eltern keine größere Freude machen, als ihren Sohn Peter zu nennen, aber sie hatte sich getäuscht. Maja weinte auf dem ganzen Weg zur Kirche und warf sich anschließend mit solchem Elan in die Rolle der Brautmutter, dass Imre sie zurückhalten musste. Schließlich hatte auch James eine Mutter. Und einen Vater.

Am Tag danach, in ihren Flitterwochen auf Mauritius – einem der romantischsten Flecken auf der ganzen Erde –, sah Madeleine ihren Mann über den Frühstückstisch an und spürte eine so tiefe Entfremdung, dass sie vor Schreck fast die ganzen restlichen zehn Tage in Schweigen fiel. James fragte sie immer wieder, was los sei, worauf ihr glücklicherweise Peter als Ausrede einfiel. Er war bei Maja und Imre geblieben, sie vermisse ihn, das sei alles. Während die Flitterwochen sich hinschleppten, betete sie darum, dass sich irgendeine positive Spannung einstellte, irgendein Gefühl der Freude, wenn sie ihren Mann anblickte, ein Vergnügen an ihren Gesprächen, wenn schon nichts anderes. Aber es änderte sich nichts. Nachts lag sie neben ihm, als wäre er ein Möbelstück oder ein Haustier – nur dass sie vermutlich mehr Lust gehabt hätte, ein Haustier zu streicheln. Vielleicht kommt alles ins Lot, wenn wir wieder zu Hause sind, dachte sie ständig. Sobald wir wieder mit Peter daheim in unserer Wohnung sind, wird sicher alles wieder gut. Schließlich hörte man doch nicht auf, jemanden zu lieben, weil er nett war?

Aber es wurde nicht gut. In der schönsten Jahreszeit, im Mai, kehrten sie nach Genf zurück. Der See war herrlich. Am Nachmittag spazierte sie mit Peter zum Quai du Mont Blanc hinunter, aß Eiscreme und wartete auf die berühmte Fontäne, die zum Himmel aufschoss, was Peter sehr gefiel. Manchmal, auf dem Heimweg, dachte sie sich eine Ausrede aus, um noch ein bisschen fortzubleiben, weil sie keine Lust hatte, in die trostlose Atmosphäre der Wohnung zurückzukehren, wo sie mit James nichts mehr zu reden hatte, was nicht das Kind betraf.

Er hatte aber gar nichts verbrochen, das war das Schlimmste dabei. Den ganzen Frühsommer hindurch saß sie zu Hause, sah sich Wiederholungen von *Sex and the City* auf Französisch an und telefonierte mit Amber, deren Leben ihr ungeheuer aufregend vorkam – lauter Staatsbankette, Auslandsreisen und dringende Debatten. Madeleine war nicht wie Becky – sie wollte nicht wie Amber *sein* oder ihr Leben führen, aber sie wollte mehr. Doch was? James tat sein Bestes, aber selbst er verlor langsam die Geduld mit ihr. Ende Juni stritten sie sich darüber, wo sie den Urlaub verbringen sollten. James war für die Toskana. Madeleine schleuderte ihm verächtlich entgegen, ob ihm nicht was Originelleres einfallen würde als Chianti-Land.

»Was ist denn nicht in Ordnung mit der Toskana?«, fragte er. »Es ist schön und sicher und Peter kriegt keinen Sonnenbrand. Es gibt guten Wein und gutes Essen. Was zum Teufel ist verkehrt daran?«

»Du kapierst es einfach nicht, was?« Madeleine sah ihn eisig an. Er schüttelte den Kopf.

»Nein. Nein, das verstehe ich nicht. Was hast du gegen schöne, erholsame Ferien?«

»Ich will keine schönen, erholsamen Ferien! Ich will nicht drei Wochen meines Lebens in einem absolut *hübschen,* absolut *gewöhnlichen* kleinen Landhaus verbringen, deinen absolut köstlichen Wein trinken und mir deine absolut nette, absolut langweilige …« Sie brach ab. James war hochrot geworden.

»Es tut mir Leid, wenn ich dich langweile, Madeleine«, sagte er steif. »Das war sicherlich nicht meine Absicht. Ich habe lediglich einen Vorschlag gemacht. Wenn du einen besseren hast, lass hören. Ich bin für Vorschläge immer offen, das weißt du.«

»Es tut mir Leid, James. Ich wünschte nur, wir könnten etwas anderes machen«, erwiderte Madeleine, plötzlich von Reue gepackt. Er hatte Recht. Er verdiente es nicht, so beschimpft zu werden. Sie wusste selbst nicht, warum sie wütend war, also woher sollte er es wissen?

»Also, wohin?«

»Oh, ich weiß nicht. Südamerika. Hongkong. Sogar Südafrika wäre interessanter als die Toskana.«

»Südamerika? Aber das ist doch so weit, Madeleine. Und

dort gibt's alle möglichen Probleme. Kolumbien, Brasilien, da bricht gerade die Wirtschaft zusammen, um Himmels willen. Und Südafrika? Ist dir klar, dass Johannesburg die Stadt mit der höchsten Mordrate auf der ganzen Welt ist? Was für Ferien wären denn das?«

Madeleine sah ihn an. »Du hast Recht«, sagte sie langsam und wandte sich ab. »Die Toskana ist in Ordnung. Buch den Urlaub. Du scheinst ja all die besten Plätze zu kennen.« Sie ging hinaus, bevor er die Tränen der Frustration in ihren Augen sehen konnte.

Danach folgte ein rapider Auflösungsprozess, bis sie eines Morgens aufwachte und feststellte, dass ihr Mann sie anwiderte, sowohl körperlich als auch geistig. Sie starrte ihn beim Frühstück an und fragte sich, ob sie den Verstand verlor. Wie war es möglich, dass dies derselbe Mann war, wegen dem sie in New York schlaflose Nächte verbracht hatte, neben dem sie nach ihrer ersten Liebesnacht aufgewacht war und geglaubt hatte, sie habe endlich das Glück gefunden? Sie konzentrierte sich auf ihren Morgenkaffee, unwillig oder unfähig seinem Blick zu begegnen. Wie konnte sie bloß daran denken, ihn zu verlassen? Das Band, das ihre beiden Familien zusammenschloss, ganz zu schweigen von ihrem Sohn, war so fest geknüpft, dass sie sich nicht vorstellen konnte, wie sie es lösen könnte. Was würden ihre Eltern sagen? *Seine* Eltern? Sie nahm noch einen Schluck. Wie verließ man seinen absolut liebevollen, aufmerksamen, durchschnittlichen Ehemann? Nun, dachte sie bitter, sie hatte keine andere Wahl. Seitdem sie sich eingestanden hatte, wie sehr sie sich danach sehnte, von ihm loszukommen, gab es kein Zurück mehr. Sie musste nur den Mut – und die Mittel – finden, es zu tun.

Doch das war leichter gesagt als getan. In den folgenden Monaten gab es Momente, in denen sie dachte, sie mache den größten Fehler ihres Lebens. Wenn sie etwa James und Peter einträchtig auf dem Sofa liegen sah, oder wenn James von dem Bett aufblickte, das sie immer noch teilten, und eine rührend harmlose Bemerkung machte – *Das Kleid steht dir, Madeleine, du siehst wirklich hübsch aus.* In solchen Momenten fragte sie sich, was um alles in der Welt sie eigentlich vorhatte. Aber gerade wenn sie ihre Meinung ändern wollte, wenn sie sich verfluchte, weil sie so selbstsüchtig war und nur an ihres und nicht an das Wohl ihres Sohnes dachte, machte James eine Bemerkung und ihr wurde wieder klar, dass es ihr einfach nicht möglich war, so weiterzumachen. Sie wollte mehr vom Leben. Sie wollte sich *lebendig* fühlen, mit jemandem zusammen sein, der sie herausforderte und antrieb. James hingegen schien sie auf seine liebevolle Weise genau dort halten zu wollen, wo sie war: an seiner Seite, ohne dass sich je etwas änderte.

Sie hinterließ ihm eine Nachricht. Es war das Einzige, was sie gern anders gemacht hätte, wenn sie den Mut dafür aufgebracht hätte. Wochenlang hatte sie ihre Rede vor dem Badezimmerspiegel eingeübt, sich jedes Wort überlegt, ihre Argumente geprüft – und am Schluss wartete sie, bis er eines Morgens, kurz vor ihrem Urlaub, zur Arbeit gegangen war, und schrieb alles auf, weil sie es ihm nicht offen ins Gesicht sagen konnte. Es war ein langer Brief. Es sei ihre Schuld, nicht die seine. Sie trage die Verantwortung dafür. Nach all den Jahren könne sie nur sagen, dass es ihr unmöglich sei, so weiterzumachen. Sie fahre ein paar Wochen zu ihren Eltern nach London, wo sie hoffentlich die Zeit fände, sich zu überlegen, was sie tun wolle. Um elf Uhr morgens verließ sie mit Peter die Wohnung in Genf, fuhr zum Flughafen und flog nach London. Sie ließ alles zurück: Möbel, Bücher, Kleider, alles. Das war nur fair, dachte sie, als sie die wenigen Dinge einpackte, die Peter und sie wirklich brauchten.

»Ferien?«, fragte Peter immer wieder. »Wo ist Daddy?« Es brach ihr fast das Herz. Sie streichelte sein blondes Haar und beruhigte ihn. Daddy würde später nachkommen. Sie hatte keine Ahnung, was sie ihm sagen sollte.

Natürlich missbilligte Maja anfangs ihren Schritt. Am Abend nach ihrer Ankunft saßen sie in der winzigen Küche, und sie versuchte ihrer Mutter auf schonende Weise beizubringen, warum sie weggelaufen war – wie Maja es ausdrückte – und was das Problem ihrer Ehe sei. Es war nicht leicht. Doch als Madeleine geendet hatte und mit Tränen in den Augen aufblickte, nickte Maja bedächtig.

»Es *reicht* mir einfach nicht«, sagte Madeleine nachdrücklich. »Ich halt's nicht aus. Ein solches Leben ist nichts für mich. Es ist mir zu einfach.«

»Du hast Recht. Wir alle glaubten, das zu wollen«, antwortete Maja leise. »Ein leichtes Leben. Aber das ist nichts für Menschen wie uns.« Schwerfällig stand sie auf. Madeleine wollte etwas erwidern. Maja hatte sie offensichtlich missverstanden und war wieder in das alte Stereotyp verfallen, dass für sie als Einwanderer nichts leicht sein könne. Aber im Moment war es ihr wichtiger, dass Maja ihren Entschluss akzeptierte, als dass sie ihn verstand. Sie biss sich auf die Zunge und versuchte zu lächeln.

Danach hatte sich alles mehr oder weniger von selbst geregelt. Sie hatte genügend Geld, um sich ein kleines Apartment ganz in der Nähe von Ambers früherem Familienwohnsitz und der Wohnung ihrer Eltern in Kensal Rise zu mieten. Es war winzig, kaum genug Platz für sie und Peter, aber es war ein Zuhause. Es war warm und bequem, und nach wenigen Wochen hatte sie sogar Peter überzeugt, dass es fast so schön sei wie ihre alte Wohnung, in der Daddy lebte und in die Peter an Weihnachten zu Besuch fahren würde. Sie fand schnell einen Job in der chirurgischen Abteilung am Guy's Hospital und Maja erbot sich, sich tagsüber um Peter zu kümmern. Im August hatte sie das Gefühl, nie aus London fort gewesen zu sein. James hatte sich mit einer halbjährigen Trennung einverstanden erklärt – sie würde an Weihnachten mit Peter nach Genf kommen, und dann könne man weitersehen. Madeleine hatte ihm am Telefon zugestimmt, aber in ihrem Herzen wusste sie, dass es vorbei war. Alle in ihrer Umgebung, einschließlich der Schwestern auf der Station, schienen zu glauben, dass es mit der Romantik in ihrem Leben vorbei sei – achtunddreißig, getrennt, ein vierjähriges Kind, wer würde sich schon *damit* belasten? Aber Madeleine schüttelte den Kopf und lachte über ihre Bedenken. Sie dachte nicht einmal im Traum daran, sich mit einem Mann zu verabreden. Im Moment war sie zufrieden, dass sie ihr Leben wieder selbst in die Hand genommen hatte und sich um den einzigen Mann kümmern konnte, der zählte – ihren Sohn.

103

»Becky!« Jemand rief ihren Namen. Sie drehte sich um, und es verschlug ihr den Atem.

»Godson!« Fast hätte sie ihre Tasche fallen lassen. »Was um …? Was machst du hier?« Sie packte ihn am Arm.

»Becky! Ich bin seit fast sechs Monaten hier. Ich wusste nicht, wie ich dich finden sollte. Im Telefonbuch stehen so viele Aldridges. Mein *Gott!*« Er strahlte übers ganze Gesicht. Becky starrte ihn an.

»Dein Haar. Was ist damit passiert? Du hast es abgeschnitten?«

Er strich sich verlegen über den fast kahlen Schädel. »Ja, weißt du, um das Visum zu kriegen und alles. O Mann, ist das schön, dich zu sehen! Wo wohnst du denn? Was machst du?«

»Ach, nichts Besonderes. Komm, wir gehen einen Kaffee trinken. Gleich um die Ecke ist ein Café. Oder hast du keine Zeit? Bist du mit deiner Familie gekommen?«

Er blickte kurz zur Seite. »Nein, ich bin allein hier. Ich wohne bei meinem Bruder. Dem Ökonomen, erinnerst du dich?«

»Sicher erinnere ich mich. Also, sollen wir irgendwohin gehen?«

»Die Sache ist die, ich hab in einer halben Stunde ein Vorstellungsgespräch. Ich bin gerade auf dem Weg dorthin. Kann ich dich später irgendwo anrufen?«

»Sicher. Ich wohne bei meinen Eltern. Hier, ich schreib dir meine Nummer auf. Du rufst mich doch an?«

»Versprochen. Ich ruf heute Abend an. O Mann, es ist so schön, dich zu sehen.« Er grinste immer noch. Becky wurde rot. Er sah anders aus ohne seine typischen Dreadlocks – wie ein geschorenes Schaf. Sie kicherte.

»Es ist unglaublich!« Sie hängte ihre Tasche über die Schulter und gab ihm ihre Nummer. »Ich kann's noch gar nicht fassen.«

»Ich muss jetzt los. Ich ruf dich später an, ja?« Er umarmte sie kurz, tauchte dann in die Menge an Covent Garden ein und war verschwunden. Becky sah ihm verwirrt nach. Godson. Sie hatte nicht erwartet, ihn jemals wiederzusehen. Sie hatte versucht, alles zu vergessen, was in Harare passiert war. Dafür hatte sie alles Nötige getan: Sie war nach Hause zurückgegangen und hatte eine Therapie begonnen. Das Einzige, was ihr bislang noch nicht gelungen war, war eine Antwort auf die Frage zu finden, was sie mit ihrem Leben anfangen, wohin sie als Nächstes gehen sollte. Nach dem Erfolg mit dem *Deluxe* konnte sie sich nicht mehr so recht vorstellen, für jemanden als Assistentin oder Sekretärin zu arbeiten. Aber je länger sie sich vom Arbeitsmarkt fern hielt, desto schwieriger wurde es, wieder Fuß zu fassen. Ihre Galerie in Simbabwe, die in ihren Augen ein immenser Erfolg gewesen war, machte hier kaum Eindruck. *Eine Galerie, sagen Sie? Wo? Wo zum Teufel ist das?* Bald stellte sie fest, dass die Kunstszene seit ihrer Abwesenheit weder größer noch risikobereiter geworden war. Ihre kurze Anstellung in der Galerie im Londoner Osten schien der Höhepunkt ihrer Karriere gewesen zu sein, und die meisten wussten, dass man sie rausgeworfen hatte. Also versuchte sie gar nicht erst, in dem Bereich eine Stelle zu finden, sondern konzentrierte sich darauf, genug Geld zu verdienen, um sich über Wasser zu halten. Und das war wahrlich nicht leicht. Mit vierunddreißig Jahren noch zu Hause zu wohnen, war schwierig genug, und an ihrem fünfunddreißigsten und sechsunddreißigsten Geburtstag fragte sie sich verzweifelt, ob sie ihr Leben je wieder auf die Reihe kriegen würde. Amber bot ihr großzügigerweise die Wohnung an, die sie und Tendé am Holland Park gekauft hatten, nur ein paar Häuser von dem alten Familienwohnsitz entfernt. Aber es war Ambers Zuhause. Sie verbrachte inzwischen fast genauso viel Zeit in London wie in Bamako. Also hätte Becky die Wohnung nicht für sich allein gehabt. Andererseits waren die Mieten in London sehr hoch, und da sie nach vier Jahren immer noch als Zeitsekretärin arbeitete, war es vernünftiger, vorerst bei ihren Eltern zu bleiben. Ihre Mutter hatte sie ohnehin gern bei sich zu Hause. Becky hatte ihren Eltern nie in allen Einzelheiten erzählt, was ihr geschehen war. Sie hatte ihnen nie gestanden, dass es vier Männer gewesen waren, nicht einer, und dass der Überfall Stunden und nicht Minuten gedauert hatte. Sie konnte die Vorstellung nicht ertragen, dass ihre Mutter wüsste, was sie durchgemacht hatte.

Sie drehte sich um und ging durch die Floral Street zur U-Bahn-Station. Plötzlich fühlte sie sich wie neu belebt. Godson war hier in London. Einfach unglaublich. Ihr früheres Selbst – draufgängerisch, sprühend vor Leben, ohne Angst, sich neuen Herausforderungen zu stellen – trat ihr vor Augen. Auf einmal wurde ihr der Unterschied bewusst zwischen der Person, die sie gewesen war, als sie England verließ, und ihrem jetzigen Ich. Zum ersten Mal seit vier Jahren ahnte sie plötzlich wieder, wie sich dieser Gegensatz aufheben ließe. Sie folgte der Menge in die U-Bahn-Station, und ein Lächeln trat auf ihr Gesicht.

Am nächsten Tag trafen sie sich zum Kaffee. Becky hörte sich schweigend an, wie es Godson ergangen war, nachdem sie Simbabwe verlassen hatte. Es war nicht leicht gewesen. Auch für ihn hatte das *Deluxe* alles bedeutet. Er schloss die Galerie, verkaufte alles, was die Einbrecher noch übrig gelassen hatten, und tat sein Bestes, den noch bestehenden finanziellen Verpflichtungen nachzukommen. Nicht besonders erfolgreich, meinte er und verzog das Gesicht. Der indische Ladenbesitzer hatte ihm beinahe Prügel angedroht – doch die Nachricht, was dem englischen Mädchen passiert war, verbreitete sich schnell, und die Leute begannen, ihm aus dem Weg zu gehen, weil sie annahmen, er sei in die Sache verwickelt gewesen. Mr Ahmed, der Besitzer, gab es bald auf, weiter seiner Miete hinterherzujagen. Godson war wieder arbeitslos, nur dass diesmal der Hunger nach einem besseren Leben zurückblieb, der sich allerdings nicht befriedigen ließ.

Im Lauf der folgenden Jahre arbeitete er in verschiedenen Jobs. Er fragte sich, was aus Becky geworden war, und ob er versuchen sollte, mit ihr Kontakt aufzunehmen. Etwa zwei Jahre nach dem Vorfall traf er eines Morgens Nadège auf der Straße, und sie berichtete, dass es Becky gut gehe, dass sie aber nicht mehr zurückkomme. Das Experiment Simbabwe sei für sie gescheitert. Je schneller er sie vergesse, desto besser für ihn. Je schneller sie vergäßen, desto besser. Becky zog entrüstet die Augenbrauen hoch.

»Woher wollte sie das wissen? Ich hab nie mehr mit ihr geredet. Wie kann sie es *wagen?*«

»Ach, sie hat nur getan, was sie für richtig hielt. Es gab eine ganze Reihe, die glaubten, du – wir – hätten die Galerie nicht aufmachen sollen. Einige fanden, du hättest nur gekriegt, was du verdient hast. Komisch. Die ganze Sache hat nur das Schlechteste in den Leuten hervorgebracht.«

Becky nickte langsam. »Und warum bist du dann hierher gekommen?«

»Zu Hause steht es schlecht, weißt du. Das ganze Land versinkt im Chaos. Ich hatte es einfach satt. Adelaide hat die Kinder zu ihrer Mutter in ihr Dorf gebracht. Es war einfach sehr einsam. Dann hat mir Johnson, mein Bruder, geschrieben. Wir haben einen Verwandten, der im britischen Hochkommissariat arbeitet, und der meinte, er könne mir Papiere besorgen. Es hat einiges gekostet, aber da bin ich. Ich mache Gelegenheitsjobs – ich hab keine Arbeitserlaubnis. Aber es gibt genügend zu tun. Und ich schicke heim, was ich kann. Das ist alles. So ist das Leben.«

»Was für Jobs sind das denn?«

»O Mann, alles Mögliche. Putzen, Autowaschen, was kommt. Ich bin nicht heikel.«

»Ach, Godson. Was für ein Unterschied zu früher.« Sie starrte bedrückt in ihren Kaffee.

»Ja, ich weiß. Aber so ist das Leben, Becky. Mal ist man oben und mal eben nicht.«

»Ich frage mich zuweilen, ob ich das Ganze bloß geträumt habe.«

»Was machst du denn? Leitest du eine neue Galerie?«

»Machst du Scherze? Ich arbeite als Sekretärin – wenn's hoch kommt. Die meiste Zeit koche ich bloß Tee.« Sie lachte kurz auf. »Im Moment arbeite ich für eine Bauträgerfirma. Seit sechs Wochen. Das ist für mich bereits ein Rekord.«

»Wie denn das? Ich dachte … Ich war sicher, dass du etwas finden würdest – eine Galerie, einen Laden. Mann, ich dachte immer, du würdest hier ein tolles Leben führen. Was ist denn passiert?«

»Keine Ahnung. Wahrscheinlich hab ich mein Selbstvertrauen verloren. Als ich zurückkam, gab's nichts, was nur im Entferntesten Ähnlichkeit mit unserer Arbeit hatte. Und ich musste einfach Geld verdienen. Ich konnte meinen Eltern doch nicht ewig auf der Tasche liegen. Schlimm genug, dass ich immer noch bei ihnen wohne.«

Er nickte. »Sicher, das versteh ich.«

»Schwer zu glauben, nicht?«

»Mann, so ist halt das Leben. Du findest sicher bald was. Irgendwas ergibt sich schon.«

»Wirklich? Das hab ich auch immer gedacht. Inzwischen bin ich nicht mehr so sicher. Alles, was passiert ist, hab ich mir selbst zuzuschreiben. Nichts ist einfach grundlos geschehen.«

»Und warum ziehst du nicht wieder selbst was auf?« Es folgte ein Schweigen. Becky sah nach oben, als würde sie nachdenken. Ein Lächeln spielte um ihre Mundwinkel.

»Weißt du, genau dasselbe hab ich mir überlegt, seit wir uns gestern über den Weg gelaufen sind. Es geht mir schon den ganzen Tag nicht mehr aus dem Kopf.« Sie sah wieder auf ihre Tasse hinab. »Würdest du's tun?«

»Was?«

»Noch einmal anfangen?«

»Ah, Becky, Mann. Diesmal ist es anders. Ich kenne hier keinen. Ich bin illegal hier, um Himmels willen.«

»Also das lässt sich regeln. Nein, ich mein's ernst. Ich hab über nichts anderes nachgedacht.«

»Aber woher sollen wir das Geld kriegen? Ich meine, woher, wie, wann? Es ist unmöglich.«

»Nein, das ist es nicht. Ich weiß, woher ich die Unterstützung kriege, die wir brauchen. Ich muss bloß wissen, ob du wieder mitmachen würdest.« Beckys Augen glänzten. Godson schob seinen Stuhl zurück und blickte sie an. Sie sah die Bewunderung in seinen Augen. Das war es, worauf sie fast vier Jahre lang gewartet hatte: dass jemand ihr etwas zutraute, sie für mutig hielt und nicht für einen Feigling.

»Mein Gott, Becky, es wäre wirklich verlockend. Wann würden wir anfangen?« Er war dabei, das konnte man sehen. Er zog seinen Stuhl wieder heran. »Meinst du's wirklich ernst? Mach keine Scherze mit mir, Mädchen.«

»Das tue ich nicht! Ehrlich. Ich weiß nicht, warum ich nicht schon früher drauf gekommen bin. Ich war hier wie in Trance. Aber es ist so einfach. Wir schaffen das, Godson. O Gott, ich *wusste,* dass es einen Grund gab, weshalb wir uns gestern getroffen haben. Ich wusste es einfach!« Sie sprang auf, stürzte ihren Kaffee hinunter und griff nach ihrer Tasche. »Komm, lass uns loslegen.«

Sie ging zu Amber. Genau wie beim ersten Mal mit einem detaillierten Geschäftsplan: genauen Kalkulationen, Fotos von Ort und Lage der Räume, Einnahmeerwartungen, Kosten für grafisches Design. Alles bis hin zur letzten Einzelheit. Amber warf einen kurzen Blick auf die Zahlen. Sie saßen in ihrem Büro am Montague Place, das früher Max gehört hatte. Schwaches Sonnenlicht fiel durch die schweren Damastvorhänge. Amber hatte nach dem Tod ihres Vaters nichts ändern wollen. Es war noch immer derselbe ernste, herrschaftliche Ort wie zu Max' Lebzeiten.

»Bist du dir damit sicher?«, fragte Amber, während sie in eine Schublade griff. Becky sah, wie sie ein Scheckbuch herauszog. Sie holte tief Luft und nickte.

»So sicher wie ich nur sein kann. Wenn ich die Sache nicht selbst in die Hand nehme, wird nichts daraus. So viel weiß ich.«

»Dann gehört es dir«, antwortete Amber schlicht und begann den Scheck auszustellen. Becky sah ihr schweigend zu.

»Danke«, sagte sie, als Amber ihr den Scheck reichte. »Ich kann dir gar nicht genug danken. Du kriegst es zurück, Amber, das weißt du hoffentlich.«

Lächelnd schüttelte Amber den Kopf. »Ich will es nicht zurück. Es ist ein Geschenk. Das hat mich Max gelehrt. Leih deinen Freunden kein Geld. Schenk es ihnen. Wenn die Galerie läuft, gib uns ein Kunstwerk.« Tränen standen in Beckys Augen, als sie das Stück Papier zusammenfaltete und in ihre Tasche steckte.

»Danke, Amber. Wirklich.«

»Gern geschehen.«

104

Der Gedanke, ihrer Schwester am Schreibtisch ihres Vaters gegenüberzusitzen und sie um Geld und eine Bleibe bitten zu müssen, genügte, damit Paola übel wurde. Francesca, die seit langem daran gewöhnt war, unliebsame Kompromisse zu schließen, zeigte wenig Mitgefühl.

»Du hast ein Kind, Paola. Und nur darum geht's. Du musst alles tun, damit Alessandra versorgt ist. *Basta.*« Sie schob eine Schachtel Taschentücher über den Tisch und sah ihre Tochter argwöhnisch an. Auf keinen Fall wollte sie, dass Paola und ihre Enkelin – *sie, eine Großmutter!* – auf ewig in ihrem Apartment blieben. Sie konnte noch immer nicht fassen, wie sich ihre Tochter in einen solchen Schlamassel hatte bringen können. Sie hatte nicht gewusst, dass ihr Mann steril ist? Also wirklich.

»Ich kann nicht, Mama.« Paolas Tonfall war jammernd, und ihre Hände zerrissen nervös das Taschentuch.

»Doch, du wirst. Jetzt wisch dir die Augen ab. Was ziehst du in London an?«, fragte Francesca knapp. »Nichts zu Teures, ja?« Paola seufzte und wandte sich ab. Sie konnte nicht glauben, dass sie wieder am gleichen Punkt war wie vor fast fünf Jahren. Damals hatte sie Otto geheiratet, um nicht bei Amber um Geld betteln zu müssen, und jetzt hatte sie ein kleines Kind zu versorgen und war wieder in der gleichen Lage. Es war zu viel. Erneut hätte sie fast vor Wut geweint. Und ihre Mutter zeigte nicht das geringste Mitgefühl. Im Gegenteil, sie hatte sogar ausgesprochen grob reagiert, als sie aus München angerufen und sie gewarnt hatte, dass die Zeitungen voll wären mit ihrer Niederlage. Sie brauchte keine Belehrungen und keine Predigten, wie dämlich sie sich verhalten hatte und wie schwierig ihr Leben in Zukunft sein würde. Sie brauchte Unterstützung, liebevolle Anteilnahme, jemanden, der ihr Alessandra eine Weile abnahm. Aber Francesca war eine sehr zurückhaltende Großmutter. Tatsächlich schien sie diese Rolle zu verabscheuen. »Wie wär's mit dem schwarzen Armani-

Anzug vom letzten Jahr? Er ist praktisch, schlicht, nicht zu auffällig.« Paola starrte ihre Mutter ungläubig an. Wie konnte sie dasitzen und in Seelenruhe über Kleider reden, während ihr Leben auseinander zu fallen drohte?

»Was auch immer.« Ihr Tonfall war herablassend.

Francesca runzelte die Stirn. »Paola«, begann sie ärgerlich. »Es gibt wirklich keinen Grund ...«

»Mein Gott, Mama! Ich kann mich jetzt nicht mit solch unwichtigem Zeug beschäftigen! Verstehst du das nicht? Mein ganzes *Leben* geht den Bach hinunter.«

»Und wessen Schuld ist das?« Francesca wurde langsam ärgerlich. »Hab ich dir denn gar nichts beigebracht?«

»Nein, gar nichts!«, schrie Paola und sprang auf. Sie fegte die Schachtel mit den Taschentüchern beiseite. »*Nichts!* Verstanden? Du hast nicht mal Max dazu gebracht, dich zu heiraten – und jetzt willst du *mich* belehren, wie ...«

»Paola! Es reicht!«

»Du hast völlig Recht. Es reicht!« Sie lief hinaus und schlug die Tür hinter sich zu. Francesca blieb vor Zorn bebend sitzen. Im Hintergrund konnte sie Alessandra quengeln hören. Mit zitternder Hand griff sie nach ihren Zigaretten. Wie konnte Paola es wagen, so mit ihr zu reden?

Wie zwanzig Jahre zuvor warf sich Paola in ihrem alten Zimmer aufs Bett und schlug mit den Fäusten auf die Decke ein. Nur dass diesmal ihr weinendes Kind im Gästezimmer sie zwang, sich aufzusetzen, das Haar zu glätten und ein paar Mal tief durchzuatmen, bevor sie Alessandra beruhigen ging. Diesmal gab es jemand anderen, an den sie denken musste. Schnell lief sie den Gang hinunter und verfluchte sich, weil sie die Tür zugeschlagen und damit das Kind geweckt hatte. Sie war ein nervöses, empfindliches Kind – zweifellos ein Ergebnis des Durcheinanders während des vergangenen Jahres. Als sie sie hochnahm und ihre Tränen zu stillen versuchte, wurde ihr klar, dass sie wirklich keine andere Wahl hatte. Lieber wäre sie gestorben, als Alessandra leiden zu lassen, und im Moment – ohne Wohnung, ohne Geld und ohne eigenen Job – war vor Amber zu Kreuze zu kriechen ihre einzige Möglichkeit.

Schweigend blickte Amber ihre Schwester über den Schreibtisch hinweg an. Es war fast vier Jahre her, dass sie Paola zum letzten Mal gesehen hatte. Ihre Halbschwester war plötzlich gealtert. Feine Linien hatten sich in die Haut um ihren Mund und ihre Augen gegraben. Der sinnliche Körper, unter dem Amber in ihrer Jugend so gelitten hatte, war zwar noch vorhanden, aber unter einem diskreten, ziemlich strengen Anzug verborgen. Ganz und gar nicht ihr Stil. Vermutlich hatte ihr Francesca dazu geraten, dachte Amber. Eine Mischung aus eleganter Witwe und erfolgreicher Geschäftsfrau. Was Paola beides nicht war. Es war auch das erste Mal, dass sie Paola ohne die goldene Bräune sah, die sie fast ihr ganzes Leben lang kultiviert hatte. Immer hatte sie Reichtum ausgestrahlt – braun gebrannt, schlank, teuer gekleidet, gelangweilt. Amber erinnerte sich an eine Halskette, die Paola einmal ein paar Monate lang getragen hatte. »Reich«, geschrieben in Diamanten und Gold, nur für den Fall, dass es jemandem entgangen sein sollte. Es war Max, der ihr die Kette eines Tages in der *Casa Bella* vom Hals gerissen und den Hügel hinuntergeworfen hatte. Die Frau, die jetzt vor ihr saß, war blass und fahl, mit abgespanntem Gesicht. Was immer ihr in den letzten Monaten widerfahren war, hatte seinen Tribut gefordert. Amber richtete sich auf. Sie beugte sich leicht vor und öffnete den Aktenordner vor sich.

»Hör zu, Paola, ich bin sicher, dass dies nicht leicht für dich ist, und ich möchte es dir nicht noch schwerer machen, aber diese Forderungen sind einfach nicht realistisch. Ich meine, 20000 Pfund im Monat? Die meisten Leute verdienen das nicht mal in einem Jahr.«

»Aber ich habe ein Kind.« Paola blieb eigensinnig.

»Und ich habe drei. Ich kann dir versichern, dass ich für ihren Unterhalt keine 20000 Pfund im Monat ausgebe.«

»Du hast einen Mann«, sagte Paola zögernd. »Ich bin allein.«

»Das weiß ich. Dennoch kann ich diesem Betrag nicht zustimmen. 5000 kämen der Sache schon näher – und das ist großzügig bemessen.«

»Großzügig? Du?« Paolas Stimme wurde lauter. Amber

seufzte. Sie saßen noch keine halbe Stunde zusammen, und die Stimmung war bereits angespannt.

»Paola, ich gebe dir die *Casa Bella.* Ich *überlasse* sie dir. Mit den üblichen Klauseln – du kannst sie nicht verkaufen und ohne die Zustimmung des Vorstands keine Renovierungen vornehmen …«

»Und wer sitzt im Vorstand? Du?«

»Unter anderem, ja, auch ich.« Amber weigerte sich, sich auf einen Streit einzulassen. Sie bemühte sich, ruhig zu bleiben, was ihr nicht leicht fiel. Sie hatte vergessen, wie schwierig und nervtötend Paola war.

»Also dann 10 000 Pfund«, sagte Paola mürrisch.

»Ich habe es dir gerade gesagt. Ich werde einen monatlichen Unterhalt von 5000 Pfund festsetzen, wovon du deine Steuern, deine Altersvorsorge und alles andere bestreiten wirst. Alessandras Erziehung wird aus einem anderen Budget finanziert, das die Treuhandgesellschaft kontrolliert. An ihrem achtzehnten und einundzwanzigsten Geburtstag wird sie eine größere Summe erben, genau wie meine Kinder. Das ist absolut gerecht, Paola. Das ist mehr, als *ich* im Monat verdiene, und ich arbeite dafür.«

»Sicher tust du das, schlaue kleine Amber. Ich hätte auch gearbeitet, bloß hat nie jemand geglaubt, ich sei dafür schlau genug.«

»Paola, das ist absoluter Blödsinn, und das weißt du auch.« Amber verlor langsam die Geduld.

»Das ist kein Blödsinn! Max hat dich immer für eine Intelligenzbestie gehalten. Du bist auf die besten Schulen geschickt worden – *mich* hat man bloß in der *Casa Bella* abgeladen. Niemand hat sich je um meine Hausaufgaben gekümmert oder mich gefragt, wie es mir in der Schule geht.« Zwei rote Flecken erschienen auf Paolas Wangen. Egal, ob diese Aussage stimmte oder nicht, offensichtlich glaubte sie daran. Amber schüttelte den Kopf.

»Du bringst alles durcheinander. *Du* warst doch die Hübsche. Du hast dich immer mehr für Kleider und Jungs als für Bücher interessiert. Du hattest Max am Wochenende, wir hatten ihn nie. Bei uns war er nie.« Amber riss schließlich doch der Geduldsfaden.

»Das ist Blödsinn!« Paola war aufgesprungen und funkelte Amber böse an. »Und typisch. Du glaubst immer, alles zu wissen. Wie kannst du es wagen, mir zu sagen, wie es für mich war. Du kennst mich doch überhaupt nicht!«

»Und du mich noch viel weniger.« Amber, die ebenfalls aufgestanden war und sich mit beiden Händen am Tisch festhielt, schrie nun auch. »Du bist so verdammt egoistisch, Paola. Das warst du schon immer. Du nimmst dir, was du willst, wann du es willst, und scherst dich den Teufel um andere.«

»Ich schere mich den Teufel? Du bist doch diejenige, die nur sich selbst sieht und nicht erkennt, was um sie herum geschieht. Weißt du, dass Kieran dich hasst? Weißt du das?« Amber war blass geworden. »Dein ganzes Leben lang hast du dich bei Max eingeschleimt und keinem anderen eine Chance gelassen, hast immer im Rampenlicht gestanden, und jetzt sagst du *mir,* ich sei egoistisch!«

»Hör auf.« Ambers Stimme wurde sehr ruhig. »Hör sofort auf.«

»Warum? Weil es die Wahrheit ist? Die hast du noch nie vertragen, nicht? Und du gibst vor, die große Journalistin zu sein, die immer nach der Wahrheit sucht. Du würdest sie nicht erkennen, wenn du mit der Nase darauf stoßen würdest, du hinterhältiges Miststück.«

»Raus.« Amber hob den Kopf und sah sie mit zusammengekniffenen Augen an. »Verlass mein Büro.«

»Es ist noch nicht mal dein Büro. Es gehört Max, hast du mich verstanden? Max! Nicht dir!« Paola kreischte inzwischen. Amber hörte, wie Janice, ihre Sekretärin, im Nebenraum ihren Stuhl zurückschob und sich offensichtlich fragte, was los war.

»Das hier ist *mein* Büro, Paola. Du bist hierher gekommen, um *mich* um Geld zu bitten. *Du* bist zu *mir* gekommen. Jetzt hau ab, bevor ich es mir anders überlege und dich ohne einen Cent nach Rom zurückschicke.«

»So ist's recht. Du warst schon immer tyrannisch. Du kannst dein verdammtes Geld behalten und damit zur Hölle fahren, Amber. Alessandra ist auch Max' Enkelin. Mal sehen, was ein Anwalt dazu sagt!« Paola nahm ihre Tasche und rannte im Hinausgehen fast Janice um, bevor sie die äußere Bürotür so heftig zuschlug, dass eine Vase umkippte. Tödliche Stille trat ein, nachdem sie gegangen war. Ambers Tür hatte sie offen gelassen, und Amber konnte Janice sehen, die sie mit offenem Mund anstarrte. Konfrontationen solcher Art kamen in den Räumlichkeiten von Sall Inc. üblicherweise nicht vor. Sie gab Janice ein Zeichen, die Tür zu schließen und sie einen Moment allein zu lassen. Schwer atmend setzte sie sich. Nie war sie so mit Paola aneinander geraten. Immer hatte sie versucht, einen derartigen Ausbruch zu vermeiden, was nur verständlich war. Paola war verrückt. Wie konnte sie sie beschuldigen, egoistisch zu sein? Sie schüttelte den Kopf. Sie war außer sich.

»Alles in Ordnung, Mrs Ndiaye?« Janice steckte zögernd den Kopf durch die Tür. Amber nickte.

»Ja, danke. Könnten Sie Clive anrufen? Sagen Sie ihm, ich möchte in etwa zehn Minuten nach Hause fahren.« Janice nickte und schloss die Tür. Amber atmete tief aus und setzte sich auf die Couch. Auf dem Beistelltisch neben ihr stand ein Bild von Max. Sie nahm es in die Hand. *Sieh dir an, was du mir hinterlassen hast,* flüsterte sie leise. Max' Augen starrten sie an. Es lag jetzt an ihr. Sie musste herausfinden, was sie tun sollte und wie; deshalb hatte er ihr alles anvertraut. Wieder spürte sie das Gewicht seines Erbes auf sich lasten. Paolas Worte hatten sie tiefer verletzt, als sie sich eingestehen wollte. Kieran hasste sie? Warum? Erinnerungen an ihre Kindheit kamen hoch. Sie wusste nicht mehr, wann entschieden worden war, dass Kieran der Schwächling sei. Seitdem sie sich erinnern konnte, war er der Schwache gewesen. Wann immer Max und Angela stritten, war es Kieran, der weinte, der es nicht aushalten konnte und getröstet werden musste, wenn ihre Stimmen lauter wurden. *Sie* war die Starke – schon immer gewesen. Sie habe sich immer ins Rampenlicht gedrängt, hatte Paola gesagt. Das stimmte nicht! Kieran wollte sich nie hervortun. Alle sagten, er sei einfach verdammt faul, einschließlich ihm selbst. Es war sogar eine Art Familienscherz geworden: Amber machte alles gut, Kieran gar nichts. Sie stellte das Bild zurück und lehnte sich in die Kissen. Ihre Augen schwammen. Nun, offensichtlich war es kein Scherz. Paola hatte unwissentlich einen Nerv getroffen. Vielleicht stimmte es. Vielleicht hatte sie Kieran nie eine Chance gelassen. Sie hatte sich immer bemüht, Max zu gefallen – war es möglich, dass sie diese Rolle deshalb übernommen hatte, um seine Enttäuschung über Kieran wettzumachen? Und indem sie dies tat, hatte sie Kieran möglicherweise die Chance genommen, es selbst zu schaffen. Kein Wunder, dass er sie hasste. In seinen Augen war sie nicht die starke, entschlossene kleine Schwester, als die sie sich selbst immer gesehen hatte, sondern eine herrschsüchtige, egoistische Konkurrentin, wie Paola gesagt hatte. Plötzlich liefen ihr die Tränen herunter. Sie schämte sich für Kierans Versagen, als wäre sie verantwortlich: der Nachtclub, die Affäre mit Paola, die Enttäuschung, die er für seinen Vater war. Sie legte den Kopf in die Hände und weinte sowohl um sich wie um ihren Bruder. Wie sollte sie es anstellen, sich wieder mit ihm auszusöhnen? Wie sollte sie nach so vielen Jahren überhaupt ein Gespräch beginnen?

Es klopfte leise. Janice sagte, dass Clive draußen warte. Sie sagte sonst nichts, sondern stellte nur eine Schachtel Taschentücher auf das Sideboard, bevor sie lautlos die Tür schloss.

»Ich komm noch immer nicht darüber weg«, sagte sie abends am Telefon zu Tendé. Sie musste mit ihm reden, obwohl er eigentlich nicht der richtige Ansprechpartner war. Sie hörte sein Seufzen am anderen Ende. Von Anfang an hatten Paola und Kieran seine Geduld strapaziert, und seiner Meinung nach war es schwer zu glauben, dass die beiden Max' Abkömmlinge waren.

»Du schaffst das schon. Wie geht's den Kindern?« Er klang angespannt.

»Ihnen geht's gut. Sie schlafen hoffentlich. Ist bei dir alles in Ordnung?«

»Ja, ich bin bloß müde. Es war ein langer Tag. Es gab Probleme im Palast. Ich kann jetzt nicht darüber sprechen.«

»Warum? Was ist los?« Amber war besorgt. So vorsichtig zu sein war nicht seine Art. Plötzlich rückten die Ereignisse des Morgens in weite Ferne und kamen ihr sogar ein wenig albern vor.

»Nichts. Ich mach mich jetzt lieber auf den Weg. Ich

bin noch im Büro. Ich ruf dich an, wenn ich zu Hause bin. *D'accord?*«

»Na schön. Aber ruf mich an. Es ist neuerdings ziemlich schwierig, zu dir durchzukommen.«

»Ich weiß.« Er legte auf. Amber saß auf der Bettkante und biss sich auf die Unterlippe. Was für ein Tag. So schnell wollte sie so etwas nicht noch einmal erleben. Wo Paola wohl hingegangen war? Wahrscheinlich zurück nach Rom. Zweifellos würde sie in den nächsten Tagen von ihr – oder ihren Anwälten – hören. Größere Sorge machte ihr, wie sie Kieran gegenübertreten sollte.

Sie war nicht sicher, was sie geweckt hatte. Das Telefon? Verwirrt setzte sie sich auf. Die Nachttischlampe brannte noch und das Radio spielte leise. Sie blickte an sich hinab und stellte fest, dass sie vollständig bekleidet war. Sie musste eingenickt sein. Sie warf einen Blick aufs Telefon. Hatte es geklingelt? Sie sah auf ihre Uhr. Es war fast vier Uhr morgens. In Bamako war es fünf. Sie nahm den Hörer ab und wählte. *Le numéro que vous avez demandé n'est pas valable. Veuillez accrocher et répéter. Le numéro ...* Sie legte auf. Neuerdings wurde es immer schwieriger, nach Bamako durchzukommen. Sie schwang die Beine aus dem Bett, setzte sich auf die Bettkante und fragte sich, ob sie nach den Kindern sehen sollte. Liya hatte einen sehr leichten Schlaf, sicherlich war sie aufgewacht. Sie griff übers Bett nach dem kleinen Radio und suchte Radio France. Sie hörte diesen Sender gern, weil er sie an zu Hause erinnerte. Die vertrauten Klänge, die die stündlichen Nachrichten ankündigten, ließen sie innehalten. Sie drehte ein wenig lauter. *Bonsoir, ici Radio France à Paris. Les nouvelles à quatre heures du matin. À minuit ce soir, il ya quelques heures, il y avait un coup d'état dans l'ancienne colonie francaise, Mali.* Amber starrte auf das Radio. Ein Staatsstreich? In Mali? Ihr Herz klopfte bis zum Hals, sie griff erneut zum Telefon und begann mit zitternden Fingern zu wählen. *Mein Gott, bitte, nein.* Kein Wunder, dass Tendé so besorgt geklungen hatte. Sie versuchte es auf seinem Handy, in seinem Büro, zu Hause – überall und bei jedem, der ihr einfiel. Nach einer Viertelstunde ergebnisloser Versuche öffnete sie ihren Filofax. Lassana wusste vielleicht etwas. Sie hörte Schritte im Gang. Eines der Kinder war aufgewacht. Sie schluckte und hoffte, man sah ihr die Panik nicht an. Ein Staatsstreich. Genau das, was Tendé am meisten fürchtete. Sie streckte eine Hand nach Liya und Sibi aus, als sie das Telefon in Genf klingeln hörte. *Bitte, lieber Gott, mach, dass es ihm gut geht.* Noch nie hatte sie solche Angst gehabt.

105

Sobald Tendé die Panzer über den Boulevard de la Paix rattern hörte, wusste er, dass etwas nicht in Ordnung war. Er saß gerade in seinem Dienstwagen und fuhr zu einer Besprechung mit dem Präsidenten, als er den dumpf grollenden Ton wahrnahm.

»Was ist das?«, fragte er Majeed, als der Wagen auf die Avenue de la Liberté einbog. Majeed zuckte die Achseln.

»Ich weiß nicht. Den ganzen Tag hat sich Militär durch die Stadt bewegt. Ein Manöver, *n'sha'llah.*«

Tendé sah nach hinten. Drei Panzer fuhren die Avenue de l'Indépendence hinunter. Was zum Teufel war hier los? Es gab keine Manöver mitten in der Stadt. Er drehte sich wieder zu Majeed um und sah auf die Uhr des Armaturenbretts: Viertel vor sieben. Es war schon fast dunkel. Immer noch waren die Straßen voller Leute und Verkehr, alles wirkte normal.

»Stell bitte das Radio an.« Tendé war beunruhigt. Obwohl nichts nach außen gedrungen war, hatte die Armee in den vergangenen Monaten zwei ernsthafte und gut organisierte Putschversuche aufgedeckt. Mehrere jüngere Offiziere waren festgenommen worden, aber da die wirtschaftlichen Reformen der Regierung allmählich schmerzlich spürbar wurden, herrschte in weiten Teilen des Landes Unruhe. Wie er aus den Nachbarländern Burkina Faso und Ghana wusste, brauchte es nichts weiter als einen charismatischen und gut bewaffneten Führer und alles konnte passieren. Gott sei Dank waren seine Eltern im Ausland. Vor einer Woche waren sie mit Kadi und deren Kindern zu Lassana nach Genf gefahren. Seine andere

Schwester und ihr Mann waren in Sicherheit. Sie standen in keiner Weise mit der Regierung in Verbindung. Tatsächlich wussten nur wenige, dass Amana Keita Ibrahim Ndiayes Tochter und Tendés Schwester war.

»Ich kann den Sender nicht finden.« Majeed drehte am Radio. Außer einem ominösen Rauschen war nichts zu hören. BBC World und Radio France sendeten wie üblich. Das war ein schlechtes Zeichen. Tendé wartete nicht ab. Die Kommunikationszentren auszuschalten, gehörte zu den klassischen Mitteln eines Militärputsches. Was in Bamako nicht schwierig war, da es nur über eine Sendestation verfügte. Er wusste genau, was passiert war.

»Halt an, Majeed. Sofort.« Majeed fuhr an den Randstein. Tendé sah sich um. Ihm war klar, dass er nur ein paar Stunden hatte, bevor die Hölle ausbrechen würde. Wenn das Militär die Kontrolle über die Radio- und Fernsehstation übernommen hatte, wäre sicher auch der Flughafen geschlossen. Er öffnete die Tür. »Majeed, hör zu. Bring den Wagen zum Büro zurück. Wenn dich irgendjemand anhält oder dich fragt, wo ich bin, sag, du hättest mich am Palast abgesetzt. Hast du mich verstanden? Lass den Wagen beim Büro stehen und nimm ein Taxi. Wir treffen uns in der Sanza-Bar auf der Koulikoro-Straße. Gib mir zwei Stunden. Wir brauchen einen voll getankten Wagen. Kannst du den besorgen?« Majeed nickte. Er hatte fast sein ganzes Leben für die Familie Ndiaye gearbeitet. Auch er wusste, was geschehen war. Tendé richtete sich auf, klopfte aufs Wagendach und sah kurz Majeed nach, der schnell davonfuhr. Er drehte sich um und hielt ein Taxi an. Aufgrund seiner Position als Außenminister kämen die Putschisten im Lauf der nächsten Stunde in sein Haus. Im Haus gab es ein Mobiltelefon mit einer französischen Nummer. Wenn er das erreichen konnte, könnte er Amber anrufen und versuchen, Kontakte herzustellen. Die Nachricht von dem Putsch würde bis zum frühen Morgen nach Frankreich durchsickern, wenn es nicht bereits geschehen war. Amber wäre wahnsinnig vor Sorge.

Er ließ sich an der Kreuzung in der Nähe seines Hauses absetzen und sah sich um – alles war ruhig. Dann ging er die Straße hinunter, zupfte an seiner Krawatte und beobachtete die

Häuser um sich. Mohammed, der Wächter, stand wie üblich vor ihrem Haus. Er blickte auf, als Tendé näher kam, und wunderte sich vermutlich, weshalb um alles in der Welt sein Chef im Dunkeln herumlief. Tendé trat auf ihn zu. Ob in den vergangenen Stunden jemand zum Haus gekommen sei, fragte er. Mohammed schüttelte den Kopf. Tendé ging durchs Tor und begann zu rennen. Er wusste wie jeder andere demokratisch gewählte Regierungsvertreter, dass Situationen wie diese leicht außer Kontrolle geraten konnten. Die Armee war immer ein unsicherer Faktor in der malischen Gesellschaft gewesen. Das Land hatte schon einige Umsturzversuche erlebt: 1968, 1971, 1978 und 1982. Während der ganzen Neunzigerjahre gärte Unzufriedenheit unter der Oberfläche und bedrohte die Stabilität der Konaré-Regierung, für die Tendé im Moment arbeitete.

Er lief ins Schlafzimmer und fragte sich, wo Amber das Telefon hingelegt hatte. Er probierte den Festnetzanschluss: Er war tot. Wahrscheinlich waren alle Verbindungen innerhalb des Landes inzwischen abgeschnitten. Auch sein eigenes Handy funktionierte nicht mehr. Irgendwie mussten sie es geschafft haben, die Zentrale des Providers lahmzulegen. Es war ein Zeichen dafür, dass sie organisierter vorgingen als bei den letzten Versuchen. Er riss die Nachttischschubladen auf. Nichts. In einer der Kommoden im Wohnraum lagen ein paar hundert Dollar, die er gewöhnlich dort aufbewahrte. Schnell lief er hinunter und warf im Laufen seine Kleider ab. Er zog die Schublade auf. *Ja!* Der gelbe Umschlag lag dort. Er riss ihn auf. Es waren mehr als ein paar hundert Dollar – fast 2000 in Fünfzigernoten. Gut. Aber wo war das Telefon? Wo hatte sie es hingelegt? Und das Ladegerät? Höchst unwahrscheinlich, dass die Batterie noch funktionierte. Er hatte es zuletzt auf seiner Reise nach Paris vor fast sechs Wochen benutzt.

Zunehmend aufgeregter, riss er eine Schublade nach der anderen auf. Dann lief er ins Schlafzimmer zurück und nahm einen langen *bou-bou* mit passendem Käppchen aus dem Schrank. Er musste den Geschäftsanzug ablegen und sich möglichst unauffällig kleiden. Im Badezimmer rasierte er sich eilig den kleinen Spitzbart ab, der sein Markenzeichen war, und nahm ein Paket mit Kontaktlinsen aus dem Schränkchen, die er gemeinsam mit dem Geld und dem Pass in die Tasche steckte. Sobald er eine Mitfahrgelegenheit aus der Stadt hinaus gefunden hatte, würde er seine Brille wegwerfen.

Blieb das Telefon. Wo hatte sie es hingelegt? Er hielt inne. In seinem Arbeitszimmer? Sie legte seine Sachen immer an denselben Ort. Er lief durchs Haus. Beim Anblick der schlichten, schönen Einrichtung verspürte er einen Stich. Die Fotos seiner Familie, die Gemälde, die er gemeinsam mit Amber ausgesucht hatte. Er schluckte. Wann würde er all dies wiedersehen? Innerhalb einer Stunde war sein ganzes Leben auf den Kopf gestellt worden. Doch es war besser, jetzt nicht darüber nachzudenken. Schließlich zählte nur, aus dem Chaos lebend herauszukommen. Verglichen damit war alles andere bedeutungslos. Er ging ins Arbeitszimmer. Dort stand das Telefon in seinem Gehäuse, gemeinsam mit den Ladegeräten fürs Haus und fürs Auto. Er schickte ein Dankgebet an Allah und an Amber für ihre peinliche Ordnungsliebe. Dann steckte er das Gerät in seine Tasche und ließ alles hinter sich, was ihm lieb und teuer war.

In der Sanza-Bar wartete er fast eine halbe Stunde, aber Majeed tauchte nicht auf. Langsam verbreitete sich die Nachricht von dem Putsch, obwohl es noch keine offizielle Verlautbarung gab. An den Straßenecke bildeten sich kleine Gruppen, und die Leute versuchten, sich auf die Bruchstücke, die durchgesickert waren, einen Reim zu machen. Alle wirkten besorgt. Die Radiostationen blieben noch immer stumm. Weder Radio France noch BBC World hatten bislang etwas erfahren oder vermuteten etwas. In seinem langen, blassblauen Gewand stand er abseits von der Menge und betastete die Pakete in der weiten Stofffülle. Er wollte schon aufgeben und ein Taxi anhalten, als Majeed plötzlich in einem alten Peugeot 504 aus den Siebzigerjahren auftauchte. Ungläubig blickte Tendé auf das Gefährt, das kaum nach Wagen aussah und schwarze Rauchwolken ausstieß. Dieses Auto sollte sie zur Grenze von Burkina Faso bringen? Zweifelnd ging er darum herum. Majeed sah ihn durch die Scheibe an.

»Es wird schon gehen«, sagte er, als er Tendés Besorgnis bemerkte. »Kommen Sie. Fahren wir. Wir dürfen keine Zeit verlieren.« Tendé stieg ein. Schnell erklärte er die Fahrtroute und steckte das Ladegerät in den Zigarettenanzünder. Zu seiner Erleichterung gab es einen kurzen Piepton von sich und begann zu laden. Er würde warten, bis sie aus der Stadt hinaus waren, bevor er Amber anrief. Man konnte nie wissen, wer mithörte. Majeed legte geräuschvoll den Gang ein und fuhr los. Es herrschte starker Verkehr, was günstig für sie war, denn so war es weniger wahrscheinlich, dass sie an den Kontrollpunkten entdeckt wurden, die das Militär sicher um die Stadt herum errichtet hatte. Er schloss die Augen und versuchte, nicht daran zu denken, was geschehen würde, wenn man sie anhielt.

Ohne größere Schwierigkeiten gelangten sie aus der Stadt. Es gab tatsächlich Kontrollpunkte und Barrikaden entlang der Straßen. Tendé hatte einen der längsten Wege gewählt, um das Land zu verlassen. Burkina Faso war mindestens zwei Tagesreisen von Bamako entfernt. Majeed wunderte sich, warum sie nicht nach Süden, nach Guinea fuhren. Aber Tendé wusste, dass es auf dieser Route sicherlich die meisten versuchen würden. Besser man nahm den Weg, der als der unwahrscheinlichste erschien.

In Richtung Koulikoro fuhren sie östlich aus der Stadt hinaus. Von dort sollte es nach Ségou gehen und dann über Wüstenwege bis zur Grenze. Wenn sie es bis dorthin schafften, würden sie direkt nach Ouagadougou fahren, von wo er ein Flugzeug nach Paris nehmen würde. Das war zumindest der Plan. Aber er wusste, dass der jeden Moment vereitelt werden konnte.

Sie wechselten sich am Steuer ab. Zuerst fuhr Majeed ein paar Stunden, dann Tendé, während Majeed auf dem Rücksitz schlief. In Koulikoro besorgten sie sich etwas zu essen und hörten, dass die Nachricht von dem Putsch in Bamako bis hierher durchgedrungen war. Viele Kilometer lang war die Straße leer, und die grüne Buschvegetation um die Hauptstadt ging langsam in eine kahle, sandbraune Landschaft über. Bäume waren selten in dieser Gegend, und ihre Scheinwerfer beleuchteten eine öde Ebene mit wenigen Dörfern. So oft er es auch probierte, er bekam so weit außerhalb der Stadt kein Netz. Wahrscheinlich musste er bis Ouagadougou warten, bevor er anrufen konnte.

Als über der Gegend um Ségou der Morgen dämmerte, konnte er sehen, wie ausgetrocknet das Land nach der letzten Dürre war. Auch das hatte zum wirtschaftlichen Niedergang beigetragen. In einem Land, in dem achzig Prozent der Bevölkerung von der Landwirtschaft abhingen, genügte eine schlechte Ernte, um Unruhe auszulösen. Die Reisterrassen um die Stadt Ségou waren ein Relikt der Kolonialmächte. Tendé konnte sich nicht mehr an die Einzelheiten erinnern – ein französischer Ingenieur hatte davon geträumt, die Wüste in Reisfelder zu verwandeln. *La delta morte* wurde mittels eines riesigen Damms in Markala, vierzig Kilometer südlich von Ségou, zum Leben erweckt. Wie bei vielen der großen Projekte dieser Zeit, die unter Missmanagement und Mangel an Arbeitskräften litten, wurde nur ein Bruchteil der erwarteten Ernte erreicht, aber der Traum von einer fruchtbaren Wüste blieb bestehen. Max war der gleichen romantischen Idee erlegen. Doch zum Glück für ihn – und für Tendé – war sein Plan aufgegangen.

Nach der kleinen Stadt Bla fuhr er wieder nach Norden in Richtung Sévaré. In Bandiagara würden sie sich wieder nach Osten wenden und von dort direkt durch das legendäre Land der Dogon zur Grenzstadt Koro fahren. Wo genau sie die Grenze überqueren würden, war ihm noch nicht klar, da er erst vor Ort herausfinden konnte, wie effektiv die Landesgrenzen geschlossen worden waren. Die Fahrt in der Mittagssonne durch die Ebene vor Bandiagara bis hin zu den Klippen, in denen die Dogon ihre schönen höhlenartigen Häuser bauten, war herrlich. Die schwarze, gewundene Teerstraße, von der viele kleine Trampelpfade in das umliegende Buschland abzweigten, breitete sich vor ihnen aus. In jedem Dorf, durch das sie fuhren – Tégourou, Djiguibombo, Teli Kombolé –, bot sich ihnen das gleiche Bild. Leute schlenderten herum oder schoben Fahrräder. Frauen mit großen Bündeln Feuerholz auf dem Kopf, Männer mit Macheten und Hacken auf dem Weg zu ihren Feldern, die um die ärmliche Siedlung verstreut lagen. Die Frauen drückten ihre Kinder an die bunten Röcke, als der Wagen vorbeifuhr, Jungen johlten und warfen kleine Steine und Mangokerne. Es gab kaum Autos auf der Straße. Gelegentlich ratterte ein Moped oder ein Motorroller vorbei, aber es gab keine Panzer und keine Lastwagen voller Soldaten. Zum ersten Mal, seitdem sie Bamako verlassen hatten, begann Tendé sich zu entspannen.

Um zwei Uhr nachmittags, als die Sonne direkt über ihnen stand, ließen sie Djiguimbombo hinter sich. Der Himmel war weiß, ausgebleicht durch die Hitze. Riesige Baobab-Bäume erhoben sich vereinzelt in der steinigen Ebene, und so weit das Auge reichte, breitete sich die Savanne aus. Alles war gelblich weiß und trocken. Ein paar Kilometer südlich des Dorfes fiel das Land plötzlich ab und gab den Blick auf die weiten Ebenen von Burkina Faso frei.

»Nicht mehr weit«, sagte Tendé zu Majeed, als sie anhielten, um sich abzuwechseln. Majeed nickte. Er würde Tendé in Ouagadougou absetzen und am folgenden Tag die 1000 Kilometer lange Strecke nach Bamako zurückfahren. Majeeds Familie wohnte in der Stadt, und für ihn war klar, dass er nach Hause zurückkehren würde. Sie hatten sich während der Fahrt kaum unterhalten, vielleicht weil Majeed Tendés Besorgnis spürte. Stattdessen konzentrierte er sich darauf, den kleinen Peugeot zu Höchstleistungen zu treiben. Je eher sie die Grenze erreichten, desto besser. Alle hundert Kilometer schickte er ein Gebet zum Himmel. *I ni cé.* Danke.

106

Madeleine erfuhr die Nachricht als Erste. Um Viertel nach sechs klingelte das Telefon, und Amber weinte beim Sprechen. Während sie zuhörte, wurde Madeleine sofort in frühere Zeit zurückversetzt und verstand, wie verängstigt Amber war. Mit dem Hörer in der Hand stand sie auf und schaltete leise den Fernseher an, weil Peter noch schlief. Auf den britischen Kanälen kam nichts über Mali. Offensichtlich stand es noch nicht schlimm genug, um die Aufmerksamkeit der BBC zu erregen.

»Bleib ruhig, Amber. Ich weiß, wie schwer das ist. Wissen die Kinder Bescheid?«

»Nein. Sibi weiß, dass etwas nicht stimmt. Ich hab gerade mit Tendés Eltern gesprochen. Sie sind in Genf bei Lassana.

Sein Vater hat bereits ein paar Anrufe aus Bamako erhalten. Offensichtlich handelt es sich um einen jungen Offizier. Er hat die anderen jungen Offiziere hinter sich. Zwei Leute, die wir kennen, sind schon erschossen worden. Mein Gott, Madeleine, ich werde wahnsinnig.«

»Ich weiß. Hör zu, ich komme mit Peter rüber. Ich ruf das Krankenhaus an. Du brauchst jemanden bei dir. Ist deine Mutter schon weg?«

»Nein, sie ist zu Hause. Aber sie kriegt nur die Panik und macht die Kinder verrückt. Wann kannst du hier sein?«

»In einer halben Stunde.« Madeleine legte auf und starrte auf die flimmernde Mattscheibe. Arme Amber. Sie wusste, was in solchen Situationen oft passierte: Chaos, mangelnde Kommunikation zwischen Zentralkommando und Außenposten, Leute, die den Kopf verloren. Es lohnte sich nicht, darüber nachzudenken. Sie sprang auf, zog sich Jeans und Bluse an, putzte sich rasch die Zähne und ging den Gang hinunter, um Peter zu wecken. Glücklicherweise mochte er Sibi und Liya und sogar den kleinen Kedé sehr gern. Er war sofort wach, und seine Augen glänzten vor Aufregung. Sie zog ihn an, gab ihm etwas zu essen und war wie versprochen eine halbe Stunde später aus dem Haus. Als sie auf der Schwelle von Ambers Wohnung stand, betete sie, dass in den nächsten vierundzwanzig Stunden alles gut ging.

Als Nächste traf völlig außer Atem Becky ein. Sobald sie es von Amber erfahren hatte, war sie losgestürzt. Die Nachricht hatte inzwischen auch die BBC erreicht. Amber führte die beiden ins Wohnzimmer, wo sie in gespanntem Schweigen den noch spärlichen Informationen lauschten. Einmal wurde sogar Tendé erwähnt – der junge, charismatische Außenminister, der mit der Tochter von Max Sall, des verstorbenen Großfinanziers, verheiratet ist. In Ambers Gesicht zuckte ein Nerv, als sie ein Bild von sich und Tendé auf dem Bildschirm sah. Becky drehte sich teilnahmsvoll zu ihr um. In Ambers Arbeitszimmer klingelte das Telefon. Sie sprang sofort auf und verschwand. Becky und Madeleine sahen sich an und konnten nicht fassen, was vor sich ging.

»Glaubst du, dass es ihm gut geht?«, fragte Becky und sprach aus, was nicht gesagt werden durfte. Madeleine biss sich auf die Unterlippe.

»Ich weiß nicht. Ich hoffe. Wenn es jemanden gibt, der sich aus einer solchen Lage befreien kann, dann Tendé. Aber wer weiß. Alles ist möglich.«

Becky wandte sich wieder dem Fernseher zu. Fußballergebnisse. Es war schwer zu begreifen.

Amber kam ins Zimmer zurück. Ihre Augen waren rot. Sie schüttelte den Kopf: Keine Neuigkeiten. Nur ein Verwandter, der aus Paris angerufen hatte. Niemand wusste, was er sagen sollte. Tendés Mutter, die schon vier Putschversuche erlebt hatte, meinte, dass man nichts tun könne als abwarten. Abwarten, bis es vorbei sei. In ihrem Land sei es nicht üblich, sich gegenseitig umzubringen, erklärte sie bei ihrem Anruf aus Genf. Viel eher würden die Putschisten die Leute einsperren. Sie solle für ihn beten. Unfähig darauf zu antworten, hatte Amber aufgelegt. Beten?

Die drei sahen sich an. Im Spielzimmer kreischten die Kinder. Kedé musste bald gefüttert werden. Ein gewisses Maß an geordnetem Tagesablauf musste wiederhergestellt werden, und zwar schnell. Amber fuhr sich hilflos durch das kurze Haar und holte tief Luft. Wenn es eine Möglichkeit gab, mit ihr in Kontakt zu treten, würde Tendé es tun. Vielleicht hatte Mme Ndiaye Recht. Vielleicht konnte man nichts tun als beten. Gerade als sie etwas sagen wollte, klingelte das Telefon wieder. Sie eilte hinaus.

Sie hatten schon fast das kleine Dorf Koporo-Kenie-Na durchquert. Majeed saß am Steuer, Tendé döste unruhig. Es war kurz nach drei. Die Sonne begann sich langsam dem Horizont zuzuneigen, und die Ränder des weiten, wolkenlosen Himmels färbten sich in tieferes Blau. Diese Zeit des Tages mochte Tendé am liebsten: zwischen drei und vier, wenn die Schatten länger wurden und der Himmel eine intensive Farbe annahm. Hier draußen auf dem Land, wo die gepflügte Erde sich rot ausbreitete und jeder Weg wie ein purpurfarbener Schnitt durch das

Buschwerk wirkte, begann das Land sich golden zu verfärben. Im Dorf standen hier und dort kleine Gruppen von Leuten zusammen, die Frauen mit starren Zopffrisuren, die man in der Stadt nicht mehr sah. Die Männer, die würdevoll und steif auf ihren uralten Fahrrädern saßen, winkten, als der Wagen sie in einer Wolke aus Staub und Auspuffgasen überholte. Die Straße begann schlechter zu werden, und Majeed musste langsamer fahren. Steinbrocken lagen herum und tiefe Furchen waren in die Straße gegraben, als wäre hier vor Kurzem etwas Schweres transportiert worden. Dann gabelte sich die Straße. Ein riesiger Baobab-Baum stand dort, mit einem Stamm so dick, dass der ganze Wagen hineingepasst hätte. Und da war er plötzlich: ein Lastwagen. Voller Soldaten. Majeed rüttelte grob seinen Beifahrer wach. Es war zu spät, um etwas anderes zu tun, als das Tempo zu drosseln. Etwa zehn oder fünfzehn Soldaten lagerten am Straßenrand. Der Lastwagen war aufgebockt, und Tendé sah, dass er eine Panne hatte. Männer lagen darunter und versuchten, ihn zu reparieren. Ihm sank das Herz. Majeed fluchte leise.

»Sortez de la voiture!« Der kommandierende Offizier, ein junger Mann etwa Ende zwanzig, kam herrisch winkend mit einem Gewehr in der Hand auf sie zu. Tendé und Majeed zögerten. In dem zerbeulten Handschuhfach lag eine Waffe, die Tendé aus dem Schreibtisch seines Arbeitszimmers mitgenommen hatte. Er überlegte kurz – nein, es waren zu viele. Jedes Anzeichen von Aggression von ihrer Seite hätte furchtbare Folgen. Majeed stellte den Motor ab, und sie blieben einen Moment schweigend sitzen. *»Sortez!«*, kam der Befehl erneut. Der Soldat war schon fast am Auto. Majeed öffnete vorsichtig die Tür und nahm automatisch die Hände hoch. Tendé tat es ihm gleich. Das Kuvert mit dem Geld schlug gegen seinen Schenkel, als er ausstieg und sich dem Offizier zuwandte.

Als er die Hände hob, fiel ihm plötzlich seine Brille ein. Ein kalter Schauer rann ihm über den Rücken. Er hatte vergessen, die Linsen einzusetzen. Mit seiner Brille erkannte man ihn sofort: Tendé Ndiaye, Außenminister – die randlosen Gläser und sein Spitzbart waren sein Markenzeichen. Den Bart hatte er abrasiert, aber die Brille vergessen. Er hielt den Atem an. Der Soldat bedeutete Majeed, auf die andere Seite des Wagens zu gehen. Konnte er es riskieren? Schnell nach oben zu greifen und sie abzusetzen? Hinter dem Offizier tauchten drei Männer mit lässig über die Schulter gehängten Gewehren auf.

Der Offizier ging um den Wagen herum und sah ihn eindringlich an. Am kleinen Finger seiner rechten Hand baumelten die Wagenschlüssel, mit der linken hielt er seine Waffe fest. Als er auf ihn zukam, bemerkte Tendé die starke Anspannung in der Miene des Mannes. Er hatte ihn erkannt. Ja, er zog die Augenbrauen hoch, es dämmerte ihm. Er zuckte leicht zusammen und schloss kurz die Augen.

»Ndiaye. Minister.« Es war der Offizier, der sprach. Die Soldaten hinter ihm blieben verwundert stehen. Tendé öffnete die Augen. Sein ganzer Körper wurde von Angst ergriffen, und trotz der Hitze war ihm kalt. »Erinnern Sie sich an mich?«, fragte der Mann, während sich ein Lächeln auf seinem Gesicht ausbreitete. Er hob die Hand mit den Wagenschlüsseln. *»Je suis Boubacar. Boubacar Adama. Vous ne me souvenez pas?«* Tendé schüttelte den Kopf. Aus dem Augenwinkel sah er, wie Majeed sich unwillkürlich verkrampfte. Der Mann senkte die Hand und begann aufgeregt zu reden. Plötzlich fiel es ihm ein. Boubacar! Der Fahrer!

»Du. Du warst der Fahrer!«, keuchte Tendé. Der Soldat nickte strahlend und streckte die Hand aus. Tendé ergriff sie, noch immer fassungslos über den unwahrscheinlichen Zufall. Dank der Geschicklichkeit des Fahrers hatten sie damals überlebt. Man hatte ihm beigebracht, nicht zu bremsen, wenn der Wagen ins Schleudern kam, und das hatte sie gerettet. Als sie wieder in Timbuktu waren, hatte er ihm ein ordentliches Trinkgeld gegeben, aber er gestand Tendé, dass er sich noch etwas anderes wünschte. Er wolle unbedingt zur Armee, und ob Tendé vielleicht ein gutes Wort für ihn einlegen könne? Tendé versprach, sein Möglichstes zu tun, und hatte Wort gehalten. Sechs Monate später wurde ihm von einem anderen Fahrer erzählt, dass Boubacar Adama tatsächlich in die Armee aufgenommen worden war. Er hatte sich auch brieflich bedankt. Tendé hatte sich gefreut und die Angelegenheit vergessen.

Sie unterhielten sich auf Bamara weiter, und der Soldat führte Tendé durch seine Männer in den Schatten des Baobab-Baums. Sie hockten sich nieder und Boubacar erzählte ihm schnell die Einzelheiten über den Putsch der vergangenen Nacht, zumindest alles, was er wusste. Er war befehlshabender Offizier der Kaserne und des Munitionsdepots in Ségou. Sie hätten kaum eine andere Chance gehabt, als sich den Rebellen anzuschließen. Die Armee sei gespalten – junge Offiziere gegen ihre älteren Vorgesetzten. Er sei abgestellt worden, die Straße von Ségou zur Grenze zu bewachen. Das Militär von Burkina Faso habe strenge Anweisung, niemanden über die Grenze zu lassen.

»Welche Möglichkeiten habe ich?«, fragte ihn Tendé, während sich seine Gedanken überstürzten.

»Nicht viele. Sie können versuchen, sich hier draußen einige Zeit zu verstecken, bis klar ist, was in Bamako passiert. Aber es ist nicht einfach hier. Die Leute kennen sich. Sie reden. In der Kaserne kann ich Sie nicht verstecken.«

»Wie viel Zeit habe ich deiner Meinung nach?« Boubacar zuckte die Achseln. Einen, vielleicht zwei Tage. Am Ende der Woche würden Truppen in die Grenzstädte geschickt. Die Putschisten hatten bereits die Kontrolle über die Radio- und Fernsehstation, den Flughafen und die Flusshäfen übernommen. Einige sagten, der Präsident sei erschossen, andere, er sei verhaftet worden. Man wisse nicht genau, was tatsächlich vor sich gehe. »Gibt es hier in der Nähe einen Flugplatz?«, fragte Tendé. Boubacar sah ihn an.

»Ja, in Douentza. Es ist ein altes militärisches Fluggelände. Woran denken Sie?«

»Ich brauche ein Telefon. Am besten ein Handy. Hier in der Gegend gibt's wahrscheinlich keinen Empfang, oder?«

»In Sévaré. Da ist ein Sendemast. Kommen Sie, wir bringen Sie zurück. Hinten auf dem Lastwagen sind Sie sicher.«

»Geht er denn wieder? Es sah aus, als hättet ihr eine Panne.«

»Es ist bloß der Reifen. In zehn, fünfzehn Minuten können wir los.« Er stand auf. »Ich hatte nie Gelegenheit, Ihnen persönlich zu danken.« Er lächelte erneut. »Jetzt tue ich es.« Tendé nickte langsam. Wenn er zu Amber durchkäme, würde sie den Rest übernehmen.

Der Anruf erreichte sie um fünf Uhr nachmittags. Amber war ruhig. Sie lauschte seinen Anweisungen, erklärte ihm, er solle eine Stunde warten, sie würde eine Möglichkeit finden, ihm ein Flugzeug zu besorgen. Madeleine und Becky sahen sie an, als sie auflegte. Angela war im Nebenraum und beschäftigte die Kinder. Im ganzen Haus herrschte die Atmosphäre eines Kriegsrates. Außer den Kindern hatte seit dem Frühstück niemand mehr etwas gegessen.

Amber verbarg ihr Gesicht in den Händen. Dieser Nachmittag war der längste ihres ganzen Lebens gewesen. »Ein Flugzeug. Er braucht ein Flugzeug. Er ist im Süden des Landes in der Nähe eines Orts namens Douentza. Wo um alles in der Welt krieg ich ein Flugzeug her?« Sie sah die Freundinnen an. »Oder einen Piloten. Wer fliegt in ein Land, in dem gerade ein Putsch stattgefunden hat?« Die drei blickten sich an.

»War nicht …?«, begann Madeleine als Erste.

»Ist nicht …?«, sagte Becky und sah Amber unsicher an.

»Paola? Ja, er war Pilot«, beendete Amber ihre Sätze. Sie schluckte. Alessandras Vater war Pilot. Sie sah auf ihre Hände. »Mein Gott, wenn es nur jemand anderen gäbe.« Sie hob den Kopf und kniff die Augen zusammen, als hätte sie Schmerzen. »Wie soll ich Paola um Hilfe bitten?«

»Du hast keine andere Wahl«, sagte Madeleine. Amber nickte. Natürlich. Sie hatte keine Wahl – und durfte keine Zeit verlieren. Sie schlug ihren Filofax auf und griff nach dem Hörer. »Paola. Hier ist Amber. Hast du einen Moment Zeit? Ich brauche deine Hilfe.«

Fünf Minuten später legte Paola verwirrt auf. Amber hatte sie um Hilfe gebeten? Zuerst dachte sie, ihre Schwester mache Scherze.

»Du hast wirklich Nerven«, sagte Paola verbittert, und der Zorn kochte in ihr hoch, sobald sie Ambers Stimme hörte.

»Paola, glaub mir, ich würde dich nicht bitten, wenn es nicht ernst wäre. Mir fällt sonst niemand ein. Ich hab dich noch nie um etwas gebeten, aber jetzt flehe ich dich an.«

Es folgte ein Schweigen. Zum ersten Mal in ihrem Leben hörte Paola Angst in Ambers Stimme. Sie kämpfte mit sich. In rasender Geschwindigkeit zogen Bilder an ihr vorbei: Amber, die sie praktisch von Max' Schoß stieß, der verächtliche Ausdruck in ihrem Gesicht, wenn sie ein falsches englisches Wort sagte, Amber und Kieran, die hinter ihrem Rücken kicherten. Schübe von altem Zorn und kleinlicher Eifersucht packten sie. Und Tendé natürlich. Sie konnte nicht glauben, dass er in Gefahr war. *Er?* Der sich immer mit solch lässiger Selbstsicherheit bewegte, *dieser* Mann war in Gefahr? »Also gut«, hörte sie sich wie von weit entfernt sagen. »Ich ruf dich zurück.« Vom anderen Ende drang ein kurzes Aufschnaufen an ihr Ohr und dann die Worte, von denen sie geglaubt hatte, sie niemals in ihrem Leben aus Ambers Mund zu hören. *Ich danke dir.* Sie legte den Hörer auf und spürte plötzlich einen Kloß im Hals.

Es dauerte zwanzig Minuten, um Stefan zu finden. Er war im Haus seiner Eltern bei Düsseldorf. Schweigend hörte er sich ihre Bitte an – und das Versprechen, jeden Preis fordern zu können, *gleich in welcher Höhe* – und erklärte, dass er zurückrufen würde. Sie verbrachte weitere dreißig Minuten neben dem Telefon, nagte an den Fingernägeln und betete, er würde zusagen. Was er tat. Es gab eine Reihe von Möglichkeiten. Eine 4000 Fuß lange Startbahn in einer kleinen Stadt an der Ostgrenze von Ghana namens Wa oder den Militärflugplatz in der nördlichen Stadt namens Tamale. Er kannte eine Reihe südafrikanischer Piloten, die in Ghana für die Minen flogen. Er könne am Morgen mit einer Verkehrsmaschine nach Accra fliegen, wo er gegen fünf Uhr nachmittags einträfe. Von dort würde er direkt nach Tamale oder Wa fliegen und dann mit einer eigenen Maschine nach Mali. Dort würde er um etwa acht Uhr abends einen Treffpunkt mit Tendé ausmachen. Mit etwas Glück würde es Tendé schaffen, um 11.30 entweder eine Maschine der BA von Accra nach London zu erreichen oder den Alitalia-Flug nach Rom um Mitternacht. Zufrieden? »Ich ruf dich gleich zurück«, antwortete Paola und legte auf. Dann rief sie Amber an. Siebenunddreißig Minuten waren vergangen. Amber konnte die Tränen nicht mehr zurückhalten.

Vierundzwanzig Stunden, nachdem er es geschafft hatte, seine Frau zu erreichen, stand Tendé im Schutz der Dunkelheit auf dem verlassenen Fluggelände von Douentza und beobachtete ein kleines Flugzeug am Himmel, das zur Landung ansetzte. Auf Amber konnte man sich verlassen. Er schüttelte Majeed die Hand, überreichte ihm ein dickes Dollarbündel und gab den Rest Boubacar und seinen Leuten. Er lief auf das Flugzeug zu. Sein langes blaues Gewand blähte sich im Luftstrom der Motoren. Stefan öffnete die Tür, klappte die Metallleiter aus und reichte dem Mann die Hand, den er laut seiner Ex-Geliebten lebend aus Mali herausbringen sollte, koste es, was es wolle.

»Willkommen an Bord, Sir«, rief er über den Motorenlärm hinweg. Tendé lächelte kurz und setzte sich. Es war eine winzige Maschine mit nur zwei Sitzen. Mehr brauchte er nicht, dachte er, als er sich anschnallte und Stefan zurück auf die holprige Startbahn rollte. Er schloss die Augen, als das Flugzeug Geschwindigkeit aufnahm und das Licht der Scheinwerfer sich in die schwarze Nacht bohrte. Er hatte es geschafft. Oder besser gesagt, Amber hatte dafür gesorgt, dass er es schaffen konnte. Vorsichtig fuhr er mit dem Finger die Ränder seiner Lippen entlang. Amber. Gleich vom ersten Moment an, als sie sich draußen in der Wüste getroffen hatten, hatte er es gewusst. Sie war die Richtige.

Das Flugzeug erhob sich in die Nacht. Er lehnte sich in seinem Sitz zurück und dachte an die Frau, mit der er verheiratet war.

Um Mitternacht klingelte das Telefon im Wohnzimmer. Becky schlief zusammengerollt auf der Couch. Madeleine hatte am Nachmittag widerstrebend Peter nach Hause gebracht. Ruf mich sofort an, wenn er in Sicherheit ist, sagte sie, als sie Amber auf der Türschwelle umarmte.

Amber hob beim zweiten Klingelton mit klopfendem Herzen ab. »Hallo?«

»Ich bin hier. In Accra. Am Flughafen. Morgen um sechs komme ich in London an. An Terminal vier.« Als sie auflegte, liefen ihr Tränen der Erleichterung über die Wangen.

Epilog *Bamako, Mali, 2004*

Die letzten der ausgewählten Gäste wurden durch die riesigen Türen in die große Halle des Parlamentsgebäudes geführt. Während Amber und Tendé mit Sirenengeheul in der Präsidentenlimousine vorfuhren, sah Amber verblüfft auf die riesige Menschenmenge, die gekommen war, um bei der Vereidigung des beliebtesten Politikers des Landes dabei zu sein. Als der Wagen in den weitläufigen Vorhof einfuhr, traten gelb-weiße Fahnen in den Blick, die in der Mittagssonne flatterten. Auf allen war das Bild von Tendé und sein Name aufgedruckt. Einige der Frauen trugen sogar Wickelröcke aus diesen Fahnen und hatten um Hüften und Po Girlanden und nationale Symbole geschlungen. Sie unterdrückte ein Lächeln.

Am Abend zuvor waren Polizeikordons errichtet worden, um die anstürmenden Massen zurückzuhalten. Der jüngste Außenminister, den das Land je gehabt hatte, war bei den Gesprächen mit den jungen Offizieren, die vor zwei Jahren die Regierung gestürzt hatten, sehr hilfreich gewesen. Als sich die Lage wieder beruhigt hatte, sorgten die Taten von Tendé und seinem Vater in der in- und ausländischen Presse für Schlagzeilen – und als Ergebnis davon war es Tendé, den der scheidende Präsident als seinen Nachfolger vorschlug. 2002 war Präsident Konaré zurückgetreten. 2004 hatte Tendé Ndiaye die amtierende Partei mit einer riesigen Mehrheit zum Sieg geführt.

Tendé wurde im Innern der Halle sofort weggeführt, und Amber nahm neben seinem leeren Stuhl Platz. Sie ließ den Blick über die Reihen der Würdenträger und ausländischen Gäste schweifen. Die Kinder saßen bei ihren Großeltern. Sie blickte nach rechts und sah Sibis Gesicht, der sie voller Stolz und Bewunderung anstarrte. Liya griff sich an den Nacken, um an dem Etikett zu zupfen, das angeblich schon seit dem Aufbruch von zu Hause juckte. Sie schüttelte leicht den Kopf. Dann wandte sie sich nach links. Da waren sie – Becky, Godson, Madeleine und Peter – und Paola. Hinter ihnen Francesca, Angela und Kieran, Seite an Seite. Einen Moment lang ließ sie den Blick auf Kieran ruhen. Es war schwierig gewesen, aber langsam begannen die Wunden zu heilen. Sie sah auf ihre Hände hinab, auf den neu angefertigten Ehering aus den drei Diamanten, die Max vor mehr als sechzig Jahren mit nach England gebracht hatte. Es war Tendés Idee gewesen, sie zu benutzen. Mandia hatte einen Juwelier gefunden, und von dem Moment an, als sie Tendés Ring abstreifte und den neuen Ring mit Max' Steinen ansteckte, wusste sie, dass sie genau das Richtige getan hatte. Erneut sah sie auf ihre Familie, die still auf den Beginn der Zeremonie wartete. Ihr Herz verkrampfte sich ein wenig. Was Max wohl dazu gesagt hätte? Seine Familie, vereint an diesem Ort. Paola neben Angela, ohne sich anzugiften? Sie unterdrückte ein Lächeln. Wahrscheinlich hätte er es nicht geglaubt. Und dennoch war das, was hier geschah, auch Paola zu verdanken. Als sie sie brauchte, war Paola für sie – und Tendé – da gewesen. Es hatte fast vierzig Jahre gedauert, aber sie hatten die ersten zögernden Schritte aufeinander zu getan.

Hinter ihr bewegte sich etwas. Der Parteivorsitzende und die Minister von Tendés zukünftiger Regierung wurden hereingeführt. Tendé würde als Letzter hereingerufen, um vor den Fernsehkameras und der Menge der internationalen Journalisten seinen Eid abzulegen. Ihr war klar, dass viele der aus London, Paris, New York und Rom eingeflogenen Presseleute nur wegen *ihnen,* nur wegen ihr und ihrem Mann, gekommen waren. Das Interesse an Amber Sall und Tendé Ndiaye, das in geringerer Form schon vor ihrer Hochzeit eingesetzt hatte, erreichte nach Tendés dramatischer Flucht aus Bamako seinen Höhepunkt. Und nun, da er Präsident werden sollte, drohte es ein Ereignis, das ansonsten wenig Beachtung gefunden hätte, unter sich zu begraben.

Sie drehte den Kopf mit dem kunstvollen Turban aus leuchtender Seide – einem Geschenk der Präsidentengattin aus Ghana – und sah auf die lange Reihe der afrikanischen Staatsoberhäupter und ihrer Frauen neben sich. Ihr schmales Kleid war aus demselben Material wie der Kopfputz. Eigentlich hatte sie keine Landestracht tragen wollen, die sie bei Europäerinnen lächerlich fand. Aber nachdem der Kopfputz und wundervolle goldene Ohrringe von Madame Kufour eingetroffen waren, war es unmöglich, sich etwas anderes dazu vorzustellen. Trotz ihrer Befürchtungen sah sie atemberaubend aus. Es gäbe nicht viele Weiße, die eine so gute Figur darin machten, sagte Mandia während der Anprobe. Das war alles, was Amber an Zustimmung brauchte.

Am anderen Ende des Raums wurden Vorbereitungen für Tendés Einzug getroffen. Er würde über den roten Teppich zum Podium schreiten, und die Gäste wurden gebeten sich zu erheben. Durch die Fenster ertönte ein Signalhorn und aus der Ferne der Klang der einheimischen Trommeln. Das Alte und das Neue. Dann sah sie ihn. Er war jetzt dünner als damals, als sie sich kennen lernten. Die langen Nächte der Verhandlungen und die Last der Verantwortung, die auf ihm ruhte, hatten ihren Tribut gefordert. Er war in Weiß gekleidet und trug das lange, fließende Gewand und das Käppchen, das gleich am Anfang ihre Aufmerksamkeit erregt hatte. Später bei den abendlichen Feierlichkeiten würde er den dreiteiligen Anzug tragen, den sie vor einer Woche in London für ihn gekauft hatte. Das Alte und das Neue. Afrika und Europa. Tendé bewegte sich mit der gleichen Sicherheit und Grazie wie immer zwischen den Welten.

Sie holte tief Luft und faltete die Hände im Schoß. Als sie ihre offizielle Miene aufsetzte – ein Anflug eines Lächelns, ein herausfordernder, interessierter Blick in die Runde –, fiel ihr Auge auf Paola. Ihr Lächeln wurde strahlender. Und wurde erwidert.

Dank

Mein herzlicher Dank gilt Christine Green, meiner Agentin und Lektorin, ohne deren Geduld und Sachverstand dieser Roman nie zu Stande gekommen wäre. Ebenso Kate Mills, Susan Lamb, Victoria Singer, Helen Richardson und dem ganzen »Team« bei Orion für die anhaltende großartige Unterstützung. Alastair und Susan Cowan auf der Eastside Farm in Penicuik, für die Bereitstellung eines so wundervollen Schreibplatzes. Patrick für tausend Freundlichkeiten zu jeder Zeit. Allen meinen Freunden in London – Caroline, Cathy, Jonathan, Marko, Rahesh, Samir und Victoria –, weil sie trotz der Ferne so nahe blieben. Den Leuten in Accra – »P«, Sean, Yaw, Sally, »Sweet P«, Elkin, weil sie den Schritt gewagt und wieder heimgekommen sind. Marko Jobst und Ceri Shields für ihre Hilfe und ihren Rat in Momenten des Zweifels. Henry Fletcher, weil ich mich so großzügig seines Namens bedienen durfte (aber ich schwöre, nicht seines Charakters!). Suzanne Szabo und Mama Guindo für ihre Hilfe bei Übersetzungen. Dietra für ihre scharfen Augen und ihr exzellentes Gedächtnis! Charles, wie immer, und Vic für seine Freundlichkeit, Loyalität, Ermutigung und Liebe.